谨以此书献给中山大学一百周年华诞

（1924 — 2024）

主 编 姚明基

ZHONGDA TONGYUAN

中大童缘 2

上册 百年名校薪火传

中山大学出版社
SUN YAT-SEN UNIVERSITY PRESS
·广州·

版权所有　翻印必究

图书在版编目（CIP）数据

中大童缘.2 / 姚明基主编. -- 广州：中山大学出版社，2024.10.
ISBN 978-7-306-08162-9

Ⅰ.I251

中国国家版本馆CIP数据核字第20244QZ068号

出 版 人：	王天琪
策划编辑：	高惠贞　王延红
责任编辑：	王延红　蓝若琪
封面设计：	林绵华
装帧设计：	林绵华
责任校对：	高惠贞
责任技编：	靳晓虹
出版发行：	中山大学出版社
电　　话：	编辑部 020-84111901，84113349，84111997
	发行部 020-84111998，84111981，84111160
地　　址：	广州市新港西路135号
邮　　编：	510275　传　真：020-84036565
网　　址：	http://www.zsup.com.cn　E-mail:zdcbs@mail.sysu.edu.cn
印 刷 者：	佛山市浩文彩色印刷有限公司
规　　格：	787mm×1092mm　1/16　39印张　583千字
版次印次：	2024年10月第1版　2024年10月第1次印刷
定　　价：	142.00元（上下册）

如发现本书因印装质量影响阅读，请与出版社发行部联系调换

《中大童缘2》编委会

名誉主任：许锡挥

主　　任：王则楚

编　　委：（按姓氏笔画排序）

王则楚　吕炳庚　李少娜　李敏玲

陈嘉陵　陈晓群　吴　节　吴行赐

张　珂　周显元　姚明基　夏纪梅

容国濂　黄小安　黄　悦　彭　生

蔡宗周　蔡宗瑜

主　　编：姚明基

副 主 编：吕炳庚　李敏玲　黄　悦

序

◎许锡挥[1]

中山大学是伟大的民族英雄、伟大的爱国主义者、中国民主革命的伟大先驱孙中山先生于1924年亲手创办的大学，经过百年的努力奋进，成为今天三校区五校园、扎根粤港澳大湾区、高质量统筹发展的国内一流、国际知名的现代综合性大学。

我们中山大学走过了百年岁月，这岁月当中，承载着几代人的奋斗足迹。追寻这些足迹，引人感慨，引人思念。

《中大童缘2》这部读物选在这百年校庆之际与大家见面很有意义。书中陈述的人和事，正是这些百年足迹的鲜活显现。《中大童缘》第一辑出版时，曾在中大校园里掀起些许波澜，这第二辑的面世，又会激起多大的浪花呢？我拭目以待。中山大学百年的发展过程中，可以叙述的历史涉及教学、科研等各个方面。而此书虽然书名叫作"童缘"，但作者们的笔触不仅仅讲及自己，他们在回忆自己童年的经历与见闻的同时，以近距离的感受，记录了父辈一代跟随中山大学变迁足迹经历的各种细节。这些文章当中，不少披露了很多之前未曾公开的细节信息，这就使它成

---

[1] 许锡挥，1932年9月生，男，广东广州人，许崇清校长次子，国务院特殊津贴享受者。1946年入读中大附中，1951年入读中山大学经济系，1957年北京大学研究生毕业，1957年起在中山大学从事哲学社会科学的教学与研究工作，先后为哲学系教授、《中山大学学报》编辑部主任、中山大学港澳研究中心主任，历任广东省高等教育学会常务理事等职。主要研究成果有"关于哲学的体系问题"等多项，著有《香港跨世纪的沧桑》著作多种。2000年退休。

为中大校史的珍贵补充。

　　我既是《中大童缘》的读者，也是其中的一个小小的作者。我在少年时代已成为"中大人"，而且缘分匪浅；后来与中大共同成长的半世纪，亲历了她的曲折和发展，当中有苦有乐、有悲有喜。在中大百年校庆之际，为《中大童缘2》作序，也是一种缘分，算是我的小小献礼吧！

　　当我坐在床边书写这篇序言时，既感到力不从心，又感到情意难却、责无旁贷。年过九十的老朽还能写出什么好文字？此时心中响起那首爱尔兰民歌《即使你的青春美丽都消逝》，"我将仍像今天这样永远爱你"。这不正是许多中大校友的一种切身感受吗？之所以说"心中响起"，是因为我已失去了正常的听力，音乐只能在心中感受；这"心"将我带回到九年前《中大童缘》第一辑出版首发式的情景。

　　那天是2014年2月6日（大年初七），风和日丽，我应约准时到了会场。当学校李萍副书记作为这部书的名誉编委会主任坐到我的身旁时，把随行的一位中年女士介绍给我："这是罗雄才老校长的小女儿罗远芳，现在已是广东省教育厅厅长。"这位女士微笑着对我说："许老师您好，我们曾经是邻居哦，那时我住在东北区9号，您住在8号。"重逢的话语，勾起了往事，使我有点惊喜。当首发式结束，李萍副书记陪着我步出会场时，正好邓曼玲走过来与我打招呼："许叔叔。"我连忙向李萍副书记介绍说："她妈妈是红线女的姐姐。"李萍副书记一怔："是吗？名人之后啊，你也这么漂亮！"仪式结束后，在撤场的过程中，一众"小朋友"围过来叫我"许叔叔""许舅舅"。我忙答道："你们还记得我？""小朋友"们齐声回答："当然记得啦！"当年的"小朋友"其实很多已过了中年，看着他们一张张熟悉的面容，我仿佛又回到了那青葱岁月。

　　《中大童缘》第一辑出版后，我反复阅读，看了又看，爱不释手。尤其是书中那些涉及我家里的人和事，触发了我尘封已久的记忆，令我浮想联翩，感慨万千。我在日记里写下了当时阅读的感受。

　　第一个感受是，当年的小朋友们确实拥有过无忧无虑的欢乐时光，充分释放了儿童的天性,"玩泥沙""掏鸟窝""打麻雀""摘果果"……正是这些"百厌"(粤语,淘气)行为,激发了他们的思维,开阔了他们的视野,为他们后来事业上的成就提供了精神准备。那时没有什么"考试状元",许多日后成为社会栋梁的"人物",正是当年的这些"顽童"。

第二个感受是,他们小小的心灵过早地遭遇不应有的惊吓和伤痛,"文革"风暴祸及他们的父母,使他们失去了许多本应欢乐的日子,我感到痛惜。我往深处思索,感到经历些许苦难并非坏事。人生中的苦难也可以磨炼人、造就人。只有经历过苦难,才会珍惜幸福。曾经有一位著名的哲学家说过:"苦难比幸福更为宝贵。"

不久前,有位外国学者向我们提出了这样的问题:"你们中国用什么去教育没有经历过战争和苦难的新一代人?"这个问题的确很尖锐,甚至有点震撼。我认为没有人能够用简单的话语给予回答,也许这是一个"世纪难题",只能靠千百万人的共同实践,靠几代人的努力才能给出历史性的答案。在历史的长河中,在战争与和平的选项下,作为教育工作者,我们大家都有责任去思考与探索。

我看了《中大童缘2》的书稿,全书分为上、下册,共八个小节的内容,其内容既有陈述中大早年办学的文明路时期和五山时期的故事,亦有艰苦的抗战西迁血泪史和康乐园内的见闻。其中内容增加了中大老前辈们在抗战时期流亡和逃难的细致忆述,这很好。我期待这本书不仅仅是一本简单的趣味读物,而且应该成为结合中大校史、中大精神与校园文化传播的具有深层次教育意义的史料。

是为序。

2023 年 11 月 12 日

目 录

上册 百年名校薪火传

1 群贤荟萃 遗泽余芳 /1

孩童视角中的许崇清校长 李少娜 /3

邻居孩子眼里的陈寅恪 王则楚 /13

大树下的邻居 许绍锋 /19

我的父亲江静波教授 江燕 /22

君子之交，浓情厚谊——记金、江两家的故事 金雨雁 /29

从毛主席、周总理接见中山大学两位教授的照片谈起——我的往事回忆 徐广生 /36

梁实秋与我父亲蔡文显的师生情 蔡宗夏 /43

左邻右里 金雨雁 /50

父亲董家遵的"图书馆" 董平 /55

回忆我的父亲梁溥 梁江彬 /62

缘续中大——追忆唐永銮教授 刘攸弘 /67

春风化雨 指点风云——追记董家遵教授对侄辈的谆谆教诲 董骏 /71

回忆父亲吴重翰　吴澍华 /77

赵不亿教授的歌　张珂 /81

海水深复深，难以量相思　金雨雁 /86

父亲和他的老学生的故事　李新苗 /94

2 峥嵘岁月　薪火相传 /99

父亲陈心陶教授二三事　陈思轩 /101

父辈的中大缘　吴杰明 /106

西南区15号居屋记事　丘文东 /116

在韶关仙人庙的岁月　许锡振 /125

一份"黑名单"的执行实情　刘攸弘 /129

从岭南大学青小校长到武汉音乐学院教授——怀念恩师邹廷恒先生　周显平 /132

那人留在青山里　吴杰明 /139

流亡在粤北　许锡振 /152

冯海燕与中大　冯穗萍等 /158

我们一家与中大的渊源　杨小荔 /163

记父母中大生活二三事　胡小恬 /167
在岭南中学和中大附中的岁月　许智君 /176
中大附中扶溪逃难前后点滴　麦漪芙 /183
回忆老中大的松花江路16号　吴谦 /190

3 故园新貌 桃李芳华 /195

中山大学文明路老校址忆述　许锡挥 /197
祖父三度假馆于此——中大文明路旧址拾遗　黄小安 /203
童年　许锡振 /214
重访中山大学文明路校址引发的回忆　王则楚 /218
"文明"印记　周显元 /222
儿时的家园　冯穗萍等 /228
我们家的中大缘　钟英 /234
我家那些老中大毕业的亲人　麦漪芙 /240
华农游引出的"中大缘"　吴世珠 /252
父母的中大情缘　余浩 /257
百年中大、三代学子的黉缘　关雅琴 /263

4 奉献家校 不求闻达 /269

纪念我的母亲危纫秋　蔡宗夏 /271

在家委会发光发热的"教授夫人"　徐小英 /275

光启后学，永沐春晖——忆母亲钱启华　顾濬哲 /279

兰花与蜂蜜——忆父亲冯剑　冯秀玲 /284

忆康乐园的守护者——何忠　蔡宗瑜 /287

心香一瓣祭父魂——纪念父亲周友元百年诞辰　周英 /291

石牌校址明远亭

① 群贤荟萃　遗泽余芳

文明路校址的钟楼

孩童视角中的许崇清校长

◎李少娜

2024年,由孙中山先生亲手创立的中山大学,迈过了一个世纪的曲折历程,迎来了第一个百年诞辰。

"鞠躬尽瘁为教育,德昭日月感后人。"三次出任中山大学校长的许崇清先生,在康乐园工作与生活了近二十个春秋,留下了丰厚的教育理念与治学遗产。我们在康乐园里成长的中大子弟,亲历了中山大学在时代变迁中的故事,见证了德高望重的老校长崇正树德、清风亮节高尚品格的点点滴滴。

康乐园的子弟们亲切地称呼许崇清校长为"许公公",称呼许校长夫人廖六薇女士为"许婆婆"。许公公与许婆婆有个外孙女叫朱明燕,同学们都叫她"小燕",她是我在中山大学附属小学一年级至三年级的同班同学。她十岁时离开广州,回到了北京父母朱光亚与许慧君身边。之后,无论我们相隔多远,总会互通音讯,互约

图1 2006年春节期间,1959级的部分同学在中大附小教学楼旧址前合影,站立排右二为朱明燕(供图者:李少娜)

图2 2012年，1959级的部分同学在中大马丁堂前合影，前排左一为作者（拍摄者：吴节）

见面，六十年来从未间断。

绿荫掩映，奇花簇拥的许崇清故居（宾省校屋，原为东北区8号），建于1920年，坐落在马岗顶。这幢格局大气，兼具中西建筑风格与特点的清水红砖楼房，总建筑面积为306.45平方米，一楼东南西北四面有着九个拱形半圆玻璃窗装饰，并连接着九个长方形大落地门窗，让整栋红楼显得格外庄重、美观与典雅。①

1959年至1962年期间，我与"许崇清故居"结有一段难忘的情缘。记不清我是何时首次踏入许校长家，但清清楚楚地记得，在小燕离开广州前的1962年那个夏天，整个暑假我几乎天天都往许校长家里跑。

我的玩性很大，童年时代与其他子弟一样，几乎玩遍康乐园的每个角落。小时候常被父母要求午间休息，但我十分抗拒父母对我"睡午觉"的这个要求。我的母亲对我的教育一向是严厉的，但再严厉的管教也抵挡不住我奔去许公公家找小燕玩的强烈愿望。

起初，不愿睡午觉的我，从东南区赶到东北区许校长的家门前时，会

---

① 余志主编：《康乐红楼：中国大学校园建筑典范》，商务印书馆2004年版，第138-141页。

急不可待且不懂事地一声声呼叫着"小燕,小燕"。涵养很好的许婆婆见状,会耐心地、轻声细语地隔着二楼纱窗告诉我说:"小燕在午睡,你可不可以三点钟以后再来找她玩?"我听后安静了下来,但也不愿离去,转身到屋前小径边的大树下,闻着擎天白兰树散发的阵阵花香,听着酷暑中此起彼伏的蝉鸣声,小手时不时拍打着吃饱喝足黏在双腿上的黑色"小咬"①,耐心等候着。我一会儿在露出地面的粗壮树根之间跳跃,一会儿又环绕着一根又一根树干转圈圈,满心期盼着小燕下楼迎我进门玩耍的开心时刻。当然啦,再后来的我,会自觉地在下午三点后再去小燕家找她玩耍了。

1962年前后的宾省校屋,前门朝南,后门朝北;一楼进门有一道门廊,进了门廊踏入较宽阔的门厅,右侧朝南的房间是许崇清校长的书厅,室内有一张做工考究的中式圆石桌,圆石桌边是几把做工同样考究的圆石凳,均是云石与酸枝木做成的。②

图3 1956年,四岁的朱明燕刚从父母身边来到外公外婆在康乐园东北区8号的温暖之家(供图者:朱明燕)

---

① 蠓,在夏秋两季常见于树林、草坪等潮湿之地,因其体型极小,而雌虫叮吸人血后致人奇痒难忍,被称为"小咬"。
② 易汉文主编:《教育家许崇清》,中山大学档案馆2002年编印,第38页。

有一回，我见到许校长在云石圆桌旁辅导小燕的表弟刘锡坚做功课。许校长坐在圆桌旁，亲自为他的小外孙削铅笔，并亲身示范，手把手教小锡坚写字，这一场景给我留下了深刻的印象。我心想，平时看着很严肃的许公公原来这么关心小朋友的学习啊！时光流淌了很久很久，现在每当我看到铅笔时，脑海自然会涌现许校长削铅笔时慈祥与认真的模样。

在这个整洁简朴雅致的书厅里，墙上挂有一幅日本友人所赠的字画，当时令我十分惊讶，因为印象里日本人是奸杀掳掠无恶不作的侵略者，不理解为什么老校长家里会有日本人的字画。询问小燕后得知，许公公曾在日本留学，这幅字画是日本友人送的礼物。再年长后，知道孙中山先生在日本开展革命运动时，得到过很多日本进步人士与华侨的帮助和支持。从此，我树立了须把日本侵略者与日本人民区别对待的观念。

1963年，许校长当选为广东省副省长。在上世纪60年代初的夏天，我在小燕家可经常见到每天由秘书陪同搭专车早出晚归去市里上班的许公公，那时的许校长已是75岁高龄。

许校长的家，成了我和小燕纵情玩耍的乐园。半个世纪以来，每回重返康乐园，我与小燕，还有我们从小一起长大的好朋友们，一定会结伴从小礼堂出发，经过黑石屋，走过马丁堂，路过大钟楼（格兰堂），绕过积臣屋（原为中大党委办公楼），去到马岗顶，坐在许崇清故居石

图4 2006年春节期间，周显平（左一）、李少娜（左二）、朱明燕（右二）和周显元（右一）探访许崇清故居（供图者：朱明燕）

级台阶上，通过正门的铁栅栏，努力朝室内瞅，瞅瞅那已人去楼空，但永远镌刻在我们心间的童年乐园。

儿时，我与小燕常在宾省校屋中贯通前后门的廊厅里席地而坐，堆积木、玩游戏和看小人书。右侧朝北方向的是屋内最大的一个房间，四周环形摆放着套了整洁布罩的沙发，沙发之间摆放着精致的茶几，那是许校长接待客人的正式会客厅。有时，小燕会带着我进入静逸的会客厅，每人手拿一条丝巾，双手举起并挥舞着，在宽敞的客厅里纵情奔跑，一边奔跑还一边哼着歌儿，手舞足蹈，放飞自我……

图5　1954年秋，许崇清校长（右）与夫人（左）满怀欣喜与慈爱地与外孙女朱明燕（中）手拉手走在东北区8号后院的小路上（供图者：朱明燕）

我和小燕玩得最开心的一次，是小燕领着我进入许公公的卧室，我们居然还跃上了许校长的大床。可能当时恰好上了体育课，中大附小的薛柏林老师刚刚教了我们如何在软垫子上做前滚翻，要求大家回家多练习。小燕发现公公的卧床够大够软，正好可以在上面练一练。我们上床后，咦？发现大床有弹力，一高兴便使劲地在床上蹦哒，还要比比看谁可以蹦得更高；蹦够了便在床上练习翻筋斗，嘻嘻哈哈不知折腾了多久。奇怪的是，竟然没有任何人来制止我们，我们也无比痛快地玩至筋疲力尽。一天又一天，我俩照旧尽情地玩耍。我们一脸的汗水、一身的尘土、一双脏兮兮的小脚丫，就这样在许校长的床上乱蹬猛踩，过后我们却丝毫没有被批评与受责备。由此可见，许公公与许婆婆是多么疼爱孩子们，他们宽厚仁慈的爱心，让我感动且受益终生。

许公公与许婆婆的小儿子许锡挥老师，我们小时候都随小燕叫他舅舅。舅舅比我们年长整整二十岁，这位低调谦逊、家教良好、严于律己的校长幼子，待人接物从来都是彬彬有礼，丝毫没有一点架子。

宾省校屋的二楼，有一个带门的小储物间，里面用木架分层，每层摆放着各种糖果、饼干、话梅和橄榄等零食，小燕总是慷慨地与我分享这些零食。

有一次，舅舅可能看见我们频频取零食，吃得太狠了，便想了一个小游戏，分散我们的注意力。他把自己藏在二楼零食储物间内，把脚上穿的一只拖鞋从门缝下面伸出来让我们抓，当我们在门外伸手快抓住鞋子的时候，他又敏捷地把拖鞋收回去，来来回回好多趟，逗得我和小燕哈哈大笑，玩得不亦乐乎，早就忘了嘴馋贪吃一事，以至于后来每次到小燕家，都希望舅舅可以再陪我们一起玩玩抢拖鞋的游戏。

小燕离开广州前，许公公与许婆婆见我俩难舍难分，便留我在家，入座左侧饭厅，在大圆餐桌边与小燕挨着坐在一起，共享了一顿丰盛的晚餐。那顿饭，吃什么早就模糊不清了，只记得自己与许校长同桌吃饭，没有拘谨，没有不安，只有开心与快乐，快乐得把小燕挑选送给我的一篮子玩具，忘在内门廊的地砖上了。

春暖花开的2023年4月初，在我赶写这篇文稿时，我与弟弟共同照顾陪伴着年迈病重的妈妈。我妈妈林兢华，是小燕舅舅的同龄人，现已91岁高龄。我向我们的妈妈，这位在康乐园基层工作了一辈子的"老中大人"，说起许崇清校长，提起许锡挥老师和张玉容老师时，妈妈回忆起很多往事。妈妈告诉我，当年她在学校团委负责学生工作期间，有一次被学校抽调去带学生下乡，恰好许锡挥老师也同行，当时张玉容老师还是位大学生。妈妈说他们俩就是在这趟下乡时认识的。妈妈说许锡挥老师人非常好，待人真诚，工作积极，从无恃傲骄狂之气，我深以为然。

后来，小燕的舅舅与张玉容阿姨结婚了；再后来，他们可爱的独生儿子许绍锋出生了。每次在康乐园里偶遇,张姨总是笑容可掬地停步与我聊上几句。每每想起张姨,想到的都是她轻柔的话语、平静的心态和永远美丽的笑容。"清水出芙蓉,天然去雕饰"[①],形容的正是我们怀念的张玉容阿姨!

2012年,我与小燕同返广州,小燕将她舅舅的散文新作《广州伴我历沧桑》送给我,直说她舅舅的文笔真好,悲欢离合的家事国事天下事都在他笔下一一生动呈现。一天,我与小燕踏入她舅舅那位于西区教师住宅楼的简朴无比的家,请她舅舅在这本自传上签字,舅舅认认真真地签下:"许锡挥赠,二〇一二年秋日"后,还专门取出一方私章红印,稳稳重重地盖在签字之处。那天,我们与小燕舅舅和绍锋伉俪一起合了影,所憾我手中缺了这张合影。

图6　2012年,许锡挥老师的赠词(拍摄者:李少娜)

百岁红楼梦故里,
世纪康乐寻旧事。
古榕撒荫枝叶盈,
紫荆落英隐入泥。
琉璃青瓦丰碑立,
书香气息贯史记!

图7　1967年夏天,作者(右)与朱明燕(左)于广州相聚,双双伫立在中大北门珠江畔(供图者:李少娜)

---

① 出自唐代诗人李白赞美韦太守的诗句。

十一年后的今天,当我再次重读《广州伴我历沧桑》时,儿时的欢乐瞬间褪去,深深感受到中大知识分子在艰难探索时期的心情是多么苍凉无力,痛苦沉重。

张嘉极先生为《广州伴我历沧桑》所作序中说:"这首悲怆的命运交响曲,不仅是作者个人的,更是整个国家与民族的。我们于许老的字里行间真切地窥视到一个大变局时代的苍茫背影。往事并不总是如烟,前尘历历,俱在目前,经由许老的笔端,单薄骨感的历史变得丰厚饱满。许老的讲述诚实,全面且极富悲悯的人文情怀,常在极不经意的一笔中展出独特的人格魅力和深邃敏锐的识见。历经生命磨难的人往往具有更为深厚的心灵维度,于家国民族而言,变革与动荡之后可怕的不是田园的荒芜,而是心灵的空旷。"这段知音者沉重的话语,引起共鸣,发人深省,让我陷入久久的沉思。

我的先生方思宁,华南理工学院毕业后在中大计算机系的计算中心工

 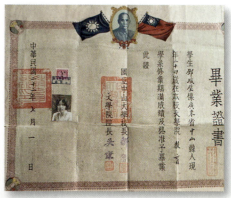

图8 方惇颐教授与邓峻璧教授的毕业证书(上图)和毕业照(下图)(供图者:方思宁)

作。家里共有六位哥哥姐姐,他们的父亲方惇颐教授、母亲邓峻璧教授,双双于1933年从中山大学文学院教育系毕业后留校任教,均是许崇清校长的学生与好友。在有生之年,他们身体力行地实践着许校长的教诲与教育理念,怀抱对祖国无限的热爱,一生忠厚,诚实坦荡,无怨无悔地为高校培养教育人才竭心尽力。

就在成稿之际,从我先生手上获得一张珍贵的家传老照片。那是1947年,许崇清校长短暂逗留苏州时,与我先生的父母及还在襁褓中的四哥思行的合影。

图9 1947年,许崇清校长与方惇颐、邓峻璧伉俪及方思行于苏州合影(供图者:方思行)

当时九岁左右的三哥思觉还为许校长研墨铺纸,倒水端茶。据思宁大姐姐绮芬回忆:"我们在苏州住了三年,我在苏州上幼儿园与小学一、二年级。当时许校长和我们同住在一个苏州庭院,从我家窗户可以看到他家的窗户,中间隔着一个天井,还有一棵长满小红果的小树。我们常常去许校长住处,他还教我认字,还给我吃小粒的巧克力。大哥思尧还曾给许校长画过像。许校长的书法很好,常有朋友上他家聊天。许校长待孩子们也很和蔼。1966年以前,爸妈每年春节都会带我们几兄妹(每次只带一个孩子)去中大许校长家拜年。记得有一次我见到慈祥的许师母,离别时,她送给我们一大包水果,当时我高兴极了。"

认识我先生很多年后,我才知道先生一家与许校长伉俪有着这么长久的师生情谊。冥冥之中,相信世间真有缘分的存在。

红楼历百岁,师名垂青史。在中山大学建校百年之际,致敬千千万万为

中华民族强盛而孜孜不倦努力，坦坦荡荡抱有爱国之心，为祖国的教育事业奉献终身的先贤前辈们。

百年树人，薪火相传。

参考文献：

[1] 余志.康乐红楼：中国大学校园建筑典范［M］.香港：商务印书馆，2004.

[2] 蔡宗周.中大童缘：往事篇［M］.广州：中山大学出版社，2014.

[3] 易汉文.教育家许崇清［M］.广州：中山大学档案馆，2002.

[4] 黄悦.崇正树德　清风亮节［M］.广州：广东省出版集团，广东人民出版社，2013.

[5] 许锡挥.广州伴我历沧桑［M］.广州：广东省出版集团，广东人民出版社，2012.

作者简介：

李少娜，女，1965届中山大学附属小学校友；父亲为李汉章老师，母亲为林兢华老师。

邻居孩子眼里的陈寅恪

◎王则楚

陈寅恪[①],一个如雷贯耳的独立知识分子巨人的名字,让多少人为他"独立之精神,自由之思想"的坚持而由衷地感到敬佩。但在我这个陈寅恪先生邻居孩子的眼里,他并不是只有严厉一面的前辈,而是一个和蔼可亲的、对生活充满热爱的前辈。

由于高校院系调整,成立了华南医学院(中山医学院前身),原来居住在陈寅恪先生楼下的周寿恺先生[②],搬到位于东山口附近的中山医学院宿舍居住。而腾空的房间,在中山大学的安排下,1954年的10月之前,我们

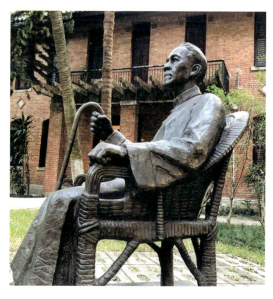

图1 陈寅恪故居前的陈寅恪先生铜像(拍摄者:吕炳庚)

---

① 陈寅恪(1890—1969),男,江西修水人,中山大学历史系教授。
② 周寿恺(1906—1970),男,福建厦门人,医学博士、教授,岭南大学医学院院长兼博济医院院长。1952年高校院系调整后,是中山医学院8个一级教授之一。

王季思一家由康乐园模范村西南区11号二楼搬进了周寿恺先生曾住过的一楼房间,住进了中山大学东南区1号楼下,与陈寅恪先生成了楼上楼下的邻居,整整14年之久。

东南区1号,位于中山大学的中央区域,它的北边是中大行政办公楼,由于楼顶有一座大钟,大家都叫它大钟楼。它的背面就是中大校园的最高处,叫马岗顶。东南区1号,前前后后都是草坪,西面的坡下是图书馆和黑石屋之间的大草坪。坡上有许多高大的树木和茂密的灌木与杜鹃花。搬进去的时候,南面是我们家的正门,门前有两棵含笑花树,一条红砖的小路通到对面姜立夫先生家门口的水泥路。小路西侧是一丛迎春花,再远处有一棵高大的樟树,姜先生家旁,还有一棵高大的乌榄树,遮天蔽日十分阴凉。东边的窗户下面是一丛绿色的夜来香。稍远是两棵柠檬桉,东南角有一棵白兰花树。草坪东面的路边坡上还是一片草地。我们家北面是陈寅恪家的大门,门

图2 陈寅恪故居和格兰堂前一景(拍摄者:姚明基)

前是连着大钟楼路旁樟树的草坪，草坪西侧有两棵芒果树。陈先生门前的水泥路向西转向西北角，斜斜地通向连接图书馆和大钟楼有台阶的大路。陈先生家通过螺旋铁梯到厨房的后门和我们家厨房出来的后门都连着这条路。西南面还有两栋平房，是一家一间的室外厕所，也可堆放杂物，平房边是一棵高大的木棉树。我们家走廊的下面是一个半地下室，有半截窗户透光，入口处有一个洗衣服的池子。

我们家搬进东南区1号后，房子比西南区11号的要大许多，而从那年开始，三姐和三哥也已经考上初中，搬到学校去住了。每到周六，大哥、二姐从学校回来，家里就热闹得很。陈先生住在楼上，他们家相对就安静得多，即使有学生到他家走廊上课，也是鸦雀无声的。这个走廊课堂的下面，是我们家的走廊，在走廊东头，有一个吊着的摇摇椅，是我当时很喜欢玩的地方。但我却很少在那里玩，因为妈妈跟我说，陈先生眼睛不好，但耳朵听得很清，所以不要吵。东边的窗下，那丛很大的夜来香，晚上散发的香味很浓，陈先生一定闻得到。

刚到此屋居住的时候，陈先生偶尔还会下楼散步。在陈伯母的陪同下，他会沿着门口的斜道，走到图书馆（今马丁堂）边上，沿着草坪边上的水泥小路走到黑石屋再转回到门前，从后门回去。和姜立夫夫妇的散步一样，大师的身影是大学里一道让人羡慕的风景。

在1957年9月我到广雅中学读初中之前，东南区1号是平静而欢乐的。每每课后到外面疯狂地游玩，一身大汗渴得要命的时候，回到家就能看到妈妈为我备好的一大缸子凉白开，我会一口气喝完，感觉一直凉到心里，舒服极了。傍晚，我要是还没有回家，妈妈就会在门口的路上用温州话大声呼道："则楚，回家吃饭了。"那温州腔的喊声，总会引起对面希伦高屋同是温州人的姜立夫教授夫妇的笑容。

刚搬过来的时候，我们楼上楼下是常有来往的。记得陈伯母还把我带到楼上陈先生家的大厨房，给我吃他们家做的煎饼，那不是面粉做的，而是米面做的，煎得黄黄的，十分香。中大校刊上登过广州京剧团到陈先生家演唱，后来他们还到门前草地上一起活动，还有王起、詹安泰①、董每戡②一起和诗唱吟。我们家当时请商衍鎏老先生给书房题匾"翠叶庵"。在父亲③的客厅，商老先生、商承祚④父子，还有詹安泰、董每戡等一起欣赏黄宾虹给父亲画的行吟图和齐白石给父亲画的螃蟹图，一起品尝母亲的拿手好菜，喝着父亲成坛买回来的加饭酒，邻里间真是其乐融融。

当年夏天，杭州的夏承焘先生⑤来中大，在我们家里喝酒畅谈，席间父亲重新写下表达与母亲比翼齐飞愿望的对联："九万里天空海阔容我双飞，三五夜月朗风清与子同梦。"夏先生应母亲要求，挥笔在撒金粉的宣纸上写下了这副对联，笔韵圆浑。那天下午，父亲陪同夏先生一起上楼看望了陈先生。只记得晚饭间夏先生谈到，陈先生会指出什么问题在什么书的第几页可以找到论述，让我这个觉得背诵是件难事的少年，感到陈先生真是了不起。

1957年至1958年10月间，母亲经历了从罹患胃癌到去世的痛苦。父亲是中文系主任，忙完各种事务后，整天就是陪着母亲。1957年夏天，他陪母亲到青岛度假，回来后不久又到全国各地请名医给母亲看病。我初一的时候，还会在周六从广雅中学步行到中山医一院去看望母亲。母亲去世之前骨瘦如柴的样子，我依然还有印象。母亲去世后的第二年，父亲去了北大讲学，接着留在北京编《中国文学史》，三姐王丽娜到上海戏剧学院读书，三哥王则柯到北京大学读书。由于我住校，几乎只有住在家里的助教守家，与

---

① 詹安泰（1902—1967），男，字祝南，号无庵，广东饶平人，中山大学中文系教授、主任，擅诗词创作与诗词评论，以词学名世。
② 董每戡（1907—1980），男，浙江温州人，中山大学中文系教授，是我国著名戏剧家兼戏剧理论家。
③ 作者父亲王季思（1906—1996），男，浙江温州人，原名王起，字季思，当代中国最有影响的戏曲专家之一。中山大学中文系教授、主任。民盟广州市主委、广东省副主委。
④ 商承祚（1902—1991），男，字锡永，号契斋，广东番禺人，中山大学教授，著名古文字学家、考古学家、书法家。其父商衍鎏为清末科探花、翰林院编修。
⑤ 夏承焘（1900—1986），字瞿禅，晚年改字瞿髯，别号谢邻、梦栩生，室名月轮楼、天风阁、玉邻堂、朝阳楼。浙江温州人，毕生致力于词学研究和教学，是现代词学的开拓者和奠基人。

陈先生家的来往也渐渐少了。

听说后来陈先生的眼睛越来越看不清了，他就只在斜路上短短地来回走动。他的这种情况，引起中大领导的注意。再后来听说他的青光眼严重到只能分辨黑白了，有高低和斜坡的路已经不能自己走了。不久，学校就在门口朝东穿过草坪，修了一条一米左右宽的小水泥路，路面涂上了白色的石灰水，和边上深绿色的草坪形成了强烈的对比。我们就又能看到陈先生下楼在小路上走了。1960年秋，我考回当时称为中大附中的六中读书，虽然住校，但可以经常回家了。常常在下午4—5点钟的时候，看到陈先生自己拄着拐杖，在白色的水泥路上来回漫步。他板直的身子，和低头看路后迈出的小步，给人一种对生命和阳光特别热爱的感觉。有一回，我从六中回家取东西，和他迎面相遇，我停下来站在路边等他走过。他居然能够感觉到我在路边，也停下来站了一会儿。我只好喊了声："陈伯伯好！"他笑了。我就说："这路边还种着花，是红色的。"他说："我看不到，我只能看到白色的路和深色的草地。花香吗？"我随手拔了一朵，拿到他鼻子底下。他闻了闻，说："没有夜来香香。"这条小路两边的草地，1960年秋被铲掉了，有人翻垦种上番薯，但白色路旁有几米宽是没有挖的。我告诉他，现在没有粮食，草地被铲了种番薯。他说他知道，既没有说好，也没有说不好。不管怎么说，他能够自己走一走，对中大领导，主要是冯乃超书记对他的关心是感谢的。

在那个物质缺乏的年代，陈师母在后门的路边种了几棵菠萝。菠萝越长越大，有拳头那么大，不少走过的人都能看得到。陈师母为了防止虫子咬，加上她女儿是生物系的，可能会弄到农药，就喷洒了农药，并在边上立了一块牌子：喷了农药，不能吃。但过了一个礼拜，不知这个菠萝给哪个小偷割走了。这件事，至少说明陈先生是知道国家处于困难时期，需要自己动手种粮食这件事的。他们家也身体力行，种些自己需要的水果。

那时，住在家里的助教是王晋民，台风把后门的大王椰棕的叶子刮落地上的时候，他去把它拉回，放在地窖口和厨房之间的空地上。我回到家一看，有红头蛇爬出来，他就拿砖头打了。我告诉他："红头蛇、七仔鲤、八

仔爷，一条跟一条，一条比一条恶。"他赶紧拿实心竹子的竹心，软软地朝蛇抽去。果然一条接着一条，蛇都被打死了。陈伯母也在边上看着，直到把那些叶子拉走，对我这个调皮孩子才有了称赞。

1962年，姜海燕带着小女儿陶里亚（后改名为王小明）来到我们家。我从六中回到家里，在中文系龙婉芸老师的见证下，把家里的钥匙交给姜海燕之后，便很少回家；后来到高三备考时才回家住，而父亲一人还在北京编书。我备考的小房间就在陈家后门的边上，从陈家后门可以清楚地看到我读书的窗子。那时我的女朋友，也是一个母亲去世、父亲另娶、寄住在中大工作的姑妈家的女孩，她强调我必须考上北京大学，否则她会自责。因此，我发奋读书，几乎每天都强调自己一定要做多少题目，往往用功学习到深夜，房间灯光还亮着。直到我取得北京大学录取通知书10天后，父亲才从北京回到家，他听说了陈伯母对我的赞扬："则楚可真用功。"

1963年，我考取北京大学之后，已经不可能步行和骑自行车回家了。即便寒暑假从北京回来，也是和同学、朋友会会面，来去匆匆，也就做不成陈先生的邻居了。直到陈先生病故，我很少有机会再与他见面。

作者简介：

王则楚，男，1957届中山大学附属小学校友；父亲为中山大学中文系王季思教授。

大树下的邻居

◎许绍锋

幼年时,家在康乐园东南区4号二楼。楼梯口大门对面是东南区1号,现称作陈寅恪故居。余生也晚,未见"寒柳金明"之风采。在记忆中,那里是容、商二老的故居。其实容老搬来前,二楼住的是杨荣国先生[①]。

图1 1974年,许绍锋于樟树前草坪留影(供图者:许绍锋)

因其大门向北,不曾造访。一楼则大门朝南,商老一直住在那里。

我家与商老家隔着草坪,中间有条小路通大门。小路西侧,是一株樟树。康乐园树木颇多,此树却犹为冠大荫广。其占地半草坪,主干须得三人围,分枝皆粗如梁柱,冠荫偌大如屋,树旁恒有微香。叶色多彩,赤黄绿褐,层迭交错。果小而黑亮,可食却无味。暑午时日,清风徐来,浓荫樟香,甚是怡神。

---

① 杨荣国(1907—1978),中国哲学家。笔名杨天锡。湖南长沙人,中山大学历史系、哲学系教授、主任。

大树之下，常见一位长者。衣装宽整，容止祥和，观绿闻鸣，徘徊小立，有斯文之风。问家祖母，道是商承祚先生，研究甲骨文的，他父亲商衍鎏是清末探花。从故事传说中，大概明白状元、榜眼、探花都是很厉害的人物。当然，其时我更喜欢英雄武将。但不知甲骨文之所谓，亦未及细问。

商老的孙子年岁长于我，甚少同游。楼下陈氏兄弟，则与我相当。常作伴，穿林上树，采果捕虫。唯逢年过节，前后邻居的小孩据屋作堡垒，以烟火爆竹相攻为戏。那大树亦就成了烽炮硝烟中的掩体。若是玩过头了，会被大人呵斥制止，免不了一顿责备。

那时家有水缸，每日需挑水。水塔在今岭南堂处，水喉则不远，位于大钟楼与图书馆之间。当时图书馆即今社会学与人类学学院办公楼。今之图书馆馆址当时是一片荔枝林，乙丑进士牌坊之构件散布其中。

及予稍长，恃大力，欲助家务，乃自提桶往。为免倾洒浪费，开喉至大半桶则止。初提，三步五步力尽，稍歇。再作，一气十步廿步，渐得持久。及至家门，已无力上楼。回首，见大树。风摇叶摆，星点光影，恍若招手相迎。即赴。

大树下，清凉舒爽。回过神来，才发现商老亦站在树下，向我微笑招手。问我情由，又问姓名家宅，遂一一报上。稍顷，自觉气力恢复，乃辞归。商老说了句，下次来玩。

不久，我果然应约。商老家中，字画器玩，陈设古雅。予我果饼，概不客气。我问门外两侧所贴为何。曰对联。问上面所写为何。商老笑问："可认得？"我答："一个都不识。"商老问我想学么，我即答不想。商老又问我想学什么。我说："学武。"商老摇头，笑容不改。我亦就此错过了学习机会。多年后，同学问我：今日陈永正老师讲诗词，听否？我即答："听。"决不贰过。

其后，我从中大幼儿园升到了附小。老师批评我写字难看，如甲骨文。我对曰，商老就住在我家对面，你又不说他的字难看。满堂无言。不久后，我家就搬离了东南区4号。

至今,旧居景物依然。大树仍在,树下何人?

作者简介:

许绍锋,男,1983届中山大学附属小学校友;祖父为中山大学许崇清校长,父亲为中山大学许锡挥教授。

我的父亲江静波教授

◎江 燕

我又一次演奏了威尔第的《安魂曲》。21年前,当我父亲正在医院与死神搏斗时,我也在舞台上演奏了同样的一首《安魂曲》。这部作品被音乐界誉为音乐史上最为震撼并集中人类最高情感的巨作,在有限的篇幅中带我们走过了人类复杂情感的巅峰。演奏过程似乎使我经历了与父亲的甜蜜回忆,痛苦离别,与父亲天堂相聚的永恒!音乐会后,我依然百感交集,心情久久无法平静……

父亲离开我们已经二十一个春秋了,但他痛苦离世的过程至今仍然历历在目。由于脑部手术开刀失败,父亲在医院里昏迷了236天,没有了视觉和听觉,喉咙里也因为插了管道用于吸痰和进食而不能讲话。生前他屡屡交代绝对不要让他变为那种躺在床上插管道的植物人,但是手术的失败是那样出乎意料,而我们总是抱着一线希望,觉得他能够回到我们身边。这样的期盼,却让他一直躺在医院的病床上,经历了难以忍受的磨难。然而,他最终还是于2002年8月27日5点03分离开了我们。

父亲走后,我也经历了长时间的精神压抑,不管看到或碰到何事都总会联想到父亲的音容笑貌、喜欢吃的东西和喜欢看的节目。往事不堪回首,悲痛也并没有因为时间的延长而削减,思念却似乎与日俱增。

父亲是一个温柔善感的人,即便是一个陌生人,只要与父亲稍有交谈,也会感受到父亲的慈祥,感受到他心中充满的爱。他热爱生命,热爱大自然，热爱家庭、朋友和学生，他愿意为普天下的美，献上自己毕生的追求！

我的童年

我父亲江静波，是中山大学生物系教授。我出生在生机盎然、花香草绿的康乐园。那时候的中山大学校园内有荔枝园和蒲桃园，樱桃、石榴和香蕉树遍布校园的各个角落，竹林婆娑，花香四溢。一年四季，有不同的花香、不同的景致。紫荆树、木棉树，还有腊黄花等，在不同的季节为校园换上时装。随风撒落的花瓣，为路旁的小道铺上了一层锦绣多彩的地毯。父亲对腊黄花情有独钟，曾吟诗曰："枝头串串腊花黄，却胜葡萄一段香。金瓣牵风天女撒，轻轻飘落夏衣裳。"

我家在中山大学东北区32号甲，那里有一个很大的花园，园内布满了松软的台湾草，园中有桂花、含笑花、玉兰花、茉莉花、茶花、桃花和米子兰。

父亲在园子的左侧养了好几箱蜜蜂，他对养蜂很有兴趣和经验，我们家常常蜜糖大丰收。到了采集季节，我们在家里自己收蜜糖。有荔枝蜜、龙眼蜜、葡萄蜜等。圆圆的木桶，先用刀把蜂巢上的蜡割开，把蜂巢架子一格一格地在桶内排好，盖上盖子用手使劲地甩。这样蜜糖就会从蜂巢里甩出来，顺着龙头流到准备好的铁桶里。我们用大大的

图1　江静波教授一家

铁罐子密封起来，蜂蜜可供家人全年享用，也常常当作礼品送给亲朋好友。

有时候，一个蜂巢里产生了新的蜂王，这箱蜜蜂就要分家了，因为每一箱蜜蜂只能容纳一只蜂王，新的蜂王会把自己的跟随者（工蜂）带到高高的树梢上重建家园。每当这个时候，父亲就会戴上有网式面具的帽子，用长长的竹竿接上鸡毛掸子，轻轻地把蜜蜂拨赶到已经设置好的布袋子里面。往往要花好长的时间，父亲才能把分出去的蜂群收回来。接着，还要重新设立一个新箱子让它们安居。

我家附近就是园林科，父亲与园林区工人的关系非常友好，他常常散步去看园林区的花草并与园林科的师傅们聊天。我闺蜜冯秀玲的父亲冯剑（大家都称他"剑叔"）就是我父亲的好朋友。父亲时常向他请教园艺经验，我们也与园林科工人的孩子们玩得非常融洽。所以有时候我家院子需要帮忙，他们也毫不犹豫地伸出友谊之手。

记得父亲曾带着我们兄弟姐妹和邻居的孩子们，包括江桥、梁国祥、叶毅中、金雨雁、冯秀玲、叶毅梅等，一起辨认校园中的植物。我们手中拿着小锤子和小标签，一边散步，一边学习树木的名称。每学会一个树的名称，父亲就叫我们用小锤子打一个钉子在树干上，然后把注释着树木名称的小标签挂上去。父亲说这样也会帮助其他人认识树木花草。父亲还常常耐心地为我们讲解树木的用途，有时会带我们到生物大楼里观看各种动物标本。他教会我各种动物的名称，并且解释它们的习性，更有趣的是让我观看显微镜下的玻片。那五彩缤纷的细菌在显微镜下竟翩翩起舞，真是比万花筒里的千般造型、万般变幻还要神奇。我从小就得以领略大自然的神奇，这大概就得益于有一个研究生物学的父亲吧。

音 乐

我之所以能步入音乐的殿堂，也是因为深受父亲的影响。我父亲青年时代曾经生活在新加坡，并在新加坡的一家报社当新闻记者，那时候经常有朋友邀他去听音乐会。回国数十年之后，父亲养育了5个孩子。当最小的我出生后，由于怀念青春时代在新加坡的日子，父亲决定让我学习小提琴。那时父亲担任中山大学教职员工的工会主席，常常带我到工会礼堂进行表演，渐渐培养了我对音乐的爱好。

1972年，未满15岁的我考取了广东省歌舞团乐队，从此开始了我的音乐生涯，小提琴也成了我的终身伴侣。

科 研

早在上世纪60年代父亲就热衷于疟疾研究，为了拯救千千万万的疟疾受害者，父亲深入广西百色地区做实地考察。那时候交通不便，要坐非常拥挤的长途公共汽车，然后还要徒步深入山区，到疟疾多发的现场。为了科研，父亲冒着被感染疟疾的风险，废寝忘食地工作。

图2 江静波教授（左一）实地考察

1968年，姐姐江心竹和江心梅到农村插队落户，父亲也去了"五七干校"。父亲的工资被冻结，全家每月只有78元收入。妈妈为家里的生计发愁。我常常陪妈妈钻东区校园围墙洞到校外摘野菜充饥，生活非常困苦。

1970年末，父亲从"五七干校"回来了。当时我们家已经被搬迁到工人村，房子的面积不到60平方米。父亲的床就设在客厅里，大姐和哥哥在一个房间睡，那是我们自己制作的上下床铺，我和妈妈睡在父亲的书房里，家里非常拥挤和潮湿。然而，为了进行研究，父亲经常加班加点做实验，且需要定时取血样来观察病情的发展。夜里，家里每隔一小时闹钟就会大响，这时候，哥哥江桥就会起来帮父亲忙。他们先把针扎在实验动物的耳朵上，当父亲用玻片取下血样的时候，江桥就手持香蕉，或者别的一些食物安慰这个小家伙。当时经济紧张，我们都非常饥饿。妈妈把用来喂小家伙的食物放在一旁，我们都知道那是不许随便碰的。为了记录病情进展，父亲每天还要把血样带到实验室去观察并拍照，然后又把胶卷带回家来，在一个窗户被蒙上黑布的房间里，哥哥帮父亲洗照片，有时候我也被允许到暗房里观看。照片冲洗从显影到晒干是个复杂的过程，需要时间和耐心。江桥常常陪父亲通宵操作，一忙就是好几个星期。父亲科研的贡献实在是少不了我们全家人的牺牲和支持。

文　学

我父亲除了在科研方面留下了不可磨灭的足迹之外，在文学上也拥有超人的天赋。

1981年，我到美国求学，离开了广州交响乐团，离开了养我育我的中山大学校园，开始了自我学习、自我谋生、自我创业的生涯，其间常常与父亲有书信来往。20世纪80年代末期父亲告诉我，他出版了《师姐》一书，发行了好几万册之后还需再版。广州电台在讲故事的节目时间播放他的作品，朗诵他的书籍。他的小说也曾在《羊城晚报》连载，赢得广大读者的广泛赞誉。珠江电影制片厂也把他的作品拍成了电影。《师姐》和剧本《晚霞》不但广受读者的喜爱，还得到专业作家的肯定。著名作家秦牧主持的作家座谈会上，他们为一个生物学的名教授颁发了广东省鲁迅文艺奖。

我虽然对父亲的成就感到非常欣慰和高兴，但因为我在国外，没有身临其境，所以也就感受不深。直至1992年我回国探望父母亲，晚饭后像孩童时代一样，陪伴父亲出去散步。每逢走在康乐园或者在餐馆坐下来吃饭时，常常会有热爱《师姐》的读者认出父亲，一拥而上把父亲团团围住，大谈读后感；有些还匆忙拿桌上纸巾让父亲签字。这种场面，使我切身体会到了文

1 群贤荟萃 遗泽余芳

图3 江静波教授（前右一）在其长篇小说《师姐》出版座谈会中与著名作家杜埃先生（左一）交流

学的共鸣有时比科学更加大众化。

记得我们家住在工人村的时候，邻居是中文系教授钟祺玮先生。那个时候，父亲把我送到钟老师面前，让我跟钟老师学习古诗词。我的中文水平只有小学二年级，钟老师的辅导无疑为我这个无知孩童的心里播下了文化启蒙的种子。

落叶归根

"承前祖德勤和俭，启后孙谋读与耕"是父亲生前为家乡承启楼写的对联。对联充分体现了父亲对祖先的怀念和对子孙后代的期望。自从我奶奶在父亲上大学的时候去世，他就没有机会回家乡，但他对家乡亲人有着极深厚的情感。在美国期间，他买了不少儿童科学教育书籍寄回家乡，希望家乡的下一代人能够有更多的机会接受良好的教育，读书成才，争当国家栋梁。

父亲走了，我多么希望能够再一次聆听他的教诲，再次看到他那和蔼的容颜。2019秋，我和哥哥江桥护送父母亲的骨灰，送到父亲的出生地，安葬在福建省永定高头乡承启楼旁。

承启楼，我父亲日日夜夜思念的故乡。那里的山山水水养育了我的父亲，那里留下了父亲成长的足迹。把父母亲安葬的那一刻，我为自己能完成父亲的遗愿而感到由衷的宽慰。

图4 作者于福建永定祖屋承启楼前留影

作者简介:

江燕,女,1970届中山大学附属小学校友;父亲为中山大学生物系江静波教授。

君子之交，浓情厚谊
——记金、江两家的故事

◎金雨雁

江静波教授与我们家是邻居，我们家住在中山大学东北区 32 号一楼东边，而江教授家在我们家小马路斜对面的别墅式平房里，门牌号是东北区 32 号甲。

江静波教授与我父亲金应熙[①]同年，都是 1919 年生人，江教授生于 5 月 3 日，我父亲生于 12 月 25 日。江教授年长，我们都尊称他"江伯伯"。江伯伯是福建永定县高头乡人，成长于著名的客家土楼——承启楼，他自幼天性聪颖，机敏过人，胜衣就傅，手不释卷。他先后就读于龙溪中学、厦门中学，毕业后赴新加坡从事新闻工作，兼任民众学校中文教师。1941 年回国后，受"科学救国"思想的影响，考入福建协和大学生物系学习。1946 年考入广州岭南大学研究院，师从著名医学教育家陈心陶教授，专修寄生虫学，冠绝诸生。1948 年提前一年完成学业，获硕士学位，受聘为岭南大学生物系讲师。1951 年晋升为副教授。1952 年高校院系调整后，历任中山大学生物系无脊椎动物教研室主任、教授、工会主席、学术委员会委员、动物学第

---

① 金应熙（1919—1991），著名历史学家，主要研究领域包括中国古代史、中国近现代史、中国哲学史、印度哲学史、中俄关系史、东南亚史、华侨史、菲律宾史、香港史等。其父金章曾任广州市市长、广东法政专门学校（中山大学前身之一）校长；堂叔金曾澄曾任广东高等师范专科学校（中山大学前身之一）校长和国立中山大学代理校长；金曾澄和许崇清两位先生被誉为广州市近代教育家，金家和许家都是广州市高第街的望族，许崇清在新中国成立前曾两度出任中山大学校长，新中国成立后出任中山大学首任校长。中山大学图书馆"大师专藏"中设有金应熙教授藏书。

一学术带头人、博士生导师等，从教三十多年，孜孜矻矻，一丝不苟。所著《无脊椎动物学》一书于1964年出版后，深受好评，成为中国高等院校动物学专业长达五十多年的经典教科书。1973年参加国家抗疟疾"523"攻关组，取得了以青蒿素抗疟原虫为代表的重要成果。1982年在世界著名的英国临床医学杂志《柳叶刀》(The Lancet)上发表《甲氟喹与青蒿素的抗疟作用》("Antimalarial Activity of Mefloquine and Qinghaosu")一文，这是中国科学家首次发表有关青蒿素的国际论文。从此，青蒿素成为全世界抗疟专家关注的焦点。1985年，中国人民解放军总后勤部、国家科委、卫生部国家医药总局联合给江伯伯颁发了重大贡献奖。同年，他被法国自然史博物馆教授会议推选为外籍通讯院士。

江伯伯和我父亲同是岭南大学最年轻的讲师，分别被公认为岭南大学理科和文科具有发展前途的青年才俊。新中国成立后，1952年高校院系调整，岭南大学合并到中山大学，江伯伯和我父亲又分别成为中山大学生物系和历史系的业务骨干。1957年，我们家搬到中大东北区32号一楼东边居住，与江伯伯家成为邻居以后，我们两家的关系就密切起来了。

从我懂事以后，父亲就借调到北京工作。每逢节日回来探家，父亲必定抽出时间到江伯伯家去坐坐，喝喝茶，聊聊天，说说时闻。他们俩人虽然各从事文科和理科的研究，但都是才思敏捷、学识渊博的通才，故有很多共同的话题。比如下棋，父亲酷爱象棋，深得象棋文化之精髓；而江伯伯棋艺也不差，闻说能闭目行棋（"下盲棋"），擅长"破棋局"。又比如诗词，父亲熟悉古诗词，在解释古诗词用典方面功力尤深；江伯伯文学底蕴厚实，晚年能写出《师姐》《晚霞》等脍炙人口的作品和意境俱佳的古韵律诗，非等闲所能。他们谈兴很好，滔滔不绝，常常到夕阳西下才意犹未尽地依依惜别。

江伯母郑茂利，温文尔雅，和蔼可亲。她和江伯伯是福建协和大学的同学，攻读园艺科，虽然婚后一直相夫教子，但其气质仍是富有涵养的文化人。由于我母亲邹云涛与江伯伯、江伯母同是客家人，母亲的家乡广东大埔县茶阳党坪村距离江伯伯、江伯母家乡永定县只有十里地。母亲与江伯母都是大家闺秀，同是文化人，情谊深厚。江伯母热心于社会事务，义务做家委工作，领着一帮家属，包括我外婆郭秀梅（邹婆婆）为邻里公益尽心尽力，诸如发票证、调解家庭矛盾、灭"四害"、大扫除、扶贫济困等，贡献良多。我们两家和睦相处，来往密切，有好的东西都送一些给大家共享。我记得我们家养了一只高大威猛的白色大公鸡和一群母鸡，母鸡下蛋后，母亲和外婆送了一篮子鸡蛋给江伯母。江伯母舍不得吃，拿去孵出了一群小鸡，小鸡长大后，出现了一只与我们家那只一模一样的白色大公鸡。一天，两只有我们（七八岁）身高的大公鸡互不相让，凶猛地打了起来。这是我平生第一次见到你死我活的"斗鸡"，结果它们两败俱伤。当我看着遍体鳞伤、满身血迹的白色大公鸡回来时，不禁有点伤心起来。

江家儿女有四女一男，因为我母亲当时在广州市第六中学当老师，所以跟心月、心竹、心梅三位姐姐比较熟，母亲还教过心梅姐姐；江桥哥哥比我们大几岁，我们经常玩在一起；江家小女儿江燕与我同龄同班，我们和住在附近的叶毅中、冯秀玲同学一起上学，一起参加学习小组，一起做功课，一起去玩耍，形影不离。江伯伯时常带着江桥、梁国祥我们几个以及我弟弟冬雁等小朋友在校园里认识植物，每一棵树他都从树名、分类、特征、用途等方面侃侃而谈，教会了我们许多植物学的知识。我和江燕是教授子弟，而叶毅中、冯秀玲是工人子弟。我父母亲多次教育我，不要因为家庭环境比较优越就看不起工人子弟，还让我向不仅学习成绩很好，还当班干部的叶毅中学习。江伯伯也是这样，他请剑叔（冯秀玲的父亲）帮他养蜂，二人相处得非常融洽，养蜂的乐趣使他们成为好朋友。

江家的家教很严，小时候江燕学拉小提琴，我们躲藏在花园里，等着她拉完琴出来一起玩，但是不到时间她一定出不来，江伯母和大姐姐轮流监督她，压制她的玩心，迫使她专心致志地练琴。我清楚地记得江燕拉琴时候的那脸苦相和拉完琴出来与我们会合时那种迫不及待、欣喜若狂的神态。然而，"宝剑锋从磨砺出，梅花香自苦寒来"，今天想来，倘若没有当年江伯母和大姐姐的苦心，也就没有小提琴家江燕蜚声海内外的辉煌。我还记得：有一次，江燕到我们家玩，一不小心撞碎了我们家书柜的玻璃，我母亲和外婆素知江伯母家教之严，故亲往江家解释，为江燕求情，以免其受一顿皮肉之苦。江家儿女个个都有出息，与江家严格的家教是分不开的。

在特殊的历史时代，我们两家风雨相扶，在恶劣的环境下互相信任，互相支持。

在上世纪六七十年代的特殊时期，外婆与江伯母扫马路，外婆是劳动人民出身，而江家孩子多，事情多，外婆总是多扫一段，让江伯母能多抽出一点时间去忙家务。而外婆病了，江伯母则主动打扫整条马路。总之，她们同心协力，一道把我们两家附近的马路打扫得干干净净。1969年，我们家遭遇到"搬家式"的盗窃，所有财物甚至日用品被洗劫一空。在存款和工资全部被冻结的情况下，我们家捉襟见肘，全靠邻居们伸出援助之手才渡过难关。江家送给我们的日常用具，母亲在几次搬家后一直保留。患难之情，弥足珍贵。

1974年6月，江家三姐姐江心梅在阳江因营救溺水女工而牺牲，给江家带来了巨大的悲痛。据江燕回忆："记得那是一个阴沉的下午，我的邻居同学金雨雁的母亲邹云涛老师突然出现在我学园宿舍的门口。她告诉我'你家里出事了，我专程来接你回去'，一种不祥的预感使我在回家的路上保持着沉默。直到踏进家门口的一刻，邹老师才开口说'你的三姐姐江心梅牺牲了，她是一个英雄，她为了营救溺水的人而失去了自己宝贵的生命！'昏暗的灯光下，父亲脸色苍白地躺在客厅的床上，一言不发。妈妈那撕裂肺腑的哭声，使我瞬间体会到残酷的事实：三姐姐走了，人真的会走，会离开你，我再也见不到她了。"① 在江家的这场劫难中，我母亲情同身受，为此跑里跑外，一直陪伴着江家人，一同承受着悲痛。我们两家的情谊已经在互相帮助、互相支持中得到了升华。

上世纪七十年代后期，我父亲调离了中山大学，我们家也搬到东山口居

---

① 江燕：《我的姐姐江心梅》，参见张卫群主编《拾光留影记康缘》，《拾光留影记康缘》编委会2017年编印，第285页。

住。父亲与江伯伯又都忙于自己的工作，见面少了，情谊却没有少，金、江两家的来往也具有更深的意义了。尽管我没有找到这一时期父亲与江伯伯见面的地点、谈话的具体内容，但是，我们家现存一张1984年3月父亲与江伯伯的合影，从他们在一起时那会心的笑容，就可以体会到他们又进行了一次称心如意的会面了。江伯伯对我们两兄弟的成长特别关心，1977年底，我以上山下乡的知青身份参加"文革"后的第一次高考，并被录取到中山大学历史系。1978年中，我在校园里遇到江伯伯，他很高兴我能考回中大读书，且意味深长地对我说："看着你们长大，真不容易啊。最难的时候已经过去，以后的路子会畅顺很多，好好把握吧。"我始终把他的话记在心上，并把它作为我认真读书、努力工作的动力。

1982年，我弟弟金冬雁以全校最高分的优异成绩考入中山大学，在生物系攻读生物化学，有幸聆听江伯伯等前辈学者的指导，通过刻苦学习专业知识，成长为社会栋梁之才。我弟弟记述："当时江伯伯曾经多次告诫我们，适逢国家发展的好时期，一定要加倍珍惜。后来我才体会到，他确是有感而发。他的言传身教，我们终身受用。"在学术教育方面，弟弟也深受江伯伯的影响，他谈到："江先生主持编写的《无脊椎动物学》教材，是我国动物学教育方面的经典之作。正是受到江先生的影响，也目睹江先生编写的教材对中国动物学学科建设的贡献，我在上世纪80年代末下定决心，与黎孟枫一起主持翻译《分子克隆实验指南》第二版，希望为中国分子生物学发展做一件奠基性的事。我们今天略感欣慰的是，我国几代的分子生物学工作者都曾将《分子克隆实验指南》奉为经典。今天那些时时刻刻想着发表大论文的人们，也许永远也不会了解当初江先生编写《无脊椎动物学》或者我们翻译《分子克隆实验指南》的出发点。"[①]

我家珍藏有江伯伯于1989年11月23日写给我父亲的信，真挚的情感，跃于纸上，兹录如下，以作纪念：

---

① 金冬雁：《缅怀江静波教授》，参见中山大学档案馆编《江静波百年诞辰纪念文集》，中山大学档案馆2019年编印，第109-110页。

应熙老兄大鉴：

接奉大教，喜甚！

我晚年颇多思旧之情，因此对当年在《星岛晚报》发表的几篇散文也珍惜起来了。昨日收到家姐寄来我50年前在南洋的旧照，还题了一律，抄在下面，请教正：

流年似水梦中逝，往事低徊只自伤。

曾笑人间太庸俗，孰知世态总炎凉。

春光满面谁家子？白发扶疏昔日郎。

强弩不能穿鲁缟，老来抱戟卧沙场。①

我在三十年代读许地山先生散文，常浸沉在他笔下超脱的意境中，却不知他是佛学中人也。千家驹先生皈依三宝，更出我料外，我还以为他参加民运去了。佛教讲轮回，我不大相信，但世事却常有循环往复之厌。比方说《阿房宫赋》中的末几句，历代都是这样的"在劫难逃"，而世界也在这样的循环往复中前进。你若研究起来，一定更能领悟其中真谛也。

心竹可能于明年1—2月间回国省亲，我甚盼能留她在港工作，届时还望你和邹老师能为我们说服她，并给她帮助，谢谢。

祝好。邹老师均此。茂利嘱笔代候。

静波
1989年11月23日

我家还珍藏着我母亲去世前的最后一张照片，那是2007年11月18日，江桥、江燕带江伯母来探望母亲，两家人一起合照的照片。母亲在之后的第十六天就因心脏病离开了我们，而那也是我最后一次见到江伯母。

我们的父母辈都已离去，他们是君子之交，浓情厚谊。而金、江两家的

---

① 此诗正式发表时，上阕句首"流年似水"改为"年华如水"，下阕句首"春光满面"改为"春风满面"，最后一句"不能"改为"未能"。参见中山大学档案馆编《江静波百年诞辰纪念文集》，中山大学档案馆2019年编印，第153页。

友情却沿着父母辈所开辟的道路继续前行。2019年,我和专门从香港赶回来的弟弟参加了江伯伯百年诞辰纪念会,我还与江桥、江燕一起送江伯伯、江伯母的骨灰回福建永定的家乡安放。文终,仅以我为江伯伯所写的纪念碑文以告慰父母辈在天之灵:"归其魂于故里,筑其梦于土楼,补长恨于既往也。嗟乎!先生有灵,当无憾哉!"[①] 也愿金、江两家的浓情厚谊,历久弥新,长盛不衰。

作者简介:

金雨雁,男,1970届中山大学附属小学校友;父亲为中山大学历史系金应熙教授。

---

① 金雨雁:《江静波教授纪念碑记》,参见中山大学档案馆编《江静波百年诞辰纪念文集》,中山大学档案馆2019年编印,第112页。

从毛主席、周总理接见中山大学两位教授的照片谈起
——我的往事回忆

◎徐广生

图1 1956年,毛泽东主席与陈心陶教授合影①

图2 1955年,周恩来总理与姜立夫教授亲切握手合影②

---

① 陈汝筑、易汉文主编:《巍巍中山——中山大学校史图集》,广州:中山大学出版社2004年版,第141页。
② 陈汝筑、易汉文主编:《巍巍中山——中山大学校史图集》,广州:中山大学出版社2004年版,第87页。

1 群贤荟萃 遗泽余芳

迄今为止，伟人与中山大学教授合影，有两张照片一直令中山大学引以为傲，并在媒体、报刊上多次引用发表：一张是 1956 年毛泽东主席与陈心陶教授[①]合影（图 1）；另一张是 1955 年在北京召开全国政协会议期间，周恩来总理与中山大学姜立夫教授[②]亲切握手合影（图 2）。

恰巧，陈心陶教授和姜立夫教授都是我公公徐贤恭教授[③]的邻居。我小时候有幸在徐贤恭教授家中长大。20 世纪 50 至 60 年代中期，我们一直住在中山大学南校区东南区 10 号的一栋两层小洋房里（另外还有一层半地下室），约有两百多平方米，陈心陶教授就住在我们隔壁（东南区 11 号）。东南区 10 号和 11 号是连体小洋房，内部结构大体一样，10 号在西边，11 号在东边。据史料记载，岭南大学时期该建筑叫孖屋二，现编号为东南区 241 号。

徐贤恭教授一家和陈心陶教授一家关系很融洽，他们的孩子也是小学和中学的同学，我经常去陈心陶教授家玩耍。

当时中山大学教授们优越的居住条件，不会逊色甚至可能超越几十年后的当今社会。这足以说明，党和政府对我国高级知识分子的高度重视，为他们提供了最好的生活物资条件，他们则专心致志教书育人，执着攀登科学高峰，服务社会，造福人类和为中华民族振兴出力。

我在东南区 10 号度过了幼年和童年，徐贤恭教授待人宽厚的胸怀、勤俭朴实的家风、有条不紊的习惯和对科学严谨的态度，我耳濡目染，受益良多。

[①] 陈心陶（1904—1977），福建省古田人，国家一级教授、著名寄生虫学家、中山大学教授、我国消灭和防治血吸虫病的重要功臣。毛泽东主席得到消灭了血吸虫病的喜讯后，以诗言志，欣然命笔，一挥写成题为《七律二首·送瘟神》的不朽诗篇。

[②] 姜立夫（1890—1978），浙江省平阳县人，国家一级教授、中山大学教授、美国哈佛大学数学博士、中国现代数学奠基人，曾任国立中央研究院数学研究所所长。陈省身（美籍华裔数学大师、20 世纪最伟大的几何学家之一）、杨振宁（诺贝尔物理学奖获得者、中国科学院院士、美国国家科学院院士）、江泽涵（中国科学院院士）等都曾是他的学生。

[③] 徐贤恭（1902—1994），安徽省安庆市人，国家二级教授、中山大学教授、著名化学家、知名爱国民主人士。

20世纪60年代初，陈心陶教授夫人与我有过一次合影（图3）。从照片上还能隐约看得到衣服上绣着我的名字。我们合影所在的位置是东南区11号陈心陶教授家的门口，照片左边（三叉路口正对着）即是东南区10号徐贤恭教授家，照片右上角的那栋洋房二楼是姜立夫教授家所在的希伦高屋（又叫歌德屋），原为东南区7号，现编号是东北区305号。

姜立夫教授与徐贤恭教授是亲家关系（姜教授的大儿子与徐教授的二女儿是夫妻），我小时候也时常跟着公公、婆婆去姜立夫教授家拜访。

我从小就叫姜立夫教授为姜公公，叫其夫人为姜婆婆。姜公公个子不高，留着白胡须，走路柱着拐杖，时常穿着白衬衣，总带着微笑，喜欢坐在藤椅上，很有学者风范。他说话声音不大，和蔼可亲。姜婆婆有着江浙富家

图3　20世纪60年代初，陈心陶教授夫人与作者合影

图4　20世纪60年代初，陈心陶教授的大女儿和作者在徐贤恭教授家门口合影

女子、大家闺秀的举止风范。

20世纪60年代初，陈心陶教授的大女儿和我在徐贤恭教授家门口合过影（图4）。从这张照片中可以看到"发扬革命传统，争取更大光荣"的对联，因为徐贤恭教授是"光荣军属"，政府授匾并张贴对联。

"光荣军属"的由来是：徐贤恭教授将其哥哥的小孩徐鸣皋从小抚养成人（其哥哥和嫂嫂在战乱中早亡），让他读了书，后来他参加了中国人民解放军，长期在部队从事政工工作，一直到"文革"结束后转业到湖北省委党校工作。

我还记得，当时每年逢八一建军节和春节，政府都会敲锣打鼓上门进行慰问。

20世纪60年代初，我的母亲、大阿姨（后为姜立夫教授的大媳妇、姜伯驹院士的夫人）和我在家门口合过影（图5）。门牌上写着：东南区10号，政府授匾"光荣军属"。

姜立夫教授的大儿子姜伯驹，现任北京大学教授，中国科学院院士（原中国科学院学部委员），第三世界科学院院士，中国著名拓扑学家，曾任全国政协委员等。2010年的教师节，姜伯驹院士曾受到时任中共中央总书记、国家主席胡锦涛同志的亲切接见。

我到现在还清晰记得东南区10号当时的房屋结构和布局：玻璃门内有一扇很厚实的主木门，这两门之间有一块很厚且光滑的青黄铜门槛；进门是客厅（约有40平方米），客厅后面是纱网内阳台（约有15平方米），客厅左

图5　20世纪60年代初，作者母亲（右）、大阿姨（左）和作者在家门口合影

图6　20世纪60年代初，作者与母亲在东南区10号门口合影

图7 20世纪60年代，作者和婆婆（徐贤恭教授夫人张朝德）于家门口合影

边是饭厅（约有20平方米），饭厅的旁边是厨房，连着通往半地下室的楼梯及去天井（约10平方米）的门。客厅正对着（图5中我的大阿姨背对着的凸出位置）上二楼的石楼梯，楼梯扶手也是青黄铜做的，厚实光滑，有手臂那么粗；上到二楼是一个休闲过道，四方形，有五个门（约10平方米），右边第一个门通厕所洗浴间，右边第二个门通主卧房（30多平方米），正对着的门是一个小房（6～7平方米），左边第一个门通储物间（顶是斜的，10多平方米），左边第二个门通公公徐贤恭教授的书房（30多平方米）。

婆婆虽然不识字，却一辈子勤劳、朴实、善良、无私。她对我无微不至的关爱，我永世难忘。

图8 20世纪60年代初，作者和母亲（前排右一）三姐妹合影，前排左一为作者的大阿姨徐川荣，后排站立者为小阿姨徐瑞荣

图9 20世纪60年代初，徐贤恭教授（前排中）一家，后排站立中者为作者参军的舅舅徐鸣皋

1 群贤荟萃 遗泽余芳

图10 20世纪70年代,徐贤恭教授(右一)及夫人(左一)与姜立夫教授(右二)及夫人(左二)合影

图11 1990年,作者全家与舅舅徐鸣皋(右二)、大姨丈姜伯驹院士(右一)在广州合影

图12 2005年9月,作者与大姨丈姜伯驹院士(右)在广州合影

41

2010年9月9日，时任中共中央总书记、国家主席胡锦涛同志亲切接见了全国教书育人楷模——北京大学姜伯驹院士等。《人民日报》从2010年9月9日起开辟《全国教书育人楷模风采》专栏，力求鼓励更多的教师进一步以人格魅力和学识魅力教育感染学生，做学生健康成长的指导者和引路人，姜伯驹院士的采访报道为第一篇。

图13　2016年2月，作者（左）与大阿姨徐川荣主任医师（右）、大姨丈姜伯驹院士（中）在广州合影

岁月匆匆六十载，回首往事历在目。我这个在高级知识分子家庭成长起来的"小孩"，也已步入"老年人"的行列，并当了爷爷。但我国老一辈高级知识分子对祖国的热爱（出国留学、归国服务），对学术的严谨（一丝不苟搞学术），对科学的渴求（永攀科学前沿高峰），对人才的重视（教书育人、培养科学精英），对国家的贡献（造福人类社会、推动科技进步），以及生活俭朴、为人宽厚的学者风范和人格魅力，至今仍激励着我、感动着我、影响着我。

作者简介：

徐广生，男，1970届中山大学附属小学校友；外公为中山大学化学系徐贤恭教授。

梁实秋与我父亲蔡文显的师生情

◎蔡宗夏

2014年暑期,我在北京寓所接待了一位不寻常的客人,来访者自我介绍是济南山东大学外国语学院办公室的张洪刚老师,目前正从事山大外国语学院院史研究。民国时期山东大学的校址在青岛,1928—1931年间校名为青岛大学。青岛是著名的海滨城市,碧海蓝天,风光秀丽,是人文荟萃的风水宝地。云集了许多知名的教授学者,如闻一多[①]、老舍[②]、梁实秋[③]、洪深[④]、赵太侔[⑤]、孙大雨[⑥]等。梁实秋先生在山大的教学和社会活动以及学术成就很少见诸文字,远不如闻一多、老舍、洪深等为世人所熟知。为此张老师迎难而上,以梁实秋先生为其院史研究的主攻方向。

梁实秋先生于1930年应聘来国立青岛大学(1932年改名为"国立山东

[①] 闻一多(1899—1946),本名闻家骅,字友三,生于湖北浠水县巴河镇,中国现代诗人、学者、民盟盟员、民主战士。
[②] 老舍(1899—1966),原名舒庆春,字舍予,中国现代小说家、作家、语言大师、人民艺术家、北京人艺编剧,新中国第一位获得"人民艺术家"称号的作家。代表作有小说《骆驼祥子》《四世同堂》,剧本《茶馆》《龙须沟》。
[③] 梁实秋(1903—1987),原名梁治华,字实秋,笔名子佳、秋郎、程淑等,中国现当代著名散文家、文学批评家、翻译家。
[④] 洪深(1894—1955),剧作家、教育家,民国时期电影先驱,中国现代话剧和电影的奠基人之一。
[⑤] 赵太侔(1889—1968),中国戏剧家,现代教育学家。
[⑥] 孙大雨(1905—1997),生于上海,原名孙铭传,中国著名文学翻译家、莎士比亚研究专家。

大学")任教授、外国语文学系主任兼校图书馆馆长。我父亲蔡文显[①]正是1930年9月以优异的成绩考入青岛大学外国语文学系,成了该系的首届学生和梁实秋的得意门生。张洪刚说,梁实秋先生早年在台湾出版了一本回忆录《槐园梦忆》,记述了当年他和夫人程季淑在学校附近鱼山路寓所的快乐生活:"我们的家座上客满堂,常来的客如傅肖鸿、赵少侯、唐郁南都常在我们家便饭,学生们常来的有丁金相、张淑齐、蔡文显、韩朋等等。"

张洪刚老师接着说,希望我能介绍一些所知的梁实秋先生与我父亲蔡文显的师生情谊。明白了张老师来访的目的,我不无遗憾地表示,我父亲一向谦逊低调,加上梁实秋先生在新中国成立前夕撤离大陆去了台湾,"居住在台湾,是凭学者身份,在那里著书立说,在那里从事翻译工作,始终置身于政治之外,不求闻达于显要"(摘录自梁实秋先生另一位青岛大学学生,著名诗人臧克家1987年11月3日给梁实秋先生的信)。由此可见,我父亲在家中从未谈及他在山大与恩师梁实秋先生的交谊是可以理解的,作为子女,我和弟妹都感到十分遗憾。

然而,我并没有让远道来访者失望,我指着客厅东墙上悬挂着的一幅带镜框的书法条幅,说那是梁实秋先生1984年(甲子年)书赠我父亲的亲笔字画,是他们数十年师生情谊的见证,弥足珍贵。张洪刚老师见到梁实秋先生的手迹,立刻眼睛一亮,十分激动。他近前认真欣赏,让助手用高级相机从各个角度拍照,自己还站在条幅前摄影留念。因为玻璃镜框有些反光,摄影效果不理想,我便将条幅从镜框后面取出,让他贴近拍照。张老师十分感叹地说道,这是国内难得见到的梁实秋先生的书法真迹,极其珍贵,请您好好保存啊!

我向张老师介绍了这幅书法条幅的来历:1982年我父亲听说梁实秋先生

[①] 蔡文显(1911—1984),江西省金溪人。1934年毕业于山东大学外语系,1937年获清华大学硕士学位。系广东省第五届政协委员、中国民主同盟广东省委员会委员等,在中大先后任教18年,抗战时曾在中大坪石任教2年,1952年全国高等院校调整后又在中大任教16年;1969年到广州外国语学院,一直在学校任外语系教授。

1 群贤荟萃 遗泽余芳

的长女梁文茜在暨南大学任教，联系上了梁文茜。正巧那年她要去美国西雅图看望父亲，我父亲便给恩师写了一封长信，信中汇报了自己数十年来在南昌大学、中山大学和广州外国语学院（现广东外语外贸大学）任教，从事英国文学史的教学和研究，并向梁先生索求墨宝，以期见字如面，表达了对恩师的感恩之情。

"雁来也，看捎来尺素，天远如邻。"梁实秋先生收到往日得意门生蔡文显的来信，感慨万千，他打开了尘封良久的记忆闸门，回忆起在青岛山大四年结下的深厚师生情谊，一气呵成，笔力遒劲，书写了这个条幅。梁先生的手迹是行书，潇洒流畅，字字含蕴，抒发出对学生蔡文显的那份深厚真挚的师生情感。

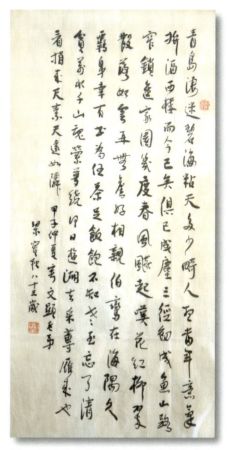

图1 梁实秋先生赠予蔡文显教授的书法条幅

梁文茜千里迢迢捎来父亲的亲笔书法条幅，还有一封书信和一本台湾出版的《槐园梦忆》，署上了梁实秋先生的名字。我父亲捧着这些珍贵的礼物，百感交集，老泪纵横。此时正值我父亲病危住院动手术，只要神志清楚，他就翻阅书信，欣赏书法条幅。这几件珍贵礼物，放在病榻床头，陪伴他走完人生之路。

张洪刚老师来访后，我们保持联系，建立了友谊。这期间，他陆续在《山东大学学报》《齐鲁晚报》《大众日报》《中国铁路文艺》等报纸期刊上发表了多篇梁实秋先生在山大的文章，由此我知道他已潜心投入了梁实秋先生在山大的研究。"功夫不负有心人"，数年之后，一部328页沉甸甸的大作

《梁实秋在山大》摆在我的书桌上了。我赞叹张洪刚老师勤奋敬业、严谨认真、充满激情，在短短三年期间便奉献出这部精心之作。我深知这几年他跑遍了山东青岛、济南的图书馆、档案馆及以北京大学档案馆，本着对梁实秋先生的敬仰，搜集和梳理了梁先生在山大的人文史料，全书内容丰富、资料翔实、构思巧妙、语言生动，正如山大外国语学院院长王俊菊在序言中的评价："据我所知，迄今为止尚无他人就梁实秋在山大的工作生活进行全面梳理，《梁实秋在山大》可谓一部难得的作品……通过史事记载再现梁实秋先生的生平故事与学术贡献。"

尤其令我为之震撼的是，该书中第三章"难忘恩师梁实秋"其中有一节"梁实秋与蔡文显的一段师生交往"，详细叙述了师生之间的深情厚谊，披露了许多我们六个兄弟姐妹不知道的史实，使我们得以知悉父亲及其与山大的恩师、同窗和名流的趣闻轶事，更增加了我们对父亲的了解和尊敬，我和弟妹都为我们有这样品学兼优、勤奋进取、忠诚教书育人事业的父亲而骄傲，由此深深地感谢恩师梁实秋先生多年来对我们父亲蔡文显的教诲、关怀、帮助和提携，梁实秋先生是我们父亲毕生从事英语和英国文学教学研究的导师和引路人。

我父亲蔡文显1930年6月毕业于江西省立第八中学高中部，同年9月考入国立青岛大学外国语文学系，成了系主任梁实秋先生在山大的首届学生，同届同学中有臧克家、柳即吾、唐月萱、王林以及梁实秋先生的妹妹梁绣琴等人。父亲与臧克家是同学，彼此友情深厚，臧克家原先入学是在英文系，后来要求转系，因他当时已发表了不少诗作，在社会上有了影响，经闻一多先生同意转到中文系，从此中国多了一位著名的诗人、作家，而少了一位从事英国文学研究的学者教授。

父亲在山大入学后勤奋好学，在班上成绩拔尖，又是学校的网球运动员，打得一手好球；还是校足球队队员，充当守门员，但球技远不如网球。我父亲深得梁实秋先生的赏识，他大力帮助我父亲的学业。父亲来自江西乡村，家境不富裕，求学费均系仰赖亲友资助及江西省教育厅的津贴。梁实秋先生了解到了这一情况,在 1931 年帮助我父亲申领校助学金 50 元。1932 年当梁实秋先生又获悉我父亲家遭遇匪祸,家境寥落,其全家收入仅足糊口,已无力担负其求学费用,即将面临辍学困境,遂安排他到图书馆半工半读,每月 20 元,一直拿到毕业。

在这节文章中,张洪刚老师附了一张《蔡文显国立青岛大学学生注册表》,上面有父亲年轻时的照片,英气勃勃,我们从来没有见过,真是弥足珍贵。蔡文显在大学四年寒窗研修英国文学史、莎士比亚、戏剧入门、英诗入门、英文作文等 24 门必修课,成绩优秀,其中莎士比亚、戏剧入门、英国文学史和欧洲文学批判史等课程都是由梁实秋先生教授的,英诗入门和国文课程是由闻一多先生教授的,游国恩先生讲授了中国文学史课程。张洪刚老师将山大外国语的教学梳理得如此清楚,真是下了大功夫,颇具匠心,难能可贵。

梁实秋先生在山大期间的另一成就当属翻译《莎士比亚全集》,我父亲对梁实秋先生讲授的莎士比亚特别感兴趣,在梁实秋先生的影响和引导下,走上了

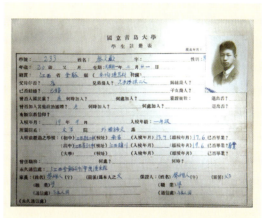

图2 作者父亲蔡文显的国立青岛大学学生注册表

图3 在国立青岛大学求学时的蔡文显

毕生从事英国文学教学和研究的道路。我父亲在山大的毕业论文就是在梁实秋先生指导下，以莎士比亚的著作《哈姆雷特》为研究论题，获得80分高分的。在梁实秋先生的精心培育下，我父亲成为国立山东大学外文系最优秀的学生之一。1934年7月，父亲学完了所有课程，经综合评定，外文系成绩最好的是丁金相，我父亲得了第三名，奖品是一块手表、一支派克钢笔和一个皮包，是以山东省省长的名义颁发的。那块方形老式小三针手表，20世纪50年代初期我见他戴过，他非常珍爱，外出才戴，回家就小心地放在办公桌抽屉里；派克钢笔是橙黄色的，笔杆比较粗，可是皮包我却没有见到过，父亲从未对子女炫耀过在山大获奖的往事。

1934年9月，父亲作为国立山东大学第一批毕业生，离开青岛后考取了北京清华大学研究院，继续学习英国文学专业，因成绩优秀，得到每年360元的奖学金。此时，梁实秋先生应胡适先生之邀到北京大学任教，师生在北京欣喜重逢。我父亲一有时间就去梁实秋先生在北平内务部街20号（现为39号）的寓所拜访求教。梁实秋先生曾鼓励他努力学习，待毕业后引荐到北京大学外文系任教。其间我父亲还经常去拜访当时在清华大学任教的闻一多和游国恩两位原山大的老师。

1935年，中美庚子赔款留学考试，父亲报考留美公费生戏剧学，获得第二名，但后来因抗日战争爆发，非但留学未成，毕业后到梁实秋先生任主任的北京大学外文系执教的打算也成了泡影。1937年，我父亲在清华大学研究院的毕业论文答辩会，邀请了北京大学外文系主任梁实秋先生参加。当年"七七事变"，人心惶惶之中，父亲匆匆取道天津，经青岛、上海、沿长江顺水路上溯到九江，辗转回到江西，这也是他与恩师梁实秋先生的最后一次会面。

此后，父亲先后在江西临川中学、厦门大学、中山大学（坪石）、江西中正大学、南昌大学、中山大学和广州外国语学院任教，历任讲师、副教授、教授。他在从事教学的同时，毕生致力于英国文学史、英国小说和戏剧的研究，特别是莎士比亚文学作品的研究和研究生培养工作。父亲在中山大学任教期间，曾组织系里教师，领衔编译《英国文学史纲》《狄更斯评传》《英国文学史》等经典著作，全面系统介绍了英国文学及其发展史，被视为英国文学的经典教材和研究文献。父亲以毕生的勤奋努力，成为著名的学者、教育家、翻译家，这与恩师梁实秋先生的精心培养和引领教诲是分不开的。

说来也巧，梁实秋先生和父亲的师生关系竟也与中山大学有点联系。梁实秋先生离大陆去台前的最后一站在中大文明路旧校区。梁先生在《忆平山堂》一文中写到，他是1948年12月于浮海十有六日颠簸之后，应中山大学之聘前来任教，住在平山堂，半年后于1949年6月去台湾。而我父亲则是在1952年全国高校院系调整时，从南昌大学调往中山大学任教，开始也住在文明路旧校区中斋，距平山堂仅仅100多米。阔别了12年的师生就这样阴差阳错，未能见上一面，一别就是一生，令人唏嘘不已。

注：

本文参考和引用了张洪刚老师《梁实秋在山大》一书的内容，谨此致谢。

作者简介：

蔡宗夏，男，1963届中山大学地质地理系校友；父亲为中山大学外语系蔡文显教授。

左邻右里

◎ 金雨雁

在中山大学,我们家住在东北区 32 号,一住就是十五年。我的童年在这里度过,和邻居小伙伴们一起玩耍,更目睹了左邻右里长辈们和睦相处,守望相助,一起度过那不平凡的岁月。虽经几十年沧桑变幻,此情此景,记忆犹新,没齿难忘。

东北区 32 号是一栋两层半的楼房,原来是岭南大学陈序经校长的寓所。我们家住在楼房一楼东面,楼上是王正宪教授[①]和潘孝瑞教授[②]一家。王正宪教授是长沙人,出生于 1917 年,比我父亲金应熙年长三岁,我们叫他王伯伯。他毕业于清华大学,在南开经济研究所获硕士学位,并以第八届留英庚款公费生资格(国民政府每年仅有两个经济学名额)赴英国剑桥大学攻读经济学博士学位,通晓英、法、俄、德四种外语。于 1949 年新中国成立前夕,放弃国外高薪聘请,偕同夫人回国,一同在岭南大学任教。潘阿姨是剑桥大学数理统计科的毕业生,也是知名的数学家。1952 年全国高校院系调整,岭南大学与中山大学合并,王伯伯到中山大学地理系经济地理教研室当教授,潘阿姨在数学力学系当教授。

1956 年,我们家和王伯伯家成了楼上楼下邻居。说实话,王伯伯和潘阿

---

① 王正宪(1917—2004),男,湖南长沙人,中山大学经济系、地理系教授,中山大学管理学院教授兼首任院长。
② 潘孝瑞(1917—2010),女,浙江吴兴人,中山大学数学力学系教授。

姨浓重的乡音我只能听清楚一半，但是他们文质彬彬的学人形象却深深地留在我的脑海里。由于此前这栋建筑是设计给一家人住的，一楼和二楼铺的地板是不隔音的，二楼走路脚重一点，一楼响声颇大，会影响工作和休息。为了不吵到我们家，王伯伯一家进屋便换上软底拖鞋，平时也尽量减低声音，十多年如一日，非常难得，至今我们仍十分感激。记得小时候，潘阿姨还买玩具送给我，长辈的友情伴随着我们成长。后来，王伯伯46岁时，儿子王晓阳出生，我母亲邹云涛张罗着把我们家养的老母鸡送给潘阿姨补身体，为晓阳找保姆；我弟弟金冬雁比晓阳小一岁，童年时大家在一起玩。

20世纪70年代，我父亲和王伯伯有机会一起合作翻译曼宁·克拉克所写的《澳大利亚简史》和霍尔的《东南亚史》。由于我父亲和王伯伯的英语比较好，自然就成为翻译的主力，他们合作得非常好，经常在一起研讨译文方面的问题，共同努力，圆满地完成了任务。改革开放后，我父亲调离了中山大学。王伯伯则出任中山大学管理系主任、首任管理学院院长等职务，成为中山大学管理学的奠基人。王伯伯去世后，我曾陪母亲回中山大学去探望潘阿姨，潘阿姨当时住在原东大球场北面的一栋楼房的西侧，行动已经不太方便。两位老人见面，触景生情，相拥而泣。泪水中包含有重逢的喜悦，对亲人的怀念，更有那十多年深厚的情谊，感人至深。可惜那一次没有见到晓阳，几十年没见，"故人入我梦，明我长相忆"[①]。

王伯伯和潘阿姨的对门，原来住的是廖翔华教授。廖翔华教授，福建省将乐县人，1918年出生，毕业于福建协和大学生物系，1948年至1951年赴英国利物浦大学研究院学习海洋生物生态学，获博士学位。他放弃了到美国从事研究工作的机会，也谢绝了让他到加拿大、澳大利亚或留在香港工作的邀请，怀着振兴中国渔业科学的抱负，偕眷踏上了报效祖国的归途。廖翔华教授先后在岭南大学生物系和中山大学生物系任教，1958年底调往暨南大学生物系担任系副主任。他长期从事水产科学研究和教育事业，是中国鱼类寄

---

① 出自唐代杜甫的《梦李白二首·其一》。

生蠕虫种群生物学的奠基者,在鱼病生物防治、家鱼人工繁殖和草鱼营养、饲料等方面都有重要贡献,为渔业生产创造了很大的经济效益。他还为我国水产科学研究培养出许多人才,是中国知名的鱼类生物学家、教育家。我们家和廖伯伯家关系很好,虽然廖伯伯家1959年搬走的时候我还很小,没有留下什么印象。但是,廖伯母杨秀珍教授(外国文学)曾带廖铸人哥哥(小时候记得叫他"阿莆哥哥")、廖静姐姐回来探望我们。廖静姐姐学习好,受到我母亲的夸奖。

廖伯伯家搬走以后,高华年教授家搬了进来。高华年教授是福建省南平市人,生于1916年11月。高伯伯1943年毕业于北京大学文科研究所语学部并获得硕士学位。1943年到1946年任西南联合大学中文系讲师。1946年到1950年任南开大学中文系讲师、副教授。1950年到1951年任岭南大学研究员。从1951年起先后担任中山大学语言学系、中文系教授,少数民族语言调查研究教研室主任,语言学教研室主任,中山大学学术委员会委员,汉语培训中心主任。并先后兼任广东语言学会会长、中国民族语言学会常务理事、中国语言学会理事等职务,是中国知名的语言学家。高伯母植符兰教授也是中山大学中文系的语言学专家。由于我父亲1963年就借调到北京工作,其与高伯伯的接触并不是太多。但是,父亲攻读过梵文,研究过"四裔学",熟悉中国周边少数民族的历史,知道研究少数民族语言和历史的难度。故他曾向我们赞誉高伯伯:研究地方语言和少数民族语言需要很扎实的功底,高华年教授身为福建人,能够比我们广州当地人更了解粤语方言,更准确地发音、辨音和记音,这是一门非凡的、深奥的学问,没有几十年熬不出来。高家姐弟和我们兄弟是同一代人,高符生是我中学同学,我们同窗四年;高植生和金冬雁也是高、低班同学。有意思的是,后来符生与高伯伯的研究生伍华教授结为伉俪,近来才知道,伍华教授的外公是我外公邹敏初的表弟,论起来,伍华教授是我的表哥,符生便成了我的表嫂。我们的关系也从同学变成了亲戚。

值得一提的是,王伯伯、廖伯伯、高伯伯以及我们楼房对面马路的邻居

群贤荟萃 遗泽余芳

江静波教授（江伯伯）和我父亲都是岭南大学时的旧同事，可以算是同一代人，他们在学术上均颇有建树，改革开放后各自成为中山大学学科领域的骨干力量，为中山大学的学科建设和学术水平的提高做出了突出的贡献。

住在我们一楼隔壁的中文系陈必恒教授则是纯中山大学出身的教授。陈必恒教授，福建古田人，1915年生。1940年毕业于中山大学中文系。同年8月在中山大学中文系任助教并攻读研究生，师从詹安泰教授。1943年7月，于中山大学研究语言学部获硕士学位。1948年8月，任中山大学语言学系副教授，1952年全国高校院系调整，中山大学语言学系合并到北京大学，陈必恒先生和商承祚教授、高华年教授等留了下来，以后一直在中山大学中文系从事教学与研究工作，任副教授、教授。著作有《从语言的发展看汉语在世界语言中的地位》《福州方音的特质》《从汉字的标音性说到汉字的改革》《关于学习语法的一些意见》等，合作著作有《学点语法》《现代汉语》等，译著有《论初民语言研究方法》等，是语言学方面的专家。

1980年，陈必恒教授接受任务，与高华年教授及傅雨贤、张维耿两位老师一起筹办中山大学汉语培训中心，为中山大学国际汉语教育教学事业的起航扬起了风帆。可惜他的身体每况愈下，1982年去世，享年67岁。

20世纪60年代中期，学校在陈必恒教授家划出了两间房安排朱朝新一家入住。朱朝新，广东湛江人。1950年由湛江一中考入中山大学法学院政治系，1953年毕业留校工作，先后担任中山大学校团委宣传部副部长、团委书记，学校教务处副科长、科长、副处长、处长。朱家搬进来的时候，我父亲已经从北京回到中大。父亲和母亲与朱朝新关系很好，经常在一起讨论政治时事发展等问题。我与朱家长女朱卫玲是同学，朱家儿子朱卫强比我们小一点，但也经常玩在一起。印象中朱叔叔十分低调，很尊重我父亲，口才很好，谈兴颇高，对我们和蔼可亲。在中山大学"大搬家"以后，我们家迁出了东北区32号，我再也没见过朱叔叔了。1982年初我从中山大学毕业留校不久，朱叔叔就担任了中山大学副校长。到我调离中山大学，朱叔叔也就退休了。

当时东北区32号北面有条水泥路，路对面是生物系江静波教授的家，父亲与江伯伯交情很深，我们家与江伯伯家关系也非常好，我已有专节谈及，不再重复。东北区32号西面有条小路，路的右侧有个凉亭，凉亭北面是一片夹杂着一些小树的草坪。据闻那个地方原称"儿童园"，因曾任中山大学党委书记、副校长龙潜在20世纪50年代中指示，要园林科在此建设一个儿童活动的地方而得名。路的左侧有一栋两层小楼房（东北区30号），是原岭南大学的白德理屋，曾是吴印禅教授家和邓海泉副教授家。吴印禅教授，江苏宿迁沭阳县人，1902年出生，植物学专家。吴教授毕业于武昌高等师范学校（武汉大学前身）生物系，1928年起长期在中山大学做教学研究工作，其间于1934年至1940年在德国柏林大学深造，并在柏林植物博物馆工作。新中国成立后，吴教授先后担任中山大学生物系教授、中大植物研究所所长、中国科学院华南植物研究所副所长、中山大学副教务长等职务，可惜比较早就去世了。父亲曾跟我讲述过他的事迹。在我的记忆中，李崇敬老师（吴教授的夫人）和蔼可亲，吴节大哥哥彬彬有礼，学习成绩优异，都是我儿时所仰慕的。邓海泉先生是地理系教授，地质学的资深老师，我没有什么印象，只知道他曾留学美国，与邓国敢（我们同学邓皓明的父亲）并称地理系地质"双邓"，后来曾担任过中大工会主席。邓伯母邝健明是著名粤剧演员"红线女"（邝健廉）的姐姐，她和江伯母（江静波夫人）带着我外婆等一班妇女义务做家委会的工作。而邓家的小儿子邓原哥哥是我小学的高班同学，恢复高考后，他又成为我在中山大学历史系的低班同学（我读七七级，他在七八级）。我在大学班上最要好的同学马鼎盛（"红线女"的儿子、著名的军事评论家），则是邓原的表哥。中国文化抽象概念中有"缘分"之说，这种人与人之间的连结，有时是可遇而不可求的。命运却总是不经意地把一些有关系的人和事安排在一起，这就是缘分。

珍惜缘分，珍惜友情，珍惜过去，就是珍惜自己，珍惜他人，珍惜未来。

父亲董家遵的"图书馆"

◎董 平

有一个地方是我一辈子都难忘的,那就是小时候我居住的文明路中大旧校址教师宿舍。那是一个环境幽静的住宅区。没想到与车水马龙的闹市一墙之隔,竟然有这样一个幽雅的"世外桃源"。区内绿树成荫,环绕着用麻石铺的林荫小道。住宅区里面有许多小区,名字也很文雅,诸如南轩、北轩、中斋、北斋、西堂等等。我家住在南轩11号。

离家不远是附中的大球场,旁边还有一个小山丘,里面有防空洞,孩子们经常到那里玩耍。游戏时小朋友分为两队:一队为首的叫阿朵,叫阿朵队;另一队为首的叫阿维,叫阿维队。游戏时输的次数不能太多,输太多就可能被开除,不能继续玩游戏。记得有一次放学后玩捉迷藏,我躲在防空洞里,竟然未被人发现,出来时天色已黑,大家早已散伙回家,于是我心惊胆战地匆匆跑回家做功课。

家门前有一个开放的前廊,我们一般都在那里做功课。因为屋里到处都是父亲(中大历史系教授董家遵[①])的书,父亲经常进出查阅书籍,为了不影响他工作,家里的孩子一般都喜欢在前廊活动。

记得那时父亲把书放在书架上,书架很高,上面的书要站在凳子上才能拿得到。有一次父亲的同事来探访,看见父亲的书这么多,就说:"你家真

[①] 董家遵(1910—1973),别号悌孙,男,祖籍福建长乐县,出生于福州。著名社会学家、历史学家。中山大学社会学系教授、主任,曾兼任中山大学图书馆馆长。

有个小图书馆呀！那么多的书，你都看过吗？"父亲笑着说："大部分都看过。其实书不怕多，最重要的是要分类放好，需要的时候能马上找到就好。"我听后才明白，原来父亲把家里的藏书变成一个小图书馆了。

父亲受家庭教育的熏陶，从小就酷爱读书。父亲出身福州书香世家，他的曾祖、祖父皆为前清举人。父亲的父亲为艺术教员，叔父为日本早稻田大学法学毕业生。父亲祖居位于福州三坊七巷的南后街，习近平总书记作序的《福州古厝》一书的封面建筑就是父亲的祖居。父亲的曾祖董炳章，先后主持福建长乐琴江、上杭书院，于1874年为抗击日本入侵台湾，受船政大臣沈葆桢指派，任淡水厅（今台北）学教谕，开办书院、义塾、社学、番塾等各式学校，传播中华文化。父亲的祖父董执谊是清末福建省谘议局议员，民国后发起闽侯（福州）古迹文物保存会，保护闽越国古铸剑池（欧冶池）遗址、主持重修文庙等，还编辑刊刻不少书籍。他尤其重视乡邦文献整理，发掘其中蕴藏的人文价值。他对《闽都记》与《闽都别记》两部书籍的整理刊行，至今仍为学界称道。他的祖居也成了文物保护单位。清末帝师陈宝琛，以"能守正道而不自乱"为父亲的祖父题匾"贞吉居"。祖居中藏书甚多，"贞吉居"本身就是一个名副其实的小图书馆。受其祖父启发，除熟读经史外，为了方便阅读，父亲从小就梦想有一天自己的家里也能有一个小图书馆。

父亲非常爱惜小图书馆里的书，因为每一本书都来之不易，都凝结着他的心血。他常常和我们分享、回忆往事。

抗战时期的1940年，父亲随中大从云南澄江迁到广东坪石。1944年底，日寇为了打通粤汉线，准备派兵侵占坪石。中大于是决定东迁梅县。那时因为我刚刚出生（我是中大于志忱教授的夫人马鸿澂医生接生的）。全家因此无法与学校的搬迁队伍同时出发。直到日寇到达的前几天，我们才匆匆离开坪石。妈妈背着我上路，一手牵着哥哥，一手拿着轻便的行李，父亲则拿着行李和书箱，另外专门雇了一个挑夫搬运他沉重的书籍。全家人白天赶路，晚上求宿于农民家。进屋后，妈妈赶紧做些简单食物充饥，洗烘尿布，父亲就在煤油灯下忙着伏案写文章。妈妈告诉我，父亲在逃难中的许多文章都是这样写出来的。妈妈也尽量抽空帮父亲抄写一些书稿。除此之外，父亲沿途还做了许多社会调查。

有一天到达一个村庄时已是午夜时分，父亲敲了几户农家的门均无反应，最后终于有一户人家听到我"哇哇"的哭声，知道我们是"良民"才敢开门让我们借住。就这样，一家人颠沛流离地行走了二十多天，终于到达了蕉岭。这段逃难的历程异常艰苦，经常食不果腹，主食是红薯，能吃上一顿大芥菜饭便是最好的美餐了。到达蕉岭后，父亲才发现丢失了许多书籍，特别是丢失了许多他在粤北地区做社会调查的原始资料，为此伤心不已。

日本投降后，中大迁回广州。直到这时，父亲才有机会慢慢重新建立起他的家庭图书馆。但每逢提起"走难"（广东人对躲避日寇侵占的称呼）那段艰难历程，父亲总是伤心感叹，因为他失去了太多宝贵的书籍和第一手的资料，那是家庭图书馆一个永远无法填补的空白。

生活安定下来以后，特别是新中国成立后，家中的藏书便迅速增加。

新中国成立初期，父亲兼任中大图书馆馆长。他把图书分类的专业知识应用到家里，把家里小图书馆的书籍整理得井井有条。

1956年我们搬到中大康乐园西南区新建的住宅区，家里有四个房间，其中一个房间就成了父亲的专用书房。为了放书，书房里除了书架外，又买了很多书柜。一套线装的二十四史，就需要六个书柜来存放。书房放满以后，其他书就得移到别的房间。为了多放书，家里每个房间的门后面，都安置了一个高高的简易书架，以致房门往往不能完全打开。家里的书架一般都是靠墙的，但父亲对摆放在客厅里的一个不靠墙的特制大书架特别感兴趣，他时常对客人说："你看它，书可以在前后两面摆放，既能多放书，又能方便拿取，真实用。"

父亲周末最大的爱好就是上书店买书。有时为了买一本书，跑上十趟八趟也乐此不疲。记得当时古籍书店和新华书店都在永汉北路（后来的北京路），文德路也有旧书店。父亲星期天一早就坐上十四路公交车到书店，下午或傍晚回来时总是带回满满一捆新买的书。有时买的书实在太多，就把一部分先放在书店附近越华路的朋友家，以后再带回。下雨天父亲带上雨伞出门，因为太专心买书，离开书店时如果不下雨，往往就忘记拿回雨伞，于是家里总有几把备用的雨伞。新书买回来以后，父亲总是先把书拿到书房使用，过了一段时间，不常用的书就移到别的房间去，这样书房的空间又可以用来放新书。

我知道父亲爱书，常常想帮他买一些他需要的书籍。20世纪70年代，我在长沙工作，有一次我利用星期天到长沙古籍书店，在那里待了一整天。我抄录了整个书店里所有书籍的书名（长沙古籍书店不是很大，书没有广州古籍书店那么多），我想父亲如果缺少某本书，我可以替他买。后来我回广州探亲，把书单交给父亲，父亲仔细看后笑着说："这些书我家里全部都有。"我当时很吃惊，原来我家的藏书居然比书店的还要多！我家真有一个小图书馆。

父亲的专长是中国古代史和社会史研究。他常说，研究历史要懂得收集资料，读书及做笔记是收集资料的好方法。记得父亲书房的书架上和书箱里，到处都有他写的厚厚的笔记。除了笔记，父亲还十分注重用卡片收集资料。他请木匠特制了多个长形箱子专门用来放卡片。每逢见到有价值的资料，他都会写到卡片上，并按朝代、学科、种类、专题摆放。

父亲也很注重做社会调查。他对社会婚姻史很有研究，年轻时就经常到乡间做实地调查，研究当地的婚姻习俗。二十多岁时，他发表的多篇调查报告，受到日本一位知名社会学家平野义太郎的重视，并引用到他的著作中。平野还表示希望到中国来和父亲会面，后来因为战争的原因未能实现。20世纪70年代，日本学者中岛健藏率文化代表团访华，父亲在广州接待，还特意请中岛问候平野。

父亲爱书和藏书多在中大是出了名的。1970年学校住房大调整，我们家由西南区74号之四搬到西南区89号东边（俗称"飞机屋"），面积不及原来的三分之一。由于父亲的书实在太多，学校特地在西区原校医院门诊分部的房屋内,为父亲和刘节教授安排了一个大房间作为书房,每人各占一半,用各自的书架隔开放书。

父亲的藏书大部分是关于历史学和社会学的,也有很多哲学、经济学、法学、文学书籍和工具书籍。除了书籍,父亲还是个期刊和报纸迷。他订阅了非常多的期刊和报纸。我记得的就有:《历史研究》《历史教学》《历史教学问题》《学术研究》《学术月刊》《史学月刊》《文史哲》《新建设》《考古》《文物》《红旗》《历史译丛》《外国学术资料》《浙江学刊》和《人文科学学报》《中山大学学报》《山东大学学报》《人民日报》《光明日报》《文汇报》《南方日报》《广州日报》《羊城晚报》《参考消息》等等。家里有一个专门的地方摆放期刊和报纸,令小图书馆成为一个名副其实的图书馆。

父亲著作等身,曾发表、出版过很多历史学和社会学方面的文章和书籍。例如《中国奴隶社会史》《广东风俗志》《中国收继婚之史的研究》《中国古代婚姻史研究》和《董家遵文集》等等。

父亲曾花大量精力参与了我国出版史上第一次用新式标点点校二十四史的浩大工程,担任其中《新唐书》的点校工作。工作中,除了增加标点符号,区分人名、地名、书名,分隔段落,还对一些错讹之处作了校勘。他解决了无标点符号古书的许多阅读困难。为古籍整理、古为今用作出了贡献。

父亲曾主编《中国通史参考资料》第四册,该书获国家教委高等学校优秀教材一等奖。在编纂过程中,父亲常常拿着放大镜,翻阅各种原始史料和大量书籍,从中挑选出完整、典型和精辟的部分,根据教学的需要和出现的问题撰写。父亲经常工作至深夜,我常常看见他在集中精力写作和核对稿件时,额头的血管也浮涨起来。他为此书的编写付出了大量的精力和心血。此书既拓宽了读者的历史知识面,又增加了读者对历史事件背景的了解和认识。

父亲自幼就有远大抱负,酷爱写诗。1938年在往云南澄江任教途中,他写了一首名为《沙滩》的诗:"浅水深沙久滞留,船家惨喊我惭羞。生平抱负君知否,拓尽沙滩泛大舟。"他认为,知识是他实现抱负的力量,知识由

图1 董家遵、林训迪夫妇摄于康乐园寓所前

书而来。父亲与书结缘，爱书、藏书、买书、读书、写书和教书是父亲一生的写照。他一生在学术上的丰硕业绩，真实地说明他实现了年轻时"拓尽沙滩泛大舟"的远大抱负。父亲留给人们的不仅是学术的成果，更是孜孜不倦、坚持不懈的学术追求精神。

父亲的业绩也离不开妈妈的支持与帮助。妈妈写的字清秀漂亮。数十年来，妈妈总是不辞劳苦地为父亲抄写书稿，是父亲学术上的忠实助手。

父亲很关心我们的教育和学习。他经常拿出他的藏书亲自教授我们阅读。但平常他一般不喜欢我们擅自进入他的书房。不是怕书丢失，而是怕书放错了地方，他要用的时候找不到，同时也怕他放在桌子上伏案书写的稿件被弄乱。记得中学的时候我特别喜欢阅读，有时趁父亲不在家，就悄悄地溜进他的书房，挑选几本我喜欢看的书带回我的房间，放在枕头下慢慢阅

图2 董家遵教授一家（右一为作者）

读，读完后又悄悄地放回原处。几十年过去了，回想起当年拿书时的复杂心情——好奇、紧张、略有内疚又自我安慰（"窃书不算偷"），现在还记忆犹新。

父亲二十多岁从中大毕业后留校任教近四十年，中大是他一生中唯一的工作单位，从未离开过。人们都亲切地称他为"老中大"。他一生都在勤勤恳恳地为中大的教育事业服务。家里的小图书馆也为他的一生服务作了很大的贡献呢！

作者简介：

董平，女，1956届中山大学附属小学校友；父亲为中山大学历史系董家遵教授。

回忆我的父亲梁溥

◎ 梁江彬

图1 作者父亲梁溥在中大的留影

我家在豪贤路居住的时候,父亲梁溥[①]每天都要坐校车到中大上班,他一早就出门了,到文明路的中大旧校址旁坐校车,傍晚才回来。晚上,父亲在书房备课、查阅资料、进行研究,直到深夜。父亲的书房放着六个书架,摆满书籍和地图,书台上也叠着书和文件。

父亲毕业于中大地理系。他是1928年考入中大的。当时地理学是一门新的学科,中大聘请了德国的教授任教并兼第一、第二任系主任,学生要提早两年读预科,学习英语和德语。父亲在地理系读了两年预科之后,1930年入读地理系本科,这是中大地理系的第二届学生,共有11人,他们的老师是德国教授克雷纳,他是德国近代地理学的第三代传人。当时德国的地理科学走在世界的前沿,德国

---

① 梁溥(1910—2006),男,广东信宜人,中山大学教授,曾任中山大学校务委员会委员、中国地理学会理事、广东省地理学会理事长、广州地理研究所学术委员,曾先后两次任中山大学地理系主任。

群贤荟萃 遗泽余芳

精密的地理学理论、严谨的治学作风和注重实地考察的研究方法,使中大地理系一开始就打下厚实的基础,也影响到每个学生的一生。克雷纳教授晚年的时候,嘱咐他的儿子一定要和中国联系,找寻他任教的故地和故人。20世纪90年代,克雷纳的儿子和中大地理系联系上了,我们家还挂着克雷纳及其家人的照片。

1934年,父亲在中大地理系毕业后,准备到日本留学。因为我母亲还没毕业,父亲在广州的三所中学讲授地理,每周24节课,筹备到日本的经费,待母亲1936年毕业后,他们一起到日本去。父亲在日本东京帝国大学攻读硕士,如果不是战争爆发,他还准备到德国攻读博士。和他一起攻读的日本同学,后来也成为日本著名大学的教授,父亲的书架上有他的著作和赠品。

父亲的书架有整整两层,摆着装订好的《地理学报》等杂志的合订本。从父亲学地理开始,到80年代父亲退休为止,五十多年,有三四十本,每年订成一本,是叫专业的装订公司装订的,外表裹上一层厚厚的硬皮纸。这是非常珍贵的地理资料,里面登载有全国各地理机构历年的论文、文献、报告,反映了我国地理学界的成长和发展历史。父亲非常重视这些资料的保存,其中也有不少他的论文。1935年,父亲用了一个月的时间,考察了广州河南岛(现海珠区)的地质地貌,走访了各个村庄的生产、居住和生活情况,写下了《河南岛的聚落地理》一文,当时25岁刚刚毕业的父亲,就把学到的知识运用到实际上。该论文是我国实地调查研究聚落地理的第一篇论文,其考察细致入微,是一份翔实的资料,为认识河南岛提供了科学的依据。后来,他又发表了《中国聚落形态之研究》,对我国近代的村、镇、城、市四种聚落形态作了详细的论述,下了简明扼要的定义。1940年前后,父亲在广东文理学院地理系开设"聚落地理学"课程,这是国内高校首次开设此门类的课程。

1955年,我们家搬到中大校园,住在模范村一幢两层的小楼房,我们住在楼下,父亲的书房设在最东边的房间,书房里有落地大窗,窗外树荫掩映,是一个非常舒适安静的环境。

住在中大，父亲有了充裕的时间，到地理系上班，在书房里工作，晚上还和同事在家里研究系里的问题。父亲讲授中国经济地理，担任经济地理教研室主任。这时的父亲才四五十岁，正是事业最旺盛的时候，他经常要到省内外出席学术会议，经常要参与广东省和全国的治理和考察工作。他刚参加完新中国成立初期在文化公园展出的华南土特产展览交流会的筹备工作，又参加长江汉水流域的调查工作，接着还要参加南雄盆地、珠江水利的考察工作等。

20世纪50年代末，父亲的区域研究转向了为农业生产服务的方向。1959年，他和中大经济地理专业的师生一行17人到江门地区，进行了两个月的考察。他执笔写成的《广东江门专区的农业区划》，是广东第一批农业区划的成果之一。

1964年，他负责设计并参与东莞农业区划试点工作，他也是我国县级农业区划研究的先行者。

1984年，父亲随中国地理学会代表团访问日本，出席"日中地理学会议"，他参加会议讨论的论文是《国土整治与广东农业发展》，登载在东京出版的《中国的农业发展与国土整治》一书上。

父亲这些年，和中大经济地理专业的师生一起，参加省内各专区综合考察和农业区划工作的同时，写下了不少研究论文，有的是实地考察的总结，有的是区域研究的理论性文章，有的是解决在区域研究中的问题等等，这些文章发表在全国和各省的地理刊物上，不少论文参与了学术讨论交流。父亲为广东的农业发展和农业区划的研究，做了应有的工作，是中国地理学会第五届理事会表彰的老科学家。

父亲外出考察，穿一双前后包裹的凉鞋，一身中山装，戴一顶解放帽，经常风餐露宿，他已习以为常，乐此不疲，身体反而硬朗，活到了96岁。

在中大地理系，父亲是受到学生欢迎的老师，中大校报上登载的各个系选出来的优秀教师，就有父亲的名字。他的学生，华中师范大学刘盛佳教授在他的《地理学思想史》里这样写道："梁溥学识渊博，对地理学的各个领域,都有深入的认识和独到的见解""他的讲课是研究式的教学,他的实习是教学式的研究""他每进行一个讲题,总是边讲、边画,课讲完了,一幅科学生动形象的板图便呈现在眼前,整个内容高度浓缩,一目了然"。①

有一次,在父亲的书房里,我看到了经济地理专业学生的毕业论文,各人选取了研究专题,从实地考察、理论依据,到得出结论、提出展望,分析得深入细致,很有道理,又书写装订得精美,使我产生了也要这样学习研究的愿望。

父亲带学生出外考察,也带我们外出旅行。1953年,我们还是六七岁小孩的时候,父亲就和我们全家从广州到北京,到东北,再到华东,游了半个中国,在沈阳我们还参观了抚顺煤矿和鞍山钢铁厂。1961年,父亲和我们再次到北京旅行,回来的时候,他要自己一个人从西边回来,他要坐上新建成的宝成铁路列车,亲自体验火车爬过险峻的秦岭、跨过纵深的峡谷的伟大工程。

父亲一生对从点滴细微到沧海桑田的变化都怀有浓厚的兴趣。晚年的时候,他常常叫上我们带他到新开发的地方走一走,看一看,非常有兴致地讲述所到之处的前世今生。

1988年,父亲到美国住了半年。他当时已经78岁了。他买了当时美国便宜的火车月票,在弟弟钢夫的陪同下,用了一个月的时间,从美国的西部到东部,再到南部,最后返回旧金山,绕了一个圈。除了几个城市有亲戚、朋友、学生,可以住上房子外,其余时间都在火车上睡,吃汉堡包,喝饮料,他的身体却一直好,人也非常精神。他亲历了美国的高山平原、河流湖泊,非常真实地看到了书上描绘的地形地貌,更加感受到美国这个高科技国家的经济区域布局,工业、农业高度发展的面貌,兴奋不已。回国后,他请系里安排时间,他作了一次美国观感的报告。

父亲为人诚恳、正气,能够包容。他曾两次出任中大地理系主任,第一次是新中国成立初期,1951至1952年,第二次是"文革"后,1980至1984

---

① 刘盛佳:《精益求精的教学 开拓创新的研究——记著名地理学家梁溥教授》,载《热带地理》1992年第3期,第282-286页。

图2 1988年，作者父亲和作者弟弟钢夫在美国休斯敦合影

年。改革开放之初，中大百废待兴，各个系都要发展，父亲在校务委员会会议上，力陈中大地理系的历史，力陈在新形势下地理学的重要功能，成功争取到较早兴建地理系大楼的机会。他经常到新建的大楼去，就算离任之后，他还是常到地环大楼（现第二教学楼）看看走走。

2000年以后，我们家搬到园西区的新楼去住。父亲已90岁了，他每天仍然在书房里用放大镜看《参考消息》，在书房里翻看自己整理的相册。与普通相册不同的是，除了照片，他的相册上还附有自己手绘的地图，简洁而清晰地记录着那次行程。

父亲的最后时刻是在中山二院的住院大楼度过的。他要我回家拿《参考消息》给他看，他要下床走动，不要吊瓶的束缚，他要我拉开15楼病房的窗帘，望着珠江对岸房顶的霓虹灯广告说，这个卡西欧是日本品牌，我在日本留学时就已经有了……父亲在弥留时刻对生活的依恋和坦然的心态，使我惊奇又感动。

父亲是我国老一辈的知识分子，他伴随着我国地理学的发生、发展和进步，把一生贡献给了高等学校的地理教育事业，他热爱世界、热爱生活的心境激励我们后人继续前行。

作者简介：

梁江彬，女，1958届中山大学附属小学校友；父亲为中山大学地理系梁溥教授。

缘续中大
——追忆唐永銮教授

◎刘攸弘

我与中大的缘分除了童缘外,在改革开放初期的十二年间(1978—1990)还有一段跟中山大学地理系唐永銮教授[①]一起进行环境课题研究的缘分,更恰当地说是一段难得向唐教授请教和学习的机会。

1978年广州市政府环境保护办公室(后为环保局)为掌握广州市的环境质量现状,牵头成立了环境质量综合评价研究课题组,成员来自中山大学、

图1 唐永銮教授(供图者:中山大学档案馆)

---

① 唐永銮(1919—2006),男,湖南省东安县人,我国著名地理学家、环境学家、环境科学理论奠基人之一,中山大学环境科学研究所第一任所长、教授。

广州医学院、省市气象局、华南环境科学研究所、市防疫站及市环境监测站等单位,并设置了环评专家办公室,聘请中山大学环境科学的前辈唐永銮教授为总顾问,做具体的专业指导。本人则是当时广州市气象局派出参与该项研究工作的常驻成员,同时还有华南环境科学研究所及热带气象研究所等单位派出的几位工程技术人员。

唐永銮教授是我国环境科学理论的奠基人之一,是高等院校中首设环境科学教育的导师,是倍受大家敬重的名教授,在当年环保界有"南唐北刘(培桐)"之说。

作为非中大人员,能有机会跟唐教授一起进行课题研究是很幸运的事。虽然我是中大子弟,毕竟是小字辈,加上不住在同一个区,所以之前较少听闻唐教授大名。而从这之后却与唐教授的来往多起来,并且从他那里学到很多环境科学知识,这次经历甚至对我日后的工作方向都有一定影响,真是受益匪浅。

在环评办公室时唐教授送给我几本专业书籍,包括唐教授自己在大气环境及环境影响评价方面的著作,使我能较快地将海洋气象专业的知识移用到全新的环境科学上。当年,这是一门十分时髦新颖的跨界学科,是自然科学与经济建设紧密结合的专业技术。

该项目经过一年多的环境监测与人群健康调查,结合工厂水、气与固废等污染源分析,多部门合作完成了《广州市荔湾区环境质量综合评价研究报告》,初步判断了当时的荔湾区环境质量及人群健康状况,首次为广州市政府决策提供了环境科学依据。

1985年国家环保局中国环境科学研究院牵头确立第七个五年计划国家科技攻关项目,对珠江三角洲地区大环境容量进行了一系列重要的环境科学研究,如大气环境容量及酸雨研究、珠江流域中下游水环境容量等研究。同时唐永銮教授等发现,"自1978年实行对外开放以来,沿海地带城市和深圳经济特区相似,由于经济迅速发展,机动车数量急剧增多,汽车尾气在城市大气环境中成为引人注意的问题",从而争取到在国家"七·五"重点攻关科研课题中，将"广州市汽车尾气污染的动态规律及对策研究"列为国家"大气环境容量研究"的第四级课题。

该课题由中山大学（组长单位）和广州市环境监测中心站（副组长单位）共同合作。这时我已从广州市气象局调入市环境监测中心站，并担任了该课题的副组长。因此，我不但延续了而且进一步加深了与中山大学唐永銮教授的合作关系，更重要的是得到了更多学习机会。

记得一次在国家环境科学研究院进行课题分解立项，唐教授带着浓浓的湖南口音语重心长地对我说："老刘呀，环保工作非常重要，前景很好，我们一起把这个项目完成，你要大胆地做啰！有什么问题我们多商量。"本来我对大课题研究没什么把握，不知如何着手，唐教授的一番鼓励使我信心大增，当然关键是有唐教授带领着。此后，因一些难以确定的研究方法，我就"以熟卖熟"直接从中大东门走到东北区唐教授家登门请教，得到他毫无保留的点睛指导。

项目开展过程中，我们单位主要发挥环境监测能力强的优势，着重开展市内各大类汽车不同行驶工况的尾气排放源测定、城区汽车尾气主要污染物分布与影响范围测定，以及汽车尾气污染治理方法与管理措施的研究。中大方面则着重于污染物扩散理论研究，包括城市高层建筑街道风温场结构研究、街道汽车尾气扩散模式研究以及广州城市高层建筑对汽车尾气扩散的风洞模拟实验研究（该项由中国环科院大气所承担）等。

项目的各分项研究课题直到1990年才陆续经评审验收。当时令我十分惊讶的是，七个研究分报告送给唐教授之后，约个把月时间，他就整理出厚厚的一本总报告。那时唐教授已年近古稀，仍有如此高效率，让大家非常钦佩！

通过该项研究可知：当时广州汽车尾气对城区道路环境空气污染已较严重，其中的氮氧化物与一氧化碳超标明显，并时有臭氧浓度超标，潜在光化学污染风险；前二项污染物的汽车源贡献率达43%及68%；街道水平流场及垂直扩散受道路走向与几何尺寸的影响明显；街道逆温明显且持续时间

长,热岛效应十分显著;适合城市道路扩散的理论模型为经验箱体模式;改善城市大气环境的对策是分流中心城区的车流量,尽快建设地铁交通,并优先选线东西向从体育中心至黄沙,北南向从三元里至江南大道再延伸至中山大学。后来广州市的地铁建设选线基本上采纳了这个意见。课题研究取得了立竿见影的社会效益与环境效益,再次为广州市发展规划提供科学依据。

1992年中山大学出版了《广州汽车尾气污染的动态规律及对策研究》,该著作于1995年获得广东省高等教育厅科技进步一等奖。

自从跟唐永銮教授一起完成国家课题后,因工作关系还与中大地理系、气象系的几位老师多有交往,如汪晋三、黄伟峰、陈新庚等。

中大童缘又赓续为难得业缘。

作者简介:

刘攸弘,男,1953届中山大学附属小学校友;父亲为中大法学院社会学系刘渠教授。

春风化雨 指点风云
——追记董家遵教授对侄辈的谆谆教诲

◎董 骏

今年是董家遵教授逝世50周年。家乡亲友对董教授倍感怀念。说来也巧，今年春节之前，有关部门在福州三坊七巷董氏故居门前复制了一副楹联：

祖泽世簪缨，物望首推明甲第
帝廷资黼黻，史才长继晋春秋

"史才长继"虽是引用晋国太史令董狐的典故，也自然令人怀念从董家大门走出的我国资深历史学家董家遵教授——我们的二伯父。回想50多年前，那一幕关于"龙虎对"的楹联趣谈又浮现眼前。

图1 董家遵教授

那是20世纪60年代中，笔者几位兄弟南行"串联"，不约而同相继到达广州。二伯父闻讯十分欣喜，便热情邀请我们到中山大学康乐园团聚，随后又带我们同到广州"妙奇香"茶楼品茶。席间二伯谈锋甚健，他说此楼是当年毛主席和柳亚子"饮茶粤海未能忘"的处所，谈及毛主席的胸怀、雅量，及其诗词中高超的对仗艺术。谈到清代以降福州楹联高手辈出，民族英雄林则徐、《楹联丛话》编著者梁章钜等堪称翘楚。接着二伯谈到编纂《闽都别记》的祖父董执谊也是楹联高手，提起小时候祖父亲自教授他兄弟属对的趣事：先以单字"虎"对"龙"，增一字"猛虎"对"神龙"，继而"降猛虎"对"豢神龙"，而后"威降猛虎"对"术豢神龙"，最后添一字以"奇威降猛虎"对"异术豢神龙"。"豢神龙"当然是指董氏始祖"董父"为舜帝"豢神龙"的传说。这样逐字递增，诸孙既懂得了董氏族姓起源传说，又尝到对对子的乐趣，无疑是一堂生动活泼而终生难忘的课。

那天我们初次领略岭南茶文化，品尝了二十余款雅致点心，美点佐茶，雅教沁心，其乐融融。二伯说，"龙""虎"是中华文化中两大元素。在福州祖居的正厅由董教授祖父董执谊撰写的两副柱联中，有一副也是"龙虎对"。

> 文章首列举贤书，策擅天人，不愧豢龙世族
> 丰采共瞻强项吏，风生輂毂，独标卧虎威名

上联指"独尊儒术"的汉朝大儒董仲舒，其"天人三策"，奠定了两千多年封建王朝天人一统的思想意识形态，影响深远。下联"强项吏"，指的是东汉光武帝（刘秀）时，皇姐湖阳公主纵容家奴行凶，当时已69岁、刚刚临危受命的洛阳令董宣，设计阻拦公主车驾，"叱奴下车，因格杀之"。听了公主一面之辞的光武帝令董宣认罪，董宣"两手据地，终不肯俯"，从此赢得"卧虎"和"强项吏"的美名。

二伯当时谈到《易经》"云从龙，风从虎"等语，还有两层深意：一是乾卦九五这一爻"飞龙在天，大人造也"，风云际会，山雨欲来，是上九爻"亢龙有悔，盈不可久也"的先兆。二伯作为一名资深的历史学家，他观"云"听"风"，提醒侄辈无论局势如何变化，从宏观而言，中华文化传统和历史发展的大方向，是任何人都改变不了的。

其次，二伯还殷切勉励侄辈"君子以自强不息"。《周易·乾卦·文言》"九五曰'飞龙在天，利见大人'。何谓也？子曰：同声相应，同气相求；水

流湿，火就燥；云从龙，风从虎。圣人作而万物睹。"是勉励我们在那个"读书无用"的年代，不放弃读书上进的传统，多亲近好学的师长"各从其类"，将来才能"飞龙在天"。

二伯还谈到祖父撰写的本文开篇提到的楹联：上联"明甲第"指明代工部侍郎董应举，一位造福百姓的福州乡贤，不畏权贵，整顿盐务，兴利抗患，政绩卓著。下联则特指春秋晋国太史董狐正直不阿，弘扬了史家难能可贵的"秉笔直书"的传统，为孔子大加赞许为"古之良史"。

在那个狂热的年代里，二伯的以上讲解，从董仲舒、董宣、董应举、董狐这四位先贤的功绩中，明确地传递了这样一种传统价值观：知识分子"穷则独善其身"，独立思考，坚持正义；"达则兼济天下"，献力献策，勤政爱民。

新中国成立前二伯就是中山大学社会学系主任，并曾兼任中大图书馆馆长。高校院系调整后，虽改任历史系中国古代史教研室主任，其淡泊名利、敬贤爱才之德却始终称誉学术界。正因为如此，辞受国家科学院历史二所所长之聘的大学者陈寅恪，长期乐于在他主持的中国古代史教研室工作。除陈寅恪教授外，岑仲勉①、梁方仲②、刘节③等名教授也在中国古代史教研室。当时的中大历史系云集了八大历史名家：陈寅恪、岑仲勉、梁方仲、刘节、董家遵、戴裔煊④、杨荣国、陈序经，被戏称为"八大金刚"。当年的中国古代史教研室苦心坚持严谨、求真的学术风气，与上述楹联也是息息相通的。

2002年，由时任福建省省长的习近平同志撰写序言的《福州古厝》一书由福建人民出版社出版，书的封面、封底均采用董家祖屋的花厅一景。2019

---

① 岑仲勉（1886—1961），男，名铭恕，又名汝懋，广东顺德桂洲人，中山大学历史系教授，学识广博尤以隋唐史和西北史地最具影响力。
② 梁方仲（1908—1970），男，原名梁嘉官，广东番禺黄埔乡人（今属广州人），中山大学历史系教授，当代著名中国经济史学家，中国社会经济史研究的奠基人之一。
③ 刘节（1901—1977），男，原名翰香，字子植，中山大学历史系教授、主任、古物馆主任，是我国古史研究知名学者。
④ 戴裔煊（1908—1988），男，广东阳江人，中山大学历史系教授，主要学术领域与成果集中在民族学和历史学两大领域。

图2 《福州古厝》封面

年6月8日,在中国文化和自然遗产日来临之际,《人民日报》重新发表习近平总书记这篇关于文化遗产保护的重要文章。随后,福建人民出版社在董教授少小读书的董家花厅,又取景重新拍摄了封面,再版了此书。

董家古厝的花厅,如今修葺一新。庭院中遍植兰草,清幽淡雅,百年桂树,方亭鱼池,树影婆娑,锦鳞悠游。小径穿梭,亭廊捧读,书香氤氲,滋润人们的心灵,绵长而深远。厅堂中曾悬有一副董教授祖父董执谊自撰的柱联:

廿载羡私居,苟有苟完,居处敢忘先圣训
三楹成小筑,肯堂肯构,贻留犹望后人贤

下联"肯堂肯构"语本《尚书》。原意是儿子连房屋的地基都不肯做,哪里还谈得上盖房子。后人反其意而用之,比喻子承父业。董教授的曾祖父董道行(字炳章),为抗击1874年日本借口"牡丹社事件"入侵台湾,生前最后三年出任台湾淡水厅学教谕,为当时民族杂居的台北地区推广中华文教事业鞠躬尽瘁;董教授的祖父董执谊在福州开办"味芸庐"书坊,编纂刊印描写福建乡土风俗的150万字长篇历史小说《闽都别记》,从唐朝后期写到清代中叶,跨度一千余年。书中记载陈靖姑民间信仰、神话传说、乡土典故等等,至今在海峡两岸已刊印九种版本,承载了海峡游子乡愁的寄托,成为两岸同胞同根同源的精神纽带。

另一部福建著名地方志《闽都记》,明代王应山纂辑,清道光年间镌板,到清末旧版已多有毁损,董教授的祖父为抢救古籍,不惜重金加以勘补珍藏。到1956年，董教授鉴于国家对古籍的珍视，极力策划、鼓励诸兄弟将家藏《闽都记》旧版重新修整刊印，以应各方急需，让这部明代史籍得以传世重光。董教授特作序言，记述刊印缘起。董家人代代传承中华"崇文重史、返本开新"的文教事业，为国为民、"经世致用"的志气精神，不啻一份沉甸甸的文化遗产。言教不如身教，二伯父正是我们后辈的典范。

董教授家乡的祖屋，坐落于福州"三坊七巷"的南后街。门前有一组青铜雕塑，让人联想到董家祖孙"接力刻书"的事迹。家乡人民没有忘记董教授。2014年5月，福建教育出版社《民国时期社会调查丛编·岭南大学与中山大学卷》问世，汇编入董教授指导的学生毕业论文，是研究近代中国社会的重要史料，也是难得的学术探索记录。2018年1月8日，福州发行量最大的《海峡都市报》刊登一整版文章《南后街的董（家遵）教授会怎么看网络热词"嫂子"——谈谈古代的收继婚》，一场跨越时空的历史对话轰动全城，让伯父与福州的父老乡亲又连接在一起。

今年春节，董家后人在祖屋大门贴出春联：

图3 《闽都记》

图4 董家遵教授在书房看书

  云从龙，风从虎，海从鲲举
  花有蕊，藕有根，山有凤鸣

  物换星移，几度春秋。可以看出，当年董教授教诲"龙虎风云""自强不息"的中华文化精髓，已深深融化在侄辈后生的心中。

作者简介：

董骏，男，伯父为中山大学社会学系董家遵教授。

回忆父亲吴重翰

◎吴澍华

家父吴重翰先生于1900年农历十月初八生于广东省新会县古井镇文楼乡。爷爷吴德获是美国归国华侨。父亲早年在新会县及广州市读小、中学，毕业后考入北京大学中文系。大学毕业后，父亲南返广东省，在岭南大学任讲师，不久升为副教授和教授，并曾任职中文系代系主任、岭南大学文学院院长。父亲在北京大学学习期间，正值鲁迅先生被北大中文系聘为客座教授。当时父亲敬仰鲁迅先生，选修其开设的课。以后作为晚辈的我们，在家中常听到家父谈论鲁迅先生的思想和为人。从父亲晚年所表现出来的那种刚直不阿的作风里，我们可以看到鲁迅先生对他的影响。

图1 1978年，作者父母亲合影

抗日战争期间，父亲随岭南大学迁移香港、曲江、罗定等地。那段时间，他一边授课，一边写作，为地方报纸撰写文章、评论，宣传抗日救国，如《思想与武力——五四运动献词》《悼鲁迅先生》《民国历史应有汉奸传》《论明代剿倭》《抗战"土"气的今昔》等等。父亲创作了抗日剧本《国殇》，该剧在当地演出，以鼓舞民众。

陈香梅女士抗战期间在岭南大学念书。家父是她的国文老师。陈香梅女士在其所著的回忆录里曾多次提起家父。在《陈香梅文集·卷一》的自序里，陈女士称家父是"我的良师益友，对我指引栽培，使我终生难忘"。在文集"我的老师"一章里，陈女士写道："读岭南大学时，教中国文学的吴重翰教授，对我真可以说是另眼相看。吴教授喜欢茶道，课余之暇，用小泥壶泡上好的铁观音，请我和几位教授一同品诗谈词，四周清寂，只有松林的风声，一片茅屋，数卷好书，真是此生复有何求。"

父亲是一个纯粹的读书人，在陈香梅女士的追忆里可体会到家父所表达的"一个教授必须有一个教授的立场，有自己独特的学说风格"。父亲治学严谨，潜心专研学术。他在其多年的教学生涯中发表了诸多专业论文和学术文章，如《我的十年大学教师生活》《明代文学复古之论战》《中国文学思潮·后序》《元曲的楔子》《元曲的脚色》《汤显祖还魂记》等等。

父亲曾任教于广东文理学院（华南师范大学的前身）中文系，后受聘于广州大学中文系，兼文学院院长。共和国成立前夕，许多朋友均劝父亲南下香港。但家父基于爱国情怀选择了留在广州。1952年高校院系调整，家父调入中山大学中文系任教授。从此，父亲的后半生就与这所华南最高学府融为一体。新中国的诞生让这块广袤大地上的有志之士跃跃欲试。那是激情充满的年代，是才华涌现的岁月。父亲将更多的心血投入编写大学中国文学的教材和教书育人中。20世纪50年代前中期，父亲著有不少学术著作和文章，包括《明清文学史纲目》《明代时期（1368—1643）的散文、诗歌和戏曲》，完成了《中国文学思潮》的编著。从1953年至1957年，父亲与詹安泰教授、容庚教授合作，把各自的教学讲稿整理编成《中国文学史》，由高等教

群贤荟萃 遗泽余芳

育出版社出版。《中国文学史》在当时的教育界里享有很高的声誉，是一部权威性的专著，为20世纪50年代中山大学的一项重大的学术成果。

1957年，父亲完成了凝聚了他二十多年心血、自己独立撰写的共二十多万字的《中国明清文学史》。当时，稿子已获高教部审阅通过，只待开印发行。同时，经时任中山大学校长许崇清先生签署的聘请家父为中山大学中文系副主任的委任书也已下发到系里。也就是在这个时候，历史与家父开了个玩笑，家父被划为"右派"。至此，父亲那为之奉献一生的教育事业戛然而止！父亲是一个固执却胸襟豁达之人，处于当时的情景，他说："一个人对世事有所为，有所不为，不可局限于个人得失之中。"

图2 1956年，吴重翰教授（前排左二）和容庚教授（前排左一）与参加研究会的部分教师合影

他同时也深信，随着时光流逝，历史还他以清白的时刻终会到来。他并没有预见错，那一时刻真的到来了，只是花了整整二十年！1978年，父亲得到平反，恢复教授职称，重新获得了教书的权利。遗憾的是，一年后，父亲因病于1980年2月与世长辞，再不能为祖国的教育事业作贡献了。历史的误会使父亲赋闲二十年。而历史最终还给父亲一生清白。父亲辞世后，中大校方为他开了追悼会。追悼会前，容庚先生特意到我家里慰问。在漫长的岁月里容老已是家父的挚友。他们彼此尊重和欣赏，也很谈得来。平时容老也常来家中与父亲小叙。当时家兄作了一副准备用于追悼会上缅怀父亲的挽联，让容老过目："一生光明，一生磊落；廿载清闲，廿载坎坷"。容老读了读对联，婉言对我们说："过去已经过去，不必过于固执，就让吴先生安息吧。"

中国的历史长河滚滚流淌了数千年，在华夏大地上培育出来的中国知识分子那种特有的忍辱负重、宽以待人和坚持不懈的品格，应是让其源远流长、盛久不衰的重要元素之一吧？的确，我们不可忘记过去，但展望未来更为重要。如何能够让我们和我们的下一代去完成上一辈未完成的事业，走完上一辈未走完的路，或许这才是我们更需要思考和面对的。

此文就作为我们对父辈的一个追忆吧。

作者简介：

吴澍华，男，1970届中山大学附属小学校友；父亲为中山大学中文系吴重翰教授。

赵不亿教授的歌

◎ 张 珂

赵不亿于1934年出生于华侨世家,祖籍广东台山,生于忧患。抗战烽火,使赵老师从小就过着颠沛流离的生活,直至抗战胜利后,他才得以逐渐安定下来,就读广州培正中学,受到著名音乐家何安东和蔡曲旦两位老师的指点和熏陶,参加闻名全市的"银乐队",是中学合唱团的一员,从此喜欢上了音乐。

1952年,赵不亿考上了北京地质学院,成为新中国最早的"工业化尖兵""社会主义建设的游击队员",从此把自己的一生都献给了这门学科和事业。当时的许多老师,如王鸿桢、郝诒纯、马杏垣、袁复礼、杨遵仪[①]、涂光炽和张文祐等都是中国地质学的名家大师。赵不忆也是新中国培养出来的第一代地质学者,他足迹遍布大江南

图1 1955年,赵不亿(右一)大学期间在安徽繁昌实习时合影

[①] 杨遵义教授曾任中山大学澄江时期的地质系主任。

图2 赵不亿教授在指导研究生（供图者：黎观城）

图3 赵不亿教授（中）在野外工作时与同事合影（供图者：黎观城）

北，参与了找矿勘察、矿床地质、地质填图、黄土地貌、遥感地质等研究及重大工程。他历经千辛，阅历甚广，时常往来于"象牙塔"和矿坑之间，与家人聚少离多。但他坚韧不拔，努力排除各种干扰，推动事业向前发展。改革开放后，他更加奋发图强，为新中国地质学的摇篮——北京地质学院（中国地质大学）的人才培养、学科建设以及科学研究作出了重要贡献。他是遥感地质学的先行者之一，中山大学遥感学科的奠基人。

赵不亿教授对我的成长极为关心，他曾和袁家义教授亲临我的"地貌学与第四纪地质学"课堂指导，记得当时我讲地貌学基本理论，赵老师给予充分的肯定，说我"涉猎甚广"，同时也指出了改进方向。1996年，我申请报考北京大学博士学位，作为系主任的赵不亿教授立刻表示大力支持。考入北京大学后，有一次我因故不能回校担任"普通地质学"的教学，特请有几十年"普通地质学"教学经验的赵不亿教授代课（赵老师自1958年开始就从事这门课程的教研）。他不但当即首肯，而且非常认真地备课，他的讲稿我至今还珍藏着。后来，我曾试图送点小礼物表示感谢，但他坚决不收，并非常谦逊地说，一点小事，不足挂齿。

1 群贤荟萃 遗泽余芳

赵不亿教授荣退后,又以极大的热情投入到"岭海老年大学"的工作中,担任该老年大学常务副校长职务,直至75岁才"退休"。做到了"春蚕到死丝方尽"。他荣退后,心系老年大学的同时,仍然牵挂我们学科的发展,每次路上遇到,我们都会聊很长时间。

赵不亿教授跟我说过,他有长寿基因,母亲104岁高寿。但万万没想到,他却没躲过2022年"新冠"一劫!其实,在我的直觉里,赵不忆教

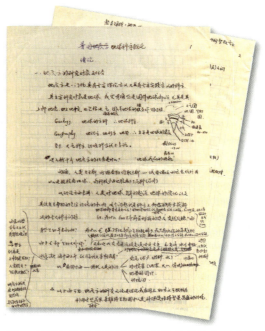

图4 赵不亿教授"普通地质学"课程的备课手稿

授并没走远,他的音容相貌还经常浮现在眼前,他亲切的话语,还时常在耳边响起。赵不忆教授一生谦虚谨慎,热心善良,低调做人,高调做事,兼容

图5 当年,赵不亿教授考察美国黄石公园时的留影(供图者:黎观城)

83

并包，开放务实，这正是岭南学者的优良传统和工作作风。我们学院的名称为"地球科学与工程学院"，其中"工程"二字，代表了应用地球科学的学科方向。"工程"二字与赵不亿教授的关系极大，他是中山大学应用地球科学的开拓者之一。

本文追思赵不亿教授，是为了更好地缅怀和传承老前辈的优良传统和对学科所作的贡献，切勿忘记前辈辛勤耕耘过的土壤，而学院这棵参天大树就植根于这片肥沃的土壤中，并汲取着丰富的营养而茁壮成长。传承和发展老前辈的优良传统，是我们学科得以健康发展的保证。

赵不亿教授荣休后，还参加了中山大学老教授合唱团，经常外出演出。他从小就钟爱音乐。当年一起工作时，因大家都忙，无缘听到他的歌声。我想，其实赵不亿教授的一生就宛如一首歌，既悠扬婉转，又曲折浪漫，还自强不息，这歌声，已经融入了我们强院、强校和强国的大合唱中，永不消失！

图6　2023年4月1日，赵不亿教授大女儿赵炎明女士在赵不亿教授追思会上发言

图7　2011年，演出中的中山大学老教授合唱团（后排右二为赵不亿教授）

1 群贤荟萃 遗泽余芳

图8 赵不亿教授自传封面

正是:

> 长空浩浩遥测远,
> 大地茫茫走天边。
> 春蚕到老丝难尽,
> 断魂听歌泪满襟!

作者简介:

张珂,男,1970届中山大学附属小学校友;中山大学地球科学与工程学院教授。父亲张德恩和母亲黄绍阶均为中山大学教工,父亲曾任冯乃超秘书。

海水深复深，难以量相思

◎金雨雁

图1 著名爱国诗人黄遵宪先生（1848—1905）①

"海水深复深，难以量相思。"这是著名爱国诗人黄遵宪先生在乐府杂曲歌辞《今别离》中的名句。人生，本就是一场又一场的相逢，别离。然而，世间有的情谊，却是海水都难以丈量，深深地铭记在当事人的心中。

黄遵宪先生，字公度，号人境庐主人，广东嘉应州（今梅州）人，1848年出生于一个官僚家庭。他十岁开始学写诗词，十九岁考中秀才，二十八岁参加顺天考试，中举人，并以五品衔挑选知县用。随任清朝驻日本大使馆参赞，居日四年间以历史、政治、景物和风俗等为题材，作《日本杂事诗》两百多首，

---

① 图片来自梅县市博物馆编：《黄遵宪与人境庐》，梅县市博物馆1982年版。

1 群贤荟萃 遗泽余芳

开拓了中国古典诗歌的新境界,被誉为"裁云缝月之高手"。1882年至1894年,黄遵宪先后调任驻美国旧金山总领事、驻英国大使馆二等参赞、驻新加坡总领事等职;其间,他写下长诗《冯将军歌》(赞颂抗法英雄冯子材将军)、《度辽将军歌》(赞颂甲午战争中抗日而战死的左宝贵将军)、《台湾行》(赞颂台湾人民抗击日军事迹)等一大批诗篇,其作品辑为《人境庐诗草》十一卷、《日本杂事诗》二卷及《人境庐集外诗辑》。其诗长于铺叙,刻画人物生动,气度恢宏,感情浓烈,有近代"诗史"之称。他被公认为晚清成就最大的诗人。甲午战后,维新运动勃兴。1895年9月,他参加了康有为组织的强学会上海分会,成为变法维新的积极倡导者,并曾为清光绪皇帝破格召见,力陈"变法"之必要。1898年,"戊戌变法"失败,黄遵宪被扣留于上海洋务局,候命押解北上,准备严办。由于英、日两国政府出面援救,遂得旨放归,回嘉应州隐居。晚年的黄遵宪,将普及教育视为救中国的不二法门,自己也勤于阅读各种近代自然科学书籍。1903年,他邀集地方人士设立嘉应兴学会议所,自任所长,以"人境庐"为会所,并筹办东山初级师范学堂。次年,又创立嘉应"犹兴会",讲习新学,培养自治精神,并派遣青年赴日本留学。作为"诗界革命"的尝试,他创作了一批充满强烈爱国主义情绪和生

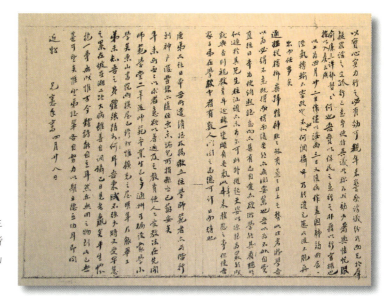

图2 黄遵宪先生写给五弟黄遵楷的亲笔信(中山大学历史系藏)

活情趣、语言通俗、形式较自由的"新体诗",如《军歌》24 首、《小学校学生相和歌》19 首、《幼稚园上学歌》等,对"五四"时期的新诗运动,起了前驱的作用。1905 年 3 月 28 日,黄遵宪因病去世,享年五十七岁。

我父亲金应熙与黄氏后人颇多交集,有许多的故事。黄遵宪先生的孙子黄延毓,早年就读于岭南大学,20 世纪 30 年代中,他为哈佛燕京学社选中赴美国留学,先后读取哈佛大学文学硕士、历史学博士。1941 年回国受聘为岭南大学历史政治学系教授(由于广州沦陷,岭南大学迁往香港)。1942 年初,他又从被日军占领的香港辗转来到粤北仙人庙,在岭南大学担任教务长职务,在严酷的战争环境下坚持办学。抗战胜利后,黄延毓随岭南大学迁回广州康乐园,继续担任岭南大学教务长,并兼历史政治学系系主任、《岭南学报》主编。1946 年底,我父亲从岭南大学附中转入历史政治学系任讲师,黄延毓教授正是父亲的直属领导。

1947 年,岭南大学纪念"五四"运动,黄延毓教授作演讲报告,观点比较旧。我父亲思想比较激进,不同意黄教授的看法,专门写了一篇文章,贴在学校的公告牌上,对黄教授的观点提出了不同的意见,一时引起了轰动。学生们很感兴趣,由"艺文社"出面组织,邀请两位教授在学校饭堂公开辩论,欢迎师生参加。黄教授和父亲都没有推辞,辩论如期举行:一方是留美博士、教授、名望很高的学校教务长兼系主任,另一方是新晋的、当时岭南大学最年轻的讲师,二人同台进行平等、公开的辩论,这本身就显示出黄教授的大度。经过激烈的唇枪舌剑,黄教授辩输了。会后,学校秘书杨逸梅在职工俱乐部开他的玩笑,而黄教授坦然回应:"老了,口舌笨拙,又少看现代资料,拿不出新东西。他(指我父亲)看书多,有说服力,真是后生可畏。"这场辩论,没有论资排辈的等级思想,是一个新提拔的讲师,和直属领导系主任、教务长的平等对话。而即使是老资格的系主任,输了就服输,并从年轻人的长处看到自己的不足,除了岭南大学自由民主的学风值得称颂之外,当事人谦谦君子之品格,更值得钦佩,受人尊敬。

这场辩论影响很大,许多师生由此接触新思想,开始倾向进步。而在学

群贤荟萃 遗泽余芳

校里的一些人看来，我父亲足有"异党"的嫌疑。事后不久，在一次学校的校务会议上，曾长期兼任岭南大学附中训导主任的黎寿彬提出："历史政治学系的金应熙（讲师）、陈华（助教）有问题，应该注意。否则有什么事故，学校推卸不了责任。"参加会议的黄延毓教务长当即挺身而出，仗义执言："彬叔！你是岭南的，过去的历史不会不知道，陈济棠要抓某教授时，学校通知他避开；钟（荣光）校长资助过华侨学生去延安，这些是我校的优良传统。岭南（大学）绝不容许把外校搞监视、告密那一套搬进来，谁破坏这种传统就请谁离开！"语气之凌厉，前所未见。黄延毓教授的发言得到了司徒卫、李德铨教授等的支持，我父亲才被保护下来。我父亲知道这件事以后，感激之情一直铭记在心。后来，父亲才知道，黄教授同情进步教师是有原因的。黄教授的族弟黄延泉夫妇都是共产党员，1943年，黄延泉在桂林因被国民党特务江锦兴、杨瑜陷害而牺牲。黄延泉的妻子姓全，回到广东始兴县月武村桃村坝当小学校长，大家称呼她全校长。其时，江锦兴在始兴当县长，杨瑜也在始兴。黄延毓教授曾到始兴见过全校长，并力劝她辞职回梅县老家避一避。全校长则说：学生对她很好，她也很爱学生，舍不得离开，小心点就是了。几个月以后，桃村坝爆发了农民暴动，国民党

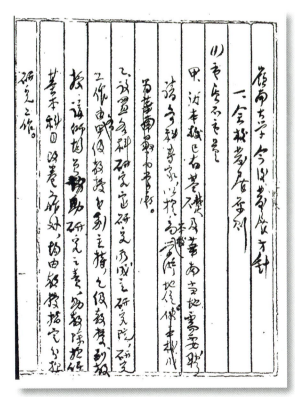

图3 黄延毓教授任岭南大学教务长时起草的"岭南大学今后发展方针"（供图：中山大学档案馆）

特务杨瑜被处决。然而在江锦兴带领国民党军队反扑后,农民暴动失败,全校长也光荣牺牲。黄延泉夫妇的离世,使黄延毓教授增加了对国民党特务的愤恨。

黄遵宪先生的曾孙女黄绍阶,是中山大学历史系图书室的管理员,也是我同学张珂的母亲,我们管她叫黄阿姨。黄阿姨是家中的次女,她的父亲黄延卓患肺结核病,去世较早。家里因重男轻女的思想,加上有经济压力,高中毕业后她就几乎没有机会上大学了。幸得身为岭南大学教务长的二叔黄延毓的关心和帮助,她才念完大学并到岭南大学工作。1952年底,岭南大学历史政治学系与中山大学历史系合并,黄阿姨转到中山大学历史系工作。我记得小时候父亲去历史系资料室看书的时候会带上我,那时候我挺乖的,在资料室自己拿本小人书看,画画或者与资料室黄阿姨、麦佩芳阿姨(金文大师容庚的儿媳)相处。黄阿姨和麦阿姨慈爱善良、和蔼可亲,对小朋友的爱护,溢于言表。我很喜欢跟着父亲去资料室,很喜欢与黄阿姨、麦阿姨相处。当时的中山大学历史系是一个团结的集体,不但因有以陈(寅恪)、岑(仲勉)、刘(节)、梁(方仲)四大教授领衔的众多专家、教授而名声在外,连资料室的人员配备也是十分专业的。黄阿姨、麦阿姨非常熟悉业务,除准

图4 金应熙教授一家

确知道书籍和资料存放的位置外，还掌握了编目、检索、整序、分类、读者服务等技能和资料室主要藏书的大致内容。尤其是外文书籍和资料，编目、检索、整序、分类有一定的难度，她们都能够得心应手地处置，这是需要具有一定的功力和水平的。父亲作为系主任，很满意她们的工作，平易近人的他与她们相处得非常好，同事之间建立了深厚的情谊，互相信任使他和她们无话不谈。

上世纪六七十年代，父亲到"五七"干校参加劳动。他出身于官僚家庭，长时间在学校读书、工作，条件相对比较优越，然而他的生活自理能力是很差的。父亲对我说："五七"干校这两年是他人生中最为艰苦的两年，是有锻炼价值的两年，也是有收获的两年。而在这严酷的岁

图5 1967年，作者同学张珂与其母亲黄绍阶合影

图6 1997年，林志明、黄礼安（黄延毓教授大女儿）与张珂合影

月里，真诚的帮助，使他收获了信心，收获了友情。他告诉我：初到干校，他的情绪很低落，生活自理能力差的弱点暴露无遗。经常是洗了衣服晾在外面就不记得或不认得了，一晾就是几个月，衣服都烂了；衣服、鞋子、被单洗不干净，脏兮兮的；生活用品也经常遗忘在别人的地方……正在他陷入窘境之际，是黄绍阶、麦佩芳两位同事不但帮父亲把被单和衣服洗得干干净净，还帮父亲做标记，认住自己的东西。直到我去干校帮父亲洗东西时，还可以看到当时做的标记。父亲落难之时，能得到黄阿姨、麦阿姨如此的帮助和照顾，他一直感恩在心，激励着他以后振作起来。一个人在人生中总有顺境、逆境，顺境时"锦上添花"容易，而逆境时"雪中送炭"就显得弥足珍贵了。黄阿姨、麦阿姨所做的，今天看来可能是小事，然而，在那个特殊的年代，是需要勇气的。这些小事更能显示出人的品质、情操和善良。

我和张珂是同学，从小学一直到高中毕业。我们关系一直很好，尤其是在广州市第五十二中学读高中时，我们同在四班，到花县（现广州市花都区）分校时，我们同住同吃同劳动，有着深厚的情谊。1974年高中毕业后，

图7　2017年，作者发小甲子之年重逢时合影（左起：唐长源、作者金雨雁、林佩元、裘敏、黄颖思、吴澍华、张珂）

我们都计划趁着工作前到北京和全国各地周游一番。1975年初，我已经回到广州，准备"上山下乡"。张珂由于"留城"，没有这么快分配工作，所以还在外地。这时，一个不幸发生了，张珂的母亲黄绍阶阿姨在一次雨天搭乘自行车的事故因头部着地而去世，我们听到这一消息都十分悲痛，我父亲、母亲均帮忙张家料理后事。张珂回广州是我和裘敏同学去接的车，张珂当时还不知道噩耗，跟我们讲旅途中的故事，其实我们的心在痛着，痛心于黄阿姨的早逝，痛心于一个那么善良的人就这样离我们而去，悲哉！

以后，我"上山下乡"当了知青，1977年高考回到了中大。张珂也在1979年考上了大学，研究生毕业后留在了中大。但由于学习工作都很忙，大家只是偶尔见面。随着年纪增大，同学聚会的机会多了，大家在一起的时间也逐渐增多，有些专业问题我还多次请教过张珂。有缘分的是我女儿金子灵和张珂教授的儿子张遂新在广州市第六中学读高中时是同学，我女婿郭润绿在中山大学历史系读本科时和张遂新又是同学，我们上一代的友谊不但传承到了我们，还传承到我们的下一代。

参考文献：

[1] 金雨雁.一枝一叶总关情[M]//张卫群，主编.拾光留影记康缘.广州：《拾光留影记康缘》编委会，2017.

父亲和他的老学生的故事

◎李新苗

今天是父亲节，十分思念远在大洋彼岸的老父。父亲李曼孚为人谦和，从不与人结怨，今年八十有七了，虽然眼蒙耳背，却仍然精神矍铄，思路敏捷。他一生学而不厌，诲人不倦，不但是一位高分子化学专家，还是一位出色的画家，从教近半个世纪，是名副其实的桃李满天下。想起去年他回国的日子，父亲与他的老学生的深情厚谊令我十分感慨。

父亲这次回国只能逗留20来天，本想不惊动太多的人，但消息还是不胫而走，探望他的历届学生以及老同事相继来了不少，其中包括有中科院的院士林尚安教授以及中山大学前校长曾汉民教授等人。

图1 作者父亲李曼孚教授（前排左三）和1947届学生聚会时合影

最为难得的是1947年毕业的那班老学生竟然相约而来，甚至有的是从外省及海外过来的，同学中有几位是中大的退休教授。60年前的师生，相见如昨，令人感动。都是白发苍苍的老人了，看到他们谈笑风生、亲热有加的样子就可以想象到这师生的情谊当初是如何的深厚。

图2　作者父亲李曼孚教授（左一）和1947届学生聚餐中

另有一位50多年前的学生罗瑞仪，她退休前是广东省科委中心实验站的站长，退休后潜心书画创作，她的作品多次获奖，并曾送日本展览，如今她已被编入中国当代老年书画家大辞典。她执意邀请父亲到家作客并请吃饭，为的就是要感谢老师当年不但教授了她有关化学

图3　五十多年前毕业的学生、广东省科委中心实验站前站长罗瑞仪

的专业知识，还鼓励她学习之余研习书画，是她的第一位国画老师。

更加令人感到惊奇的是，在父亲回美的前一天，一个陌生的电话打了进来。这是一位中年女士打来的，她要寻找一位1944年在四川乐山造纸厂职工子弟学校教书的老师。原来父亲当年从武汉大学（因抗战临迁到了四川乐山）毕业之后，时当国难，曾在四川乐山造纸厂职工子弟学校教书。直到日本投降，广州光复之后，他的恩师、著名的化学家徐贤恭先生才将他调回广州中山大学任教。

想不到的是，他教过的那班学生，时隔半个多世纪之后，每当聚会时还会怀念这位当年的老师。一个非常偶然的机会，有位学生打听到老师退休前在中山大学任教，打电话的正是那位学生的儿媳。事有凑巧，这位当年学生的儿媳去年被派到中大实习，临行时婆婆及其同学们就委她以寻找老师的重任，她又非常偶然地打听到了要寻找的老师这几天回国，于是就有了以上的电话。这位不速之客表示一定要见到我父亲，否则回去无法向婆婆交代。那天她还遵照婆婆之托带来了老人家在北京的照片，如此深厚的师生之情真令人喜出望外。

附录：佛山大学艺术系主任鹿眠先生为《李曼孚国画作品集》写的序言

序

李曼孚先生，粤籍台山人，一九一九年生，教授，曾任国立中山大学化学系副主任，高分子研究所副所长。

曼孚先生虽以化学学科为其主职，然一生别恋丹青，乃出色之国画家。先生幼承庭训，喜中国传统笔墨，敏于山水花鸟，心摹手追，时有长进，更令先生与国画结下不解之缘者，是早年于四川乐山武汉大学求学之际，与当代国画大师关山月先生的一段师生之缘。

曼孚先生为关山月先生早期弟子，得关氏亲炙，画风严谨，力求尽善尽美。得岭南风骨又兼北派神韵，广纳中原、大江、巴蜀山河气格，自出机杼、功力深厚。从早期作品《灌县风光》四联屏及《雪》中就足见其功力。

先生每遇外出之机必作纪游写生，搜集素材，凡数十年，足迹所至遍及神州大地，积稿盈尺。近年又遨游北美诸地乃至欧洲列国，更使视野开豁。外师造化，中得心源，先生于水墨之道，长期浸淫，上下求索，取各名家所长，逐成就今天曼孚先生淳朴淡雅、率意平和抒怀隽永之画风。也恰恰体现先生待人处事亲切至诚，谦谦君子之性格。

先生因教研重任，恪尽职守。又因校方极力挽留，故未能按时引退，至古稀之年，方离教职。本书所载，多为先生退休后所作，然眼力不济，乃自娱遣兴抒放怀抱之积累也。雪泥鸿爪，得诸方友好拳拳盛意，逐结集成册，公诸同好，意在抛砖引玉，更上层楼。

图4　李曼孚教授2003年出版的个人国画作品集封面

图5　国画大师关山月先生为李曼孚教授国画作品集题写的赠联

作者简介：

李新苗，男，1964届中山大学附属小学校友；父亲为中山大学化学系李曼孚教授。

❷ 峥嵘岁月 薪火相传

文明路校址天文台

父亲陈心陶教授二三事

◎陈思轩

孙逸仙纪念医院建院近一百九十周年了，听到这个消息，博济医院的大门及孙逸仙纪念碑顿时浮现在我脑海中，勾起儿时的记忆。

先父陈心陶自1926年起应聘岭南大学生物系任助教，1936年9月岭南大学孙逸仙博士纪念医学院成立，并设置在博济医院。当时以三年时间接连攻取明尼苏达硕士和哈佛哲学博士学位的他，已是岭大生物系教授兼主任。他创立了医学院寄生虫学和细菌学科，并任学科主任，在博济工作十七年。医学院院长李廷安教授去世后，他还兼任了几年医学院代院长。

医学院下辖的博济医院，对于儿时的我，遥远而向往。不但因为它地处省城的闹市中心，更因为在我心中，它是神秘、高尚的济世悬壶的科学殿堂。

记得新中国建立初期，住在岭南康乐园的父亲，每天一早就从家里步行至小车站，乘校车去博济（岭大医学院）上班。晚饭通常等到父亲回来，我们全家再一起用餐。但有时父亲很晚才到家，妈妈只好让"小字辈"先吃了好去睡觉。

听父亲说，他常常因为工作忙而误了学校的班车，只好坐公共汽车或乘船回家。那时破旧的公共汽车烧炭运行，车厢尾部有一个大木柜，把炭炉隔开。儿时乘坐公共汽车，因乘客多而拥挤，我人小，夹在人堆中"无气透"（粤语，难呼吸），只好爬到车尾的木柜上坐，尽管屁股烫得很，也只能忍着。

公共汽车走得很慢，在小港桥或康乐园南门上坡时几乎都爬不动，加上行车路线又绕了很大的弯，车程需时与坐汽船走珠江回学校差不多。尤其是海珠桥被国民党炸毁后的那段时间，汽车无法过"海"（粤语，称江河为海），要到岸边下车上船，待过渡后再上车，费时费力。父亲如果太迟下班，赶不上回学校的末班车或船，只能租坐珠江上的小艇回康乐园，那回家就更晚了。

有一年暑假，我跟父亲坐小艇回家。小艇从博济医院门前的码头划出，沿途，只见巨大黝黑的海珠桥从头上慢慢掠过、灯光依稀的大沙头、二沙岛冉冉后退，小艇沿着寂静的珠江缓缓前行，双桨有节奏地划破明月在水中的倒影，留下一串串银色的粼粼波光。其间我津津有味地听父亲讲解月圆月缺的道理。小艇在竖有"岭南大学"牌坊的学校北闸（粤方言，北门）靠岸，此时已是夜深，我疲劳至极，从北闸回家的路似乎变得无穷无尽的远。好不容易到家了，我倒头便睡。而父亲却继续工作，第二天一早又要赶去上班。

那时的交通实在太落后，而父亲又经常需要去广东省内的疫区出差，西南三水、马房、六和、四会、曲江马坝、清远、中山小榄、海陆丰等等，这些都是我耳熟能详的地名。为了到大沙头赶乘下乡的长途班车，父亲都是在凌晨天还未亮就离家，梦中醒来的我，听到父亲下楼和出门的声音。据苏克勤教授回忆，父亲有时晚上就住在博济医学院的办公室里，以便翌日一大早和同事一起赶搭长途汽车，"带着被铺行李，步行到南方大厦对面的码头，坐渡轮至石围塘，继而乘搭广三线列车至三水县西南镇，紧接着转乘公共汽车去河口，再从河口转搭渡船至马房，然后，从马房辗转去迳口，在迳口转乘小船沿'毒河'而上。直至黄昏，才能到达工作住地——一个农民的家。"当年出差下乡如此"水陆联运"的奔波，其艰辛程度可见一斑。

首次发现广东流行血吸虫病，创造性地提出用改变生态环境为主的方法根治血吸虫病，是父亲在医学院工作期间的重要科研成果之一。1950年9月，父亲奉命破解四会等地令人致残、致死的"大肚子"病（血吸虫病的俗称），当时土匪尚未肃清，且随时可能被疫病感染，风险颇高。他的研究生兼助手徐秉锟教授回忆当年跟随我父亲下乡的经过，写下"夜宿樟市枪作枕""席地破屋鼠为伴"等诗句,生动地记录了老一辈科学家为科学、为民众献身的精神。父亲几十年如一日为"送瘟神"殚精竭虑,终于迎来我省在全国率先彻底消灭血吸虫病的伟大胜利。当然,这都是我长大后才知道的。

儿时最兴奋的时刻莫过于假期里跟父亲去医学院。父亲在医院的二楼上班,他的办公室和几个实验室紧挨着,房间里整齐地摆满了书柜、卡片柜、书桌、摆着显微镜和各种玻璃容器的实验台、冰箱、像大金鱼缸般的寄生虫培养皿……空气中弥漫着一股淡淡的实验室特有气味,助手、学生都穿着白大褂忙碌工作。我和他们都很熟,不管是老师、学生,还是技师、工友,我都称呼他们为哥哥、姐姐,如(徐)秉锟哥、(蔡)尚达哥、(吴)青藜哥、(苏)克勤姐、(许)鹏如姐、(李)道宁哥、(刘)培哥等等。父亲待他们很好,他们也常来我家,我也跟父亲去探访过他们。犹记得去隆兴楼二楼(康乐园西门对面一排小二层楼)探访技师李道宁的老妈妈时,爬上那又黑又窄的木楼梯的情形。

在实验室,父亲一再叮嘱我千万不能随便触摸任何东西,只许看,不准动。他的一个助手告诉我,在培养皿水中的血吸虫尾蚴很厉害,实验用的兔子,其脚浸在水中仅几秒钟,尾蚴就能通过兔子皮肤进入血管,令其感染血吸虫病。父亲偶尔也让我看看显微镜下的微观世界,开开眼界。不仅父亲的实验室,整个医学院、医院都弥漫着神圣的科学气氛。尤其是一楼的 X 光放射科,谢志光伯伯会带我一睹那个神秘房间,只见昏暗的红灯下,一部巨大的机器威严地耸立在那里,仿佛在把守着健康之门。

跟父亲去医学院,最盼望的就是午餐。据父亲的学生陈如作教授说,父亲因科室人少任务多,做实验时需要连续观察,中午时间他几乎都在办公室度过。但我几次去医学院却是例外——中午父亲带我步出博济医院,去西壕二马路,多数是走进一家面馆吃云吞面,美味的鲜汤、爽滑的面条及那硕大皮薄又爽口的鲜虾云吞,成为我一生的最爱!最难忘的是"小南园"饭店的蚝油牛肉,那香喷喷的嫩滑牛肉一上桌,我就急不可待地夹起直往口中送,不料牛肉滚烫,一下子把舌头给烫了。至今,我曾多次尝试在家里复制蚝油炒牛肉，然而，即便用最好的牛肉和蚝油，仍无法还原当年的美味！

说起先父在医学院工作的17年，还不得不提及母亲郑慧贞后来告诉我们的，有关父亲的两段经历——

一是1938年，日寇侵华，广州沦陷，我们举家随岭南大学迁往香港。1941年香港沦陷后，岭大停办，全家靠变卖物品糊口。广州伪广东大学派人劝说父亲出任校长，他严词拒绝说："就是杀头，我也不去！"为此，我们全家分别离港逃难，在辗转粤北、江西途中，四姐因病夭折，大姐从船

图1　陈心陶教授当年在孙逸仙博士纪念医学院实验室工作

上落水险送命，我在江西赣州出生三星期后又被带着继续逃难，如此历尽艰辛，直至福建长汀全家才重逢。父亲先后在中正医学院、江西卫生实验所、厦门大学兼职。在战乱之中，他的教学科研从未中断，并发表了个人专著《怡乐村并殖吸虫》。抗战胜利后的1946年初，全家回到复办的岭南大学，父亲担任医学院寄生虫学科主任，继而任医学院代院长。在上世纪40年代，他培养出黄启铎、徐秉锟、江静波、吴青藜、许鹏如、陈俊民、蔡尚达等一批出色的科学家。

二是1948年8月，父亲应邀赴美国华盛顿柏罗维罗蠕虫研究室、哈佛医学院实验室及芝加哥大学访问研究，完成了蠕虫免疫反应实验等重要研究，后来他在国际上首先应用这种免疫技术诊断血吸虫病。新中国成立后，

2 峥嵘岁月　薪火相传

父亲谢绝美国大学的聘请和挽留，立即启程回国，途经香港时，又有当地科研机构以比美国更优厚的待遇聘请他。但"儿不嫌娘丑"（谚语），他在1949年10月广州解放之初毅然回到百废待兴的新中国，在岭南大学孙逸仙博士纪念医学院继续他的教研工作，并于翌年夏天临危受命，投入消灭血吸虫病的伟大斗争。

他开拓创新、励精图治、根治疫病、造福百姓的精神，值得晚辈们学习与传承。

作者简介：

陈思轩，男，父亲为中山大学医学院陈心陶教授。

父辈的中大缘

◎吴杰明

一、缘分，始于百年前

上世纪20年代，我们的舅公，东莞人赵策六在国立中山大学（以下简称"中大"）任职。他的女儿——我的表姑赵爱真（入校时名赵可爱），儿子——我的表叔赵豫立，还有我的父亲吴壮达、叔父吴鹏槔，都是靠舅公的工资收入，从东莞来到广州，在中大完成学业的。

表姑赵爱真在理学院生物系就读，1933年毕业；表叔赵豫立在中大工学院土木工程系就读，1937年毕业；父亲吴壮达在法学院就读，1936年毕业，同时获社会学与地理学学位；叔父吴鹏槔在中大农学院农学系就读，1941年毕业。

二、坪石，在车田坝办学的法学院

国立中山大学法学院（以下简称"法学院"）的历史，可上溯到光绪三十一年（1905），时任两广总督岑春煊将"广东课吏馆"改为"广东法政学堂"。民国元年（1912）易名为广东公立法政专门学校，1923年又易名广东公立法科大学，1924年成为国立广东大学法科。

父亲考入法科时，学院校址还在广州城区的文明路。两年后，中大整体迁入广州东郊的石牌新校区。父亲有幸成为首批入读隐于青山绿水之中、有红墙绿瓦、宽敞明亮校舍的中大新校区学生。

2 峥嵘岁月 薪火相传

1938年,日军入侵广东。华南教育界以"教育绝不资敌"的气概,为延续华南教育薪火,决定将省城广州几乎所有的大、中院校,包括中大等11所高校、7所师范与专科院校,以及19所中学,分别迁往未沦陷地区办学,此实为全国罕见。其中,中大先迁本省罗定县,再迁云南省澄江县(法学院迁到澄江县墟溪镇备乐乡,今右所镇备乐村)。到1940年,中大回迁广东乐昌坪石镇。其中法学院由院长胡体乾教授率领,先是到坪石的武阳司建校,次年搬到离当时的坪石治所、今之坪石老街较近的车田坝。

源自湖南的武江(旧称武水),被一座高约二十米、人称车田坝后山的小山岗阻挡,从南流到西又绕到北,依山麓形成了一片名为车田坝的小河滩。河滩上有两个自然村,一个是李姓的上车村,有几十户人家;另一个是罗姓的下车村,有十余户人家。整个车田坝约有可耕地百余亩。

据1942年文献《法学院》记载,迁到车田坝的法学院,法律学、政治学、经济学和社会学四系建制犹在[①]。学院有包括胡体乾、王亚南等教授、副教授和讲师,以及粤籍学生689名[②]。法学院在车田坝就地取材,以南粤古法"竹篾批荡",自建大小建筑四十五座:院本部、图书馆、教职员宿舍、男女生宿舍、工人宿舍、可容500人的大礼堂和最大可容140名学生、最小可容70名学生的十座教室,另有厨房、饭堂和两个运动场,以及"择地而建"的厕所多处。学院"一切设备,皆务求简单、实用、经济,以节省物力,

图1 复原的坪石时期法学院"竹篾批荡"校舍

---

① 《法学院》,广东省档案馆馆藏资料,第6页。
② 吕雅璐主编:《抗战烽火中的中山大学》,中山大学出版社2017年版,第218页。

图2 从车田坝后山眺望武江，风景仍如文献《法学院》记载的"景致清幽"

合乎抗战原则"①。虽因战乱流离颠沛，从师资力量与校舍配置看，法学院依然健全。

文献《法学院》描述车田坝山水"景致清幽"。然而就在那清幽之地的山径上，有一中大师生命名为"不留亭"的凉亭。之所以告诫路人此地不可久留，是因为此处常有猛虎出没。1944年8月，由理学院吴尚时教授推荐，在连县省立文理学院当副教授的父亲，被聘为中大法学院副教授，在车田坝校区讲授"边疆问题"与"西洋通史"两门课。

大半个世纪前，尽管车田坝夜有猛虎长啸、日有毒蛇出没，父亲与恩师胡体乾先生，依然坚持在这"景致清幽"的车田坝的"竹篾批荡"的陋室里，与一众中大教师闻鸡而起，为民族复兴教书育人，奋斗不止。

三、乐昌，安口村里的侨三中

抗战期间，粤府为收容海外和港澳地区的流亡中学生，于1942年10月10日在乐昌安口村创建了国立第三华侨中学②，简称"侨三中"。

侨三中在安口村招收的第一批学生中，成长为教授以上者，有叶叔华

---

① 《法学院》，广东省档案馆馆藏资料，第50-57页。
② 第三华侨中学校友联谊会编：《国立第三华侨中学校友通讯录·前言》，1997年。

峥嵘岁月 薪火相传

图3 1943年，侨三中第一届毕业生毕业照（二排左八为作者母亲袁臻）

（中科院院士）、唐国俊（华南理工大学教授）、我们母亲袁臻（华南师范大学副教授）等多人。

母亲袁臻生于1921年，原名袁葆真。因为家道中落，世风重男轻女，她读书较晚。

1938年，侵华日军攻陷广州。母亲随父母逃难澳门，入读由教育家陈家骥任校长、专门收容流亡学生的广东省立中区临时中学。次年学校被侵华日军威逼停办，陈校长转到香港，在当地士绅支持下开办夜校，继续为流亡学生办学。母亲孤身一人追随陈校长到香港，报考该校，因成绩优秀，得以免学费、免食宿费就读。

1941年，太平洋战争爆发，香港沦陷。母亲又只身辗转逃亡到战时省会曲江，经考试成为侨三中首批学生。母亲1943年毕业，是这所中学的首批毕业生之一。毕业后，母亲进入撤迁曲江的省立文理学院先修班学习。

图4 安口村连通侨三中教室与宿舍的石拱桥，这是与侨三中有关的唯一完整旧物

四、东撤,赣粤古道北风寒

1944年,侵华日军发动豫湘桂战役,湘南—粤北地区告急。

1945年1月15日,日军侵占中大农学院所在地栗源堡。中大次日被迫向赣粤边境撤退。几乎同时,搬迁到坪石的各院校也开始了大迁徙,史称东撤。

包括保育院、中小学、大专院校等十几个学校,数以千计的教职员、学生、勤杂人员,别无选择地徒步离开已经滞留五年的粤北地区。据文献记载,这次撤退是"徒步匝月,辗转千里,攀九连,越三南,跨雪岭,登蓝关,烈风淫雨,荷囊负笈,流离颠沛",更有"教授以箩筐挑儿带女者,有背负老人者"。途中又遭日军袭击,师生被杀害、强暴、拉夫做苦工者众。广东教育系统各院校的这次大迁徙,是抗战期间三次迁徙中损失最惨重的一次。

各院校的东撤队伍,无论是先到始兴或南雄,都要从千年古驿道翻越最高峰海拔1400余米的九连山,穿越江西的龙南、全南、定南三县(即"三南"),再翻山越岭过粤赣边区,下龙川,最后到现在梅州市的五华、兴宁、梅县、蕉岭等地继续办学。

中山大学撤退时,我父亲在坪石车田坝的法学院当副教授兼训导处组员。撤退路上,他要辅助院长胡体乾教授做大量日常工作。在父亲口述、亡弟笔录的《口述历史》中,有约300字记载了那段经历:因胡师母带小儿子去了陪都重庆,胡先生家只剩他与十三岁的大儿子胡明思。身为院长,他要负责法学院47名教职员、365名学生(到达蕉岭后的统计)[①]的行军、住宿、伙食,以及物资补给、联络地方官员等诸多事务。胡先生高度近视、身体单薄,因无役工可用,连稚儿胡明思也要"荷囊负笈",背着学院唯一的军用地图随队走路,困难可想而知。作为学生和学院职员,父亲以辅佐胡先生工作、照顾胡先生与儿子生活起居为己任。为此他与胡家同住大半年,直到局

[①] 《法学院》,广东省档案馆馆藏资料,第67-70页。

2 峥嵘岁月 薪火相传

势好转。①

据胡先生儿子，中国水文专家胡明思先生回忆，由于出色的组织与管理能力，父亲深得恩师胡体乾先生赏识。也无意中收获了美丽的广州姑娘，我们母亲袁臻的爱。

图5 九连山深处已荒废的古驿道

母亲1943年到曲江的省立文理学院先修班学习一年后，为了生计，1944年到专门收容抗日将士遗孤与沦陷区流落孤儿的省立第二儿童保育院（简称第二保育院）当保育员。她的工作是照顾几十个蓬头垢面、饱受惊吓、身体羸弱的孩子的衣食起居。那是一份收入低廉、工作强度与难度都极大的工作。

据第二保育院员工回忆，1939年底，第二保育院从曲江的龙归镇迁往连县的星子镇。1944年9月，因日军进攻连县又撤退到坪石，之后经曲江撤到南雄。1945年1月24日，再从南雄经江西全南、龙南、定南撤退到广东龙川县，最后到五华县锡坑安营。全部人员包括儿童，都是全程徒步。②

母亲带几十个孩子的大撤退，最艰难的一段是越过九连山，从赣南走驿道去龙川。时值大寒节气（1945年1月20日是大寒），又遇极端天气。据《龙川县志》卷四记载，"民国34年（1945年）1月雨雪酷寒"③，其时"山尽白，竹、木多折"。而九连山区纬度比龙川高，气候恶劣可想而知。母亲领着几十个衣衫褴褛、草鞋早已磨破，一双双小赤足血肉模糊的孩子，蹒跚前行。他们必须走。停下来不是冻死就是饿死。母亲与一个年纪比她小的女

---

① 参见《口述历史·到吉林篇》，吴壮达口述，吴江笔录部分。
② 杜永强等：《烽火摇篮：中国战时儿童保育会广东分会简史》，2017年版。
③ 龙川县地方志编纂委员会编：《龙川县志》（卷四），广东人民出版社1994年版，第113-114页。

保育员,背起这个走一段,又哄着那个走一段,这支小小的孩子队伍不舍昼夜,费时几近两月,无一伤亡地走完千里艰辛路,到达集结地点。

母亲告诉我们:"我在路上认识了你们父亲。他非常能干,能井井有条地处理好乱糟糟的事情。他还一路帮我。"

在艰难又无助时,母亲幸运地遇到强干、负责,还愿意施予援手的父亲。我猜,父母在那几十天艰苦行程中如何相处,胡体乾院长都看在眼里。所以到蕉岭县安顿之后,他就当了他们的证婚人。

五、蕉岭,迎接抗战胜利的路亭

父亲在成名作《琉球与中国》的"自叙"中,提及1945年法学院院址在蕉岭县路亭墟①。

路亭位于文福镇,是个自然村,民国时期村边有个大墟,故被称之为路亭墟。其时商贾云集,民众甚是富裕。1949年共和国成立后进行土改,路亭的墟集被政府迁到5里地外的白湖村。原先在路亭墟经商的小商户及其他贫民,因分得土地而成为路亭村外姓村民。人民公社时代路亭墟改名"红星生

图6 抗战时期法学院用过的罗氏祠堂,祠堂墙面有新批荡,屋顶是新瓦

---

① 吴壮达编著:《琉球与中国》,正中书局1948年版。

2 峥嵘岁月 薪火相传

产队",人民公社撤销后又改称路亭村。时至今日,"路亭墟"一名已是老辈人日渐淡薄的记忆。

路亭有文福公学。当年的法学院本部就设在公学里。法学院的教员和学生上课与住宿,则利用路亭的丘氏与罗氏祠堂。在当地政府和乡亲父老的支持下,法学院很快开始继续数百学子的学业。

东撤到蕉岭路亭的法学院师生员工,合计约400人[①]。路亭村直到今天,罗姓、丘姓加上外姓人也不足百户,当年却能腾出祠堂与民房收留数百法学院师生,实在是令人

图7 抗战时期法学院的师生宿舍旧址

图8 文福公学旧址,国立中山大学法学院曾在这里办学

敬佩。本是贫困县的蕉岭县政府每月借出稻米7500市斤,副食费用7.5万元国币于法学院,令人感动。历经八年全面抗战、流离失所而建制不乱的法学院,在胡体乾院长领导下,在路亭坚持教学,培育出59名应届毕业生,功绩令人起敬。

蕉岭的路亭墟,是抗战时期中大为教育不坠、弦歌不辍、保留华南教育火种而流亡的最后一站,是中大迎接抗战胜利的地方。

---

① 吕雅璐主编:《抗战烽火中的中山大学》,中山大学出版社2017年版,第244-250页。

蕉岭的路亭墟,是我们母亲成为中大图书管理员的地方,也是我们这个家的诞生地。

蕉岭的路亭,无论你叫路亭墟还是路亭村,我们父母曾经一个在这里做教授,一个在这里当图书管理员。他们还成亲了。

六、老隆,回乡的码头

1945年8月日本投降。当月,民国教育部发布《收复区教育复员紧急办法》等指导性文件。中山大学亦于当年10月成立复员委员会,开始整校回迁广州。

离家八年的父亲,其时带着母亲经梅县到龙川县老隆镇,与胞弟吴鹏桪相约在老隆码头会面,一起乘舟沿东江回乡探母。

吴鹏桪排行老三,我们尊称他三叔。三叔1935年入读中大农学院,1938至1940年因为广州沦陷失学两年,故而1941年才毕业。毕业后他在湖南省立农业专科学校任教,1942年从湖南辗转粤北到中大农学院任职,1943年转到广东省立北江农工业职业学校任教。其间他与湖南省立农业专科学校毕业的长沙姑娘、他的学生杨勋铭结婚,并在1944年3月得一千金。为纪念在乐昌、坪石的艰苦岁月,取名"乐平"。

1945年1月,三叔与三婶跟随广东省立北江农工业职业学校东迁队伍,抱着不满周岁的乐平姐姐,沿着与我们父母撤退所走的同样的道路,徒步到龙川。

到龙川后,北江农工业职业学校借龙川鹤市欧江村(今属黄布镇)的金兰书院复课。金兰书院是欧江村秀才黄晓山在光绪二十七年(1901年)所建。建院40余年后的1945年2月,我们的三叔在这老书院讲授种桑育蚕,直到抗战胜利。

在老隆,父母亲与三叔两家合共5人,租了一条木船,经惠阳、石龙,回到因日寇入侵而8年未归的家乡东莞。

后记

我们的舅公,在国立中山大学任职的赵策六,培养出来的四位后代,皆为中大学子,都没有辜负他的苦心栽培:

女儿赵爱真在中大生物系任教授,直至退休;

儿子赵豫立抗战时期在滇缅公路任工段长、工程师,任职期间殉国;

外甥吴壮达在华南师范大学任教授,直到逝世;

外甥吴鹏栴在华南农业大学任教授,直至退休。

(以上以最终职务和职称为记)

作者简介:

吴杰明,男,父亲为中山大学法学院吴壮达教授。

西南区 15 号居屋记事

◎丘文东

一

绿树掩映下的模范村，位于中山大学中心区西侧，名字好听，范围却不大，只有十几幢两层小洋楼。这些小楼，与黑石屋属同一年代，外观设计上几乎都是清一色的清水红砖墙，房顶是清一色的琉璃碧瓦，山墙顶东西两端都有连通室内壁炉的欧陆式烟筒。

除了转角位置的那幢每层两个单元，其他都是每层一个单元，皆为南北通风的独立朝向，这个建筑群沿模范村里的主通道两边排列，呈现 L 形布局。

说是主通道，实际上当时是只用三排红砖铺砌的小路，仅 70 公分宽。通道两侧，排列着高大的石栗树。这里每幢楼都带独立花园，花园都用近半人高的绿篱围起来，花园里面除了有树冠宽阔的蒲桃，也有高大的玉兰，还有枝干形态各异的鸡蛋花树，不

图1　作者丘文东近照，背后是模范村旧居大厅的壁炉

2 峥嵘岁月 薪火相传

同种类的观赏竹子也不少。花园里面还种植着各种不同品种的灌木和花草。

与模范村大多数建筑相比，15号居屋有点与众不同：被绿篱半包围的花园靠近主通道边的一侧，当时只有光秃秃的泥土地，却是唯一上没有大树冠、下没有花草的"花园"。

恰恰这块没有草的地方，直到这里的住户搬迁前，都是模范村里孩子们的游戏场。

我的童年时代就是在这里度过的。

上世纪50代初，中山大学从五山搬迁到康乐园伊始，我一家就住在模范村。当时模范村住的都是中大的著名教授，再就是有一定职位的学校干部。

15号二楼首位搬来住的是于志忱教授，之后是中大校党委书记曾桂友，最后搬来住的是时任中大校团委书记梁璧。南面邻居是高华年教授；东面邻居是朱瓒琳教授；偏东北面的小楼，二楼住了何肇发教授；一楼住着马采教授；北面这一幢，二楼住的是王起教授，一楼住着赵仲邑教授。王起教授搬到东南区1号陈寅恪先生楼下后不久，二楼就给了参加过淮海大战的老革命、中大保卫科的陈德秋居住。

他们的孩子都是中山大学附属小学校友。

图2 作者于原模范村15号（现西北区520号）前留影

二

半世纪前，模范村的绝大多数孩子们不知道，我的曾外祖父就是著名的民族英雄、爱国诗人、教育家及民主革命家丘逢甲，甚至也不知道中国近代史上有丘逢甲这个人。

讲到我家四代人与中山大学和中山先生的渊源，就有很多故事。限于篇幅，此处只能简要提些有关联的脉络。

曾外祖父是清代的举人，二十六岁进京考中进士，被朝廷钦点为工部虞衡司主事，后辞官从教。中山先生发动革命后，他支持孙中山，加入民主革命阵营。

曾外祖父是著名诗人、教育家，国立中山大学首任校长邹鲁就是曾外祖父的学生。

逢甲公长子丘念台，曾于1935年被聘为当时国立中山大学理学院地质系教授，全面抗战次年，经校长邹鲁推荐，丘念台教授排除万难，代表中山大学到延安考察，先后见过叶剑英、周恩来，最后见过毛主席。

而次子丘琳教授，是台盟华南支部及广东支部的创始人，一直在中山大学从事教育和行政工作。

曾外祖父追随中山先生的革命事业，在革命斗争中，成了孙中山先生的得力助手，后来还被任命为南方革命政府教育部部长。

虽然曾外祖父是孙中山先生的亲密战友，丘念台也有一段光荣历史，但因为当时的环境，曾外祖父的画像和丘念台的相关照片却一直没有在模范村15号的大厅里挂过。一直挂在我家大厅的是下面这张合照。

到我家玩"过家家"的邻居孩子，一般都会问我，照片上的解放军叔叔是谁。

那年代，参加解放军是许多孩子们的理想。所以，我家那个"光荣之家"的牌匾也让到这里"过家家"的邻居孩子们很羡慕——自从外公继承曾外祖父保家卫国精神，送大儿子丘应枢参军后，门口就有了这块牌匾。我家

2 峥嵘岁月 薪火相传

图3 1956年夏天，丘应枢（后排中）回家探亲，与丘琳教授（前排中）及其儿女们在中山大学西南区15号住宅合影

每年春节前搞大清洁，首先要做的，就是先抹干净这个牌匾，才抹下面的大门。一直到搬离15号之前，它在大门上方仍然保持得像新的一样。

模范村的孩子们因为崇尚解放军，爱听我讲革命故事就很自然了。

左邻右舍的孩童们虽然年龄不一定相同，但都在中大附小读书，所以彼此很熟悉，加上又是邻里，相处很融洽。无论放学后，还是寒暑假，都喜欢一起在这里玩，也喜欢听我讲故事。

也许是曾外祖父抗击日本的血性被一代代继承下来，我也喜欢给邻居孩童们讲抗日故事。当然那时不能讲先贤丘逢甲三次滴血上书等故事，虽然家族与东江抗日纵队也有渊源，但由于时代关系，那时我也不敢讲丘念台去延安考察后回广东成立抗日救国的"东区服务队"的抗日故事。

印象中只记得在院子门口的玉兰树荫下讲抗日战争长篇创作小说《烈火金刚》。不知道为何那时记性那样好，看过一遍就能记住几乎所有故事情节。

老实说，以孩童的年龄，即使你能给他们讲曾外祖父丘逢甲的故事，牵涉到难懂的古诗，孩子们还真不好接受。但一讲打仗，他们精神就来了。

也许是那个年代教材和少儿读物，革命战争题材的居多，所以孩童的玩具里，玩具枪基本上每户必有，成了男孩子们的必配。

玩具毕竟只是玩具，能够有一定杀伤力的家伙，这附近就只有赵仲邑老师家二楼住的陈德秋手上有。他是南下部队复员军人，打过大仗。他家三个孩子全是男孩，和模范村的其他孩子一样都在中大附小读书。他对那支经常用来练手的气枪看管很严，从不给孩子摸。三个小孩虽然顽皮，却怕父亲，虽很手痒，也只能望枪兴叹。

尽管和陈家的花园距离很近，我们几乎听不到气枪声：和真正的枪械相比，气枪声音很小。

真正的枪声，在一个时期内，却在我家西边三天两头就响起。

我家厨房后面是一片小竹林，竹林另一边，就是供民兵训练用的实弹射击练习场。上世纪50年代末60年代初，盘踞台湾的蒋介石集团叫嚣反攻大陆，大陆到处掀起全民皆兵训练备战浪潮。中山大学的西大球场和旁边的一块被整平的场地就成了民兵训练的练兵场。

西大球场旁边的竹园也开始挖防空壕，一些谣言也随之而来。我家的人不相信谣言，没有半点惊慌。现在的新中国已经不是曾外祖父那个时代的弱国，连美国兵都能打败，还怕那些残兵败将？他们敢来，就在家门口收拾之，曾外祖父等先贤统一祖国的理想也可能会提前实现。

我家离西大球场很近，只有几十米，操练队伍喊口令，我这里都能听得十分清楚。每到大学生民兵们进行瞄准项目训练课时，西大球场的草坪就成了各种老式枪械的博览会，模范村里许多有兴趣的男孩都会闻声跑去"观摩"。一来二去，教官们都认得这些模范村的孩子，只要不遮挡视线，就不驱赶。

不过到了实弹射击练习，就是另一回事了，教官们绝不让孩子们靠近半步，只能远远看着。

枪声停了，靶环成绩也记录完，教官做完小结，民兵队伍随后就收拾器材撤了。这时就轮到孩子们进场了。弹壳是拾不到的，都让民兵们收拾干净了！让孩童们感兴趣的，是打进土坎里的子弹头。

靶场正对面，是一道陡坎，标靶后面的这块黄土陡坎，不知吃下过多少子弹。模范村的孩子仗着地利之便，第一时间进入现场挖弹头。用这些收集到的弹头熔化后铸成各种各样小玩意。

不久,西大球场另一侧九家村的孩子也发现这一秘密,剩下的弹头都叫他们清理干净了。于是,模范村孩子们的这一"挖宝"行动就此落幕。

也许是模范村的优良环境,时常也有些附近的海军战士,休假时会到这一带放松一下。模范村的孩子们偶尔遇到他们,也喜欢过去看他们拉手风琴。

孩童们就是这样,对什么都感兴趣。这就是童心。

但大人们有时也很有童心,特别是春节。虽然当年春节只有三天法定假期,但正值与寒假重叠,所以实际上等于大半个月都是假期。

那时春节可以燃放烟花爆竹,而我家花园地方大,基本没有树木遮挡,烟花可以直冲高空。所以每到春节时候,邻居孩子们都喜欢在我家旁边的活动场地放烟花、爆竹,大家爱来就来,不必"请示"。大人不用工作了,也喜欢跑出来凑凑热闹。

对于爆竹,我们也发明许多新玩法。最流行的就是把一个空炼奶罐子扣在爆竹上,让爆炸气流把空奶罐冲上高空。连大人也喜欢这样玩。

但任何新玩意,时间长了也有厌倦的时候,唯有抢鞭炮,孩童们永远不会厌倦。

每年大年初一,学校会组织慰问队伍敲锣打鼓、舞着醒狮,并一路燃放鞭炮,给所有军烈属家拜年。

听到锣鼓声音,邻居的孩子都会跑来看热闹。但孩子们最急切等候的时刻,却不是醒狮表演,反而是放鞭炮!个中原因很简单:就为了抢拾哑炮。慰问队伍并不吝惜,接连几大包爆竹点燃后扔出去。未等一串爆竹炸完,守候一旁的孩子们就已经一拥而上,把被鞭炮气浪弹出来的哑炮抢在手里。其实附近的孩子们过年红包都赚了不少,买鞭炮并不差钱。抢鞭炮,只是图个乐趣。而慰问团队对此早有警惕,怕爆竹伤人,所用的鞭炮威力都不大,燃放起来有点气氛就行了。

而小时候的我们对爆竹的要求,即使在同一个人身上也呈现着两极分化：既喜欢最便宜和安全的"龙舟仔"，也喜欢一飞冲天、价格较贵的"二踢脚"。无论哪种烟花爆竹，多来自中大外面新凤凰村里的一两家个体经营户。

现在很多年轻人都认为个体经营户于上世纪80年代才有。实际上，从上世纪50年代初延续到60年代初，十几年都没有消失。当然，那些店面都很小，也没有任何装修，看上去很残旧，与上世纪80年代的个体户没法比。

我们当时住的模范村洋房，里面装修也很朴素，墙面都只是扫灰水，人一靠上去，衣服上有一块白印，与现在中山大学的教工新住宅完全没法比。

三

模范村这些房屋，每个单元只有七十平方左右，老师们上有老下有小，都住得比较挤。虽然绿化环境好，但无论每户居住面积也好，村里所能容纳户数也好，都已经不能适应中山大学日益扩大的人和师生员工日益提高生活水平的需要。模范村作为历史建筑群落也需要保护起来。因此中山大学在校区其他地方分期分批新建了不少多层或高层教职工住宅。这里的原住户都先后搬离了模范村，很多原来的同学和邻居，甚至都不在中大居住了。我也搬到了晓港新村。

广东话常说："上屋搬下屋，唔见（丢掉）一箩谷！"何况搬到离中大几里路的另一个新村？很多东西都不得不弃置了，但逢甲曾外祖父的画像和有关的资料书籍，无论我到哪里，都跟我寸步不离。

曾外祖父一生写了不少流传千古的诗词。改革开放后，他的历史故事和诗词也被一些研究专家分类整理，写成书出版。这些书我和家人都一直爱不释手。

现在这些书可以在实体书店或网上书店买到，但许多原始资料，只有我家才有，因而显得格外珍贵。

回想小时候，每年夏天，只要是阳光明媚的日子，丘琳外公总会叫我帮手，小心搬出曾外祖父的书稿摆在正门前晒太阳，防止潮湿霉烂。大部分是曾外祖父手写的诗文稿件，已经发黄了，很珍贵。为了让它们得到更好的保

图4 与作者曾外祖父丘逢甲相关的书籍的封面

护,并能让更多人查阅共享,后来都寄存在广东省档案馆。我和我家所有人都明白:这些宝贵材料,不仅属于我家,更属于包括内地、香港、澳门、台湾地区在内的全中国人民。

尽管生活上不富裕,但逢甲先贤的教育理念始终支撑着我。在有关领导和热心朋友们支持下,在条件极为艰苦时我继承曾外祖父的教育理念,自力更生创办了丘逢甲研究会和创建逢甲博爱教学班,为台胞、残疾人、低保户义务教授书画、国学等至今。

曾外祖父为长子改字"念台",彰显离台时"不忘台湾也"的深切爱国情怀;作为丘逢甲第四代继承人,这一情怀也始终传承。为帮助国家实现先贤统一祖国的梦想,我多次组织会员和爱心教学班的师生代表,往来海峡两岸暨香港、澳门进行中华文化交流和纪念活动,为反独促统默默贡献自己的一份微薄力量。

半个多世纪后重新回忆自己走过的历程,我成长和奋斗的每一步,除了革命先人奋斗事迹的激励,也离不开中山大学优良的人文环境潜移默化的熏陶。无论在关于我曾外祖父历史文化研究发掘方面,还是在古诗词、文言文

图5 丘逢甲研究会部分会员参观重新装修后的原模范村15号房屋（右起：刘晓梅、丘文东、严美群、陈泰生）

等知识方面，许多中山大学教授都曾给予我不少帮助。

现在，这幢房子已经成了校友会的办公之地，原来的编号也变了，从模范村15号变成统一编号西北区520号。

因为功能变了，为了美观和整体布局的和谐统一，原来的院子围墙和那排老旧厨房都拆除了，原来那片不长草的儿童游戏场地已经种满了草，坎坷不平的砖砌道路都改成结实的水泥路，道路旁的石栗树也砍了，但房子主体受到很好的保护。这让我心里十分宽慰。在这里，要向致力于保护这片文物的中山大学领导、所有热心人士，还有把汗水洒在模范村修复工程的所有劳动者们深深地鞠一躬。被保护的，不仅是有价值的建筑，也是一段值得纪念的光荣历史。

（丘文东口述，赵士彬整理）

作者简介：

丘文东（黄德华），男，1958届中山大学附属小学校友；曾外祖父为晚清爱国诗人、教育家、抗日保台民族英雄丘逢甲，外祖父为中山大学法学院丘琳教授。

在韶关仙人庙的岁月

◎许锡振

"河边厂",是北江上游武水旁的一个小镇,地处韶关以北约十公里,粤汉铁路从这里经过,第七战区编纂委员会驻地就坐落在铁路东面的山岗上。该委员会主要负责战区宣传刊物的编辑和出版工作。父亲(许崇清校长)任主任委员,主持出版了《新建设》《教育新时代》《阵中文汇》和《学园》四个刊物,并建立了"新建设出版社"。他依靠和任用许多共产党员和进步人士,高举坚持抗战、坚持进步的旗帜,编纂出版了许多进步书刊,使编委会成为当年广东战时后方的进步文化阵地,那几份刊物被称为"浓黑中的几盏灯火"。

但编委会的处境并不平静,当时曾有人对父亲说:"编委会里可能有八字脚(指共产党员)啊!"父亲只是冷冷地回答:"请你不要管那么多闲事!"有一次,在战区召开的会议上,战区政治部主任李煦寰指责父亲说:"你们编委会里有许多有色分子。"父亲拍案而起,愤怒地说:"我用的都是文化人,编杂志正需要这些人。"由于父亲在广东教育界和文化界有很高的威望,在他的主持下,编委会始终不为所动。

在父亲手下工作的有不少共产党员,如张铁生,新中国成立后任党中央对外联络部副部长;黄焕秋,曾任青年团华南工委书记,后任中山大学校长;胡一声,任北京师范大学附中校长;何平,任对外经贸部香港华润公司总经理,他们都继续为党和新中国的建设事业作着贡献。

我们家住在山岗上一栋简易的房子里，屋顶是松树皮，墙壁是用竹片编成后抹泥粉刷的，整栋房子由木柱架起来，地面和门窗也都是木板做的。当时，当地很多房子都是这种类型，名为"竹织批荡"式建筑。

河边厂对外交通主要靠火车，父亲虽然有小汽车，但因用油定量，所以很少用汽车。他当时还兼任广东省委员、政府委员，省政府在十里亭，离河边厂约五公里，有时他就干脆走路过去办事。母亲很少外出，便在山上养鸡种菜，过起田园生活来。

不久，大姐慧君到桂林的广西大学读书，后来又转到重庆中央大学。五弟锡挥在附近的小学念书，我和二姐哲君、四妹智君，还有崇灏十七伯的儿子锡绰一起，进了岭南大学附中。

岭南大学及其附中，在香港沦陷后迁到韶关北面约二十公里的仙人庙。那里原来是第七战区的军队干训团用地，让给了学校使用。学校坐落在一片樟树林中，教室和宿舍都是茅草棚，校舍依山而筑，由附中校长司徒卫先生设计的仿西方风格的怀士堂以及尖屋顶的八角亭和庄严的图书馆均建在起伏的山岗上，为幽美的校园增添了几分人文景色。

在宿舍里，我们睡的是双层木床，一栋宿舍要住四五十人。每天，我们都要从十几米深的深井里提水洗脸和洗澡，每人都有一盏三角形的油灯，供晚上走路和看书用。由于战时供应困难，我们每天的伙食除糙米饭外，主要是青菜和豆类，有时带上几颗肉粒，大家就会非常得意。生活虽然艰苦，但大家都毫无怨言，苦中作乐，甚至以苦为荣。

在岭南附中，理化和生物都是用英文讲授的。高一时，黎寿彬先生教生物，由于专业名词特别多，字母拼写很长，又很难记，每天晚上，我们就在草棚里昏暗的油灯下复习功课和背诵生字，经常到深夜。高二那年，新来了国文教员马文山先生，他除讲课外，还给我们讲时事，在课余组织读书会，引导大家学习一些文学作品、交流写作心得，培养我们阅读课外读物和写作的兴趣。他住在我们那栋宿舍内的一间单独的房间，晚上我经常到他的房间聊天，我们很快就熟悉起来。我告诉他我在上海麦伦中学学习生活的情况，

2 峥嵘岁月 薪火相传

并希望读书会除研究文学作品外，还应成为传播进步思想和团结进步同学的学习组织。他听到我的话后，非常激动，拉着我的手说："我到岭南附中来教书，原来以为这里的学生都是公子哥儿，不关心国家大事，想不到还有你这样思想进步的青年！"接着他对我谈了许多关于国内外形势的看法，并希望我能多团结一些进步同学，把读书会办好。

学校每年举办一次征文比赛，内容分为散文、诗歌、戏剧、论文、小说等，吸引了很多同学参加。我参加了两次，参赛作品为论文《岭大村的剧运》和小说《你这愚蠢的》，两部作品都获了奖。

高二那年，我被选为附中学生自治会智育组副组长，和组长陈国燊一起主持校刊《南中》的出版工作。陈国燊的文章写得很好，对办刊物也有一定的经验，我从他那里学到不少关于刊物编辑和版面安排的技能。我还同他一起到第七战区印刷厂联系刊物的印刷出版工作，了解不少关于出版的业务知识。

在岭大附中，冯显聪先生教我们音乐。他除教课外，还担任岭南合唱团的指挥。那时合唱团经常晚上在怀士堂练唱，我和几位同学常坐在台下的长凳上旁听《打走日本鬼》《旗正飘飘》《弥赛亚》《到集市去》等歌曲，常常听得不愿离去。可惜的是，冯显聪先生英年早逝，但他指挥的身姿和合唱团的歌声，至今仍常萦绕在脑际。在怀士堂里，经常有由同学们演出的戏剧和音乐会，这给宁静的山村带来了高雅的文化气息。

学校还经常组织各种球赛和运动会，活跃大家的生活。此外，我们还要参加种菜、军训、巡逻放哨等活动，有时还要帮助食堂从车站背米回校，这段山村生活值得我永远回味。

自香港被日军占领后，不少亲戚也从香港辗转来到后方韶关，除十九伯许崇济住在河边厂外，二十一叔许崇年一家住在黄田坝，他的儿子定华也进了岭大附中。父母亲经常在我们假日回家时带我们去看望他们。那时二叔婆何香凝已从香港来到韶关，从她那里得知她的儿子廖承志离开香港后，在广东境内被国民党逮捕，现正设法营救。大表哥廖德莹和表姐陈香梅、表妹陈

图1 儿童流连在轰炸后毁坏的家园前

香桃也一起来到了韶关,廖德莹和他的同学办了一个建筑事务所,还经营了一个餐厅,我曾去看过他们。后来有一次日本飞机轰炸韶关,他们的建筑事务所被炸毁,不久,德莹表哥和香梅、香桃姊妹便离开韶关转往桂林去了。

在我们离开上海之后的第二年,也就是1943年,祖母在上海去世了。那时我们已经从河边厂搬到了十里亭——广东省政府驻地居住。十九伯和二十一叔全家都来到我们家,并在我们家设了一个灵堂,为祖母举行祭奠仪式。祖母去世时,他的几个儿子为了抗战,都远在重庆和韶关等地工作,不在身边,来不及等到抗战胜利后重聚,她竟撒手人寰,大家都感到无限悲痛。

图2 1943年,许崇济、许崇清、许崇年三家人于韶关合影

作者简介:

许锡振,男,1935届中山大学附属小学校友;父亲为中山大学校长许崇清。

一份"黑名单"的执行实情

◎刘攸弘

最近,在广州六中读书时的老同学何德湛传来《广州"余则成",〈潜伏〉真实版》及《蹉跎往事话无边》部分相关内容,让我联想起父亲刘渠曾说过的一些往事,再翻阅尚存的有关资料《中山大学毕业同学录(1951)》,得以还原广州解放前有关中大的一份"黑名单"的执行过程。

抗日战争胜利后,分散在粤东、粤北等地的中大各分教处陆续返回广州石牌原址,教学秩序迅速恢复。但随着国民党当局再次撕毁国共合作协议挑起内战,在尚处于地下状态的中国共产党广州市工委直接领导下,中大地下党多次组织发动了声势浩大的反内战游行示威活动。较大的有:1946年1月31日掀起一次"反内战、争民主"的爱国民主示威大游行;同年12月7日从平山堂出发,举行抗议国民党暴行示威大游行。

1947年5月31日,中大师生再次举行"反对内战、反对饥饿"大游行。这一天的深夜,国民党当局包围了石牌校区进行大搜捕,抓走了梅龚彬、丘琳、廖华扬等教授及一批学生。

为什么当局会突然抓捕这三位教授?现在根据从各方面汇集的材料细想,原来这三位教授的前二位是刘渠在法学院社会系的同仁,后一位则是理学院物理系教授,是与刘渠交往甚密的好友。三人被抓捕,显然与刘渠有直接的牵连。当局可能是在没有抓到刘渠的情况下,才去抓捕那三位教授的。

实际情况是,那天深夜,国民党特务已先撞进了我们位于松花江路17

号的住宅。只因当时刘渠不在家,而抓走了暂住一起的同乡李日森同学。而三位教授在数日之后,便在学校的担保下给放了出来。为什么说那天晚上国民党当局真正要抓的是刘渠?当年,中大师生高涨的学运热潮引起了国民党当局的注意。国民党当局已秘密布置在校的三青团分子摸清了中大地下党活动的一些情况,拟定了要抓捕的人员"黑名单"。其中被指名道姓的有地下党"负责人"刘渠,另外还有工学院的陈国安、陈汉威、邓克流,理学院曾东,文学院刘滨,法学院雷毓彬,师范学院熊东祥等一大批人,共30多名。当局特情处拟定了深夜突然袭击的抓捕计划。在这一串"黑名单"中数刘渠最为年长,一介书生又独门独户,是轻而易举就可以抓到的。

  国民党当局万万想不到的是,这份"黑名单"很快便让潜伏到他们内部的中共地下党员陈超获悉。其后陈超便迅速通过地下党多层单线联系,转传到当时广州地下党领导人钟明(后曾任广州市副市长)那里,又再经陈名勋(后为省人大秘书长)通知到了刘渠本人。由于及时获知已被国民党特务盯上的消息,刘渠的行动非常警惕与谨慎。所以在"五卅一"那天游行示威结束后,刘渠没有直接回石牌家里,而是先去到位于市区财厅前附近的《每日

图1 1947年,刘渠教授(左三)偕作者与他的学生们在石牌松花江路17号住宅前合影

论坛报》报社,想在报社过一宿。该报是当年中大法学院章导教授任社长时主办的民间报纸。但刘渠到报社后发觉周围气氛也很紧张,路面不时有便衣与警察在巡查,便及时从报社后门离开,另去到西关十三行,在远房亲戚开的正丰钱庄里过了一夜。刘渠也因此躲过了报社及石牌的大劫难。

上述过程实际上都与1946年中共中央派到广州的特派员钟明有着直接关系。为了粉碎国民党疯狂镇压国统区革命活动的阴谋,钟明采取了多层分散单线联系的方式,把隐蔽在广州各条战线上的几百名地下党员秘密组织起来,如其中有负责工商业界的何君侠,负责地下学联的中大刘渠、中学线黄杏文和小学线刘坚等人。而何君侠的下线又有地下党员陈超。他们都是以单线联系的方式进行革命活动的。在此还要特别提到,为了粉碎敌人的阴谋,钟明想到能否派人打入国民党内部去。经何君侠与陈超商量后,陈超利用自己的有利条件,冒着出生入死的危险,千方百计、步步为营地终于打入敌人的心脏——广州行营政治部三科,并获任少校秘书兼速记员。陈超又神不知鬼不觉地把"黑名单"等重要情报不断提供给中共地下党,及时地保护了刘渠等一大批中大地下党和其他革命同志。正如后来钟明指出的,由于陈超的作用,广州地下党领导的几百人没有一个受到损伤,组织没有遭到破坏,没有一个叛徒。陈超为党作出了卓著贡献。

前面提到1947年广州国民党当局将刘渠作为当时中山大学地下党支部的负责人,这其实只是推测而已。实际上,广州解放前中大中共党支部一直没有公开,与国民党的革命斗争活动都是通过各条战线的党员单线联系进行的。中大党支部直到1950年3月才公开活动,时刘渠为支部书记。1948年根据党组织的指示,刘渠以在中大任职满8年为由,获准休假并被续聘后,转移到香港,悄悄去到香港达德学院,一边任教,一边与大批知名人士一起,紧张地准备着全国解放的接管工作。1949年2月刘渠到大鹏湾游击区教导营,任政治室主任。10月初随教导营徒步回到广州,满怀胜利的喜悦迎接了广州的解放。

从岭南大学青小校长到武汉音乐学院教授
——怀念恩师邹廷恒先生[①]

◎周显平

1968年,"老三届"的我到博罗县长宁公社下屋塘生产队插队务农,因从小学习小提琴,后被调往公社、县文艺宣传队工作。下乡十年,我一直坚持通过面授与书信函授相结合的方式继续学习小提琴课程。恢复高考后,1978年我考入湖北艺术学院(今武汉音乐学院)音乐系(今管弦系),成为一名小提琴专业学生,师从邹廷恒先生。

当了十年知青,我怎么也没想到还能上大学。手捧录取通知书那刻如同做梦——天上掉下的馅饼竟砸在我头上。学校通知我和长沙李果同学先于其他新

图1 邹廷恒先生(供图者:竺培培)

生在正式开学前一个月到校,承担78级新生音乐会演奏小提琴协奏曲《梁山伯与祝英台》的任务。我打点行装按时出发,车到武昌站,我受宠若惊地发现竟有两位老师来接车。到校后我才知道女老师是系办公室阎惠端老师,而男老师就是我的专业导师邹廷恒先生,从武昌站相遇那刻起,便开启了我

---

① 邹廷恒(1926.4—2006.1),男,武汉音乐学院管弦系小提琴专业教授。

峥嵘岁月 薪火相传

图2 1978年，邹廷恒先生为作者上专业课（拍摄者：邹廷恒夫人周珊）

们的师生缘。

进校后，从学校老人口中听说邹老师当过牧师，其地下党身份直至上世纪六七十年代才"暴露"。除了在平日教与学的接触中，他的人格魅力、他对音乐教育事业的忠诚与热爱、对教学的钻研与投入、对学生慈父般无私的关怀与教诲，都令我发自内心产生敬仰，我还觉得他是个有故事的传奇人物。

邹老师出生在一个富裕家庭，身为英国邮船公司总经理的父亲希望自己七个子女都学经济，日后从商。然而小儿子邹廷恒对此并无兴趣，却对父母认为毫无前途可言的音乐有着挚诚的热爱。即使在进入上海圣约翰大学经济系学习后，他仍偷偷背着家人到上海国立音乐专科学校（上海音乐学院前身）学习音乐和小提琴，并加入当时第一个中国人的交响乐团（据彭显光后人的记录，除指挥外，该乐团均由国人组成，初定名为中国青年交响乐团，后更名为中国交响乐团）。邹老师与李德伦、谭抒真、彭显光、司徒海城、司徒兴城、司徒华城、陈传熙等人一起，成为中国第一代演奏西洋乐器的先驱者和音乐家。这批人中的大部分成为以后中国音乐界的栋梁。

在圣约翰大学学生和交响乐团成员中，有些热血青年加入了中国共产党。据邹老师女儿邹虹以及外孙女刘音茹提供的信息，邹老师在1947年加

133

入中国共产党,并在组织安排下研修了南京金陵神学院研究生课程。下面是彭显光后人提供的史料图片。

图3 1944年,中国最早的交响乐团成员们合影
后排左起:纪汉文、司徒海城、陈传熙、李珏、郁忻祖、口腔大夫夫妇、谭抒真;
中排左起:彭显光、柳和堹、李德伦、王端伟、司徒兴城、曹石俊;
前排左起:林寿荣、邹廷恒、韦贤彰、司徒华城、黄飞然、刘君瑞、尹政修、钱邑珊

第一次放寒假,我回广州中山大学家中和母亲过春节,校园路遇中大附小陈鸿燊主任,他笑盈盈地问我:"听讲你考到湖北艺术学院啦,识唔识得邹廷恒呀?"(粤语,下同)我惊讶得脱口而出:"佢系我专业老师呢!"内心潜台词却是:您怎识得邹老师呢?陈主任好似猜透我的想法:"佢做过'青小'校长,我地曾经系同事。不过我地唔叫佢邹校长,叫佢'伟大'"。"青小"是指岭南大学青年会主办的小学,我在附小就读时就听老师们讲过,但无人提及具体人名。回到武汉,我向邹老师提起此事,想知道为什么别人称其"伟大"?他只是一笑了之,我知道他的脾性,没敢往下追问。

峥嵘岁月　薪火相传

毕业后，我幸运地成为邹老师的同事，继续在他的关怀和指导下学习、工作。

1988年初，第三届全国青少年小提琴比赛在广州星海音乐学院音乐厅举行，邹老师及我校多位小提琴老师包括我亦前往观摩。

比赛结束，我母亲邀邹老师到中大家中作客，他愉快答应并在我家住了一晚。在中大工作的姐姐事先委托陈主任牵线，邀请曾在"青小"与邹老师共事及其相熟的岭大老朋友在中大紫荆园宾馆相聚。当我和母亲到达现场时，惊奇地发现多位熟识的中大附小老师竟然是邹老师的旧友！天下怎会有这么巧的事？It's a small world！（人生何处不相逢！）老师们几十年未能谋面，此刻欢聚一堂，友情、回忆、喜悦……场面十分感人。

傍晚我陪邹老师在校园散步。行至怀士堂，他抬头用手指着左侧尖顶楼说："我在这住过。"深知他一向低调，看他没再往下说，我也不问。走到荣光堂，他又举手指着楼上一个窗户说："这我也住过。"接下来那句更令我吃惊："同房间的是个特务。""您怎么知道的？""他动了我的东西，我做了记号的。"他说话时语调那么淡定，表情那么平静，我即想起小时看过的《野火春风斗古城》《青春之歌》《红岩》等小说及电影《永不消逝的电波》里地下工作者的诸多故事情节。多年后我问邹老师，"不少当年舍生忘死投身革命的人，新中国成立后地位变了，手中有权了，生活富裕了，思想、作风就变质腐败了。您怎么不变？"他回答："我是抛弃了富家子弟的优裕生活投奔革命的。"这话给我留下深刻印象。

联想起刚入学上专业课时，看到邹老师拿本子做笔记，就好奇地凑过去

图4　1999年，邹廷恒先生于周泽华教授家客厅留影
（拍摄者：周泽华）

图5 作者访问中大附小薛金陵老师（拍摄者：周显元）

想知道他都记了些什么。邹老师微微一笑："你看不懂的。"一看都是些符号，猜想这大概是为适应地下工作时练就的用密码符号速记的本领。

邹老师在广州有很多朋友，在拜访华南理工大学周泽华教授时，他对周教授用业余时间制作的小提琴爱不释手。

在邹老师去世多年后的2019年12月28日上午，为了进一步了解邹老师在"青小"的情况，我和姐姐一齐前去拜访曾为"青小"专职教师，后为中大附小教员的薛金陵老师。

90多岁高龄的薛老师，身体依然健壮，性格开朗，思维敏捷，记忆力强，谈吐流畅。在交谈中，我们了解到从1947至1952年，邹老师以"青小"校长及牧师身份为掩护，在广州从事地下工作时，与学校师生共同工作、生活的点滴往事。

薛老师回忆，当年"青小"就设在怀士堂内。当时学校所有的任职人员都住在怀士堂：校长邹廷恒，住三楼左侧尖顶楼上；三位专职教员陈鸿燊、唐碧琪和薛金陵住右侧尖顶楼上；另有位负责打理怀士堂清洁杂勤的李英师傅。怀士堂大厅是教徒和圣诞节活动场所，怀士堂地下室是"青小"的教室。"青小"招生对象以本校工人子弟为主体，还招收康乐园附近工厂的工人子弟。教室内设有一个专柜，里面装有笔、墨、书、纸、拳击手套等物品，地下室设有图书室，书籍是大学生捐献的，由一位梁姓学生负责管理，任何学生都可免费使用。校长负责学校的行政管理。教学方面，三位专职教师，每人分别担任多门课程的教学，薛老师一人便教授语文、数学、音乐、图画四门课程。另还聘请校外教师，其中有梁元竸、黄瑞颜、何永忠等老师，高校院系调整后，这几位老师后来都转入中大附小任教（何老师后调入中大图书馆）至退休。一些在读的大学生也参与义务教学。除了白天正常上课外，利用晚上休息时间到学生家"家访"是教师的工作项目之一。有时忙得顾不上吃晚饭，学生家长会以简单饭菜招待教师以垫空腹。平时学校会组织学生开展打棒球等体育运动，在校园附近农田种植红薯等农作物，或从北校门划船到珠江对岸，帮助农民收杨桃、摘荔枝。尽管农夫们热情款待，他们却是不拿不取，绝不贪嘴。学校还会组织学生参与缝补旧衣物，钉好扣子，再分发给贫苦人群等活动。新中国成立初期，还组织学生到学校邻近的凤凰村开展扫盲工作。

邹校长家教优良，经过圣约翰大学经济系、上海国立音乐专科学校进修班、南京金陵大学神学院的教育，以他本人的人品、人格魅力和工作能力，邹校长完全能够胜任岭南大学基督教青年会牧师、基督教青年会小学校长工作，并能较安全地从事党的秘密事业。

在"青小"工作期间，同事们经常能听到从邹校长房间里传出悠扬的小提琴声。这时同事们会探头倾听，发现他的房门是敞开的，很明显，是在和众人分享他所热爱的音乐！大伙的心情则随着琴声而舒畅。邹校长性格幽默，与同事、学生们相处十分融洽，课外喜欢开玩笑。梁元竸性格活泼顽皮，校长就用粤语编其姓名顺口溜："梁元竸，有条'蒂'（意为柄）"；给一位来"青小"义教的周姓岭大女生起了个"伟大的周太"的绰号。不曾料到，"伟大"却成了他本人的绰号。从此，师生们直呼他为"伟大"，而不再称其邹校长了。傍晚时分，这位校长经常与教师、同事及其他朋友，如八角亭小卖部的谢良（唐碧琪老师的先生）、校东大门马路对面孤儿院的何永忠（薛金陵老师的先生）等一起到北校门珠江边散步聊天。一次行至江边，邹校长冷不防将熟悉水性的薛金陵老师推入江水中，待薛老师游上岸时，早已成了狼狈的"落汤鸡"，众人哈哈大笑，打道回府。或许正是他性格开朗，休闲时喜欢开玩笑的表现，掩护了他顺利开展地下工作。

薛老师还回忆起，邹校长晚上时不时会前往神学院找人"聊天"，有时甚至天亮才返回。有天晚上，他约上薛老师一起坐车过江到长堤的天主教圣心大教堂。在一位外籍人士的办公室里，他俩用英语叽哩哇啦聊了一晚，一句都听不懂的薛老师莫名其妙，不知道校长搞什么名堂。后来，薛老师偶然到校长房间，看到书柜上摆放着许多宗教书籍，眼尖的她突然发现当中夹着一本《无神论》。年青聪明而又追求进步的薛老师思前想后，猜出其中几分奥妙——自己是被拉去做掩护的。她佩服校长的机智，表面则继续装糊涂。

邹老师是立志做大事的人，"文革"时身份被曝光，他依然享受离休待遇，但为党和人民做过什么事他一直守口如瓶，从不张扬。就像《潜伏》里的主角那样，一辈子保守党的秘密，哪怕身份暴露了，也绝不透露与其有关的工作。这样的人我们常在小说和电影、电视剧里看到，而他就是现实里的样板，现在想起来真是太了不起了。

与邹廷恒先生结下师生缘的二十八年，对我的人生影响极深。能成为他的学生，是我一生的幸运，使我受益终生！

先生德艺双馨，一生君子坦荡，淡泊名利，忠于教育事业。他教学上勇于进取，呕心沥血栽培学生，"学为人师，行为世范"（启功先生名言），陶冶和培养了一代又一代优秀学生。桃李满天下，却甘于默默无闻耕耘，远离名利的尘嚣！他以一生的奋斗，践行着孙中山先生"学生要立志做大事，不可要做大官"的名言。

他的精神和人格无愧于其绰号"伟大"。

永远怀念您——敬爱的邹廷恒先生。

作者简介：

周显平，女，1965届中山大学附属小学校友；父亲为中山大学物理系周誉侃教授。

那人留在青山里

◎吴杰明

从"走日本崽"说起

"走日本崽"是一个带血的广府俚语,出自上世纪日本侵华时期。这里"走"是逃亡之意;"日本崽"是对侵华日军的蔑称;全句意为"因躲避日军烧杀掳掠而逃难"。战争硝烟散尽后,广府人将其意引申为狼狈奔走。

儿时父亲讲"走日本崽"往事,离不开一物一人。一物是我与亡弟共用的木衣柜,一人是从未谋面的表叔。

木衣柜高不足一米,涂黑漆,看上去古色古香。木衣柜有双掩门,左门亦涂黑漆,右门却是一块白木板。父亲说,原来的右门被入屋搜查的日本兵用刺刀捅坏。在那惊魂时刻,还是中学生的姑姐幸得祖母以炉灰饰面而免遭大难。光复后,祖母请木匠以薄木板修补,所以这个我们用到成年的小衣柜,两扇门一黑一白。

至于表叔,父亲提起就黯然神伤。父亲说:"以前左邻右舍都说我与他是'孖烟囱'。"广府话"孖烟囱",是孪生男孩很形象的代名词。

他们的亲密恰似孪生。父亲十岁时,得到时任广东高等师范学校学监的舅父赵策六资助,从家乡东莞到省城广州插班读小学。自此父亲与他的表弟、我的表叔,从小学、中学到大学都同校。

"他被日本兵杀害在滇缅公路。"每每讲到这里,父亲总是一脸忧伤,目光呆滞,语焉不详。由于当年政治生态,他总是讲到此为止。

提到这位表叔,其他长辈反应也基本如此。悲哀的是,当长辈用"牺牲"或"殉国"来定位这位表叔时,他们都垂垂老矣。我们这些晚辈也到了人生最忙碌的年龄。到终于闲下来时,却发现自己已是家里步向终点的第一梯队成员,长辈的事情已无长辈可问了。

有这么一个说法,男孩只要活过半个世纪,十之八九会后悔没早听老爸的。我肯定是其中一名。特别是,人越老越怀旧,越怀旧越想起父亲提到我表叔时的神情。

早年听来的表叔故事,如一堆凌乱的拼图。人之所以成为人,是因为好奇。表叔的人生轨迹,作为晚辈,我当然想知道。这种"想知道"不仅是出于好奇,也源自血缘。好在当今有网络、有图书馆、有档案馆,还有热心的亲朋好友。经过几个月的努力,离散的拼图渐渐变得有序。

东莞赵姓之渊源

我们祖母姓赵。曾经看过一张她年轻时的照片,绝对美人一个。记得母亲说过,她与父亲新婚后回东莞拜见阿婆(我们对祖母的称呼,父亲与他的弟、妹则称呼她"阿姑")。祖父英年早逝,父亲又是长子嫡孙,还当了教授,娶了省城美女,他荣归故里,老家自然喜庆。于是阿婆亲自下厨做"打面",也就是手擀面招待儿子和媳妇。在不产小麦的东莞,以面食为喜庆食物,加上早饭还时有"坨坨糊",也就是面疙瘩汤,学历史的母亲据此推断祖母家族来自中原;而祖母姓赵,举止雍容优雅,很可能是宋室后裔。

所谓"姓",是标志血缘关系的符号。华人眼里,姓是家族的最高象征。在汉文化圈里,家族的姓的来龙去脉甚至可以上溯5000年。

广东珠三角东西两岸,多有赵姓人。其中珠江西岸,尤其新会崖门一带的赵姓人士,经常带点苦涩地自诩南宋赵姓皇族后人;而东莞赵氏,则风光得多。据考证,这支人出自北宋宋太宗宗室,因祖上任流官而南来。最早南迁的是宋太宗第七世孙、福州观察使赵不嫖[①],再就是其孙赵汝恰,先是到广

[①] 赵不嫖,其中的"不"是字辈,"嫖"字通"骠",有身轻便貌之意。

东五华为官,后又转任广东盐司干,迁居东莞莞城栅口(现东莞可园附近)。赵汝栢有子赵崇䚿与孙赵必𤩴。这对父子在南宋咸淳元年(1265年)同登进士,留下一个千古美名"乔梓联辉"。①

赵必𤩴号秋晓,曾在高要、四会及南康为官,口碑甚好。宋亡后,赵必𤩴归隐不出仕。后与莞人陈纪共同创建岭南文献记载的最早诗社"吟社"。赵必𤩴有《覆瓿集》,收入《四库全书》,其墓故址据称在今之东莞市政府大楼处,已不存。

以现有资料看,母亲当年推测无误。

赵策六其人其事

赵策六是我们的舅公,我们祖母的亲哥,育有二女一子。

"策六"并非舅公之名,而是他的字。舅公以字行于世,故而无论人称或自称都是赵策六。其名"雄封"却鲜有人提及。

赵崇䚿、赵必𤩴父子同登进士后的700余年,东莞赵姓主干一直聚居莞城栅口,也就是今之可园北面一带。舅公家就在那里一个叫"序齿约"的地方。相信他的妹妹、我们祖母,也是从那里嫁入莞城墩头一甲我祖父家的。

古汉语中"序齿"意即按年龄长幼排序。而在珠三角地区,"约"字用于地名,指"聚居地"。这"序齿约"一名,很古色古香,更意味深长。

赵策六之子赵豫立的学籍表里,有永久通讯地址"东莞序

图1 赵豫立学籍表

---

① 《南粤赵氏族谱》与《东莞本土士族渊源》均有记载。杨宝霖:《南雄珠玑巷氏族南迁及对东莞的开发》,东莞市政协文史资料委员会主编:《东莞文史资料选辑》第十七期,1990年,第17—51页。

齿约横巷三号"。这"永久"二字,也象征着舅公家族与宋太宗的血缘关系。

赵策六在清末民初就读于省城广州的两广师范馆,后留省城工作。他是广东乃至全国现代教育与教育行政管理的先行者之一。据1920年毕业于国立广东省高等师范学校的民国广东要员李朴生先生晚年回忆:"提及母校学监赵策六先生,无人不怀念,他脾气极好,视学生如子弟,……如有所求,无不得到适当的照料。"①

遗憾的是,目前唯一能找到的他老人家照片,是里面有他的1919年广东省第七次运动大会行政管理人员的合照。

图2 1919年2月27日至3月1日举行的广东省第七次运动大会行政管理人员合影(右三为赵策六)

据赵策六六十五岁时(1945年)在国立中山大学填写的履历②,他在广东教育界担任过多种职务:如国立广东高等师范总务主任、省立勷勤大学教授、民国广东省教育厅科长(总务主任)、国立中山大学师范学院办公室主任等。此外,他还担任过民国汕头市财政局长、民国军事委员会西南运输处专员(主任为宋子良)。在整个抗战期间,赵策六最重要的工作是负责国立中山大学的后勤保障工作,以及从香港或越南入境的各种海外采购的抗战物资的运输与储存,工作地点遍及两广、湖南和贵州等地。广东省档案馆存有不少他的工作记录,甚至还有他查收日本战俘口粮的收据。

---

① 李朴生:《国立广东高等师范学校杂忆》,参见吴定宇主编《走近中大》,四川人民出版社2000年版,第8页。
② 参见广东档案馆藏《赵策六国立中山大学履历表》。

2 峥嵘岁月 薪火相传

作为后人，用"汗颜"二字描述我们的"不孝"，实在是轻描淡写。舅公赵策六的生卒年份、归葬何处、有孙辈否，我们全然不知[①]。但这不妨碍我们一提起他就肃然起敬：舅公赵策六为粤省教育做的贡献，我们虽所知无几；但是我们知道，他以一己之力，从亲人中培育出三位教授，包括家父；特别是，他还培育出一位以身许国的儿子。

赵爱真教授，赵策六次女，原名赵可爱。国立中山大学生物学系1929年唯一录取的考生。毕业后到广州执信中学任教，抗战时期在撤退到粤北坪石的国立中山大学任先修班[②]教员，后在中山大学生物学系任副教授、教授。[③]

吴壮达教授，赵策六侄子。受赵策六资助，从东莞到广州读小学、中学和大学。获国立中山大学社会学与地理学双学位。地理学家，华南师范大学地理系教授。

吴鹏搏教授，赵策六侄子。受赵策六资助，从东莞到广州读中学，后考入国立中山大学农学系。蚕桑专家，华南农业大学蚕桑系教授。

赵豫立烈士，赵策六儿子。国立中山大学土木工程系毕业生。滇缅公路下关—畹町路段第六工段21分段段长兼工程师。在云南滇缅公路腊勐路段殉国。

仅此贡献，赵策六上无愧于社稷祖宗，下对得起子孙后代。

赵豫立，一位陌生的长辈

我们的表叔赵豫立，赵策六的独生子，排行第三，生于1912年，卒于1942年。

[①] 据赵策六女儿赵爱真填写的《国立中山大学教员资格审查履历表》，她生于民国前一年（1911年）12月16日；又据赵爱真在37岁时填写的《国立中山大学教员人事登记表》，赵策六是年74岁，母亲尹凤汝是年75岁。以此推算，赵策六应该生于1874年。
[②] 先修班是国立中山大学撤退到坪石后，为专收高中毕业的失学青年，于1939年开办的。见吕雅璐主编《抗战烽火中的中山大学》，中山大学出版社2017年版，第252页。
[③] 冯双编著：《中山大学生命科学学院（生物学系）编年史》，中山大学出版社2007年版，第51页。

图3 赵豫立21岁时的照片

后人对前辈的怀念，常用"音容犹在"四字表达。在我们长辈们心中，赵豫立肯定是音容犹在。而我们这些晚辈，直到他殉国后79年，从广东省档案馆找到918号文件《国立中山大学学籍表》时，我们才终于见到满脸英气的表叔赵豫立。

赵豫立幼年随父亲赵策六从家乡东莞到省城广州生活，就读于省立广东师范附属小学。毕业后他在国立中山大学附属中学继续学业，1933年考入国立中山大学土木工程系。

大学二年级时，他参加了国立中山大学为防范日军空袭，由陈本瑞教授主持的《国立中山大学石牌新校对空防御设置配备图》的测绘工作[①]。相信赵豫立在工作中给陈教授留下很深的印象，因为他毕业后不久，陈教授对他的推荐成就了他人生轨迹最辉煌的一段。

1937年赵豫立从国立中山大学毕业后，到广东省第一工业学校当教员。是年8月起，日军开始轰炸广州。当时家父准备赴湖南长沙工作，在与十几年来亲如手足的表弟告别时，赵豫立脱下戒指赠与家父做盘缠。这时家父明白，表弟已立下为国尽忠之心了。

1938年10月，广州沦陷。赵豫立护送母亲经大良、石岐、澳门，于1939年初辗转到香港。在安顿好母亲与卧病在床的大姐后，赵豫立以"国难方殷，凡我青年，正应积极投身抗日救国"为由，辞别母亲，只身取道越南海防入滇，再至陪都重庆。

在重庆他遇到同班同学、新会人叶作熙。两位同窗好友经已到交通部任职的恩师陈本瑞教授推荐，被乐西公路（四川乐山—西康西昌）技术负责人

---

① 吕雅璐主编：《抗战烽火中的中山大学》，中山大学出版社2017年版，附图3。

2 峥嵘岁月 薪火相传

李温平先生聘用,参加乐西公路建设。乐西公路建成后,赵豫立调入重庆公路总局设计室工作。

1941年底,为提升运送抗战急需物资效率,国府下令改造滇缅公路的下关—畹町路段。具体是建双线、减弯道、改歪线、降陡坡、平路基、铺柏油等,以利重载车辆通行。德高望重的李温平先生被任命为滇缅公路局总工程师。

李温平先生到任后了解到,下关—畹町路段以翻越高黎贡山的第六工段地形与地质状况最复杂、施工难度最大。尤以从海拔约400米的怒江惠通桥起,盘旋约22公里到高黎贡山山巅、海拔1783米的腊勐乡,"前临深谷,背连大坡"的21分段为甚。

于是李温平调来筑路技术专家蔡世琛担任第六工段总段长,任命在修筑乐西公路时崭露头角的青年才俊赵豫立担任21分段段长兼工程师。赵豫立到任后即与同学叶作熙、师弟伍俊威合力投入工作。参与该工程的还有赵豫立同门师兄何家瑚

图4 惠通桥到腊勐路段(当年的第六工段21分段)的卫星照片,此路段曲曲弯弯高差千米,行车极难(图片来源:Google Maps)

图5 2012年,怒江与高黎贡山远眺的照片。江面上稍远的是惠通桥,近的是1977年建的新惠通桥(曾名红旗桥)。过桥后沿江而上,从山坳处盘旋上山到腊勐,那整段路就是滇缅公路第六工段21分段

145

（第五工段 16 分段段长兼工程师）与陈孟涛（第七工段，职务不详），共五位国立中山大学土木工程系毕业生。①

1942 年 4 月 29 日，企图切断中国进口抗战物资唯一的国际通道，日军入侵缅甸，攻陷中国远征军在缅甸最大补给基地腊戍，随后挥师沿滇缅公路北犯。彼时大批缅甸难侨涌入中国，本已不堪重荷的滇缅公路畹町—惠通桥段陷入混乱。缺乏无线电通讯手段的国军指挥系统、滇缅公路局管理系统瘫痪。第六工段管理层因接不到上级指示唯有独自支撑乱局。

为保证通车，第六工段决定仅撤退非主管员工与家属，留下骨干人员约二十余人驻腊勐营地保路。他们坚持工作直到 1942 年 5 月 5 日凌晨四点。听到日军枪声已近，眼见路上多有被流弹击毁的车辆，现场职务最高的滇缅公路局副总工程师陈孚华下令撤退。凌晨六点撤退车队出发。陈孚华考虑以正常情况计，车队可在一小时内到达惠通桥并过江。

无奈崎岖山路挤满车辆和难民，以至于车速与步行无异。行驶了几个小时，他们仍未到达惠通桥。

就在他们离开四小时后，日本陆军第 56 师团 146 联队与野炮第 56 联队第 3 中队在上午十点占领腊勐，随即建立野战炮阵地，向怒江东岸挤满撤退车辆和难民的滇缅公路施甸路段密集轰击，以致惠通桥两岸的滇缅公路全部瘫痪。②

也就是这个时候，国军守备部队发现日军先遣队已混入难民上桥。为阻止日军越过天险怒江，他们炸毁了惠通桥。

惠通桥已毁，第六工段留守人员只能弃车，分头逃入高黎贡山。

次日清晨，由陈孚华带领的一组十几人，以及第六工段总段长蔡世琛带领的赵豫立、伍俊威、一位材料管理员和一位监工共五人，分别被日军搜索

---

① 徐思道：《1942 年滇缅公路莞籍青年工程师赵豫立殉国经过纪实》，载《东莞文史》第 28 期，第 17 页。
② 参加日本高村武人（原日本陆军第五十六师团野炮连第一大队老兵）《日本军人个人对惠通桥之战的记录》，由滇西抗战史专家戈叔亚转发并批注，记录写作时间不详。

队捕获，随即押到悬崖边处决。

据跳崖逃生的蔡世琛先生回忆，他目睹了日军用刺刀先后杀害赵豫立和伍俊威，抛尸山谷。①

另据也是跳崖逃生的陈孚华回忆，他掉落谷底后昏迷，苏醒后见到被日军抛下的伍俊威尸体挂在一棵树上，已经变冷。陈孚华在回忆录中称，日军从腊戌一路推进，为不影响进军速度，对俘获军民一律即捕即杀。②

得知爱子殉国，赵策六悲痛之余决定瞒住赵豫立母亲。而赵母因久无爱子消息，终日以泪洗面，以致双目失明。

据家父回忆，舅公赵策六曾要他冒充赵豫立探母，以安慰赵妈妈。家父说，以为儿子回家的赵妈妈拉住他的手，不肯放……

对赵豫立和伍俊威惨遭日军杀害，李温平先生直至晚年仍无法忘怀。1981年，已经是国内公路技术和民用爆破技术权威、全国政协委员李温平先生在回忆录中写道："赵豫立、伍俊威二位烈士惨遭日军枪杀死亡，尸骨未存。几十年来我由衷悼念心实难安，因为他们几个人是我从中山大学土木系陈本瑞教授那里介绍过来的，这是我对他们的家属、朋友、师长都交待不了的终身憾事。1981年我和李希泌同志（李是云南腾冲名士李根源的公子）曾以全国政协委员的名义，向中央民政部写申请，要求给赵、伍烈士家属待遇，全国政协李希泌委员还向他家乡《云南省志》写信要求将赵、伍二烈士的名字列入省志内。"③

滇缅公路，青山处处埋忠骨

2012年9月，我和云南挚友麦田原从云南边陲城市保山出发，驾车沿"滇缅公路"往西南行。历经大半个世纪，这条中华民族曾经的生命线，很多路段已经重修或者废弃了。作为一条完整的路，"滇缅公路"不复存在，

---

① 徐思道：《1942年滇缅公路莞籍青年工程师赵豫立殉国经过纪实》，载《东莞文史》第28期，第20页。
② 陈孚华：*Between East and West*，University Press of Colorado，1996。
③ 李温平：《永久的纪念：我与滇缅公路》，网络资料。

图6 施甸县境内，怒江东岸怒山山脉上的滇缅公路。当年这个路段曾遭西岸日军的猛烈炮击

图7 2012年，施甸县怒山西麓大山头附近的滇缅公路路面

也不再列入中国公路名册。对这个现实，我虽有因历史渐渐消隐的遗憾，更有因国力日益增长的宽慰。说起来，宽慰总是多于遗憾：中国今非昔比，不再是过去那个任人欺侮、任人宰割的"东亚病夫"了。

车到怒江中游东岸的施甸县境内，未经深度改造、还在使用的旧路段多起来。当地人称这些旧路段作"老滇缅公路"。路边还不时看到保山市人民政府立的抗战遗址标志碑、当年国军立的阵亡将士墓碑，都很醒目。我突然有种感觉，在这些路段开车要特别小心，别惊扰了数以十万计的滇西抗战烈士的英灵。

最早修建的滇缅公路是沙石路面。1941年底开始把行车条件差的路段，如急弯、大坡度或常年气象条件恶劣的路段路面改为"弹石路"或柏油路。所谓"弹石路"是将柱状石块"种在"路面，石块之间用三合土夯实。这是一种起源欧洲的筑路方法，是当年条件下的最佳路面方案。滇缅公路几乎所有的"弹石路"路段至今仍然可以使用，且因当地政府留作历史文物而未加改造。历经大半个世纪，依然完好可用，足见当年建设者血汗之作的优异质量。

怒江施甸县一侧是怒山山脉，龙陵县一侧是高黎贡山山脉。两条山脉紧紧夹住滚滚怒江。在怒山山麓临江的"老滇缅公路"上，我把车停在一个叫"大山头"的地方。

我们一行人站在巍巍怒山上，俯瞰着滚滚南去的怒江和横跨怒江的惠通桥。一时之间竟是全体静默，每个人都是心绪万千。

施甸县和龙陵县以怒江为界河。怒江从潞

图8 2012年，从滇缅公路施甸县路段的怒山山麓俯瞰惠通桥的照片，对岸清晰可见上高黎贡山的腊勐坡

图9 2012年的惠通桥遗址，2019年10月7日入选第八批全国重点文物保护单位名单

江坝自北向南滚滚而下，却在施甸县和龙陵县之间有一小段自西向东流，惠通桥就建在这段江面上的腊勐古渡口。

1932年，在缅甸经商的保山人梁金山先生，应龙陵县邀请领头出资修建一座可通汽车的桥梁，联通怒江两岸。经过四年努力，建成长123米、宽5.7米、桥墩高20米的钢缆吊桥。这座桥，是当年怒江上唯一能通汽车的桥。通车后，梁金山先生以建桥目的是施惠怒江两岸民众而起桥名为"惠通"。

怒山山脉裸露的地表是红土,多么意味深长的红土!隔江远望,对面是郁郁葱葱的高黎贡山。山巅就是腊勐乡。麦田原说,从惠通桥到腊勐那段上坡路,当地人称腊勐坡。那坡高差千米,急弯接踵,常走此路段的老司机提及无不眉头紧锁。

腊勐坡上那翠绿的密林里,安息着无数抗日英烈。那里也是我们的表叔、东莞人赵豫立和他的师弟、兴宁人伍俊威青山埋忠骨之地。

遥望茫茫群山,我想起当年父亲提到表叔时的忧伤与无奈。我在心里对父亲说:父亲,我来看他了。我堂堂正正地来看他了。

麦田原为我点燃一支烟。我把它插在怒山的红土上。我们以卷烟为香,默默地拜祭表叔赵豫立和万千长眠于高黎贡山的抗日英烈。魂兮归来,中华英烈们!

图10 2012年,在腊勐坡(原滇缅公路第六工段21分段)上看夕阳下的高黎贡山。

腊勐乡背后的高峰是松山,那是中国八年全面抗战最惨烈的战场之一。1944年6月,惠通桥被炸毁后两年又一个月,中国军队强渡怒江并修复惠通桥,八年全面抗战的反攻阶段就此开始。松山战役亦行展开。此役历时95天,到9月7日以中国军队全胜结束,惠通桥也因此一洗自毁之辱。

是役,日军陆军第56师团113联队与野炮第56联队一部在松山战役中被全歼。而攻占腊勐，屠杀赵豫立和伍俊威等大批中国非战斗人员的日军陆军第56师团146联队，则在几乎同时展开的腾冲、高黎贡山作战中，被中国军队歼灭。①

1945年1月，日军被驱逐出云南国境线，同年日本无条件投降。

依山远眺，山河壮丽。如画河山，是祖先留给我们的福分，也是外族觊觎之物。如果我们后人不争气，这河山是守不住的。落后就要挨打是铁律，居心叵测者可以用言语证伪之，但历史却反复以事实证实之。

青山处处埋忠骨。抗日战争，是我们这个民族在本土与入侵外族的最后一仗。没有下一次了，因为他们永无机会了。

---

① 政协保山隆阳区委员会编：《天地正气 血肉丰碑：保山隆阳区抗战史料》（文史资料第十七辑），德宏民族出版社2011年版，第334页。

流亡在粤北

◎许锡振

1944年6月,日军为打通粤汉线,从湖南挥兵南下,韶关告急,广东省政府下令紧急疏散,学校停课。我们立即从学校回家,家里已经开始收拾行李。几天后,省政府派车把我们送到坪石,再从坪石转往粤西北山区的连县。

连县在粤西北瑶山地区,从坪石到连县,要翻过几座高山,由于山路崎岖,我们的汽车走得很慢。我们上午出发,中途在星子歇宿,第二天继续前行,直到傍晚才到达连县三江镇,住进了父亲的老朋友何春帆的家中。

图1 中大三江分教处旧址,今连南县三江镇三江小学。右侧三张人物照片从上至下为:许崇清、何春帆和邓植仪(供图者:张珂)

2 峥嵘岁月 薪火相传

何春帆于1924年和父亲同为国立广东大学筹备委员,后来一直在教育界工作,当时在坪石任中山大学总务长。他是连县人,在三江镇有一幢住宅,还有较大的花园,称为"静园"。我们到后,他的太太把我们安排在楼

图2 航拍鹿鸣关蜿蜒曲折的湍急小河(供图者:张珂)

下的两个房间里,两房之间是客厅,面积比较宽敞。他们有一个儿子和几个女儿,大女儿在延安,儿子何宪钦在坪石培联中学读书,可能是受他姐姐的影响,思想倾向进步,我和他很快就成为很好的朋友。

那时,不少岭南大学附中的同学都先后疏散到连县来,其中一部分是同年级同学组织的社团——励社的社友。经大家研究,决定出版《励社通讯》连县版,由我负责编辑,向各地社友报道连县社友的有关情况。在连县的社友还曾在三江镇静园聚会,并游览了鹿鸣关,那是在三江镇西面的一个山隘口,两旁是高山峻岭,下面是一条水流湍急的小河,那里地势险要,登高远望,山峦重叠,景色诱人,大家登山嬉戏,流连忘返。

暑假过后,粤汉线的形势缓和下来,岭南大学和附中决定在仙人庙复课。我们一家住在连县,考虑到仙人庙和连县之间交通不便,父母亲把我们安排在坪石就读。二姐哲君进了中大农学院,我和四妹智君则进了中大附中,父亲还亲自把我们送到了学校。

中大附中坐落在坪石朱家山,紧靠着武水,教室和宿舍均依山而筑,学校后门面向铁路,每天晚饭后,同学们都成群结队在铁路上散步,由于往来的火车极少,因此铁路便成为我们散步谈心的场所了。

学校每天早上六点吹军号起床,大家把床铺整理好后,便马上提着水桶到河边打水洗脸、漱口,然后参加早操。冬季来临后,河水特别冷,洗完脸

后跑回宿舍，要把双手藏在被窝里暖和好一阵才能逐渐恢复知觉。中大附中的老师，不少是由中山大学的教师兼任。我们班的英文教师是中山大学师范学院英文系主任，国文教师是中大文学院讲师，他们教学非常认真。我们同学中也有不少是中大教职员的子弟，大家相处得非常融洽。

到中大附中后不久，一天，同班同学周其刚找我谈话，他说他从我的言谈中发现，我很关心国际和国内时局的发展，对苏联和中国共产党也有正确的认识，思想比较进步，希望以后能和我多交流思想。接着他又向我谈了不少关于共产党内的信息和中大地下党支部的活动情况。在这之后，我们之间接触越来越多，我们相互交流思想，谈论时局，彼此建立起了良好的信任。中大附中有一个歌咏团，团长是中大代校长金曾澄的女儿金梅子，她知道我喜欢唱歌，便请我担任歌咏团的指挥，其实我从来没有指挥过唱歌，但是在岭南看见过冯显聪先生指挥，在音乐课上也学过一些指挥的原理，便勉强答应下来。这样我就在歌咏团边练习、边指挥，歌谱都是由金梅子负责准备的。每周我们在食堂组织二到三次练唱，我们唱过《春眠不觉晓》《垦春泥》和苏联歌曲《苏丽科》《青年之歌》等。那年圣诞节，坪石铁路局在韶光公寓举行联欢会，邀请我们去表演节目。这是我第一次指挥演出，还获得了不少掌声。

1945年初，粤汉铁路再度告急，日军从湖南南下，逼近坪石，学校决定疏散。在中大工学院就读的何宪钦来找我们，告诉我们连县已回不去了，要我和四妹同他一起到乐昌去。乐昌县长詹宝光是他父亲的朋友，也是我们的亲戚，他建议我们先投靠他那里，再决定下一步行动。那时中大附中领导准备组织师生往东撤退，先到仁化，然后再去梅县。我和四妹商量，如果随学校撤退，离家便越来越远了，不如先到乐昌，再想办法回连县，于是我们决定与何宪钦同行。

我们简单收拾了行李，每人一个小皮箱，一个铺盖卷，自己背着行李，从学校走到火车站。火车站停了几列火车，都是准备往南撤退的，我们爬上了一列敞篷的货车，中午时火车才开动，下午我们就到了乐昌。詹宝光的太

2 峥嵘岁月　薪火相传

太是我们的表姑母，她见到我们很高兴，并安排我们住下。二姐哲君傍晚也来到了乐昌县政府找到我们，她是和一些连县籍的同学从中大农学院步行了好几里地到坪石火车站乘车南下的。这样，二姐、四妹和我在战乱中终于在乐昌团聚了，实在是不幸中的大幸事。

那时，从北方逃来的难民都聚集在乐昌一带，乐昌城里也是风声鹤唳、人心惶惶，乐昌县政府正准备撤退。第二天中午吃过午饭后，忽然听到一阵枪声，詹宝光县长跑来对我们说："日本军队来了，我们赶快走吧。"大家连忙收拾行李，跟随县政府的队伍往东撤退。

出了县政府的大门，看到马路上到处都是扶老携幼、背着行李慌乱逃难的人群，我们往东方向跨过铁路，沿着公路走去，背后的乐昌县城周围已是枪声一片。走了一段路，接到县政府保安队的通报，说日本军队正沿着公路过来，要我们离开公路，进入山沟里去。傍晚，我们到达一个村庄——麻坑，住进了一栋两层楼房，詹宝光县长在楼上办公，我们都住在楼下。詹宝光县长不断用电话同邻近的县政府联系，了解日军的去向和周边的情况。当获悉日军主力已从乐昌南下韶关，小部分部队已向东进入仁化县境内，而麻坑地处湘粤边境山区，暂时还是安全的，大家都松了一口气。

由于乐昌县政府进驻麻坑，不少难民也跟着蜂拥到麻坑来，小小的麻坑住了很多难民，村子里房子不够住，很多人都露宿在路旁的屋檐下。村子中央有个小广场，人们就在那里摆地摊，出售自己的衣服和家庭用品，或是摆个小排档卖饭菜、煮鸡蛋或者煎饼以维持生计，小广场顿时因此而热闹起来。

我们在麻坑住了几个月，战争形势日趋严峻了。日军占领并封锁了铁路线，东西向的交通全部中断，国民党第七战区和第九战区的军队都撤退到了粤东和湘赣南部的山区躲了起来。我们一直想打听连县方向的消息，但是毫无结果。

我随身带了一本《辩证法唯物论》，每天上午，我都和何宪钦一起到山上找个树荫下看书；下午由我教何宪钦学习小提琴；晚上，大家一起在昏暗的油灯下唱歌、聊天，生活倒也不寂寞。岭南附中有一部分同学从仙人庙疏散到麻坑附近，也曾到麻坑来看望我们，并互通信息。

不久，有一支国民党军队和随军家属要从乐昌开往连县，这是一个极好的机会，詹宝光县长决定让他的两个儿子和我们以及一部分县政府官员的家属，跟随部队一起转移。一个傍晚，我们跟随部队在团长的带领下，从麻坑出发，天黑时来到一座山脚下。铁路从这里经过，穿过铁路，有一条人行小路，直通山上，山上是茂密的树林。团长决定在这里偷越，部队在沿铁路几百米的范围内进行警戒，以掩护大部队通过。那天晚上，没有月光，天特别黑，我们随大部队迅速越过铁路线，并立即登山。山高坡陡，周围一片黑暗，手电筒也不敢开，只能摸黑前进，我们一个跟着一个，不敢掉队，直到翻过这座山、远离铁路以后，大家才敢坐下来休息。

天亮以后，我们跟随部队继续在崎岖的山路上行进。那时正是春天，山坡上到处开着一片片粉红色的杜鹃花，衬托着深绿色的草丛，十分可爱，大家的心情也随之开始放松起来。偷渡铁路线成功以后，我们已经走在回家的路上了，这怎不令人感到高兴呢！

到达连县以后，部队要去执行任务，我和二姐、四妹，还有何宪钦便离开部队，直接往三江镇去了。回到三江镇，父母亲和何春帆夫妇看到我们平安归来，欢乐的心情难以形容。

不久，詹宝光夫妇也从乐昌回到连县老家，父母亲在三江静园设宴招待他们，感谢他们在逃难过程中给予我和姐、妹三人周到热情的照顾和帮助，父亲和何春帆的不少朋友也参加了。席间大家谈笑风生，相互祝酒，十分热闹。

在三江镇，我在华侨第三中学借读了一个学期，这期间，我还和何宪钦每周一次到连县双喜中学梁得灵先生处学习小提琴。

有一次，我在去连县途中，突然遇到日本飞机来轰炸，我赶忙离开公路，躲到稻田里。日本飞机在我头顶呼啸而过，在离我不到50米处的公路上投下了炸弹，我被泥水溅了一身，但幸免于难。

2 峥嵘岁月　薪火相传

那时，中山大学一部分教师从坪石疏散到连县三江，成立了中大连县分教处，父亲也应聘当了哲学系教授，在静园的客厅授课。

暑假到来后，为准备考大学，我在家里复习功课。父亲还请了中大的数学系教授叶述武先生每天到家里来为我复习数学。叶教授是知名的数学家，讲解代数和解析几何，深入浅出，概念清楚，让我获益匪浅。

暑假后期，中山大学在三江镇、岭南大学在连县招生。我报考了中山大学的电机工程系和岭南大学的物理系，结果都被录取了。

1945年8月6日和9日，美国在日本广岛和长崎分别投下了原子弹。8月8日，苏联出兵中国东北。8月15日，日本天皇宣布无条件投降。那天晚上，当父亲接到电话通知，获悉日本投降后，马上召集我们全家，通报这个消息，并要我立即把这个消息告诉中大办公室的人员并广为传播。不久，三江镇到处响起了鞭炮声和锣鼓声，各家各户奔走相告，庆贺抗战胜利，抗战八年的艰苦岁月终于过去了！以我们的胜利结束了！大家的心情都非常激动。第二天，我到连县去，知道连县的学生昨晚为庆祝抗战的胜利，举行了大游行，整个县城都沸腾了，全城沉浸在一片欢乐的海洋中。

图3　抗战时期，被日军轰炸后倒塌的韶关民居

冯海燕与中大

◎冯穗萍　冯穗中　冯穗力　冯穗丹　冯穗心

我们的父亲冯海燕1920年出生在广东省梅县石扇乡三坑村的一户贫寒家庭，他幼年时父母便背井离乡下南洋到印尼谋生，主要靠祖母和伯父等人照看长大。他先后在石扇乡体用小学、梅北中学和东山中学念小学、初中和高中。1940年秋父亲考入厦门大学，在该校商学院银行系就读。学习两个月后发现做商业并非自己的志向，经批准于1940年12月转入国立中山大学法学院。1944年，父亲大学毕业后留校当助教，不久日寇大举进犯粤北，中大被迫暂时自行疏散。父亲由此回到老家梅北中学任教，其间还促成了梅北中学创办高中。

1945年抗战胜利后，中大在石牌校区复课，有人告诉父亲，在报纸上看到中大登报发出的聘用通知中，有他的名字，父亲因此又重新返回中大任职。至此他除了"文革"期间到曲江县"五七干校"三年外，工作上再也没有离开老中大石牌校区这块沃土。

父亲在中大期间主要讲授"社会学""社会调查"和"劳工问题"等课程。1948年，父亲被提升为讲师，同时还兼任法学院秘书等工作。1949年新中国成立后，父亲由中大选送到北京华北革命大学政治研究院学习，回校后担任马列主义政治课教师，讲授"中国革命史"和"新民主主义论"等课程，同时还兼任校学务组主任等。一直到1952年全国高校院系大调整，他被调至新组建的华南工学院马列主义教研室工作，历任副教授、教授，教研

峥嵘岁月 薪火相传

室副主任、主任,直到退休和去世。其间还曾兼任过华南工学院党委宣传部副部长,当选过学校党委委员,是广东省政协第四和第五届委员。

父亲常常跟我们提起,他在中大有许多很好的老师和挚友,法学院社会学系的刘渠教授就是其中的一位。中大中文系吴宏聪教授在回忆父亲的文章里谈到,父亲是刘渠教授的"入室弟子"①。刘渠教授当时是中共地下党员,父亲在中大读书时积极参加进步学生团体"春蕾社"的活动和宣传抗日救亡运动,以及后来加盟进步报纸——广州的《每日论坛报》,做报社编辑和副理等,都应

图1 作者父亲冯海燕教授在中山大学工作时的照片

该有受到刘渠教授的影响。我们的母亲张镜新从小到大一直受到爱国思想影响,积极追求进步,也曾在《每日论坛报》工作,担任报社出纳。1950年广州解放初期,经张民生、刘渠教授的推荐,母亲考入叶剑英在广州创办的培养军政干部的南方大学。从南方大学毕业后,由组织上安排到粤北等地开展土改工作,此是后话。

在中大工作期间,与父亲交往比较密切的是章导教授。章导教授是印度华侨,老家在梅县。父亲读书时是章导的学生,又是同乡,很快就熟悉了。章导先生早年大学毕业后在印度游历时就协助过在印华侨创办《印度时报》,有一定的办报经验。他从英国伦敦大学留学归来后,1941年回国到中大任教。章导教授是民盟成员,是一个有进步思想和社会责任感的人。他很早就认识到报纸可以起到"人民的喉舌和社会的舆论"的巨大作用。通过中大校

---

① 梅北中学广州校友会主编:《大海的思念:纪念冯海燕教授逝世六周年论文集》(东山中学丛书之六),梅北中学广州校友会发行1994年,第246-249页。

长邹鲁，他申请到了办报的执照。根据章导教授的回忆，报社的编撰、编辑委员会基本上是以中大和中华文化学院的教师为主体：教授刘渠、王亚南、梅龚彬、钟敬文、冯海燕、廖钺等组成了出版社的编撰委员会，教授彭芳草、黄元起、周守正、洪耀山、陈朗、龙劲风等成立了《每日论坛报》编辑委员会①。同时租下广州永汉北路财政厅前的一栋楼宇，作为报社的办公和印刷等场所。1946年10月10日，《每日论坛报》正式出版。母亲此时辞去乡下小学的教职，到报社工作。

《每日论坛报》受中共地下党刘渠等人的影响，主要以外国通讯社的外电及报社自己派驻各地的记者来电为主，也会发表自己的政论和对时局的评论等。如父亲在该报中撰写的就有《中国人口是过剩吗?!》《中国农业发展的途径》等文章。由于报社观点比较公正，同情和支持蒋管区内的人民"反饥饿、反内战、反迫害"的斗争，立场鲜明，同时报道的新闻也反映当时国共内战的真实情况，很快就引起国民党当局的注意。当局在对报社恐吓威胁，企图对其改弦更张未果后，竟然以窝藏军火的名义对其进行栽赃诬陷。

1947年5月31日晚10时左右，国民党反动当局首先派大量军警，从财政厅起到永汉北路又穿过儿童公园把《每日论坛报》所在大楼四面团团包围，随后两部卡车满载军警、宪兵、特务冲进报社，将当时在报社的章导教授和其他工作人员抓进监狱进行审讯。父亲和母亲那时也住在报社，当晚刚好外出，回来时在报社附近看到情况不妙，马上将这个紧急情况通知刘渠等人，让他们立刻转移，避免被国民党反动当局抓捕。随后父母躲避到在广州的中大老同学陈钟才、麻洁明夫妇家，由此逃过一劫。

国民党反动当局对被捕人员进行了各种刑讯逼供。一个多月后，在华侨团体与社会舆论，以及中大、中华文化学院学生的请愿压力下，才不得不将章导教授等报社职员释放。但《每日论坛报》已被封，社里排字房等也被捣毁了。报社被查封后，刘渠教授不能留在广州，党组织安排他去香港的达德

---

① 章导：《〈每日论坛报〉出版的前因后果》，载《广州文史资料存稿选编》第六辑，中国文史出版社2008年版，第28—35页。

学院① 工作。父亲回忆他当年曾陪护刘渠教授前往香港。广州解放后,《每日论坛报》于1950年1月在广州复刊,后改组为《联合报》,嗣又改组为现在的《广州日报》。

1952年全国高校院系大调整后,章导教授随中大的法学院部分归并到武汉大学,其后父亲与章导教授一直保留着珍贵的师生情谊。

父亲在中大的同事和挚友是吴宏聪教授。我们印象中的吴伯伯颇有领导人的风度和气质。吴宏聪教授于1942年西南联合大学毕业后留校任教。抗战胜利后,中大从粤东迁回广州石牌校园,此时他也从昆明的西南联大转到中山大学中文系。因为同是年轻人又是客家老乡,父亲与吴教授在日常的交流中发现彼此志同道合,很快就成了无所不谈的好朋友。新中国成立后,他们两人同时被中大选派到北京华北革命大学研究院学习,回到中大后,他们都改行上政治课(吴教授回到中文系任教是后来的事情),主要讲授"中国革命史"等课程,同时两人都兼有学校的一些行政工作,工作和生活上都有了更多的交往。1952年全国高校院系大调整后,吴宏聪教授留在中大,我们的父亲则到了新组建的华南工学院工作。1956年他们又一起赴北京,到人民大学参加教育部主办的马列主义理论学习班学习。

在后来的岁月中,他们尽管分隔在珠江南北两岸的不同学校,依然经常

图2 作者父亲冯海燕(前排左四)、母亲张镜新(前排左二)与章导教授(后排右一)一家合影(后排右三为章太太)

---

① 达德学院是中国共产党领导的与民主党派和爱国人士密切合作的一所革命大学,于1946年10月开办,招收海内外青年入学读书,为革命事业培养人才。

互通信息，交流心得，共同提高。1977年恢复高考，当时广东的录取率是全国最低的，只有1.6%，我们家的冯穗力考上了大学，吴宏聪教授专门给父亲写了一封热情洋溢的祝贺信。1988年在父亲病重弥留之际，吴宏聪教授来探望父亲，对父亲流露出深深的不舍之情。吴宏聪教授后来在他专门写的回忆我们父亲的文章中，对他们间的交往作了十分详细和具体的描述，他对父亲的为人处事有很高的评价。

图3　作者父亲（中）与吴宏聪教授（左）等在北京学习时合影

父亲病逝后很长时间，吴宏聪教授还来看望我们的母亲，足见父亲与吴教授的情谊之深。2011年8月，吴宏聪教授病逝，享年93岁，我们兄弟姊妹在报上看到讣告都十分悲痛。穗力代表全家参加了吴伯伯的追悼仪式，在悼念仪式现场看到了时任国家副主席习近平同志和许多中央领导人敬献给吴宏聪教授的花圈。我们都为父亲有这样一位德高望重的挚友感到欣慰。

作者简介：

冯穗萍、冯穗中、冯穗力、冯穗丹、冯穗心等均为中山大学法学院冯海燕教授子女。

我们一家与中大的渊源

◎杨小荔

1948年8月,我们一家从石榴岗广东省立文理学院来到文明路国立中山大学,入住平山堂。父亲杨荣春在中山大学师范学院任教授,当时中山大学的罗浚、王越、罗雄才等教授曾给予父亲很多帮助。

父亲在中山大学任教期间,因为不满国民党政府的黑暗腐败统治,并受中山大学学生、中共地下党员杨荣焜的影响,逐渐靠拢中共地下党组织,积极参加中共地下党的活动,曾经多次冒着生命危险,为地下党送情报到香

图1 作者父亲杨荣春教授(1909—2004)

图2 1948年8月,作者一家摄于文明路校址平山堂

图3 1949年11月,作者父亲从大鹏湾回到中山大学的留影

图4 作者母亲张秀我（1907—2001）

港。父亲将我党送往香港的情报,先是藏在家中的炭箩内,出门前再放进要穿的鞋子里,然后从广九火车站坐火车去香港。广州解放前夕,国民党反动派在中山大学大肆抓捕进步师生,父亲的名字在黑名单之列。1949年8月,中共地下党组织安排父亲从广州撤离到香港。抵达香港后,父亲经中共华南分局张铁生同志介绍,赴东江大鹏湾粤赣湘边纵队昆仑独立教导营参加革命。当时和父亲一起的有叶春同志。

1949年10月广州解放,父亲随解放军大部队进入广州,由广州市军管会属下的文教接管委员会委派,参与接管中山大学的工作。当时和父亲一起工作的有吴宏聪、李毅和许萍。

接管中山大学后,父亲在学校任秘书,后任教授,兼管教师学习委员会的日常工作。当时和父亲一起工作的有谢汉曾、陈慎旃和洪耀山等。

母亲张秀我,上世纪20年代曾在国立中山大学附属中学读书,1931年至1935年就读于中山大学中文系,吴三立教授是她的老师。

从1950年起,母亲在中山大学附属小学任教,担任六年级班主任。王越、李超心的儿子王思潮是母亲当年的

峥嵘岁月　薪火相传

图5　1952年春，作者母亲和她的学生们合影

学生，后来成为我国著名的行星天文学家。他曾在《别开生面的教育理念》一文中提到我母亲："我还记得，我们班主任张秀我老师还带我们班的同学去石牌校区野外钻过一次地道，感到很新奇。"母亲当年的学生还有马振岳、林实夫、郑粤飞、张美媛和陆俊豪等。

当时，中山大学整体搬迁到石牌，我们家住在辽河路20号的教职员宿舍。我们家后面有一个操场，名为"斯大林广场"，孩子们都喜欢到那里玩，过年时还在那里扭秧歌，十分快乐。我常跟母亲到中大附小玩。朱秀香也是附小的老师，她有时也会带儿子欧牯（谢载欧）到附小玩。王越的二儿子王思明经常带我去捉蚂蚱、捉蜻蜓，还会用火柴盒装些豆豉汁黄豆给我吃。我至今还记得附小的李超心校长，以及鲍涛、叶穗、曾玉秀老师，还有胖胖的邓老师。

当年我的中山大学小伙伴，有住在我们家附近的梁庆穗、玛基（刘敬梅）和卡林（赵善欢的女儿赵燕怡）。还有很多大哥哥和大姐姐，如梁庆宜、林叔子（林伦彦的女儿）、丁南筠（丁颖的女儿）、王丽娜、王则柯和王则楚（王起的儿子），以及谢载江、谢载呆和谢载晖（谢汉曾、朱秀香的儿子）。

1952年全国高等院校院系调整，中山大学师范学院整合到华南师范学

图6 作者居住过的石牌校址辽河路宿舍

院。父亲觉得自己不适合做行政工作,教书育人才是他的本行,因此自愿重返教师队伍。与他一起工作的好拍档谢汉曾几次挽留,都被他婉言谢绝了。1952年11月,父亲调离中山大学,前往华南师范学院教育系任教,我们家也搬往华南师范学院。时隔多年,当时的情景我还依稀记得:三年级的大姐、一年级的二姐和幼儿园的我,跟随父母,乘坐装满家具和行李的大卡车,依依不舍地离开了中山大学。

我们一家离开中山大学二十年后的1972年,大姐回到中山大学工作和生活。那时,中山大学已搬迁到现址康乐园。大姐在中山大学一直工作到退休。大姐的女儿小时候在中大幼儿园和中大附小就读,1990年考取了中山大学生物系,本科毕业后出国留学继续深造。二姐的两个儿子,上世纪90年代都曾先后在中山大学进修英语。

历史如滔滔珠江,奔流不息。经历了风风雨雨,中山大学即将迎来她的百年华诞。一百年来,中山大学造就了一代又一代的治学名师,培养出一批又一批社会科学、自然科学和工程技术各个领域的人才,为国家富强、民族振兴作出卓越的贡献。从文明路到石牌,再到康乐园,中山大学的百年历史进程中,也留存了我们一家三代人的足迹。

作者简介:

杨小荔,女;父亲为中山大学师范学院杨荣春教授,母亲张秀我为中山大学附属小学老师。

记父母中大生活二三事

◎ 胡小恬

前 言

2021年正值"新冠"横行，身在国外的我，历尽千辛万苦：办理特殊签证，检测核酸，测验抗原，加上共计21天的隔离，终于在1月底回到妈妈身边。春节过后，我带她去医院做检查。不幸的是，事后，她竟一病不起，从此离开了我们。我忍着极度悲痛，整理父母的照片，并将部分老照片捐赠给中山大学档案馆。忆往事，心潮澎拜。在那些老照片中，我仿佛看到了他们在中山大学生活的点点滴滴……

我父亲胡廷烈与母亲郑淡恬，都是国立中山大学师范学院教育系1949

图1、2 《国立中山大学1949年毕业同学录》中作者父母亲的毕业照片（中山大学档案馆藏）

届的毕业生。值中大百年校庆之际，草拟小作，诚作为小礼物献给父母的母校——中山大学，以表达我对父母的深切怀念之情。我将以亲历者和见证者的视角，透过前辈的学生活动、生活剪影，重温中大历史长卷中的那一页记忆。

中大，情系着多少年轻人的心，是他们理想抱负的启蒙点，走向社会的前奏曲，实现梦想的金桥梁！在这里，有阅历资深的教授、职工，幽静温馨的校园，有昼夜耕耘的辛勤园丁，有一丝不苟的严谨学风，丰富多彩的校园活动……

革命风云

每当夜阑人静，我远眺辽阔的天际，冥想在那深不可测之处寻找父母的影子：又见慈颜笑貌，再听谆谆教诲，重温昔日旧事。

图3 作者一家合影

父母所讲中大读书时的故事中，印象最深的是他们参加革命活动的事情。

父母是同班同学，他们受革命思想熏陶，在刻苦学习的乐章中又添加了

2 峥嵘岁月 薪火相传

革命浪漫节拍。他们的战斗友谊在中大情缘上多了一笔斑斓色彩。就从他们参加革命活动的一页说起吧。

父母在中大学习期间,参加了当时中共地下组织的革命进步团体活动。"快把传单带上,我们要上街游行啦!"我

图4 中山大学学生抗议美军暴行的示威游行队伍(中山大学档案馆藏)

仿佛听到父亲的声音。1946年近圣诞节时,北京大学沈姓女生遭美军士兵强暴。为支持北京大学的抗议,中国共产党领导全国性的反美中国学生运动。当时父母怀着革命激情参加了游行。父亲带着传单,高呼口号,沿路散发。以下照片是父亲当时拍下的,并在照片后面写下这一历史事件。照片虽然已经陈旧,模糊不清,却是珍贵的历史材料!

接着,1947年5月31日,为声援平、津、沪、宁等地学生运动,反对国民党发动内战、实行独裁,在中共广州地下组织领导发动下,广州爆发了爱国民主运动,中山大学、中大附中等校学生3000余人举行"反内战、反饥饿、反迫害"的示威游行。中大学生队伍从石牌出发,一路上聚集其他院校的学生和爱国市民。游行队伍途经长堤时,遭国民党警察镇压,二十一名学生重伤,三四十人轻伤,数十人被捕,震撼全国的"五·卅一惨案"发生。当晚,又有师生近百人被捕。学生坚持斗争二十五天,迫使反动当局释放被捕师生,斗争取得了胜利。

父亲在直属中国共产党的中大地下学联组织安排下参加了游行。在运动中,他被选为学生委员。听母亲说,当时,国民党的黑名单上有父亲的名字。母亲也参加了这一运动。她的一位姓潘的同学,头被铁棒严重打伤,鲜血直流。母亲不顾一切,冒着生命危险,和其他同学一起护送她躲到一位进步教

图5 1949年，作者父母在香港时合影

授的家。换了衣服，包扎伤口，清理血衣……之后，父亲写下了"五·卅一"运动的回忆录，现存中大档案馆。

1949年6月，父母亲到了香港。他们及时联系了香港的共产党地下组织。当时，由中大法学院同学毛怀坤介绍，他们参加了中国共产党外围组织的读书小组。组长是杨世英同志。另外，他们也参加了新民主义经济协会。因为经济拮据，母亲当了家庭教师。后来，母亲因怀了我，由组织介绍到惠州解放区龙岗，在平岗中学教书。

1949年9月，留在香港的干部纷纷向东江撤退，为迎接解放战争的最后胜利，配合解放大军进广州。父亲随杨世英同志夫妇等至东江，参加了中国人民解放军粤赣湘边纵独立教导营。这支粤赣湘边区人民武装，历尽艰难曲折的斗争，队伍壮大到三万八千多人。该部队在三年间打了近千次大小战斗，为中国人民的解放事业，为解放战争的胜利作出了卓越贡献。父亲回忆说，当时条件很艰苦，穿着草鞋，常常日夜行军，没有时间睡觉。有几次走着走着，就睡着了。哈，一下子就踩到牛粪上了。他说得很幽默。然而，我想到，那是多么困难的日子啊。我们今天能过上好日子，是多少先烈和革命战士奋斗牺牲换来的！

校园风采

当时，地下学联带领同学们学习鲁迅的著作，鼓励大家演话剧。父亲和同学们一起，积极参加表演节目。他自编自演了《阿Q正传》《假洋鬼子》等话剧，在学生中起了很大的宣传教育作用。

2 峥嵘岁月 薪火相传

那时中大的同学们晨练时,在校园高歌冼星海创作的革命歌曲。父母在中大求学时,参加了不少活动。足迹踏遍了中大校园。

母亲靠半工半读维持学费和生活。1949年上学期,母亲在中大附小兼课。父亲说:"我们都是穷学生,报考师范学院,可省费用,伙食费也是公家包的。不过饭食供应有限,常觉得吃不饱。一桶饭来了,一会儿就被抢得精光。"他想了个好办法。别的同学都是一开头就盛满盘。父亲只装半碗,吃完后,赶紧再去添。其他同学吃完后,还想再添,饭却没有了。

"解放啦!中国人民从此站起来啦!"中大精神在共产党的光辉照耀下,发扬光大。学生运动的血没有白流。庆祝全国及广州解放的伟大胜利的难忘时刻,父亲活跃在广州市游行队伍前后,拍下永远值得纪念的照片。看,中大的队伍在前进,打着红旗和校徽。师生们挺着胸膛,大步走在游行队伍中。

图6 《阿Q正传》话剧剧照(中山大学档案馆藏)

图7 1945年—1949年间,作者父母亲在师范学院前和同学们合影(中山大学档案馆藏)

图8 作者父亲和同学们在校吃饭(中山大学档案馆藏)

图9 庆祝广州解放时的中大游行队伍（中山大学档案馆藏）

图10 庆祝广州解放大巡行现场（中山大学档案馆藏）

2 峥嵘岁月 薪火相传

教书育人

中山大学是伟大的民族英雄、伟大的爱国主义者、中国民主革命的伟大先驱孙中山先生为了培养革命和建设人才，于1924年亲手创办的。父母常谈起在校时的教育专家，如陈一百、吴江霖教授。他们中大毕业后，一直从事教育工作。父亲新中国成立初期在广州永汉区人民政府工作，后来在永汉区和越秀区合并成的北区文教科工作，负责了解指导北区小学的领导班子。母亲则由市政府以干部身份分配到广州工商局下属的商业贸易干部学校，后来又转到广州市第一商业局职工业余教育办公室担任主任工作。新中国成立初期，父母的制服和我们家的费用都是由国家的供给制提供。"文革"后，母亲又调到第一商业局的中专学校工作。

父亲在上世纪50年代初加入了新民主主义青年团（共青团前身），上世纪60年代又加入了中国共产党。父母在自己的工作岗位上，兢兢业业，为提高党的优秀干部的文化素质而努力；在家里，不论是思想上、学习上、还是生活上，他们对我们的要求都非常严格，鼓励我们努力学习；他们着重从小培养我们学习的兴趣和研究、解决问题的能力。

中大精神

父亲工作十分认真努力。在1958年大炼钢铁的热潮中，他常常忙通宵，没有休息。他把家里所有能炼铁的东西都拿去炼了。有好几次，天亮才回家，一进家门就晕倒了。父亲还是《广州日报》等报社的积极通讯员。他常深入基层，不怕劳累，并常常写稿，报道新闻和基层的活动。他爱好中国书法，字写得工整清晰。

退休后，他在岭海老人大学学习书法，研究各种书法。

父亲要求我不论功课多忙，即使是午夜时分，也要每天练习书法。他还批改我的作文，反复推敲。母亲常说："无论物质生活多么艰苦，人的精神生活，不能贫乏。"母亲有丰富的想象力，敏锐的观察力和严密的逻辑思维能力,凡事都要细心推理,分析透彻。22岁时,她已被学校校长任命为潮阳简朴中心国民学校教导主任。新中国成立后,又一直担任基层领导职务。母亲一直坚持写日记,记读书笔记。她读过的诗词,看过的电视节目,都做笔记,写心得体会。母亲喜欢写小说、散文。她有自尊、自重、好强的性格,

图11 上世纪70年代,作者母亲在广州市四干校养猪场工作时的留影

有原则性,对人要求高。同时,她也有一颗慈母的心。我们的毛线衣和其他衣服都是她自己做的。1968年秋,"文化大革命"初期,母亲响应党的号召,到广州市五七干校进行劳动锻炼。她被分配到养猪场工作。从不习惯到热爱这份工作。她工作十分努力,任劳任怨,把猪场的猪养得又大又胖。她还常工作至深夜凌晨,为母猪接生。她的劳动成果为干校做出了贡献。《广州日报》还曾报道过她在广州四干校当"养猪兵"的情况呢。

父母退休后,过着健康快乐的晚年。他们爱读书学习。老两口常到广州市老干部活动中心运动。母亲还特意回中大母校拍照片留念。

后 记

广州解放后,组织上多次举行"五·卅一"纪念活动,每次父亲都前往参加。父母也一直和一些中大毕业生保持着联系。他们有前广州二轻局局长陈启、前华南师范学院附中的高中语文教师何增光老师、前执信中学数学教研组麦月英老师,还有一些市委市政府的干部等。

中大的老前辈，大多数已经离开我们了。我们该向前辈学习什么呢？是中大的精神。这种精神，是前辈的道，是民族的根，是华夏的魂。沿着这条大道，让中大精神发扬光大，世代相传，让中大精神鼓舞我们，永远前进。

作者简介：

胡小恬，女，父亲胡廷烈与母亲郑淡恬为中山大学师范学院校友。

在岭南中学和中大附中的岁月

◎许智君

在仙人庙求学的岁月

岭南大学和附中是香港沦陷后迁到韶关北面二十公里的仙人庙的。抗战烽火连天，多灾多难的岁月，我从初三到高一在那里度过了学业奠基、生活艰苦的两年。但那时虽然精神紧张、生活单调、身心挫折，但是同学们感情丰富、团结互助、生活愉快，"岭大村"的岁月是我一生中都十分怀念的美好时光。

学校坐落在一大片樟木树林内，建筑都是当时流行的竹织批荡，既无电灯，又无自来水，只靠打井水食用。宿舍是双人上下床，冲凉用冻水，只有冬天偶尔有一桶热水挑来冲冲身。女生日常穿的是黑色粗布工人装，胸前

图1 1936年许慧君（右一）许智君（居中）许锡振（左一）摄于南京

中间有个小口袋。我们每天的伙食大多是青菜和豆类，偶尔有几粒肉碎大家就很高兴了。印象最深的是"沙谷米"饭，即旧糙米里面混有一些砂粒，经常要边吃边挑出来。晚上每人都挽着一盏三角形的小油灯到课室自修，经济条件好一些的同学则一物两用：有时把鸡蛋或半条、一条腊肠放在灯罩上，读完书后就有香喷喷的所谓"宵夜"吃，感到很幸福。那时我家经济条件不那么好，父亲收入不高，家里生活费都不稳定，大多数是每周带一盅猪油、一小瓶豉油，有时一盅蒜头豆酱肉粒给我们做补充菜肴，只是偶尔妈妈给个鸡蛋就很开心了。

虽生活艰苦，但大家都过得很愉快，苦中作乐。冯显聪老师教我们音乐课、生物课，容启东教授的太太何露珍的女高音独唱会非常动听，因此我们的文化生活一点都不枯燥，经常有歌咏、话剧、体育比赛。我们凯社①是当时最低的班级——初三，拥有一位非常杰出的音乐人才——陈均旋（他是我以前十姨丈的弟弟）。他当时只有15岁，能弹得一手好钢琴，又会唱，是我社的歌咏队指挥。合唱队中还有一些出色的歌唱者：黄咏倩、周婉娱、司徒昱、谢玉婵等。我们选唱的曲是《清溪水慢慢流》，加上比赛规定必唱的曲《哈利路亚》。我们的优美协调的歌声，最后竟赢得了包括大、中学的全校歌咏比赛冠军，这令我们喜出望外，也是大家永不能忘的一件大事。

有一次演出《花花世界》，励社的梅雪华演一个主妇，我则演她的"丫环"，还要装哭呢，那时很不容易才会哭出来呢！演歌剧《罗密欧与朱丽叶》，张悦楷谱词非常成功，博得全体员工的好评。抗战胜利后，以上几位都还常有联系，只是谭安妮却一直未有下落。超社是凯社的兄姐班，谭安妮很喜欢我这个细小的妹妹，常对人说是她的契女（粤语，干女儿）。几十年后，我在美国还和黄淦亮相遇，谈起谭安妮都感到非常遗憾，一直未能听到她的消息。

---

① 中山大学前身院校岭南大学的校友管理模式，每届的学生组成一个社团，冠一个字为社名，最早的为乾社，1922年为甡社、1923年为真社、1924年为辛社……并一直延用至今。

除此之外，我们还参加种菜、军训、巡逻放哨等活动，男女生都一样，男生还要帮助厨房从火车站背米回校。

记得有一次中秋节，晚上月亮圆圆，星光灿烂，我和好友司徒昱那时住上下床，比较好玩又无知，同班同学许国荣、陈均旋、陈佑旋，还有一个记不起名字了，大家约好晚上十时一齐出去竹林烧腊肠、煮鸡蛋，那时根本没有月饼。于是我们把宿舍蚊帐都整理好，便偷偷跑去竹林玩，谁料被巡逻队发现了，第二天便被教导主任黎寿彬叫了去训话，最后记了大过。那年期末，学期成绩表发回家，我不敢出去客厅，因为爸妈在看成绩表，我躲在房间里偷偷倾听。从来我的品行都是甲级，学习成绩总是中上，爸妈这次当然非常震惊，以为我犯了什么大错误，品行竟然得个丙级呢，我故意推说不知道，以为大祸临头了。谁料第二天星期日，校长司徒卫来家访，出乎意料，他告知爸妈说，她只是顽皮贪玩，中秋晚上出去竹林烧腊肠食，所以只记了大过，因为平时是个安分守己的学生，所以不予重罚，只是给她一个教训，叫爸妈不必太过担心。那次犯错误的处分，我真是如获大赦，喜出望外，以后爸妈也再没有提及此事了。

班中的那个男生许国荣，当我刚进岭南时，经常当我是新生耍弄我。因我人最小，坐在第一排，另一个蔡昭明（后来曾任广州工人医院院长）是男生中最小的。于是一下课休息时许国荣就

图2 中学同学许国荣数十年后从国外前来探问作者母亲（前排中），由老护士四姑（后排中）陪同（摄于中山大学西南区54号家中）

叫喊"许智君、蔡昭明，花果山水帘洞，洞主许智君"。弄得我哭笑不得，又不敢还嘴，更不敢回头望后面。后来通过司徒昱和我的十姨丈的弟弟陈均旋，大家一起聊天，一起散步，渐渐熟悉以后，就再没有人戏弄我了。有一次学校遭暴雨，学生们都踏着水浸的路回到教室和宿舍，他们竟然让我们踏着他们的双手走回宿舍。

胜利前夕的流亡生活

1944年6月，日军打通粤汉线，韶关告急，学校都停课了，我和三哥、二姐立即回家收拾行李，先到坪石住了。几天后乘汽车翻过非常崎岖的高山上路，中途在星子站歇宿；第二天傍晚才到达西北瑶山地区的连县三江镇，住进了父亲以前在教育界的朋友何春帆的家。他当时在坪石任中山大学总务长，有一间较大的花园别墅，叫静园，把我们安排在楼下两间大房间，前面有一个客厅。何春帆的大女儿去了延安，儿子何宪钦在坪石培联中学读书，两个女儿在当地读小学。他们家附近还有一家大宅，住的是何春帆同乡，只记得是姓黄，里面有钢琴，我和三哥有时到他家去玩，三哥拉小提琴，我弹钢琴，虽然我们的演技都不是很高级，但我们的合奏协调，自得其乐，经常弹的是Schubert的"Serenade"、Chopin的"Nocturne"等等。有一天父亲去探访这家人，听到我们的合奏觉得很奇怪，但亦很高兴。

暑假后，粤汉线形势暂缓了一段时间，岭大附中决定在仙人庙复课，考虑到那里与连县之间相隔太远，爸妈都不同意我们回岭大附中，把我们安排到坪石中大附中朱家山就读，二姐则进了中大农学院，三哥读高三，我读高一。

每天早上六点钟吹军号起床，提着水桶去河边打水洗脸、漱口，然后早操，冬季没有热水，用的都是冷水，那时年轻，冷得手足冻僵时就大力搓上几搓，和暖后就照常上课去了。那时我和三个同班同学：吴凤莲（我们都叫她大家姐）、黄静华、何宽容每天轮流去学校的小卖部工作，卖糖果、花生、香烟、火柴等等，是自助的学生什货店，我们成了好朋友。

图3 抗战时期,中山大学附属中学在坪石朱家山的学生宿舍(油画作品,作画者为当年兼任美术教师的画家刘仑)

1945年战事再度告急,日军从湖南南下,逼近坪石,还偏偏截断了由坪石回连县的通路。学校紧急疏散,我们已经回不去连县了。在我们离开连县赴坪石前,爸妈曾拜托何春帆照顾,若有什么情况也可以往乐昌找当时的县长詹宝光,他的太太是我们的表姑周佩棠,于是我们商量好,不想跟中大附中往东去梅县的那条路,而先往乐昌再说。

我们每人只带一个小藤箱,背着一张小被,走往火车站去,那里停了几列火车都挤满人,中午有一辆末班车开出,那是一列敞篷货车,三哥用力推我上去,不久火车就开了。下午到了乐昌詹宝光家,他安排我们住下了。我们走在马路上,远远看见二姐从对面走来,她是从中大农学院步行了几里路到坪石火车站乘车来乐昌的。离开坪石前,七战区编委会的何平叔叔专门到学校给了我们每人3000元国币,这给予我们很大的帮助。在战乱中,我们三兄妹竟然能够幸运相聚,真是喜出望外。后来才知道,随中大附中走难那批女学生在中途遇上日本军队,全部被害了,其中有一个是在学校认识的,还指导过我弹钢琴。我听了感到万分伤心。那时乐昌城也是人心惶惶,战事紧迫。第二天下午午饭后不久,忽然听到一阵枪声,詹宝光跑来告诉我

2 峥嵘岁月 薪火相传

们说:"日军已经逼近了,我们必须撤走了,我看你们还是跟中大的队伍走吧。"可是表姑立刻反对说:"不行,他们是自己人,一定要和我一起走。"幸好有表姑的关心照顾,否则我们就会遭受另一种厄运了,我对她永远都有感恩之心。

离开乐昌后,我们逃进了一个深山区叫麻坑的小村,周围是深山野岭,住了几个月,每天早上表姑和我们一起在外散步聊天,让部队的厨师煮饭给我们吃。村庄中央有个小广场,人们就在那里摆地摊,我和二姐、三哥也曾在路边摆卖过几件冷衫(粤语,毛衣)和旧的冬衣,以便减轻一些负担,还可以储起少许钱以备不时之需。

图4 日军飞机轰炸后留下的炮弹坑

不久,有一支军队要从乐昌开往连县接受任务。詹宝光决定让我们和他的两个儿子跟随部队一起转移。记得一个傍晚,在排长带领下,我们来到一座山前,准备等天黑后越过这座山,穿过下边铁路旁的树林就可以偷渡过境了。那晚没有月亮,在一片黑暗中,我们一个一个地摸黑前进,山高又陡,我们在大麻石头的山上匍匐前行,突然听到远处有似日本军唱歌的声音,排长叫大家马上趴下,不要漏出一点声响,我们都屏着呼吸,俯卧麻石上,幸好不久就听到那些日本兵的脚步消失了,我们才急忙继续下山。天亮了,我们平安过了铁路。那时正是春天,到处是红花绿草,大家的心情顿时轻松起来，偷渡成功了，我们已经走在回家的路上，那种欢乐喜庆的心情真是难以言喻啊！

进入连县后，我们三兄姐和何宪钦立即往三江走去。爸妈和何春帆夫妇看到我们平安回来，悲喜交集。原来从来不迷信的妈妈，还曾多次因我们去寺庙里求签呢，据说多次都是上签，那时她真是感到很大的安慰。可怜天下父母心！

在三江我在华侨第三中学借读了一个学期，便转往连县真光中学读高一，那里有我在岭南附中的同学司徒昱，她睡上床，我睡下床，我们在学习、生活上都互相帮助。

1945年8月6日和9日，美国在日本广岛和长崎分别投了原子弹，8月8日苏联出兵中国东北，8月15日日本天皇宣布无条件投降。我还在连县真光中学寄宿，那天是星期天，我们是要参加基督教堂每周礼拜的，当牧师宣布这个特大消息后，全体人员都高兴得跳跃起来，拍手叫好，不久到处响起锣鼓和鞭炮声，抗战终于胜利了！自从日本"九一八"占领东北三省已挨过了十四年，"七七"卢沟桥事变后的八年全面抗战的艰苦日子也结束了，大家都沉浸在一片前所未有的欢乐中！

作者简介：

许智君，女，父亲为中山大学许崇清校长。

中大附中扶溪逃难前后点滴

◎麦漪芙

中大附中在1952年高校院系调整前一直是中山大学师范学院附属中学，中大师范学院中最好的毕业生都分配到附中工作，而附中的学生也多是中大的教工子弟。我的父亲麦樑贤、母亲黎绮兰于1940年初分别毕业于中大师范学院与理学院，毕业后就在中大附中分别任教数学与生物。

从小我就常听父母回忆他们在附中，特别是逃难扶溪的经历。下面记录

图1 作者父亲麦樑贤（1921—2016）就读国立中山大学时的照片

图2 作者母亲黎绮兰（1921—2008）就读国立中山大学时的照片

的是他们讲述的中大附中扶溪逃难前后的情况。

1940年秋，中山大学由云南澄江迁回粤北坪石，当时师范学院管辖的附中就设在坪石火车站南端的一个叫朱家山的小丘陵上。1944年底，日寇南北夹攻向粤北进犯，逐渐接近坪石，中大校本部开始撤离。当时附中部分学生由家长领回，一些家长则将子女交由学校带着逃难，其中，中大校长金曾澄的三个女儿与不少教授的子弟都决定随校逃难。

司徒汉贤校长申请到一列火车的货运卡，即召开行政会议讨论撤退之事。会议决议逃难第一站是坐火车到乐昌，然后步行经石塘、董塘、闻韶、加等、黄坑、仁化，到扶溪复课。会议还决定让我父亲等人留守坪石。

当队伍出发时，父亲与其他留守同事一同去送行。他亲自把逃难师生送上火车。看到学生们幼稚的脸和茫然的目光，想到前路茫茫，何日再见，不知不觉，连火车开了他都不知道。就这样，他没有做任何准备，没有任何行李，就跟着队伍开始了逃难历程。

父亲当年年轻力壮，司徒校长让他与体育老师祁宇洪轮流带厨工作，为逃难队伍的先头部队。他记得自己是逢星期一、三、五先出发，而祁老师是二、四、六。他还说自己那时与祁老师很"威水"（粤语，威风、厉害），都是头戴运动帽，腰挂童军刀，威风凛凛走在队伍前头。先头部队每到一地，马上寻找住宿地，准备开水和饭菜，等待大部队的到来。因为怕遭遇敌人，逃难走的都是山间小路，山路狭窄，只能单人行走。高年级同学在前，低年级同学在后，每人相隔一米，老师插在每班中。队伍拉得很长，但每个同学都努力跟上，不敢掉队。

在逃难的过程中，父亲曾幸运地逃过一劫。那是逃难到了闻韶，高中有的学生提出不去扶溪，要求摆脱敌人的包围改去东江，因为中大本部已迁到东江梅县。为安全起见，学校派了陆兴焰、梁植枢两位老师护送他们出发，结果途中遭遇日寇枪击，两位老师与两个学生遇难。那天父亲本来是带先头部队，出发后突然发现自己忘带毛巾、牙刷等用品，于是折回去取，不然他也可能遭遇敌人枪击而丧命。听到远处的枪声，大部队立即停止前行，折回

2 峥嵘岁月 薪火相传

一个叫加等的小村,并在那里停留过了春节。1945年春节后,逃难队伍经黄坑、仁化,翻过白石岭,终于到了扶溪。

父亲常说,那段逃难的日子真是艰苦,不知走过多少羊肠小道,跨过多少悬崖峭壁,经受多少风霜雨雪。从坪石到扶溪,因为天冷加上逃难,大家一直没有洗澡。到扶溪的第一件事,就是清理身上的虱子,又洗又晒又捉,忙个不停。

扶溪是一个较大的墟镇,有宗祠,街道由鹅卵石铺成。到扶溪不久,附中借乡中心小学(实是一间庙宇)做校舍,学生、教师的学习生活全在一起。学校复课了,但生活异常艰苦。虽然校本部有汇钱给附中,但还是捉襟见肘。当时教师员工全部不领工资,与学生同舟共济,有粥吃粥,有饭吃饭。当时扶溪没有邮局,也没有银行,校本部的钱先汇到湖南汝城。有一次司徒校长让父亲与总务黄荣谦老师到汝城取款,扶溪到汝城要走两天山路,因而中途要住宿,虽说取到的是当时币值极低的"关金券",但两人都不敢掉以轻心,睡觉时都把"关金券"当枕头,因为这是附中全体师生的养命钱。

父亲常调侃说自己当过中大附小校长。那时虽然有微少经费,但学校经济仍很紧张。为解决困难,当时决定接收扶溪部分地方学生为插班生,收取"学谷",又接收了当地约有200多名学生的乡办小学,改为中大附小,司徒校长让父亲兼任附小校长。

中大附中扶溪复课时,一切都特别简陋,教室、宿舍漏洞透风,没有粉笔,老师自制,粗糙得很;没有教材,老师自编;没有课本,就用蜡纸刻、油墨印;没有灯火,学生全部利用白天空闲时间自修,晚上大家谈心、唱歌、讲故事。

生活相当艰苦,糙米饭加青菜,"三月不知肉味",那里盛产上素冬菇,由于缺少油盐,感觉非常难吃。学生吃饭的小勺,是男同学用小刀将竹子一点一点削出来的,别看开饭时每人用漱口盅领回满满一盅,但只有用勺子往下垂直挖个洞,才能挖到底部的蔬菜。

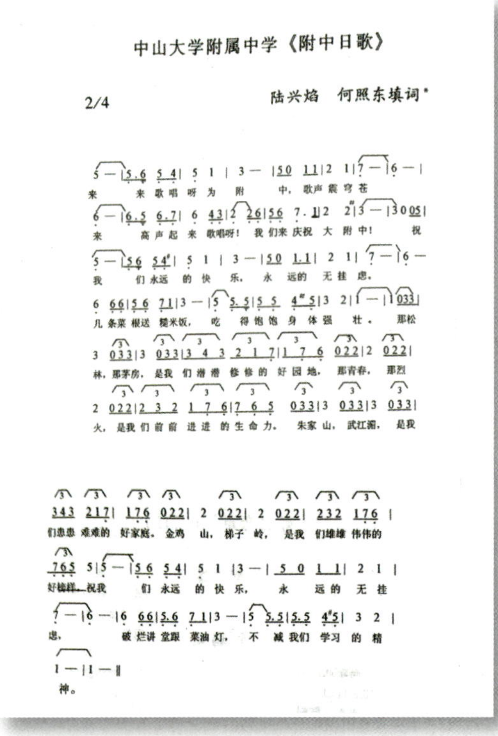

图3 中山大学附属中学《附中日歌》

春去夏来,很多人衣服破了,中大校长金曾澄的大女儿金梅子自告奋勇担起为同学们缝补衣服的工作,并且将我母亲逃难时从朱家山带到扶溪的幕布,缝制成一件件背心给男同学穿。尽管生活艰苦,但那时学生学习气氛很浓,师生情绪高涨。

一直延续到今天的华师附中校庆"附中日",是在扶溪逃难前的朱家山诞生的。当年,司徒校长与老师们商量,要创立中大附中的纪念日,并且要一年一年延续下去,让学生珍惜那段时光的师生情,铭记艰苦学习的精神。校长说,不想按一般习惯叫校庆,刘俞老师建议叫"附中日",老师们一致叫好,陆兴焰、何照东老师马上写了《附中日歌》歌词,刘俞老师配了曲。

歌词写了学校与周围的环境,写了当时学习生活条件,比较准确地体现了扶溪逃难前附中的精神风貌。附中日定在6月1日。年底,中大附中就开始逃难了。即使在扶溪复课那么艰难的日子里,附中日也很热闹,因为它是团结的、向上的。那天饭堂会加菜,全体师生共同唱《附中日歌》并且举行了各种文体活动:学生会的壁报比赛、球类比赛、田径比赛……掌声、歌声此起彼伏。父亲经常会哼两句《附中日歌》歌词,"来,来歌唱吧,为附中……几条菜根送糙米饭……破烂讲堂跟菜油灯……",母亲也会接两句"那松林,那茅房……"

2 峥嵘岁月 薪火相传

中大附中后来分为广东省实验中学与华南师范学院附中,父母身体康健时,总会去参加中大校庆、省实验中学校庆、华师附中校庆。记得20世纪80年代中期,父母参加完省实验中学校庆活动后告诉我,活动中,学校的合唱队把《中山大学校歌》当作《附中日歌》来唱。会后校友座谈中,一部分参与了扶溪逃难前后的同学提出了异议,老校长司徒汉贤提议,我们重新再唱,结果大家一下子就把它唱出来了。父母讲到此,眼眶里都闪出激动的泪光。

图4 翔社同学庆祝作者父母八十大寿所作的七律诗

图5 1999年,翔社同学庆祝作者父母八十大寿时合影

扶溪的中大附中,是一群青少年学生的逃难生活,在他们的记忆中永远留下最难忘的一页,斌社、始社、曦社、翔社的同学常常结群探望父母,共同怀念这个逃难大家庭的师生情谊。

扶溪也是父母魂牵梦绕的地方,他们在逃难扶溪办学过程中相识相知相爱,结为夫妻。我是他们的第一个孩子,名字取父姓,中间是母亲名字粤语同音字"漪",而"芙"则是"扶"的同音字,以纪念他们在扶溪共同走过的这段日子。

1945年8月,日本宣布无条件投降的消息传来,中大附中全体师生兴高

图6　文明路校址附中平山堂

图7　作者与母亲黎绮兰合影

采烈，当时学校为了庆祝抗战胜利加菜，虽然每人只有两块猪肉，但因久未吃肉，第二天很多人都拉了肚子。

1945年9月，中大附中从扶溪迁回广州。那次行程轻松多了，全校师生有说有笑，从扶溪步行到仁化县城，坐船经韶关、英德……返回广州，在惠爱路原中大附中校址复课。

逃难结束了，不久，我们家与部分从粤北连县、粤东梅县等地返广州的中大教师住到了文明路校址附中的平山堂。

图8　我家在平山堂度过一段童年时光的四个孩子（从下到上：麦漪芙、麦文伟、麦文杰、麦漪蓉）

峥嵘岁月 薪火相传

注：

本文根据父母记忆叙述及参考《扶溪逃难前前后后》(作者麦樑贤)所写。

作者简介：

麦漪芙，女，父母亲为中山大学附属中学麦樑贤老师、黎绮兰老师。

图9 作者父母在华师附中平房旧址门前合影

图10 1973年，作者一家（前排左起：麦漪蓉、黎绮兰、麦樑贤；后排左起：麦文伟、麦文杰、麦文俊、麦漪芙）

回忆老中大的松花江路 16 号

◎吴 谦

广州的春末,正是木棉花盛开的季节。

周日,我去石牌中山大学旧址的体育馆,拍摄这里的老木棉树,顺道往教工住宅区怀旧,见老房子差不多都拆光了,老中大人熟悉的斯大林广场,也建起了栋栋新楼。

走向松花江路,远远望见一座橘黄色的旧平房,很显眼地矗立在那里。

这不是广州解放前我家住过的房子吗?赶紧走近瞧瞧,果然。蓝色的门牌上"松花江路 16 号"几个字映入眼帘,心头不由一阵兴奋。

图1 2012年春的华南理工大学松花江路16号(原石牌中山大学松花江路16号)

2 峥嵘岁月 薪火相传

我父亲吴印禅于1945年回中大时，还没有这条路，五山这块斜坡地周边还是杂草丛生。我们先前住在九一八路的一座小楼，同楼的还有建筑系龙庆忠教授。大约1948年初，这片长满荒草的斜坡地上，建起了教授住宅群，从此才有了一条叫松花江路的新路。家里拿到了分房通知字条，高高兴兴搬入松花江路16号。我还记得邻居有周达夫教授（后调中央民族学院）、曾昭琼教授（后调中南政法学院）、丘陶常教授（后调教育学院）等。还有另一座特殊的平房，大门建有漂亮的罗马柱，那就是松花江路18号。后来工学院总务长谢先生和龙庆忠教授都住过这间平房。如今带罗马柱的18号，还在原地未拆，但已粉饰翻新，比陈旧的16号美观多了。

图2 1950年夏，作者父亲吴印禅教授（右）、母亲李崇敬老师（左）和作者弟弟吴节（中）摄于原石牌中山大学松花江路16号宅前

不应忘记的是，校园里的九一八路、辽河路、黑龙江路、松花江路、北大营路等，都是中大人为铭记抗战而起的路名。

童年时代这里发生过两件大事，我记忆犹新。

第一件事：松花江路16号的南面，有一片空地，大家都叫它斯大林广场。广州解放前夕旧政权不甘失败，作最后挣扎，1949年7月23日凌晨，广州警备司令部突然派出上千名军警包围中山大学，进行大搜捕，抓走百多名地下学联进步学生及五名教授，制造了轰动全国的"七二三"事件。当时军警主要搜查学生宿舍，还未敢大规模搜查教授住宅。有几个地下学联学生当晚就逃到松花江路16号我们家。我母亲掩护他们藏在厨房，度过了惊险

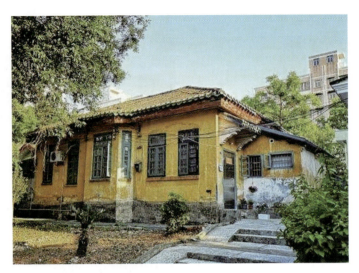

图3　2018年秋的华南理工大学松花江路16号

一夜。我记得躲藏学生中,有杨白青、周凤娥、钟子芳、朱玉德等。第二天上午,险情稍缓,我母亲偷偷领他们出来,我不晓得带他们去了何方。当时我亲眼看到斯大林广场通往五山的交叉路口上,还站着持枪的士兵,好惊险。

为了防备当局的报复,我们家及掩护过进步师生的教师,只好迁离石牌校区暂避。我们家则搬至市内文明路中大校舍的平山堂避难,直至1950年初才搬回石牌松花江路16号。在各届人士的强烈抗议和中大师生的大力营救下,据说被捕的学生和教授先后被释放。

当年在我们家躲避的进步学生,广州解放后都与我父母亲保持着联系。他们毕业后有的留在中大,有的到了市公安局,有的到了市人大,有的分配到梅县中学。

尽管年纪小,但广州解放前夕斯大林广场的一夜恐怖,至今难忘。

第二件事:说说咱石牌孩子们最开心的一次中秋夜。那就是1950年的中秋之夜,斯大林广场的大聚会。

这是广州解放后第一个中秋节,活动不知由谁发起。只见节前好几天,母亲已经紧张购买过节食品了。我家房前屋后都种了木瓜树，我与其他孩子就天天盯着快成熟的木瓜。中秋节晚，天还未黑，各家各户就把桌子凳子搬到了广场，上面堆满了各式月饼，糖果蜜饯，应节水果，许多人家还摆上亲手做的拿手菜式佳肴。天一黑，家家户户，老老少少全出来了，斯大林广场好不热闹！大人们互致问候，边食边聊天；小孩子则你追我逐，到各家的桌上叫声叔叔、阿姨，便急不可待地把好吃的塞到嘴里，吃完一家又一家，吃够了，又玩起各种游戏：捣营啦、瞎子摸象啦、捉迷藏啦，喧闹蹦跳，乐不归家。现在我回想起来，心里还喜滋滋呢。

图4　1950年秋，作者吴谦和弟弟吴节在松花江路玩耍

　　刚解放的中山大学，校园真是面貌一新，住宅区里家家和睦互助，人人脸上露出朝气，对毛主席、共产党领导的新中国充满信心和期盼。

作者简介：

　　吴谦，男，父亲为中山大学生物系吴印禅教授，母亲为中山大学附属小学李崇敬老师。

③ 故园新貌 桃李芳华

石牌校址钟亭

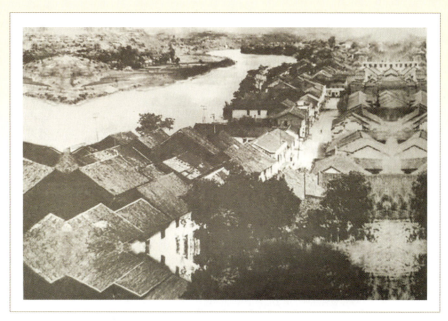

▶ 1940年中山大学校本部迁入坪石老街,右上角为校本部建筑

中山大学文明路老校址忆述

◎许锡挥

中大文明路老校区位于广州市中心东部，北临惠爱东路（今中山四路），东临越秀中路，西临德政中路，南临文明路。文明路校门为正门，惠爱路校门为后门。

此地为明清时期的贡院，民国时期为广东高等师范学校所在。1924年广东大学成立之时，立址于此。1926年广东大学更名为中山大学后仍在此址，至1934至1935年间才迁至石牌新校址。大学迁走后，附中、附小、幼稚园仍留下，直至抗日战争全面爆发。1938年文明路校舍遭日本飞机轰炸损坏，中大附中同学参与抢救工作。抗战胜利，中大从粤北等地迁回广州石牌时，中大附中迁回文明路校区，师范学院没有去石牌，落户文明路校区，而附中归属师范学院管理。当时附中没有占用文明路大钟楼等房舍，只占用平山堂和景堂院，有一座较大的教学楼，初中在一楼，高中在二楼，开全校大会则在平山堂礼堂或大操场。校门在惠爱东路，此门从前是中山大学后门，后变成中大附中正面大门，面向越秀中路的侧门关闭。20世纪50年代，中大附中改为华南师院附中，此校园后又改为广东实验中学，并延续至今。

我于1945年抗日战争结束由粤北返回广州后，于大东门东皋大道居住时进入中大附中入读初中一年级。由我家走20分钟就可以到学校，当时附中在平山堂校区的一座两层大楼，正面有一个大操场，近旁还有一个已经荒废了的游泳池。教学楼一楼走廊是学生墙报和学校各种告示的张贴处。抗战

图1 1947年许慧君（右一）、许锡挥（居中）、许智君（左一）于广州东皋大道家中的阳台

图2 抗战胜利后许崇清校长一家与亲友摄于东皋大道9号门前，前排左二为本文作者许锡挥

前这里还有附小和幼稚园，此时已撤销，只办附中。在粤北时只办高中，这时新办初中一年级。

当时附中的主任都由大学派任，我入读之时，率领师生从粤北复员回广州的司徒汉贤主任已离任，接任的是曾当过化学系主任的理学院教授萧锡三，不久又换上张嘉谋。教务主任是侯国豪，训导主任先是黄少烈，后是马文彬。

任课教师一部分是由坪石随校迁回的"元老"，一部分是在广州新聘任的。记忆所及，有教数学的潘荷英、古乐中，教生物的黎绮兰，教地理的康含明，教英语的是中大外文系王宗炎老师（兼任）。曾任国文老师的沈琼楼，是一位在广州有点名气的老文人，他讲课时不看学生，也不看讲稿，摇头摆脑、走来走去解读古文和诗词，同学们都觉得很有趣。国民政府教育部规定，高中要上军训课，初中要上"童子军"课。我们的"童子军"课老师是鲍康裕，他不按学校规定的内容上课，常常带领我们进行一些很有趣的活动，如露营野餐、记忆力比赛、打旗语、救护演练、目测地面距离等等。新中国成立后我才知道，他是中共地下党员；他曾任广州市教育工会副主席，我父亲是主席，鲍老师有时会来我家与父亲商量工作。教体育的是曾出席省运会的撑杆跳高运动员孙仲标，那时候平山堂内没有像样的体育场，一些需要较大场地的课，就去东较场（现省人民体育场）上课。

值得一说的是，曾在初中二年级时教我们音乐课的罗荣钜老师，是有名的歌唱家，在课堂上他不时对我们引吭高歌，还教我们唱一些名曲，如舒伯特的《野玫瑰》《菩提树》《听，听，云雀》

图3 1947年许锡挥与飞机合照

等，还有俄罗斯的民歌《夜莺》。他在长堤青年会举办个人独唱会时，还给我们同学送票，许多同学都去欣赏他的演唱。

老师授课大都用广州话，外省籍老师用南腔北调的普通话。我的同班同学大多是广东人，外省人不多。初中都是走读，高中有部分寄宿，住在景堂院。一些中大教授的子女也与我是同学，如萧锡三教授的儿子萧树文和萧灿文，黄昌谷教授的女儿黄季云和黄丽云，何作林教授的女儿何明慧和何明珠，刘俊贤教授的儿子刘尚雅，周其勋教授的儿子周宁华，还有盛成教授的儿子盛旭华都是我同班同学。教育部派驻中大的"特派员"唐惜芬之子也与我同班。

平山堂的大礼堂比较破旧，学校很少使用，便变成我们学生嬉戏的场所。我们初中同学常在此地踢足球（其实只是一个小皮球），一次我起脚将皮球踢上屋顶，将大吊灯打落下来，一声爆响，大家四散奔逃，幸好老师没有来追究。

中大附中校门在惠爱东路闹市，门旁有不少食肆，我们常去吃肠粉和甜品。夏天来临，一些卖雪条（粤语，冰棍）的小贩常来到学校门口摆档。学校规定不准在校内吃雪条，一次我和一个同学买了雪条跑上楼顶阳台吃，突然张嘉谋主任跑上来巡视，我们扭头就跑。

石牌主校区和文明路、平山堂校区之间有校车来往，校车总站设在惠爱东路中大附中校门旁。住在市区的教职工来此乘车去石牌，住在石牌的教职工入市区则乘车到此处再转公交车或步行。我的父亲许崇清前往石牌校区上课，也从东皋大道家里步行到中大附中门前搭车。直到1952年，中大迁入河南的康乐园，此车站和校车随之一起撤销。

1947年间，学校为解决部分教授的居住问题，在文明路校区大钟楼西面兴建了若干座平房，叫做"西堂"。每户面积不算少，但只有公用厕所、厨房，自来水管也只有公用的，生活不便。教授到石牌校区上课倒是方便，走过去中大附中门口坐校车便可。当年不少教授都住在这里。1952年高校院系调整时，许多教授都搬迁到康乐园，但有个别教授和家属不愿迁走，一直住到20世纪80年代此地被清拆和改造为止。

图4 抗战胜利后的海珠桥

当年中山大学革命斗争的主要阵地在石牌校区，文明路、平山堂校区只是受到影响，几次大规模游行示威的集合地点都在平山堂中大附中操场。如反对美军暴行、支援九龙城居民反抗香港当局、"反饥饿、反内战"等游行活动，广州市其他学校的学生也到平山堂会合出发。附中参与斗争的主要是高中学生，初中同学们大多是旁观看热闹。但附中自身的"学生自治会"选举则爆发激烈较量。我参加了在大课室的选举大会，国民党三青团和倾向共产党的进步分子争夺领

图5 1995年，中大附中1945级校友在广州聚会时合影
（右二为作者许锡挥，右八为鲍康裕老师）

图6 1995年，中大附中1945级校友在广州聚会时合影
（前排左三为作者许锡挥，后排左八为鲍康裕老师）

导权，双方唇枪舌剑几乎大打出手，结果进步力量获胜。"学生自治会"始终掌握在进步力量手上。当时站出来斗争的主要是高中三年级的同学，如邹巧新、张成达，两人后来都去了游击区。

我从1946年至1948年在中大附中平山堂校区读完初中之后，便转学去广雅中学读高中，此后附中的事情就不清楚了。1987年元旦和1995年6月，中大附中同学曾在广州聚会，当年的同学少年都已将近退休，当年的老师更是满头白发，大家一起追忆往昔，都很怀念当时青春美好的中学时光。

作者简介:

许锡挥,男,1945级中山大学附属中学校友,中山大学教授;父亲为中山大学许崇清校长。

祖父三度假馆于此
——中大文明路旧址拾遗

◎黄小安

2021年12月10日,《中大童缘》[①]编委会成员一行走访中山大学文明路旧址。一路走过的历史场景,有的保存完好,有的仅存片瓦,有的已片瓦无存,都能勾起学长、学姐们的许多回忆,因为他们小时候曾随父母住在这里。座谈会上纷纷发言,特别是王则柯、王则楚、蔡宗周、蔡宗瑜、王思华、王思明、刘攸弘、周显元和吴节等,对此地感触良多。他们的追忆感染着我,但我一时却接不上话题,因为我没有直接的体会。不过这些并不影响我对此地的关注,之前之后,或单独或结伴,或专程或顺带,我来过十几回。而且不仅校区范围内,周边我也绕了一大圈。

我的祖父黄际遇(1885—1945),字任初,曾三度假馆于此。"馆",旧时指教学的地方,如"蒙馆",指对儿童进行启蒙教育的私塾;如"坐馆",指担任塾师;"假馆"即借用馆舍。《孟子·告子下》曰:"交得见于邹君,可以假馆,愿留而受业于门。"祖父日记常有"假馆""移馆"之说。他在1937年11月6日的日记中写道:"戒旦而兴,趁就早车,今惟往教,不闻来学,礼也。讲文学于旧校址,予壬戌、丁卯两度假馆于此,今为附属中学,昔年之贡院也。""旧校址""昔年之贡院"指的就是文明路中大旧址这里。"予壬戌、丁卯两度假馆于此",就是祖父于1922年广东高等师范学校时期、

[①] 《中大童缘》由中山大学出版社于2014年出版,是上世纪五六十年代就读于中大附小和生活在康乐园的中大子弟们所写回忆文章的结集。

1927年国立中山大学时期曾两次在此地任教。关于1922年状况如何现在没能找到更多的资料了,但1927—1928年间却有较详实的记录。引用中山大学校史研究专家黄义祥《文理兼通的黄际遇教授》一文:

  从有关资料可以看出,黄际遇教授与当时在校的许多名教授一样,担任多门课程,课时相当多,且课程门类不断增加,甚至从理科跨过文科。 比如:1927年度第一学期,《国立第一中山大学日报》(当时全国成立了第一、第二、第三、第四及其他一些地方成立的中山大学约十间,孙中山创办的这间为第一中山大学)于1927年9月29日和10月3日刊登的《自然科学科本学期各系课程表》中,列出黄际遇教授担任的课程、课时是:数学天文系一年级的进级代数,每周四课时;数学天文系二年级、三年级的必修课和化学系二年级选修课数论,每周二课时;数学天文系三年级的必修课微积分,每周六课时;物理系二年级、化学系二年级和矿物地质系二年级的必修课微积分,每周三课时。上列共四个学系六个年级讲授三门课程,每周课堂教学达十五个课时之多,若没有高深学问,是很难做得到的。

  1927年度第二学期,他在原任课程基础上又开设三门课程。《国立中山大学日报》(全国除本校作为唯一纪念孙中山保留中山大学名称外,其他各地中山大学均改为所在地之名)在1928年2月15日和16日刊登的自然科学科各系课程表中,黄际遇教授除为物理系一年级开必修课微积分,每周三课时外;还开设了数学天文系二年级和三年级的必修课行列式,每周三课时;数学天文系三年级必修课微分方程式,每周三课时,必修课函数论,每周三课时。一学期讲四门课程,每周授课十二课时。

  这期间,自然科学科创办的学术刊物《自然科学》于1928年5月问世,黄际遇教授在该刊物的第一卷第一、二、三期分别发表了论文《音理余论》《一》《错数》《Monge方程式之扩张》。①

---

① 黄义祥:《文理兼通的黄际遇教授》,李尚德主编《凝聚中大精神:"中大精神与校园文化建设"大讨论文集》,中山大学出版社2001年版,第281-283页。

3 故园新貌 桃李芳华

祖父讲课与发表论文的事情就发生在中大文明路旧址。商务印书馆2016年出版的《红楼叠影——中山大学近代建筑的人文解读》第14页介绍了中大文明路旧址钟楼等建筑："一九〇五年，两广总督岑春煊在广东贡院旧址上创建两广速成师范馆，次年改为两广优级师范学堂。其间，广东贡院的建筑，除了明远楼外，均被拆除。明远楼前又兴建了钟楼，钟楼两侧新建了东堂、西堂。一九一二年二月，改名广东高等师范学校。"现在我们口头上常称的中大文明路旧址，在祖父的日记中却称之为"旧贡院"。如"警中以小车往旧贡院都讲二课"、"警中"指日机空袭警报中；"例赴旧贡院课文学之徒"，指例行为文学院的学生上课；"门人传来校讯，云迁西事又格，部令仍就旧贡院上课"，"迁西事"指

图1 2022年2月20日，作者与女儿、外孙女冒雨来到文明路中大旧址。大院门口有三块牌子：左边是"广州鲁迅纪念馆"、中间是"广东省中山图书馆"，右边是"中国国民党一大会议旧址"

图2 钟楼一楼的一块黑板上，用粉笔手书当年广东高等师范学校概况："校长原为省教育委员会金湘帆先生，现为邹海滨先生。设立者，中华民国设立，委托广东政府办理。地址广州文明路旧贡院地"后来金湘帆（即金曾澄）、邹海滨（即邹鲁）都曾任中山大学校长。（摄于2022年2月20日）

中大西迁云南澄江的事情。20年代祖父执鞭于此,进出的这些建筑,明远楼、钟楼现保存完好,东堂毁在日机空袭中,西堂后被拆除。而居住的房子是否还在?没有找到资料。1926年入读中大的潮籍学生曾建屏曾撰文《追忆黄任初先生》,说到第一次拜见老师是在"中大第三宿舍三楼",后来还搬入房内侍读约半年。那时候,学生对先生的印象是这样的:"任初先生只有四十二三岁光景,但看起来似乎更年青。广阔的前额,长长的面孔,高插鱼尾的两颧,精气透露的眼睛,配上又高又直的身材,穿起带袋的长衫,给人一个最初的印象,就是聪明过人和十分质朴。加上手持白团扇,一面抽雪茄,快步上下,不苟言笑,尤充分表现其学者的庄严不苟的风度,使人一见既敬而且畏。"祖父穿的这款自创"带袋的长衫"的模样,分别出现在曾建屏先生的《追忆黄任初先生》、梁实秋先生的《记黄际遇先生》、林莲仙先生的《缅怀黄任初师》三篇文章中,且分别描写的是20年代、30年代、40年代三个不同的时代,可见祖父对此是情有独钟。他虽然没有留下穿着此款长衫的照片,幸得先生们的描绘,让后人有了想象的空间。

图3 中大文明路旧校址的钟楼(摄于2021年12月10日)

1922年祖父从美国留学回来后一度在清代广东贡院所在地教书,此时距中山大学校徽主体图案"钟楼"落成的1907年已经过去15年。学校的名称从"两广速成师范馆""两广优级师范学堂",到1912年更名为"广东高等师范学校",完成了从旧学贡院到新学师范学校的更替。1926年祖父再度执鞭于此,此时的"钟楼"已从1924年成立的国立广东大学办公楼,成为国立中山大学的标志性建筑了。

故园新貌 桃李芳华

图4 钟楼的另一个角度（摄于2021年12月21日）钟楼现依旧是中山大学校徽的主体图案

图5 中山大学校徽

图6 广东省立中山图书馆门前"西堂旧址"纪念牌（摄于2021年12月10日）

1928年之后祖父移馆河南、青岛等地，曾任河南中山大学校长（其间兼任河南省教育厅厅长）、国立山东大学文理学院院长，直至1936年初离开青岛返回广州，再次应聘国立中山大学，开启第三度假馆于此的历程，此时的中大已拥有文明路和石牌新旧两个校区。这就有了本文开头的"戒旦而兴，趁就早车"，住在石牌新校区的祖父须早早起床，搭乘早班校车赶到文明路校区任课。

黄义祥《文理兼通的黄际遇教授》一文介绍："1936年2月，时任国立山东大学文学院院长兼理学院院长的黄际遇教授，应聘回来国立中山大学任教授，列入不分系教授（不久为工学院教授），分别为理学院、工学院、文学院任课。为理学院数学天文系新开选修课程连续群论，并开设必修课程微分几何；为工学院化学工程系、电气工程系讲授数学；为文学院中国语言文学系主讲骈文研究。1938年10月，由于日军的入侵，广州沦陷，黄际遇教授移居香港。"①

清代广州书坊主要在双门底（今北京路）、西湖街（今西湖路）、龙藏街（今惠福东路与西湖路之间）、九曜坊（今在教育路南段）等地。"府学"指始建于宋代的广州府学宫，在现北京路、中山四路、文德路、文明路附近一带区域。此等天时地利，正合搜书、阅书有如"嗜痂之癖"的祖父心意。如今还见府学西街，府学东街已成过去时。目前围绕中大文明路旧校区的这一大片区域还是广州的文化地标区域，集中了学校、图书馆、书店、字画装裱店、文物店、展览厅等场所。

1936年2月的最后一天，羊城雨中，祖父"出寻雨衣"入府学东街购书，"夜卧阅新得书"。5月10日，星期天。祖父早起招镜潭同步学宫街下，"流连旧书冷摊，说贾搜沙。买书大非容易，仅得吴荣光《吾学录》（八册二金四角）。此以存礼仪典籍，世所不讲，而吾家所不可不备者。俞曲园《春在堂随笔》十卷、《小浮海闲话》一卷、王渔洋《香祖笔记》十二小卷、方中德《古事比》五十二卷（都一金），凡以为枕上谈助已耳。"学宫街的学宫应指番禺学宫，现农民运动讲习所旧址纪念馆旁边，"镜潭"即蔡镜潭，是祖父的儿女亲家，当年就住在学宫附近。11月17日，祖父"思阅旧书市，折入萃经堂"，萃经堂当年坐落在龙藏街，距府学西街步行约十来二十分钟。"将夕矣难辨书趼，急趁校车，东归村舍。牛羊下来，渔灯明灭。又蒙车尘之舞，谁疗臣朔之饥。既博劳薪，即以易米。村沽一饭，便了千钱。麦酒野蔬，炰饔自劳。"傍晚天色暗了，祖父急乘校车返石牌，晚餐就在村边小店随意打发。11月23日，"为觅得长沙王氏旧印本《荀子集解》于羊市冷摊，粤币一金有奇。披沙拣金，不绝人望。"1937年11月6日，日本军机轰炸广州城，"听鼓犹遥，点卯未及"。祖父依旧"旧街阅市，搜猎破书"，"有声鸣鸣然，又告警矣"，只好"窜入城隍古庙"躲避。城隍庙位于中山四路的忠佑大街，就在番禺学宫附近。这些年我经常跟着祖父的日记到处游走，一次

---

① 黄义祥：《文理兼通的黄际遇教授》，载李尚德主编《凝聚中大精神："中大精神与校园文化建设"大讨论文集》，中山大学出版社2001年版，第283-284页。

外孙女的绘画在番禺学宫旁的广州少儿图书馆参展，我和女儿商量，正好围绕番禺学宫、城隍庙等范围走一圈，在城隍庙门口，偶遇一群越秀区图书馆"阅读有福"活动的参与者。

黄义祥《文理兼通的黄际遇教授》一文继续介绍道："1940年秋，在代理校长许崇清教授主持下，当时迁至云南省澂江县的国立中山大学，历经再次的颠沛流离，艰辛地迁往粤北坪石办学，黄际遇教授再次被聘回学校任教，担任学校校长室秘书兼理学院数学天文系主任。被誉为'岭南才子'的黄际遇教授，在大量行政事务缠身的情况下，不仅主讲本系的数学课，还继续为文学院中国语言文学系讲授历代骈文。"

祖父避居香港后，又响应中大的召唤，"爰西行北粤，又是逆旅之人"。然而，1945年10月，抗战迁播粤北的中大师生们，正期待回到越秀山下把酒话八年离乱，祖父却在21日集体返程的水路上意外去世，时年六十岁。黄义祥《文理兼通的黄际遇教授》一文继续写道："黄际遇教授执教数十年，'道德文章，为时景仰'。逝世消息来，'闻者惜之'。代理校长金曾澄，新任校长王星拱和原代理校长张云、教务长邓植仪、总务长何春帆等发起，于1945年12月16日在广州市区文明路国立中山大学原校址附小礼堂举行黄际遇（任初）教授追悼会，由教育部特派员张云教授主祭，张云、张作人两教授先后报告黄教授生平事略，'对其道德文章推崇备至'。金代校长、邓教务长等相继上台演说，深切悼念黄教授。治丧委员会并决定，组织黄际遇教授著作出版委员会、筹集奖学基金，以作纪念。

从1945年12月19日至31日，《国立中山大学校报》对黄际遇教授逝世后的悼念活动予以大篇幅的报道。12月19日，在《校闻》栏目中，报道《黄任初教授追悼会日昨举行》。12月22日，在《专载》栏目中，刊登《黄任初教授追悼会祭文》。12月24—31日的《专载》栏目，连续七天刊载《黄任初教授追悼会挽章（即挽联）》。

此外，《国立中山大学校报》于1945年12月26日还报道了《本校潮籍死难员生追悼会昨假附小礼堂举行》的情况，'黄任初教授暨祥发、祯祥两轮死难员生，本校业已举行追悼会，叠志前报。本校潮籍员生，以同乡死难，悲痛特深，昨二十三比上午十时，特再假附小礼堂，遍请各机关同乡联合追悼，与会者二百余人"。①

1922年，祖父从美国留学回来后一度在广东高等师范学校任教，第一次走进文明路大钟楼屋檐下。之后的1926年、1936年两次回到此地执鞭，二十三年后的1945年却在此地被后人追思。祖父与中大文明路校区缘分的终结来得太突然，没能继续假馆于此，这个句号划得遗憾，划得悲壮。

这次走访中大文明路旧址有幸认识了王思华、王思明大哥。他们告诉我，他们的父亲王越②很佩服我祖父的博学多才。王越1936—1937年间与我祖父同寓石牌中大教师宿舍，时相过从。其时，王越写有诗集《抚时集》，我祖父以骈体文作序，可惜此诗集在"文革"中被焚。事后他们送我一册《百岁王越诗文选》。作为回报，我也将祖父日记中有关与王越交往的篇章整理出来发给王氏兄弟，例如两人"谈文至二更""竞背佳联""夜深复来共坐者久之""午后冒雨偕往"，还有对王越先生诗集《抚时集》赞赏之言等等。在《百岁王越诗文选》中，我看到了三首悼念我祖父的短诗：

悼黄任初教授③

其一

黉舍高楼酒一杯，文章庾信使人哀。
感时抚事千言序，十载焚坑付劫灰。

其二

避寇归来迹已遥，北江江水浪滔滔。
三才才俊人何往，长使高风倍寂寥。

---

① 李尚德主编：《凝聚中大精神："中大精神与校园文化建设"大讨论文集》，中山大学出版社2001年版，第284-286页。
② 王越（1903—2011），字士略，广东兴宁人，曾任中山大学教育系主任、中山大学教务长、暨南大学副校长、全国政协委员、广东省政协副主席等职。
③ 王越：《百岁王越诗文选》，暨南大学出版社2006年版，第240-241页。

3 故园新貌 桃李芳华

其三

文理工科辟讲筵，岭南山斗史无前。

惊传捞月音容杳，弟子三千哭逝川！

"默追曲面之理，远寄春水之情。"祖父黄际遇是我国最早留学日本、主攻数学的少数几位学者之一，是日本著名数学家林鹤一博士的学生，后又获得美国芝加哥大学数学专业的科学硕士。在日本期间与陈师曾、黄侃交往甚密，曾与黄侃一道向避居日本的章太炎学习骈文、小学（指研究文字、训诂、音韵的学问），是个拥有跨界学问的、拥有文理科人脉的人。如今整理他的日记，追寻他的踪迹，擦亮放大这段历史的细节，才发现中大文明路旧址一带的话题太丰富了，企图在"旧贡院"拾遗是拾也拾不完呀！

图7 《说文揭原》封面，作者祖父在封面标注"羊城双门底道中"

图8 2020年12月27日，作者约学姐周显元专程到当年府学宫附近寻古，看到"府学双泉"古井。"府学双泉"位于古代番山东南角广州府学宫后面，水源来自番山，现位于府学西街内

图9　2021年2月5日，作者与女儿、外孙女专程到广东省立中山图书馆文德路分馆内一小山上的番山亭。之后作者与学姐周显元、蒋向午又去了一次。番山亭边立有一碑，碑文："番山亭坡，古番山遗址也。"匾额"番山亭"，对联"崇广府千年道统，接学宫一脉书香"，均为中山大学校友张桂光、陈永正墨宝。亭旁一棵黄葛树的树干上有越秀区人民政府2018年9月颁发的一个小牌子，注明此树树龄为131年，国家古树保护级别三级，管护单位为广东省立中山图书馆。

图10　广州市中山四路1号（中山四路与越秀中路拐角处）东平大押（摄于2021年12月21日）。建于民国初年，位于当时广州城内靠近东门处。现存建筑为当铺的仓库楼，其炮楼式结构是旧式典当行业建筑的代表。当年文明路与石牌校区往返的中大校车车站就在大东门东平大押后面，据说那个车站持续到"文革"期间还在

参考文献：

[1] 吕雅璐.红楼叠影：中山大学近代建筑的人文解读[M].北京：商务印书馆，2016.

[2] 陈景熙，林伦伦.黄际遇先生纪念文集[M].汕头：汕头大学出版社，2008.

[3] 梁实秋.雅舍杂文[M].上海：上海人民出版社，1993.

作者简介：

黄小安，女，1966届中山大学附属小学校友；父亲为中山大学中文系黄家教教授，祖父为中山大学黄际遇教授。

图11　2022年1月12日，作者与女儿、外孙女一同去城隍庙，偶遇一群越秀区图书馆"阅读有福"活动参与者

图12　番禺学宫（摄于2021年12月21日）

童 年

◎许锡振

1928年农历七月二十四日,我出生在广州高第街许氏祖屋里。这是建于清道光年间的一座大宅院,是近百年来许氏家族的聚居地。许氏家族是广州的名门望族,从清朝到民国,从这里曾走出过鸦片战争时期领导绅民抗英的许祥光①,被称为"许青天"的浙江巡抚许应鑅,反戊戌维新的礼部尚书、后任闽浙总督的许应骙②,孙中山先生的重要助手、国民党军事部长、粤军总司令许崇智③等著名人物。就在这样一个家族背景下,我来到了人间。

我的祖父许炳暐是许应鑅的第四子,曾任山东候补知府,后在江西办案时病故。祖母朱氏为其第三妾,有四子:崇灏、崇济、崇清和崇年,在家中分别排行十七、十九、二十和廿一。其中崇济为四妾所生,未满月其生母即逝,由祖母抚养。祖父死后,家道中落,祖母带着自己的儿女,靠缝补洗涤维持一家生计,生活极为艰难,她的几个儿子都是靠亲戚们的帮忙,才得到求学的机会。

---

① 许祥光(1799—1854),广州高第街许氏家族第二代族人,中进士,丁忧回籍后以士绅身份参与广州地方事务,曾捐建九龙城寨,在广州反英人入城事件中充当官员、士绅与洋人之间的沟通桥梁。

② 许应骙(1830—1906),广州高第街许氏家族第三代族人,清末名臣,历任六部,任礼部尚书期间在戊戌变法中因持保守立场被贬,后起复任闽浙总督。

③ 许崇智(1887—1965),广州高第街许氏家族第五代族人,民国著名军事将领,为孙中山先生最重要的军事力量,任粤军总司令,后因卷入廖仲恺遇刺案,地位被蒋介石取代,后终老于香港。

3 故园新貌 桃李芳华

我出生前一天是母亲的生日，家里设宴招待亲友，十分热闹。晚饭后母亲正和亲友们围坐着打麻将牌，忽然感到肚子疼痛难忍，连忙请来医生出诊，第二天清晨我便出生了，接生的是关相和医生，她是当时广州妇产科的名医。

我出生后不久，我家便搬到文德东路五号，那是一座三层楼房。房东姓马，广东台山人，是旅美旧金山的华侨。他家人口多，住在一楼和二楼，我家租住三楼。我记得进楼门是一个大厅，大厅临街的一面是阳台（广东话称骑楼），站在阳台上可以看到马路对面的警察局。每天清晨，当我们还躺在床上的时候，便可以听到催促起床的军号声，然后是警察的操练口令声、整齐的脚步声和《打倒列强》《苏武牧羊》等警察齐唱的歌声。

图1　1931年，许崇清校长家四个儿女摄于广州（左一为作者）

家门口还经常有挑担小贩经过，早晨叫卖伦教糕、咸煎饼，晚上叫卖豆腐花、芝麻糊，他们拉长的声调，由远而近，又由近而远并逐渐消逝，那声音实在令人回味。有时，我们也下楼去买些糕点和甜品回家尝尝，觉得特别有滋味。

我四岁时上了中山大学附小的幼稚园，那时我家买了一辆人力车，车夫名叫阿满，每天早晨，由阿满拉车送两位姐姐和我上学。我们三个人挤坐在车子上，出文德东路不远，便到达中山大学的正门。门口白色的墙壁上写着"明耻立信"四个蓝色的大字，那是孙中山先生的笔迹。校园内正对大门的是大钟楼，钟楼正面的墙壁上也写着两行孙中山先生的题字："知之维艰，行之匪艰"。每天经过这里，我们都学着念这几个字，但当时却未能了解其意。走过中大正门，转一个弯，便到中大附小的校门了。阿满每天送我们上学，放学后又接我们回家，坐他的车，也是我们童年的一种乐趣。

中大附小幼稚园的设备很好，园内有小操场、游戏厅、各班教室、沙池，还有秋千、滑梯、木马和各种大小玩具。老师们对我们也很好，每天教我们做体操、唱儿歌、玩游戏、猜谜语、认字。经常玩的游戏有"扔手帕""老鹰捉小鸡""伦敦铁桥"等，幼稚园里的生活是愉快的。

离开幼稚园后，我便直接进入了中大附小一年级，学校的教学楼是一座马鞍形的二层楼房，名叫"平山堂"，是由华侨冯平山先生捐建的。大门内正面有一横匾，上书"后来居上"四个大字，是国民党元老戴季陶所书。记得一年级语文课上最开始学习的是《手，招招手》《来，快来》等课文。算术课上则首先学写阿拉伯数字"1、2、3、4、5……"老师们还经常要我们在黑板上比赛写汉字和数字，看谁写得好、写得快。有一次，学校组织图画比赛，我画的《日出》被评为一年级第一名。

我上小学后不久，我家便搬到大东门东皋大道九号，那是一座自建的欧式洋房，由杨锡忠建筑师设计。洋房有两层楼，还有一个屋顶阁楼，奶黄色的墙壁，红棕色的坡屋顶。房前屋后是绿色的草坪、花坛和果树。二楼朝北有一个方形的阳台，晚饭后我们经常在那儿乘凉赏月。父亲许崇清青年时代留学日本，跟随孙中山先生参加革命，那时任职广东省教育厅长，主管全省的教育工作。他对我们的家庭教育也很严格，每天早晨六点，我们要按时起床，晚上八点要按时睡觉，放学回家后要按时做作业，并按时到室外活动。父母亲几乎每个周日都带我们到郊外去，观音山、白云山、黄婆洞、增城罗岗洞、黄埔鱼珠炮台、从化温泉等地都经常有我们的足迹。家里还经常给我们买许多课外读物，包括童话、寓言、历史故事、革命故事等，还订了《小朋友》《儿童世界》等期刊，从小我们便养成了爱看书的习惯。

大姐和二姐比我年长 2~3 岁，她们经常在家里朗读课文，包括唐诗和古文，听得多了，我也学会背诵不少文章，如陶渊明的《桃花源记》、柳宗元的《永某氏之鼠》等，这对我以后学习古文很有帮助。

3 故园新貌 桃李芳华

1931年9月18日，日本关东军向中国东北军驻地北大营和沈阳城发动进攻，由于国民党政府采取"攘外必先安内"的方针，把主要兵力用于"围剿"中国共产党领导的工农红军，对日本侵略实行"不抵抗政策"，四个月内，东北辽宁、吉林、黑龙江三省全部沦陷，东北人民陷入水深火热的亡国惨痛之中。有一天，有人给父亲送来一本书，书名为《东三省惨案》，里面有不少图片，图片上是日军炮轰北大营、占领沈阳和东北的一些城

图2 1934年，许崇清校长一家摄于广州（左一为作者）

镇、杀戮我国军民同胞的情景。这本书给我幼小的心灵带来了极大的震撼，从此便埋下了对日本帝国主义仇恨的种子。

父亲的书法很好，很多人请他题字，每次他都要我帮他做些诸如研墨、裁纸、拉字幅等辅助性工作。母亲会弹钢琴，她最喜欢的曲子是波兰女作曲家巴达捷夫斯卡创作的《少女的祈祷》，曲调非常优美。外祖父廖凤舒是清朝的举人，写过很多粤语诗歌，母亲经常把他的诗歌念给我们听，其中一首名为《拉车仔》的，我还清楚地记得，读起来是很有趣的。

1934年，父亲因反对广东军阀陈济棠强制各级学校讲授《孝经》，向学生灌输封建思想，被免去广东省政府的有关职务，愤然离开广州。他先去了杭州，然后又到了南京，在南京任考试院下属的考选委员会副委员长，我们家随后也迁到南京。

重访中山大学文明路校址引发的回忆

◎王则楚

2021年12月10日,中山大学教工子弟联谊会的《中大童缘》编委会的子弟一行约二十人,开展了重访中山大学文明路校址的活动。

图1　2021年12月10日,重访中山大学文明路校址时于广东省实验中学大门前合影,前排左起:林子雄、曹讃、吴节、吴行赐、王思华、王则楚、王思明、王则柯、姚明基、郑安珩;后排左起:蔡宗瑜、蔡宗周、陈晓群、周显元、刘攸弘、黄小安、吕炳庚

3 故园新貌 桃李芳华

图2 2021年12月10日，重访中山大学文明路校址时于广东省实验中学德政楼前合影，前排左起林子雄、陈晓群、蔡宗瑜、周显元、吴节；后排左起：吕炳庚、曹讃、蔡宗周、王则柯、黄涛、王则楚、王思华、王思明、刘攸弘、吴行赐、姚明基

中山大学文明路校址，是中山大学在经过抗日战争时期颠沛流离之后，于抗战胜利后重返广州市的校址之一。那个时候邹鲁设计建设的五山校区在日本侵略者占领前，虽然基本建成，但还没有完工，而且在日占时期，五山校址还被日军占用为广州驻军司令部，现在还有他们修的游泳池旧址。广州解放前夕，还有土匪抢劫过五山校址的教工宿舍。詹叔夏就回忆过当时年土匪把他们家的墙打了个大洞。因此，教工中主要人员还是居住在文明路校址宿舍的为多。

根据我自己的记忆，我们家（父亲王起）从浙江经上海乘船南下，第一站就住在文明路校址的西堂。我们家住在二楼，楼下居住的是同是温州人的连珍先生家，我与他的大儿子连至诚是同学。

在文明路校址一起玩耍的孩子有王越家的王思华、戴笠（戴辛皆）家的戴念坪、詹安泰家的詹叔夏等。这次重访，我和王则柯哥哥、王思华和他的哥哥王思明，以及广州解放后接管中山大学的刘渠先生的儿子刘攸弘等都参加了活动。

我记忆中的文明路校区，那里的石栗树高大挺拔，叶子很宽，像桃子一样大的石栗掉到草地上，外皮变黑腐烂后，有一个栗子大小的核。我和叔夏、念坪捡到后，用砖头砸开它，会有果仁，可以吃，但有微毒，吃多了会头晕。可惜的是，这些高大的石栗树已经只剩下不多的几棵了，在大钟楼前的几棵已经被砍得只剩下黑色树皮的树干了，一点叶子都没有。

西堂是一座带有宽敞连廊的两层楼的"匚"形建筑，原来应该是属于教室一类的建筑，由于学生都已经搬进五山校址，这些教室就改为教工的过渡性住宅。教工全家就住在一间课室大的房子里。彼此是用帐子隔开的；床也是学生的床。之所以叫西堂，是因为它位于大钟楼的西侧，在大钟楼的东侧是对称的东堂。

在文明路校址，我自己到了幼儿园的年龄，则柯哥哥则应该上小学了，他穿过童子军服，当时我好羡慕。童子军是国民党统治时期类似现在的少先队一样的儿童组织，但领巾是蓝色的，也可能就是今天蓝营得名的原因之一吧。关于我是否上过幼儿园，则柯还记得妈妈带他到幼儿园接我，但我是一点印象都没有了。直到走到文明路校址的天文台旧址，我才想起则柯哥哥上的小学应该在天文台的东边，妈妈接了他向西边走过天文台到幼儿园来接我。那时，我幼儿园的同班小朋友应该有戴念坪和詹叔夏。

广州解放时，我们仍在文明路校址居住。记得解放军进城的当天，父亲和其他一些教授高兴得不得了，当晚酒喝光了，还用醋来代替酒。广州解放前，国民党抓了地下学联的骨干，其中有共产党员赖春泉。当时，只要有教授担保，就可以放人。父亲受地下学联邀请，替赖春泉做了担保，加上中共组织花费重金（3000大洋），终于让他得到释放。"文革"后，他多次为此对父亲表示感谢。

1950年暑假，我们家搬到了五山校址，住在松花江路10号。

3 故园新貌 桃李芳华

文明路校区的大钟楼,是国民党第一次代表大会的会址,在这次会议上,孙中山先生改组了国民党,允许中国共产党员以个人身份加入国民党,提出了"联俄、联共、扶助农工"的三大政策,有着重要的历史意义。李大钊和毛泽东都参加了国民党第一次代表大会。

鲁迅先生曾在中山大学文明路校址讲过课,和擅木刻的青年谈过话。他居住的白云路距离文明路校址并不远。

搬进五山校址后,我还到过文明路校址的中大附中,那是在苏联斯大林去世的日子里,二姐美娜领着大家宣誓,要继承斯大林的遗志,为共产主义事业奋斗到底。我跟着妈妈到中大附中见证了这个时刻。

中大进驻文明路校址,已经是七十多年前的事,现在许多建筑已经拆除,我在其中只住了一两年,而且因年纪太小,好多东西都记不得了。此文记下仅作备忘吧。

"文明"印记

◎周显元

我们三兄妹出生在广州文明路中大旧校区北斋,1952年底搬入康乐园九家村,童年均在校园里度过。说起童年,魂牵梦绕的九家村就鲜活地浮现在眼前,北斋却虚渺朦胧地沉睡在心底。

2011年底,好友蒋向午说:"12月18日,中山图书馆办有一个西堂长大的画家的油画展,画家邀请前北斋、西堂和平山堂等当年的小街坊前往约会……"

这消息唤醒了我对北斋淡去的零星记忆。

图1 北斋(绘画者:梁炽)

3 故园新貌 桃李芳华

对北斋的印象首先是"睇大戏"（看粤剧）。某天午睡后，外婆和妈妈带我坐三轮车去附近看戏。一进戏院，锣鼓就响起来，妈妈抱着我，与外婆一起进戏院后，摸黑坐在前排右边。台上的人像走马灯似地登场，忽然出来个"大花脸"，唱着走向我们这边台角，吓得我把头埋在妈妈怀里屏住气不敢动。听见他转身往回走，我才敢偷偷抬起头来瞄一眼，他踩着步子一过来，我又赶紧缩回去。如此这般折腾，那情景就永远定格在我幼小的心灵里。我真懊悔，从无问过妈妈：我们那天去哪个戏院？看什么戏？

北斋还给我的额头留下隐约的伤疤。家住4号的我在院子里和小朋友玩耍，混乱中被一男孩推倒在地撞破了头。妈妈慌慌张张跑出来，抱着我去医院缝针。疼不疼、哭没哭我全无印象，只记得回来的路上，昏暗的街灯亮了。

想到这些，我渐渐回忆起妈妈讲过的北斋往事。

文明路校址有个张农伯伯把哥哥和我的名字编成歌谣。妈妈带着我们在校园里散步，他会摸着我们的头唱："月光光、月元元，早晨起来食碗伊府面。"妈妈说"伊府宁"就是英文的"晚上"。我太佩服张伯伯，也很困惑：早上起床怎么就吃晚上的面呢？后来才明白他的幽默诙谐，同音通假借"元"为"圆"，用拟人法把我俩名字挂上月亮，还把广州著名的长寿伊府面巧妙联系到"晚上"，呼应月光月圆，如此简短的诗句居然能从晨曦延绵到月夜，如诗似画。

妈妈提过20世纪40年代末的情形。那时，市面混乱，物价飞涨，气氛紧张，大家都在抢购食品和日用品。取代金圆券的银圆券急剧贬值，几乎成了一堆废纸，中大教授要提个皮箱去装薪水。我父亲从石牌回来，一下校车直接提着成箱的钱跑步到米铺换米，隔一晚上，也许就什么也换不到了。据哥哥说，不少教授及家属甚至在文明路校区门口摆摊，出售家中暂时不用之物以应付生活所需。网查，那叫"国立中山大学教授活命大拍卖"。

妈妈还说，1949年10月初那些天，店铺都关了门，街上车辆极少，人们行色匆匆，有歹徒趁火打劫抢东西，还不时传来枪炮爆炸声。院子里的人不约而同都关紧了门不敢外出。一天早上，忽然，听到一个大孩子咚咚咚地跑进大院，气喘吁吁地喊着："来了来了！来了来了……"这惊动了院中所有人，大家慌了手脚，以为来了抢东西的强盗。很快就知道原来是解放军来了，人们都松了口气，纷纷打开门伸出头来探听虚实。

我把这些发给向午，她回复说："周伯母的记忆真好。我找到梁实秋先生《槐园梦忆》一书，翻阅内中《平山堂记》一文，惊叹周伯母讲述的细节与梁先生对1949年广州解放前夕市面物价飞涨的描述如此呼应，摘录如下：'平山堂多奇趣……有时候，一声吆喝，如雷贯耳，原来是一位热心人报告发薪消息，这回是家家蜂拥而出，夺门而走，搭汽车，走四十分钟到学校（石牌），再搭汽车，四十分钟回到城里，跑金铺兑换港纸——有一次我清清楚楚记得兑得港币三元二毫五仙。'"

几个邮件来回，我对那片土地的眷恋苏醒了，萌生了回去看看的冲动。2011年12月23日，我和向午约好一起参观画展，顺便看看中大文明路旧校园，去探访仅存的旧建筑和找回童年记忆。

曹讃的《文明昔采——清代广东贡院、民国中山大学建筑风景油画展》就设在中山图书馆内一角，我们仔细欣赏着每幅油画，先后在《华师附中校门》《俯瞰北斋》《平山堂一角》等油画前留影。我们还在展厅里遇见曹讃老师，感谢他用画笔描绘了被湮没的辉煌，用油画记录留存了这片历史建筑原貌。

观画展毕，听说红楼（清代广东贡院明远楼）仍在，我们忙不迭地赶往观瞻。当年那"广五十丈，袤七十三丈有尺"的贡院及内建筑皆毁于战患，唯红楼岿然独存，成为广州仅存的古代教育史迹。

红楼东面是中山大学天文台旧址。修缮中的天文台建筑外墙仍旧涂上粉黄色的墙漆，这真是意外惊喜，不曾想，孩童及后都未予观瞻的天文台建筑竟完整保留，屹立眼前。

大钟楼依然耸立在文明路上。它是当时学校的办公楼和礼堂，是国立中山大学的一座标志性建筑。中山大学的校徽就以钟楼为主体，这是对历史的一种记录和尊重。

原来，向午一家与文明路及中大亦颇有渊源。她父母蒋幼斋和容兰芬早年是中大附中教职员，住平山堂教工宿舍，其父后辗转到毗邻中大的昆虫研究所工作。蒋家几个孩子先后就读过中大幼儿园、附小，后来又读华师附中和省实，其中三位是附小校友。

她说："梁实秋先生在《平山堂记》道：'平山堂者，广州国立中山大学城内教员宿舍也，楼之另一翼为附属中学教员宿舍，盖亦有数十家。'我家就是其中之一。将近六十年时光流逝，今天，回顾文明路上这片已消失的，或尚留存的文化历史遗址、遗迹和童年往事，难以忘怀。"

画展上有画册出售，除里面记载的住户，我认识的一些中大老人也曾居住在文明路校址。如，搞化学的徐贤恭（原理学院院长），物理的夏敬农、周誉侃、王治梁，生物的吴印禅、戴辛皆、张宏达，数学的许淞庆，外文的方淑珍、蔡文显、胡东立、张梅丽，行政的夏书章，历史的刘节、陈锡祺、丘陶常，中文的吴宏聪、楼栖，工科的张农，社会学及农科的吴文晖等等。鲜为人知的是曾在约里奥·居里实验室学习的著名物理学家钟盛标教授亦是中大故人。

父辈在世时很少给我们讲往事，我们也没想到主动去询问，那是时势所致，加上父母在我们眼里都太平凡了。吴宏聪教授的女儿吴珣玮对我说，"记得我爸说过你我两家都在那个四合院里生活过，还说我哥行赐整天跟着你哥显光屁股后面转。虽然北斋的日子我还没有出生，但挺想知道那些往事。我现在很后悔，父亲在世时，我向他了解过去的事太少太少了。"

2012年初，我妹妹周显平从武汉返穗过年。她说20世纪60年代初，妈妈曾带着她从德仁里拐进北斋，在风韵依然的故园里与当时的住户交谈甚欢。当年妹妹约十岁，依稀记得淡黄色墙的平房，四合院里树木很多，还有木瓜树。

2014年春，我哥哥周显光赴港扫描了已故四舅的老相簿。里面有文明路校址大钟楼门楼上"天下为公"、内门右侧"国立中山大学广州通讯处"等

图2 拆迁中的北斋
（绘画者：梁炽）

字迹，还有明远楼的楼廊。

曾闻北斋建于1925年，抗战时期与东堂同被日军空袭炸毁，于1946年重建，但多数记载它建于1946年。20世纪80年代，我曾去北斋拜访图书馆界前辈商志馥老师，探讨毕业论文和西文编目培训诸事。多年来，由于学习工作之故，我经常出入新、旧中山图书馆。流连在这片充满文明气息的土地上，亲眼目睹它几十年之变迁，我的心情总是莫名感慨。这片承载着悠远岭南文化历史的热土，是清朝贡院和中大校史的一部分。我出生在孙逸仙纪念医院博济楼，幼年在北斋居住玩耍。之后，我在康乐园读幼儿园和附小，在石牌读华师附中，知青回城后在中大工作三十年至退休。蓦然回首，我发现自己的人生轨迹几乎没有偏离过这"文明"的驿道。

我像一封从北斋投递的邮件，在沿途驿站一路盖下"文明"邮戳。朝夕之间，这封布满"文明"印记的信札已静静躺在中大离退休处某个角落。人生如戏，我的生命原点在北斋，记忆的帷幕在一场大戏的锣鼓声中徐徐拉开，我就在这个"文明"舞台上演绎着一个时隐时现的无名角色。

往事渐远，除了红楼、天文台、大钟楼和一块有"平山堂"三字的门楣石碑，中大文明路校址只剩下一堆褪色的老照片和各人头脑中零散的记忆。当我们想念北斋、思念父母之时，会随手翻阅曹讚的《文明昔采——清代广东贡院、民国中山大学建筑风景油画展》。

作者简介：

周显元，女，1963 届中山大学附属小学校友，中山大学图书馆副研究馆员；父亲为中山大学物理系周誉侃教授。

儿时的家园

◎冯穗萍　冯穗中　冯穗力　冯穗丹　冯穗心

透过老中大的石牌校园里那红墙绿瓦、古朴庄重的教学大楼，既可以看到中华古建筑独具匠心的传承，又可以看到中西合璧的风格。这些雄踞在老中大石牌校址各个小山头上的建筑，尽管经历了近百年的风风雨雨，却几乎容颜不改。在夕阳的辉映下，每当我们看到这些精美设计，看到每一个瓦当上刻写的"中大"或"中山大学"几个字，就仿佛看到当年父辈们在这里学习和工作的身影。尤其是校园北区那巨大的老中大校训石，上面有中大第一任校长邹鲁先生手书、孙中山先生"钦定"的校训："博学之、审问之、慎思之、明辨之、笃行之"。每次我们站到校训石前都会感到一种震撼，她依然是现如今中山大学校训和华南理工大学校训的主体。可惜因为抗战全面爆发后日寇入侵广州，老中大石牌校园没有按照规划完全建成，否则一定是世界上最美丽的校园。有关这校园的来历，见诸许多文章记载，但其占地有几万亩，如此广袤，却鲜见有说明。我们有幸聆听原中大教师卢法教授口述回忆，他说当初老中大石牌校区的范围是蒋介石用红笔在地图上画圈所定的。[①]

我们家从上世纪40年代后期开始住在中大石牌校址的教工住宅区，至今母亲和穗中、穗力还住在这里。我们从小生活成长在这里，到处也都能够感受到中大文脉中的爱国情怀。老中大石牌校园从1933年3月开始动工

---

① 华工家园编委会编著：《风景这边独好：华工家园》，华南理工大学出版社2019年版，第129—130页。

建设，在建教学楼的同时，在中大南门石牌坊的东北侧，体育馆的东南侧同步建设教授住宅区（即现在的华南理工大学东区教工住宅区）。在此之前的1931年9月18日夜，蓄谋已久的日本关东军炸毁沈阳北郊柳条湖附近的南满铁路一段路轨，反诬中国军队所为，随即以此为借口，炮轰中国东北军北大营，由此爆发震惊中外的"九一八"事变，东北沦陷。为了牢记这一国耻，期待光复东北的那一天，住宅区内建筑的门牌都是以事变的日期、地点和东北的主要江河名称命名的，共计有"九一八路""北大营路""辽河路""松花江路"和"黑龙江路"等。如图1所示，住宅区是一个椭圆形的山岗，住宅基本上按东西走向排列，位于山岗最高处的是辽河路双号住宅，其南侧依次是"北大营路"双号住宅、"九一八路"双号住宅，其北侧依次是"松花江路"路双号住宅、"北大营路"单号住宅、"九一八路"单号住宅。在"辽河路"与"松花江路"之间的西端地带有三幢"松花江路"单号住宅。

此外，位于住宅区西北角有"黑龙江路"，则只有一幢房子。住宅区的房子如此编排极不寻常，一般同一路名的单号房子与双号房子安排在路的两边，可是这里"九一八路"和"北大营路"的单双号房子却相距有近两百米，且中间还跨越"辽河路"和"松花江路"两条路。要是不熟悉情况的人来住宅区找人难免会走错地方，走许多冤枉路。另外还有一些令人费解的地方：一是每条

图1 石牌校址东区教工住宅区地形图

路上的门牌，不论是单号还是双号，都是两位数字，没有10以下的个位数字；二是"辽河路"只有双号，没有单号。为什么会这样编排住宅区的房子？让人百思不得其解，或许只有联想到抗日战争时期那首著名的歌曲《松花江上》，才会从中找到答案。歌曲《松花江上》唱道："我的家在东北松花江上，那里有森林煤矿，还有那满山遍野的大豆高粱。我的家在东北松花江上，那里有我的同胞，还有那衰老的爹娘。九一八，九一八，从那个悲惨的时候……脱离了我的家乡，抛弃了那无尽的宝藏，流浪，流浪，整日价在关内流浪。哪年，哪月，才能够回到我那可爱的故乡。哪年，哪月，才能够收回我那无尽的宝藏。爹娘啊，爹娘啊，什么时候才能欢聚在一堂。"住宅区房子的命名不正体现日寇侵占东北，山河破碎，人们家破人亡、背井离乡、流落他乡，与亲人天各一方的悲惨情形和期盼收复故土回到家乡与亲人团聚的强烈愿望吗？由此可以推测，当年中大给教工住宅区的住宅命名时，应该是广泛征求方案后，经过充分的讨论研究而做出的具有如此深刻寓意的命名。

抗战期间侵华日军飞机轰炸广州时，曾多次在中大石牌校址投下炸弹，给校园造成破坏和人员伤亡。为了防范日寇的空袭，当时在校园内包括住宅区修建了许多防空洞和防空壕，有的防空洞一直保留到现在。最近，人防工程专业工程队还将校园内的多处防空洞进行了维修加固，以备需要时使用。日寇侵占广州时，中大石牌校园曾被他们作为华南方面军的司令部，当时在校园内多处修建了碉堡，至今还能看到一些碉堡的遗址。

老中大的这片住宅区当年都是独家独院的小别墅，每幢别墅大多用我们称为"三指甲"的小灌木或观音竹隔开，几乎家家户户都种有多种多样的果树，最典型的如枇杷树、番石榴树、桃树、芒果树和柚子树等，还有的就是波罗蜜树。这里可谓果树满园、鸟语花香，是我们儿时活动的天堂，许多小朋友在那里度过了美好的童年和少年。住宅区的房子有两种类型，一种是两三层小洋楼，分布在九一八路双号房子；另外一种是砖瓦结构的平房。房子形式多样，有中式的，有西式的，还有中西合璧的。处在不同地势的房子朝向不同，有朝南的，有朝北的。在小区的最高处，辽河路与松花江路之间有一个小广场，在新中国成立后的中苏友好时期，这广场被人们称为"斯大林广场"。因为小区住的人多是教授和副教授，所以周围的人们把这里称为"教授区"，这里的小孩则被戏称为"教授崽"。

1952年全国高校院系大调整后组建的华南工学院，主要是由中山大学工学院、岭南大学工学院和中南五省（河南、湖北、湖南、广东、广西）以及江西的南昌大学部分工科院系组成的。东区成为当年这些学校来的老教师的聚集居住地。

图2　石牌校址辽河路26号

图3　石牌校址松花江路18号

图4　石牌校址九一八路18号

图5　石牌校址九一八路30号

图6 作者兄弟姐妹五人在石牌校址九一八路20号门前的石阶合影

我们小时候住在九一八路20号，先是住在楼下，林为干教授住楼上，林教授调到成都电讯工程学院后我们搬到了楼上。靠东边的18号，先后住过冯秉铨、高兆兰教授一家和张力田教授一家。1952年高校院系调整后，冯秉铨教授平时住在华工，他的夫人高兆兰教授平日则工作生活在中大，每当周末，高教授都会回到华工。我们称他们冯伯伯、冯伯母，那时最喜欢的就是到他们家找冯高义串门了，因为常常可以吃到冯伯母从广州的"河南"（海珠区）带回的香甜可口的"蛋挞"等点心。我们家在九一八路20号住了二十年后，搬到了辽河路24号住了几年，后来又搬到辽河路16号，在那里又住了二十年。上世纪五六十年代，东区住宅区还有许多空地，后来又逐渐建起了许多相对比较简易的平房或两三层的公寓式楼房。

因原来的教授、副教授这些高级知识分子住房条件比较优渥，普通教职工相对较差，1970年学校开始对住房进行"均贫富"大调整，面积按照人均分配，原来那些独家独户居家的高级知识分子也一律享受普通职工的待遇。几乎在一两天内，这些老中大的住宅都成了住着三户，甚至四户人家的"集体公寓"。

从上世纪90年代开始，学校为了改善教职工的住房条件，开始大规模地进行教工住宅区的建设改造，大批老中大住宅被拆除，如九一八路单号住宅和北大营路单号、双号住宅全部被拆除，其他房子也大部或部分被拆，只有九一八路双号的小洋楼得以完整保留。后来在东区教工住宅区内修建起大

图7 1984年,作者全家在石牌校址辽河路16号合影

批八九层的宿舍楼,几乎每一位教职员的住房条件都得到了彻底的改善,其代价就是许多老中大的教工住宅建筑永久地消失了。

大约在2010年之后,人们又突然发现了这些老建筑的文物价值,随后广州市政府为每一幢幸存的当年老中大的小洋房、小别墅颁发了文物保护的牌匾。现如今,当你漫步在老中大石牌校址的教工住宅区时,在众多高耸的楼房之间,还能看到一些经过修缮后的老中大的教授住宅。每当看到她们,便会唤起我们对父辈、对我们儿时的无尽回忆。

图8 石牌校址辽河路24号

图9 石牌校址九一八路26号和28号

我们家的中大缘

◎钟 英

我们家与中山大学有缘啊!两代五人中,父亲钟功甫、母亲陈若兰和我三人都是中山大学的毕业生。

父亲孩童时家境贫寒,我爷爷远渡重洋,到荷属爪哇岛当铁匠。父亲与我奶奶在家乡新会相依为命,靠奶奶绣花边所得度日。奶奶去世后,孤苦无依的父亲被叔公接到广州,八岁时在广州入读崇德私塾,十四岁进入广州知用中学,1937年于知用中学毕业,考入广州中山大学地理系。

父亲在中大读书期间适逢全面抗战爆发,1938年父亲随学校从广州西迁云南澄江,1940年父亲又随学校从云南迁回广东乐昌坪石。中山大学地理系是当时我国高校中较早设立的地理系,历史悠久,人才辈出。1941年父亲从坪石中山大学毕业后,婉拒了一直资助他读书的叔公提出的经商安排,赶到重庆北碚就职于刚成立一年的中国地理研究所。

中国地理研究所创建于抗日战争艰难困苦的年代,建所后聚集了一批地理学家,他们有着强烈的爱国心和发展地理学的高度责任感。虽然当时经费困难,工作环境艰苦,生活清贫,但是他们仍然组织了若干地区的地理考察,在振兴中国地理事业中发挥了骨干和带头作用。父亲有幸亲身感受到地学界前辈、名师的言传身教,获益良多。他的地理研究和地理教学工作就是在这样的一种氛围中开始的,并影响了他此后一生的工作。

中国地理研究所内学习气氛很浓厚。父亲刚大学毕业,年轻有干劲,认真进行各项地理考察，及时结合工作实践，积极撰写论文，作出理论和方法的归纳。他在中国地理研究所工作八年，发表了十篇论文。

上世纪40年代初，父亲完成了准噶尔盆地从自然到人文的系统调查后，写出一系列调查报告。其中《新疆准噶尔盆地之人文》和《新疆准噶尔盆地之自然环境》两篇调查报告，后来成为50年代中苏新疆考察团的主要参考文献。

在新疆、甘肃等地调查考察时，父亲获悉有关部门有修建甘新铁路的设想，便主动研究甘新铁路选线。当时没有条件到选线沿途考察，因此大量的研究工作是通过地图作业完成的。几经艰辛，他写出论文《甘新铁路线之地理研究》。该论文在上世纪50年代初兰新铁路选线时被铁道部列为重要参考资料，当时该工程的有关技术人员还与父亲就线路的坡度、工程难度等问题交换过意见。建成的兰新铁路的走向，基本上和父亲建议的路线是一致的。父亲多次向我讲述此事，为自己能对兰新铁路的建设做了些有益的工作而高兴！

抗战胜利后，配合修建三峡工程的设想，父亲参加了川东、鄂西三峡工程水库区淹没损失经济调查，主要负责土地利用调查工作。考察组穿行于川东与鄂西，行程近五千里，写出的《三峡水库区经济调查报告》与后来水利部组织的调查结果基本相符。父亲写的土地利用调查报告《川东鄂西之土地利用》是考察组的成果之一，在三峡工程正式上马后仍然有具体的参考价值。

1948年父亲随中国地理研究所部分同事迁所广州。广州解放后他先后在广东文理学院、华南师范学院、广东省农业区划委员会、广州地理研究所从事地理教学和地理研究工作。1978年起任广州地理研究所副所长、所学术委员会主任、研究员。父亲在长达七十年的学术生涯中，取得的科学研究成就主要体现在基塘系统、农业区划、热带地理等三方面。

基塘系统研究是父亲对珠江三角洲土地利用和农业生态地理研究的结晶。早在20世纪50年代，他就开始研究珠江三角洲的基塘和沙田，1958年发表了首篇有关基塘的论文《珠江三角洲的桑基鱼塘和蔗基鱼塘》。1980年至 1983 年广州地理研究所与联合国大学合作开展"珠江三角洲基塘地区水陆相互作用系统研究",并获联合国大学资助,在顺德勒流建立基塘系统定位站。父亲带领课题组对基塘进行全面的系统研究,成果丰硕。基塘系统研究的专著《珠江三角洲基塘系统研究》和《基塘系统水陆相互作用》在国内外的出版发行,标志着"基塘系统学科"——一门崭新的,具有国际水平的学科正式问世。1988 年著名生态学家、中国科学院马世骏院士认为基塘系统研究成果"属我国的创造,本项工作在国内外现亦居于领先地位"。

基塘系统研究成果在许多国家和地区得到推广与应用,为基塘系统学科走向世界打下了坚实的基础。据不完全统计,先后慕名前来参观访问学习的国外专家、学者二百多人,有四十多个国家和地区推广基塘系统研究成果;基塘系统理论还被美国、加拿大、法国、丹麦等国家和地区四十多所大学编入教材,相关论文被翻译成英、法、德、泰等文字广为传播。

父亲任广东省农业区划委员会业务总负责人期间,主持省级农业区划,又关注县级试点工作。他倡议实行县级农业区划,并以东莞县为试点开展工作,成绩斐然。国家科委 1966 年在东莞召开全国现场会,把东莞县农业区划列为国家重大科研成果,成果印发全国两千多个县推广。以后十多年的生产实践证明,东莞县农业区划对指导全县农业布局,因地制宜发展农业生产发挥了很大作用。至改革开放初,东莞县能成为农业强县,与农业区划工作密切相关。1979 年全国第二次农业区划会议在北京召开,父亲应邀在北京科学大会堂作东莞县农业区划成果应用的学术报告,对推动全国县级农业区划工作起到一定的促进作用。

早在 20 世纪 60 年代,父亲就常到海南岛调查考察。他从甘蔗布局入手,扩展到对海南岛热带经济作物的全面研究,出版了《海南岛农业地理》。后来又发表了《海南岛环形橡胶带》论文,对海南岛橡胶生产的自然条件、环形橡胶带的形成、橡胶带的特点、生产潜力等进行了精辟的分析。环形橡胶带的理论对海南岛橡胶生产的布局有指导意义。父亲还发表了《关于我国热带地理研究的一些意见》和《中国热带特征及其区域分异》两篇论文,对

3 故园新貌 桃李芳华

图1　1950年，作者父亲钟功甫教授的工作照

我国热带地理研究提出了一些具有很强的前瞻性和指导性的意见。

父亲的学术成就和学术思想为我国地理学作出了贡献，1998年他当选为国际欧亚科学院院士。父亲取得的成就是中山大学的栽培结果，我把他的国际欧亚科学院院士证书赠予中山大学档案馆，以表感恩。

母亲家境殷实，1939年至1941年她先后在云南澄江和广东乐昌就读于中山大学文学院，后又转入中山大学医学院就读。1941年至1947年中山大学医学院在粤北乐昌、湖南汝城、广东梅县、广州等地因地制宜、因陋就简进行教学、实习活动。1947年母亲从中山大学医学院毕业。为照顾家中老母亲，她回到家乡东莞县人民医院工作。1953年她随我父亲调入华南师范学院（现为华南师范大学）院医室，从医生做到副主任医师至退休。

记得小时候我们家住在华南师范学院宿舍区，邻居家有人身体不舒服，就会上门找母亲。母亲总是有求必应，或者从家里取药给病人家属带回家，或者到病人家出诊。母亲待病人如亲人，态度和蔼可亲，小朋友都喜欢她。几十年过去了，我有几次见到很久不见的当年的"小朋友"，他们不约而同对我说的第一句话就是"我们小时候病了，就会找陈医生看病"。可见，母

图2 1950年,作者与母亲陈若兰在东莞县人民医院门口合影

亲在华南师范学院的院医室工作二十多年,口碑不错。

母亲和她的同学们十分珍惜在中山大学医学院几年艰苦学习生活中彼此间建立的同学友谊。节假日,老同学们相约聚会,有时还会回中山医看看,在当年的老建筑前合影留念。母亲有一本影集,里面有母亲那届同学在中山医拍摄的集体毕业照、同学们聚会活动的留影以及国外同学寄来的生活照等。满满的一本影集的照片承载了说不尽、道不完的中大同学情谊。我把母亲的这本影集赠予中山大学档案馆,让母亲和同学们相聚的美好瞬间在中山大学得以永存。

我是华南师范学院附中1966届高中毕业生。"文化大革命"上山下乡到海南农垦农场务农十年。我自小耳染目濡,深知地理研究工作对国家建设的作用。1977年恢复高考,我报考中山大学地理系经济地理(城市规划)专业,如愿以偿。大学毕业后,结合国家经济特区建设,我先后参加了"深圳自然资源与经济开发"和"珠海自然资源与经济开发"课题研究,以及"广东省东江流域治理开发专题研究"等等。后因工作需要调至广东省地理学会,先后任副秘书长、秘书长,直至退休。

我所在的中山大学地理系(现为地理科学与规划学院)经济地理(城市规划)77级是一个非常好的班集体。我们毕业四十年了,近三十位同学分布在广东、北京、上海、香港和美国、加拿大等地，我们当中有城市规划专家、政府部门领导、著名学者、国际机构专家、商界精英，在各自不同的岗位上都作出了突出的成绩。大家回首人生拼搏之路，均十分感恩母校栽培。

作者简介：

钟英，女，1977级中山大学地理系校友；父亲钟功甫教授为中山大学地理系校友。

我家那些老中大毕业的亲人

◎麦漪芙

我的父母都毕业于国立中山大学,亲人中也有不少前后毕业于中大。他们既是校友,又是夫妻;既是校友,又是兄弟姐妹;既是校友,又是亲戚。中大培育了他们,他们也在各自的工作岗位上为母校、为社会、为国家尽了一分力。

一、我家的中大老校友

我的父亲麦樑贤(1921—2016)、母亲黎绮兰(1921—2008)于1940年初分别毕业于中大师范学院与理学院,毕业后即在中大附中、后与别的学校合并成的华南师院附中任教数学与生物,直至退休。

图1 20世纪40年代初,作者母亲黎绮兰摄于坪石中大理学院前

图2 20世纪40年代初,作者母亲黎绮兰与同学在理学院学生宿舍前合影

另外,母亲相册里有张中大附中在文明路校区照片:

图3 1936年10月28日,国立中山大学附属中学1938级前进社成立典礼纪念

图4 1947年8月,作者和父母合影

图5 作者父母的结婚证　　　　　　　图6 上世纪70年代末,作者父母合影

之后,父母亲一直在教育战线工作。母亲从中大毕业后就一直在中大附中(后并入华师附中)任教,父亲在上世纪50年代也调入华师附中任教至退休,他们都是华师附中元老级的教师。

母亲家里,大哥黎献仁、二哥黎献勇、大姐黎佩兰、二姐黎惠兰、四妹黎霭兰,均毕业于中山大学。

大姐黎佩兰,上世纪30年代初毕业于中山大学教育系并在该系任职秘书多年;其丈夫曾锐庭,中山大学工学院第一届毕业生,曾在中大工学院任机械工程系教授。

大哥黎献仁,1935年毕业于中山大学农学院,是农学院的高材生。上世纪30年代菲律宾是世界产糖重要区域,其糖业发达。1933年,军垦区第一糖厂选派尚未毕业的黎献仁等人赴菲律宾考察,回国后著有《菲律宾糖业考察记》一书。民国时期著名政治家、首任国立中山大学校长邹鲁先生题写了该书的封面,邹鲁和农学院院长邓植仪均为该书作了序。1935年,他还参加了中大组织的东亚农业考察,著有《国立中山大学东亚农业考察报告书》,是校内印刷本。毕业后黎献仁毕生致力于广东糖业生产的发展,从菲律宾和

3 故园新貌 桃李芳华

图7 上世纪20年代末,作者母亲一家摄于澳门庐山照像馆(前排左起:外婆、黎绮兰、外公;后排左起:黎惠兰、黎佩兰、黎献仁、黎献勇)

图8 1933年7月18日,中大教育系欢送庄泽宣先生北上时的留影(前排右三为黎佩兰)

印尼引进并推广优良甘蔗品种,参与各大糖厂的建设及抗战后被日军轰炸破坏糖厂的恢复重建,以及新中国成立初期糖厂的军管和恢复生产,成为知名的甘蔗糖业专家。1958年参加了轻工部甘蔗糖业科学研究所的筹建,这是全国第一所甘蔗糖业研究机构。

图9 黎献仁的单人照　　图10 1936年，黎献仁在东莞糖厂的菲律宾引进爪哇甘蔗新品种试验田间留影

图11 黎献仁的毕业证书（供图者：黎克英）　　图12 黎献仁的著作（供图者：黎克英）

3 故园新貌 桃李芳华

二哥黎献勇，1935年毕业于中山大学工学院并留校任教。1946—1947年赴美进修水利并考察工业教育，是美国艾奥瓦大学研究院进修教授，美国田纳西流域管理局（T.V.A.）研究员。1951年任中大土木工程系系主任。

1952年全国高等院校院系调整时，广东省以原中山大学工学院为基础筹建华南工学院，黎献勇是华南工学院第一届领导成员之一，创办了该院的水利工程学系。此后不到一年，1953年5月，高等教育部决定以原武汉大学工学院为基础筹建华中工学院，即现华中科技大学。由于专业和院系调整合并的关系，黎献勇又被调到武汉，成为华中工学院筹备委员会委员，是该学院最早的46名教授之一，先后担任动力系和电机系的系主任。所以他是华南理工大学和华中科技大学两所大学的建校元老之一，在华中工学院培养了我国第一、二批水电专业研究生，包括现任的工程院院士。

图13 邹鲁校长为黎献仁著作所作序（供图者：黎克英）

图14 1951年11月，黎献勇和朱福熙摄于治淮工地

历史上淮河水患无穷，1950年又遭遇百年不遇特大水灾，1951年11月，黎献勇响应毛主席发出"一定要把淮河修好"的号召，以水利和土木专家身份亲赴治淮第一线，参加治淮工程，这是新中国成立后的第一项特大水利工程。

此外，他还参加了全国水电建设规划的制订和长江三峡水利枢纽的选坝，以及其他许多重要水电水利工程的工作。1970年末，水利部珠江水利委员会（本文简称"珠委"）成立，从各地抽调专家和技术骨干，黎献勇又调任为珠江水利委员会副总工程师，教授级高工，并在1980年与兼任珠委主任的水利部副部长刘兆伦一起带领专业技术人员勘探了西江流域红水河、柳江、郁江、浔江、桂江，并进行了龙滩和大藤峡的选坝，是国内从事水利工作50年以上的老专家之一。1991年，珠委着手编纂出版《珠江志》，这是我国第一部以珠江流域江河治理与水资源综合开发利用为中心，体现时代特点的江河水利专志，是全国七大江河志中最先出版的一部，他是《珠江志》第一卷的主编。获中国水电工程委员会"从事水力发电五十周年"荣誉证，是湖北省劳动模范。

他还翻译了大量外文文献资料。2006年，中国翻译协会表彰了全国一批资深翻译家，他是其中之一（英语）。

主要著述：《嗡江水力发电厂设计研究》（英文论文，1947年）、《珠江流域水系整治基本纲要》（英文论文，1948年）、《水利发电学》（1953年高等教育部交流讲义）、《葛洲坝水电部综合自

图15　上世纪30年代末，黎献仁（左一）、黎绮兰（左三）和黎惠兰（左四）等人合影

3 故园新貌 桃李芳华

动化方案》(1979年国家研究课题)、《水电站运行》(合著，中国工业出版社1963年出版)、《珠江水利简史》(合著，水利电力出版社1990年出版)等。

二姐黎惠兰也毕业于中山大学，早逝，专业不详。

二姐黎惠兰的儿子李炳熙早年随父亲在澳门、香港读中学。1954年回广州考入中山大学数学力学系，1958年以优秀成绩毕业，后曾是数学系主任胡金昌教授的研究生。毕业后先后任教于北京大学数学力学系、中山大学数学力学系、暨南大学数学力学系。1976年发表《一个三阶非线性微分方程的周期解》学术论文，引起同行的重视。1979年赴美进修，1981年在美期间完成了有关微分方程定性理论的研究，其研究成果获广东省科

图16、17　上世纪30年代末，李炳熙（小男孩）等人合影

技成果奖（见《暨南大学学报（自然科学与医学版）》1989年第3期）。他著有《高维动力系统的周期轨道理论和应用》（上海科学技术出版社1981年版）。上世纪80年代曾任暨南大学副校长。

图18 上世纪30年代，黎家"三千金"合影

左图中的小女孩是四妹黎霭兰，她与丈夫杨锦超也从中山大学毕业，专业不详。

我父亲的妹妹麦宝珊上世纪40年代也毕业于中山大学理学院，比我母亲低两届，她的丈夫许维修则与我母亲是理学院同学。他们夫妇俩大学毕业后一直在培道中学（现广州第七中学）任教，桃李满天下。

二、手足情深、相互扶持

他们是校友又是兄弟姐妹：

图19 1986年，黎佩兰八十岁生日时合影（前排左起：黎献勇、二舅母、黎佩兰；后排左三起：黎霭兰、杨锦超、李炳熙、麦樑贤、黎绮兰）

黎家兄弟姐妹手足情深，亲戚之间血脉相连，相互扶持。我母亲就读中山大学时，大姐已参加工作，学费、生活费等都是大姐供给至其大学毕业。大舅父早年在东莞糖厂工作，那时两个儿子还小，在广州读书，曾寄放在我家。不久前，二表哥还说，小时候在广州读书，住在三姑姐、三姑丈家，倍感温暖！

图20 黎家五兄妹合影（左起：黎献勇、黎霭兰、黎绮兰、黎佩兰、黎献仁）

图21 上世纪30年代，黎佩兰、黎霭兰、黎绮兰与小朋友合影

图22 1985年,黎家兄妹合影(左起:黎绮兰、黎佩兰、黎献勇)

图23 上世纪40年代中期,麦樑贤和黎献勇的大女儿及黎献仁的两个儿子摄于广州小北路天香街黎家祖屋门前

图24 1948年,中大文明路校址合影(前排中间的两人是黎献仁的儿子;后排左一为黎献仁,右一为麦樑贤、右二黎绮兰,作者父亲抱着作者)

图25 1948年,黎献仁、黎献勇与黎绮兰三家人在广州市府公署前合影

  1968年,毛主席号召知识青年上山下乡,我们家三个孩子去了海南岛,母亲表现得很坚强,但我知她内心很难过。二舅父除了安慰母亲,还给我们写了不少信,鼓励我们。他单独写信给我,特别叮嘱我这个大姐要照顾好弟妹,有些信件我仍保留着。我在农场学校当教师后,他还给我寄了不少教学参考书籍。

3 故园新貌 桃李芳华

表哥李炳熙因父母早逝，读大学与工作期间一直将我家视同自己家，将我父母视为自己父母。他在北京大学工作期间，寒暑假都南下在我家度过。他成家后，我父母亲将他儿子视同自己的孙子。那时，华南师院每逢周末都有露天电影放映，我父亲总是"骑膊马"来回带着他的儿子去观看。

另外，黎献仁儿子黎克英还提供了一些石牌国立中山大学校园的老相片。

我们的上一辈多数是中大学人，以前关心太少，就是听说了，也没有用心记住。半个世纪过去了，现存下来有限的照片，留下点滴记忆。但因年代久远，照片比较模糊，有的细节不一定很准确。

在家族中老一辈榜样的感召之下，后辈们，如堂侄子、表妹夫等，陆续从中山大学毕业后，走向社会，学以致用，自强不息；这正是百年中山大学薪火相传的精神所在。

图26 麦樑贤（左）和黎献仁（右）合影

图27 上世纪70年代合影（左起：麦漪芙、黎绮兰、麦樑贤、黎献仁）

（本文的部分资料、照片由黎克英提供）

华农游引出的"中大缘"

◎ 吴世珠

图1 周显元（左）、吴世珠（中）和麦漪芙（右）在石牌校址5号楼合影

那是1974年暑假，仍在海南中坤农场中学任教的周显元和麦漪芙回穗探亲，结伴到华南农学院探望已从海南回广州的我。作为东道主，我带着她们在华农校园里参观游览。

我们先来到华农5号楼，它是国立中山大学石牌校区内面积最大的建筑。建筑高三层，气势磅礴，美观大方，分有主楼和衬楼，正门前面有一个六柱五间牌坊式门廊，正门门额上上有毛主席亲笔题的"华南农学院"五字。门廊两边有栏杆，前面有九级台阶，台阶两旁也有栏杆，望柱上有浮雕纹饰。我们赞叹着那红墙绿瓦，屋檐上巧夺天工的装饰，栩栩如生的骑马仙人。三人流连在中西合璧的宫殿式建筑中，然后在5号楼前合影。

接着，我们又兴致勃勃地跑到对面4号楼参观，并在其外面的狮头喷水池合影留念。多年后，显元才知道，当年她父亲周誉侃教授曾经在这栋楼里上班。

我在这里给她们讲了一个令我终生难忘的故事，这个故事现在连我小孙女都能娓娓道来。1957年10月1日晚上，5号楼前广场上灯火辉煌，国庆游园晚会即将开始。我

图2 麦漪芙（左）、吴世珠（中）和周显元（右）在石牌校址狮头喷水池合影

和工农附小①的邻居杨荃、何静仪等小朋友在旁嬉戏追逐，玩得正欢，只见父亲吴文晖②匆匆过来对我说："妈妈肚子痛了，现在马上要去医院，待会儿你乖乖跟着哥哥回家。"说完就急急忙忙离开了。第二天早上，父亲喜悦地叫醒我们说："你们又添了一个小弟弟，叫吴世庆，国庆节的庆。"

途经图书馆时，我想起父亲有一次带我进去参观，看着馆内坐满安静看书的大学生们，父亲欣慰地告诉我，他担任中大图书馆馆长时，为了让学生们能有更舒适的环境阅读，他结合自己当年留学英国的经历，参照伦敦大学

---

① 全称是华南工农学院联合附属小学，由当年的华南工学院和华南农学院联合创办。
② 吴文晖（1913—1990），著名的土地经济学家，20世纪40—80年代中国农业经济学界最负盛名的学者之一。他受教于国内外名师，懂英、日、法、德、俄等文字，学贯中西。20世纪40年代，专注于中国土地经济问题的研究，写出了大量有关土地经济学、地政问题的入门读物，发表了大量有关土地、土地政策的学术论文。1946年4月至9月，吴文晖返乡受聘于中山大学；1949年11月，返回广州中山大学任教，曾任中山大学图书馆馆长。1952年11月，华南农学院（现华南农业大学）在原中山大学农学院的基础上成立，吴文晖留教于华南农学院。

图3 吴文晖教授

图书馆的设计和布局，一条一条罗列出来给学校领导提出合理化建议，得到领导的审批后，又一条一条落实到了图书馆阅览室的修建改造中。父亲那一辈老知识分子，都是认真负责、求实严谨、一丝不苟的先生。

父亲出生于梅州乡间，少时家境清寒，他父亲由堂伯父带去南洋打工。父亲七岁入乡间小学读书，后考入梅县东山中学，高中转入广州第二中学。二中毕业后，考入国立中央大学①。大学期间因学习刻苦且成绩优异，得到了老师孙本文的青睐，毕业后将他留校任助教。父亲一心希望去英国留学，为了准备经费，他省吃俭用，一分钱掰成两半花，将助教工资及稿费共积蓄了大洋一千多元。1936年，父亲考入英国伦敦大学经济学院读研究生，靠着在国内的积蓄和他父亲从南洋每月寄的8英镑作为生活费，寒窗苦读、勤学苦练，最终还以优异的成绩攻读下了博士学位。导师汤里教授曾极力挽留他在英国继续搞研究，他婉然拒绝。在他的内心，无论海外的条件如何优越，他都坚决回到祖国母亲的怀抱。后来，他在华农一直从事农业经济学的教学和研究工作。这些都记录在《吴文晖教授纪念文集》中，该文集前几年捐赠中大档案馆收藏。

我们边走边聊。我说自己四岁就从文明路的西堂搬入华农，哪知道她俩不约而同地说，她们儿时也住文明路旧校区——麦漪芙住平山堂，周显元住

---

① 南京大学的前身。创建于1902年的三江师范学堂，经历两江师范学堂、南京高等师范学校、国立东南大学、国立第四中山大学、国立中央大学、国立南京大学等历史时期，1950年更名为南京大学。

3 故园新貌 桃李芳华

图4 1938年，吴文晖在英国伦敦玫瑰花园的留影

北斋。

之前，大家从来不谈论父母家事。我们同读华师附中，却不同年级，互不相识。1968年11月5日，我们一起乘"红卫三号"离开广州上山下乡，被分配到海南国营中坤农场跃进队，后来又一同入山开发新队。住在同一屋檐下多年的我们却一直不知道同吃同住同劳作的校友兼农友都是中山大学子弟，更巧的是，儿时我们还是大院邻居。虽然我们没有一起度过快乐的童年，却在海南的艰苦生活中建立了最深厚的友谊，我们的缘分妙不可言呀。

随后，我们来到了教授住宅区11号我家住宅。我们在院子里边赏花边继续聊。我告诉她们，当年随父亲从西堂来看这里即将完工的房子时，特别兴奋。印象最深的是那个坐厕，与文明路校址宿舍的公厕相比，它实在是超级豪华了。

11号住宅有四房两厅，深红色的阶砖地，实木边框玻璃窗，还有搭着花棚的宽敞阳台。父母亲带着我们在阳台上拍了张照片，拍摄图片的是父亲当年的好友陈迭云教授。

印象中的华农住宅区，家家户户都种有各色各样的花，玫瑰花、圣诞花、非洲菊、剑兰，阳台的花棚爬满金银花、炮仗花、秋海棠花等。不同季

图5 1955年，作者一家（左起：吴文晖、吴世珠、吴世霖、吴世南、刘淑贞）

节可以欣赏到不同的鲜花，给那些经常熬夜伏案备课与研究学问的教授们带来了舒心愉悦。

住在旁边12号住宅的李永禄教授家，有棵十几米高的白兰花树，每年6—8月盛花期，满园香气袭人，我们几个发小经常跑到院子里捡白兰花花瓣，穿成花串挂在脖子上。各家庭院内除了花香，还有孩童们追逐嬉戏的笑声。

有着相同的经历，同住在校园里，环境大同小异，游览中大家的共同话题很多，一直滔滔不绝。

天色已晚，我送两位"重新认识"的旧中大子弟到五山华工门口的22路公交车总站，大家都有点小兴奋，依依惜别，并相约下次一起去康乐园参观游览中大校园。

后来才知道，我们同队八个华附女知青中六位是中大子弟。加上其他队和其他学校的知青，小小中坤农场中，有近二十个中大子弟和附小校友。世界真小，中大子弟到处都有，我们的友谊一直延续至今。

作者简介：

吴世珠，女，父亲为中山大学吴文晖教授。

3 故园新貌 桃李芳华

父母的中大情缘

◎余 浩

中山大学，是我从孩提时代起就耳熟能详的名字，她是我父母的母校和曾经任教的大学。80多年前，我的父母就开始与中山大学结缘了。

1936年，我的父亲余有庸在广州广雅中学高中毕业后考取了中大工学院电机工程系。1938年，我的母亲容璧在广州教忠中学（现广州市第十三中学）高中毕业后考入了广东国民大学法学院经济系，后来因为抗日战争学校停课，她和几位同学经中大校长批准，借读于中大法学院经济系。

1938年10月12日，日本侵略军在广东大亚湾登陆，准备攻取广州。位于广州的中大奉命西迁，并在10月中旬迁往离云南省昆明市不远的澄江地区。父亲和母亲随学校的一部分师生先到了香港，然后从香港搭乘海轮到越南的海防市，再取道陆路到达云南澄江。

1939年2月，中大的文学院、理学院、工学院、农学院、法学院、医学院、师范学院以及研究生院都迁到了云南澄江。学校在3月1日正式开学。1940年，母亲她们几位在中大法学院经济系借读的学生按中大的转学规定，提供了原大学的转学证明和有关文件，并参加了中大举办的转学考试后，经中大校长批准转为中大法学院经济系二年级正式生。那时的中大是国立大学，学生免交学费。

母亲说，在云南澄江读书时，虽然国难当头，但中大仍然免收学费。不过，学生们的伙食费还是要交的。因为战争，大多数学生都与他们的家庭及

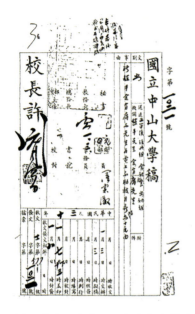

图1 作者父亲的1941年中山大学聘书（中山大学档案馆藏）

图2 作者母亲的1942年中山大学教员名册表（中山大学档案馆藏）

亲友失去了联系，断绝了经济来源。每个学期到了交伙食费的时候，大家都无钱可交。她们女生在无可奈何之中只好大哭一场，校方也就免掉了她们的伙食费。

1940年夏天，中大决定从云南澄江迁回广东乐昌的坪石镇。父母和一部分同学从云南乘汽车到广东，途经云贵高原，沿途都是陡峭的盘山公路。他们的汽车在盘山公路上行驶时刹车突然失灵，掉进了路旁的沟里，幸好被一棵大树挡住了，才没翻到山下去。汽车出事时，母亲在车里睡着了。她被惊醒后睁眼一看，吓了一大跳，车子就停在了悬崖边上。值得庆幸的是，车里有一帮包括我父亲在内的学工同学，懂机械、电工且动手能力强，他们七手八脚地很快就把车子修好了，继续上路。

1940年，父亲在中大毕业并获得学士学位。1941年初，中大的各个学院基本都迁到了坪石，学校开始上课。父亲被聘为中大工学院电机工程系助教，每月薪资60元。

1942年，母亲从中大毕业并被聘为中大法学院经济系专任助教，每月薪资80元。

同年，父母在坪石结婚了。母亲

说，那时的师生们都没什么钱，有谁结婚，大家就一起凑钱去餐馆吃一顿饭庆祝。那时的生活虽然艰苦，但大家都很开心。

1943年底，母亲在我大哥出生后就辞去了中大经济系的助教工作，父亲则继续在中大任教。

1945年初，日军对粤北的坪石形成包围之势，中大紧急疏迁，一部分师生向东撤到仁化、梅县等地区；另一部分向西退到连县等地。1945年8月，日本宣布无条件投降。同年10月，中大迁回了广州石牌校区。

大约在1948年，我们家搬到了文明路中大旧校址大院的西堂居住。那个大院除了有西堂、南轩、北轩、中斋、北斋、平山堂、红楼等住宅小区外，还有大钟楼（现在的广州鲁迅纪念馆）、天文台等建筑物和两个大操场。老中大的很多教职工及家属都曾在旧校区的大院里居住，我们家先后住在西堂的109号和103号，我是在西堂出生的。

那时，父亲每天一大早乘校车到市郊的中大石牌校区上班，晚上才从石牌校区乘校车回家；母亲则每天走路到市区内的单位上班。1952年全国

图3 1946年，作者母亲在中大法学院大楼前（现华南理工大学12号楼）留影

图4 1946年，作者父母在中大法学院大楼（现华南理工大学12号楼）留影

图5 1957年,作者(中)和弟弟(左)、哥哥(右)在文明路校址西堂前留影

图6 1957年,作者(左三)和哥哥、弟弟、姐姐在文明路校址大钟楼前的大操场留影

高校院系调整,父亲随整个中大工学院一起,被调整到华南工学院(现为华南理工大学)任教。

中大旧校址大院有很多好玩的地方,是孩子们的天堂。我们家几个较小的孩子都上过大院内的附中幼儿园。

我们全家在西堂住了十多年。1961年,我们家搬进了石牌华工的住宅区,母亲也调到了广东省农业科学研究院工作。

除了父母以外，父亲的大妹妹夫妇、母亲的弟弟、二妹夫妇、三妹夫和表弟，都是新中国成立前在中大就读的；母亲的近亲长辈容庚和容肇祖都曾在中大任教多年，父母的家族成员与中大有着很深的渊源。

1993年初，母亲到美国探亲半年后乘飞机回国，为了探望美国加州中大同学会的老同学，她特意在旧金山停留了几天。在那里，母亲和几十年未见面的老同学们一起聚餐叙旧，大家欢声笑语，十分开心。她还应邀到大学老友陈美伦的家作客，我们兄弟姐妹小时候曾多次听过父母谈及他们的老同学、老朋友"伦时"，原来"伦时"就是陈美伦在中大读书时的绰号。

图7 1993年，作者母亲（右）和中大老同学陈美伦（左）在旧金山陈美伦家合影

图8 1978年，作者在石牌校址原中大法学院大楼（现华南理工大学12号楼）前留影

父母与中大的情缘，也潜移默化地传给了我们这一代，基因和本能使我们对一切与中大有关的事情都特别关注。1978年，我参加了全国高考，并被华工录取。华工校园是原中大石牌校园，我的父母在这个优雅美丽的校园里

留下了很多足迹和令人难忘的回忆。入学后，我做的第一件事就是在华工12号楼（原中大法学院大楼）前模仿母亲32年前的姿势拍照。

2010年，我和亲友参团去台湾旅游。在高雄市参观景点时，我突然发现离该景点不远处有一高高耸起的长方体建筑物，上面写着"國立中山大學"，原来那就是台湾中山大学的校门。真是"踏破铁鞋无觅处，得来全不费工夫"啊。惊喜之余，我决定去台湾中山大学"走马观花"。我在校园里随意地闲逛，发现这个校园比广州的中大校园逊色多了，无论从占地面积，还是建筑物的现代化程度而言，都无法与后者相比。

作为中大人的后代，我期盼着祖国早日实现统一，期盼着海峡两岸的中大师生早日欢聚一堂。

作者简介：

余浩，男，父亲为中山大学工学院余有庸教授，母亲为中山大学经济系专任助教容璧老师。

百年中大、三代学子的黉缘

◎关雅琴

百年中大历史上曾经出现过两个不同的中大附中、附小和附属幼儿园，以及理工学院等。中大在不同历史时期的教学与改革中，不断衍生出新的院校以及直属机构，其中华工与广东实验中学就是它曾经的直属学院和附中。现华南理工大学是在原中大石牌校园的原址上建立发展起来的，而我的母校广东实验中学更是一直深深扎根在广东大学（中大前身）这所由孙中山先生创建的大学校址上。

一百年前，孙中山创建的广东大学就坐落在广州的百年学府区，南从文明路，北到中山四路；东从越秀中路，西到德政路附近的明清状元墙。

当时的广州是全国新文化中心和革命中心，中大则吸引着全国各地向往进步的青少年，也召唤着全世界的进步学子。

1931年，中大校园里出现了一位刚从美国加州大学毕业的年轻教员，他就是旧金山五四爱国学运先导、我最亲爱的爷爷关崇振（关兆鹏）[①]。我的爷爷1904年出生于广东开平赤坎田心村，1917年为追求科学救国，远渡重洋到美国留学。爷爷在美国一边学习，一边积极参加华侨救国会活动，他还加

[①] 关崇振，字兆鹏。1917年，时年13岁，留学美国，15岁在美国社会公开发表反对签署《巴黎协议》演讲，拉开侨胞抗日的序幕。1922年组建进步剧团，为孙中山筹募北伐军饷演出；1931年回国进入中山大学工作；新中国成立后历任韶关副市长兼任韶关专区政治学校校长、浈江中学校长等职务。

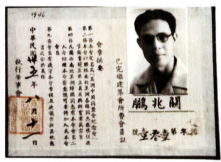

图1 关崇振（关兆鹏）的美洲中国同盟纪念会会员证（供图者：招思虹，原件藏中国国家博物馆）

入了美洲中国同盟纪念会。

1919年五四运动的浪潮波及世界的华侨团体。在疆土沦失之紧要关头，为争国家主权，维护民族尊严，年仅十五岁的关崇振勇敢地站在运动前列，他在旧金山花园角举行了向社会各界呼吁反对把山东让给日本的《巴黎协议》的公开演讲。关崇振坚定、勇敢地在美国社会向侨胞们表达他反帝爱国的坚强决心与信念，鼓励同胞们抵制日货，积极地向侨胞宣传爱国主义。在他的影响带动下，侨胞们纷纷抵制日货，以实际行动支持祖国抗日，擂起了美洲华侨的抗日反帝战鼓，吹响了嘹亮的旧金山华侨反侵略斗争之进军号角。爷爷亲手点燃并高举海外留学生五四运动的火炬。他的爱国演讲被登载在当时的中文报纸上。报纸原件前些年被我的五婶——新华社特约记者招思虹赠给中国博物馆以作永久收藏。五四运动，以彻底反帝反封建的革命性，

3 故园新貌 桃李芳华

追求救国强国真理的进步性，推动了中国社会进步，揭开了中国新民主主义革命的序幕。

1920年代初，爷爷和进步青年学子们，参与组建了北美共产主义小组。他决心努力学习、为中华复兴奋斗终身。

古人云：三军未动，粮草先行。经费是革命的必需和前提。孙中山的北伐革命军费很大一部分源于华侨捐献。远在万里之遥太平洋彼岸的美国爱国留学生，我的爷爷和其他进步青年学子们一起，为支援孙中山的北伐革命，组建了进步剧团——罗省镜花剧社，在旧金山华埠花园角义演。当时由于缺乏女演员，爷爷关崇振天生较白嫩，言行举止斯斯文文，气质温文儒雅，他自告奋勇，男扮女装登台主演了清代的进步戏剧《镜花缘》。经过他和社团的不懈努力，演出获得了巨大的成功，得到了广大侨胞们的热烈支持，人们踊跃慷慨解囊，筹得了大批的款项，为北伐革命作出了贡献。

1931年刚从加州毕业的关崇振，匆匆告别了导师与同窗好友。离开了生活较舒适的西方，风尘仆仆地回到了国内的中山大学。爷爷在中山大学曾任图书馆主任兼附中英文教师。30年代的中山大学曾多次惨遭日寇飞机的轰炸，爷爷与其他教师为了学生的安全，白天教学，晚上还得轮流为学生守夜，以防止日本特务夜间偷袭。中山大学的教师们主动以减薪水来支援中国的抗战。爷爷边教学边向学生们宣传抗日，鼓励学生们为祖国繁荣富强，为民族复兴努力学习，刻苦参加军训，积极投入各项抗日活动中。

作为家属，我的父亲关荣立从小就在中大附属幼儿园接受启蒙教育。

1938年广州沦陷前，为了保

图2 关崇振（后排右五）、胡俊等留学于1922年在旧金山唐人街为孙中山筹募北伐军饷演出时的剧照（供图者：招思虹，原件藏中国国家博物馆）

存中华民族的文化血脉，为战后的恢复与国家的未来，爷爷和中大教师带领着中大学生和部分附中学生们紧急投入了大转移。

残酷的战争使爷爷不得不与奶奶司徒清分开，可谓妻离子散，天各一方。爷爷与中大同仁一起带领学生紧急撤出广州，转迁西南。奶奶只能艰难地带着我的父亲和幼小的姑姑等几个儿女四散逃命，最后回到家乡广东开平赤坎。

爷爷关崇振与国立中山大学及附中教师员生，长途跋涉，历尽沧桑，转辗于南方几省，于1940年抵达韶关地区北部崇山峻岭中的坪石安营扎寨。金鸡岭下的中大教师为国家和民族的未来培养精英人才，甘愿面对贫困疾病与死亡威胁的煎熬，坚守薪火相传的教育事业。

广州沦陷期间，省政府被迫转移到粤北的山城韶关，为解决民生问题，省政府曾在韶关兴办了许多工厂，其中包括火柴厂。但当年在日寇封锁下，物资供应严重不足，政府开办的火柴厂设备残旧，原材料供应严重不足，无以为继，许多人都失望地离开，工厂面临关闭的危机。没有火源，不但人民生活不便，更令居大山深处的学校面临着学习、生活的压力。此时此刻，爷爷不忍心一个坚持抗战、解决民众生活问题的工厂就此终结。为了打破日寇对粤北地区的经济封锁，为解决人民的吃饭以及照明这些最基本的生活问题，为民众的日常生活，更是为了抗日战争的胜利，他勇敢地挑起了主管火柴厂的重任。

留学时，爷爷在美国旧金山商科学院毕业后，到加州大学攻读电机工程。爷爷是一个非常有领导艺术和管理经验的人，他力挽狂澜，利用自己的企业管理知识，以及在国外学到的先进的电力工程技术，亲力亲为，自己动手维修那些破旧的机器，终于让那些难以投入生产的废旧机器重获新生，为抗战服务。爷爷还坚持带领工人们一起共同劳动，共同进退；没日没夜地苦干，终于使工厂起死回生，并创立了战时韶关品牌民生火柴。

抗战逆境中民生火柴擦出的火花，也为大山深处的高校带来了一线生机。深夜，爷爷昔日的同事们在昏暗的小油灯下修改教案，批改作业；呼啸

3 故园新貌 桃李芳华

山风中的中大图书馆里，小火柴点燃了气灯，照亮了奋发学习的莘莘学子。民生火柴为他们带来了光明与希望，也让山间的学校食堂烧出了热气腾腾的饭菜，解决了师生们的基本生活需求。

关崇振创立的民生火柴，照亮了黑暗中的中大坪石校园，同时为粤北人民解决了吃饭、照明问题，保证了粤北民众的日常必需品的供应，以实际行动有力支援了广东的抗战。

民生火柴这个诞生于烽火岁月，点燃了千家万户希望的火柴厂，上世纪50年代更名为韶关火柴厂，至今还在为人民服务。

1949年中秋那天，韶关城解放了。我亲爱的爷爷关崇振，在解放韶关的过程中，组织工人保护工厂，筹集了大量粮油食品、棉布、百货支援解放军，为解放韶关及解放后的生产恢复、经济发展作出贡献。此举被刊登在庆祝韶关解放当天的《韶关商报》头版上，被载入《曲江党史》的《解放曲江》一文中。

中大于上世纪30年代从文明路搬到石牌新校址，又于1952年从石牌搬到了康乐村，只有中大附中（现广东省实验中学）一直留守在中大的老校园，坚持教学育人至今。我出生在广州，当年我们家就在德政北路，德政北是我从小和父亲生活多年的家，我记得当时的户口本上写着"世居"二字。1971年到1976年，我就读离我家仅几百米的广东实验学校（原国立中山大学附中）。虽然省实当时早已自立门户，但我还是时常感觉到其校风以及师资风格都深刻地印上了中山大学附中的烙印。

我们上学的时候正值共和国教育史上的特殊时期，我们每年都得花大量的时间学工、学农、学军，但省实依然保持着较高的教学水平和良好的校风，这也许就是名校的精髓所在吧。

每当想起中大和母校省实，我都感慨万千。中大、华工、省实一脉相承。中大百年，曾容纳、培养和教育了关家三代人。爷爷关崇振是中大抗战海归教师；父亲关荣立是中大附属幼儿园园友，他作为新中国成立初期广州市的优秀学生代表、团市委学生部部长，考进了刚刚经过全国高校院系调整后从中山大学独立出来的华南工学院,成为华工的首批学生;五叔关荣漳是华工1977级品学兼优的毕业生;而我,是省实1976届毕业生。从爷爷到我,我家三代人有着九十余年的中大黉缘。

100多年前,爷爷为了崇高的革命理想,为了振兴中华,如兆里劲鹏,飞越太平洋,寻觅科学救国之道。如今,莘莘学子,秉承其精神,为中华民族的伟大复兴,砥砺前行。

感谢中山大学,我们三代人的母校。中山大学,你是我心中永远无法割舍的精神家园。衷心祝百年中山大学,生日快乐。愿中山大学在新的100年里继续发扬光大,为祖国的更加繁荣富强,为民族复兴培养更多更优秀的文化精英人才。

参考文献:

[1] 美华人捐赠孙中山珍贵文物 将赠华侨历史博物馆,国务院侨务办公室网:https://www.gqb.gov.cn/news/2007/0315/1/4223.shtml.

[2] 男扮女装的留学生,中国侨网上中山侨刊:http://www.chinaqw.com/news/2006/0130/68/14984.shtml.

[3] 中国驻旧金山总领事馆举办旧金山华侨抗战文物展览,中国侨网上中山侨刊:http://collection.sina.com.cn/hwdt/20140714/0920157219.shtml?from=wap.

4 奉献家校 不求闻达

石牌校址西门牌坊

◸ 抗战后期中山大学在梅城（梅州）的临时办事处——金山顶

4 奉献家校 不求闻达

纪念我的母亲危纫秋

◎蔡宗夏

《中大童缘》上下册记述了200多位中大教工子弟在康乐园度过的青少年生活和童趣，抒发了他们对美丽的康乐园的无比眷恋。此书由中大出版社出版后，获得很大的成功，好评如潮。最近欣悉中大校友正组织编辑会征稿，将出版《中大童缘》的续集。

《中大童缘》一书中，我和二弟宗周、二妹宗瑜都写了几篇文章，回忆了我们的父亲蔡文显教授的为人处世及学术成就，对子女的谆谆教诲，以及当年在康乐园度过的快乐的童年生活乐趣。后来我多次遇到青少年时代的同学和朋友，他们对我说，你们应该写写你们的母亲，她可是一个善良、和蔼可亲的好人。她长期担任中大家委会[①]副主任，走遍了康乐园的家家户户，其实"危大姐"危纫秋的知名度在中大康乐园要比他的丈夫蔡文显教授更高啊！此话引起了我和弟妹的回忆，幸好《童缘》续集征稿，给我和弟、妹们提供了一个弥补不足的机会。

中大家委会危大姐——中大康乐园的活地图

我们的母亲危纫秋1914年出生于江西临川（现抚州市），系大家闺秀，她的名字源于屈原《离骚》诗中的一句"纫秋兰以为佩"，可见她在书香家

---

① 家委会，1958年由中山大学工会组建的家属委员会，简称"家委会"，是一个民间组织，成员多由校内的教授夫人及职工以自愿者身份参与，无报酬；曾组建托儿所、托婴所、缝纫组、洗衣组等机构为师生员工服务。与"居委会"并存，但有本质区别。

庭从小就受到良好的教育，她一直念书到初中毕业。幼年时她曾随当地习俗，被迫缠过脚，后来受新思想影响，父母通情达理，同意给她放了脚，否则她怎么能在康乐园走家串户做家委会领导工作呢。要知道康乐园从最西边的工人村到最东边的东闸，有好几公里的路程，数百家住户啊。

中大家委会工作事无巨细，什么繁杂事都得有人管，没有什么权力，没有报酬，也没有办公室。诸如安全、保卫、环境卫生、计划生育、邻里团结，还有配合街道搞人口普查，发放生活票券，收户口本、粮本等等，全靠家委会委员的两条腿跑东跑西，家委会主任是徐俊鸣教授夫人潘梅珍，她有较长一段时间身体不好，于是危副主任便承担了大量的工作。大家亲切地称呼她危主任、危大姐，她诙谐地回答，我是"伪主任"，主任是潘梅珍大姐，我是副主任。不过大家都习惯将"副"字省略掉。

家委会有不少热心的委员，按住宅区分片管理，但危主任总是事必躬亲，走家串户，全凭双腿丈量康乐园。康乐园有几百家住户，特别是工人村人口多，住家密集，她挨家挨户走访，把家属区的状况牢记于心，难怪保卫科科长何忠称她为中大康乐园的"活地图"。学校家属这么多，从校领导、知名教授、学者，到一般干部、职员、工人和门卫，家家户户总有许多事情来找家委会；母亲从不怕累，总是耐心和蔼地助人为乐。有时也会遇到一些棘手的难题找上门来。例如某系有一对中年教授夫妇长期不和，经常吵架闹离婚。亲友、邻居和系领导多次调解，也没有从根本上解决问题，于是求助于家委会，危大姐带着她的好友，家委会委员肖洒兰（彭旭虎教授夫人）无数次前往家庭调解，不厌其烦地反复劝和，晓之以情，动之以理，劝解"家庭完整，为子女成长着想""家和万事兴"。"功夫不负有心人"，她们居然调解成功，说服了两口子和好如初。此事在中大家属群里传为美谈。在康乐园里，从领导、教授，到工人、保姆，人人都认识危大姐，说她的知名度比其丈夫蔡文显教授更大，一点也不假。

康乐园的安全保卫员

中大康乐校园很大，树林、草地、池塘众多，安全保卫工作十分繁重，

4 奉献家校 不求闻达

可是学校当时在职安保人员很少，只有何忠和他手下几个人，每天靠骑自行车在校园巡视。上世纪五六十年代社会治安还算好，入室盗窃与恶性案件并不多，但学校四周围墙不严实，校门可随意出入。周边有些青少年村民经常进入校园，爬树偷摘花朵果实，或顺手牵羊，小偷小摸，扰乱治安。大家都很讨厌这些人，称之为"村仔"。危大姐见到这些孩子爬树偷摘白兰花或水果，她从不大声呵责，而是和气地忠告："爬那么高，不小心摔下来就没命了。摘的一些也不没收了，快下树吧！小心别紧张，慢慢下，不会抓你去保卫科的！"危大姐常说，这些周边农村孩子家里很穷，摘点白兰花拿去卖点钱，别太为难这些穷孩子，若是吓坏了，从树上摔下来可不得了。那点玉兰花或水果卖的钱够治病养伤吗？

危大姐是保卫科何忠的得力助手，帮助何忠侦破过一些偷盗案子，提供了不少改进安保的信息和建议。何忠是这位"活地图"家中的常客，我们都很喜爱何科长，亲切地称他何叔叔。1970年父亲随外语系合并到广州外国语学院任教，我们家便搬离了中大，何忠依依不舍，说中大康乐园的"活地图"走了，太可惜了。妈妈临走时，还嘱咐何科长，中大临近珠江，校园内池塘很多，一定要加强对少年儿童教育，谨防游泳溺水事故发生。

危大姐在中大人缘非常好，有口皆碑。我的家上有70多岁的老奶奶，下有六个孩子，全家九口人。妈妈有文化，在中大家属里属文化水平较高的。九口之家，她管得有条有理，清洁整齐，尽管她担任家委会副主任，天天在外面跑来跑去不着家，但家里的事一点没耽误，全家天天的饮食起居，安排得井井有条，对婆婆孝顺，对子女很有爱心，子女即使犯了错误，她只是轻言轻语批评，从不打骂孩子。只是父亲、母亲都很忙，孩子太多，顾不上关心他们的学习，将两个小妹妹的学习和检查作业，下放给我这个中学生大哥，这点当时我还有意见呢。

我母亲心地善良，富有同情心。她最不能看着别人受难受苦，总想方设法伸出援助之手。有个例子，我家邻居，西南区59号的外语系教授顾绶昌和夫人中大附小教师钱启华，在那段特殊的时期，由家委会负责管理。妈妈作为家委会领导，从来没有苛责和为难过他们，还暗中保护她们。钱启华老师的儿子、小提琴教育家和演奏家顾应龙是我高中同学，日后他多次对我和我弟、妹表示，你们的妈妈是大好人，在特殊时期，千方百计保护了我妈妈，真是万分感激啊！

深明大义，送子参军

1962年，国际形势很紧张，台湾蒋介石利用大陆三年困难，叫嚣反攻大陆。当时国家号召青年参军，保卫祖国。广州也开始在中学征兵号召有文化的青年，积极报告参军。当时我二弟蔡宗周刚满18岁，在广州六中读高中三年的毕业班，他那时是副班长，热血沸腾，血气方刚，他向爸妈提出带头报名参军。

作为父母，儿子应召报名参军，百感交集。青年保家卫国，责无旁贷，理应支持。然而亲情难舍啊，乃人之常情。特别是二弟马上就高中毕业考大学。宗周学习努力，成绩优秀，又担任班长，政治评语肯定不错，考上好大学很有希望。爸妈已在为他考虑报考什么大学，北京、上海的名校，还是就近的中大、华工等。一旦参军，他上大学之梦便成泡影了。几经思想斗争的煎熬，父母深明大义，终于同意了宗周参军的要求。宗周报名应征，不久就获得批准，父母大力支持。父亲还在中大和六中代表参军学生的家长讲话，表达了深明大义，送子参军的决心。父亲的讲话和决心，离不开母亲的支持，可母亲也在背后偷偷流泪啊。母子连心，在国家危难当头、高考在即的时刻，送子参军，可能上前线，母亲能不为爱子离家伤心落泪吗？

"好人必有好报。"宗周参军当兵，在部队历经锻炼和考验，吃了不少苦，连年被评为"五好战士"，家里大门口贴上"光荣军属"门牌和"发扬革命传统，争取更大光荣"的大红对联。在那段特殊时期，这成为我们家的"保护神"，幸运地避免了抄家骚扰，使父亲成为未受重大冲击的老教授，应验了"好人必有好报"的祝福语。这其中既有我父母深明大义、送子参军的功劳，也有二弟宗周以自身的艰苦努力，为家庭作出的贡献。

4 奉献家校　不求闻达

在家委会发光发热的"教授夫人"

◎徐小英

我的父亲徐俊鸣是中山大学地理系教授、岭南著名历史地理学家。父亲自1929年考入中山大学预科，1931年考入地理系，一个甲子的时间里基本都是在中山大学学习教学生活中度过。1936年与母亲潘梅珍结婚，随中大走过抗日战争、新中国成立到中华崛起，从乐昌坪石到梅县再到安于广州，与中大共同度过了近八十年的风雨。

母亲1910生于梅县南口，兄弟姐妹九人，七岁丧父，三位哥哥下南洋谋生，三位姐姐做童养媳和等郎妹，但生活还是难以为继。为了还债，母亲九岁就被定亲，10～16岁随母下南洋打工。彼时中国正处于五四运动后的大革命时期，母亲虽系女性，身居他乡，却深受新思潮影响，她独立自强、刻苦耐劳，可谓新时代的女性楷模。1927年成为南口第一位到梅县读中学的女孩子，在她三哥帮助下退婚成功，获得自由。母亲1931年到广州，入读

图1　1934年，潘梅珍（右三）与同学摄于中山医学院

图2 1958年12月,中大第一届家属社员潘梅珍(后排左一)、丘琳(后排左二)、郑慧贞(后排左三,陈心陶教授夫人)、罗侃贤(后排左四,原家委会主任钟婆,钟一均教授母亲)、容姨(后排左五,附小江坤老师夫人)、田桂英(后排左六,朱白兰教授夫人)、黄大(前排左一,林伟就母亲)、甘少苏(前排左二,梁宗岱教授夫人)、黄素芬(前排左三,陈序经副校长夫人)、孙绮秋(前排左四,商承祚教授夫人)和丘咏梅(前排右一)等人合影

妇孺产校,后转入中山医产校,1933年成为第一届产校毕业生。在广州与父亲结缘,终成秦晋之好,养育了我们姐妹五人。

覆巢之下无完卵,战争年代的中国多灾多难,置身其中的小家更是风雨飘摇。母亲做过药剂师,助产师,在小学校执过教鞭。抗日战争后期,中大迁梅县办学时,母亲协助父亲为了一家七口的生计在家养猪种菜,家里家外忙活,夜里帮父亲抄稿,艰辛之处一言难尽。

1946年夏,母亲独自一人带着最大十一岁、最小半岁的五个小孩,一行六人从梅县乘车到老隆,从老隆坐船到广州,经过三四天折腾,终于熬到广州天字码头与父亲会合。从此一家人风雨相依,迎接祖国解放。

1950年,新中国成立后第一个春天,母亲心中春意盎然。中央颁布《婚姻法》,她按捺不住激动的心情,虽然儿女成群,也毅然走出家门参加宣传。从此,开始了她长达半个世纪的社区义务工作,她废寝忘食、无怨无悔、全心全意地为人民服务,中大教职员工及其家属亲切称她为"潘大姐"。

1958年,全国大跃进,母亲是街道妇代会主任,街道交给母亲"搞好后勤工作,解决教工后顾之忧"的任务。母亲与郑慧贞(居委副主任,陈心陶医学教授夫人)一起发动中大家属群众,先后办了托婴所(当副所长)、车

4 奉献家校 不求闻达

缝组（当组长）和洗衣组。其中责任最重、困难最大的数托婴所，因为看护的是五十六天就开始全托的婴儿，而工作人员除值夜班的两位外，其他都是义务的。

当时，黄素芬（原中大副校长陈序经夫人）向华侨募捐到一万元托婴所开办费，学校在东北区马岗顶附近拨了一座二层小楼作为所址。然后，黄素莲（外语系教授伍锐麟夫人）负责购置厨房用具，母亲负责购置生活用品。母亲买了被褥、席子、布

图3 1958年，托婴所、车缝组和洗衣组的义务工作人员合影（前左为作者母亲，前右为郑慧贞）

等，又亲自设计定了三十张小床，然后发动车缝组义务做婴儿袍、小枕、小被罩、蚊帐等。为了节省开支，又发动中大家属捐献旧衣服做尿布，组织了十几位家属做义务工作。一切准备妥当，只用了两千多元。一个清洁卫生、设备齐全的托婴所开始接收婴儿，接收的婴儿有地理系教授陈世训女儿陈天红、化学系教授林尚安女儿林佩元、教务长徐贤恭外孙徐广生等。母亲她们的行动，大大解决了中大教职员工的后顾之忧。由于工作出色，托婴所得到领导和教职员工称赞，红红火火办了两年后，合并到中大幼儿院。

1962年中大家委会改选，通过领导和群众，三上三下民主选举，母亲接替罗侃贤（原家委会主任钟婆）当选家委会主任，兼新港街第一居委会主任，从此担子更大、更重了。母亲虽然有点胆怯，怕做不好，但既然选上了，就得克服困难、迎难而上了。

母亲和教授夫人们尽心尽力做了许多工作：治安卫生工作、计划生育工作、人口普查工作、协助政府征兵工作等，所以1989年中义系教授商承祚为中大家委会写下题词"全体老姐妹们 同心协力发挥余热 老有所为 老有

图4 作者母亲潘梅珍（前排）、肖迺兰（后排左一，物理系教授彭旭虎夫人）、陈冠兰（后排左二，化学系教授曾昭槐夫人）、陈大挺（后排右二，地理系教授梁溥夫人）和邝建明（后排右一，地理系教授邓海泉夫人）合影

所用"振兴中华"挂在家委会办公室墙上，支持和鼓励家委会的工作人员。

母亲的一生平凡而精彩，就如许许多多的"中大夫人"一样，默默地支持着丈夫的教学、著书工作，养育着一代代的"中大子弟"……

注：

本文是根据大姐徐小珍两篇"美篇"《高风亮节，风范长存》《凌风傲雪，香飘万家》和母亲潘梅珍《世纪回忆》编写。

作者简介：

徐小英，女，1956届中山大学附属小学校友；父亲为中山大学地理系徐俊鸣教授。

光启后学,永沐春晖
——忆母亲钱启华

◎顾潘哲

图1 钱启华老师

江浙人杰地灵,钱氏素称望族,德高学富之士灿若群星,遍迹天下。我母亲钱启华(原名国光)祖籍浙江宁波,1911年生于北京。母亲几十年赞襄我父亲顾绶昌教授的教育和研究事业,随他工作调动,辗转四川、武汉、广州大中小学任教,是一位启迪后学、循循善诱,深受学生爱戴的良师,也是我们兄妹五人幸沐春晖、永远怀念的慈母。

我的外祖父出身书香世家,学识渊博,外祖母毕业于当时江阴唯一的女子学校。伉俪二人早年投身孙中山先生领导的民主革命,民国时期在北京任中学教师多年,退休后卜居江阴;新中国成立后他们均被推举为江阴县政协委员。两位老人用教书收入,倾尽全力培养六个子女,使他们全部上了大学。母亲天资聪颖,爱好广泛:英国文学、医学、数学、音乐、戏曲,样样精通。她早年就读于北京协和医科大学,后因我大哥出生而中途辍学。

"英雄母亲",爱国情怀

1950年7月,朝鲜战争爆发,全国人民响应政府号召,同仇敌忾,保家卫国。一天母亲正在厨房做饭，大哥顾树平轻轻地走进去，在她背后小声地唱起了俄语《共青团员之歌》："再见吧，妈妈，别难过，莫悲伤，祝福我们一路平安吧！……"母亲一听立即明白，泪水顿时夺眶而出！大哥当年17岁，在武汉二中读高三。二哥刚满15岁，就读于武汉博文中学高一（当时武大附中还没成立）。二哥虚报年龄为16岁，与大哥双双报名参加志愿军。父亲顾绥昌支持他们的爱国行动。母亲对此非常担心，她暗自在一旁流泪。最终，母亲出于对祖国的热爱，同意他们奔赴前线，为保家卫国而战。1950年12月的一天，大哥和二哥参军入伍。哥俩穿着军棉大衣，胸前戴着大红花，在参军的队伍中显得十分英俊威武。学校的教师、学生和朋友们前来欢送参军报国的少年志士。母亲泪流满面，依依不舍地和儿子们道别。几天后，母亲被武汉市政府授予"英雄母亲"称号。后来她被邀请前往武汉广播电台演讲，倾诉自身感想和保家卫国的决心，受到广泛赞誉。

光启后学，献身教育

母亲于1940年在四川大学先修班任教。1946年，父亲调往武汉大学，母亲跟随他到武汉，在早期的省立武汉第二女子中学任高中英文教员。母亲早年在北京读教会中学，学校全用英语授课。在二女中她以一口流利的美式英语教学，深受学生们的欢迎。1952年全国进行高校院系调整，母亲1954年随父亲来到中山大学。当时中大工农速成中学已满员，学校临时安排她到中大附小任高年级数学教师。母亲善于激发学生学习数学的兴趣，"寓教于乐"，把深奥枯燥的数学与生活实践联系起来，用生动风趣的语言启发大家，讲解平实易懂。如数学中的行程问题、工作问题、复杂图形面积体积计算等，一般学生感到难以理解，在她的启发下，学生们都能较好地掌握解题的思路和方法，不少学生回忆起来都有感慨：钱老师教给他们学习数学的方法使他们终身受益！

4 奉献家校 不求闻达

美好熏陶，春晖无限

母亲毕生酷爱音乐艺术。据说，她年轻时曾代一位朋友考取了国立北平艺术专科学校声乐专业。母亲不但能吹一手好口琴，还爱唱昆曲、京剧、越剧，会唱多首外国名曲，常常一天到晚曲不离口。记得我们1954年从武大迁往广州中山大学，当时住惠福路宿舍。母亲和我三哥，一连在附近的国泰电影院看了十多次越剧《梁山伯与祝英台》，直到她全剧都会唱为止。后来还买了一套《梁》剧的黑胶唱片，通过手摇唱机（留声机）反复欣赏。母亲对艺术的热爱，对我哥哥、妹妹，以及两个孙女走上音乐艺术之路起到良好的熏陶作用。为培养子女对音乐的爱好，她在家庭经济并不富裕的50年代给三哥顾应龙买了一把小提琴，聘请了当时颇有名气的何安东老师任教。后来又聘请了广州乐团小提琴首席余月丽老师教我妹妹学习小提琴。70年代初，她又辅导四岁的小孙女顾文沅学习小提琴。母亲的艰辛付出，为儿孙后辈们日后的音乐之路奠定了坚实的基础。

曲折人生，任凭风雨

母亲认为人生中最重要的是具有高尚品德。在品德上她对我们要求也很严格。要我们自律、诚实、有礼、友善待人，这些都使我们受益匪浅。当她作为教授太太出入高级知识分子场合时，永远保持着谦虚、平易近人的姿态。她的人生道路上，有辉煌也有挫折。即便在人生最低潮时，母亲仍然保持积极乐观的态度去面对风雨浪涛。为维持这个家，为了儿女的前途，她力争早日"摘帽"。每天起早贪黑，一早就赶到街道派出所报到，给他们的办公室打扫卫生、清扫院子、冲洗厕所。那时的厕所可不像现在，是又脏又臭的沟渠，里面长满了蛆虫。但她从没有过一句怨言，只有一个心愿：让儿女们不受牵连，希望他们有自己的前途。经过几年的"改造"，母亲终于在1965年初被平反，恢复原工资级别待遇，补发部分工资。记得1960年经济困难时期，她到派出所打扫卫生后，回家路上总要捡上几个东风螺，回家喂鸡养鸭。鸡鸭下蛋能让我们每天吃上新鲜蛋，保证了我们日常基本营养。她还买了几只小白兔和葵鼠，由我每天出去剪草喂这些小动物。1959年初，父亲在高明农村接受劳动改造，因营养不良而患上水肿。为了救治父亲，母亲要我每天去中大市场排队，一毛钱一毛钱地买红枣，回来后加入猪油煮成枣泥，慢慢积攒成了一大铁罐。之后要我三哥骑自行车，花十几个小时送去高明农村。三哥为避开农村工作队，到达后先躲在田间把这一铁罐枣泥埋在地下，然后拿着一大包馒头回到驻地见到父亲，把馒头分别送给工作队同事们吃。到晚上无人看管时，三哥偷偷把藏起来的枣泥交给父亲。饿极之下的父亲将其藏在床底下，之后每天吃一匙羹，连吃三个月，水肿慢慢好转。母亲救了父亲一命！

母亲学过医，我们有健康问题就找她。我小时候的一天晚上，忽然肚子痛得厉害，浑身冒冷汗。那时交通不便，家离医院较远，无法就医。母亲要我躺下，仔细观察了我的疼痛部位。在了解我晚上吃了什么以后，她果断地给我的足三里实施针灸，想不到几分钟之后疼痛就豁然而愈！我哥哥、妹妹顾小梅头痛或肚子痛，都被她扎针治愈过。侄女顾文沉患哮喘，她给她服食中药，最终治好了。令我难忘的是1960年我初中毕业后在中大农场当临时工时，那是夏天的一个下午，我和一位工友与司机开货车去广州榨油厂，把农场给厂里榨油后的花生粕运回来，送中大养猪场喂猪。当时正值三年经济困难时期，我饥肠辘辘，坐在货车后车箱里，闻着堆满车厢的香喷喷的花生粕，我忍不住吃了一口。哇！又香又脆！于是一顿大嚼，把饥肠填满。正好当天农场员工在中大鱼塘捕了鱼，大家在食堂煲鱼粥聚餐。我和同事卸好花生粕后赶到西南区食堂，一连喝了七碗美味的鱼粥！意想不到的是，这鱼粥在胃里与极干燥的花生粕相遇，很快膨胀起来。我感到胃越来越涨，一阵阵剧烈的疼痛袭来，胃似乎快要裂开了，令我呼吸困难，几乎要窒息！我脸色铁青，直呼：饱死惨过饿死！幸好食堂离我家近，我赶紧跑回家。母亲见状二话没说，立即拔了一根鸡毛往我喉咙里一扫，顿时喉内食物像喷泉涌出，顿时我感觉轻松了很多。妈妈也是我的救命恩人。

悠悠寸草,感念春晖。亲爱的母亲,您离开我们18年了。今天,谨以此文怀念您对教育事业的贡献,和给予我们的深深的爱。国家的发展,中大的提升,家庭的兴旺与和睦,子孙们的勤奋和成就,庶可告慰您的在天之灵!

图2 作者(前中)与父母、三哥和妹妹合影

作者简介:

顾濬哲,男,1957届中山大学附属小学校友;父亲为中山大学外语系顾绥昌教授。

兰花与蜂蜜
——忆父亲冯剑

◎冯秀玲

国人对兰花情有独钟,以"兰"字命名的地方也很多,例如杭州的兰苑,广州的兰圃。而浙江绍兴会稽山下的兰亭,因东晋时期著名书法家王羲之撰写了《兰亭集序》而名扬四海。

兰花虽然高雅尊贵,但在适宜的环境下,能与其他草本植物共生,所谓"兰生深山中,馥馥吐幽香"。兰花平常并不特别引人注目,然一旦盛开,依品种的不同,会把青山浸染成各种色彩,或红、或蓝、或紫、或黄、或白,色彩斑斓,美不胜收,更使山谷中飘逸着淡淡的幽香。

康乐园实际上也是热带植物园,各种花木数不胜数。有的是土生土长的"地主",如"霸王花""含羞草",无须照料,十分粗生;但也有外来品种,是珍贵的"客人",需园丁们小心呵护。

我父亲就是康乐园护花人,人称"花王"的冯剑。他是原岭南大学的园艺师,岭南大学与中山大学合并后,又成了中大园林科的园艺师。

中山大学园林科位于原东北区11号乙(现学校游泳池东侧),如今已全部拆除,变成大片绿草地。原东北区11号乙的南侧,是园林科为学校栽培花草和树木的苗圃,曾被称为校园内的"小型植物园",苗圃内有九里香、簕杜鹃、茉莉花、玫瑰、桂花、兰花、茶树、小叶榕等花木。每逢重大节日,还要为学校提供花木盆景,装饰会场,增添喜庆。同时,苗圃还很受学校教授们的青睐,如金应熙、江静波、朱朝新等教授,把苗圃看成是

4 奉献家校 不求闻达

踏青休闲的场所,父亲冯剑与他们成了莫逆之交。父亲为人诚恳善良,工作兢兢业业,是校园里的辛勤园丁,虽默默无闻,但中大老一辈的教工们都与他相熟,且对他十分尊敬。

父亲擅长种植各种名贵的花木,尤其钟爱金边兰花,可谓金边兰花的培育专家。金边兰花十分名贵,属于康乐园里的"稀客",需精心培育,才能健康成长。花开之时,自然会招蜂引蝶。父亲把对花的爱也"移情"到蜜蜂上,因为蜜蜂天天与花为伍,对花特别依恋,终日围着鲜花飞舞和歌唱。父亲因此也

图1 作者父亲冯剑

成了养蜂能手,还能自产蜂蜜。就这样,花的美,蜜的甜,伴随着我们成长;通过花和蜜,传递了慈父的大爱,哺育着我们幼小的心灵,我们兄弟姐妹们,就生活在这样的百花园里。虽然儿时物质比较贫乏,但我们从小就无忧无虑,享受着鲜花、蜂蜜、阳光与爱心,茁壮成长。

父亲对康乐园里的树木也感情深厚,如数家珍。广东系台风多发区域,每逢台风过后,康乐园内总有折断的树木,父亲手巧,尽量做到物有所用,他会把吹倒的树木带回来,自己动手打造些家具。于是,家里的家具慢慢增多,渐渐一应俱全,这些由父亲精心打造的中大古木的家具背后,都是有故事的。

父亲一生的心血都几乎放在金边兰花的培育上,家里曾种植了30多盆各种品种的金边兰花,那可都是父亲的宝贝、至爱。上世纪80年代初开始,超凡脱俗的兰花也被印上了价格。当时一株金边兰花的小花苗已可卖到近千元,这可是一笔很大的数目啊。可父亲根本不为所动,守护着他养植的兰花,悠然自得,兰花就是他的寄托,他的命根。闲暇之时,他会与养花、爱

花之人，交流培育兰花的心得，这是他生活中最大的乐趣和享受。

然而，某一天晚上，父亲关爱备至的金边兰花被小偷洗劫一空。这对父亲来说无疑是晴天霹雳，他伤心至极，从此，父亲的健康转忧，神情恍惚……

父亲之所以钟爱兰花，我想，首先是因为兰花具有高洁、典雅的纯真美；其次是兰花特有的自信、贤德品质。兰花虽没有牡丹花那种雍容华贵，也没有玫瑰的艳丽十足，却能默默地散发着芬芳，为大地添一丝高贵，增一丝余香。以兰花的特性喻父亲的性格，再贴切不过了。

光阴似箭，不知不觉，父亲已远离我们二十多年了，我们自己也为人父母了。然而，在康乐园这所百花园里，到处都是昂扬盛开、散发着芬芳的花朵，把康乐园装扮得美好、安详，这些植物与花朵，向人们传递着美，传递着爱，传递着岭南文化特有的品质。

"落红不是无情物，化作春泥更护花。"父亲虽然远离我们而去，但似乎又活在我们身边。每当看见康乐园中那些茂密的植物，盛开的鲜花，以及辛劳的蜜蜂之时，都仿若能感受到当年父亲尽心、尽责呵护着康乐园的植物、花卉、蜜蜂。

作者简介：

冯秀玲，女，1970届中山大学附属小学校友；父亲为中山大学园林科园艺师冯剑。

忆康乐园的守护者——何忠

◎蔡宗瑜

何忠[1]，曾任中山大学保卫处治安科科长，五六十年代在中大康乐园长大的孩子们没有不认识他的，尤其是调皮捣蛋的男孩，没有不惧怕他的，一旦做坏事，有人一喊"何忠来了！"，小伙伴们就会作鸟兽散。

何忠个子不高，中等身材，清清瘦瘦，黝黑干练。他经常骑着那辆除了铃铛不响、其他地方都响的旧单车，穿梭在中大校园各处，一会儿巡视教学楼、实验室、办公室、运动场、学生宿舍，一会儿出现在大竹园[2]、蒲桃园、香蕉园、番石榴园，一会儿又在市场、家

图1 原保卫处治安科科长何忠

---

[1] 何忠（1931—1993），广东番禺人，1945年到岭南大学工作，1952年岭南大学并入中山大学后一直在中山大学工作。曾先后在中大饭堂、收发室、组织部、人事科等多部门工作，1956年起一直从事学校的治安保卫工作，历任科员、保卫办公室副主任、副科长、科长、副处级调研员。
[2] 竹园，始建于上世纪30年代。位于康乐园西大球场南侧，是品种齐全的竹实验场，俗称大竹林、大竹园，现称竹标本园。竹林南侧曾为中草药种植场。

属区。他忠于职守，不分白天黑夜，保一方平安。教师和家属们见他都微笑打招呼，对平静安宁的校园环境很是满意。唯有中大校园内的孩子们，却对他敬而远之。在那个没有电视、电脑，没有游戏机、游乐园的年代，孩子们自有乐趣，自有花样百般的玩法，但有一些是以破坏环境、破坏公物为代价的。比如，结伴溜进大竹园里砍竹扎风筝、做啪啪筒、当钓鱼竿，比如爬进木瓜园、蒲桃园、番石榴园摘果子，将树枝折断，还有的用弹弓射鸟将房屋的玻璃打烂，有的下鱼塘摸鱼险些溺毙……什么恶作剧都做，老师批评听不进，家长责罚也不怕，唯怕被何忠领到保卫科。一次，几个教工子弟在学校中区阅报栏拔图钉玩，被何忠看到，撒腿就跑，何忠一边喊一边骑车直追，从中区追到西南区家属宿舍。他们原以为何忠要带他们回保卫科训话或将他们交给家长，但何忠对他们进行和颜悦色的教育，让他们认了错就回家，以后他们就再没犯过了这样的事。还有一次，几个调皮的男孩在单车棚拔气门芯玩，听到有人喊"何忠来了！"呼啦一下，孩子们全跑得不见影踪，剩下一个被逮住的孩子认了错，何忠也让他回家了。记得还有一回，有个男孩爬到蒲桃园的树上摘蒲桃，听见"何忠来了"，慌不择路，竟一头朝下掉下树来，幸好裤子挂在树的枝桠上，没摔到地上，被何忠抱了下来。对这些调皮做坏事的孩子，何忠只是吓唬教训一下，从不惩罚。反而，遇到小孩有困难，像迷路的、生病的，他就会像慈爱的长辈，用单车送回家，或送往学校护养院去看病。

  我跟何忠熟络与母亲有很大关系。那时妈妈在中大家属委员会当副主任，整天忙忙碌碌，奔奔波波，废寝忘餐的，干的都是毫无报酬的义务工作。母亲姓危，一些人错喊成"伪"主任，我们就笑她，让她别当"伪主任"了。那时，中大家委会的大妈们工作可热情了，积极性一点不输在职职工，她们经常组织家属打扫环境卫生，在家属区巡逻，维护治安，遇到有台风消息便挨家挨户通知关好门窗，做好防护。这些家委会的工作经常得到何忠的帮助和支持。何忠赞扬说家委会把家属区的治安抓好了就是对学校治安工作的支持，何忠成了家委会与校方联系的纽带。家委会没有办公室，那时

4 奉献家校 不求闻达

也没有电话、手机,何忠经常会到家里找妈妈,我就称呼他"何忠叔叔"。记得有一年搞人口普查,家委会要配合校方、街道、居委入户调查,妈妈天天忙得不落家,一户户走访,把家属区的情况摸得清清楚楚。调查员问及某某教工的情况,妈妈就能如数家珍般地讲出住址门牌、家庭人口状况,甚至亲自带路走访,何忠当时就说妈妈是中大的"活地图"。

对于何忠在单位的工作情况,我是后来从何忠以前同事口中得知的。他们都说何忠是个非常敬业的人,一直都勤勤恳恳,任劳任怨,工作受到一致好评,由于中大的治安保卫工作好,何忠多次受到学校、区、市、省的表彰和奖励,还得到过公安部颁发的优秀保卫干部荣誉勋章。他对同事和对下属既严厉又爱护,凡是要求别人做到的自己首先做到,遇到有晋升提级的机会总会想办法给予关照,对入职的新人更是教导有方,见有做得不对之处总会私下指导,传授经验,使人感受到他的真诚与关爱,他在单位同事中有很高的威望。现任保卫处治安科的科长杨志强,工作认真负责,积极能干,尽心尽责,就是何忠一手培养,言传身教带出来的。杨科长对自己的师傅非常敬重,至今逢年过节都会去看望何忠的遗属琼姨,琼姨动情地对我说:"老何都走了三十年,小杨一直没有忘记他,真是有情有义!"保卫处退休的余友梅告诉我,有一年单位搞提级,她因父亲病逝回老家探亲,心想错过了这次好机会,没想到后来接到人事处电话,要她补充提级材料,真是喜出望外。同事告诉她,是何忠替她申报的,令她十分感动。保卫处的同志们都异口同声地说:"何忠是个好人!"

何忠在保卫处经手办的案件,处理的难题许许多多,凡是碰到棘手的案件、危险的事情,他总是身先士卒,挺身而出。何忠英年早逝就与他办的一起案件有关,那是三十多年前的事。几个毛贼潜入中大西北角偏僻一隅的物理实验室偷盗,发现了一个"宝贝",又是砸又是敲又是凿,"宝贝"有十几层保护,煞是费劲。动静大了被人发现报案,何忠接到报案赶到现场,人赃并获。殊不知偷盗的竟是做实验用的放射源①。由于破案及时，施救得当，将危险降到最低程度，保护了中大师生的安全。那个年代对放射性危害的宣传不多，更不懂防护，结果造成此案的涉案人员和办案人员都受到辐射，无一幸免，何忠因此患了白血病。我妈妈得此消息，带着我去中山一院看望他，那时他已经是弥留之际，原本就清瘦的他更瘦了，脸色苍白，头发掉了，戴顶帽子，但精神还可以。他拉着妈妈的手说："危大姐好久不见，中大的'活地图'跑到外语学院去了。"（上世纪70年代初，中大外语系并到广东外语学院，我父亲是外语系教授，全家也搬离了中大）何忠的一句风趣的玩笑话，说得我们鼻子酸酸的……

我与何忠还有更深一层的关系，他是我与先生的"红娘"。他了解我的先生为人忠厚，好学、肯干，工作踏踏实实，他与我妈妈熟悉，对我也比较了解，热心地促成了这段姻缘。我们婚姻四十多年，夫妻感情很好，家庭和谐幸福。说到何忠，我心中总有丝丝缕缕的怀念。

何忠是广州人，出生于1931年6月23日，十五岁到中大工作，从工人做到保卫科长，是自己一步一个脚印干出来的，他1993年6月24日去世时才六十出头。他一辈子勤勤恳恳，兢兢业业，为保卫中大康乐园一方平安奉献了毕生的精力，乃至生命。这样的人值得我们敬仰，值得我们怀念！

致敬，何忠叔叔！

作者简介：

蔡宗瑜，女，1960届中山大学附属小学校友；父亲为中山大学外国语学院蔡文显教授。

---

① 放射性物质制成的辐射源称为放射源，广泛用于生物、地学、医学和工业等领域，对人体的伤害程度取决于放射性强度、接触距离和接触时间等三个因素。

心香一瓣祭父魂
——纪念父亲周友元百年诞辰

◎周　英

今年是我父亲周友元的百年诞辰。

三十六年前的 7 月 31 日，是我永生难忘的日子。因为这一天，我们敬爱的父亲因心脏病再次发作，永远地离开了我们。这突如其来的永别，给我内心留下了深深的伤痛，至今无法愈合。

三十六年来，关于父亲的回忆，总在我的心头闪现。在父亲百年诞辰之际，他的故事，就像电影里的经典回放一般，一幕一幕地浮现在我眼前……

据父亲回忆，他原本姓朱，1924 年出生于湖南桂阳，是当地一个富裕人家的长子嫡孙。由于爷爷的宠爱，他从小任达不拘，不服管教。大约在他七岁那年，他那在南京做事的父亲，把他从老家接到了南京，就读于当时的中央大学附属小学。而少不更事的他却常常逃学，到学校旁边的公园里玩耍。有一次，他在被其父亲狠狠教训以后，赌气离家出走了。在街头流浪的他，被当地的孤儿院收容。恰巧，孤儿院的负责人认出了他，把他带回了自己的家，并吩咐自己的太太带父亲去买一套换

图1　上世纪50年代的周友元书记

洗的衣服，准备将其收拾妥当后送回家。父亲一想到被送回家后肯定免不了挨一顿打，于是任性的他在孤儿院负责人的太太带他去买衣服的路上再次逃跑。这一次，他爬上了南下的火车，坐到了湖北。在湖北黄陂祁家湾，他被一个家里只有女儿、没有儿子的铁路工人收养，并随养父改姓周。

从南京到湖北，是我父亲人生的转折点。在湖北黄陂，渐渐长大的父亲跟随养父到铁路打工。他先是从帮忙传送秘密纸条的简单工作开始，后来接触到了京汉铁路的中共地下党组织，从此与进步思想结缘，便开始积极投身中共地下党组织的各种活动。上世纪40年代后期，父亲不顾养父养母的强烈反对，毅然加入了中国人民解放军，投身到革命队伍中去。1949年，他随部队南下广东，后在50年代初，转业到中山大学从事行政管理和党务工作，直到1983年离休，离休前任中山大学机关党总支书记。

作为一名解放战争时期投身革命的老党员，不善言辞却有着一副热心肠的父亲，把对党和对人民的大爱融于日常平凡的工作和生活中。他甘于奉献、乐于助人，不邀功、不挟持，还特能够体察群众的困苦，也特愿意在力所能及的时候愉悦地帮助他人。哪怕是饭后散步，只要附近邻居家被他发现有困难，他就会默默地给予帮助。

图2 上世纪70年代的周友元书记

4 奉献家校 不求闻达

父亲去世后，曾在校医院工作的杜阿姨跟我讲起了一件往事：当年他们家孩子小，孩子常常因为父亲出差，妈妈在医院值夜班而无人照顾。我父亲得知这个情况后，及时向校医院领导反映，并建议校医院在值班安排上适当照顾家庭有困难的医护人员。医院在接到

图3 上世纪80年代的周友元书记与夫人叶金焕女士

父亲的相关反映后，也迅速做出值班调整，解决了他们的后顾之忧。有一年春节，那时父亲还在"五七干校"，父亲的同事黄阿姨来我们家拜年，看到我妈妈卧病在床，我们姐妹无人照顾，黄阿姨心里特别不安。原来，今年春节本该是轮到我父亲休假回广州的，但他考虑到黄阿姨的丈夫已去世，过年时，家里的孩子更需要母亲的陪伴，便把休假的机会让给了黄阿姨。

上世纪70年代末，我已进入中大工作。有一次我听同事说父亲因为谦让"升工资"名额而在全校党员大会上受到表扬时，我问过父亲："为什么别人都在争，而你却在让？"父亲只是淡淡地回答："名额有限，有人比我更需要。"后来，在听说了他的很多往事之后，我才明白，父亲作出这样的决定并不是一时冲动，而是习以为常了。早在到中大工作之初，他就用工资帮助那些家庭人口多、生活有困难的同事。

1988年7月，父亲因大面积心肌梗阻被送进广州珠江医院抢救，由于病情不稳定，医院谢绝了除陪护家属外的所有人员探视，只准许时任校医院院长的王医生进入父亲的病房。父亲刚见到王院长就赶紧拉着她的手，恳请她与学校及珠江医院方面沟通，如果病情再次恶化，请学校不要再投入抢救，他希望把医疗费节省下来，为校医院添置设备，满足更多同事的诊疗所需……这是父亲对组织上的最后请求。几天之后，父亲溘然长逝。

写到这里，泪水已经模糊了我的双眼，这就是我的父亲，即使在生命的最后时刻，想到的还是他人。

这样一桩桩和一件件的故事还有很多很多，父亲终其一生，用行动诠释了善良的真谛，并潜移默化地影响着我，让我真正懂得如何做人做事。父亲的一生虽然平凡，但作为一名中国共产党党员，他以自己的无私和善良，默默地为党旗增辉添彩。在父亲百年诞辰这个特殊的日子，我更加深切地怀念他，他的精神将永远伴随着我，引领我前行。

父亲，请您放心，女儿会牢记您的教诲，将爱的接力棒传递，让善良的力量汇成泉源，滋润更多需要温暖的心灵。

附言：在纪念父亲百年诞辰之际，秉承父亲助人为乐精神，作者本人捐资200万元人民币，在父亲曾经工作过的单位——中山大学机关党委，设立"周友元爱心基金"，慰问和资助罹患重大疾病的在职员工。

作者简介：

周英，女，1972届中山大学附属小学校友，原中山大学研究生院综合处副处长；父亲为前中山大学机关党总支周友元书记。

主 编 姚明基

ZHONGDA TONGYUAN

中大童缘 2

下册 童心妙笔叙康园

中山大学出版社
SUN YAT-SEN UNIVERSITY PRESS
· 广州 ·

目 录

下册 童心妙笔叙康园

5 校园物语 共话康乐 /1

梦回九家村　张稻香 /3

九家村的风风雨雨　陈宪猷 /36

九家村 1958　周显元 /41

情系孖屋　李少娜 /46

中山大学植物研究所转隶中的细节　吴节 /56

康乐园的水泽之地　姚明基 /59

中大码头忆旧　蔡宗周 /70

一次有趣的珠江划船　王则楚 /74

模范村记事点滴　夏纪梅 /78

康乐园"三迁"　陈盛荣 /85

白德理屋记事　吴节 /94

炊烟袅袅的中大工人村　姚明基 /98

6 附小记忆 可爱摇篮 / 107

再读中大附小　姚明基 /109

童年教育的点滴回忆　夏纪梅 /122

中大附小运动场上的老照片　梁秀珍　周宗梅 /130

附小时代的回忆　蒋割荆 /134

不幸的幸运儿　姚明基 /141

7 童稚童趣 朝花夕拾 / 149

吴家的"火烛车"　吴行赐 /151

石牌校园里的童年生活　王则楚 /156

童年回忆几则　江燕 /161

童年趣事　张友好 /168

康乐园中的童年　钟晓山　钟晓平 /174

模范村里的童年　丘文东 /178

中大的露天电影广场　姚明基 /184

露天电影　黄显仁 /191

电影童年　邬运行　黎炼 /196

绿草茵茵的康乐园　陈晓群 /203

西大球场缘　梁可如　梁可欣 /207

康乐园旧事　钟晓山　钟晓曼 /212

有烟囱的房子　邬运河　邬运行 /216

康乐园的童年回忆　蔡少萍 /223

8 中大花木　群芳竞艳 /237

记忆中的中大篱笆　王则楚 /239

中大花木（三题）　蔡宗周 /242

我家西窗外的那丛竹　陈宪猷 /252

养鸡　许绍锋 /257

康乐园养鸡趣　吴珣玮 /261

康乐园里的童年　梁江彬 /265

童年的味道　吴节 /268

种植游戏　张稻香 /271

那一片菜地　蔡宗周 /274

飞机屋前的童年　陈共民 /277

记忆中的康乐园果味　姚明基 /280

我家院子里的白兰树　陈宪猷 /289

樟树花开　邬运思　邬运兰 /293

康乐园的四季　端木立 /297

后记 / 303

附图 / 307

康乐园怀士堂

5 校园物语 共话康乐

20世纪70年代康乐园南门（供图者：李重华）

梦回九家村

◎张稻香

中山大学的教工宿舍九家村,始建于岭南大学期间的1925年至1927年间。岭南大学利用多方捐款,在康乐园西南面的枸杞岗上,即今天康乐园幼儿园西侧、康乐餐厅东侧,构建了西南区51号的广庇屋,52号的仰光屋和54号的九如屋三栋两层式建筑,呈"品"字形排列,作为教工住宅,早期称为"三家村"。其中广庇屋由曾氏三兄弟捐赠,为纪念其父曾广庇而命名,九如屋由陈崇辉等九人捐赠而成,仰光屋则由南洋华侨捐赠。

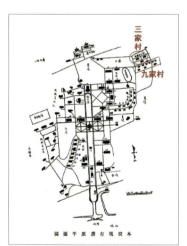
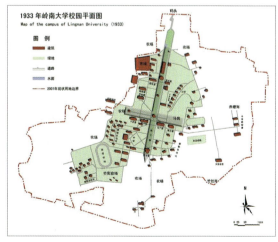

图1 1933年的岭南大学校园平面图

后来，学校又在枸杞岗北侧增建了几栋外观风格和颜色不一的教工平房住宅，就演变成了人们口中的九家村。随后由于教工的增多，又在九家村南、北及周边扩建了一些平房和二、三层楼房，形成一个"大九家村"区域，但人们仍然习惯把这个区域称为九家村。

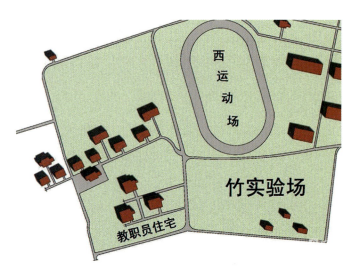

图2 1933年的九家村（图片截自1933年的岭南大学校园平面图）

1952年，全国高校院系调整，岭南大学并入了中山大学，中大的教授们从石牌校址和文明路旧校址迁入九家村，与原先在康乐园居住的岭大教授住在一起，直至1970年中大教职员工宿舍大调整期间才搬出。18年的光阴，从懵懂的儿童到青涩的青少年，九家村见证了我们从出生到成长的整个过程，留下我们许多魂牵梦萦的记忆。

1989年左右，学校为了扩建教工宿舍，将九家村全部拆除，在原址上建起了一栋栋六层高的楼房。至此，曾经被几代人怀念的九家村彻底消失。除了最早的三家村，没有留下其他房屋的完整照片。

现在，我根据各位邻居、发小的回忆，将九家村部分房屋用素描的方式让其重现。

5 校园物语 共话康乐

图3 西南区51号（广庇屋）一楼徐家

徐俊鸣（1910.3—1989.12），广东梅县人，中山大学地理系教授，我国著名的地理学家、教育家，岭南历史地理学的奠基人。他出身贫寒，自幼勤于读书，小学、中学皆能以优异成绩享受免费待遇。在华侨宗亲的资助下，1929年考入国立中山大学预科，1935年中大地理系本科毕业，1937年被聘为中大地理系助教。抗战期间，中大曾三次迁校，除中大迁校到云南一年多的时间未能跟随，他一直执教于中山大学，直至1985年退休，与中山大学维系了一个甲子的情缘。他毕生致力于教育事业，桃李满园，著作等身。他曾兼任广东省地理学

图4 徐俊鸣教授

图5 徐俊鸣教授的夫人潘梅珍

图6 1979年6月14日,徐俊鸣教授夫妇结婚纪念日时的合影

会秘书长、广东省文物管理委员会委员、广东省地方志学会、广东省和广州市地名委员会、梅县地方志编委会顾问等。

潘梅珍(1910.9—2010.2),广东梅县南口人。自幼丧父,家贫志坚,是一位自强不息的新女性。1931年考入广州妇孺产科学校,后转至中山医产校,毕业后曾任助产师、护士、小学教师等。1936年与徐俊鸣教授结婚,五十多年风雨相随,幸福与共。育有五位女儿:长女小珍、二女晓珠、三女小英、四女晓薇、五女晓梅。

潘梅珍女士自1950年开始了近半个世纪的义务街道工作,1954年,任广州市北区芳草街九居委副主任、妇代会主任、军属组组长。1956年,任中大家委会妇代会主任、新港街军属组组长;1958年,为了配合中山大学工会搞好后勤工作,解决教职员工后顾之忧,与中大家委会的姐妹们一起创办了托婴所(全托)、车缝组和洗衣组,并担任托婴所副所长及车缝组组长。1962年,任中大家委会主任。潘女士几十年如一日,尽心尽力地义务为群众排忧解难,废寝忘食,无怨无悔,得到中大教职员工及家属的赞誉,大家都亲切称她为"潘大姐",她几乎年年都获得广州市、海珠区、新港街的表彰,享年百岁。

图7 西南区51号(广庇屋)二楼伍家

伍锐麟(1904.3—1971.10),广东省台山人。他10岁后侨居加拿大、美国。1927年,在美国伊利诺伊大学获哲学硕士学位、纽约协和神学院硕士学位。1930年,抱着教育救国的决心回国工作。在广州教书的四十一个春秋中,前二十二年在岭南大学社会学系任教,任系主任;后十九年于院系调整后在中山大学外语系任教,直至病逝。

黄素莲(1913.2—2005.5),广东中山人,为伍锐麟教授的夫人。义务从事岭南大学家属委员会和中大家委会工作四十多年,曾任海珠区人民代表及侨联委员,热心为侨属服务。

伍家有五个儿女:大儿伍俊明,二儿伍俊强,三儿伍俊辉,四女伍碧晶,五儿伍俊文。

图8 伍锐麟教授

图9 伍锐麟教授夫妇

图10 1963年，伍锐麟教授一家合影

图11 西南区52号（仰光屋）一楼王家

　　王子辅（1911—2002），广东揭阳县棉湖镇（今揭阳市揭西县）人。中国物理学教育的前辈，为新中国成立初期中山大学物理学系奠定了学术基础。1929年考入广州岭南大学，1936年研究生毕业于该校物理系并留校任教至1942年。抗战期间，跟随学校迁到香港并在港执教数年。在香港期间，他认识了汕头礐石神道学院院长陈复衡牧师之女陈清德并结婚。香港沦陷后不久,全家返棉湖居住,王子辅教授一边在汕头礐光中学教书,一边帮父亲做生意,之后又返回广州岭南大学物理系执教。1952年,岭南大学并入中山大学,他任物理系教授,曾任理论物理教研室主任。几十年如一日地从事物理教学工作,他有着丰富的教学经验和较高的学术造诣,为国家培育了大批物理学优秀人才,为发展祖国教育和科技事业作出了贡献。王子辅教授忠于党的教育事业、遵纪守法、生活俭朴、为人谦和、待人诚恳深得师生的尊敬与爱戴。他于1985年1月退休,并于1991年到北京与大儿子一家一起生活,直至去世,享年91岁。

图12 王子辅教授夫妇

他的夫人陈清德生于1919年,毕业于厦门集美学校幼师专业。抗战时期,她在香港生下长男泽毅和女儿婉兰,香港沦陷后与王子辅教授携子女同回棉湖,并生下次男泽正和三男泽深。新

图13 王子辅教授一家于中大南门外漱珠岗合影

中国成立前夕,她携子女前往广州与在岭南大学执教的王子辅教授相聚,结束多年分居生活。在中山大学地理系工作至退休,1987年2月病逝于中山大学,享年69岁。

图14 西南区52号（仰光屋）二楼谢家

图15 谢健弘教授

谢健弘（1909.12—2001.9），广东梅县人。中山大学是他大学生涯的起点，也是他教师生涯的终点。1933年，他考入中山大学中文系，师从游古直、陈洵诸老。两年后，感于国事蜩螗，遂东渡日本，进入东北帝国大学攻读社会学，结束了他与中大的第一段因缘。1952年全国高等院校院系调整后，他回归母校，开始了作为教师的第二段中大生涯。其间历任中山大学筹备委员会委员、校务委员会委员兼总务处召集人，为新中大的筹办和发展培下第一锹土。后转任历史学系，主攻日本史研究十余年，直至退休。晚年担任广州留东同学会会长，为促进中日文化交流发挥余热。

1954年至1970年间，卜居52号仰光屋二楼。其《筱园杂咏》十二首等诗作，记述了当时屋舍庭园的景象，芭蕉、美人蕉、四季桂、月季、昙花、茉莉、洋紫荆和竹子等卉木遍植，四时花香不绝。迁居之际，作《移家杂咏·其二》云:"仰光楼头客作家,绕宅种竹兼种花。十六年间情自笃,别来咫尺似天涯。"临去依依,讵念永别。我们的九家村,从此折入书页,成为记忆里的家园。

图16 1960年,谢健弘教授夫妇

图17 1955年,谢健弘教授一家及岳母等在仰光屋前留影

图18 西南区54号（九如屋）容家

图19 20世纪50年代的容庚教授

容庚（1894—1983），原名容肇庚，字希白，号颂斋，广东东莞县人（今广东东莞市）。他是我国著名的古文字学家、考古学家和书法篆刻家，又是杰出的书画鉴赏家和收藏家。

容庚1916年毕业于东莞中学，他于1920年从北京大学研究生毕业后，历任燕京大学、岭南大学教授及故宫博物院古物陈列所鉴定委员。1952年后，任中山大学教授、全国政协委员、国务院古籍整理出版规划小组顾问、中国考古名誉学会理事、中国古文学研究会理事等职。其所著之《金文编》《商周彝

5 校园物语 共话康乐

图20 容庚教授夫妇

图21 容庚教授家族照

器通考》《殷州礼乐器考略》等著作在学界影响甚巨，享誉海外。

容庚一生刚直耿介，具魏晋风度，谦虚自持，传道解惑，成就多才。平生唯有两好：一为金石，二为书画。终其一生，怀抱现代世界学者的专业情操，又秉承传统士大夫的闲情雅趣，终为古字文学、古器物学、书画、篆刻等领域的集大成者。

图22 西南区57号李家

图23 李筱菊教授

李筱菊(1929.9—2018.3),广西苍梧人。她是中国最早研究并引进交际语言教学理论体系(Communicative Language Teaching,简称CLT)的学者,从事中国外语测试理论研究的最早研究者之一,曾在中山大学外语系任教。1970年10月,随中山大学外语系并入广州外国语学院(现为广东外语外贸大学)而转任广东外语外贸大学。广东省第五届政协委员,第六、七、八届常务委员。李筱菊是李济深之女。(李济深曾任中央人民政府副主席,全国人民代表大会常委会副委员长,全国政协副主席,中国国民党革命委员会主席。)

图24 李筱菊教授的三个子女

图25 李筱菊教授一家与母亲、兄长一家在从化温泉宾馆度假时的合影

5 校园物语 共话康乐

图26 西南区58号周家

周誉侃（1908—1976），江西清江人（生于湖北汉口），是我国著名的物理学家和教育家。1936年，毕业于武汉大学物理系，获理学学士学位。1936年9月，赴德国开始十年留学生涯。1943年，获哥廷根大学博士学位。1946年，回国后先后任中山大学物理系教授、系主任，兼任广东省物理学

图27 周誉侃教授

图28 20世纪60年代末，周誉侃教授与夫人廖坚池老师在康乐园九家村58号前合影

会理事长。他致力于大学物理学教育的建设和发展,在担任中山大学物理系系主任期间,设立许多新课程和新实验室,逐步规范教学制度,培养了一批物理学人才开展科研工作。所编《固体发光学讲义》是中国最早的固体发光学教材之一。主持、创建了中山大学半导体专门化教研室。

图29　1962年暑假,华南师范大学物理系崔天民教授一家来访,两家人在康乐园九家村58号廊栏合影

图30　西南区59号东顾家

顾绶昌(1904.9—1999.6),江苏省江阴县人,为著名的莎士比亚研究专家。1930年夏,自北大毕业获文学学士学位后,相继在北京孔德中学和济南高中等校任英语教师。1936年夏,自费到英国伦敦大学攻读硕士学位。1938年回国后,曾担任过四川大学、武汉大学和中山大学教授。1970年10月,随中大外语系并入广州外国语学院(现为广东外语外贸大学),并任教授直至退休。

校园物语 共话康乐

图31 顾绶昌教授

图32 顾绶昌教授的夫人钱启华老师与孩子们的合影

图33 顾绶昌教授一家的合影

图34 西南区59号西陈家

图35 陈玉森教授一家

陈玉森（1916.10—1993.12），广东番禺人，长期从事中国哲学和中国哲学史的教学和研究。曾任中山大学哲学系中国哲学史教研室主任，民革中山大学支部第一、二届主任委员。

图36 陈玉森教授

校园物语 共话康乐

图37 西南区60号蔡家

蔡文显(1911—1984),江西金溪人。1937年,清华大学硕士研究生毕业,考取了戏剧专业公费留美,因"七七事变"之故,留在国内开始教学生涯,曾在厦门大学和南昌大学任教授、系主任,后又在抗战期间的坪石中山大学任教两年。1952年,调入中山大学外语系任教授。1970年10月,随中大外语系并入广州外国语学院(现为广东外语外贸大学)。蔡教授在英国文学史、小说和戏剧等方面有较深造诣。是广东省第五届政协委员、中国民主同盟广东省委员会委员、广东省语文学会及中国外国文学学会理事。

图38 蔡文显教授

图39 蔡文显教授一家

图40 西南区61号张家

张掖（1895.10—1974.7），广东省大埔茶阳人，为著名爱国民主人士和教育家。他在中山大学任教授、职务近四十年，为国家培养了大批法语翻译和驻外人才，并为中法建交和经济交流作出了积极的贡献。著有《法兰西文法大全》《高等法语语法》等著作。他一生严谨治学，学贯中西，志行高洁，德高望重。

1920年，他考取公费留学法国，在巴黎大学市政研究院毕业。1932年2月，由邹鲁校长推荐进入中山大学任教，先后担任出版部主任、法语终身教授、西语系主任和校长助理等职。还参与中大石牌新校区的筹建工作。在中大抗战期间的三次搬迁中，他负责图书资料和科研器材的迁校工作。抗战胜利后，他被选为广东省参议员，曾多次抨击当政官员的各种腐败行为，反对内战，强烈谴责美军机轰炸中国平民区（解放区）的罪行，他因此被国民党反动政府视为"反蒋亲共"人士，遭到迫害并密令通缉，幸有好友密告，连夜逃亡香港，加入民革并在香港大学任教。1949年11月，他响应新中国人民政府的召唤回到中山大学继续任教，并以爱国民主人士身份参加省市召开的各种会议。

1964年，他将珍藏的孙中山手稿捐献给中国历史博物馆；1970年，将《古今图书集成》《四部丛刊》《四史》和《昭明文选》等13箱古籍图书和法文藏书赠送给中山大学。

张掖教授的夫人李群英女士在中山大学三次搬迁中因舟车劳顿，生活艰辛，缺医少药，身患肺结核而没有得到及时治疗，1945年3月病逝于梅州大埔县老家。

图41　张掖教授

图42　1937年秋季，张掖教授与第一任夫人李群英女士及长女、长子的合影

图43 张掖教授一家

图44 西南区62号端木家

端木正（1920.7—2006.11），安徽安庆人。1942年，毕业于武汉大学政治系；1947年，获清华大学法学硕士学位；1950年，获法国巴黎大学法学博士学位。历任岭南大学副教授、历史政治系代理主任、中山大学副教授、教授、法律系主任，全国高等教育自学考试指导委员会法学专业委员会副主任，中华人民共和国香港特别行政区基本法起草委员会委员，中国法国史研究会名誉会长，广东省法学会第一至第三届副会长，民盟中央常委，广东省委主任委员，广东省第七届全国人民代表大会常委会副主任，最高人民法院副院长，第七届全国人民代表大会代表。

5 校园物语 共话康乐

图45 端木正教授

图46 端木正教授一家的合影

图47 西南区63号许家

图48 许淞庆教授

图49 许淞庆教授的夫人方淑珍教授

许淞庆（1913.8—1983.3），广东开平人。1939年，于中山大学理学院数学天文系毕业后一直在中大任教。20世纪50年代末，赴苏联列宁格勒大学进修两年。历任数学力学系主任、数学所所长、学校副教务长兼科研处处长，兼任广东省数学会理事长，全国数学会理事和高校理科教材编委会委员。

许淞庆教授是我国著名的数学家，在常微分方程稳定性理论的研究上有较高造诣，其专著《常微分方程稳定性理论》一书颇具影响，出版后重印发行五次。其论文《分离式地下球壳结构计算》在全国地下油库等工程设计中广泛应用，荣获1978年全国科学大会奖。

许淞庆教授治学严谨，育人无数，严于律己，为人宽厚。他一生清廉俭朴，却对师生员工关怀备至，热心帮助他们解决困难，深受大家爱戴和尊敬。

方淑珍（1918.1—1993.7），广东省东莞人。她毕业于香港大学，在中山大学外语系任教，曾担任外语系副主任。

5 校园物语 共话康乐

图50 许淞庆教授一家

图51 西南区64号西詹家

詹安泰（1902—1967），字祝南，号无盦，广东饶平人。著名古典文学家、文学史家和书法家，民盟成员。他一生从事古典文学研究和教学，发表了几十篇中国古典文学研究论文，尤其精于诗词的研究、创作。著有《词学研究》《花外集笺注》《离骚笺疏》《无盦词》和《鹪鹩巢诗》等。他的词学专著有独特创新见解，在词坛有较大影响。有"南詹北夏，一代词宗""岭南一大家"之誉。

图52 詹安泰教授

25

詹安泰先生曾先后求学于广东高等师范和广东大学中国文学系。1926年，毕业后回到家乡潮州在韩山师范学院任教，同时兼任金山中学教员。1938年，经陈中凡介绍，到中山大学任教，接替陈洵主讲诗词。历任中文系古典文学教研室主任、系主任等职。

图53　詹安泰教授一家

图54　西南区64号东黄家

黄家教（1921.8—1998.11），广东澄海人，中国著名语言学家。1943年，考入中山大学文学院中文系（坪石）；1946年，转入王力教授在中大创办的首个中国语言学系；1947年，毕业后考入中山大学文科研究所；1949年，获硕士学位后一直在中山大学任教，退休前为中山大学中文系教授。曾任全国

图55 黄家教教授

图56 黄际遇教授

汉语方言学会理事、中国音韵学研究会学术委员会委员、广东省中国语言学会学术委员会委员、广东省中国语言学会顾问、汕头市中国语言学会顾问等职务。从事语言教学与研究四十多年,为中国教育事业和语言研究事业培养了大批人才,贡献了毕生的精力。黄家教教授的父亲是中山大学著名教授黄际遇。

黄际遇(1885—1945),中山大学教授,杰出的数学家、教育家,是中国高等数学教育的奠基人。他学贯中西,文理皆通,学术渊深,启迪有方,士林共仰。

黄际遇教授早年中格致科举人,曾留学日本、美国,获芝加哥大学硕士学位。1926年,任中山大学教授,后为我国多所大学创建数学系。1936年,回中大任教授至抗战胜利。1945年10月21日,在中山大学返穗船只途经清远峡时,他不慎失足坠水身亡,终年61岁。先生陨落系中山大学乃至中国教育界的巨大损失。

龙婉芸,1923年生于广州。1947年,毕业于中山大学语言学系,师从中国著名语言学家、现代语言学奠基人之一的王力教授,她是语言学科方面的学术人才。从20世纪50年代开始,便心无旁骛地在中文系语言学资料室工作,在平凡的岗位上作出了卓越的成就,至1982年退休。龙婉芸教授与黄家教教授是语言学系的同班同学,数十载风雨沉浮,筚路蓝缕,携手同行,在艰苦动荡的年代辗转求学,为语言学的教学与研究事业贡献了重要力量。在师生中享有很高的声望。无论教师学生,都尊称她为"先生"。

图57　20世纪50年代,黄家教教授的夫人龙婉芸

图58　黄家教教授一家

5 校园物语 共话康乐

图59　西南区65号西戴家

戴裔煊（1908.12—1988.9），广东阳江雅韶塘客村人。著名的历史学家、民族学家、教育学家，在世界古代史、中外关系史、民族史、宋史、明史和澳门史等领域都有卓著成就。

1927年，入读中山大学预科；1929年，升入历史学系本科学习；1934年，在中山大学历史学系毕业后，先后执教于广州市第一中学和广东两阳中学，并兼任两阳中学教务主任；1940年10月至1942年7月，在中山大学研究院从事研究工作，获得硕士学位；1942年10月至1945年12月，任

图60　戴裔煊教授

29

重庆中山文化教育馆研究员；1946年1月至7月，任广东省立法商学院教授兼秘书；1946年7月至1948年5月，任粤侨事务辅导会秘书；1948年7月，任中山大学历史学系副教授；新中国成立后，任中山大学历史学系教授，至1986年2月退休。退休后，仍继续承担科研任务及培养青年教师工作。曾任广州市政协第三、四、五届委员，中山大学学术委员会委员。于1988年9月12日在广州病逝，终年80岁。

戴裔煊教授是中葡关系和澳门史研究的先驱，早在1956年就从事这一领域的研究工作。中外关系史尤其是海外交通史的研究，贯通了他整个学术生涯始终，他的论著阐述了中世纪中国与南海诸国的友好交往和贸易关系。

图61　西南区65号东梁家

图62　梁祯祥副教授

梁祯祥（1925.5—1999.12），广东信宜县人。1948年7月，于广东省省立体育专科毕业；曾任贵阳师范学院和广东商学院体育科讲师、中山大学体育教研室讲师，1981年晋升为副教授。曾担任第一届全国运动会裁判员、广东省及广州市体操比赛裁判长、全国游泳比赛裁判员，荣获田径、体操、游泳、摩托车和排球等国家一级裁判称号。他长期从事群众体育和高校基础体育教学，为本科生讲授体育基础课、体操和棒垒球等课程，任学校体操、田径、棒垒球和摩托车驾驶教练,在其指导下,中山大学的体操、棒垒球队多次荣获广州市男、女冠军。

黄宝霞(1927.11—2013.10),广东省连县人(今连州市)。1949年,于广东省省立体育专科毕业,曾任广州知用中学老师、中山大学体育教研室讲师,荣获体操、乒乓球和田径等国家裁判称号。任学校体操、乒乓球和田径等教练,指导的中山大学男女子乒乓球队曾多年多次荣获省、市、高校等赛事冠军。

图63 梁祯祥副教授夫妇

图64 梁祯祥副教授一家
（摄于1989年5月15日）

图65 西南区66号彭家

彭旭虎（1911—1999），江西清江人，我国著名物理学家和教育家。1932年，毕业于南京中央大学物理系；1939年，他被特邀参与筹建国立中正大学，并聘任为教授并兼任物理系主任；1949年，该校更名为南昌大学，其继续担任南昌大学理学院物理系主任、南昌大学校务委员会委员；1953年，调入中山大学物理系任教并负责筹建金属物理专业，先后增设了多门新课程

图66 彭旭虎教授

图67 肖迺兰女士

及相关实验，开展了多项科研工作。多年来，他一直担任金属物理专业教研室主任和中山大学学术委员会委员，兼任广东省物理学会理事、广东省金属学会副理事长。

图68 彭旭虎教授一家

彭旭虎教授一生淡泊名利，不慕虚荣。其父亲彭素民在第一次国共合作时期任国民党中央常委兼任宣传部部长、农民部部长，系国民党的著名左派，共产党的亲密朋友。以彭旭虎教授的学识、资历和社会关系，曾有多位高层朋友推荐他进入仕途，但是他都婉言谢绝，潜心祖国的教育事业。

图69 西南区74号甲之二一楼李家

为了表彰他长期以来在高校物理学教育和科研所作出的贡献，中国物理学会向他颁发了"从事物理工作五十周年"奖章和荣誉证书。

彭旭虎教授的夫人肖迺兰女士，几十年来义务担任中山大学家委会治保和调解主任的工作，深得中大居民的信任和爱戴。曾获得由广州市政府颁发的"三八"红旗手称号。

图70 20世纪40年代，李曼孚教授在作画

李曼孚（1919.4—2012.11），广东台山人。中山大学化学系教授，曾任中山大学化学系副主任、高分子研究所副所长，兼任中国感光研究会理事和非银盐专业委员会副主任、中国化学会广东分会高分子专业委员会主任等职，为我国化学教育和科学事业的发展以及中华文化的推广作出了积极的贡献。

李曼孚教授主持研究的"感光树脂研究"和"感光树脂印刷新版材"成果获全国科学大会奖（1978）、广东省科学大会奖（1979）；参与研究的科研成果获广东省科委科技成果四等奖及广东省高教局科技成果三等奖（1980）；有五项科研成果通过鉴定。

除了本专业杰出，他还是一位出色的业余画家。数十年来写生、作画上千幅。退休之后，2001年曾在美国举办个人画展，著名美术大师关山月先生亲自为其题写展名。中、西方观众踊跃观展，画展得到了画界同仁的好评。享年94岁高寿，德高望重，福寿双全！

图71 李曼孚教授一家

九家村扩展延伸形成的"大九家村"区域中的代表性住宅之一——西南区74号甲全部住户情况：

74号甲之一，一楼是地理系缪鸿基教授家，二楼是外语系谢文通教授家。

74号甲之二，一楼是化学系李曼孚教授家，二楼是图书馆何多源馆长家。

74号甲之三，一楼是外语系高铭元教授家，二楼是化学系曾昭槐教授家。

74号甲之四，一楼是化学系林尚安教授家，二楼是历史学系董家遵教授家。

图72　2011年，九家村的"孩子们"于春节重聚时摄于康乐园中山大学校训前

作者（即素描图片作者）简介：

张稻香，女，1962届中山大学附属小学校友；父亲为中山大学外语系张掖教授。

九家村的风风雨雨

◎陈宪猷

旧岭南大学西南隅有一处颇负盛名的教师住宅区,大概是由于开发时只有九户别墅式小房的缘故,人们都爱称它为九家村。新中国成立后,岭南大学与其他院校一起合并到中山大学,岭南大学的校址也就成为了中山大学的校园。我们家也因院系调整而调入了中山大学,住进了九家村。其实,这时候的九家村已不再是只有九幢房子了,但人们还是喜欢这样深情地称呼它。

这里有美丽的传说,幽静的环境,款式各异的小洋房;亦有轻盈悠扬的琴声随着婆娑的树影,在四周飘荡。入夜,点点萤火虫的磷光与窗前或明或暗的灯光相映成趣。那些来自大人们口中迷人的传说,呼唤着童年的我去联想和去寻找。

平时,我与其他小孩子一样,光着脚丫在水泥浇注的洁白小路上走着、跑着,从村口到村边的水塘旁,努力追寻这里的宁静,体会在这里嬉戏的快乐。屋旁的红砖小路总是那样的幽深、宁静,令人感受到一种园林的野趣。小孩们在这里越篱笆、过草地,穿梭在树影花丛中,带着白兰和含笑及各色各样的花香,嬉戏着、招摇着,尽情享受这里的一草一木、一土一砖带来的欢乐。

九家村是阳光的、闲静的,这里有小孩的稚笑,也有学者的睿思,更有年轻人的活力。在我的记忆里,总忘不了不同时节与各种类型的风风雨雨。

炎热的盛夏，时而阳光似火，时而乌云盖天；或鸟鸣树巅，或蝶恋花丛。小孩子三三五五在草地上捉迷藏、做游戏，互相往来的好友在家中谈天玩乐。平时，母亲对我们兄妹都没有过多的约束，完全放心让我们自由学习和游玩，但每当预感风雨来临的时候，母亲则总是叮嘱我们要懂得及时回家并帮家里关好窗户。

风雨来了，呼啸着的大风穿过院子，院子里那些丛竹的竹竿和竹叶在摇曳中发出窸窣的声响。我隔着窗户，时而凝视那摇曳的竹竿，时而又追寻在空中飞舞的绿叶，又在无奈之下数着从竹叶滴到地上的一串串水斑。忽然，雨水被风吹落在窗户的玻璃上，面对此刻略显模糊，又似是淌着行行泪水的玻璃，我扫兴地走回了房间，努力收拾那颗已飞向风中雨里的心，静静地开始写起尚未完成的作业。

风劲吹，雨飞洒，洗刷着空气中的尘埃，一回又一回地清理挂在树上的残枝败叶。风来又去，天空也要放晴了，小鸟开始欢叫，似是讥笑那正在慢慢散去的乌云。平坦的水泥路面没有洼洼的积水，湿漉漉的路上散布着枯枝落叶。这时候是我们小孩子最高兴的时刻了，在征得母亲的同意后，我带着绳索，光着双脚，踏上一条条干道和小径，在屋间荒地巡回，在一排排乔木间穿梭，寻找那些能够捡得起、抱得动的残枝，收拾洒满地上的落叶。就在这时，小孩们好像开展竞赛似的，你捡一枝，我捡两枝，相互竞争着，但又互让着，看谁的眼尖，比谁的手快。用不了多久，我们便能抱着一捆不大不小的树枝往家里去了。那时，市场上没有煤气，燃料主要是木柴和混着泥土加工成的煤球，而且还是每月定量配给供应，再加上家里生活也不是很富裕，这些浸透了雨水的残枝，晒干后正好弥补燃料的不足，用于烧水做饭。因此，我们几个小孩每逢风雨过后，便会不约而同地以此为目标，捡落叶，捆残枝，在嬉戏玩闹中不仅意外地打扫了环境，也缓和了家中燃料的紧张。母亲看着我们被沾湿的衣服，再看看放在走廊内的枝枝叶叶，既心痛又欣慰。此时，我也已听不清妈妈嘴里在唠叨些什么了，身上是沾湿的衣服，心里却是一种满足的感觉，这种感觉带着几分幼嫩的力量，轻轻地挂在尚显稚气的脸上。

　　九家村不但有教授学者高雅的人文情怀，也有朴野的自然风光，还有时时伴我成长的风风雨雨。每逢水果成熟的日子，风雨过后，我们又共同分享另一番乐趣。橄榄树下，散落着被风雨打下的星星点点的果实，母亲带着我们在树冠下、草地上、落叶中，从一棵树下到另一棵树下，细心地寻找，把捡到的果子稳稳当当地放到篮子里。橄榄有大有小，有青色的还有略显紫色的。母亲告诉我，青色的才是我们常说的橄榄，只要到药材店买少许甘草，便可以把它制成甘草榄，这可是上好的零食，有治喉炎的功效。那些略显紫色的叫乌榄，制成榄角可以用来蒸鱼、蒸肉，以前可是贫苦人家饭桌上的下饭菜。这时，母亲从篮子里取出一枚，小心地把它剥开，露出了浅褐色的榄核。母亲说："别小看这坚硬的榄核，里面有榄仁，不但可食用，还是醒酒、解毒的好食材。"每逢说到这里，母亲便兴奋地讲述美丽的橄榄雕刻，并从怀里取出珍藏的一枚如来佛榄核雕，讲述姑婆礼佛的故事。

　　在风雨中，我们不但捡获了橄榄，运气好的时候，在别人家的院子边偶尔还能捡到凤眼果、荔枝和芒果等。我们或撑着雨伞，或戴着竹帽，手中捡起一份又一份大自然馈赠的礼物。

　　大自然的风风雨雨，让生活在九家村的我，享受着不寻常的乐趣。

　　节假日，是小孩最雀跃的日子，充满活力的孩子在九家村旁的西大球场上跑着、跳着，有踢球的，有捉迷藏的，他们互相追逐嬉戏，如疾风般奔跑，运动、游戏的汗水洒在绿茵茵的草地上。

　　最诱人的莫过于"打野战"了。临近大竹园的一侧，有一个不大不小、不高却也不平坦的小土岗，岗上长着高不到膝的野草，还有或大如手抱，或小似臂膀的参差错落的杂树。家在土岗附近的孩子，有时不约而同地走到一起，三个一堆两个一组，玩着名为"打野战"的游戏，或攻或防相互追捕。游戏中，找到有利地形的便迅速隐伏起来，伺机偷袭对方；来不及隐伏的，便想方设法去诱惑对方，让同伴伺机发动进攻，占领对方的防区，拔取对方的令旗。在这个小土岗上，我们斗智斗勇：你出击，我闪避；你占着有利地形，我则隐伏伺机。这边跃起追赶，那边呼声雷动。胆子大的会公然在前面虚张声势，分散对方的注意力；动作机灵的则静静地绕到"敌人"的后方，匍匐前进，蹑手蹑脚地向"敌人"插着小红旗的小树走去，谁也不愿意被对方发现，被对方"追歼"。这个小土岗一时成了"战场"，欢呼声、告诫声此起彼落。

太阳偏西了，土岗上还是会不时传出呼叫声和冲杀的助威声。这时可急坏了准备用膳的母亲们，她们会站在土岗下，呼叫着自己孩子的名字，告诉他们已到用膳时间，抓紧时间回家。一声声慈祥的呼唤，总被土岗上紧张和热闹的气氛所掩盖。这时，有经验的母亲就会走进"战场"，亲自"侦察"自己家隐藏着的孩子。"战场"上双方的竞逐，母亲对孩子的"侦缉"，交织在一起。很快，在母亲的攻势下，我们这群汗流浃背的小孩，带着满肚的遗憾和余兴，离开风云变幻、争夺了半天的"战场"。

孩童的生活是浪漫的，充满着童真、童趣，九家村的风雨也见证了我们的成长。童年不知忧虑的我，亦在九家村的风风雨雨中，生发出了对社会及人生的思考。

时光在流逝，不知不觉中，我已与童年告别，但在刚踏入青年之际，几分童年的记忆还驻留在我的心里。这时的九家村已然没有了昔日的宁静，亦难以听到琴声和读书声，一场惊心动魄的暴风骤雨吹进了九家村。那场风雨的口号声，代替了童稚的嬉戏声；父母那不同往日的神情，也让昔日欢蹦乱跳的孩子们的心里生起了一团团的迷雾。屋外的阳光很不情愿地映照着阵阵的风暴，穿透那夏日突如其来的骤雨，显露着极不和谐的景象。大家都关门闭户，听到的只是一阵阵回荡在九家村、震撼着人们心中的狂啸。

从此，九家村就难得有安静的一天。不过在暴风雨间歇之时，这里的年轻人、孩子们，还是忘不了昔日的详和，偶然间飘来的一阵歌声和琴音，带给我的是莫名的安慰与希望，此时的我想九家村总会恢复昔日的宁静，我们也会寻回童年的乐趣。

差不多半个世纪过去了，几位两鬓苍苍的老人带着未泯的童心，又聚会在九家村。这里一切都变了,旧貌已寻不到,新颜也已不断亮相,宽敞的道路,高层的住宅及供人们休闲娱乐的餐厅,层出不穷。昔日九家村的一砖一瓦、一草一木已无踪迹,它们踪影成了我心中永远的回忆。

作者简介:

陈宪猷,男,1955届中山大学附属小学校友;父亲为中山大学哲学系陈玉森教授。

九家村 1958

◎周显元

老村总会让人联想起某些往事，除四害、挖鱼塘和公二饭堂（中山大学人民公社时期各饭堂简称"公 × 饭堂"）是1958年康乐园九家村的三件大事，也是我们童年生活中不可磨灭的一段记忆。

除四害

1958年2月12日，中共中央、国务院发出《关于除四害讲卫生的指示》。"除四害"就是消灭苍蝇、蚊子、老鼠和麻雀。据说，当时有人针对中国搞细菌战，而四害是最危险的传播源。那时流行的宣传语是："排山倒海除四害，造福子孙万万代。"

小学生最先接到消灭苍蝇的任务，而且还会自己动手做苍蝇拍。我们在周六下午，会很快做完学习小组的功课然后结伴去拍苍蝇。饭堂和市场是我们常去的地方，有时就在门前路上放块咸鱼骨来吸引苍蝇，而一些顽皮的男孩子则会打死一只癞蛤蟆，用腐臭的味道去招引苍蝇。等聚集的苍蝇数量差不多了，大家就开始拍苍蝇，然后把打死的苍蝇放入火柴盒中，回校向老师"交差"。

九家村的熏蚊活动是统一进行的，居委的工作人员会早早就给各户派发熏蚊纸。等到约定的熏蚊日期，晚饭后，大家就关上门窗点燃熏蚊纸，人则会被轰出屋外。熏蚊期间，大人们会结伴散步聊天，孩子们则是呼朋唤友地玩耍。平时，园林工人也会定期背着喷雾器在户外灭蚊，由于校园里到处是花草树木，且滋生蚊虫的坑洼湿地太多，即使如此阵仗，室内的蚊子依然未被灭光，室外那些"小咬"① 还把孩子们的手脚叮得伤痕累累。

为了消灭老鼠，除了居委派发的老鼠药，各家各户还自己买来老鼠夹，放置在厨房和沟渠等地方捉老鼠。灭鼠成绩则按老鼠的尾巴数量计算，交到居委会去验收，死老鼠的尸首会统一在村里小山坡上的垃圾岗销毁。

与上述三害多由小孩子和家属去对付不同，打麻雀则发展为一场声势浩大的"人民战争"，是除四害中最轰动的战斗。

1958年6月初，为了打麻雀，中大全校停课三天，师生员工和家属齐参与。青壮年们会在校园里分地段上岗把守，小孩子们也不甘落后。那时，我家在村口，院子里来了三个大男生，他们以院内石凳为据点，轮流抬头瞭望天空，从天亮守到天黑。6月的天气很热，人的情绪也随之而高涨，只要天上有鸟飞过，不管是不是麻雀，就立即敲起铁桶和脸盆，小孩子们则挥动旧衬衣来回跑，村里人一起大声呐喊。大家都盼着这"疲劳战术"能把麻雀吓得筋疲力尽而累死落地，或暂歇枝头被人用鸟枪或弹弓打下来。此外，还有人主张掏鸟窝毁雀巢，又有的说在空地上支个簸箕，下面撒几粒米，引诱麻雀自投罗网。可怜的雀仔们早已成了惊弓之鸟，哪还有闲心偷吃？况且，校园太大，人手不足，鸟儿早就在一片打杀声中飞远了。与那些打下千万只麻雀的报道相比，康乐园战果甚微，我在九家村还真未见有麻雀掉下来过。

当年，大文豪郭沫若为此写下《咒麻雀》，以漫画《三毛流浪记》而饮誉海内外的张乐平则创作了一幅漫画《天罗地网》，岭南画派关山月大师也为打麻雀运动创作了《一天的战果》，可见此事影响之大。

次年，毛主席接受了生物学家"麻雀可以消灭害虫保持生态平衡"的观点，停止消灭麻雀，更何况打麻雀没少殃及其他鸟类，于是便改为消灭臭虫，而在广州主要是灭蟑螂。

---

① 见上册第5页脚注①。

最近，魏阿宝在"九家村童缘群"贴出老电影《围剿麻雀》，引起了顾应龙、牛牛和蔡宗周等老村民的议论。大家的追忆不尽相同，但脑海中都深深铭刻此事。

少不更事时，参与的"与雀斗"，想起来太荒唐，好在得到及时制止。否则，鸟类全遭殃，哪里还能在每天清晨听到窗外那叽叽喳喳的鸟语雀声呢？

挖鱼塘

地处珠江三角洲的广州，在历史上就是一座水城，"落雨大、水浸街"由来已久。1958年，为根治水患，一场轰轰烈烈的造湖运动在广州市打响。省长、市长都卷起裤筒、光着脚板，与市民一起挑泥担石，通过义务劳动修建了流花湖、东山湖、荔湾湖和麓湖这四个人工湖，将蚊蝇滋生的沼泽地改造为公共休闲绿地，对市区调洪蓄水、调节气候和美化环境等都起了重要作用，使两千多年来频遭城市水患的问题得到明显改善。

在这如火如荼的运动中，中大当然不会置身事外。学校组织教工在校园内挖了几个鱼塘，九家村鱼塘（现园西湖）就是其中之一。其时，九家村周边除了简易的西大球场和品种丰富的大竹园，基本上是原生态环境，到处都是坑洼不平的空地，及长着小灌木的坡地和分散的小树林。而白石路尽头西面出去有一片积水低洼地，它在这场运动中被选中来挖鱼塘。

在那火红的年代里，工地上插着彩旗，从学校领导到普通干部，从教授到工人，大家不分你我，都一起下到湿漉漉的洼地去挖鱼塘。有的人挖泥，有的人铲泥，有的人挑泥，剩下的人则排成几队，用双手传递塘泥。有人会不失时机地手抓喇叭筒喊口号，还有人会带头嘿嘿呵呵地唱着歌。小孩子们当然不会放过这样的热闹场面，他们一窝蜂似的涌到工地，观看平日里那些熟悉的长辈们出大力、流大汗，甚至出洋相的样子。男孩子们在塘边欢快地打泥头仗，女孩子们就捏泥人画花脸，大家尽情嬉戏，比过年还开心。

挖鱼塘时间持续了多久，已没印象，只记得泥塘里很滑，不断有人挑着担子摔倒或被硬物割破手脚。那时的人书生气十足，妈妈的结婚戒指，还有其他人的眼镜、钢笔和手表等小玩意，纷纷在挖泥和传泥的过程中掉落并"沉睡"在鱼塘中了。

一个多甲子过去了，早期校园地图上标注"农场"字样的荒野地早已高楼林立。现在人们气定神闲地坐在康乐园餐厅饮茶吃饭，透过落地玻璃窗欣赏着湖水、小桥、绿树和倒影，谁又能想象故人当年挥汗挖塘的那情那景呢？

公二饭堂

提起人民公社，人们首先会想到农村和吃大锅饭。其实，当时城里人也在公社饭堂吃饭。

1958年11月20日，广州市中山大学人民公社成立。之前，校园里只有学生和单身教工搭食，沿旧称"膳堂"，公社化让绝大多数人瞬间上了同一条船。公一饭堂在西区，虽然现还在原址，但已是重建建筑。公三饭堂在中区，是原岭南大学附中建筑群的膳堂，原址在现永芳堂位置。公四饭堂在东北区喷水池的东面。这三个饭堂均为学生与教工混搭的食堂。

公二饭堂则是单纯的教工饭堂，且名声最大。西南区64号建筑面积和院子都大且四周空阔，坐落在九家村东边界路（南至昆虫所，北到围墙边教四宿舍）的中点，因为地理环境合适，所以被选中用作公二饭堂。其北面不仅扩建了厨房，西北角对开搭建的小平房也成了存储大米及杂物的仓库，另还建有猪栏。房子内部打通为大开间，大厅里摆着好多木制大饭桌和板凳，供堂食使用。

一日三餐，人们提着各式打饭的家伙从校园各处奔来，排成几条长队打饭。拖家带口的会打回家吃，而单身教工则多数选择堂食。

经济困难时用的是饭卡，以月为单元，里面每天为一栏，各栏再分为早午晚三格，打饭要在相应的格里打勾。每户月初先交粮票和钱买好饭卡，上面有户主姓名，标明该月份几人搭食，按人头供应饭菜。别小看那张一元人民币面值大小的纸皮卡片，父母总要叮嘱孩子，千万别贪玩弄丢了饭卡，否则全家人整个月都要饿肚子。

饭是双蒸饭，就是将米饭蒸熟后，加水再蒸一次。用这种方法蒸饭，蒸出来的饭能增加近一倍重量。双蒸饭十分松软，会让人感觉分量大些，但那是自欺欺人，一点都不经饱。公二饭堂用的一个个小瓦钵蒸饭，大家用厚竹签在饭钵内侧刮一圈，然后把饭钵翻转过来，拍拍钵底，饭就整块掉到饭兜里。那时有的老人实在太饿了，就会专门收集别人打完饭的瓦钵，捡出粘在瓦钵的那几颗饭粒填肚子，甚至连偶尔掉在洗碗池里的饭粒都会捡起来吃。所谓的菜，只有三分钱一份的无油水的老通菜和冬瓜，只有到节假日的时候才有可能加菜。为节约粮食，周日或节假日只供应两餐——上午九点和下午四点。

饭堂工友与大家很熟，有志伯、九叔、英姐、桂红等人，卖饭票的是打扮得体的梁宗岱教授的夫人甘少苏大姐，她曾邀请林托山教授夫人为饭堂画了几幅蔬菜瓜果和鱼肉的写生油画挂在墙上，为饭堂就餐环境增添了温馨色彩。

经济情况好转后，饭堂的饭菜也丰富了起来，改用自由买卖的饭菜票——像火柴盒大小的纸皮。米饭则改用大箩筐装，并且还有软硬之分。肉菜也有了，小碟的蒸梅肉0.15元一碟，蒸排骨0.12元一碟，最贵的是丝瓜洋葱炒肉片0.18元一份，最便宜的为虾皮或云耳蒸肉饼0.10元一碟，但几乎都是肥肉；素菜为几分钱一份。早点会干稀搭配，品种花样也能照顾到各人喜好。

公二饭堂不但供应可口饭菜，清洁卫生和就餐环境也好，周围的人都乐意来搭食，其他区的教工、家属，甚至昆虫所的人都来帮衬。

"文革"后期，公二饭堂一度变成大杂货店，后面还开过肉档、鱼档。改革开放后，这里成为校内最早具有对外营业性质的"康乐餐厅"场所。后来，餐厅迁到靠近校园南边围墙的现址，仍沿用"康乐"招牌。而那栋充满传奇色彩的西南区64号，也与九家村其他老房子一起消失了，流传下来的只有公二饭堂这个平实的名字，还有口口相传或被笔记录下来的点点滴滴。

 下册 童心妙笔叙康园

情系孖屋

◎李少娜

从中山大学南校园的南门进入，沿着逸仙路走到梁銶琚堂，其对面矗立着一座外墙红色的大楼，该大楼为郁文堂，又称"文科楼"。在文科楼未建前，该址上有一座小红楼，中山大学出版社曾设址在此办公。这座小红楼就是所称的孖屋，校园内孖屋共有三座，我们家住在孖屋三，该红楼建筑落成于1920年，是一幢连体的建筑，为原来编号的东南区16-17号。

图1 20世纪30年代的孖屋三①

---

① 余志主编：《康乐红楼——中国大学校园建筑典范》，商务印书馆（香港）有限公司2004年10月第1版，第124-129页。

5 校园物语 共话康乐

我们家从1955年至1970年这15年间一直生活在这幢小红楼里,这幢小红楼,留有我们快乐美好的童年,留有我们祖孙三代的亲情,留有父母奶奶的身影,留有孩子们的喜怒哀乐,是我心中最魂牵梦绕的故居。

在故居被拆除后,我曾回过康乐园,去文科大楼外的草丛瓦砾中寻找它的踪迹,试图找寻到可以寄托旧居思念的实物。我最后捡起了故居的几块红砖小碎片,带回到万里之遥的第二故居,摆放在了玻璃橱柜中,这样既天天可见,也时时可思,因为这样,连我都笑话自己是不是对故居的情思过重和过痴了。

这幢小楼面积虽然不大,但颇具康乐红楼建筑的特点:红砖碧瓦,飞檐翘角,镂空瓦饰,凸凹有致,西式壁炉,前庭后院,……。

东南区16号与17号的正门均朝北,我们家的后门是朝西,隔壁17号的后门则朝东。早前,我们家居住在西侧的一楼与二楼,一楼有窄窄的天井通向后门,最西侧还有一间冲凉房,后来变成了一间杂物房。我的奶奶在那杂物房内孵过小鸡、养过小兔、放过锄具。南边的菜园也总是郁郁葱葱,园

图2 1965年,梁超伍教授一家在原东南区16号西侧的合影,左起:梁左桦、黄少菀、梁左棕、梁超伍、梁国强(供图者:梁左桦)

47

内种有芭蕉、甘蔗、木瓜、番薯、芋头、荷兰豆和青菜等水果蔬菜。

我们小时候常从东南区16号或17号的二楼小卧室窗户爬出去，踩着一楼连通厨房的斜面屋顶上，再攀爬上另一家的窗台，然后跳入卧室。有时候自己安静地坐在窗边，会被突然间出现在窗户外的小男孩吓一大跳。"爬窗过户串联玩耍"这游戏，与在蒲桃园玩"过树龙"一样惊险。说起"过树龙"，当年住过仔屋的小妹妹黄又平回忆道："记得我们在蒲桃林玩'过树龙'的游戏，我们从一棵树爬到另一棵树，接着再爬到第三棵、第四棵，这样一直连着爬过去，可以过很长的树龙。而且蒲桃树结的果子很是清甜，用手摇晃蒲桃的果子，会听到果核嘎拉嘎拉响的声音，大家还会互相比比，听听谁手中的蒲桃核摇出的声音最响亮。"

图3 1969年，梁超伍教授一家在原东南区16号西侧的合影，左起：黄少菀、梁左桦、梁左棕、梁超伍、梁国强（供图者：梁左桦）

我们这幢小红楼，位于怀士堂的东南隅。逸仙路的丫字路的分岔口，离我们家仅有十几米的距离。印象最深的一次，一位家住南校附近的孕妇阿姨来不及赶到卫生所，紧急中借用了我家一把靠背椅生产，小婴儿也迫不及待地诞生在靠近我们家的大路边，幸好母子都平安。

有那么好几年，小礼堂屋顶上的高音喇叭，每天清晨七点准时播放一首人人都会唱的颂歌。一位躬身驼背、头发斑白、身形弱小的长者，挥动手中的长扫帚，天天在主校道上一扫帚一扫帚地扫着，唰、唰、唰的声音划破了

5 校园物语 共话康乐

校园萧肃清冷的晨空，……，时光荏苒，半个多世纪过去了，这位不知名的长者的身影，却一直在我脑海里挥之不去。

1964年以前，我们家住在东南区16号。一楼的客厅与二楼的主卧室，在西、南、北的三面皆有玻璃窗，无论从一楼还是二楼朝北方向望出去，都可以把怀士堂南端建筑览入眼帘。怀士堂也叫小礼堂，历经百年兴衰，见证了康乐园的世纪风云，如今依然稳稳屹立，是中山大学精神气韵的象征。

小礼堂东侧朝南的地下室有个部门叫"杂工部"，杂工部朝南的是扇大窗户，人们都是从那扇窗户进进出出的。小礼堂整个地下室放置了很多张乒乓球桌，凡是喜爱乒乓球运动的中大人，都会怀念在那挥汗如雨和推挡扣杀的激战岁月。

在兴建梁銶琚堂前，中山大学的电影广场离我们家非常近，每个星期六的晚上，无论放映什么电影，我们是一定要去观看的，还经常受同学之托提早去"霸位"。星期六下午三点左右，电影广场放映小红楼两侧的水泥看台，会摆放着许多红砖、石块和小板凳，甚至还有树枝，那都是孩子们的"霸位"之举。

小红楼南端，距离中山大学附属小学非常近，近到每天全体小学同学集合进行早操时，我们在"第×套广播体操"音乐响起前五分钟，用百米冲刺的速度跑入队列，也不会迟到。我们还经常可以望见行驶在附小北面道路上的中大校车或小轿车，在两侧种有尤加利树的路面上，从东面的中大车队驻地驶出又驶进。那时候，车队长由项国山叔叔担任。我们甚至可以望见附小那片浓密的蒲桃园，常常有从校外凤凰村进校"拗"树叶的孩童们的身影。

高峻告诉我们："据妈妈说，我1960年出生时是住在东北区5号二楼，1961年搬入东南区17号一楼。"很佩服年近九旬的罗畹华阿姨，她思维依然敏捷，记忆依然这么好。罗姨离休前担任中山大学人事处处长好些年，罗姨由衷地说："东南区16—17号居住的十几个孩子，在父母的正确引导下，在动荡年代得到了锻炼，增强了是非观念，这对他们后来的健康是有帮助的。"罗姨有一位双胞胎妹妹，我们都见过，与罗姨长得非常相像，她是黄小平与

图4 1965年，居住在东南区16-17号的小朋友们的合影，由下至上，由左至右：高健、梁左棕、高颂东、高峻、黄小平、梁左桦、黄又平、高颂和、梁国强、李少武（拍摄者：高志光；供图者：黄小平）

黄又平的妈妈，因为工作原因，顾不上照顾自己年幼的孩子们，罗姨与高叔叔就义不容辞地帮助照顾了小姐妹很多年，于是罗姨和高叔叔成了姐妹俩的"中大妈妈"与"中大父亲"。

"中大父亲"高志光叔叔，原任中山大学电化教育科科长，离休前是广州大学的副校长。高叔叔原是大学机械系的老师，动手能力很强，家里的电器、电灯、水喉、马达和自行车都会自己修理。大家回忆此段往事时也都会想起能干的李少武，因为他对修理电器、自行车等事很感兴趣，常常串门去隔壁向高叔叔"偷师"，我这才明白为啥我们家的座钟、收音机和自行车那阵子全被弟弟拆了个遍，原来是受了高叔叔的影响！

1965年，在我考入广雅中学前，东南区17号一楼有三位非常可爱的小女孩与一位小哥哥，他们的年龄分别是两岁、三岁、四岁与五岁。几位小朋友实在可爱，惹得我与好朋友戴念穗常常跑去罗姨家逗这些小朋友们玩，他们就是高健、黄又平、黄小平与高峻。东南区17号二楼上住着高颂东、高颂平和高颂和三兄弟，那年他们也仅仅是三岁、八岁与十岁。这三兄弟的父亲为高弥叔叔，原是中大生物系的党总支书记；他们的妈妈为黄瑜阿姨，曾是学生部部长与校党委常委，黄瑜阿姨在20世纪50年代还曾随中国大学生青年代表团出访莫斯科。黄瑜阿姨文化水平高，性格温和，通情达理，意志坚强，是我心目中可亲可敬的"第二妈妈"。

当年，住东南区16号一楼的梁左棕与梁左桦，也仅仅为五岁与九岁，姐弟俩的父亲是梁超伍叔叔，原任物理系的党总支书记，后任中大党委副书记。他们的妈妈为黄少菀阿姨，她离退休前是中山大学机关第二总支副书记。我们家与梁叔叔和少菀阿姨家成为楼上楼下的近邻虽然仅仅六年，但我们两家的情谊却延续了六十年，依然情深意长，少菀阿姨是我与弟弟"不是妈妈，胜似妈妈"的亲人。

图5 2010年，李少娜（左）与黄少菀（右）于中大康乐园合影（供图者：李少娜）

居住在这栋小红楼的四家人，相处和睦，互相尊重，彼此间从未红过脸，闹过矛盾，有着良好的邻里关系。不过大家都记得那件"流血事件"，有一天，我奶奶在厨房后种下的番薯可以收获了，我那小时候很好动且也很淘气的弟弟少武举着锄头在挖番薯，一群3到7岁的小朋友嘻嘻哈哈地围着观看。在少武一锄挖下后看到了露出一截的番薯，眼尖的高峻兴奋地呼叫："睇（粤语，看），有番薯！"，随即弯身欲捡那番薯，殊不知少武紧接的第二锄已经停不住手，一锄落下，没锄在地上，而是锄在了一个小脑袋上，只见高峻的头顶霎时鲜血直流，脸上全是血，惊坏了小孩和大人，大家赶紧送高峻上卫生所包扎。罗姨与高叔叔肯定心疼自己的孩子啊，但他们非常大度宽容，没有责备我弟弟，而是原谅了他的不小心。今天再说起这事，大家依然感觉后怕，连声道歉。

这小红楼里的十几位青梅竹马的孩子也是朝夕相伴，很是热闹。我依然记得与大家一起玩"捣营"（粤语，捉迷藏）的情景，我们以东南区17号前的一棵大树为"营桩"，"营主"闭上双眼扑在大树上开始喊数，数到十的时候就会睁眼。大家在闻声后就赶紧撒腿跑，有躲在竹树丛后的，躲在白兰花树后的，躲在红楼墙边的，……，有时还有人会跑回家藏起来，大家玩得不亦乐乎，玩到被各家大人或保姆拽着回家吃晚饭才结束！

黄又平回忆儿时往事时说："小时候有部叫《地雷战》的电影，我们看完后，学着电影里的镜头挖陷阱，挖完后用蕉叶和泥沙盖上，外面看不出来是个坑。如果挖完的陷阱没有人踩，我们便觉得不好玩，就会去旁边的中大幼儿园'骗'小朋友们出来，说那边有好玩的东西，小朋友们会开心跑去我们指的方向，当他们经过陷阱时，看着他们接二连三地踩落陷阱，我们在旁边哈哈大笑，看得很开心。"黄小平还记得："我们不知道从哪里拾来的空弹壳，刚好可塞进去一个炮仗，点燃炮仗爆

图6 20世纪60年代末，康乐园孩子们的合影，前排左起：黄小平、黄又平、高颂东、高健、梁左棕；后排左起：高颂和、高颂平、梁左桦、梁国强（拍摄者：高志光）

5 校园物语 共话康乐

炸的时候，像极了爆轮胎的声音。我们躲在路边，每当看见有人骑自行车过来，就会算好时间点燃炮仗，骑自行车的人听见声音，都会马上停下来，检查有否爆胎，我们就在一旁偷着乐。"听着他们的回忆，仿佛儿时的淘气顽皮就发生在昨天。

1967年的时候，康乐园的治安有些令人担忧。当时为了安全起见，大家会自发组织起联防轮值。而我们东南区则以楼为计，轮到我们楼值班的时候，高志光叔叔把我们都聚在一起，给我们讲故事，教我们打扑克和玩游戏，孩子们既兴奋又快乐，就算通宵达旦的值勤也不觉得疲乏。后来才知道，组织能力强的高志光叔叔原来是华师附中的第一任少先队总辅导员。高志光叔叔多才多艺，言传身教，给孩子们树立了良好榜样。

1968年底，我随广雅中学的好友们一起下乡到雷州半岛的火炬农场接受再教育。随后不久，中山大学的教职员工几乎全部去往粤北坪石天堂山的五七干校，康乐园成了留守儿童及老人的大"乐"园。梁左棕回忆说："我在小学二年级的时候就会做米饭了。当时我年纪小，个子矮，父亲妈妈和姐姐全都下乡去干校了，是少娜姐和少武哥家的阿婆，帮我把米洗好和水量好的锅放到炉子上煮的。如今想起，仍要感谢善良的阿婆。"

黄小平告诉我们："听中大妈妈最近说起，去干校的时候，她和梁超伍叔叔都是去的坪石天堂山，梁超伍叔叔有一次休假回家，楼里最年幼的高健妹妹得知后，赶紧跑去问梁超伍叔叔，他为什么可以回家，而她们的妈妈却不能回来？让他回去叫她们妈妈回来，她们不要姑姑，只要妈妈！梁超伍叔叔回干校后向中大妈妈说了这孩子的话，她听到高健妹妹'我们要妈妈！'的呼唤后，眼眶顿时红了，眼泪止不住地流了下来。"干校年代，有多少的思念与牵挂，有多少的思念之泪遍洒坪石与英德！

高等院校的教育园地，浓郁厚重的学术氛围，对我们具有潜移默化的影响。1977年恢复高考后，我们四家的孩子发奋学习，挑灯夜战，认真复习，努力补课，终传捷报，考上中山大学物理系、电子系、化学系和图书馆系的就有梁左桦、梁左棕、高颂平、高峻、李少武、黄小平与黄又平，他们多是

图7　1978年后,原东南区16-17号的年轻人欢聚在康乐园,前排左起:黄小平、梁左桦、黄又平、高健;后排左起:梁左棕、高颂东、高颂和、李少武、高颂平、高峻(供图者:黄又平)

图8　1979年5月,原东南区16-17号的孩子们与新娘新郎在怀士堂前合影留念,前排左起:黄小平、李少娜、林小玲、梁左桦、高健;中排左起:黄又平、林绍莉、高颂东、梁左棕、高颂平;后排左起:方思宁、高峻、高颂和、李少武(供图者:李少娜)

77、78、79级的本科生。而其他孩子也都相继考上中大大专班或别的学院,梁左桦与高颂平还去美国继续深造,取得了理科的博士学位。

1979年5月1日,我与方思宁在康乐园举行了简朴的婚礼,我们请来了原住在东南区16-17号的儿时伙伴。一碟喜糖,一盘苹果,几杯清茶,大家久别重逢,在一起特别欢乐。喝过茶,吃过喜糖,我们还特地在小礼堂的台阶上合影留念。如今四十多年过去了,我们四家孩子们有机会便会欢聚一堂,一起举杯邀明月,一起辞旧迎新度春节。

物换星移,岁月如梭。每当我们再次踏入康乐园,每当我们再次凝视着承载了我们童年往事的老照片,温暖与感动我们的是每一位亲人与朋友在我们六七十年生活中给予的无

图9　21世纪初，原东南区16-17号四家人的"全家福"，前排左起：高志光、梁超伍、黄少菀、林兢华、黄瑜、罗畹华；后排左起：高健、高峻、李少武、高颂平、高颂和、李少娜、高颂东（供图者：李少娜）

以回报的真情与厚爱。孖屋岁月留给我们的是珍贵的童缘，是我们大家深藏心间的共同情怀。

东南区16—17号，在我们心中，永远不会消失！

参考文献：

[1] 余志.康乐红楼：中国大学校园建筑典范[M].香港：商务印书馆（香港）有限公司，2004.

[2] 蔡宗周.中大童缘[M].广州：中山大学出版社，2014.

[3] 曹讚.康乐绿叶掩红楼：中山大学南校区历史建筑风景油画集[M].广州：岭南美术出版社，2018.

中山大学植物研究所转隶中的细节

◎ 吴 节

中国科学院华南植物园,位于广东省广州市天河区天源路1190号,目前拥有三个园区,占地共计1452.3公顷。拥有植物科学、生态与环境科学、农业与生物技术三个研究中心,馆藏标本118万余份的植物标本馆,图书馆,38个专类园区;迁地保育植物17502种(含种下分类单元),高等植物2291种,其中就地保护的野生高等植物1778种、引种栽培植物513种;联合建设有多间植物多样性与特色经济作物全国重点实验室;设有植物学、生物化学与分子生物学、遗传学、生态学博士学位培养点4个,植物学、生物化学与分子生物学、遗传学、生态学、园林植物与观赏园艺、野生动植物保护与利用、生物与医药专业学位硕士学位培养点7个,还设有生物学、生态学等两个一级学科的博士后流动站,是国家植物园体系建设与世界植物园发展的重要支撑组织。

享誉国内外的中国科学院华南植物园,缘起于中山大学。1928年,中山大学创办了植物研究室,一年后更名为"中山大学农林植物研究所",陈焕镛①

---

① 陈焕镛(1890—1971),男,广东新会人,我国著名植物学家,中国科学院院士。1919年毕业于美国哈佛大学树木系,获硕士学位;1920年任南京金陵大学农学院林学系教授;1927年受聘为中山大学教授,1928年任教于中山大学农学院并设立植物研究室;1929年任中山大学农林植物研究所首任所长;1947年先后任中山大学植物研究所所长,中国科学院华南植物研究所研究员、所长。

任所长。抗战胜利后，校长聘任吴印禅①为农林植物研究所代所长，1947年学校恢复陈焕镛所长职，吴印禅改任副所长。同年，中山大学农林植物研究所改组为中山大学植物研究所，并从中大农学院划归中大理学院。改组后的中山大学植物研究所正、副所长为陈焕镛和吴印禅。

1949年，中国科学院成立，为集合全国科研力量建成可覆盖全国的《中国植物志》编写网，中国科学院希望将已经开展收集和研究南方植物并取得一定成果的中大植物研究所，剥离教育部门，归属科学院领导。经与中大校方、高教部反复协商，并在全国高校院系大调整的背景下，1953年下半年，中山大学同意国家的战略调整，同意植物研究所转隶中国科学院。

1953年12月4日，中国科学院将《中山大学植物研究所改由中国科学院领导的合约》提交高等教育部审议，1953年12月11日，中山大学正式回文同意其合约内容。转隶后，中山大学植物研究所更名为"中国科学院华南植物研究所"。图1是当年中国科学院、中山大学在广州共同商讨有关中山大学植物研究所转隶事宜时的工作合照，见证了商议与交接的历史一刻。

图1 20世纪50年代，吕逸卿（前排左一，中大副教务长）、王越（前排左二，中大教务长）、许崇清（前排左三，中大校长）、冯乃超（前排左四，中大党委书记）、吴钲镒（前排左五，中国科学院植物所副所长）、丁颖（后排左一，中大农学院院长）、陈焕镛（后排左三，中大植物研究所所长）和吴印禅（后排左四，中大植物研究所副所长）等摄于中山大学石牌校址

---

① 吴印禅（1902—1959），男，江苏沭阳县人，我国著名的植物学家。1925年就读于武昌高等师范学校生物系；1928年被聘为中山大学生物系助教；1934年赴德国柏林大学学习；1940年任同济大学教授及生物系主任；1945年任中山大学教授，先后任中山大学农林植物研究所代所长，中山大学植物研究所副所长，中国科学院华南植物研究所副所长，中山大学副教务长。

1954年6月，中国科学院召开第23次院常务会议，批准陈焕镛任华南植物研究所所长、吴印禅任副所长。1954年4月19日，中国科学院与中山大学筹备委员会签订了《中山大学借地华南植物研究所建筑所址协议书》，并完成了相关移交的手续。至此，康乐园西南区紧邻新港路的原中大植物研究所地段（原新港路87号），挂出了崭新的牌子：中国科学院华南植物研究所。

1958年，改隶后的华南植物研究所另觅新址——天河区长湴村大坑岗，并在龙眼洞开辟了华南植物园。2003年，"中国科学院华南植物研究所"更名为"中国科学院华南植物园"。2019年，由国际植物园保护联盟（BGCI）和国际植物园协会（IABG）两个国际组织主席以及各国知名专家参与的国际评估认为，华南植物园综合排名居世界前5名。2022年，"中国科学院华南植物园"又获国务院批准为"中国科学院华南国家植物园"。

成功不必是我，成功必定有我。回望来时的路，从1928年中山大学创办植物研究室起，到今日的华南国家植物园，已历经风雨九十余载。凝聚了数代植物学人夙愿的巨著《中国植物志》也在2004年全部出版，这部宏大的植物学文献，展示了我国植物多样性，为有效保护和合理利用植物资源提供极为重要的基础知识和科学依据。抚今追昔，理清脉络，是对许多植物学前辈们的不懈奋斗和创业精神的尊敬。

十年树木，百年树人；百年名校，薪火相传。

参考文献：

[1] 华南国家植物园官方网站园况介绍及档案室资料。
[2] 中山大学档案馆相关档案。

作者简介：

吴节，男，1960届中山大学附属小学校友；父亲为中山大学生物系吴印禅教授，母亲为中山大学附属小学李崇敬老师。

康乐园的水泽之地

◎姚明基

图1　1933年2月15日，海珠桥落成时的原貌

广州，地处中国南部，珠江下游，濒临南海，属南亚热带季风气候区。与毗邻的珠江三角洲一样，辖内水网交集，河、涌、沥、滘相通，水资源丰富。海珠区则四面环水，总体上呈岛状，因此被俗称之为"海珠岛""河南岛"。在1933年2月15日海珠桥通车之前，"河南岛"的居民"去广州"，可真是要坐小艇渡到珠江河对岸，才算是进入广州市区。

自1903年签约成为大学校园伊始，康乐园内丰富的水资源，就成为这美丽校园不可或缺的点睛之笔。当年的校园内，真可谓是水泽充盈。

图2　当年北门珠江河码头边上待客的出租小艇

图3 当年站在马岗顶上,可远眺珠江河与白云山,近景为附属小学建筑群

远眺云山紧贴珠水的康乐园,生活与出行,无不随珠江的潮涨潮落而动。珠江的涨潮,会灌满其相连大小的河涌;退潮则会带走一些生活上的废物。正所谓"一方水土,养一方人",农耕时代,珠江河水是直接"引用"于生活。1905年岭南大学进驻康乐园时,广州市自来水公司才同步成立,管网工程根本未铺设到"河南岛",康乐园内更没有自来水供应。

图4 北门码头

图5 当年珠江河上渔民打鱼的景象

图6 当年学生在进行鱼塘养殖研究，塘基上种植的是番石榴树

  北门，又称北闸，紧邻珠江，它不仅是康乐园出入广州市区的交通要道，还是园内几口大鱼塘的所在地，当年因水泽丰润、土壤肥沃，荔枝鱼塘、木瓜鱼塘、石榴鱼塘的风情，毫不逊色于珠江三角洲"桑基鱼塘""蔗基鱼塘""蕉基鱼塘"的景色。当年学校提倡加强体育锻炼，很多喜爱游泳的同学，便结伴到珠江畅游，横渡珠江到对面二沙岛者比比皆是。为保障学生的人身安全，学校于1915年组织学生义务劳动，在北闸的东侧，开辟了一个相对较规范的游泳池，俗称大池，利用珠江河潮汐的涨水，引流其中，确保水质保持清澈，引导学生在池内训练，还安排专业人员在场，确保安全。其间，在北闸的游泳池，还举办过多次游泳比赛。

图7 1915年，学生在挖掘游泳池时的场景

图8　1916年，游泳池落成后的第一次游泳

图9　1916年，游泳池落成后的第一次游泳

图10　1916年，游泳池落成后的第一次游泳

图11　1916年，游泳池落成后的第一次游泳

校园物语 共话康乐

图12 1916年，游泳池落成后的第一次游泳

图13 小游泳池曾经所在的位置

图14 当下的学校游泳池，于20世纪60年代末70年代初建成。1988年11月，由香港中华总商会会长霍英东先生投资兴建的英东体育中心，同时增建、升级了当时的游泳池，并沿用至今

63

图15 1932年时的水塔与喷水池的风貌

为保障学生与教师的生活用水,学校于1930年底,聘请了著名设计师杨锡宗,设计了一座独特的水塔,1931年建造施工,并于同年建成。久而久之,这水塔成了学校的标志。杨锡宗,早年就读于岭大附中,后留学美国康奈尔大学,学成后回国,曾任广州市城市规划委员会委员。除在广州市设计有多个著名建筑群、多幢著名建筑之外,他还参加了当年中山大学石牌新校址的设计,当下,矗立在中大多个校园的"凯旋门"式双体石牌坊,就是他设计的作品。而位于康乐园内的这个水塔,结构高耸,水压扬程覆盖面较广,能保证康乐园内各处的生活用水。1938年,为防高大醒目的水塔遭日本侵略者的轰炸,特地在水塔的顶部涂上了防空颜色。当年水塔下是学校的水厂,现北门景观湖则是其取水点、滤池。当年水厂取水的几根粗壮吸水管,现在仍埋藏在岭南堂下方。2001年6月,适逢天文大潮,珠江河水倒灌,令岭南堂地下室倒灌水浸,就是这吸水管的原因。

图16 1931年11月,从水塔上观看北面景观,右下为滤池中的小游泳池

5 校园物语 共话康乐

喷水池，名曰"超泉"。据档案照片时间推断，该池在水塔落成后于1932年6月建成①，并安装有喷水的"曝气器"运行。1947年岭大超社②毕业生捐资扩建、加固，扩建后仍呈八角形，颜色以灰白色为主。1997年11月，超社同学们举行毕业离校金禧纪念后，于1998年6月捐资重修，池内贴蓝色瓷砖，池外仍呈灰白色，八个角位安装喷水"龙头"，增设较大型设备，喷水时水柱明显增高。至今，超泉在校园中，仍发挥着调节空气、美化环境、愉悦身心的作用。

图17　1932年6月，于水塔上所拍摄的校园中区的景观

图18　当下超泉开启的景象（拍摄者：李青）

---

① 喷水池的落成时间存疑，有待后证。现存旧照片上的时间为1932年6月，亦有的为1937年。超社捐赠时间则为1947年，相距较远。本文暂定为超社在建成后捐资加固并拓展为前后两层。
② 中山大学前身院校岭南大学的社团名称，为便于记忆及校友辨析，每届毕业生成为一个社团，并冠一个字的社名，如1923年为真社、1924年为辛社、1925年为风社……并延用至今。

在水塔没建成之前，康乐园有多处的水井，为人们的生活提供用水。2020年，学校建设博物馆，在十友堂的北侧，发现了一处汉代古井，很多老校友都说，早就知道这地方有一口井，现在这口井被很好地保护起来，供人们参观。第二口水井，是在校园的中区，当下永芳堂东面，靠近法学院东侧榕树边上。该处水井构筑了一个约60公分高的水泥井台，直径约5米，井台表面粗糙防滑，四周筑有铁栏杆，作防护，井水清澈见底。这口井直至永芳堂建设时才被填埋。第三口水井，则是在工人村西南区133号（旧编号）的东侧。其水井的井台有一米高，呈正方形，水泥结构，井里水质清澈，该井多次在区域内停水时，发挥了作用。该井于1993年工人村拆建时掩埋，2018年，因园西区762号东边单元加建电梯时又被发现，这才彻底填平。第四口水井，则是位于原工农速成中学，位于现中山大学附属小学的西侧，附小饭堂旁边，紧靠印刷厂鱼塘的南边。随着附中、附小校舍的迁移，这口井

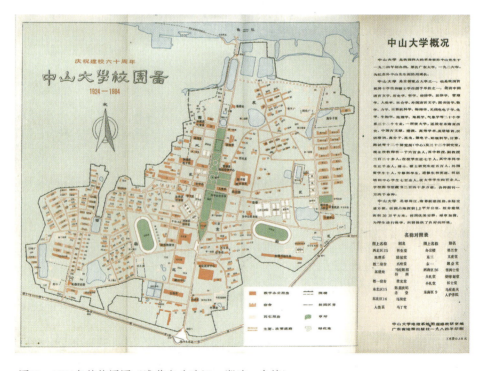

图19　1984年的校园图（浅蓝色为珠江、湖泊、鱼塘）

也消失了。据一些老校友回忆，马岗顶附近还有两口水井，但因年代久远，印象渐失。

20世纪90年代，广州市自来水公司的管网系统完善，且供应优质的流溪河水，校园水塔的功能弱化，后被拆除，几代校友心中的标志，消失了。

从整体上看，至1972年，校内有一定规模的湖泊、鱼塘有近20处。到了1984年，康乐园内仍分布有十几处水泽之地，从东区往西区细数：位于"广寒宫"北面的园东湖；游泳池西侧有一鱼塘，后被英东体育中心的跳台泳池占用；原

图20　今日的园东湖

图21　今日的园西湖

战备饭堂北侧有一口较大鱼塘；当年高分子所（后称塑料厂）内也有一口鱼塘；原教工第二饭堂，即今天的管理学院东侧有松园湖；北门有景观湖及附近三口鱼塘（其中有一处是后来挖掘的第二个游泳池）；喷水池；西区工中鱼塘，即今天的园西湖；柚子园鱼塘（即今天的离退休处）等。

值得一提的是，康乐园西区的水网之地。西区现附属小学所在地，原是校内一口蓄水量最大的鱼塘，俗称"印刷厂"鱼塘。该塘的北侧，连接着一条宽大约2米、深约1.5米的泄洪渠，该渠紧贴着广东省经济管理干部学

院围墙，贯穿工人村而过，再通过今天的怡乐花园，经由海珠涌，流入珠江。每当泄洪之际，"翻墙"逃窜之鱼，则是附近居民改善生活的美食佳馔哦。工人村的所在地，是整个康乐园里地势最低洼之处，村内水泽丰饶，水草丛生，这里早年曾是农学院的养殖场。由于地势低洼，水源充足，曾有位校工，精通农耕要术，在靠近"打靶场"西面，垦荒种植了水稻、小米、高粱等，收获颇丰令人羡慕，无意中，也佐证了康乐园的水泽丰润。

图22　当年康乐园内马丁堂前多处水稻田的景象

还有一处水泽之地，令当年的孩童们难以忘怀。在学校南门的西侧，靠近广东省昆虫研究所围墙之处是当年生物系的实验鱼场，在此的四口鱼塘，其排水系统为明渠，从南往北，穿过品种繁多的大竹林，经涵洞流入西大球场东西两边的环形排水渠，从西大球场北面流向凤凰村外。该排水渠常年流水，渠内水草茂密，小螃蟹、"花手巾"（粤语俗称，鱼名为斗鱼）、小虾米等可是不少，甚至还有小泥鳅。很多校友在孩童时代，手持用蚊帐布自制的"抄网"，可是成功捕捞了不少鱼获。

湖泊是国土的重要组成部分，具有调节川流、提供水源、改善区域环境的功能。康乐园的地形地貌东高西低，中间较高且平缓，南北低洼，形似一龟背壳；园内有多个小山岗，如沙岗、赤狸岗、马岗、枸杞岗、北海岗等，可谓岗峦起伏。在这些岗峦的不同方向，都有排泄雨水的沟壑。其中有一处景观值得关注，每当大雨或暴雨时，马岗顶的大量雨水会顺着马岗堂前的路面直接流向松园湖，有一种"飞流直下"的感觉，场面挺壮观。这倒是彰显了康乐园内这些湖泊、鱼塘，在发挥调节区域雨水的功能，保护着校园美好的环境。

上善若水，润物无声；静水流深，泽惠翰林。

图23 当年康乐园水厂的取水点、滤池，今天已成了北门的景观湖

本文所用图片，均来自中山大学档案馆

参考资料：

[1]岭南大学香港同学会.钟荣光先生传[M].香港：岭南大学同学会，1996.

[2]广东省档案馆.岭南大学历史档案文献选编（1937—1945）[M].广州：广东人民出版社，2022.

作者简介：

姚明基，男，1969级中山大学附属小学校友，原中山大学出版社副社长、原中山大学档案馆副馆长。

中大码头忆旧*

◎ 蔡宗周 ①

中山大学北门濒临珠江。

迎门,有两条笔直校道夹着一池碧水伸向校区。校道旁两排高耸的桄榔树,枝叶飘飘屹立如旧;两排白千层,扭动枝干沧桑依然。微风中沧沧碧水漾起轻轻涟漪,一池幽静。几朵睡莲,安于一隅,静静地探出水面,就像沉睡了许久许久的女子从曙色中悄悄地醒来,瞧着一片崭新的人间。

时隔几十年后,我再一次来到中大北门,眼前这唯一熟悉的景致,温暖了我的记忆,勾起了我心底的缕缕情愫。环顾北门四周,其他一切都变了,昔日的桑基围田早已高楼林立,绿树婆娑,繁华得让人感到陌生;昔日的江边渡口,泥路、沙滩、栈桥也早无觅处,中大码头一个华丽转身已是石栏、花径、漂亮的轮渡小屋。北门外偌大的广场开阔敞亮,牌坊连着石桥,石桥通向平台,平台下车水马龙的滨江东路从隧道穿过,平台上的广场圆如小

---

* 本文刊于《中国铁路文艺》2012年第11期,略有修改。
① 蔡宗周,中国作家协会会员,中国音乐家协会会员,国家一级作家。世界华文诗人笔会理秘书长。曾任广东散文诗学会副会长,《华夏诗报》副总编,《中国铁路文艺》副主编。现任《侨星》杂志副主编、南方诗歌创作研究委员会副主任。

蔡宗周50多年间在国内外数十家报刊发表各类文学作品400余万字,已正式出版诗歌、散文、散文诗、报告文学、歌词等专著33部。10余次获省、部、市一级文学奖,近百次获各种报刊征文奖,作品选入百余种诗选、文选,其创作经历收入《中国作家大辞典》《中国文学家大辞典》《中国文艺家传集》《中国中青年诗人传略》《广东作家传略》等十余种辞典。

岛，四周绿树簇拥，流水环绕，一派安然。只见人们在广场上优哉游哉，散步的、打拳的、做操的、跳舞的、放风筝的，一派散淡与祥和。广场最醒目的是两排十二根一米见方的大理石石柱，框架般矗立着气势恢宏的"国立中山大学"牌坊，巍巍然撑起这南国高等学府的威严。牌坊两侧是鳞次栉比的高楼大厦，沿着江景一线铺展成一片市井风光。

站在中大码头，凭栏眺望，微风拂面，心中像珠江潮水一样奔涌起伏，记忆的老照片瞬间在心中一一呈现：岸上的低矮茅屋，江边的荔树菜地，河畔的沙堆沟渠，沿岸停靠的篷船木排，江上行驶的拖轮篷帆，孑然孤立的中大华表，还有水中戏耍光屁股的孩子，……，时光的流水流走了这一切，眼前已是新时代的亮色。隔岸美丽的二沙岛铺开了一幅彩色的画图：绿树掩映中透露红墙绿瓦，影影绰绰里现出体育场馆；近处的星海音乐厅如一面升起的三角帆在江上飞飘；稍远的广州大桥像弯弯彩虹南北飞架；再远处白色拱形的海心沙体育场看台朦朦胧胧；放眼天地尽头，一痕山影在薄雾中时隐时现……这风光景致，正如《中山大学北门广场记》中赞美的："门揽云山，岸临珠水，南天毓秀，于此挹聚。"

中大码头历史悠悠。远在一千五百多年前交通不便的南朝，中国一代山水诗宗谢灵运因言获罪被贬到广州，想必他是从这儿登岸住下的。谢公从小寄养在他人家，小名"客儿"，18岁袭封康乐公，以"康乐公"自称。他在这儿度过了生命的最后时光，最后被斩弃市，后人为纪念他，把此地叫作康乐园，而将附近的村庄叫作客村。我想，一千五百年前这儿丛丛芦苇摇晃的野渡，就像韦应物笔下那种"野渡无人舟自横"的苍凉。谢灵运吟咏"池塘生春草，园柳变鸣禽"的景象，今日，康乐园仍可寻得，这也许是他晚年所思念和憧憬的。谢公于苦难中，最早在珠江南岸的这片圣地撒下了文明的种子，这就是中大码头厚重的历史。1952年，在全国高等院校院系调整中，中山大学与岭南大学合并于此，千年的康乐码头才改为中大码头。

近代，中大码头也留下过许许多多伟人、学者、大师的足迹。1924年，孙中山先生曾三次从广州市区的天字码头搭乘轮渡到此，就是在这码头登岸到学校为莘莘学子演讲的。先生亲笔写下校训："博学、审问、慎思、明辨、笃行"，要求"学生要立志做大事，不可（立志）做大官"，先生的谆谆教诲让一代代中大师生受用终生。中大码头，小小的渡口，还留下过廖仲恺、许崇清、钟敬文、王力、陈寅恪、姜立夫、洪深、容庚、商承祚等伟人、大师、学者的脚印，这脚印通向了五湖四海。中大码头，是一个传播文明的码头，它在岁月中不停地摆渡，年年岁岁将一批批学子从孜孜追求的此岸，渡向光明理想的彼岸……

小时候，我第一次经中大码头到中大是1954年。那时我家住在文明路中大旧校区，父亲因教学不能天天回家而在中大荣光堂有一间宿舍，我是跟父亲乘船到中大玩的。当时，广州市内的公交车很少，河南的路况又不好，车过海珠桥不远便是弯弯曲曲的沙石路，小港桥一段还有一个长长的斜坡，两侧尽是菜畦田地。当年从广州市区去中大，许多人都选择水路，快捷方便，只是轮船小了些、旧了些，一小时才一班。那一路"突、突、突"冒烟的渡轮，轮船两端站满推自行车的人，中间船舱仅可容纳二十余人，要慢慢地行驶三十分钟，让人焦急。可坐船能赏沿江风光，清清的流水，湛湛的蓝天，两岸荔枝拥翠，一路浪花飞溅，这是我对中大码头的初印象。

后来，我家搬到了中大，中大码头也就去得多了。我不是去搭乘轮渡，而是与小伙伴去江边玩耍。涨潮时，我们把脚伸入凉爽的水中，坐在江边的石级上争数往来的船帆；潮退时，我们就下到滩涂抓小鱼、拾螺壳。有时去码头边一排排菜垄里钓蟛蜞，有时去看人江边放风筝。黄昏的码头波光粼粼、江水红红、江风爽爽，是孩子们的天地，尤其会游泳的更是一会儿跳水，一会儿追逐，一会儿打水仗，玩得乐不思归。

记得当年距码头七八十米处的江中，长年停着一艘数千吨银白色的"水仙号"大轮船，一根粗粗的铁链将锚扎入水中。有人说是国民党起义的船只，怕出外海遭袭才停在珠江里。大胆的孩子会游到大船边摸一摸大船，抓住落锚的铁链休息一会儿再往回返。我当时还是一个旱鸭子，只能在岸上替大家守衣服。家长怕孩子出事，往往吃饭时分会到这儿寻人，寻到了就强拖硬拉，甚至拧着耳朵领回家。这童年的码头游乐图，还印在我们那一辈人的心坎上。

今日的中大码头，新颜取代了旧貌，欢乐洒遍了广场，轮渡的轮船漂亮了，服务周到了，速度加快了，航次缩短了，线路延长了。现在渡船不仅开到天字码头，还去西堤、芳村，沿江更是风光如画。中大码头还增开了游览珠江的服务项目，日游、夜游、假日游，名目繁多，让中大的师生家属、让来中大寻亲探访的人们，在紧张的学习之余，在合家团圆的日子，可搭游船畅游珠江，在领略高等学校的风采之后，可从江上再一次回望这一片绿色的宁静的校园，追随滔滔流水，也回望流水般逝去的岁月……

作者简介：

蔡宗周，男，1957届中山大学附属小学校友；父亲为中山大学外语系蔡文显教授。

一次有趣的珠江划船

◎王则楚

1968年，我基本上除了在家待着，就是几乎天天到珠江去游泳。记得和水牛（钟衍声，当时在县里教书，后在暨南大学历史学系工作、退休）一起游泳时，游到江中轮船的锚链边，便会拉着锚链聊着时政人物的闲话，我俩似乎觉得只有在这样的地方讲才会安全。

那时，去北大地质地理系就读的中大子弟卢世安也回到了家里，但我与他来往并不算多。虽然不如我同水牛、阿门（朱蔚文）、阿巨（朱巨文）、钟一宁和大头（梁朝宗）等中大子弟来往多，但毕竟都是北大同学及中大子弟，还算是比较熟悉的。

图1　王则楚（前左）、卢世安（后）和罗锡章（右）在北大未名湖边合影

有一天，我在中大北门正准备游泳的时候，看见卢世安与他的几位华师附中的同班同学也来到了中大北门，在小港河流入珠江的小河边正在翻动一条小艇，我好奇地走过去看看。一问才知道他们正在修补一条底部漏水的小木板船，准备划船去沙面，我很有兴趣地加入了他们的行列。

5 校园物语 共话康乐

图2 王则楚等人翻过船身，并用淤泥抹涂船底来修补漏船

　　这次珠江划船我们带了相机，当时又拍了照片，使这次活动留下了虽然有点淡忘但仍然可以寻找的回忆。在修补漏船的照片中，我在前排右边，卢世安在前排左边，大家用手涂抹着用以补漏船底的淤泥，这时已经让船底显得光滑了。从穿着上看，我是穿着短裤和背心，显然是准备来游泳的，而卢世安则穿着长裤和凉鞋，大概他以为划船是一次很休闲的活动，所以才会这样穿。他的同伴基本是穿着短裤和光脚，不过也有穿短袖衬衫的，他们应该知道途中要被太阳晒。照片右上角的地方就是当年的中大码头，一艘轮渡正在候客，那时候的轮渡一小时才发一趟。

　　补漏之后，我们把船翻过来推船下水，准备划船出发。这时，大家都脱了鞋，卢世安也把裤脚卷到了膝盖之上了，脱下来的衣物则摆在了船头。两支船桨摆在了船的中央，一个舀水的木斗放在船尾，准备随时把漏进船里的水舀出去。还有根竹竿插在船头，是备用于若船快要与什么东西相碰的时候，及时撑开船头避免相碰。从相片里修补漏船和推船入水的地方可以看到，当珠江河退潮的时候，水是很浅的，河滩都露出水面，水文站与筊桥之间的河岸会露出泥沙滩，大家可以赤脚走到那里去游玩。我曾经在这河滩捡到一个小小的圆形陶瓷盒子，据说是林则徐虎门销烟时销毁装鸦片的小盒子。在北门外，学校建有一座与校内建筑风格相仿的紫色歇山顶风雨亭，供

75

师生们候船、堆放航运相关物资，而风雨亭外则绿植环绕，风景和谐。近百年的时光，江水还在咏唱着它的故事。

离开小港河后，进入珠江，水变深得多，也明显感觉船浮了起来，大家奋力地划向宽阔的珠江。我们是沿着珠江主航道的南岸向沙面划去的；到了沙面，见到江边的榕树下，有一个人在拉小提琴，我们会在靠近岸边时停下来聆听。划船途中，在岸边有亲水梯级的地方，我们都会摆好姿势照一张划船的照片，我自然也留有一张。此相片是在船静止的状态下摆拍的，此时小船所在水域还算平

图3 王则楚等人正在推船入水（左起：卢世安、李彦综、王则楚、林苏、刘卓樑）

图4 王则楚在珠江划船

静，远处应该是有机动船通过，掀起的波浪，暗涌将致。相片远处的小河涌口两侧有两棵大榕树，沿河涌边而建的房子，比只有木栅栏撑着的中大北门的码头要强少许，但相片所在的这个位置，想不起来在哪里了，应该是在准备掉头顺流返回中大的地方。

当船航行过了沙面，到了大坦沙，我们才掉头返航划回中大北门。漏船始终是漏船，河边的烂泥是不可能在承载多人的情况下，堵得住渗漏。在前

行途中，我们一边舀水一边坚持划船，依靠木制船只本身的浮力，经过两三个小时的努力，才安全回到中大北门，此时大家全身衣服都已湿透了，疲惫不堪。

1967年的夏天，我因十二指肠溃疡导致大出血，做了胃切除手术。这次划船活动，无疑是在手

图5　王则楚（左）和卢世安附中的同学李彦综（中）、林苏（右）在划船

术一年之后对我身体健康的一次重大考验。从照片上可以看到，通过健身形成的肌肉群，表明我的身体已经基本康复。

而当其时，卢世安的几个同学都在各个高校读书：李彦综在洛阳农机学院、林苏在华南工学院、刘卓樑在中山医学院。他们都是回到广州的家里等待着学校复课，才有了这么一次有趣的珠江划船。

珠江划船之后的某一天夜晚，广雅中学的同学、全运会赛艇亚军之一的陈小渝划着舢板，在暮色中送我越过珠江。我在白云路广州火车站登上了北上的火车，重启了求学之路。

模范村记事点滴

◎夏纪梅

模范村地处康乐园的西北和西南部,我的童年时期和少年时代基本是在此度过。

1952年,当年不足2岁的我随父母(夏书章、汪淑钧)从中山大学原教工宿舍所在地文德路北斋搬迁入康乐园,组织安排住在模范村村头西北区2号(现在的"中山大学档案馆")。后调整到模范村村尾西南区23号居住(现学一饭堂处)。

1968年,我在广雅中学就读期间,因"知识青年上山下乡,接受贫下中农的再教育运动"而下乡到海南岛,就此离开了模范村村尾西南区23号住宅。

图1 西北区2号模范村头小屋(拍摄者:姚明基)

建筑记忆

模范村那一幢幢二层独栋小楼,始建时由于投入资金间的差距,显然比不过位于东北区马岗顶的另一片教授住宅,但它也是有着自己不一般的品味和特色。

模范村的楼群具有上世纪初同时代的中西结合建筑的风格,与东北区马岗顶的楼群相比较,最明显的区别是其中国元素,表现在坐北朝南的住房结构设计。另一个差别则是模范村的建筑均没有设计地下室,而马岗顶的建筑则大都有地下室,不仅能作为发生地震时的安全保障空间,也可提供给佣人居住,用处多多。

而模范村的建筑与东北区的建筑也有相同之处,那就是建筑内都装饰有西式壁炉,因此屋顶上都有耸立的烟囱;此外,它们都在屋内通楼梯,一层为客厅,二层是卧室,所以厕所都在二楼,同时配有大浴缸,房屋主体之外则有连体小天台,宽敞别致,后院还有连体天井小屋,作为厨房和晾衣之用。

图2 模范村的建筑,红墙绿瓦,大门朝南,有蓝宝琉璃通花瓦阳台和烟囱(拍摄者:姚明基)

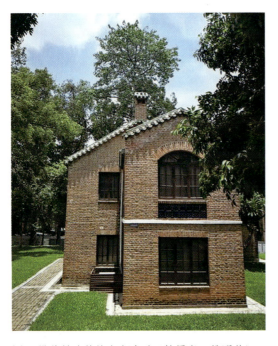

图3 模范村建筑的窗户造型（拍摄者：姚明基）

虽然康乐园东西两区的住房在设计、用材、规模和等级上有别，但却有着共同的中国审美元素，那就是红墙绿瓦，所以这种风格的建筑泛指"康乐红楼"。最让人叫绝的一点就是，康乐红楼里没有一栋建筑在造型和门窗在设计上是相同的。有的红楼有阳台，镶嵌着宝石蓝色的通花楼台；有的红楼没有阳台，翠绿的瓦片排成了南方落雨的屋檐。门窗有拱形的，也有方形的，各具特色。

马岗顶建筑群和模范村建筑群在布局上还有另一个共同点，那就是西方的隐私理念，表现在围绕单门独院的篱笆和后院。值得一提的是，中西方传统住宅有着共同的景观——房前屋后种树。前人种树后人乘凉，百年老树给人以满满的记忆和鲜活的回忆，代代分享着花香、硕果和林荫。

前人当年种下的树种都是岭南特有的优品，有香樟树、大叶榕树、小叶榕树和桉树等根深叶茂、树干粗壮、盘根错节、气势宏大的林荫树；也有白兰花树、紫荆花树、鸡蛋花树、桂花树、栀子花树和腊肠树（花朵像葡萄一样一串串的，颜色为鹅黄色，会散发清香）等芳香四溢、沁入心扉的花树；亦有夜来香和九里香等散发香味的灌木篱笆花树；更有龙眼、杨桃、蒲桃、莲雾、番石榴、枇杷、木瓜、樱桃、芒果、橄榄和水翁子等果实累累和美味诱人的南国水果树；还有大红花、灯笼花、紫荆花、木棉花、禾雀花、凤凰花、火焰花和勿忘我花等具有观赏性的花树或藤蔓。

 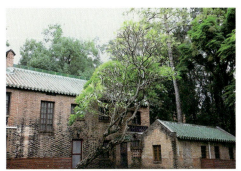

图4 模范村头蒲桃树开花（拍摄者：姚明基） 图5 模范村建筑屋后的鸡蛋花树和连体厨房（拍摄者：吕炳庚）

人文记忆

当年在模范村居住时的邻居，都是我父母那辈的中国教授或老革命干部。我记得有中文系、地理系、化学系、外语系、历史学系和生物系的教授；也有留洋德国、法国、英国和美国的海归；还有的则是毕业于国内著名的西南联大。住在这里的还有级别较高的机关干部，如组织部长和人事处长等。

那时中大的学科设置只有文、史、哲、数、理、化，住在模范村的教授则全是这些学科的学科带头人或系主任。而且这些叔叔伯伯的名字我都耳熟能详，他们的子女很多也都是我在中山大学附属小学或广雅中学读书时的师兄师姐或是同龄同届，乃至同班的同学。

20世纪50年代初期，很多教授的夫人都是民国时期的大家闺秀或大学毕业生，却多数没有正式工作。作为邻居，这些儒雅的伯母们给我留下了深刻印象。有一位邻居曾经教育我说："女孩子走路要抬头挺胸，不然以后体态难看。"有一位只生有男孩的伯伯一见到我就满面笑容，不仅教了我很多东西，我也从他们那里学到了不少做人做事的道理。

后来，随着社会上出现"妇女能顶半边天"的口号和"妇女解放运动"，女性的地位不断提高，一些伯母积极参加了幼儿园、合作社、家委会和卫生

图6 作者母亲、夏书章教授夫人汪淑钧副教授

图7 2023年2月23日,作者夏纪梅(左一)与夏纪慧(右一)为研究生院第二届"中山大学汪淑钧奖学金"获奖学生颁奖

检查团之类的工作。我母亲汪淑钧,是民国时期的大家闺秀,也是中央大学的毕业生,因为连生了五个孩子,不仅家务全包,还要保证父亲(夏书章教授)的教学任务以及担任校工会主席、哲学系复办首届领导等重要工作和公务活动不受影响。更值得尊敬的是,新中国成立初期,父亲被组织派往农村参加土改运动,一去就是一年,完全无法顾及家庭。即便这样,她在照顾我们的同时还能利用有限的空余时间帮历史学系翻译了大量文献资料。幼儿园成立后,她还担任了幼儿园园长。直到60年代,她才回到教学岗位,成为中山大学公共英语教师,还是首届研究生公共英语教学大纲和教材的创作编写者。这也是我和妹妹为纪念和传承母亲的贡献设立了"中山大学汪淑钧奖学金",以奖励在国际顶尖学术期刊发表研究成果的在读研究生的原因。

模范村里的住户邻里关系很好,记得有次地震,我在床上感觉到震动,连忙从家里跑出大喊,还跑到钟晓曼(组织部长梁璧的二女儿,我的同班同学兼好朋友)家抱团压惊。

从模范村到中大市场买菜,需要经过八角亭,那是我们歇脚和躲雨的地方。当年买肉、买鱼需凭人头票,而且还要赶早去排队,排到时肉已卖完的事是常有的,有票没货,只能扫兴而归。为此,有的人还会专门在前一天晚上在肉档前放块砖头占位。那时家里人多，买的米一袋至少30斤重，从市场背回模范村的家中，刚过10岁的我感觉非常吃力，一路小跑，用加速减负，后来有自行车运载就好多了。家里买的第一台自行车是苏联式的，用脚刹车的那种。我腿不够长，只能屁股不上座，站在车上两脚踏着骑。可惜后来单车没了，不然一定会是很有价值的物品。

在模范村居住时，我们各家各户有时会在自己的后院养鸡、养兔。因为父母家教较严，我们家需要分工做家务，我负责给小我十岁的妹妹洗尿布、喂糊

图8　作者夏纪梅教授和父亲夏书章教授于2023年初在八角亭前合影

糊，打扫院子里的落叶以及到大草坪那拔草回家喂兔子，这时，大草坪上的酸咪草（酢浆草，也俗称三叶草）连花带根我吃了不知多少。那时还会在院子里挖蚯蚓、雨天时会捡东风螺喂鸡。那时候一年才吃一次鸡，母亲会把鸡屁股留给自己，说自己喜欢吃。想想真是经典的故事，伟大的母爱。

1958年，人民公社成立的时候，中山大学教工饭堂就在模范村（现永芳堂处）。刚成立时，我负责帮家人打菜，排队打菜时每人每次排队都限额，因为我家当时有7口人，我只好厚着脸皮多排几次队。排队时我喜欢东张西望，一会儿看看正在售出的菜品，一会儿看看正在排队和吃饭的人。有两个场景深深地烙在了我的记忆里，当时我看到食堂有三个档口，其中一个档口的服务员是两个正青春的美女，年轻的男教工都喜欢排她们的队，还边买边与她们打趣。另一个场景是当时在食堂吃饭的一对青年教师情侣特别引人注目，我夹菜给你，你扒饭给我，恩恩爱爱。后来才知道那个男青年是后来核物理专业教授张纯祥，女青年是北大物理系才女罗达玲，他们那时刚从北大来中大任职。巧的是，现在我们都老了，竟然又成了邻居，他们还是像以前

那样恩爱，真是坚如磐石的爱情典范。

　　1966 年，以前是上下班必经之路的模范村西南区 23 号，变成了人见人躲的地方。邻居走过不敢抬头，不敢打招呼，不敢正视。谁都知道发生了什么，只有我和尚还年幼的弟妹不知所以。后来我于 1968 年下乡去了海南岛，父母亲则于 1969 年去了粤北，这座小楼也被安排入住了另外一家工人，再后来就被拆掉改建成为了学一饭堂。这座小楼从此消失了，它只留存于历史的版图中，收藏在历史照片里，镌刻在人生记忆里。

　　模范村，作为有历史、有故事和有美丽记忆的康乐园的其中一村，它是不是"模范"，算不算"模范"，为何被命名"模范"，这都还需考证，但作为承载了我童年和青年岁月的故园，它必然算是我心中的模范。

作者简介：

　　夏纪梅，女，1964 届中山大学附属小学校友，中山大学外语学院教授；父亲为中山大学政治与公共事务管理学院夏书章教授，母亲为中山大学外语学院汪淑钧副教授。

康乐园"三迁"

◎陈盛荣

我的父亲陈世训是我国著名气象学家之一,在1953年全国高校院系调整时从广西大学调入中山大学,同时从广西调入到中大的还有陈竺同教授。刚来广州时,由于中山大学住房没有安排好,故我们家先住在广州市惠福东路那里的住房,当时的邻居有外语系的王多恩教授等。1955年下半年,才由惠福东路迁入康乐园内。从1955年到1980年,我们经历了康乐园三次搬迁,每次搬迁都从一个侧面折射出中山大学发展的历程。

康乐园"一迁"

从1955年到1970年,我们家在康乐园东南区12号(现东南区278号)居住了近15年,那里有不少我们的美好回忆,在那里我们也经历了许多风雨。

从惠福东路搬迁到康乐园时,我们首先搬迁到东南区12号,该建筑是康乐园早期建筑之一,为两层楼,有地下室,并且建筑东西面各有一个大门,东边毗邻校医院,西边的不远处就是学校的主干道之一。主干道旁有一个大三角形花坛,花坛周边摆放了很多盆花,相当美丽,同时还有专人打理。与不少康乐园早期建筑一样,该建筑周边围起来的灌木形成了一个大花园,正门附近种的果树不少,如石榴树、枇杷树、樱桃树和蒲桃树等,东边则种有鸡蛋花树和一片竹林,南边也有很高大的蒲桃树。加上我们家在南边开垦了一个菜园,故总能让人感到南边是郁郁葱葱的景象。北边有一条小

图1　原东南区12号（谭礼庭屋）刚竣工时的照片（中山大学档案馆藏）

道，是学校主干道连接校医院以及东南区许多住户的重要通道。西北面就是怀士堂，北边过了一条小道也有一个大花园，那里有不少名贵树木，其中有一棵很高大且开花很茂盛的木棉花树，小时候我经常与姐姐一起去捡木棉花，就算下大雨时也不例外。

东南区12号当时安排了4户人家居住，我们被安排在该栋楼西边一楼，二楼是物理系的夏敬农教授和外语系的杨润余教授夫妇。东边一楼原来是杨荣国教授居住，1962年左右，杨荣国教授搬到东南区22号后，校党委老干部黄华明和杨彩萍夫妇迁入，他们有一个儿子叫黄东跃，和我是同龄人，黄东跃有一个姐姐，当时她已是共青团员了。他们家将东边的地下室利用起来，他的姐姐就住在地下室。我经常跑过去他家玩，他的姐姐曾夸奖我在我这个年龄算是识字比较多的人了。我们家西边的地下室就没有很好地利用起来，主要是用于洗澡和洗衣服等。东边二楼的户主被人称为"任医生"，他应是校医院的医生。他有一个孙女与我们是同龄人，他们家因人口多，所以将第三层（隔热层）也利用起来作为厨房，这样看起来面积还是挺大的，我也是经常上去玩。

东南区12号的东西边均有一个小院子（天井），东边天井有一个侧门出

5 校园物语 共话康乐

图2 原东南区12号（谭礼庭屋）东南侧近照

去，出去后右转就是中大幼儿园了。1965年左右，全国动员战备疏散，一楼东边的地下室曾作为备用防空洞使用，幼儿园也做过一次演习，所以幼儿园的许多小朋友曾到过东边一楼的地下室。由于多种原因，二楼西边的夏敬农教授家的厨房安排在了一楼最西边的小房子，与我们家的厨房相邻，有一个木梯从天井通到二楼。夏敬农教授家一日三餐的饭菜都由家里的保姆从一楼的厨房顺着木梯端到二楼，在1965年夏敬农教授去世后，这里也成为杨润余一家出入的主要通道。我们两家关系非常好，他们在走木楼梯时，会经过我们家的厨房门口，我们经常见面和打招呼，我们也从他家保姆那里学到不少东西。后来才了解到夏敬农教授、杨润余教授夫妇可不是一般的教授，据说杨润余出国留学时毛泽东主席还去送行，陈毅元帅到广州时也曾跟夏敬农教授下过棋。

我们家与幼儿园之间有一条小路，过了小路西南侧就与高弥、李汉章、梁超伍和高志光等高级干部为邻居。西边是中山大学停车场、电影广场和大礼堂（风雨操场），故我们家看露天电影时很方便。学校一般会在每周六晚上放一场电影，因为电影广场比较大，不仅可以从正面看，也可以从背面看。正面的放映室前有一个平台，那里摆放了许多椅子，周末看电影时方便高级干部和高级知识分子观看。平台两边都有十几米长的大水泥台阶,那也是观看电影的最好位置之一,故每周六一早就有人在那里或地势比较好的地方摆放凳子占位。一到周六,我们家也成了姐姐同学的一个欢聚中心。

这条小路往东走,就经过车队员工宿舍和康乐园早期建筑之一的小洋楼区,当时除了杨荣国教授住在那一带,还有著名的戴镏龄教授、戴辛错教授、曹廷藩教授、龙康侯教授、徐贤恭教授、校党委陈彬副书记以及教务处杨伊白副处长、历史学系张克谟教授、图书馆刘翰飞馆长和车队特级司机项国山等。原岭南大学医学院诸如陈耀真教授等多个著名一级教授也曾住在东南区这一带。

我的童年无忧无虑、非常开心。除了不时会找同龄人玩,到同学家看连环画、小人书是我童年生活的重要内容。我先后多次到过同龄人王士刚、杨乐兹、张颖和梁左桦等家里看过书。后来,我爱看书的终身习惯估计是从那个时候开始养成的,以致母亲经常提醒我不要看书太久,以防眼睛近视。

那时,晚上经常能看到天空有一盏到多盏探照灯发出的强光束,后来才知道那是战备需要,为了响应政府关于疏散城市人口的号召。1965 年,我父母还将我的哥哥和弟弟送到江西南昌由公公婆婆负责抚养。

从家里往西偏北走一段路,就是教工第三饭堂,我经常按照家里的要求去饭堂打饭菜。曾有一段时间,食堂限量供应,即每次去只给一个口盅的饭,后来才知道那时国民经济相当困难。

1962 年国庆节,母亲带我及其他兄弟姐妹去海珠广场及北京路看国庆游行,没想到在散场后竟与母亲走散了。我先在原地等了一会儿,没看到母亲,我干脆沿着 14 路车的路线往中大走,最终走回了学校。当我走到电影广场放映室附近时,母亲正准备去派出所报失,刚走到停车场,她见到我后非常高兴,这也说明当时我的独立性已很强了。

父亲一生最重要的成就是在中山大学取得的,除了出版了《中国的气候》等几本学术专著外,1961 年,根据国家发展的迫切需要,我国当时中南地区唯一的气象专业在中山大学地理系诞生,父亲是这个专业当时唯一的教授（学科带头人），这与中大稳定的政治环境和生活条件密切相关。

我在东南区 12 号度过了幼年、童年和少年时代，姐姐在 1969 年初中毕业后因上山下乡而去了海南岛，接着父亲去了坪石和英德干校。

1970 年暑假，学校对全校住房进行了具有当时政治色彩的大调整，父母提前处理了一些书和家具，为即将到来的搬家减轻了不少负担。

康乐园"二迁"

从 1970 年 8 月到 1980 年 2 月，我们家又在西南区 10 号（现西北区 523 号）生活了近 10 年。

1970 年暑假期间，我们家根据学校的安排从东南区 12 号搬迁到模范村西南区 10 号，当时父亲还是从干校休假回来搬家的。我们老老实实地按规定时间将准备好的家庭物品运到西南区 10 号，但没想到，住在西南区 10 号的原住户因某种原因没有及时搬走，延后了三天才搬走。我们家的家具，包括许多书籍等就只能堆放在西南区 10 号的门前，露天放了三天，如果遇到下大雨，后果不堪设想。幸亏那几天仅是下了一些零星小雨，没有造成很严重的损失。

图3　原西南区10号西侧近照

三天后，我们终于能将家具搬进了西南区10号的屋内。当时模范村一栋楼住4户人家，一楼两户，二楼两户。一楼我们与地理系李莹珊老师及其家人为邻居，二楼有外语系的外籍教授朱白兰和她的保姆及翻译。在朱白兰教授患癌症去世后，化学系的容庆新教授和邹汉教授迁入。

我们在西南区10号的住房面积比东南区12号是小了很多，而且厨房和厕所起初还是共用，如我们要走到北面后院则要穿过一个天井。在二楼住的就更辛苦了，厨房在一楼，用餐在二楼。不过由于大家都是有文化的人，都是以礼相待，相互尊重，相处得都很好。但我们家只有一房一厅，确实太拥挤了点。房间是父母的卧室，客厅实际上是书房、卧室和餐厅混在一起。我们家安定后不久，考虑在大门一侧搭建一个临时厨房，扩充下房屋面积。

模范村的别墅群也是康乐园早期建筑之一，风格与东南区12号有些相似，每栋楼周边都有灌木围起来形成的大花园，加上我们家搬过来后不久出于安全考虑，就用竹子将大门前面的地方围成一个小院，成了有小院有花园的住宅地，缓解了因室内面积过小所带来的苦恼。那段时间我母亲因身体不好而在家里休养，她就在花园里养了几只鸭子。很快，我们也就习惯了模范村新居的生活。

图4　原西南区10号北侧近照

当时模范村是安排地理系教工和化学系教工居住，我家不仅与曹廷藩等著名教授继续当邻居，也与化学系徐贤恭教授、吴雅阁老师等成为邻居，曾陇梅教授家离我家稍远些。我和徐贤恭教授的孙子徐广生在东南区 12 号居住时已经是好朋友了，故我到了西南区 10 号后，多次到他家玩，也借了不少书看。与吴雅阁老师的二儿子和曾陇梅教授的儿子因是同学关系，更是交往较多，也受益匪浅。

因为模范村就在西大球场旁，我会和同学一起经常在天刚蒙蒙亮时就在西大球场长跑，还经常到北门码头游泳。高中毕业前，我的长跑考试成绩全班第一。

不久，父亲从干校回来了，冻结多年的工资补发了。父亲很高兴，于 1971 年春节期间，组织全家回祖籍老家南昌市走了一趟。那是我第一次去南昌，当时见了很多亲戚，顺便还去了母亲的家乡南昌莲塘走了一趟，参观了八一南昌起义纪念碑和纪念馆等。1971 年 8 月，我的弟弟从南昌市公公婆婆家回到广州，父母身边就有了我、妹妹和弟弟，我当时是初中刚毕业。

1972 年，中山大学逐步恢复教学科研秩序后，我父亲显得比以前更忙了，除了参加地理系里的教学科研工作，还为数理化基础参差不齐的工农兵学员补课。1974 年，他参加了学校组织的、规模较大的明代科学家宋应星的名著《天工开物》的翻译等工作。他工作之余，有时我在广州的话，父亲也会陪伴我一起进行体育锻炼，如相互抛接篮球、散步等。

初中毕业后，我到广州六中读高中，是五兄妹中的第一个高中生。在广州六中读书期间，文化课抓得还是比较紧的，虽然学工、学农等仍占了不少时间，幸运的是不少数学、物理、化学课都是由经验丰富的老教师担任的，使得我们的文化知识增进不少。

1973 年高中毕业时，我的学习成绩除了体育综合分是良好之外，其他全部是优秀。但这又有什么用呢？考大学的机会渺茫。在待业的日子里，我多次到中大图书馆阅读书籍，其中名为《向科学进军的正确道路》的书籍对我影响很大，它不仅启发了我应如何对待科学事业，也教育我如何对待平凡、如何选择人生目标等。因此我爱不释手，干脆将整本书内容抄录下来。

高中毕业时，虽然组织上安排留城，但我选择了上山下乡。当时的设想是希望锻炼两年左右就回来。1973年11月5日，我听从中大知青办的安排，作为首批上山下乡的一员到了博罗县省杨村柑桔场，由此离开了康乐园。下乡后，我的表现很快就受到当地干部、职工的好评，下乡不到两年，就被选为代表，参加了广东省上山下乡知识青年先进集体、积极分子代表大会。当知青期间，通过对农村社会的了解，也曾为我国农业的现状深感忧虑。

1977年，国家决定恢复高考。那时我虽然也报考了，但由于准备不足和过于劳累，不仅没有考好而且患上黄疸型肝炎，这是我人生中遇到的最大一次挫折。当时，邓小平已再次出山，狠抓教育和科学、拨乱反正等工作也正在有序展开。1978年，全国科学大会隆重召开，1978年12月，党的十一届三中全会胜利召开，在这样的形势下，因学校的安排我又回到了康乐园。

1979年10月，国家名誉主席宋庆龄亲自为中山大学建校55周年题词，勉励全校师生员工继续努力办好中山大学，我也抓紧时间边工作边学习，均取得了新的成绩。

康乐园"三迁"

为了落实党的知识分子政策，1979年，国家在经济很困难的情况下拨专款给中山大学在马岗顶兴建了4栋专家楼共32套房间，这些都是建筑面积有100平方米的四房一厅住宅，当时在中山大学算是最好的住房之一，我父亲有幸分到326栋的其中一套。1980年春节前，我们从模范村喜气洋洋地搬迁到326栋。之后父辈在这里生活了21年，是我们家来到中山大学后居住时间最长的住宅。

在这四栋专家楼居住过的教授几乎都是中山大学各学科当时最权威的专家教授，如物理系的李华钟教授，化学系的林尚安教授、李卓美教授，法学系的端木正教授，人类学系的梁钊韬教授，地理系的曹廷藩教授、叶汇教授，环境科学系的唐永銮教授，中文系的王起教授、楼栖教授、吴宏聪教授，哲学系的丁宝兰教授，经济系的潘教授，电子系的林贻堃教授，生物系的黄益明教授和傅家瑞教授等。我父亲作为我国南方大气科学事业主要创始人等名誉也逐步被恢复了，并光荣地加入了中国共产党。这些对我都有着深刻教育意义，我也决心将失去的光阴补回来，努力追赶时代的步伐。

随着中山大学的快速发展，我父亲和同事们当年一起栽下的"气象专业"这株小树苗如今已长成参天大树，中山大学大气科学学院不仅成为我国培养大气科学人才的主力军之一，而且成为我国南方特别是粤港澳大湾区气象、热带气象和南海气象等方面的主要研究基地。

图5 康乐园东北区326号近照

图6 原中山大学专家楼群

作者简介：

陈盛荣，男，1969届中山大学附属小学校友；父亲为中山大学气象系陈世训教授。

白德理屋记事

◎吴 节

白德理屋位于中山大学南校区,20世纪50年代编号为康乐园东北区30号,位于马岗顶的东北面斜坡,是一座典型的红砖绿瓦的二层建筑,现为康乐园东北区324号。

白德理屋约建于1927年,距今已有近百年历史。2002年2月,它被广东省公布为省级保护文物之一。

图1 白德理屋

白德理屋正西面,有四幢独立的房屋,依次住的是商承祚教授、冯乃超党委书记、陈序经副校长和刘节教授。白德理屋东面的一幢,是东北区32号,住了好几户教授,如王正宪、潘孝瑞、廖翔华、杨秀珍、陈必恒和金应熙等。

　　1952年，在全国高校院系调整前，我们家还住在中大石牌校区。而在搬来康乐园前，父母亲就已带过我们兄弟俩来过白德理屋，拜访了此屋的主人——岭南大学陈永龄教授。陈永龄教授是一位大地测量学家，我的父亲吴印禅与他是在德国留学时相识的，回国后也都曾到过因抗战转移到四川的同济大学任教，所以我们两家老早就已熟络。

　　全国高校院系调整时，陈永龄教授搬去了在石牌新组建的华南工学院，后来调到武汉测绘学院。陈永龄教授是一位很有成就的科学家，他在新中国成立后曾主持过喜马拉雅山的主峰珠穆朗玛峰高程的测量工作，他在1975年测的8848.13米的数据为国际公认。当年的国人，无不为自己国家这一测绘成就感到自豪。陈永龄教授还曾调职到北京，任国家测绘总局总工程师。

　　陈永龄教授是学部委员，陈伯母是中国科学技术大学的英文教师。听母亲曾经说过，陈伯伯是想到中大任教而不是岭大，但当时的中大没有房子给他，原岭大陈序经校长便马上邀他前来岭大任教，并安排他住进了白德理屋，于是陈伯伯就在岭大落户了，在1951年时还出任了岭大理工学院院长。

　　1952年，我们家随中大从石牌迁校到了康乐园，学校安排我们家住进了东北区30号的白德理屋。从石牌搬迁来的连珍伯伯家，则搬进此屋的二楼，成为了我们家的邻居。连珍伯伯是中大校长办公室秘书、主任，后来担任了中大图书馆馆长。

　　小时候，我们只称呼自家门牌，对外从不叫白德理屋，这其中当然也有历史政治的原因。后来听说这屋是美国人白德理出资建的，白德理先生准备把它作为礼物，献给他的爱妻，这个故事倒是够浪漫的。

　　还听老人说过，白德理的妻子并没有在此屋住过，倒是后来让三位年轻的单身美国女教师住上了，所以人们喜欢称此屋为"女仔屋"。我们家搬进此屋后的一段时间，当别人问我们住哪里的时候，回答说住在东北区30号的话，没人晓得它的位置在哪，但一说住在"女仔屋"，人家对这屋的位置倒是清楚得很。

图2 1956年，吴印禅教授一家在白德理屋前合影，后排左起：作者祖父吴铁秋、父亲吴印禅；前排左起：作者兄弟吴谦、母亲李崇敬、作者吴节

白德理屋东西侧的墙壁各有一个西式壁炉，楼下是连通一体的大客厅，最西头还有一间厨房，东头有一间客房，楼上有三间独立卧室。楼下客厅其实是舞厅，有连通二楼的楼梯。这种结构，是适合西方人习惯的。在过去，陈永龄教授是自住全栋楼，而现在是由吴、连两家人合住。如此一来，楼上连伯伯一家人出入或到楼下厨房时，都会经过楼下的客厅，所以客厅就这样成了两户的共用通道，厨房也是共用的，非常不便。

不久之后，学校就在白德理屋的北墙为二楼住户另开了一扇大门，封了一楼客厅往二楼的梯口，并加建了厨房，解决了那些尴尬的问题。虽然楼房原结构不尽适用，但我们两家大人和小孩都互相谦让，相处得非常友好。小时候我就觉得连伯伯是一位非常客气和非常谦恭的儒雅长者，所以对他印象很深。

在东北区30号居住时，我父亲是中大生物系的教授，同时兼任中大植物研究所副所长的工作。1950年代，生物系驻于哲生堂，靠近学校的北门，中大植物研究所却在西南区的学校围墙边，两单位相隔甚远。那时候，只见父亲早早出门，天天奔波忙碌于两个单位之间。

父亲经常到野外采集标本，还带领学生去野外实习，所以有时候半个月、一个月没回过家是常事。有生物系的毕业生回忆，到野外采集标本时，我父亲都是同他们学生一样打背包出发的。有一次去肇庆鼎湖山实习，晚上到了庆云寺,他们学生要在山上寺庙的地板上打地铺过夜,我父亲跟同学们一样,也是打地铺。在野外学习中,我父亲都会亲临现场作具体指导,并要求同学们通过实习必须掌握起码二百种以上的华南植物种类知识。另一位毕业生回忆说,系里要求学植物学的同学需要懂拉丁文,而拉丁文这门课则是由我父亲来授课。拉丁文很难学,有一回上课了,教室里只来了他一个学生,他估计这堂课是上不成了,谁知道我父亲说:只要有一个同学来,课还是要上的。这位同学被我父亲的话深深感动。

图3 作者父亲吴印禅教授

我母亲李崇敬,她是中山大学附属小学的老师。从东北区步行到西校门旁的附小,距离挺远的,但她带病每天往返,走不动时就要我推单车送她。她常常利用星期天去家访,特别关心一些家庭有困难的,或者是学习跟不上的以及特别调皮的学生。我还记得有好几位教工的孩子,因为各种各样的原因,被母亲带回到我们东北区30号的家里居住。小学生们也爱戴这位老师,几乎每天放学后,都会见到几位小学生,一路搀扶着她们的这位李老师回家,并干脆留在了李老师家里写作业。当年这些中山大学附属小学的孩子们,不但学习自觉而且尊师爱师,以此为乐、以此为荣。

后来,陆续住过东北区30号白德理屋的教工很多,有化学系严梅和教授、地理系邓海泉教授、外语系陈永培教授、中文系楼栖教授、人事处张启秀处长和塔山战斗英雄张会山,等等。在此屋居住过的人实在太多了,记不全了。

回望这座近百年的小屋宇,当年白德理先生建房的初心也许没有达成,但房屋却没有白建,它造福了后人,给美丽的康乐校园留下了一栋有人文故事的小"红楼"。

炊烟袅袅的中大工人村

◎姚明基

当下,现代化的都市到处充满了水泥钢筋的高楼大厦,但随着急剧的生活节奏,都市病亦随之而来了。不少城市人和新城市人,选择逃离都市生活,返回乡村或深山野岭,过着自耕自养、自给自足的自然生活,追寻那"采菊东篱下,悠然见南山"①的感觉与梦想,构建内心深处的鸡鸣狗吠、蛙鸣喧声、炊烟袅袅的理想画面。

而作为康乐园的部分"土著",其实早就有一幅房屋排列整齐,而又炊烟袅袅、梨花飘香的田园风光画卷,镶嵌在心灵的镜框之中了。因为,康乐园内的"工人村",早在几十年前,它那自然的风光,就已经为都市人作出了示范,只是当年我们都没有在意而已。

早在岭大时期校方所圈购的康乐园,濒临珠江,地势东高西低,岗峦起伏,域内坟墓几千穴,杂草丛生,树木却罕见。对外联系的

图1 记忆里的工人村村道(图片作者:梁颂茵)

---

① 出自魏晋陶渊明《饮酒·结庐在人境》。

5 校园物语 共话康乐

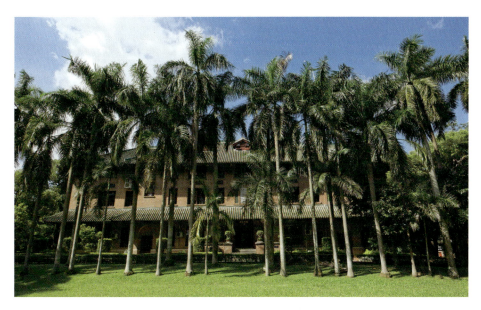

图2 当年农学院所在的十友堂及引进的大王椰子树，原树与楼齐高，现已难见此景（拍摄者：杨光兹）

交通主要以航运为主，以至于"北门码头""北门牌坊"格外引人注目。岭大迁校以后，经过若干年的发展，顺应农业大国的特点以及社会急需农业专业人才的趋势，于1921年建立了农学院，后来拟发展成"岭南农科大学"，并为此成立了中国人的"管理董事会"①。

岭大农学院以及当时所聘请的外籍教授高鲁甫等，对园内的绿化进行了规划，引进了大王椰子等多种树种，分区种植了各色树木，并以碎叶榕作为康乐园的主要树种，美化了整个校园，福荫

图3 靠近南门校道的千层皮树，生长周期长，如今已成为代表中大特色的树（拍摄者：杨光兹）

① 见李明瑞编《岭南大学》第58页。

图4 当年农场饲养的奶牛（中山大学档案馆藏）

了后人。

随着学校的发展，聘请的外籍教师、国内教师，包括校工在内的员工日益增多，生活的压力随之突显。

为了满足农学院学生的教学需要，也为了满足外籍老师的生活习惯，解决一些生活用品的供给问题，岭大接收了一批由前美国伊利诺伊州州长赠予的霍姆斯坦因母牛，建立了奶牛场。奶牛场由农学院的教授和其他想得到稳定的纯牛奶供应的人士集资，按股份制公司的方式运作。显然，要养奶牛就必须建牛场，奶牛场必须选择一个避开校园的中心区，能隔绝牛场的异味，便于放牧的地方。

北海岗成为建牛场最理想的地方。北海岗位于康乐园的西面，近西区的射击场及西面围墙，是康乐园地势最低的地方，而且水丰草茂便于放牧。在这里建奶牛场，当然成为决策者的首选。北海岗的高地是今天园西区747、749号所在的位置。

1907年到任的外籍教授高鲁甫先生，在第二个任期时，大约在1912年间，受学校之托负责管理学校的奶牛场，经过这位农学专家的经营管理，奶牛场规模不容小觑，场内有中国母牛25头、印度母牛25头、纯种霍姆斯坦因母牛8头、纯种托琴堡山羊25头，这些为学校的教授提供了充足的牛奶。同时，学校还饲养了猪和家禽，为农学院教学提供了支持①。根据1947年绘制的地图显示，学校此时已建造了一幢规模较大的乳牛房、6幢牛房、一间圆形房屋等。圆屋，原名"羊草塔"，俗称圆屋，是西方人较喜爱的存放饲料的空间形态，专供存放羊、牛的草料之用。

---

① 见李明瑞编《岭南大学》第56页。

5 校园物语 共话康乐

图5 当年农场饲养的奶牛
（中山大学档案馆藏）

广州沦陷期间，这个奶牛场仍然存在，并由历史学家包令留照管着场内的母牛、猪、水牛和山羊等。直到1952年的高校院系调整，岭大农学院奶牛场与中山大学农学院奶牛场合并，进驻了华南农学院新的奶牛场，岭大在康乐园的奶牛场才完成了使命。

1952年院系大调整之后，新中山大学进驻康乐园。为解决教工的住宿问题，中山大学对原奶牛场建筑进行了改造。重新规划北海岗的建设，成就了"工人村"的前身。

经过改造，拆除了部分不规则排列的牛房、附设用房，保留了存放草料的圆屋，新建了5幢平房。新建及改建的平房变成了独门独户的套间，每幢平房的北面构建了厕所、厨房等配套设施。为了满足当时烧木柴为主的生活方式，每家每户都修建了烟囱。一个住宅群初具规模。据1954年绘制的地图显示，当时的工人村房屋编号为：西南区124、125、126、127、128、129、130、131、132、133、134号。圆屋没有编门牌号码，而130号为非长形平房，后来该建筑曾用作托儿所。这些房屋长短不一，每排平房住3—8户人家不等。从学校西门进门的左边到今天的蒲园路，即当下的附中、教育超市地块，当时是"附设工农速成中学"用地。

应该说，1952年高校院系调整之后，工人村经过了不断的建设，到20世纪70年代初，村内已有建筑约18幢平房。聚居的人们可谓热闹非凡。

根据未经证实的说法以及民间的共识，当年工人村的范围，其狭义的解

101

释,特指现在蒲园餐厅大门正对着的大路,直行到北面围墙两边的建筑,共计10座平房。而广义工人村范围的解释,是指现在西门进来的十字路口为准,继续向北到学校围墙,即园西路的尽头以西,蒲园路从十字路口往西,到学校西面围墙为界的北面,整个片区称为"工人村",共计近20座平房。如果此说法成立,那么,工人村便成了康乐园内继洋教授住宅群、模范村中国教授住宅群、"飞机屋"建筑群后,又一片规模较大的教工住宅群。

村,原意指城市之外的乡下聚居的处所。康乐园位处广州城外郊区,把教工的住宅区域命名为"村",也很正常。当年工人村落成时,屋前屋后间隔较宽,仍可从事农业耕作,家属们自发地种菜、种瓜、种番薯、种芋头以满足生活之需;有的住户在门前后院种芭蕉、木瓜、甘蔗和番石榴;也有不少的住户前院种花,后院养鸡、鸭、鹅、白兔、葵鼠的,这里还真充满了乡村的气息。

由于地处西隅,偏僻人稀,梁上君子光顾的事儿时有发生。据记载,在1947年时,奶牛场时期就有过较严重的失窃事件。为了防范,只能养些中华田园犬来看家护院了。到了工人村初具规模的60年代,几乎每排平房都有人家养狗,而且是放养。一到晚上,如果有"鬼子"进村了,村头教工饭堂七八只狗就发出警告,村内的狗遥相呼应,狗吠声此起彼伏,威震四方。至70年代中期,政府规定不准养狗,家委会的大婶天天到处落实政策,村民们才无奈地处置了这些忠实的护院伙伴。以当时的治安条件以及无物业管理的情况下,不准养狗无异于"拆脚趾,避沙虫",相比当今宠物狗四处走,即便遇到"鬼子",不吠也不咬,不是挺搞笑的吗。

工人村,其实包括但不限于校内工人所住,中大的部分教授、管理干部都有曾经在此居住的记录。村内的建筑大部分为灰瓦脊、黄色墙体、红色的木门窗,没有瓦当与滴水瓦,室内地面大部分铺设40公分见方的防水防潮红砖。

由于工人村位于康乐园的最低处,因而村内水资源特别丰富。在西面围墙根下,有一条约2米宽、1.5米深的"大坑渠"从南向北流经整个村边,渠内长年潺潺流水，若遇汛期上游的大鱼塘放水泄洪，聪明的罗非鱼就会顺势"逃窜"，奔向那自由的珠江，居民们当然也不会放过这改善生活的绝好机会。靠近学校西北面围墙边上，是水草充沛的沼泽地，初春时节，这里蛙鸣声喧。村内还有一口水井，水质清澈、水量充盈，若遇自来水停水，很多人会到井里取水使用，至2018年西区住宅加建电梯时，该水井才又被发掘出来并彻底填平。

几十年间，进进出出于工人村的居民们，其实也浸润了淳朴的民风。直至今日，铭刻在当年孩童们脑子里那百姓安居、邻里和睦、炊烟袅袅、鸡鸣狗叫的景象，还历历在目。而工人村吃苦耐劳、艰苦拼搏的氛围以及大学所蕴含的文化气息，也为孩童们未来走南闯北，创造成功的人生，奠定了殷实的精神基础。

对成年人来说，工人村也算一个安居乐业的好地方了。大部分居住在这里的教工都会尽心完成学校的本职工作。有那么一位教工，热爱农事技术，利用业余时间，在靠近打靶场边上，开荒垦地种下了高粱、小米等农作物，每年7至8月间的收成时节，成果可是沉甸甸的，一时间空气中充满丰收的喜悦，真是高手在民间啊。

图6　村前的水泥路，是否还留在你的心中？是否听到那滚轴车的声音呢？（供图者：陈丽雯）

20世纪70年代，生活在村内的孩童，是开心和快乐的一代人。记得孩童时代，住在工人村这边的，男生玩的是烟角、波珠球、射棋、滚轴车；女生大多是跳绳、扔沙包什么的。而作为男生，最开心的是观看和参与滚轴车了。每到周日下午，滚轴车成了主角。这种自制的玩具为木质结构，由三个轴承当轮子构成，通常为长约80公分，宽约30公分，距离地面约10公分，没有机械动力，仅靠重力加速度。因此，载人多的滚轴车，在坡度大且斜坡长的马路上滑行，速度会越来越快，很是刺激。而工人村的地势处于斜坡低洼处，恰巧有一条"T"字形的长斜坡马路（见图6），最高处即位于经蒲园餐厅门口右拐直至围墙边的这条水泥马路。当时这条路的坡度较大、距离较长，给孩童们创造了玩乐的条件。利用这个地形的优势，好几位"专家"先后制作了几辆滚轴车，轮番上阵比拼速度与载人数，而熟练的驾驶技术则是取胜的关键。此时此刻，竞技体育的"更高、更快、更强"已悄然渗入孩童们的内心。毕竟这只是原始状态下的角逐，没有技术指导、没有教练，没有经验，也没有广告赞助。摸着石头过河的孩童们，经常因"超载"及转弯操作不当，在拐弯处"人仰车翻"，引来观众及对手的开怀大笑，而失败者呢，拍拍屁股的灰尘，又重新投入坡顶的起点。

最令人遐思的，是梨树花开的季节。大部分的居民心中，每天往来多次村前道旁的沙梨树（见图7），熟悉而难忘。蒲园路从现在的小公园西开始，

图7 梨花（拍摄者：陈丽霓）

图8　原工人村附近仅剩的沙梨树

到蒲园餐厅门口，从十字路口花园西侧到之前的圆屋，马路的两旁原种有两排约三十几棵高大粗犷的沙梨树，树干呈黑色且充满裂纹，树枝却婀娜多姿，独特而又自我。每年2至3月间，当一簇一簇的梨花盛开之时，嫩叶几片、花香四溢、白花满树、仿如白雪皑皑，与落地的白色花瓣相映成衬，更有树下几级青砖台阶，拾级而下，若一红伞花袍女子穿行而至，这是一幅难得的美景画卷，几可（粤语：难得见到）成为"康乐香雪"一景。

仅剩的一棵沙梨树见证了当年村道两旁的盛景，谁也不知道这棵树能撑到什么时候，但今年的梨花可争艳当年。可惜如今事过境迁，只剩下十字路口往东那棵苍老的沙梨树，见证当年的茂盛了。

按当年的经济条件及社会条件，大部分的住村家庭，以烧柴火煮饭为主，根本没有煤气、天然气可烧。中午和傍晚时分，各家各户做饭时点，站立在工人村中较高位置圆屋的附近，往西望，可见工人村多排房屋的屋顶、家家户户炊烟袅袅、静谧安逸的生活景象。当然，这也成了众多孩童们埋藏心中的盛景。

当人们沉浸于这乡村式浪漫、静谧的画面时，画外却常常会听到一位老妇人用高亢的声音呼喊道："胜——仔——啊，快滴返黎食饭——啦！"当声音在工人村上空回荡之际，围聚在地上一起玩烟角、波珠球、射棋的顽童们便"Game Over"，起身四散回家。

图9 心目中工人村的某个缩影,是否与你印象中的一致呢?
(图片作者:伍丽芳)

❻ 附小记忆　可爱摇篮

康乐园惺亭

中山大学附属小学1962届毕业照（中山大学档案馆藏）

中山大学附属小学1980届2班同学合照（供图者：李小萍、李小燕）

附小记忆 可爱摇篮

再读中大附小

◎姚明基

1924年2月4日，孙中山先生颁布两道大元帅令"着将国立高等师范、广东法科大学、广东农业专门学校合并改为国立广东大学"，"派邹鲁为国立广东大学筹备主任"，启动了国立广东大学的筹办工作。主要校舍位于广州文明路，原由广东贡院改建的国立广东高等师范学校的位置。1925年7月，广东公医大学也并入国立广东大学。1926年8月17日，广东大学改名为国立中山大学，英文名称为Sun Yat-sen Univensity。

溯源中大的几所前身院校，皆在设立规范教学院系的同时，也许是为了提高生源的质量和数量，都附带承办了预科、初级师范、童子军、中小学、女子班等基础性的教育模式。1909年，两广优级师范（国立高等师范的前身）所办的中小学当中的高等小学部，为后来的中山大学附属小学奠定了一定的基础。如果以"中山大学附属小学"的名义寻宗，那么这所学校应与中山大学同源，始建于20世纪20年代，其校址在广州文明路中山大学旧址平山堂。中大文明路校址于1925年春天才建好。"外观很雄伟，进去为大运动场、球场。中央为大钟楼、礼堂，左侧为东讲堂……右边是西讲堂，上下两层……再进，东者为雨操场两大所，西者为图书馆，教职员宿舍、学生宿舍……最后一部分，中为附属小学，左为新建小学，右为原有附属小学。"[①]

早在1924年国立广东大学成立之时，邹鲁校长就因校舍破旧且地处闹

---

① 吴定宇主编：《中山大学校史1924—2004》，中山大学出版社2006年第1版，第26页。

市，既不适宜修习学问，也不宜于培养学生的勤俭节约之风，建议孙中山先生择址建新校。1932年，开启了石牌校址的三期建设工程。1934年9月，第一期工程完工，11月11日举行了新校落成典礼，应是在此际，中大附小部分班级随中山大学迁往石牌校址开课了。

进入石牌新校址的部分中大附小学班级，首先是以"中山大学师范学院附属小学"之名借用中大图书馆几间房间上课；然后又搬到石牌校址洪泽湖北岸的单身教工宿舍楼底层办学；最后中大在石牌校址东区教工住宅群东边的地方，为"中山大学附属小学"修建新的校舍。

1952年10月，全国院系大调整，新中山大学迁入康乐园，中大附小亦统一迁入与岭南大学附属小学合并，校址在康乐园马岗顶西北侧，现第一教学楼的东侧、原岭南大学附属小学所在的位置，共八幢红楼建筑。为使中大附小有一个良好的环境，当年中大拨款"50000万元旧币修建附小校舍"。①

图1 马岗顶西北侧的附属小学校址曾经的样子：校舍（中山大学档案馆藏）

---

① 吴定宇主编：《中山大学校史1924—2004》，中山大学出版社2006年版，第257页。

6 附小记忆 可爱摇篮

附属小学建筑群，现编号为康乐园东北区339～346号（原编号东北区12、13、14、15、18、21、22、23号），一共有8栋的二层楼房外加1个方亭，7栋主要校舍呈一条直线南北向斜斜地平铺而置，一直延伸到松园湖畔，几栋建筑的落成时间大约在1915至1930年间。这些建筑，除陈嘉庚堂为附小的礼堂，结构不同于其他楼房，其他几栋形状与结构基本一致，为适合小学的管理的设计，实用而独特。

附属小学建筑群，是按照岭大附小的教学和基本生活需求来设计的。岭南大学附属小学最初是由岭南大学基督教青年会会员于1908年

图2 马岗顶西北侧的附属小学校址曾经的样子：花园、方亭（中山大学档案馆藏）

图3 中大附小进驻康乐园第一处校址现状（拍摄者：姚明基）

创办，初时称为蒙养学塾，设于学校附近的乡村。1914年，小学由原岭南大学基督教青年会转交岭南大学接办，后迁入康乐园内。早期拟定七年学制，在收回教育权运动后改为六年制。陈嘉庚堂作为学校礼堂外，发挥着集会的功能，而其他六幢建筑都是集读书、食宿于一体的楼房，整体设计结构相似，每栋楼有两层，首层一半作为课室使用，中间约占整层四分之一则为饭堂，还有一间或为三四人间的女生宿舍，或为教员室、卫生间，二层正中约占整层一半面积的大房是男生宿舍，一侧为保姆室和教员室各一间，另一侧

为浴室厕所兼用。楼体设有地窖,约占半层面积。六栋校舍的建筑经费总计6万元,含陈嘉庚堂在内的建筑,基本都是通过华人募捐所得。

现在看来,当年的岭大附小为全日制寄宿学校,每个年级人数不多,一个年级一幢楼,有保姆伺候其生活起居,亭台花园相伴。当中大附小合并进来以后,显然"庙小和尚多",原建筑已不能满足其发展需要了。

1953年秋,中大附小搬入了康乐园内第二处校址,神学院建筑群。神学院建筑群,又称外院红楼,位于怀士堂东南侧,是原岭南大学协和神学院旧址,现存建筑三栋,包括现康乐园内东南区261号、265号和268号(原编号东南区31、32、35号)。广州协和神学院原名广州基督教高等协和神道学院,创办于1914年,是清末至民国年间广东唯一的一所专门培养基督教高级神职人员的神学院。几经周折,广州协和神学院于抗战胜利后的1946年,整体迁入岭南大学成为岭大五个学院之一。1948年,岭大在东南区划地60亩用于构建院舍。1951年,神学院迁出康乐园。作为当年中大附小的主要教学楼的主体建筑,东南区261号为两层中西合璧的外廊式建筑,坐北朝南并有阁楼;主楼的北侧当年是

图4 附属小学在康乐园第二处校址时期,全体同学在做早操(拍摄者:梁元巍)

图5 附属小学在康乐园第二处校址时期,课后编织组活动(拍摄者:梁元巍)

附小记忆 可爱摇篮

图6 附属小学在康乐园第二处校址时期,上音乐课所在的大楼(拍摄者:梁元竸)

图7 当年的小人参果树,现已长成参天大树(拍摄者:姚明基)

一个提供学生运动的足球场,主楼的东面,则包括现存的东南区268号(原编号东南区32号)、东南区265号(原编号东南区35号)的两幢风格相仿又独特的两层建筑和原编号东南区33号(已被拆除)等建筑作为当年的课室、音乐教室、公共课教室、图书馆和教师宿舍;主教学楼的南面为一片略低洼的草地,东南方是一片果林,有栗子、牛袋果、人参果等等;主教学楼西面,现在网络中心的位置,是一幢平房教室(原编号东南区30号)和到风雨操场之间那一片郁郁葱葱的蒲桃树林;西南面有篮球场和图画课教室(原编号东南区30号甲)。当时,中大附小拥有了比马岗顶第一处校址更大的教学与活动空间。校园周边的果林更令校友记忆犹新。

图8 附属小学在康乐园第二处校址的主楼及附楼现状（拍摄者：姚明基）

1965年至1966年间，中大附小实施了第三次搬迁，迁入康乐园西门附近原"中山大学附属工农速成中学"的校舍办学。

1953年初，中山大学根据国家的要求，在康乐园的西区设计构建了"工农速成中学"，时至今日，其规划与理念仍不落后于现代的中小学校园建设，学生的学习与运动的场所、学生的宿舍与膳堂、教师与职工的宿舍一应俱全，可谓宏大而完备。

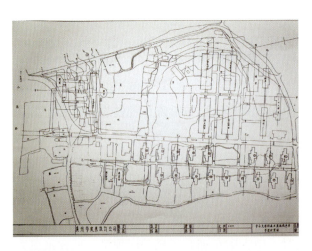

图9 设计图上的中山大学附属工农速成中学全貌（中山大学档案馆藏）

按当年规划，从康乐园西门主路入内，往北行到十字路口的西侧，为"中山大学附属工农速成中学"的用地。其时校园的最西面，还未设立中大印刷厂（1958年成立）及工人住房。十字路口的马路再往北是中大"工人村"住宅用地。

6 附小记忆 可爱摇篮

当年"工农速成中学"整齐而统一的校舍令人印象深刻。从西门西侧围墙起，往北依次排列的顺序是：坐北朝南、红墙绿瓦的两层主教学楼两座，南楼为"凵"字形，北楼为"一"字形楼，两楼间用围墙连接，留有小门，形成相对封闭内庭；北楼中门有一小门，外为大操场的"司令台"，台下东西走向的操场兼足球场，西侧有两个供跳远用的沙池；往北略高一个台阶为四个篮球场；正中间矗立一柱高高的旗杆；篮球场的西北方，有一斜置的室内运动场，俗称"铁皮屋"；篮球场往北，有一土台，算是西区地形最高处了，往北是四幢红墙绿瓦，平行而驻的两层楼的学生宿舍（原编号西南区109、110、111、112号）；紧贴这四幢宿舍的西北侧是膳堂与厨房（原编号西南区113、115号；后为教工第三饭堂、蒲园餐厅）；北面与膳堂平行的是福利宿舍（原编号西南区114号）、工人宿舍（原编号西南区117号）；还有两幢教工宿舍则与"飞机屋"融合设置在当下"小西湖"的西侧；还有一个归属"工农速成中学"的小操场，则是在当下"西聚园"的位置。被大多数校友关注的西南区104号和东南亚研究所（原编号西南区103号），当时则未见踪影，西门的东侧乃是"花生地"和"蔗田"。

因为接邻，令后来许多的中大附小同学与"飞机屋"

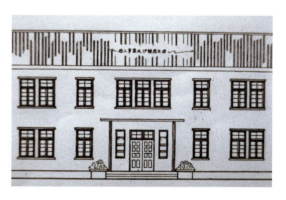

图10 中大附小在康乐园第三处校址的正门（中山大学档案馆藏）

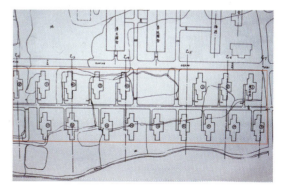

图11 设计图纸上的"飞机屋"（中山大学档案馆藏）

图12 中大附小第三处校舍的东门

关系密切，象征性长跑、体育活动等，都穿梭于其间。

1953年底，"中山大学附属工农速成中学"开学；1958年底，"中山大学附属工农速成中学"改为"工农预科"；1961年底，中大撤销"工农预科"，[①] 随后此地的主教学楼由中大外语系进驻；而中大附小的第三次搬迁，据说是与外语系对调。

对后来大部分中大附小的校友来说，中大附小的教学楼熟悉而又陌生，值得大家再细读。

图13 中大附小的招牌（中山大学档案馆藏）

图14 中大附小迁入康乐园的第三处校址（中山大学档案馆藏）

---

① 易汉文主编：《中山大学编年史 1924—2004》，中山大学出版社2005年版，第61、68、71页。

6 附小记忆 可爱摇篮

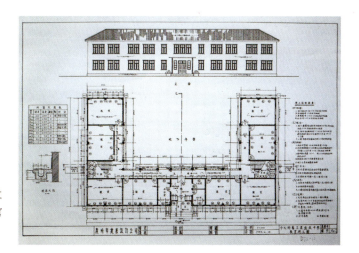

图15　中大附小南楼设计图（中山大学档案馆藏）

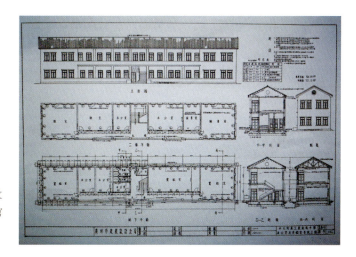

图16　中大附小北楼设计图（中山大学档案馆藏）

"凵"字形的南楼（原编号西南区106号），大门朝南，方正端庄，大门内设一厅，两边是办公室和工友室。一楼均为班级教室，东面楼梯底下是男厕所，西面楼梯底下是女厕所。二楼中庭原是休息室后改为教师办公室，其余均为班级教室。

"一"字形的北楼（原编号西南区105号），原设计功能以实验室和办公室为主。一楼从东面起为两间实验室，中庭较窄，小北门出操场，楼梯底下是小室，后作广播室，楼梯西侧为男、女厕所、办公室，最西边仍是一大实验室。二楼从东面起是图书馆、图书室、办公室（2间）和两间略大一点的

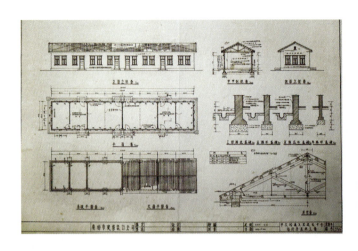

图17 曾归属"工中"的福利宿舍图形（中山大学档案馆藏）

课室。改为新港路小学后，北楼的许多功能被改变了。

一路走来，附属小学归属及名称多变。若从已有史料考证，可知的是：

1905年，两广速成师范学馆附属小学；

1906年，两广优级师范学堂附属学校；

1923年，国立广东高等师范学校附设小学；

1924年，国立广东大学附属小学；

1926年，国立中山大学附属小学；

1926年，广州市中山小学；

1927年，国立中山大学附属小学；

1968年9月—1969年底，称七一小学；

1970年8月—1979年8月，称海珠区新港路小学；

1979年8月，复办为中山大学附属小学；

2002年9月，学校根据中山大学布局调整，自筹经费，搬迁入现在的新校舍；

2003年，中山大学根据《教育部高校后勤社会化改革意见》和《广东省高校后勤社会化管理规范分离性意见》的精神，对中大附小的办学管理机制进行改革，中大附小形成了国有民办的办学管理机制。①

2021年10月31日，经广州市海珠区教育局"关于广州市海珠区六中珠江中学等四所学校变更办学名称的批复"，同意"中大附属小学"办学名称变更为"广州市海珠区中山小学"（海教〔2021〕212号）。②

历史是何曾的相似。在中大附小的归属问题上，兜兜转转，曾多次转出转入，划归省、市、区管理，归属问题上可谓颇具沧桑。1926年，在大学更名为"国立中山大学"之际，附小的"归属"先后经历了"附中小学划归中学办理，预科并入高中，改造校舍的经历"及六条治校办法中"第六，中小学划出另办。中学校划归省办，小学幼稚园划归市办，工专归省直接管理。"1926年12月1日起，"广州市教育局于13日派黄炳尉、余超会同该校主任汪宗堤（音）前往接收附小……小学定名为中山小学校。"③1968年的七一小学；1970年的新港路小学；1979年，经中山大学多次争取才收回附属小学，更正其名，如今又再复转。凡此种种，希望改变的只是名称，血脉、师资、学风、规矩能保存与传承。

中大附小校址的迁徙、校名的变更、校舍的更替令校友们记忆难忘。但进入康乐园后，当年附小教师们从德、智、体、美、劳方面的教育模式，令各届同学受益匪浅。当时附小组织老师进行大胆实施规范教学的公开课，使中大附小在业内名声大振；多位老师施展多方面的才华，令同学收获良多，教音乐的梁元竞老师，教美术的黄玉叶老师，不一定入读过中大附小的校友都有机会受教。迁入"工中"校舍之后的学工、学农活动，例如，到广州近郊的太和镇石湖村的"三同"劳动锻炼，到中大附近村庄跟农民学习识别稻草和稗草，并协助农民拔除稗草，并到广州麻袋厂与工人"三同"劳动锻炼等，使附小学生能直接了解农村的实际情况。

---

① 中山大学附属小学网页：《中山大学附属小学校史叙述》，https://fx.sysu.edu.cn/introduction。
② 广州市海珠区教育局官网，政府信息公开。
③ 吴定宇主编：《中山大学校史1924—2004》，中山大学出版社2006年版，第125页。

图18 中大附小今日剪影（拍摄者：姚明基）

随着社会的发展，中大对附中、附小长远发展的重新规划布局以及科技园第二期工程的前期钻探开始，2004年至2009年间，原中大附小在康乐园第三处的校舍，南楼和北楼分别被拆除。

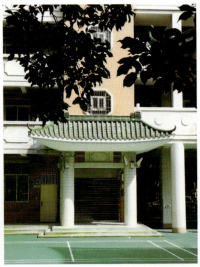

图19 中大附小今日剪影（拍摄者：姚明基）

学在中大，心在中大。中大附小，这是我们童年欢乐时光的起点，这里是很多人梦想开始的地方，就读了六年，我们学习了课本上的知识，但对中大附小长达近百年历史的故事、亮点，还真未读透。

中大附小，值得再"读"。

参考文献：

[1] 易汉文.中山大学编年史 1924—2004［M］.广州：中山大学出版社，2005.

[2] 吴定宇.中山大学校史 1924—2004［M］.广州：中山大学出版社，2006.

[3] 蔡宗周.中大童缘［M］.广州：中山大学出版社，2014.

[4] 王则柯.中山大学附小记忆中的快乐童年［N］.南方都市报，2021-5-22.

[5] 中山大学档案馆档案：3-2010-JJTZ-094-0010，3-2010-JJTZ-094-0014，3-2010-JJTZ-094-0015，3-2010-JJTZ-094-0019，3-2010-JJTZ-105-0001；1-2014-SX1421-055-002。

童年教育的点滴回忆

◎夏纪梅

但凡是正常完成基础教育和高等教育的人,大多会在记忆中留下高中和大学的光圈,但我却铭记小学时光对我一生的影响,这其中的原因有很多。

首先,万丈高楼平地起,"打地基"最重要。

论教育背景,小学无疑是人成长的地基,所以命名"基础教育"。德国元帅毛其对战后重建教育说过这样一句话:"一个国家的强盛是在小学教师的讲台上完成的。"中国也有这样的说法,即梁启超在《少年中国说》中提到的:"少年强,则国强。"

我们在20世纪50年代出生的这一代,由于历史背景,几乎没有人能正常接受完整的、阶梯式的小、中、大学教育,在最"正常"的年龄完成最"正常"的学业期只有小学阶段。然而,在这样教育背景的一代人中,于各行各业中成才、成器的却为数不少。

其次,是我的职业生涯。我后来成了一名专业的教师培训师。我常常让受训教师回忆:"在教过自己的无数个老师中,你记住了哪几个,为什么?"每当让他们思考这个问题的时候,我自己也会禁不住一次次地思考。在我的记忆中小学教师最值得感激。

既然把小学教育比喻为"地基"工程,我首先想到的是"打地基"的专业人的工匠精神。

1958—1964年,我在中山大学附属小学就读,其中一年级的班主任、语文老师李崇敬女士和六年级的班主任、语文老师谢良先生就是那优秀的"奠基工匠"楷模。

小学一年级，是教育"地基"的第一道工序。当时我所在班级的班主任是李崇敬老师，同时也是我们语文老师。她上的语文课生动有趣，引人入胜，全班同学随着她的朗读或讲解入情入戏，有时悲情催人泪，有时逗乐开怀笑。这样优质的语文课，让我爱学、好学和会学，为我随后的学习打下了坚实的基础。

图1　中大附小李崇敬老师

在小学一年级的时候，应该说没有人不爱学习，也没有人拒绝学习，更不会有人一开始就无缘无故地厌学，只是总会有些个别原因造成了同学间的"差距"，不过这也很正常。如果班里出现了学习落后的同学，李老师放学后会带他们到自己家，为他们补课。要知道，李老师出身名门，是大家闺秀，也是当时"三长制"校领导的夫人。但她为师如母，爱生如己出，平等待人，谦逊亲和。这一点，我不但印象深刻，而且对我后来从教时能很好地处理师生关系有着实质性的影响。我被不计其数的学生称为"夏妈妈"和"夏奶奶"，我的教学有感染力，也得益于李老师的"地基工程"。"得到"（知识服务网络企业）创始人罗振宇说过："什么是好老师？不是能教给我们多少知识和道理的人，而是他们本身的魅力，把学生带入境入门的人。"

小学毕业班，是教育"地基"的"完工"阶段。当时我所在班级的班主任是教语文的谢良老师。他很重视写作，要求我们多储备良言美句，并经常给我们布置作文。有一次布置的作文为命题作文："我的理想"，我那时写了梦想是当大学教授。没想到，从那一篇作文起，我内心深处便埋下了这颗种子。后来在我的人生路上，无论遇到多少坎坷、障碍和不利因素，我都能坚韧不拔、砥砺前行，始终奔跑在追梦和圆梦的路上。因为我在小学高年级阶

图2 中大附小谢良老师

段日积月累地储备了很多有用的句子,后来在写作时都会运用自如,能恰到好处地用于表达,形成了较强的写作能力。这是验证教育学、认知学和脑科学的研究的成功案例,即在基础阶段形成的记忆痕及其神经元连接的作用与功效。

从教育原理和认知规律来看,基础教育的地基阶段,应该先把语文的基础打好、打扎实,这样才能终生受益,这也是我为何铭记两位语文老师的原因。小学那六年时间,是人记性好和学习能力旺盛的时期,如果语文基础、阅读习惯和作文训练好,那么自主学习、思想表达、人际沟通和社会交流的技能就能为随后的发展增添助益。

教育学的教学方法论认为:什么是好老师?是善于教方法和让学生可持续发展终生受益的人。谢老师当班主任的时候,对全班同学的长短处了如指掌。毕业报志愿时,他依据我的语言特长,建议我报考当时作为国家"外交官摇篮"第一批创建的外语学校——广州外语学校。由于该校是提前招生考试,我报名考试后被录取了,但因为被分在了法语班,当时我只想学英语而选择了放弃,转为报考广雅中学。由于对英语学科的钟爱,后来上大学报志愿时我还是选择了英语,在外语教育领域孜孜不倦。谢老师是我选择人生专业方向的导师,这是功不可没的。

说"地基",离不开"打地基"的科学方法。

对比现在的小学生的在学状态,看看他们现在的课业、作业、教材、书包、文具、课堂、课外活动、师生关系、家校关系和同学关系,都与我在20世纪五六十年代中大附小的在学状态有着天壤之别。我出于教育职业习惯,喜欢观察和了解各种教育现象。每当我遇到现在的小学生,认识或不认识的,都有意从询问或"逗聊"中了解其情况,同时回忆对比自己当年的小学生活。

　　我曾看见一位老人背着沉重的书包接送小学一年级的孙女，我问："这双肩包好大，鼓鼓囊囊，很重吧？"老人说："有一袋10斤米那般重呢！"我看见几位四年级学生放学背着的双肩包很大很重，于是好奇地问他们里面装了什么。他们倒出来给我看，光是英语教材就三大本，一本国内版，一本国外版，还有一本绘本，其他教材及教辅一大堆。这些课本都是16开本，又大又厚又重。我看见有个小学生手里拖着有轮子的书包，我跟在他后面边走边想，这个"现代书包"映射出的小学生课业和学习状态无疑是超负荷运作的。

　　回忆起我上小学时的书包只有巴掌大，里面总共就装有一本算术课本、一本语文课本，而且都是32开本，小小的、薄薄的、轻轻的，外加一个扁扁窄窄的笔盒，笔盒里面是"三件套"：一支笔、一个橡皮擦、一把尺子。书包两端连接一条细细的布带斜挎在肩上，蹦蹦跳跳去上学，一身轻松。

　　我看见现在的小学生放学后，并不是回家，而是马上转到那些五花八门的辅导班、兴趣班、培训班、托管班和学科加强班，例如奥数班和英语班等。有的小学生一周7天排满了7种课外班日程，我还看到邻居的小学生晚上做作业到11点，还要家长陪着。有一件事不得不趁机提一笔，我与一位邻居外出品小吃，她带上刚从课外奥数班回来的上五年级的孙子，那孩子兴致勃勃地说要考考我他刚学到的奥数知识。等三人吃完了小吃点心，我让他帮忙算算账，总计18.70元，三个人各付多少钱。他的回答是"三个三分之一"，也不说多少钱。我追问怎么分，他还是说"三个三分之一"。当我追问究竟是多少钱时，他就不理我了。我联想到他学了奥数，不会解生活中的简单算术题，更不会灵活处理分配问题，这不就是活在了公式里而不是生活里吗？

　　想起我们小学时，没有什么课外作业负担，更没有这种班那种班。放学就尽情玩耍，玩的也都是大自然的东西，像石子、野草、落叶、蚯蚓、蚂蚱、萤火虫、知了壳和蜗牛等。玩具也是脑体并用的跳绳、铁轱辘和树丫弹弓。玩法多种多样，不但有利于身心健康，也有利于培养探索和创造的能力。我们晚上会在西大球场上数星星看月亮，追逐嬉戏，玩"丢手绢"之类的集体游戏。说起作业，我只记得六年级要小升中了，数学老师黄瑞颜会每天出一道应用题给我们"加料"，仅此而已。

至于兴趣扩展，我们中大附小称为"梁公公"的梁元兢老师有免费的音乐课。在小学阶段时我就学会了识谱、重唱和节拍指挥，而且根深蒂固并伴随终身。还有体育项目是由薛柏林老师任课，我们有学习跨越跳马、单双杠和跳远等技能训练，到了广雅中学后我因此进了学校田径队。我们那时开展的活动或竞赛都是无功利目的却有实用功能的，例如我在小学低年级学汉语拼音阶段就曾经被选拔参加"查词典"比赛，这是学习工具应用本领，终生有效。

我听说现在的小学生被冠名"小神兽"，鬼点子多，个性十足，让家长和老师头疼，他们彼此间斗智斗勇成了常态。我们的小学时代，有留级或跳级的体制。我二年级的班上有个教授的儿子因上课整蛊作怪，弄得老师没法正常上课，于是校长决定让他跳级。这一招很灵，原来是因为这个同学聪明过人，"学习吃不饱"才捣乱，跳级后的他在学习上有难度了也就不再闹了。又如，我四年级的时候，班里开展"一帮一学习伙伴"活动，这是国际教育界倡导的"peer learning"即"朋辈互助法"。这种方法运用得好，比家长的督促和老师的教学还管用，因为同学当"小先生"有共情、有友谊和有成就感，好处益处都符合认知心理学。

我发现现在的亲子关系很多处于紧张焦虑状态，而且是常态。一方面因为家长过度焦虑、过度关注、过度保护、过度干预、过度攀比和过度高标准，而孩子却反感、抵触、抗拒、叛逆、狂躁和抑郁，导致越搞越偏离期望值。国内近10年来上演的电视连续剧，有反映幼升小的、小升中的、中考、高考，还有小留洋的，全都是亲子关系的负面代表，可见已成普遍现象。

我铭记小学时光对我一生的影响，其中的原因还有我父母的家教功劳。

我的父亲夏书章是留洋海归教授，一方面是他自己的求学经历使他养成了自主学习的习惯，也迁移到了子女教育中；另一方面是他接受过中国和西方皆顶级的高等教育（他在中国的中央大学，现今南京大学，美国的哈佛大学学习），养成了凡事求证的治学习惯。因此，他对我们子女的学习要求非常严厉而科学。

我的小学阶段，是新中国成立后万象更新的时段。那时，父亲新课多、出差多和任职多，工作忙得难以顾家，但每当全家人聚齐吃饭时，他总是抓住机会在饭桌上考我，而且范围海阔天空，随便发挥，随想随问。凡是我答不上来的知识或学问，父亲要求我自己查阅词典或工具书，直到弄懂和学到为止。家里的词典工具书还真多，国内权威的有《辞海》《词源》《汉语大词典》和《说文解字》等典籍文献、名言语录，国际权威的有《韦伯斯特词典》《牛津词典》和《朗文词典》等。这种自主学习能力和凡事求证态度，日积月累形成习惯，影响了我后来的学习成长。

父亲在我读小学阶段，为全校开设新课，撰写、发表论文，先后多次因国家政治任务被组织委派下乡，复办哲学系时担任系副主任，创办伦理学，兼任学校工会主席等。但再忙他也做家务，还带着我一起做。记忆最深的是，那时没有洗衣机，父亲便和我一起在西式浴缸里用脚踩洗被褥，还一边干一边哼戏，时不时给我粒糖以示奖励。

他以身作则，也培养了我作为家庭一份子该有的责任心和分担任务的行动力。我在家务活方面被指派完成清晨凭票排队买鱼买肉，因为人民公社成立后有了饭堂，所以我负责去打菜。还有打扫住宅庭院的卫生，接送、照料比我小10岁还在上托儿所的妹妹等。我记得分配给我的事情我都干得乐乐呵呵、认认真真。因为从小养成的习惯，后来做什么事情都是这样的态度，包括下乡干活、从教时的备课讲课以及研学，干什么都有模有样。

我母亲汪淑钧的基础教育是在武汉名校圣·西里达完成的，接受高等教育是在国内的中央大学（现南京大学），与父亲同系同专业且为同班同学，属于高级知识女性，特别是文理科基础和英语水平很高。她对子女的学习关怀备至，细腻用心。我六年级时因数学学习比较吃力，特别是上文提到的

"加料"的应用题有难度，常常不会解题。母亲会耐心辅导，努力为我补缺，教的是开窍的方法。

对做人做事的品质，母亲非常严格，常常一句话问得我不敢说谎。她问我："你说的这个情况是真的吗？我去问老师的哟！"作为女孩子，母亲还教育我"学习上要高标准，生活上要低要求；不要把心思放在打扮，要注重礼仪和内涵"。对此，她以身作则。她有女学者的知性表现，知识功底厚实，自学能力很强，干什么工作都全情投入。她也展示了中国传统女性的多才多艺，像刺绣、钩织、裁剪、缝制、弹琴、唱歌、写诗、下围棋和打桥牌等都样样精通，还教会我动手做针线活、弹手风琴和下象棋等。她的语汇丰富，出口成章，许多成语信手拈来，让我耳濡目染，也成了我语言上的优势。我被广州外语学校提前录取，母亲陪我去报到，发现我被分在法语班。我坚决放弃，母亲也不勉强，立即转为报考广雅中学。

在尊重子女的选择问题上，父母很平等。对我大哥的自主选择，母亲也是不以自己的取向强加于人。大哥夏纪真在广雅中学就读时参加了业余跳伞队，从此对航空专业产生浓厚兴趣。尽管他的高考成绩非常好，但他坚持选择了当时国家为培养军事科学家而新建的"中国人民解放军哈尔滨军事工程学院"航空系，而不是北京的名校，母亲也完全支持。当时很多人不理解，也不了解情况，还误以为我大哥高考不利，进了"哈尔滨工业大学"，那是完全不同质的学校。母亲对此一笑了之，真够淡定、坦然。

说起我们那时的亲子关系，我还想提到的是，那时中大教授的孩子小学毕业有选择报读中专学校的，他们的父母也不阻拦。不像现在的多数家长，完全按照自己的需求和偏好代替儿女做选择，甚至强制扭曲。也不像现在的多数家长普遍有的认识误区，对职业技术学校有偏见。其实人才大致分两类：一种是天生动手型的，技术见长；一类善于读书动脑，比较会考试拿分。技术型的人才培养最佳年龄就是中学阶段，后来的事实也证明，那些小学毕业选择中专的孩子也在自己的职业技能领域发展得很好。

现在的亲子关系紧张得多，还有一个重要原因，"内卷"和"攀比"，家长总说"别人家的孩子怎么优秀"。依照儿童成长规律,有育儿专家说过,与其让自己的孩子与别人比,不如让他们自己跟自己比,让成长看得见。我想起我们小时候家里墙上总有个量身高的记录,用尺子和铅笔画出身高变化,让自己看到自己长大了,长高了,这也是一种简单、科学的成长教育。

以上这些今昔对比小学生活的片段,讲述给现在的家长听,他们有的羡慕不已,有的摇头哀叹,因为现在不适当的基础教育和过度焦虑的家长由于"内卷"把孩子的童年"弄丢了"。

图3 1963年的夏书章教授全家福（后排左一为本文作者）

我很感恩我在中大附小六年的"地基工程",换句话说就是"造福工程",其意义和价值怎样说都不过分。我也很感恩我的父母对我实施的符合育人规律的家庭教育,这种集生育、养育、教育和培育于一体的"地基"和"造福",三生有幸。

中大附小运动场上的老照片

◎梁秀珍 周宗梅

回首附小的时光,岁月如歌如画,往事回味无穷。这张被岁月侵蚀得泛黄模糊的老照片,是1964年陈鸿燊主任为当年参加广州市小学生田径运动会的附小教练和全体参赛选手拍摄的,摄于附小足球场上。逝去的岁月是无法找回了,但昔日运动场上的风采却被照片定格,留了下来!可以睹物思情,让我们能时刻追忆那宝贵的时光……

照片上的薛老师精神抖擞、体魄壮硕,除担负全校中高年级的体育课外,还负责筹备校队参加市、区的运动赛事训练,因地制宜修建了多项运动

图1 1964年,附小田径队合影(后排左起:体育老师兼教练薛柏林、林小燕、戴念穗、梁秀珍、周宗梅;前排左起:曹志平、周显平、戴铭扬、邝子东)

场地。记得当年附小的60米标准跑道,学校将足球场侧边扩展伸长两头,就是在他的努力下修建而成。运动健儿利用这跑道,在薛老师"秒表测验"中不断提高成绩!梁秀珍记得自己当年60米跑测速最快是9秒6。有这样优秀的老师和健全的体育场地,中大附小每次参加校外比赛,都是名列前茅。大家都还记得,每次比赛,只要中大附小的旗帜进入赛场,全场必定报以热烈掌声,我们无比振奋和自豪。

那时附小遵循的是德、智、体全面发展的教育方针,参赛选手的学习成绩必须合格以上,所以大家平时都会认真地上好文化课,并利用课间和课下的休息时间及星期日自觉训练。苦心人天不负,大家在参加的多项运动比赛中均取得了较好成绩。在一次区田径运动赛中,还荣获过团体总分第一名的佳绩,那代表荣誉的漂亮奖杯和精美奖旗就摆放在教导处办公室。

戴念穗、梁秀珍、周宗梅和周显平四位同班同学当年都是体育运动爱好者,常一起参加校内外的田径运动训练和比赛。戴念穗主赛项是"标枪",成绩不错。梁秀珍主项推铅球,记得比赛时,陈主任特地到她决赛的场地助阵鼓励,最终她也拿到了第二名的好成绩。周宗梅因为身材高挑,所以跳高是她的长项,只要她那长腿蹬弹一跨过杆,就会取得不错的成绩,她曾获得过区赛第三名和市赛前六名。周显平则是特别优秀的全能选手,她学习成绩拔尖,在运动场上的成绩更显著。她在1962年的附小校运会中获得跳远、跳高和踢毽子第一名。主项为跳远的她,在1964年的广州市小学生运动会上,以4.12米的成绩打破了女子乙组跳远纪录,并取得"少年级运动员"称号,令人赞叹不已。

除此之外,我们班的这四位同学在1963年和1964

图2 周显平的"少年级运动员"证书

图3 1964年广州市小学生运动会混合队乙组4×50米比赛第一名的证书

图4 1964年广州市小学生运动会混合队乙组4×50米比赛第一名的证书

图5 1964年广州市小学生运动会混合队女子乙组4×400米比赛第一名的证书

年代表附小在海珠区小学生运动会上取得优异成绩后，于1964年代表海珠区分别参加广州市小学生运动会女子乙组 4×50 米和 4×100 米的接力赛，均获得了第一名，为中大附小和海珠区的小学争得了荣誉。

我们平时会用业余时间努力训练，在比赛中也会互相鼓励。记得有一次比赛，当第三棒与第四棒正要交接时，眼看旁边组马上就要追上了，第四棒的同学一急，开跑快了，接上棒时差一点就过了接棒区，后来拼尽全力追赶，在冲线的那一刻，第四棒的同学身体前倾压线，差点摔倒，不过最终险胜，我们的努力没有白费。我们在各次小学生运动会上拿了很多奖状，可惜的是，没能将这些荣誉奖状全部保留下来，有些遗憾。

弹指一挥间，蓦然回首中大附小的峥嵘岁月，凝眸照片，往事历历在目，老友笑容依旧。

作者简介：

梁秀珍，女，1965届中山大学附属小学校友。

周宗梅，女，1965届中山大学附属小学校友。

附小时代的回忆

◎蒋割荆

1949年10月14日，广州解放。我父亲蒋幼斋乘上最后一趟广九铁路列车，从香港来到了无亲无故的广州。父亲说，他印象中这趟列车上的乘客仅有11人。父亲到广州以后，也很快就找到了工作，是在中山大学附属中学当老师。父亲来到中大附中后，便满腔热情地投入到教育事业中去。他被评为先进工作者，受到时任广州市长叶剑英的接见。新中国成立后，中大附中的首任校长兼支部书记是黄杏文，他很器重我父亲，他"重用一些教师中的积极分子，他们有的当了主任，当了总务主任的有蒋幼斋"①。

在父亲到附中任职不久，我母亲容兰芬带着我哥蒋荷荆来到广州，同样在中大附中任职，在附中教务处做文书工作。我们家就安置在"平山堂"这座建筑内，据母亲的回忆，后为华师附中校长的王屏山②是我们家的邻居。后来我们家搬到了文德北路中山图书馆以南的一个大院子里，院子里也住有好几户附中的老师。1957年，父亲调入刚组建的中国科学院华南资源生物综合考察队（以下简称"考察队"）。随后，我们家又搬到了越秀北路的中科院广州分院宿舍。此时，我也已从浙江金华的乡下小学转到了广州。

1959年初，我们家搬到紧挨康乐园俗称"昆虫所"的地方，其所处地块

---

① 华南师范大学附属中学：《华南师范大学附属中学（华南师大附中）简史（讨论稿）》，2002年。
② 王屏山（1926—2006），福建福州人，曾任华南师范学院副院长、党委书记，广东省副省长，中大岭南学院院长。

6 附小记忆 可爱摇篮

属于中山大学。"昆虫所"全称为中国科学院广州昆虫研究所,父亲所在的考察队于1961年并入后,改称"中国科学院中南昆虫研究所"。1952年,中山大学植物所由石牌迁入康乐园。1953年,中山大学与中国科学院商议,中大植物研究所改隶。1958年9月28日,中科院广州昆虫研究所在此设立,仍借居中山大学,另外这个地方还设有中科院广州地理研究所。因为昆虫所在此地的时间较长,故大家都习惯称此地为"昆虫所"。后中科院华南植物研究所则搬迁到天河区长湴村一带的现所在地。昆虫所借用中大之地,昆虫所后门的门牌号标明是"西南区46号",不过,这一借成了"刘备借荆州"了。

我们家在昆虫所一住就是25年,我四舅舅容庆新(中大化学系教授)家也在中山大学里。可以说,康乐园内我是跑遍了,只有东北区马岗顶一带不常去。出了昆虫所的后门,几步之遥,就是梁宗岱先生的家。从梁先生的家往西,上去不远,就是缅甸华侨捐建的仰光屋,不过仰光楼现已被拆除。国学大师陈寅恪先生也曾在仰光屋住过,而容庚先生则住在旁边的一栋二层小楼。陈寅恪先生搬走后,二楼住的是法商学院合并过来的谢健弘教授,楼下住的是物理系王子辅教授[①],王子辅教授的儿子王泽深是我的同班同学。

康乐园原是岭南大学的校址,校园里有不少中西合璧的建筑,其中有一些作为住宅之用。康乐园内的住宅区分区鲜明,学校里的教授、副教授、讲师、行政人员和工人等,因为职称和职级的不同,所住的住宅区和房子也有所区别。如分为马岗顶区域的洋教授住宅群、模范村中国教授住宅群、飞机屋、工人村等住宅区。

工人村内的建筑,大部分为灰色的瓦脊、黄色的墙和红色的木门窗,室内地面则铺设能防水防潮的四方红砖。因为房前屋后间隔较宽,还可种瓜果蔬菜,以满足生活之需。有的住户甚至在门前后院种上芭蕉、木瓜和番石

[①] 中山大学物理系教授王子辅等三人,是《费恩曼物理学讲义》(1—3卷)(*The Feynman's Lectures on Physics*)的译者。《讲义》是根据诺贝尔物理学奖获得者费恩曼(Richard Phillips Feynman),于1961年9月至1963年5月,在加利福尼亚理工学院的讲课录音整理编辑的。被誉为20世纪最经典的物理学导引。

图1 中大附小在康乐园内第二处校址的教学楼

榴,也有不少的住户前院种花,后院养鸡、鸭、鹅或兔子,还真有点乡村气息。而在校内住房紧张时期,工人村就不仅限于校内工人所居住了,连部分教授和干部都曾经住过。

我们是老中大子弟,我与我哥蒋荷荆都入读中大附小,并且在同一个班。中大附小秉承"有教无类"的传统教学精神,除我和我哥外,昆虫所和地理所各有一位女生入读,康乐园北侧的珠江泳场和新凤凰村也有个别小孩入读附小。后来,我的妹妹蒋向午和蒋游凫也都入读的中大附小。

我读中大附小的时期,附小楼舍在今南门东侧外院红楼建筑群的位置。从昆虫所去中大附小,近一点的路不是干道,而是一条泥石混铺的道路,路旁只有生物系的一栋大楼,其余基本上是各种试验田、寂静的竹林和小池塘等。道路旁还种有板栗树,板栗熟了会掉到地上,野生的牵牛花、凤仙花、鸡冠花、茉莉花等,鲜艳夺目。路远一点的是铺了石板的干道,部分路段栽有绿篱植物。在晴朗的夜晚,绿篱植物上会挂满蓝莹莹的萤火虫,它们会闪着点点银白色的光,在草丛中飞舞。如果将捉来的萤火虫放入玻璃瓶中,在昏暗的黑夜中,就是一盏盏小小的明灯。

昆虫所离西大球场很近,所以我们经常去西大球场玩。球场东侧旁边有间小房子,那是体育教研组的器材室。在小学生看来,大学生已不仅仅是大哥哥、大姐姐，也是大人了。当他们在球场踢球的时候，我们就会场边帮着捡球。我哥因为体育好，有的球员与他还成了朋友。那时候，一到夜晚，行人就很稀少。躺在西大球场的草坪上，仰望星空，宇宙长河，流星瞬间闪过。

我们1960届是甲、乙两个班，每班三十多人。中大附小有其特殊性，在相对封闭的校园内，学生人数不多，彼此了解得较多，大致都能知道对方家住在哪个地方和其父母是干什么的。彭平的家与昆虫所很近，他父亲是大学的膳食科科长彭勃，他家院子里种了许多番薯。当年，我们家因为养了不少的安哥拉兔子，喂养兔子的饲料不够时，我和哥哥就会偷偷地爬到彭平家的番薯地里，割他们家的番薯藤回家喂兔子。有一户同学（不是同班）家的院子里种有一棵蒲桃树，蒲桃结果成熟时，调皮的我们又偷跑进他家，一人快速地爬上树并使劲摇晃蒲桃树，另一人则将伞张开倒着拿，接那些被摇晃而掉下来的蒲桃后即循之。这时候还会不忘安慰自己，只要不被发现，就不能说"偷"。

图2　中大附小在康乐园内第二处校址的主教学楼北面的操场司令台，为升旗的地方

在我们读小学时的那个年代，每到周末，只要天气允许，中大都会放映露天电影。放映那天，电影广场中

图3　电影广场的放映屋和原舞台位置

图4 20世纪70年代,中大附小同学甘桂芝(左一,梁宗岱先生侄女)从香港回来附小看望老师时,与附小音乐老师梁元竞(左二)、班主任谢良老师(左三)和同班同学蔡少萍合影(左四)(拍摄者:吴节)

间会竖起大荧幕,观众在荧幕前后都可以观看到电影。电影放映屋前的舞台位置,是留给校领导和教授们的,其他人则在台下或两边自行备凳就座,没有人会去坏了规矩。看电影时要想体验佳,需要提早占好观影位置,而占位置时免不了状况百出。那时候的我因刚从乡下到城里才一两年,尚未脱胎换骨,人虽瘦小,但"野性"强盛,有几次因为争抢位置,甚至还与别的小孩打起架来。电影散场之后,大人和小孩则扛着大凳小凳,沿着不同方向四散而去,乘兴而归。

我们班的连小西是短跑高手,小学毕业时就被中央音乐学院附中录取,在1962年的电影《花儿朵朵》中还可以看见她的身影。教我们音乐的梁元竞老师,课外作业居然是让我们作曲,可见当时的音乐老师教学素质之高。当然了,这样的作业我也只能是乱写了。相比于我的同班同学,相形见绌,我是自叹不如的。而常与我玩游戏和来往的也以工人子弟居多,可能是这种有意无意、有形无形的潜意识影响着我,或许就是我后来要出国留学的原因吧。

我们的老师,尤其是班主任谢良老师,对所有的学生都是一视同仁的,而且同学间也都和睦相处。附小的课外活动可以说是丰富多彩,老师曾带我们去过中大副校长陈序经先生[①]的家，虽说是以打扫卫生的名义，但陈序经先生的太太却拿出糖果来招待我们，这让我对陈序经夫妇和他们的家留下了深刻印象。

我在班上是调皮捣蛋的，而我哥却比我沉稳得多，他是从中山四路小学转学过来，那小学也是个好学校，他乒乓球打得很好。而我是从山沟出来，"野性"未改，与他一比，真是不像一家出来的。当谢老师提问题，喊"蒋割荆"的时候，我要是答不出来，他会接着喊"蒋荷荆"，让我哥来继续回答问题。记得有一次，我在课堂上捣乱，谢老师要将我拖出去，我抱着桌子不放。又有一次，谢老师气不过，将粉笔擦子朝我扔过来。在

图5 作者蒋割荆的附小毕业证书

课堂上，尤其是语文课，我常常在课本的空白处涂涂画画，多是涂画一些古装人物像。奇怪的是，我的"美术才能"却未能"发扬光大"。而考上清华大学后，我居然成了画法几何的课代表。是否巧合？想起这些，我感到惭愧。小学毕业之后，偶然也会在中大的路上遇到谢老师，我对他总是毕恭毕敬地问好。我曾参加过附小组织的文艺演出，甚至去过中山纪念堂表演，虽然都是些跑龙套的角色，但也能让我记忆犹新。

中大附小是影响我人生的重要经历之一，当中既有美好的回忆，又有挥

[①] 陈序经（1903—1967），广东文昌（现海南省文昌市）人，我国著名的历史学家、社会学家、民族学家、教育家。曾就读复旦大学，1928年获得美国伊利诺伊大学博士学位。曾任岭南大学校长、中山大学副校长、广州暨南大学校长、南开大学副校长。

之不去的情怀。如今的中大校园，还是和过去一样的静谧，依旧典雅、大气和美丽，任时光流逝，丝毫无损于围墙内的完美。而在我的梦中，常常梦回童年时代的康乐园，梦到那些难以忘怀的人和事。

作者简介：

蒋割荆，男，1960届中山大学附属小学校友；父亲为中山大学附属中学蒋幼斋老师。

附小记忆 可爱摇篮

不幸的幸运儿

◎姚明基

光阴似箭,岁月如梭,倏忽间,中大附小1969级的同学们,已然到了花甲之年了。

这似乎是一个不幸的群体。中大附小1969级的大部分同学,都出生于1962年前后。这个时期,是我们国家处于归还"苏联老大哥"债务的高峰期,因为我们在"雄赳赳,气昂昂,跨过鸭绿江"之时,曾向他们购买过大量的物资。战后,为实现使我国成为其农业附属国图谋的苏联,迫不及待要求还债,还通过严格标准,索取大量的鸡、鹅、鸭、猪、牛、羊、蔬菜、鸡蛋等生活必需品,以弥补军事强国生活用品供应的不足。这就使得我国生活物资极度缺乏,加上1960年的自然灾害,令1962年来到这个世界的69级同学,陷入了营养不足的境地。这一代的人,因母亲生产后仅得"一斤油、

图1 中大附小康乐园内第三处校址的校舍(中山大学档案馆藏)

"鸡蛋若干"的营养配给，被人们戏称为"出生困难时期"的一代。

虽然生活艰苦，很多穿过大哥大姐衣服和鞋子的1969级同学，跌跌撞撞地，在经历了神学院时期幼儿园、西门红楼时期幼儿园后，进入了中大附小了。当时的中大附小校址，是岭大时期的工农速成中学用地，校舍为红墙绿瓦、飞檐起翘、绿色通花相间的红楼建筑，与康乐园的近代建筑风格相仿。不经意间，中大校园文化的根，亦逐渐在1969级同学们的思想中开始生长。

生性乐观、顽皮十足的1969级同学，怀着"我们是共产主义接班人"的

图2　原中大附小陈鸿燊校长（供图者：陈涛）

理想，在小学频繁地由"中大附小""五七小学""七一小学"最后变成"新港路小学"的校名转换过程中，完成了从小学一年级，读到初中一年级的六年学习时间。庆幸的是，中山大学附属小学换汤不换药，小学还是那个小学，老师，大部分还是那些老师，这为同学们的文化素质，打下了坚实的基础。

小学六年的时间，印象最深的，应该是"中华人民共和国第五套广播体操"，每天上午第二节课下课，那句"伟大领袖毛主席教导我们，发展体育运动，增强人民体质……上肢运动预备起"响起来，手脚就动起来了，这是大家至今未忘的事。骄傲的是，有一段时间里，每天做早操时，在小学操场司令台上那一男一女做领操的"模特"，可是咱1969级三班和五班的代表。

几经考验，以及通过教体育的肖姓老师长期观察，三班代表中大附小到宝岗体育场参加海珠区小学广播操的比赛，这使三班的同学们陡然增加了集体荣誉感，仿佛自己"行得不得了"。最后，比赛获得第几名不记得，但为了比赛时的精神面貌，着装标配"白衫、蓝裤、白鞋"的最低要求，却是

苦了不少家长，上衣和裤子可以靠借，小白鞋却是买不起，"精明"的肖老师，想到了用白油漆粉刷解放鞋的喷饭"高招"，这令我们至今难忘，这或许是未来我们大家走入社会后懂得"创新"的启发性案例。

体育运动，或许是生性好动的孩童的精力输出方式。有一年，学校组织各年

图3　当年中大附小1969级五班同学的课堂现场（供图者：邓国强）

级的班际足球赛。几轮过后，1969级杀入决赛的是一班和三班代表队。决赛当日，因为一班组织有度、战术得当，夺得级组冠军。三班不服，约好第二天再战，结果还是输。而几十年后1969级同学聚会，在"梳头群"的比赛中，三班仍旧输给了一班和五班。很多三班的同学百思不得其解；其实，道理很简单，组织无方是根本的原因。

还有一项令我们受益的运动是"象征性长跑"。某年学校要求每年级开展以班为单位的跑步竞赛，将各班集体每天跑步的里程，逐日累加，并设置小黑板公示于众，根据各班进度插上小红旗，半程目标为1 000公里的"武汉"，2 000公里的"北京"为终点。每天早上七点来钟，大家由"装订组"门口出发，沿着"飞机屋"中间的小道向北跑，然后折回。这项活动倒是使我们学会了坚持与执着，还有集体主义的精神。

虽然说，1969年已属"文革"的后期，但从教材与教学大纲的导向来说，与当下相比，1969级仍属于被其延误的一代人。但在这之中，仍有不少梦想未来成为科学家的神一级同学，学习成绩遥遥领先于他人：一班的陈逊、吕蓓雯、朱娴、莫彬，二班的林季章、罗力明、陆迅、罗兆基，三班的廖志强、罗忠宁、王晓阳，四班李列明、冯敏东、罗新梅、李青、罗婧，五

图4 中大附小李群老师（供图者：李小萍、李小燕）

班的张江兰、丘茹惠、吴江平，还有很多已记不住名字的同学，这些天才们，日后都在各领域成了精英。当然，还有一直被全级同学视为榜样的黄又平同学，她的言行举止，堪称完美。

小学的六年时间，是之前"长大要当工农兵"口号深入人心之际，下午放学后参加学工、学农活动是常态，哪有当下课外兴趣班之幸运。记得在当时的科技园之地，每班有长长的一畦地，要求同学们课余种上农作物。由于大家都不是农科方面的可造之才，基本没种活什么农作物。倒是小学西南面从拖拉机厂流过来的工业废水，同学们在拐弯处多层设卡，利用"油水不相亲"的道理，捞了不少工业废油，支援了国家建设。

小学那一次到广州近郊的太和石湖镇"学农"一星期，应该是1969级同学第一次远离父母的集体活动。第一次可以爬树摘荔枝，兴奋的三班同学忘乎所以，将装荔枝的铁桶从高处"自由落体"，也没找到当年牛顿被苹果砸到的灵感，倒是把树下的女同学吓得直哆嗦。有一天中午，大家在等待开饭之时，有位同学见旁边拴着一头老实巴交的黄牛，在好奇心的驱使下，一来劲就骑了上去，但怎么着也找不到"骑牛揾马"（粤语）的感觉，下来一看，两裤腿侧面全染黄了，同学们哈哈大笑，原来啊，被骑的黄牛之前在泥潭子里打过滚。到了晚上，农村满天的星星近在咫尺、伸手可得，生长在城里的同学们，天真地用手电筒去照星星，玩心浓郁的同学不知烧坏了多少颗"电珠子"。

待得十年寒窗之苦结束，1969级踏入了社会的变革之期。1979年，是

6 附小记忆 可爱摇篮

1969级同学人生的"分水岭"。考上大学的自然是天之骄子,因为当年全国参加高考的468万考生只录取了28万人,仅6.1%的录取率,足以让人炫耀一辈子;而比对于2019年的1031万考生,录取820万,录取率高达79.53%,当年没考上大学的同学也无需"汗颜"了,① 从比率上看,是国家教育体量有限,耽误了大家的学业。

图5 中大附小1969级五班的部分女生在太和石湖剥花生的合影,前排左起:黄又平、江美英、马滨、曾伟玉;后排左起:金倩仪、吴杰、张静强、吴少秋、陶春夏、李群老师(供图者:李小萍、李小燕)

而当我们奔赴工作岗位之时,却又遇到了国家为大量的老干部平反、官复原职之际,小字辈自然要谦让一番。可等老干部们退休了,我们又遇到了革命化、年轻化、专业化、知识化的"四化"干部选择标准。更没想到的是刚刚有个20年的工龄,部分同学却遭遇了下岗潮。时也?运也?命也?

1969级的同学是幸运的。当我们踏入中大附小之际,早就有一批从教二三十年,且学识丰厚、经验丰富的老师在等着我们。若论执掌班主任时间较长者,印象中一班有陈翠凤老师,二班有罗德贞老师、邵文芳老师,三班有周玉贞老师、黄斌老师,四班有陈腊英老师,五班有李群老师。此外还有江坤老师、薛金陵老师、黄瑞颜老师、梁元競老师、谢良老师;非担任班主任的李崇敬老师、冯锦迪老师、毕慧芳老师(教音乐)等等。小学的六年时间里,我们还经历了吴万邦(音)、罗兵、陈桐、陈鸿燊等几任的校长。

音乐课是我们向往的课程,也是艺术修养积淀的过程。每当高挑的毕慧芳老师潇洒地单肩背着手风琴走进课堂,仿佛给我们带来了一支乐队,气氛

---

① 中山大学档案馆编:《致那些年:我们扬帆起航的青春——中山大学79级校友入学四十周年展览纪念册》,中山大学档案馆2019年编印,第2页。

图6 中大附小的音乐教师毕慧芳老师
（供图者：李志燕）

立马就被调动起来了。《红梅花儿开》的响起，仿佛回到了浪漫的《莫斯科郊外的晚上》，毕老师那娴熟的手风琴技巧，引起我们对乐器的好奇，她丰厚的音乐理论，既熏陶了我们的心灵，又提升了我们的艺术修养。有一次附小搞了个"全世界儿童团结起来"文艺表演活动，毕老师导演节目，指派了1969级一名长得帅的同学，把脸化妆成黑色，手握着一把"冲锋枪"，伴随着歌曲"在密密的树林里，有个非洲的孩子……"，带着坚定的目光，徐徐地走向舞台中央。如果没有当年毕老师的艺术熏陶，又哪来今天大家在卡拉OK时的激昂高歌呢？今天依旧风姿绰约的毕老师，在钟情于中华文化传统服饰"旗袍秀"之时，也不知道还玩不玩手风琴了呢？

而当年，踌躇满志的冯老师，满怀信心地准备将俄文传授给我们时，面对个别同学舌头颤动不灵活而将33个俄文字中的"p"的发音，读成"勒""得勒"时，一面的无奈。而个别"聪明"的同学，在课本中的俄文单词下进行了汉语注音，例如"爷得哈勒说"（好）①、"乌屈茶"（学习）②，外人以为他们这流利的朗读，俄文水平应该很高。由于观念与理念的不一致，我国与苏联老大哥做不成"达娃理嘘"（同志）③却是不争的事实，由于俄语没有成为世界性通用语言，不少同学就弃俄文学英文了。到现在，也没几位同学记得那俄文的读法了吧。

---

① 中文：好。俄文：это хорошо。
② 中文：学习。俄文：Учиться。
　中文：好好学习，天天向上。俄文：хорошо учиться, день за днем。
③ 中文：同志。俄文：товарищ。

6 附小记忆 可爱摇篮

1969级的同学又是幸运的。因为在1969级高中毕业时,国家已经明确我们不用"上山下乡,接受贫下中农的再教育"了,这是一件幸运的事。要知道,比我们大几届的哥儿姐们,要走多少的弯路,吃多少苦,才能实现心中理想啊。

1969级的同学更是十足幸运儿。我们离开了十年基础教育的校门,又踏着国家改革开放的步调,一路高歌奋进了四十年,成了时代的"弄潮儿",是社会进步、国家富强的参与者、建设者和享受者。

相比于早我们五年、晚我们五年的校友,1969级的同学,可以说是时代的幸运儿,通过自己的打拼,虽说不能都大富大贵,却也能基本上做到衣食无忧,富足快乐。

曾经跨过那座山,转过那个弯,亦涉过那道涧,十年寒窗苦读,四十年职业打拼,每位同学都有不同的成长路径,每位同学都有成功光环下的酸甜苦辣,每位同学都有动人与另类的故事,即便是今天已很成功的同学,也是

图7 中大附小1969级部分同学于2015年聚会时,在康乐园内附小第二校址校舍的合影(拍摄者:杨光兹)

如此。相聚时，除了"梳头"言欢之事，更多地聆听每位同学跌宕起伏的成长细节，使得1969级的群体更加惺惺相惜，更重同学之情谊。

唐代诗人刘禹锡在《陋室铭》一文中所言的"谈笑有鸿儒，往来无白丁"，何尝不是对1969级同学相聚时的真实写照与鞭策。小学同学的相聚，毕竟与大学同学的相聚不一样，专业与见识相异也。相互尊重、相互理解，才是恒久的相处之道。

《老子》之言，"福兮祸所伏，祸兮福所倚"。幸，与不幸，仅仅是相对而言的事，幸与不幸互相依存。时至今天，1969级同学所经历的一切，实属非常幸运的事儿。

7 童稚童趣 朝花夕拾

当年华侨学校（张弼士堂）旁边的儿童游乐场

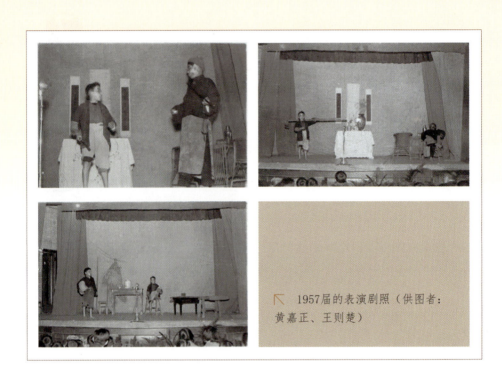

1957届的表演剧照（供图者：黄嘉正、王则楚）

中大附小的两场短话剧表演

在中大附小校友的记忆中，曾经组织过两次戏剧表演活动。1955年时，由黄玉叶（又名黄斌）老师导演名为《讨工钱》的白榄剧在怀士堂演出，由1957届的同学表演（见剧照），王则楚、黄嘉正、钟德安等同学参与了演出。1969年，1970届的同学在戚军老师的带领下，由当时外语系学生林裕音（后为中大外语学院、翻译学院教授）导演的名为《收租院》的短话剧，梁念钊、江棣强、梁啟强、曾荣成、吴澍华等一众同学参与了表演。这些剧情及表演效果，令许多校友多年后都难以忘怀。

中大附小丰富的课外活动，既促进了同学的团结，也激发了同学争取进步的自觉与热情，演员中不少同学后来学业猛进，事业有成。

吴家的"火烛车"

◎吴行赐

2016年秋,商家在中大校园投放了众多共享单车供师生、家属使用,有ofo、摩拜、小鸣等品牌,一时间,黄色、橙色、蓝色的共享单车出现在康乐园的各个角落。假日,小学生成群结伙,在马岗顶周围的主干道、林荫小道穿梭,尽情享受着骑车游康乐园的快乐。望着那班充满稚气的小男孩,目视一台台颜色鲜艳的共享单车,不由得回想起自己青少年时代与单车的一段段"古仔"(粤语,故事)。

图1 黑石屋旁的共享单车成中大一景

　　1957年夏，一位就读于中大化学系的香港亲友，毕业时将其所骑的斧头牌单车送给了我家。与单车初见面，我顿时就被这台英国制造的26寸车的外形所吸引：银白色的镀镍车头微微翘起，线掣、三角架与前后轮盖均为枣红色，黑色座垫，单脚架，银色书尾架，整架车给人以轻巧的感觉。由于单车基本色调为红色，我们三兄妹给它取名为"火烛车"（粤语，消防车）。

　　次日，我与邻居戴家小孩，推着火烛车去东大球场学骑单车。此前，戴家有一辆捷克出产的小轮单车，几经玩耍，我已掌握了骑小轮单车的技术。故此，骑大人的26寸单车，我心中并不怵。当年，在上小学二年级的我，腿不够长，若要像大人般坐在单车座垫上骑车，脚掌是够不着脚踏板的。于是，先试"穿针式"骑法，即双手扶车头，右脚斜穿过三角架，踩着右边脚踏板，上身配合一歪一扭骑行。尽管骑车姿势难看，却也能踩车前行。在小伙伴的欢呼声中，一圈、两圈、三圈，我终于成功学会了。两周后，将"穿针式"改为"骑梁式"，即臀部坐在三角架横梁上骑车。就这样，在东大球场练习个把月便能在康乐园里骑单车转溜了。

　　在康乐园骑单车玩耍，乃一乐也。当你穿行在各种路径，需运用不同的骑术。上南校门斜坡的沥青道，因有点坡度，必须得撅着屁股奋力"加油"。而从小礼堂直通北门的是水泥道，路阔平整，过了数学楼，只需用力踏几下，便可"收油"，一路溜车经过荣光堂、水塔、游泳池，直至北门。模范村那地是红砖砌的村间小径，此区林木茂盛，湿气重，红砖表面长了薄薄的青苔，如要骑行过模范村得轻刹慢行，否则一旦轮胎打滑，轻则摔倒，重则滚落到路边的排水沟。在西南区工中球场与鱼塘之间，有一条转向北、呈九十度角转弯斜坡道。过这段路时，得把紧车头，调整好身体重心，顺势而下……少年时代，这台26寸的火烛车真是我的玩具车。

　　1962—1966年，我在位于西村的广雅中学读书。因为是寄宿，所以每周六下午放学归家，在周日晚七点半前返校上晚自修。初一、初二时，我每周都是坐着公共汽车来往于康乐园与位于西湾路的广雅中学间。我先坐14路车过"河北"，再转4路车或12路车到广雅，费时约一个半小时。1964年秋，升上初三的我，已经有七年的骑车经验，也具备了骑单车斜穿半个广州城区上学的胆量与技术。1964年10月的某一个周日，在父母千叮咛万嘱咐声中，我骑上火烛车，"首航"广雅。我沿着新港路—小港桥—云桂路—跃进路—海珠桥—连新路—东风路一路前行，兴奋愉悦的心情充满心间。一路骑行了50分钟，省时、便捷，很快便安抵广雅。在我推车入校门时，一位同学见状，称赞道："你这架私家车真系好靓，好轻身啊！骑单车返学，唔使逼巴士啰！（粤语，不用挤公交车了）"哈哈！这辆单车配得上"私家车"这称号。

读中学期间，每逢周日回家，母亲不时会分配我一项家务：买米或买煤并运回家。当年，买蜂窝煤块要凭煤票到中大市场买。买煤是简单，可运煤那是力气活，也是技术活。首先，将装煤的竹筐固定在单车尾架上，然后将蜂窝煤有序地码在竹筐内，再小心翼翼地跨过前梁上单车，随后用力起步，继而穿行在校园的大道小径。每逢遇到坑坑洼洼的路，一定要注意捏车闸减速，以免颠碎煤块，直至安全抵家。此刻，吴家火烛车成了运输车。

1966年夏，家里的火烛车被借用于去石牌华工、华农等高校进行活动，吴家火烛车这时候成了"公务车"。半年后的某天，我与弟妹乘14路车经过海珠桥，在公共汽车正爬坡缓行的时候，一辆红色的单车突然映入眼帘，骑车的是一个大学生模样的青年。这不是我家的火烛车吗？我几乎失声喊出来。公共汽车与单车在海珠桥上并行了一段，下坡后右拐弯，也就与火烛车"分道扬镳"了，我们三兄妹用惊愕的眼光目睹那单车消失在泰康路的车流之中。

1968年初，一份惊喜意外降临，新港街派出所通知我们去认领失踪多时的吴家自行车。当我走进新港路隆兴楼后街的派出所，抬眼一看，就看见了近在眼前的我家的火烛车，心中顿时一阵狂喜。尽管它现在灰头土脸的，车头与前后轮盖和链条盖都布满了灰尘，单车铃盖也已丢失，前轮刹车线也断了，然而我还是一眼认出了三角架被喷红漆的火烛车。民警认真核实过凿在三角架的车身号码与单车牌照后，在一声"走得"之后，我便满怀喜悦地骑

图2 作者手扶"火烛车"在住宅前合影

车归家了。火烛车失而复得,令全家人喜出望外。而认车归家那天,刚好有位住模范村的同学正在摆弄相机,我于是请他帮忙拍一张留念。我将火烛车清洗修理一番后,在住宅前与火烛车合了影。

1968年春夏,我每天下午都会与教工子弟在康乐园运动,或打篮球、打羽毛球,或到珠江游泳,或在屋前树下举重玩哑铃,日子过得好自在逍遥。有一天,我骑火烛车到北门,拟坐渡轮去北京南。忽然,远处传来"快救人呀!"的呼救声。我循声寻去,只见中大水文站边的码头上,围着几个凤凰村的青少年,地上躺着一个人。走近一看,原来有人溺水了,不过已被救上码头,经仔细辨认,原来溺水者是花名叫"单眼仔"的青年。这人我认识,水性好,游泳时喜欢炫耀技术。他喜欢爬上水文站的屋顶,表演花式跳水,其姿态优美,跃起插入水中之前,会大叫一声"美人照镜"。谁料想,号称"浪里白条"的他跳水遇到意外,估计是头撞到水底硬物昏迷了。在现场的那数人都不懂人工急救措施,还在面面相觑时,我大叫:"快送中大护养院啦!"于是乎,众人将这个身高近一米八、体重一百三四十斤的"单眼仔"横架在我的单车尾架上,一人扶头,一人扶脚,我把车头,一路狂奔,推车到中大护养院。遗憾的是,由于"单眼仔"溺水时间过长,因呼吸窒息,经抢救无效,一条活生生的生命就这样逝去了。回想当时，从码头至护养院那一公里的路程，可是生死时速的一公里，我负责把车头狂奔，便有了首次救死扶伤的经历。这一回，吴家坐骑充当了救护车的角色。

1968年11月，父母到乐昌坪石公社天堂大队"五七干校"学习，我与弟弟分配到新会县双水公社插队落户。14岁的妹妹独居家中，火烛车亦陪伴妹妹度过了一段中学时光。每天，她骑车到南校门停车棚，放下单车，穿过马路，步入52中学上学。

20世纪70年代，因中大教工住房调整，我家从西南区模范村4号搬到了西南区75号甲三楼（现园西湖东侧的三层楼房）。我家住在三楼，父亲每晚需将单车搬上楼以防被盗，甚是麻烦。说实话，火烛车为吴家服务了十几年，零件日趋老化，飞轮欠顺滑，刹车线时常断，内胎也打了多个补丁，前轮外胎亦裂了一道。后来，父亲分配到了一张购买红棉单车的购车券，因此他力主将火烛车卖掉，以新车替代旧车。于是，我们以50元的价格卖给了中大市场单车铺的标哥。记得那一天，我最后一次骑着火烛车，缓慢踩行，经过西区平房课室——十友堂——爪哇堂——陆祐堂——哲生堂，然后推入中大市场，那时的心情是何等不舍！但也只能喃喃自语："再见了，吴家的坐骑——火烛车。"

作者简介：

吴行赐，男，1962届中山大学附属小学校友；父亲为中山大学中文系吴宏聪教授。

石牌校园里的童年生活

◎王则楚

我随父母于1947年乘四叔轮船公司的轮船来到广州，有一张全家人和亲戚一起在杭州灵隐寺飞来峰旁的大肚弥勒佛上的照片，可以记录当时离开家乡前夕的情景。从此，我与中山大学结缘。就像父亲说的他不后悔来到中山大学一样，我也随之在中山大学的校园度过了我大学之前的时光，亦不悔矣！

当年我三岁不到，到广州后住在中山大学的文明路校址，我们家住在西堂。有没有上幼儿园我记不清了，但在那里我结识了詹叔夏、戴念坪这些小朋友。只记得校园里路边有高大的石栗树，掉下的石栗果皮腐烂后就会有个核桃一样的核，敲开里面会有果仁，我们会拿来吃。此果仁据说有毒，吃多了会头晕。在文德路时期，有两件事我是记得的：一件是迎接广州解放，那天学校里有几户人家在一起庆祝，大人们一高兴把酒都喝光了；另一件事则是上海我三叔的儿子则榴大哥来家里探访，照相时我闹别扭，抱着我的洋娃娃嘟着嘴，其"洋相"给留在了照片上了。

后来，我们家搬进了中山大学的石牌校址，这个校区面积非常大，是现在华工、华农、农科院和蚕桑研究所的所在地。我们将要搬进去的松花江路10号房屋里面白蚁成灾，无法居住，我们家不得不全家搬进了文学院二楼角落的教室暂住。文学院是一座红墙绿瓦的中式大楼，晚上几乎没有人，显得空荡荡的。我那时就认识了田炎单，他比我哥哥姐姐年龄都大，他会拿一些从周边荒郊野岭捡回来的骨头擦出磷火来玩,让人觉得奇怪。文学院的周边有高大的凤凰树,树上结有长长的大扁豆角,里面的豆子晒干后坚硬且细长,大家都喜欢拿来弹着玩。2006年,我到美国加州探望儿子时,发现他们消灭别墅的白蚁,是把整栋房子用罩子罩起来用药消灭白蚁的,联想当年石牌校址松花江路10号房屋的蚁灾,不知是否也是用同样的方法消灭白蚁的呢。

在文学院的教室居住不久,我们就搬回了松花江路10号。松花江路10号在斯大林广场的东边坡下,后面有一片松林,东边有一片烟田,越过烟田就是茶山湖了,湖的那面就是茶山。斯大林广场的西边有几栋日式的楼房,王思华他们家就住在那里,西边陡峭的坡下就是一个有足球场和400米跑道的运动场。斯大林广场的东北角住的是戴念坪的家,他家的门前有一棵脸盆粗的樟树,横枝有碗口粗,一根竹竿立在横枝下,那是我们最喜欢爬上滑下玩耍的地方。在广场的北坡东边是詹叔夏的家,中间是丘衡的家,李昌华的家也在那里。当年中大石牌校址家属区里,每家每户的路边都有一排利用矮小的树丛形成的篱笆。有一次我们几个小顽童边走边用手摸着剪平的树丛顶部,结果触动了隐藏于树丛中的蜂巢,刹那间,野蜂狂飞而出,追着人乱叮咬,吓得大家抱头跑回了家。

斯大林广场是中大教工住宅区中心的一个山顶平地,也是孩子们傍晚玩耍的地方。那时候打"泥头战"是我们经常玩的游戏,直到后来发生了有人用木瓜柄做"手榴弹"把游戏中的小伙伴的眼睛打瞎了的事件,这种游戏才被禁止而不再继续。

上茶山的战壕里捡子弹壳也是很有趣的事。据说在解放广州的时候,茶山是唯一一个国民党部队抵抗解放军入城的地方。当年茶山上还保留有碉堡和战壕,我们捡到了国民党兵丢弃的钢盔、子弹壳等。子弹壳被我们当成了联络工具,把子弹壳贴在嘴唇边一吹,那嘟嘟的声响变成了我们小伙伴之间呼叫出来玩耍的特别信号。课余时间里,只要一听到吹子弹壳发出的声响,会意的小朋友便会马上跑出家门在校园里一起去玩耍。

有段时期，国民党的飞机经常对市内进行轰炸和骚扰，为防空袭，几乎每家都挖有防空洞避难。我们家是在门前挖了一个防空洞，洞口向着斯大林广场。有一次，国民党的飞机从五山上空飞过时，俯冲式地向着住宅区开枪扫射，我们躲藏在家门口的防空洞中，清楚地目睹居住房屋的瓦片不幸被击穿了。后来，因为中大校园附近驻守了高炮部队，国民党的飞机就再也不敢飞来这里了空袭了。

广州解放之前，曾有一伙土匪洗劫了中大教工住宅区。这次劫难中，詹安泰先生家里遭劫，土匪在墙壁上凿了个大洞，通过这个洞进入了他家里把东西抢走了。广州解放后，当初这个洗劫中大教工住宅区的土匪头子被抓到了，被判了死刑，要执行枪决。在行刑当天，公安人员用汽车把土匪头子拉到中大进行宣判，许多人都赶去了围观。我和詹叔夏、戴念坪也都跑去凑热闹。只见车子到了铁路南面的一个干涸了的池塘边上，土匪头子被押到池塘中间，枪声一响，脑袋开花，他人就倒下了，我们吓得赶紧跑回了家。

中大石牌校址整个家属住宅区是围着一座山建的，树木非常多，不少鸟窝架在树杈上。爬树掏鸟窝是比我大一些的哥哥们常玩的，记得有一次他们掏鸟窝时没掏到鸟蛋，却冷不丁抓出了一条五步蛇，吓得他们赶紧把蛇扔掉就滑下来溜了！到茶山湖要越过一片种植烟叶的田地，有一次下大雨，我和连至诚摘了几叶硕大的烟叶作伞，躲在烟叶下跑回了家，虽然衣服和鞋子都湿透了，但还觉得挺好玩。至今，仍存有一张我们全家与邻居的合影照片，前面是连志诚，这是当时我与连志诚经历在烟田叶子下躲雨后在我家照的。

我们所在的松花江路10号后面有一片松树林，靠近松树林的地方有一片小小的菜地，我们在那里种了一些番薯。妈妈几乎每天都要拿着竹子编的耙子，到松林里去扒那些落下来的松针，然后拿回家来当柴火烧，松针特别容易点着。我跟着妈妈去把在耙子上的松针拿下来，放到箩子里。到了秋天，菜地里的番薯也长大了，妈妈会拿锄头去挖番薯，则柯哥哥和我会跟着去地里帮忙捡番薯。有一次我也调皮地拿起锄头去挖番薯，锄头一不小心就落到了哥哥的头上，弄得他满头鲜血。妈妈见状，马上把哥哥带回家，并赶忙把哥哥的头清洗干净，涂上红药水后，用纱布包起来。从此以后，我就再也不敢举高锄头了。

1951年，6岁的我就上小学了，当时的中大附小，校舍在因抗战而停建的图书馆的地下室部分。那时，我们的小学老师经常带我们去短途锻炼，时而在校园里走动，时而带我们去河边戏水，时而又带我们爬上陡峭的百步梯。在法商学院的水池边，附小老师给我们讲日晷上竖立的针的影子长短和时间的关系。当然，我们放学之后也会到处去游玩。当时的"洞庭湖"和"鄱阳湖"是学生游泳的泳池，池中间有个浮台，可以上去休息。那时候的我还不会游泳，有一次戴念坪就把我驮到深水区，然后把我一丢，自己就游回去了，我只好手脚并用，狗爬式地回游，在喝了几口水后，终于回到了浅水区，双脚一沾到地下的沙子，就站了起来，经过这么几次折腾之后，也就不害怕水了，我也就学会了游泳。

石牌五山校址很大，当年中大专门设有蚕桑系。在法商学院的西边坡下有一大片桑田，桑田上种着一行一行的桑树。夏天的时候，桑树结满了红的、紫的桑葚子，十分好吃。我曾经和王思华在桑田里摘桑葚子吃，边吃边往前走，结果走到了桑田边的大路上，却迷路了，不知道回家的路了。幸好当时有解放军的高炮部队驻守在那里，我们的呼喊声让部队的战士知道有两个中山大学的孩子迷路了，然后他们用卡车把我们送回了中大里面，可见当年中大校址之广阔。

当年，从五山教工住宅区走到斜坡之下，那里有个农民拿菜来卖的自由集市，过了集市，就是几栋红砖建造的学生宿舍楼，楼下有个用砖砌的收垃圾的池子。在纸质通信的年代，很多学生收信后会把拆信后的信封丢在那里，这可是我们几个集邮爱好者的采集渠道。我和几位小朋友就捡起那些有邮票的信封，然后把邮票处的信封纸撕下来，拿回家后用水泡开，再将邮票轻轻撕下来，放在桌子上晾干。这是我集邮的开始，那些邮票基本都是毛主席戴帽子的头像和孙中山头像的普通邮票。

从石牌五山到广州市里，需要乘坐公共汽车。那时候的汽车，是需要燃烧木炭来为汽车提供动力的。车子后面有一个圆柱形的锅炉,烧水产生蒸汽来驱动汽车前行。1951年的"六一儿童节",妈妈带着则柯、丽娜和我到照相馆照了一张相留念。在石牌的时期,也许因为我太调皮,也爱乱吃东西,我肚子里就长了蛔虫,而哥哥因为缺乏营养得了黄疸型肝炎,所以我们就同时住进了现在广州市越秀区的中山大学附属第一医院的内科病房。

因为当时的中大附小办学条件太差,学校实在是看不下去了,所以在新中国成立初期,学校出资在我们家后面的松林下面的平地上,建起了新的中大附小校舍。这是一栋L型的平房,在转角处有一个沙池。我们在那里上一年级,用的语文教材已经是有"司马光砸缸"文章的课本了。有一天晚上,我和哥哥姐姐回学校玩耍,黑暗中有人恶作剧地用手电筒从下朝上照自己伸出舌头的模样,那恐怖的鬼样子很是吓人,当场把我们这些小孩吓哭了。当他们把手电筒一关,打开走廊灯,我们才看清楚,原来恶作剧者是哥哥姐姐们呐。虽然新建的小学有点小,小学的师资力量都很强,校长是王越先生的夫人、中央大学教育系毕业的李超心,许多老师是受过专门教育的师范生,还有受过高等教育的大学教授的夫人,他们非常爱护我们这些教工子弟,让我们愉快健康地成长。

日子过得飞快,1952年暑假刚过,我们就随学校搬迁到康乐园去了。小学以前的童年就这样过去了,更多的日子,我们是在康乐园里度过的。

石牌校园中那一段童年时光,是我挥之不去的美好记忆。

童年回忆几则

◎江 燕

我的一家

我们家在搬入中山大学前,是住在怡乐村。我是在父母亲他们于1957年搬入中山大学不久后出生的,所以我是家中唯一在中山大学出生的孩子。父亲在中山大学的工作时间长达50余年,我们几个兄弟姐妹们都是在中大校园里长大成人的。

图1 江静波教授一家

我的父亲江静波是生物系教授，妈妈郑茂莉与他是协和大学的同学，她是中大家委会的骨干之一；大姐江心月毕业于广州中医学院，后移民美国成为一名颇有名气的针灸医生；二姐江心竹毕业于广州师范学院，后取得博士学位并在滨州艾登博罗大学任历史教授；三姐江心梅在上山下乡时为营救一位溺水女孩而牺牲；哥哥江桥在工人大学毕业后，移民美国成了日本寿司餐馆老板；我则是一位音乐家，以在音乐会演奏和教授小提琴为生。

父亲曾经对我说我们家的名字是能构造出一幅美丽的图画的①，并且有着特别的意义：江静波是画面里的铺垫，江心月明亮地悬挂在天空，平静江水的一旁，竹子叶茂枝繁，另一旁的红梅则傲然挺立，芳香的茉莉花围绕着竹子和梅花周围，江的两岸由一座拱桥连成一体，江天一色，一只孤燕在皎洁月光下掠过江面，荡起微微涟漪。

银色的月光下，安静的波澜，清风拂面，竹林婆娑，红梅傲然，茉莉芳香。随着时光流逝，脑海中这些画面渐渐变得朦胧。

至今我还在寻找那一位可以为我描绘出我父亲描绘的画面的画家，但未能如愿以偿。

康乐园之秋

秋天，一个魔幻的季节，层林尽染，变化万千。

秋天，使人那样地陶醉，更让人浮想翩翩。

中秋节是我在孩童的时候最向往的一个节日，它与春节不同，没有那喧闹的爆竹声，也没有那繁复的礼节礼仪。中秋，一个只有明月、星空陪伴的时节，是那样的宁静，那样的安详。

我印象特别深的一个中秋夜晚，伴随着牛郎织女的神话故事，我们一家在院子里的台湾草上摆起了家家酒一同赏月。我们边吃月饼边喝茶，吃吃

---

① 江心月这名字是为了纪念祖母及外祖母苏田月、林月英；江心竹的名字是因为祖母是台湾新竹县人，以示纪念；江心梅是因为父亲喜欢梅花，欣赏她在风雪寒冬里绽放；江桥名字中的"桥"字原本是华侨的"侨"，是为表示父亲的身份；江燕，则是象征着自由和喜讯的到来。

柚子，尝尝槟榔芋头，我还试图在月亮中找到嫦娥的影子。我三姐江心梅在好几天前就忙着为我们准备中秋灯笼，她先将竹片放在油灯上烤，并趁着竹子热度未散时把它编成想要的形状的框架，有五角星形状的，也有动物形状的。接着在框架里头再编一个圆圈为蜡烛架子，然后把不同形状的灯笼用油纸糊好，上面再用三根绳子将灯笼吊起来绑到一根竹子上。天色黑了，我和三姐江心梅还有哥哥江桥迫不及待地点燃灯笼里的蜡烛，然后提着灯笼在院子里追着萤火虫玩耍，很是快乐！

还记得另一个中秋的夜晚，我的身体因有不适，肚子不是很舒服，妈妈跟我说中秋月饼我只能吃四分之一个，我正郁闷时，比我年长一点的哥哥对我说可以吃 1/4 个月饼或吃 4/1 个月饼，看我最中意吃哪一个？因为我还小，想了想，4/1 大概是要把我手头上的那一块的月饼 1/4 个再拿去分四份，为了能多吃点，所以就欣然同意我只吃 1/4 个月饼。想起哥哥的良苦用心，我眼前不断闪现当初的情景，对亲人无限的追思，不禁让我潸然泪下！

我父亲有个堂弟叫江胜先，在 20 世纪 60 年代初从新加坡回国，来到中山大学念书。叔叔比我大姐大一轮左右，跟我们五个兄弟姐妹也很玩得来。记得他到中山大学读书时，中秋节就在我们家吃晚餐，言谈中父亲向他炫耀说燕仔（我的乳名）心算很好，加减法都没有问题（当时的我大概是四岁多）。叔叔听罢马上就问我："二加四等于多少？""等于六！""那五加七呢？""十二！""十三减四呢？""九"叔叔问的算数问题我都能脱口而出准确的答案。接着他想了一下，说："我再给你出一道题，如果你能够答出来，我请客！"紧接着他说："你妈妈有 20 个苹果，她给了你哥哥一半，剩下的让你们四姐妹分，你们每人会分到多少个呢？"父亲听完叔叔的题目后微笑着摇摇头继续吃饭，估计是认为我肯定答不出来，饭桌上的哥哥姐姐们也都非常安静。过了一小会儿，我跟他们说我有答案了，大家都瞪大眼睛看着我。我说道："20 个苹果给我哥哥一半，那哥哥拿到的苹果为 10 个，就还剩下 10 个。我给大姐 4 个，二姐 3 个，三姐 2 个，最后剩下的 1 个苹果是我的。"我的话音刚落，父亲就开心和爽朗地哈哈大笑起来，他对着我叔叔讲：

"你输了！你输了！明天你一定得带燕仔去吃雪糕了。"

调皮的童年

东北区的三家村由梁松海和惠姐、叶方和曾月桂、冯剑和李玉莲这几家组成。我们称呼他们为海叔惠姐、方叔方婶和剑叔剑婶，我和哥哥小时候几乎每天都往那边跑，去那边玩。三家村再往东南方向不远，那里有一间鎅木厂，园林科的工人常把砍伐下来的树身刨去约四分之一，露出一个平面后，再把树干抛入水塘中。泡在水塘中的树干，削过的一面总是向上，看上去就像一大片漂浮着的平衡木。朝阳的那一面是干的，浸泡在水里的那一面却长满了青苔，非常滑腻。

我和哥哥江桥，及叶毅中、叶毅梅、冯秀玲、冯秀琼等小伙伴们经常奔跑在浮动在水面的树干上，互相追逐玩耍，那感觉就像是武侠小说里写的飞檐走壁一样，好过瘾！在泡木上奔跑，一旦跑慢了，树身晃动，就会跌落水中，不但全身湿透，还有可能被一根根并排的树干封在水面下，很危险！

至今我一直未弄明白：为什么园林科的人要将树干削去四分之一呢？难道只是为我们提供一个平面，以便我们在上面玩耍？

一个隧道把鎅木厂的泡木池子和三家村旁边的鱼塘连接了起来，长长的隧道位于马路的下面，里面浮动着大大小小的树干，由于这些树干在隧道里没有阳光照射，所以青苔满满。我们经常用手扶那滑腻的隧道墙壁，以"红军不怕远征难"的气概，走过昏暗的隧道。还自认为可以神不知鬼不觉地从一个地点消失，然后又能从另外一个地点成功冒出来，无比豪气。

有时候不小心落入水中，导致衣服全湿，但由于怕回家后会被妈妈骂，所以只能坐在水泥地上，在太阳底下晒着，等衣服被晒干，或被风吹干了才敢回家，不然免不了一顿臭骂和毒打。如果是在冬天落水，爬起来的时候冷风嗖嗖，但也得强忍着，因为全身湿透着回到家，那麻烦就来了。

小时候能够吃到水果，是一件非常奢侈的事情。有一回我发了高烧，在吃完中药后，居然发现我的床边放有一个大雪梨。一口咬下去，雪梨甘甜脆爽，味道美极了。等我病好了之后，还常常回味，不由得心想，是不是我再发烧了就能吃到大雪梨呢？于是想着想着就去房间将探热针翻找出来，并从开水壶里倒了些开水到杯子里，打算将探热针放进开水里，等温度升高后就迅速把它含到嘴里去找妈妈。如果因此成功的话，说不定我又可以吃上大雪梨了呢。

等计划准备好后，我将那根小小的圆锥形的探热针放进开水里，并把它马上抽出来。哪知道刚想放嘴里含着，探热针这时突然裂了，把我吓坏了！所幸探热针不是在嘴巴里面破裂，否则真是太危险了。以前测温时，妈妈就千叮咛万嘱咐，让我千万别咬到探热针了，如果针管破裂，水银被吃到肚子里，将会导致生命危险。所以一般小孩的家长都把它放在孩子的腋下来测温。

当知道自己闯祸了，又不知道该如何收场时，只好把已破碎的探热针拿给妈妈，并告诉她说是我不小心摔碎了。与此同时，我利用假发烧而再吃一次雪梨的希望也随之破灭了。

三家村的意外

至今使我和我的小伙伴们心有余悸的是一场意外的大火。

从我家到三家村有一条小路，路旁的右边是黄祖培教授的家，左边是一小片空地，空地的背后则是一片竹林。园林科的叔叔们利用那片小空地搭建了一个七十平米左右的草棚，里面堆放了不少农耕物资。冬天的时候，有一些植物怕冷，叔叔们就用里面储存的禾草去包扎那些需要保暖的树干。

初夏的某一天下午，我听见家里的大人拿着脸盆和水桶进进出出，我到屋外一看，东面正火光冲天，浓烟弥漫，空气中夹杂着怪异的味道。此时大火也已烧到了我家院子边缘和后面的竹林，大人们在那边忙忙碌碌，吆喝声此起彼落！

后来才得知，是三家村的孩子们闯祸了。发生火灾的当天，梁国祥、叶毅中和他的妹妹弟弟们、冯秀玲和她的妹妹弟弟们，在一起玩耍。听说是梁国祥随意地点燃了一根禾草后，就到离草棚不远的泥地去玩了，怎料火星燎着了草棚的下沿，因为棚子的外墙也是干燥的稻草铺结的，结果因风助火势，草棚一角瞬间就被烧起了熊熊烈火。

他们那几个都吓坏了，四处飞奔，不知所措地逃离了现场。听冯秀玲说，她妈妈知道失火后，慌乱之中又没有看见自己的三个孩子，急出了一身冷汗，以为孩子们出事了。

等大火被扑灭了以后，现场惨不忍睹，还能看到不少被烧焦、烧死的老鼠，情形惨烈。而为了防止死灰复燃，大人们轮流值班看守火灾现场，整整一天一夜！后来，据说那一块地因为火灾而留下了不少天然肥料，所以土壤特别肥沃，人们在那里种瓜种豆，年年丰收。

在中大康乐园成长的孩童，对蛇应该都不陌生。记得有一回，我家院子里出现了一条红头蛇，当时我父亲就用铲子把它给切断了。没想到的是，过了一些时候，我家院子出现了成群游行的红头蛇。它们一条接一条地从我家院子穿过，似乎是在悼念它们那个被"残害"的伙伴，也像是在跟我们抗议示威！

还有一次，我哥哥江桥和梁国祥去摸鱼，突然哥哥用两手摸到了一条水蛇，他赶紧把"战利品"举出水面，同时调皮地大喊："看！我抓到了一条大鱼！"只见他用两手把一条粗壮的水蛇弯成一个椭圆形托出水面，看到水蛇的那样子，真把我给吓坏了！

不过哥哥却不慌不忙地捏着水蛇走向路基，一上到小路便奔跑着回了家。水蛇经过妈妈的精心处理后，用葱姜蒜熬出了一道美味的蛇羹！因为这是一条母蛇，所以肚子里还有很多小蛇蛋。记得当时所有东北区的邻居和孩童都聚到我家，坐在我家门前的楼梯口，一起共享了一顿难忘的美餐！

康乐园里的童缘

住在我家对面的是发小金雨雁一家，金雨雁从小就是书生气质，会吟诗下棋。

大概我四五岁时，金应熙伯伯带金雨雁到我们家来，言谈中父亲弯下身子对雨雁说道:"我知道你能吟诗,今天可否念一首给伯伯听呢?"与我同年的雨雁立刻摆好架步,语音清晰地背诵了毛主席的《七律·长征》。他背诵的时候,声音抑扬顿挫,还手舞足蹈,很有感情。我父亲听后非常感慨,转身对我说:"你看看,小雨雁几咁犀利!(粤语,很厉害)"

虽然金雨雁不常出来玩,但是我们却是他家里的常客。金伯伯家里的书籍繁多,有彩色的,有超巨型的大部头,还有一本很大的童话书《金钥匙》。所有大部头书里面的画面都富有很强的吸引力,内容于我而言却并没那么重要。

有时,我们会把他家里的书籍垒起来做成"战壕",玩起了"地道战"。我们用很快的速度穿过桌子,爬上椅子,通过长长的"书籍战壕",最终到达目的地书橱!有一天玩疯了,在比赛当中,我因用力过猛,在到达目的地时不小心把金伯伯家的书柜玻璃给打裂了,我非常害怕。这祸闯得可是不轻,回家后等待我的将是妈妈的鸡毛掸子,后来还是金雨雁的婆婆来帮我解围,我才逃过此劫。据悉,那个书橱还被金雨雁保留至今,我想我儿时的过错也就此留下了永久的物证。

时光流逝,弹指一挥间,我们都已经是老年人了,儿时的回忆却总是那样的亲切而又耐人寻味。

图2　小伙伴们的合影,前排蹲坐者左起江燕、冯秀琼、叶毅梅、叶毅云;后排站立者左起金雨雁、叶毅中、叶毅明、金冬雁、冯耀驰、梁国祥、冯秀玲(拍摄时间:2019年3月30日)

童年趣事

◎张友好

我们的童年是在中山大学南校园度过的，贪玩是我们童年的特点，或因受当时流行的"读书无用论"的影响，我们那时完全没有读书的压力，快乐地度过了一段无忧无虑、无知无邪的嬉戏时光。真是：年少乐无忌，到老喜相聚，想起童年事，玩劲道不尽。

热闹的工人村

现在的中大蒲园区、园西区，在以前又叫西南区。从西门口一直走到十字路口时转向西，就是中大当时有名的"工人村"，范围从西区鱼塘起，一直延伸至西区学生饭堂路边沙梨树那一侧。那是一个住户集中且十分热闹的地方，当时我家就住在那里（西南区135号）。

记得我家门口有棵超大的"水翁树"，这棵树终年绿叶长青，浓荫蔽日，枝干粗壮。每年夏天，树上盛开着一簇簇绿豆般大的清白小花，果实酸酸甜甜的，可当水果吃。据资料记载，水翁树全身都是宝，有药用价值。

我家门口旁边还有一条很长的水渠，宽约190厘米，据说是从中大西门对面的省拖拉机厂那里延伸进来的。水渠里的水并不清澈，但偶尔会发现有螃蟹、小鱼或蛇等动物，经常让小朋友大惊小怪一番。夏天的时候，每天会有很多在附近居住的小伙伴们到这里攀爬水翁树、乘凉、摘花果以及到水渠边玩耍，好不热闹。

那时候的工人村每家每户都有好几个小孩，像我家前排房子的西南区133号就住着7户人家，每家也都有在读附小的小孩。我记得第一家是蔡瑞强家，还有程培全、梁启强、严舒凌、孔美华、陈远芳和曾海燕他们。附近的邻居还有同年级的莫曙、黄妙芳、朱耀珍、钟建强、方锦华、谭凤贞、岑伟明、于少容、蔡惠芳、区大光、李建新、江棣强、曾荣成、罗小燕、王金容、林小兰、潘素芬、韦建国、柯美兰、刘敬华、廖玉萍、唐美芬、陈国成、陈正明、谢带容等同学。即使不算上他们各自的兄弟姐妹，大大小小的加起来也有200多位。

每天晚饭后或者做完功课后，小伙伴们都会不约而同地聚集在一起，玩捉迷藏、打野战、捣敌营等各种游戏。大家有打有闹，边跑边叫，走东家串西家，常常闹到深夜，直到家长来催促回家，大伙儿才肯散去。正是：夜夜工人村子女娃，你追我喊又喧哗，嬉戏不知已是夜，奈何亲人拉回家。

工人村的人都和睦相处，谁家有事需要帮忙了，大家都会伸出援手互帮互助。从早到晚，这里的人声不绝于耳。孩子们玩游戏的叫喊声和欢笑声，组成了平凡生活的乐章。

1970年，学校按学系调整住房时，原来工人村的住户被重新分配到校园各处居住。我家也离开了工人村，搬到西南区南校门附近的生物系平房居住。

时过半个世纪，工人村已不复存在。往日的平房都被推倒，取而代之的是一幢幢的新楼房，但在工人村度过的童年记忆永存我脑海里。

好看的公仔书

20世纪50年代，少年儿童读物有《中国少年报》和《小朋友》等一类报刊，但数量最多的当属公仔书（连环画），也叫小人书。记忆中，以反映革命斗争、反特斗争与中国传统文化题材的作品占较大比例，例如：《英雄董存瑞》《羊城暗哨》和《西游记》等。

读小学以后，随着识字增多，我也和其他同学一样，迷上了图文并茂且内容深入浅出的公仔书。为了看这些公仔书，我们会自己买，也会跟同学借或去书店租，甚至还到学校图书室去阅读，大有把所有出版的公仔书都看遍的劲头。我们班的学习委员杨敏慧家就有许多小人书和玩具，我们几个同学放学后就经常到她家玩，一起看书玩耍。我们那看公仔书的童年，真是乐趣无穷！令人回味！

打针的考验

打针或吃药，你选哪样？其实没得选，医生说了算！上小学的时候，有一次学校安排给学生打预防针，三班的小罗同学虽然心里怕怕，但也无处可逃，当他看到医务人员进入教室时就已吓得先哭了起来，在一群"哇鬼"声中，他的哭声最大，还躲在桌子底下不敢出来，结果引得同学们哄堂大笑，还被送了顶"胆小鬼"的帽子，久久都摘不掉。

好吃的忆苦餐

小学时，为了让同学们体验旧社会劳动人民吃过的苦，提升思想觉悟，激励同学们奋发图强，学校组织了一次"忆苦思甜"的活动。二班的马为群、柯美兰、张秀霞、刘敬华、董穗华、高颂平、莫曙、李少武、裴敏、陈中新和岑穗庄等同学就去挖野菜，采摘如瓜子菜、马齿苋等野菜来给大家做忆苦餐。

忆苦餐做好之后，大家开始品尝。绝大部分的同学对这些无盐无油还极其苦涩的野菜都觉得难以下咽，但是却有一个同学说很好吃。大家很惊讶，齐问原因，方知是这位同学偷偷往野菜里放了一些调味料。虽然这位同学这样做让忆苦餐变得好吃了，但却因此受到了老师的批评："旧社会时，贫苦大众有钱吗？能买得起调味料吗？你的思想觉悟到哪去了？赶快向大家做检讨！"我对这事印象挺深的，不知道当时加调味料的那位同学是否还记得此事？我想，他应该也会跟我一样印象深刻吧。

我们都是乖学生

小学时，大家对参加学校组织的活动都挺积极的。中大附小有一段时间曾改名为"七一小学",当时建学校操场上的那个"司令台",是我们全体师生用辛勤的汗水建成的。附小的师生发扬愚公移山的精神,先把小学旁的小山挖掉,接着身挑肩扛,把那挖来的泥填到"司令台"中,而"司令台"的墙身则是我们到处捡砖头砌成的。现在回想起来,昆虫研究所围墙上的那些大洞可能有我们的"贡献"。

有一次,在听到中央人民广播电台发布中国成功发射第一颗人造卫星上天的新闻时,同学们自发回到学校集中,在老师的带领下,大家走上街头游行,参加庆祝活动;仍记得,每当毛主席语录或者诗词发表的当晚,我们都要回到学校,由老师组织我们走路去市二宫和海珠广场等地游行宣传,结束后再沿路返回学校。当时那群情激昂的情景,跟现在狂热的追星族追星真有得一比。

小学五、六年级时,各班都成立了"毛泽东思想宣传队",我、黄妙芳和刘雪芬等都是一班的宣传队队员。每到"八一"建军节,各班的宣传队就到中大对面的荣誉军人疗养院进行"拥军优属"慰问活动,搞联欢。大家敲锣打鼓,跳舞,唱歌,表演三句半,虽然同学们的表演水平很业余,不过精神可嘉。当时是请了外语系的大学生教我们排练节目,至今我还记得《在北京的金山上》和《洗衣歌》中的几个舞蹈动作呢。

那时候的我们还会"学雷锋做好事",比如到中山大学西区的学生饭堂帮食堂叔叔和阿姨们剥蒜、择菜、抹桌子、擦椅子和扫地,或到中大的磨碟沙农场(现叫园艺场)帮忙插秧、收割和种农作物,到了寒、暑假,我们则到广九火车站和省汽车站帮旅客带路、搬运行李,等等。当我们在做这些事时,是真心以雷锋叔叔为榜样,没有功利的心思。

校园里乐趣多

中大的校园跟公园一样漂亮,而且并不比公园差,我们有几个同学曾自发组织,自带餐具到附小附近野餐。还有几个同学到中大大竹园附近,拾砖头和泥巴来自砌炉灶,然后捡树枝柴火学大人样"烧泥砖"。

中大每逢星期六晚上，都会在电影广场放电影。每当晚上放电影的时候，我们每人都背着小凳子，从四面八方来到中区电影广场观看电影。在那个没有什么娱乐活动的年代，能看一场电影真是一大乐趣和享受，而且无需买票。

小学一、二年级时，附小还未搬到西门这边，我们这些住在西区的同学去上学的时候，都会经过西大球场，每天上学、放学共四趟。碰到下雨时，西大球场的草地一片水汪汪，我们会在大水洼中跳进跳出，虽然一个个最后都会变成落汤鸡，但玩得是兴高采烈！全然不在乎。

我们的童年就是那么地快乐。转眼间，已经过去了半个世纪。昔日一起嬉戏的伙伴如今已各分东西，有的甚至难以寻访。但是，岁月的流逝带不走我童年的记忆，老朋友们，祝大家安好！

图1 2017年4月，工人村部分子弟和同学在中大蒲园餐厅合影，前排左起：朱耀珍、于少容、黄妙芳、张友好、陈淑娟；后排左起：张秀霞、陈秀芬、冯秀玲、刘敬华、马为群、蔡惠芳、罗小燕、柯美兰

童稚童趣 朝花夕拾

图2 2016年7月23日，在中大蒲园餐厅，江棣强、梁启强召集小时候家住西南区工人村的同学照相，张跃飞等也过来凑热闹，却被江棣强指着说他不是工人村的人

作者简介：

张友好，女，1970届中山大学附属小学校友。

康乐园中的童年

◎钟晓山 钟晓平

一提起童年,中山大学康乐园的图像就浮现在我们眼前,鲜活熟悉,挥之不去。

中山大学地处珠江南岸,校园建筑美轮美奂、中西合璧,这里既有红墙绿瓦、古香古色的中式教学楼,又有精致靓丽、别具一格的西式建筑物。康乐园长年绿树成荫,鸟语花香,尤其是夏季,鸟声蝉鸣不绝于耳,玉兰花香沁人心脾,夏日的康乐园,整体要比广州的闹市清凉和舒服得多。我们姐妹的童年和小学阶段主要是在这里度过。

1954年5月,我们的母亲调入中山大学工作,我们家也随之搬入了康乐园,一开始我们住在康乐园的东北区,不久就搬到了西南区的模范村,并且在此一住就是多年。

模范村中间有条L形的小路,10多栋二层小楼错落有致地位列在小路两边。模范村村东头靠近学校的男生宿舍和饭堂,而村西尾则连接着西大球场。

模范村村东头的小路是一段下坡路,我们的邻居小伙伴张东明有一辆能载人的小三轮车,孩子们都喜欢乘坐他的小车,从坡上风驰电掣般往下滑行,享受那风从耳边嗖嗖掠过的快感,并留下孩童们似串串银铃般的笑声。由于小三轮车每次只能载一人,小朋友们都很自觉地排队轮候。当小三轮下坡后,乘客下车,张东明就推着空车上坡,搭载下一位小朋友,周而复始,乐此不疲。

家住模范村里的孩子，家中都有少儿图书，我们家也不例外。父母会随着我们的成长，适时为我们订阅各种适龄的少儿刊物，如《小朋友》《儿童文学》《中国少年报》和《少年文艺》，且还会购买适合青少年的科普、学习和小说故事等诸多读物，如《趣味数学》《科学家谈21世纪》及一整套的《十万个为什么》，我们也常常和村里的小朋友交换家里的藏书来看。

中大的电影广场离模范村不是很远，学校会在每周六的晚上在这里放一场露天电影（基本上是当时的新影片），寒暑假期间还会在每周的中间时间加放一场。我们都是露天电影的忠实粉丝，绝不会错过任何一个故事片。记得当时有一部叫做《风筝》的电影，是一部反映中法儿童友谊的神话故事片，我们看完后，留下了深刻的印象和无尽的遐思。就这样，长年累月在中大校园浓厚文化氛围的熏陶下，我们的文化素养也在悄悄地积淀及增厚。

模范村里大树林立、绿叶婆娑，不少树上都挂着一个牌子，牌子分别标注树的中文和拉丁文名字。记得村里有棵相思树，它能结出如大豆粒般大小的相思豆，豆子鲜红光亮，非常惹人喜欢。还有一种树，随着年轮的增长，其树皮就像是一叠叠的纸张，裹在树身上，能被一张张撕开，所以它被称为"千层皮"树。我们还喜欢木棉树的树皮疙瘩，因为木棉树的树皮疙瘩质地柔软，有一面还平整，容易雕刻，我们就把它敲下来，将其刻成印章，在自家的图书上盖印。

西大球场是孩子们玩耍和撒欢的好去处。该球场的西南边上有条小水渠，约40厘米宽，50厘米深。每当大雨过后，水渠就会被雨水灌满，我们这些小孩子就会到那里去抓小蝌蚪、小螃蟹和小鱼儿。蝌蚪会被拿来解剖；小螃蟹本想煮熟来吃，但它除了一身硬壳，没有一点肉，根本不能吃；而小鱼儿被我们抓来放入玻璃瓶养着玩，这种小鱼儿被我们称为"花手巾"，它长不大，最多也就长成手的拇指头那么大，其外形犹如袖珍版的鲫鱼。

西大球场的东边有棵苗壮的凤凰树，它枝繁叶茂，离地约两米高就开始横向分叉，枝干重叠交错，很适合我们攀上、爬下，这也是我们玩耍的"根据地"。

西大球场中间那块很大的草坪,是我们小时候纳凉的好地方。那时室内根本没有空调,电风扇也很少,更没有电视。在炎热的夏夜,我们吃完晚饭后就会拿着大葵扇到西大球场的草坪上纳凉。坐在草地上,我们仰望繁星点点的苍穹,在认识银河系、猎户座和北斗星等星座的同时,也倾听了不少大人们讲着各种各样的故事。

秀玲和丽金是晓山的小学同班好友,她俩常来我们家,我们会一起写作业、一起去爬树、玩耍和探险。一天下午,我们心血来潮,想徒步去海珠桥。因为尽管我们乘坐公交车多次经过海珠桥,却从未徒步去过,所以我们何不尝试下呢?说干就干,秀玲、丽金、晓山和晓平(老爱跟着老大晓山玩的老三)就一起走出了中大西门,沿着新港路向海珠桥方向进发,一路上四个孩子谈笑风生,好不开心。

当行走到前进路时,大家感觉有点累了,恰好路旁有座堆成小山似的橄榄核堆,我们就爬上去坐着歇了歇脚,休息够了就继续前行。不知走了多久,终于见到了海珠桥。刚踏上桥时,我们开心不已,抬头看看海珠桥那宏伟坚实的钢架结构,低头瞧瞧桥下那穿梭来往的船只,滚滚东去的珠江水,兴奋自豪之感油然而生。我们漫步穿过大桥,来到了珠江北岸下桥,这时大家才感到步伐开始沉重,根本不想抬腿了。晓山看着年龄最小的晓平,她和三位姐姐走了同样长的路,竟没喊一声苦累,没有一次拖后腿。现在姐姐们都那么疲倦了,她岂不是更累吗?

步行返回已不可能,但是可以乘船回家呀!这附近就是天字码头,有横过珠江直达中大北门的渡轮。我们赶到渡轮售票处时才发现,大家翻遍了自己所有的口袋都凑不齐买4张船票的钱,仅仅差两分钱。只能碰碰运气,看看能否在地上捡到一两个硬币,可是地面却异常干净,连张纸片也看不见,哪有硬币的影子?丽金一边搜索,一边反复叨叨:"怎么办?就差两分钱,怎么办?就差两分钱……"这时一位阿姨说:"缺两分钱吗?我给你们!"真是喜出望外!我们围着阿姨千恩万谢,兴高采烈地买票乘船回家。

中大优越的生态环境,丰富的动植物品种,让我们自幼就亲近大自然,从而萌生出对大自然的欣赏和热爱,我们认识的自然界动植物要比市区里的同龄人多得多,中大康乐园成为我们童年玩耍、学习的乐园,探索、冒险的天地。

作者简介:

钟晓山,女,1963届中山大学附属小学校友。
钟晓平,女,1965届中山大学附属小学校友。
母亲为原中山大学党委组织部长梁璧。

模范村里的童年

◎丘文东

由于我家所在的特定位置和室外的特定条件,每到空余时间,那片没长草的空地就成了邻居孩子们的乐园。即使没有我和我的姐妹在场,邻居的孩子们也喜欢来这里玩。

其实在模范村里,面积比这里大的花园不止一处。但那些地方不是坡地就是草坪,中大附小的孩子们从小就受到要爱护绿化的教育,无论自家还是邻家的草坪,一般能不踩踏就不踩踏,所以那里的草坪不管黎明还是黄昏,大都是悄无人烟。

不过我家这里之所以备受邻居孩子们欢迎,还有另一个原因,那就是阳光充足,且地面平整,地上全是沙质土,沙子含量高,下雨后也不积水、不泛浆,这就为附近的孩子们玩集体游戏提供了方便的场地。

模范村这里的室外活动,内容很丰富。其中我们玩得最多的,当属打玻璃弹子。花园的东北角常年有三个被孩童们挖的排成一行的小坑,那小坑比高尔夫球的球坑要小一点,那里便成了我们玩打玻璃弹子的弹子球场。小学时,同学们玩过家家的游戏,大家首先翻出来晒的宝贝也是五光十色的玻璃弹子。

抽陀螺也是孩子们喜欢的室外运动。那些陀螺,少数是买的,多数是自己制作。那些手工制作的精细陀螺,如果转得平稳,且转动时间还很长,那该陀螺制作者的脸上就自然有光。大人们见到我们玩地兴致勃勃,他们只要有空，也会加入到我们之中一起玩，赛场上就会充满各种不同年龄特点的笑语欢声。

不过，利用我家玩躲猫猫，收获的就不是大人们的欢声笑语了。至于邻居孩童们为何喜欢找我家作为玩躲猫猫的场所，与15号这座建筑构造有很大关系。我家的院子与周围的各户不同，一楼和二楼的厨房，都在院子的同一侧，院子里除了一个进入室内的门和一个通向室外的门，还有一条通道是直接通向竹林的。复杂的地形，躲得起也逃得起，多了许多变数。

抽陀螺和躲猫猫是祖宗流传下来的老传统游戏，有些新的流行游戏则是孩子们自己发明的。其中有一种叫做"打楸"的游戏也曾风行一时。这里所谓的"楸"，就是一截十五六公分长，直径约两公分的实木削成两头小中间大的纺锤形状。玩"打楸"游戏的场地也只有那种不硬不软的泥土地面才适合。

场地发球点要先挖一个长宽比"楸"稍大、深度约一寸的长条坑。玩的时候得过三关，并分攻方和守方：第一关，攻方先把"楸"横架在坑上，然后用一条三四十公分长，粗细同"楸"差不多或略粗的硬木棍向前上方用力挑起，能飞多远就飞多远；守方则在前面找好位置准备接，这叫做"舀"。第二关稍难一些：把"楸"用持木棍的手伸出食指和拇指夹住并抛起来，在未落地时用木棍向前击打飞出，这叫"打 Kik Kok"。如果击中就进入最后一关，也是最难的一关：把"楸"顺向斜放在槽边，让"楸"尖冒出一点，用棍击打尖头，使"楸"飞起来，并抓紧"楸"在留空的短暂时间里，用木棍把飞在空中翻筋头的"楸"用力打向前方，这叫"斩鸡头"。若成功，还可以在落地处接着斩，直到无法打中为止。然后由守方步测出发点到最后落地点距离为攻方计分，一步算一分。

不知是发明者还是后来的改革者，还为游戏增加了一些难度：从双腿之间击打"鸡头"再快速抽棍击打，如发射成功，可计双倍分数，而从背后击打"鸡头"再抽棍空中发射成功，可计算四倍分数。守方在第一和第二关时，从空中接飞行中的"楸"，双手接到计五分，单手接着计十分。三关过完，攻守方互换。最后以累积分数多的一方胜出。别看动作简单，要击中在空中转动的"楸"并不易，打不中重心，要么飞不远要么滑落脚下。要取得好成绩，不但要靠手疾眼快，还得看运气。

这个游戏，在小学校的土球场也能玩，因为土质基本相同，空间更开阔。不过虽然这个游戏备受孩童们欢迎，但很快就被校方禁止了。因为在地面刨坑破坏本来平整的场地，此外，空中飞行的"楸"也容易伤到其他同学。在学校被禁玩之后，我家这个花园就几乎成了不甘寂寞的顽童们唯一可以玩"打楸"的地方。

后来，到此继续参加游戏的不止我周边的邻居小孩，甚至邻居小孩的同班同学都会闻风而来。好在那时候课程负担不重，下午放学后有很多活动的时间。于是，我家这里变得越来越热闹。

热闹的不仅仅我家这里，旁边的西大球场同样热闹不已。特别是夏秋傍晚，只要西大球场上没有人踢球打球，球场上空就会成为五光十色的风筝世界。那些风筝，百分百都是自己动手做的。那时候的我们都喜欢自己动手制作玩具和用具，从陀螺到蜡烛，从风筝到模型飞机，从幻灯机到矿石收音机，等等。当年我们没有今天的小学生们这样沉重的学业压力，这就为我们发挥儿童的想象力和创造力提供了良好的条件。

儿童时代，大家更喜欢室外活动，但有时天公不作美，一下雨就不能在室外活动了，只能改为室内。不过，大人也有自己的工作，不时有人来访，客厅就轮不到小朋友占据了。这不要紧，那年月，家家大门都是开着的，我们就看谁家方便上谁家。

模范村的房子大都有绿篱分隔，唯独我家和赵仲邑老师家的中间没有这些障碍。赵仲邑老师就是赵士彬的父亲，他为人和善，与谁都合得来，他这一点与我外公的性格很相似，所以当我家没有多余的活动空间时，多是移师到邻居赵老师家。赵老师对我们这些小客人很欢迎，当然我们小孩子们也很讲礼貌，并不会影响到大人们工作。

我的房间窗口正对赵老师家客厅的大门，大点声喊对方，对方也能听到。不过，为了省些力气，也为了环境安静而不影响别人工作和休息，按照赵士彬的建议，我俩别出心裁地在他的楼房同我的楼房之间扯了条简易电话线，他在下面负责指挥，我负责爬树架设，最后再各自制作简易的电话机。不过这个土电话机也只能是在两家之间使用，有事互相通知，无事也打着玩。不打电话的时候，就成了我和赵士彬两人的矿石收音机的"公共天线"。

说来也巧，两家的客厅居然有完全一样的两张大圆桌，用来供六人玩扑克、下棋都没有问题。说到棋类，适合小孩子们玩的有六人跳棋、四人飞行棋、两人成三棋等，但受《中国少年报》的启发，我们也会创造一些独门的儿童棋牌类玩法。往往跟大人玩时，大人都玩不过我们。

当年中大没有像今天这么漂亮的围墙，与凤凰村和其他校外地方只用铁丝网作为分隔。时间长了，难免有所损坏。正好离赵老师房子不远处的铁丝网下面是条排水沟，小孩子只要小心翼翼，略略抬起已经变形的铁丝网，都能钻过去，比电影里的侦察兵容易多了！这让我们到村子里不必绕到老远的出口，少跑许多路。

钻出铁丝网后，沿田基走不远就是村子的直街。铁丝网外面是菜田，但没有人会去玩现实版的"偷菜"。一来，那时的蔬菜都很便宜，每斤不过两三分钱；二来，当时社会风气好，加上学校老师和家长都管教很严，这里的孩子们都比较自觉，即使是很顽皮的小孩，也不敢不遵守纪律，大家都知道家里若是多了来历不明的东西，自己将会"收获"什么苦果。

那个铁丝网的缺口，我们能钻出去，村子里的孩子当然也可以钻进来。不过倒也不必担心他们会偷摘我们在屋边种植的木瓜和香蕉（模范村每家每户都会在房子旁边种些水果蔬菜），外边村子里来的小孩好歹家里是种田出身，自己家种的肯定比我们门外汉种的强多了，他们才不稀罕。

能让凤凰村孩子感兴趣的，是他们村子里没有的果子。要说果树，得说说邻居赵老师家的花园了。他家花园除了种蒲桃、番石榴和青榄，还种有一棵树龄达数十年的杨桃，每到杨桃成熟的季节，杨桃树上那些成熟的果实就会落得遍地都是。王则楚因为当时居住在赵老师家那栋楼的二楼，在天台上占了地利之便，伸手就能摘到杨桃；而赵士彬从自己家院子围墙上，也能轻易跃上厨房的房顶摘屋边的番石榴。至于摘蒲桃，我们也有自己的独门自制工具，完全不必要爬树。

说到摘蒲桃的独门自制工具，这还得感谢中大附小的陈鸿燊老师。附小校园也有一片蒲桃园，记不清是哪一年了，当时因为蒲桃大丰收，所以劳动课临时决定为全体学生出动摘蒲桃。但小孩子爬树多危险啊，既然不能在上面作业，那就只能在地上干，于是陈鸿燊老师发明了一个简单的摘果工具，并教我们自己制作。先是找来一根长竹竿，接着在尾部二十多公分处用竹刀破开一个十字口，再把一个蒲桃核塞进去，然后用绳子扎住二十公分处，这样就变成了一个尾部开衩的简易摘果器。使用这个摘果器时，只要把开杈口的地方对准树上的蒲桃，然后轻轻一推，在竹子自身的弹力下，成熟的蒲桃就被夹在了上面，顺势将竹竿再拧一下，蒲桃就被摘下来了。

学到本领后，我回到家也开始照葫芦画瓢。我先是拿来一条晒衣竹竿，再找一段细绳子如法炮制。这工具不但能摘蒲桃，也能摘其他树上的果实。等到收获季节结束，只要解开绳子，把卡在竹竿尾的果核取出，再把开叉部位重新按原样扎好，就能继续放在院子里，恢复晒衣用途，等次年收摘时再重复使用。

老实说，还真不要干涉凤凰村的孩子来摘树上的果子。一来，要打起架来就很不值；二来，要说"偷"果子最多的，首当其冲的还得是模范村自家的孩子。其实要说"偷"也不准确，房子分给谁住，花园所有花草树木就由谁维护，除了路旁的绿篱学校会定期派人修剪外，各户花园内的植物，都是自扫门前雪。学校连喷药都没有人手，更别说收摘了，树上的果子就当留给老师们的福利吧。各户无论大人小孩都很识趣，只是摘自家花园里的果子，不会动别家花园的一草一木。

家长们对我们这些顽童最不满的，就是我们完成任务后不会打扫战场，满地垃圾还要由大人来清洁。但毕竟这里住的家长们都是知识分子，大人们对我们的这些坏习惯都没有斥责，而是当着我们的面亲自动手收拾残局，用

7 童稚童趣 朝花夕拾

自己默默无声的行动，达到教育的目的。

模范村的孩子们长大了，也慢慢懂事了。但我们童年时代保留下来的那种"顽童"特色仍未暗淡下去，唯一不同的就是从小顽童变成了老顽童。尽管我们那时没有像今天孩子一样拥有手机、电脑，但我们的童年却多了现在孩子们无比向往的自由快乐。那是没有压力的童年，那也是真正的幸福童年。

童年时，孩子们之间经常互相比玩具。长大时，大人们之间经常互相比收入。但始终都没有真正明白，什么才是最值得收藏的宝贝。直到他们头发开始变白才回过神来：能留在记忆里的东西，才是最珍贵的宝贝。而模范村的童年，就是我那永远难忘的记忆！

（丘文东口述，赵士彬整理）

中大的露天电影广场[①]

◎姚明基

在中大露天看电影,要追溯到20世纪六七十年代了。

大家都知道,自1952年10月全国院系大调整后,中大与岭南大学的部分院系合并成新的中大,在康乐园安营扎寨了。

图1 电影广场放影屋(拍摄者:杨光兹)

[①] 本文曾发表于《中大教工》2015年第四期,后收入《知者不惑》(云南大学出版社2015年版),略有修改。

7 童稚童趣 朝花夕拾

美丽的康乐园红墙绿瓦，给人们留下的印象与底蕴自不用说。当中的露天电影放映广场，却令20世纪50年代末60年代初，甚至到70年代末的中大学生、中大子弟们留下了难忘的记忆。当中的故事，至今仍被津津乐道。

中大的露天电影广场，在康乐园内有两处。一处是东区学生露天电影广场，位于现今英东体育馆；另一处则在现今梁銶琚堂的位置。这两处广场，东区的是为学生专场而设，因地形的原因，容量相对较小，适合用那种便携式电影机放映，且没有遮蔽的放映间。也许基于这些原因，该处放电影的机会也相对较少，校内学生在此集会倒是偶尔有之。而位于校园中轴线西侧，在候车亭与张弼士堂之间，且接近各教职员住宅区的另一露天放映场，由于位置优越，地形方正，疏散容易，又有相对规范的放映屋，内置两台放映机，放映屋前面还有一进深约30米左右的水泥舞台，受到校方及观众的青

图2 1959年10月1日，中山大学师生在电影广场庆祝国庆集会时的情景（中山大学档案馆藏；拍摄者：刘孟宇）

图3 电影广场东北面的千层皮树（拍摄者：杨光兹）

185

睐，因此常常把此地作为集会、放电影的首选之地。

电影广场的地形地貌还是比较清晰的。它形状呈正方形，在正方形广场的四条边上，种植了颇有特色且高大的千层皮树，粗壮挺拔，不少的千层皮树要两三个人才能抱得过来。靠东面候车亭的那几棵千层皮树，树根突兀地长在地面上，足有十五六公分，如果人们在这树下聊天，还可以当椅子坐。

中大的露天电影广场，算是比较简约的。在广场的中间，矗立着两根水泥柱子，两根七八公分粗的铁管子横在其中，是挂银幕用的，柱子顶上有两个滑轮，以便于升起银幕。柱子的中下方，各吊着两个大喇叭。那时的电影，没有当下的宽银幕之说，大部分银幕是正方形的，影片也是正方形的。如果罕见地遇上宽银幕电影，那不好意思，所放的电影被"扁平化"了，影像变成了细长条。露天电影的最大好处是观众的数量不受限制，既不售票，也不设座位，观众既有自带椅子的，也有席地而坐的。当然，只要不遮挡别人的视线，有更多的人是站着"围观"的。夏日的夜晚，广阔无垠的星空，大自然给人们带来空旷的感觉，非现在室内电影场所能比拟。

图4 电影广场东南面的千层皮树（拍摄者：杨光兹）

图5 电影广场南边的千层皮树及放影屋（拍摄者：杨光兹）

中大这个露天电影广场，优胜之处在于整个广场内长满了青草，这种草，夏天时，可长到二三十公分高的，被人们一踩踏，铺倒在地上，软软的成了天然的"沙发"。不带椅子的观众，可以席地而座。但每次电影放映完毕，总有人遗留一些宝贝于此，第二天早上再返回原地去寻找。

看露天电影，要想有一个良好的视觉享受，位置自然很重要。一般选择正面，在放映机与银幕居中的位置。太靠近银幕前观看，会眼花，也由于仰角过大脖子酸；位置也不能太偏，偏了影像变形了；太远了图像不清晰了，只靠听声音了。在正面无法找到最佳位置时，不少朋友会选择去银幕的反面观看。这银幕的反面，除了字幕的顺序相反以外，其他图像、声音效果大体是一样的，但亮度会小些，遇到明月夜，效果会大打折扣。也许是出于这个因素的考虑，当年中大电影广场的设计者们，把挂银幕的两根柱子，竖埋于这个四方广场的中间，正、反两边的面积差不多，都可容纳观众观看。

在改革开放以前，老百姓的精神文化生活相对贫乏，看电影被誉为高尚的文化享受了。当时的电影，由于种种的原因，既有经济实力的因素，也有创作水平的原因，更有意识形态把关的问题，令电影片的产量、数量都不多，播放的场次也不多。中大校内基本上一周能放上一场电影，有时还有加场（非周六晚上），其文化生活是好生令人羡慕的，其所放电影片子的内容，也让许多人可以说上个三、五天的了。

当年，没有交谊舞、没有夜茶，也没有卡拉OK等夜生活，这露天电影，既是学生、教工们的精神食粮，又是一个社交的好时机，甚至还是青年人处对象、谈恋爱的好去处。

电影广场放映电影的信息，哪有像今天通过微信、QQ、网上发布那么方便。除了靠小道消息传播，就只能靠下班、放学以后，亲自到电影广场去看看，若见到广场中间二根柱子间升挂了银幕，就八九不离十了，赶紧回家催爹娘做晚饭，胡乱地扒上几口就奔向电影广场，早早地期盼着饕餮盛宴的"文化大餐"。有时甚至亲自去实地落实"小道消息"的真假。常有恶作剧的，放出假消息，不明者听说放电影，心里为之一振，再追问片名时，对方会说"空地大战,受骗的人",遇到此景,甚是扫兴。

中大露天电影广场,一般在周六晚上放电影,要知道那时每周工作六天。每当电影广场放映电影,为了占领最佳位置,下午四点开始,太阳没下山呢,就有人搬上椅子放在理想的正中央位置,俗称"霸位"。有些人干脆就捡几块砖头,放在银幕前的位置,算是"霸占"了位置,大概从这时开始,开启了以"石头"霸位的模式了。说起来也怪,既没人组织,也没人管理,各种椅子就成行成列地摆放整齐,也没人移动和偷盗,学生与家属混合其中,其乐融融,也许是校内民风淳朴吧。待到太阳下山,天渐黑了,人们就会陆续地扛着椅子,来到电影广场,找个合适的位置观看电影;电影放映结束,大家又浩浩荡荡地,扛着椅子回家去。

电影放映的内容,大部分也是以"样板戏"为主。从20世纪60年代后期开始,八部样板戏轮流播映,使观众对电影中的台词倒背如流。也许是这种文化强迫的功效,很多中大弟子,虽生长在南方,也能唱一口流利的京腔,来上一段国粹"打虎上山""我家的表叔,数不清,没有大事不登门"什么的。中间也曾反复放映过一些解放战争的片子,《南征北战》中"我又喝到了家乡的水了"成了人们开玩笑的段子。较受人们喜欢的自然是故事片和战斗片,每当这类题材影片上映,中大露天电影广场自然人满为患。到了放映戏剧片时,惨了,如同当下的戏曲电影没有票房一般,受众较少,门可罗雀。记得当年引进的外国电影中,有两三部印象犹深:一部是朝鲜电影《卖花姑娘》,其内容太过悲惨,看得令人泪流满面,哭得稀里哗啦的;另一个是《鲜花盛开的村庄》,我直接被误以为朝鲜盛产硕大的苹果,结果前几年去朝鲜旅游时挺"窘"的,硬追着导游说要去苹果园参观。

要说中大电影广场,还有一景值得回味。由于当时我国电影的拷贝不多,电影的放映也要按"计划供应",经常是一个晚上几个单位轮流放映一套拷贝。为了能使广大观众能及时解决文化饥渴问题,电影工作者们采取"跑片"的方式进行放映。跑片,就是将上一个放映单位已播放完的几个电影片胶卷,分批送往下一个单位。经常在新港路上,同一个晚上就有三四家单位接续播放。当中大电影广场播放者手上的胶片播完后，后续的片子没到时，某放映员就会用广式普通话广播："走片未到，请大渣（家）稍等。"一些精彩的电影，往往就这样被打断了，吊足了观众的"瘾头"，久而久之，放映员的那句话几乎也成了台词让人难忘。但凡到此时，总有几个顽童跑到广场中间的银幕底下，扯着银幕下方的横铁杆，在众目睽睽之下，"嘎吱嘎吱"地荡起了秋千。待听见难得的"幸福牌"摩托车的"突突"声从南门而至后，大家才又重新投入到剧情中去了。由于"跑片"的原因，放映时间经常也不太固定，或早或晚，大家都习以为常，也为小道消息的传播提供了"土壤"。

地处亚热带地区的中大，常被台风、暴雨袭扰一番。常常遇上周末放电影时，倾盆大雨。雨中，电影照放，观众打着雨伞，穿着雨衣，一副风雨无阻、全然不受影响的样子，不到剧终不撤退。而银幕呢，被风刮得像鼓足劲的船帆一样，"猎猎"作响。

当然，中大的电影广场，地方不大，因为是公众场所，也像一个小江湖，发生了很多令人难忘的事情。

由于露天电影广场宽广，还有一个不大不小的水泥舞台，白天这里也是很好的集会之地。每当有庆典、全校性集会，大多于此召开。

在没有Call机、手机的当年，小伙伴们在人头攒动的广场中，通过吹起响亮的"呼哨"，就可以在夜幕下呼唤特定要找的人，外行人一般还听不明白呢。因此，电影放映前，寻找同伴的口哨声此起彼伏，待到电影开始播放时，才安静下来。

中大的露天电影广场，也曾是一个"帮""派"的械斗场。"文化运动"中的派别争斗，大打出手自不用说，及至70年代中后期，每当周六晚上的电影放映，这些个精力旺盛而顽劣的中学生们常常借着夜幕打群架、寻仇和滋事。场内电影津津有味、枪炮声响；场外拳脚相加、刀光剑影，常常有头破血流者问诊于中大校医院。

1982年底，国内高校第一幢外资捐赠的建筑梁銶琚堂破土动工，中大才放弃了这露天的电影广场。而紧随其后的是，由香港霍英东先生捐资建设的大学生室内体育馆，也将学校东区的电影广场送进了人们的记忆深处。

当下，人们只有偶尔经过露天电影广场的旧地，才会被那仅存的红墙绿瓦、飞檐翘角的露天电影广场放映屋所提醒，脑海里重现出那一幕一幕曾经的记忆影像。而梁銶琚堂的四周，当年那些高大的千层皮树，幸运地被保存至今，仍旧浮现着电影广场的轮廓，默默地见证了电影广场的兴衰。

中大的露天电影广场所放的电影，其内容与形式都令许多中大校友受益终身。

露天电影

◎黄显仁

如果我说近十几年我都没有看过一部电影，可能很多人不会相信。其实，来美国的这二十年，我只看过两部美国片，还是为了解美国电影院是怎么一回事才去看的。至于中国国产片，真的是一部都没有看过，确切地说，是没有完整地看完一部故事片。是的，连在电视里播放的电影都没有完整看过。

但在小学时代，我可是个不折不扣的电影迷。每到周六晚，中大就会有露天电影可看，这可是我童年时的一大娱乐项目。而且在每年的寒暑假，每周三还会再增加放映一场，这样算下来，一年我就看了七十多场电影，在那个年代，看过的电影算不少了吧！如果放映电影时遇到下雨怎么办？若不是下倾盆大雨，其实电影都是会照常放映的，下小雨就更不用说了。在中大财务科工作的父亲说每部电影的租金是几十元到一百八十元，如已经租了电影，确定了放映时间，已付了费用，最后放不放映全凭自行决定，所以为了不浪费钱，能放则放。

每到星期六下午，我就祈祷老天爷千万不要下雨，当看到天空开始乌云密布的时候，心里就非常着急，生怕下雨影响到我们看电影。这时候经常手持木棍作枪，枪口朝天，对着老天开火，口中还念念有词："嘭嘭！乌云滚开！"

可惜的是，广州因地处南方，属于亚热带地区，下雨是常有的事。如果周六那天下雨,我吃完晚饭后,不管雨大雨小,都会拿起小凳子和雨伞去电影场占位置。当时经常出现这样的场景:放映机的光线射到正在哗哗下着的雨水时,就像消失了一般,跟一首童谣中的歌词一样:"千条线,万条线,落到水里都不见。"

雨大通常伴有风,有时风颇大,银幕被吹得摇摆不定,就像那在暴雨中航行的船只一样,随波随风而动;有时又像迎风飘扬的旗子,银幕飘来飘去,电影图像也随之变来变去,电影的人物因此时长时短、时宽时圆,仿佛正在照哈哈镜似的,甚是滑稽。就算这样,也并不败坏广场上的那一些忠实观众观影的兴致,他们扛着雨伞,聚精会神地投入到电影情节中,完全不受风雨影响,这其中当然有我啦。

唯一一次因大雨没有到电影场看电影,是因听从了父母的劝阻,也可能认为那么大的雨,电影估计是放不成了。但电影还是如期正常放映了,我因此错过了那场电影,懊丧了很久。因为这事,后来不要说下雨,就算世界末日来了也阻挡不了我到电影广场看电影的决心。甚至有一次我感冒发烧了,还坚持走到电影场,只有亲眼看到电影场冷冷清清,才会死心塌地回家,这应该就是所谓的"不到黄河心不死"。以至家人后来调侃说,如果我不去电影广场,电影是开不了场的。

从小学开始到中学毕业,即到我们上山下乡时,这十几年间,我都住在中大等高等院校里面,所以周末的电影是少不了的,统计起来,那些年我看过的电影已逾一千多场。有没有?当然有。

记得我上高中时,心血来潮,自己记录了一下所看过的"红"字开头的电影,现在还有印象,这些电影大都是在中大的露天电影场看的:

《红日》《红霞》《红岩》《红叶》《红鹰》《红帆》《红娘》《红军桥》《红孩子》《红肩章》《红气球》《红珊瑚》《红舞鞋》《红凌艳》《红与黑》《红旗谱》《红楼梦》《红灯记》《红河谷》《红番区》《红色邮路》《红色的种子》《红色娘子军》《红色宣传员》《红河激浪》《红军不怕远征难》《红叶题词》。

后来又统计用颜色为名的电影:

《金沙江畔》《银灰色的粉末》《蓝箭》《黄沙绿浪》《白夜》《黑三角》。

用自然数排列电影：

《一寸土》《两亩地》《三个火枪手》《四海之内皆兄弟》《五朵金花》《六号门》《七十二家房客》《八千里路云和月》《九头恐龙》。

片名带数字的电影：

《51号兵站》《306号案件》《第41个》《为了61个阶级兄弟》《第12夜》。

回想起看过的露天电影，有着很特别的感觉。那时看电影，观众的情绪都很投入，比如看电影《沙家店粮站》，影中这厢敌我正在搏斗，那厢一队解放军正赶来，于是观众们会在此时鼓掌，并着急地大喊："快点呀！快点呀！"又比如看电影《夜半歌声》，男歌手独自在一间破旧的剧院练歌，听到楼上有人一句句教他，这歌手于是好奇地走上楼梯，想知道那人到底是谁，我们都知道那人有一张被硫酸伤害过的相当恐怖的脸，当那人（我记得他叫宋丹萍）慢慢掀开面罩时，观众都发出尖叫声，很多女生赶紧闭眼或用手遮眼，害怕地不敢看。此时的我也有点紧张，于是我就举目望向夜空，看着一片星星，是那么地安静平和，这不过是电影而已！何惧之有？心也就此慢慢平静下来。

这当然不是个好想法，如果看电影不投入到故事情节中去，而把自己当成局外人，没有身临其境的体验，也就没有了乐趣，这或许就是我后来对电影不再感兴趣的缘由。在我写这篇文章的时候，我除了看纪录片、新闻片和科教片等"真实"的片子，已不再看故事片了，我承认确实是少了很多乐趣。

儿时的我们，看电影的最大乐趣，就是看动作场面，最不喜欢看纯对话的场景，因为我们还小，还不懂大人的情感表达，实在不明白他们怎么会有那么多话要讲，而且那些哭哭啼啼的片子，更是使人感到乏味。所以，《家》《春》《秋》和《一江春水向东流》等电影是我们小孩子最不喜欢的电影；而《海军上将乌沙科夫》《人民歌手公布依》《攻克柏林》和《南征北战》等这种动作场面多的电影，我们就觉得很精彩，也很喜欢看。

我有生以来第一次亲眼看到拍电影的过程，就是《羊城暗哨》在中大校园内取景拍摄的时候。有一个潜入边境的人，受伤倒卧在一棵大树下奄奄一息的镜头就是在中大小礼堂旁边的一棵大榕树下拍的，当时天已黑了，有几盏射灯一直对着这个特务演员照。我想，那时的他一定感觉很热吧。小礼堂旁的这棵大榕树根须很多，盘根错节的，像蜘蛛网一样。我曾看见过一个中大的校工在榕树根的洞中和缝隙间抓了很多条一尺多长的蛇！那些蛇都是红色的脑袋，绿色的身子，很是恐怖。

过了一天，我又看到他们在拍另一个镜头，取景地在马岗顶吴节家的东面，就是种有很多酸稔树的地方，那也是中大花圃的所在地，还有一个树林。当时我看到一些工人先是在地上用水泥做了一个小水塘，然后让那个特务趟过水塘，气氛渲染得还挺到位；还用一根木条钉在树上，让那特务跌跌撞撞时抓着它，表示他伤得很重；最后，只见一个工作人员取来一件新的衬衣，用力撕破了它，并倒上红油漆，以表现受了重伤。之所以这场景我记得那么清楚，是因为我看到那是件新衣服，那时候买衣服可是还要布票的，光有钱也买不了的，觉着他们这样做真是太浪费了。

正式开拍后，还有专人在树林里点上烟雾，营造一种密林的场景。因为特务看起来伤得很重，就像喝醉了酒一样，走也走不稳，就在他快要倒下，想要去扶那根木头时，只听见"啪"的一声，那根没钉好的木条就被掰了下来，旁观的我们都笑了。那特务演员也跟着笑了，说这东西不太结实，轻轻一动就掉了，不经扶。导演见状，赶紧喊停，并重新拍摄。

后来我们在电影场看了《羊城暗哨》，看到那几个在中大现场拍摄的镜头，因我们在拍摄现场，感到非常亲切，所以对这部电影就有着特殊的感情。两年前，我在纽约的家里，在中文电视"长城平台"里的电影频道中看到了这电影在播放，我虽然只看了其中一小段，不过，我却有着深深的感慨。几十年过去了，真是山水有相逢，我们又见面了。

还有一次看拍电影，是在我们下课后，取景地也是在马岗顶吴节家旁边的那个公园里，不过这次拍的是舞蹈，一群穿粉红色衣服和绿色长裙的姑娘跳民族舞。我们看到工作人员先在草地上铺设了一段铁轨，摄影机就在上面，由人推着慢慢地拍摄。刚开始时一切都很顺利，我们也都看得聚精会神，忽然"咔"的一声，摄影机跳动了一下，拍摄戛然而止。工作人员赶紧上前查看，原来是一条电线刚好越过铁轨，被摄影机的轮子压到了，所以才出现了意外，那之前拍摄的镜头当然就搞砸了，又得重新拍摄，可惜胶片被浪费了。

岁月匆匆，快乐的电影童年已然逝去，美好的电影回忆却伴随终生。

作者简介：

黄显仁，男，1960届中山大学附属小学校友；父亲为原中山大学财务科科长黄步前。

电影童年

◎邬运行　黎　炼

导演张艺谋为他的影片《一秒钟》写了一封信,开头写道:"我永远忘不了小时候看电影时的某种情景,那种难言的兴奋和快乐,就像一场梦。电影,陪伴我们长大;梦,伴随我们一生。"20世纪70年代,在我上小学的时候,中大校园中心区有一个露天电影广场,每周六晚上都会放映一部电影。回想起来,当年康乐园的孩子们在电影的陪伴中成长,着实是一种幸福。

当时,孩子们家在校园内外的四面八方,要穿过树林或竹林,或者横穿西大球场,步行很长的路才能到达电影广场。春日丝雨绵绵,杜鹃花盛开,电影广场周边绿叶青葱,生机盎然;夏夜大雨滂沱,电影散场后走在漆黑且积满雨水的西大球场,四周蛙鸣如雷;深秋时节草地枯黄,扑鼻的是泥土的腥味;隆冬北风呼啸,电影幕布在风中摇摆,"噗噗"作响。瘦小的我们蜷缩在人群当中,聚精会神地盯着电影幕布,只要电影放映机射出的那道光柱还在,心中就有温暖。

那时,放映什么片子并不重要,最大的乐趣在于和小伙伴们结伴前往放映广场以及一起回家。每次去看电影,我们总觉得路太短,想着如果能和小伙伴们一直走下去该多好。犹记得中学课本里鲁迅先生所写的《社戏》一文,文中对社戏演出没有过多叙述,而是着重描写了孩子们看社戏来回路上的兴高采烈,那才是童年感受的真实写照。

看电影是孩子们期盼的事情,仿佛是一场盛大的节目。记得中大广播站每次广播电影通知,播音员都会特别告知当晚放映的是黑白故事片还是彩色故事片,是国产电影还是进口影片。根据我们当时的经验推断,彩色影片和进口影片通常是精彩好看的大片。

工作人员通常会在放映电影当天的下午四五

图1　素描画作《中大露天电影》(绘图者:罗学杰)

点开始升挂电影幕布。那是一块四周镶黑框的巨大白色幕布,升挂前就铺在广场正中央的草地上,工作人员先将幕布上下两端的小孔穿好绳子绑到横杆上,再用滑轮将横杆沿着两侧水泥柱子升到顶部挂牢,最后拉电线、挂喇叭。淘气的孩子们在一旁兴高采烈地看着热闹,嬉笑玩耍。若是赶上要放映好看的影片,放映前的几个小时,广场上就已开始有人摆放凳子,或者用砖头占位置了。

入夜,电影广场上人山人海,一片喧闹,人们焦急地等待着电影开映。到了七点半,灯光忽然熄灭,人群爆发一阵骚动,有的急忙寻找位置,有的四处呼朋唤友,黑暗中人头攒动,乱作一团。不一会儿,嘈杂停止,全场安静,人们开始全神贯注地盯着幕布。

放映故事片之前,首先会放映《新闻简报》(人们通常称之为"画头"),内容多半是有关国内外形势的新闻报道,比如中央领导接见亚非拉国家元首,或者全国形势一片大好、生产捷报频传、粮食喜获大丰收之类的内容。

最令观众们扫兴的事情是"走片未到"。由于片源短缺,一部电影的多盘胶片往往分散在不同地点放映,由专职胶片传递员开着摩托车奔波于几个放映点间进行传递。当一盘胶片放映完毕但下一盘胶片还未送到时,广场灯光会突然亮起,并响起"走片未到,请大家等候"的广播通知。人群中往往会在这时传出抱怨声,大家开始变得烦躁不安。而当听到送胶片的摩托声由远而近时,大家便有了希望,迅速安静下来。那时,一部电影放映途中遇到一两次"走片未到"是家常便饭。

有时,由于争抢位置还会引发打架斗殴。电影放映途中,人群里突然传出叫骂声,紧接着便是动拳头、摔椅子,人群急忙四散躲避。几声尖叫和口哨过后,打斗双方追逐跑开,人群又马上聚拢,迅速填满原先的空位,广场恢复平静,似乎一切没有发生。

看电影也是孩子们撒野的时候,淘气包们在夜色掩护下专干坏事。我自己就曾向银幕扔过石头,用小弹弓射过同学,黑暗中朝人群滋过水枪,偷偷把别人的自行车放气并在电影散场后躲在一旁看他们尴尬而偷笑……

小木凳、手电筒和零食是看电影的"三件宝"。手电筒的作用除了用于在电影散场后照亮回家的小路,还能用于夜晚掏鸟窝、爬树捉蝉、寻找水沟中的小螃蟹和青蛙、玩捉迷藏等等。看电影时的零食种类很多,有甘草榄、杏脯肉、三稔干、山楂饼、咸姜、话梅、"鼻屎"(粤语俗称,一种甘草、桔子皮混合磨成的粒状小吃),等等。回想起来有趣的是,重复看过多遍的影片无论多么无聊,零食吃起来总是津津有味,也不知是为了看电影而吃零食,还是嘴馋为了吃零食而去看电影。很多时候,当我们正陶醉于零食的美

图2 素描画作《中大露天电影广场放映〈小兵张嘎〉》(绘图者:罗学杰)

味时，影片却放映结束了，我们感到意犹未尽，只能依依不舍地离开。

露天电影在那个时代与其说是一种娱乐，不如说是一种仪式。在这场和亲友们每周一次的聚会中，即便早已对剧中的人物、情节甚至台词对话滚瓜烂熟，但只要来到电影广场坐下，看着银幕里光影闪耀，所有人的面容就都会舒展开来。四十多年弹指一挥间，时至今日，我们依然能随口说出许多电影中的人物，比如《红灯记》中的日军鸠山队长和叛徒王连举、《刘三姐》里的地主莫怀仁、《沙家浜》中的阿庆嫂和刁德一、《闪闪的红星》中的恶霸胡汉三、《冰山上的来客》中的杨排长和阿米尔、《小兵张嘎》中的老钟叔和翻译官、《平原游击队》中的李向阳和日本鬼子松井大队长，等等。我还清楚记得电影中的经典台词，比如《冰山上的来客》中杨排长的"向天空放射三颗信号弹，让它们照亮祖国的山河"；《南征北战》中张军长的"不是我军无能，是共军太狡猾"和"我们今天大踏步地后退，是为了明天大踏步地前进"；《闪闪的红星》中愤怒群众的"有米不卖，偷偷运走，良心太坏"；《小兵张嘎》中罗金宝叔叔对"四只眼"翻译官说的"别看今天闹得欢，就怕将来拉清单"；《英雄儿女》中王成的"向我开炮！"；《海霞》中淘气孩子和女民兵海霞的对话"阿姨加油！""去你的，还加水呢！"；《董存瑞》中董存瑞高举点燃的炸药包时的"为了新中国，前进！"；《列宁在十月》中的"让列宁同志先走"；《桥》中的"你看这座桥像什么？像屁股"；《决裂》中课堂上走资派老师的"这堂课的内容是马尾巴的功能"，党委书记举着铁匠满是老茧的手说的"什么是资格？这就是资格"；《春苗》中的"病人腰疼，医生头疼"；《霓虹灯下的哨兵》中的"黑不溜秋的，靠边站"；《叶塞尼亚》中的"奥斯瓦尔多，漂亮吗？亲爱的，无论你如何打扮，都美极了"；等等。

生活由许多细节组成，细节里面总是藏着更微小的细节，我们喜欢从大细节中挖掘小细节，层层深入、回味无穷。小凳子、弹弓叉、手电筒、零食、"走片未到"、打架、树林里的萤火虫、雨后蛙鸣，这一切都在我们的脑海里挥之不去。电影为我们打开了一扇窗，让我们看见色彩斑斓的外部世界，让我们心怀憧憬与希望面向未来。

回到张艺谋导演的那封书信，他在结尾处写道："总有一部电影会让你铭记一辈子，铭记的也许不仅仅是电影本身，而是那种仰望星空的期盼和憧憬。"20世纪70年代也许不是最美好的年代，然而因为有露天电影滋养着我们的精神生活，才给我们留下了最珍贵的记忆。时代车轮滚滚向前，社会发展日新月异，如今露天电影早已从我们生活中消逝，成为过去的记忆。

岁月如歌，往事并不如烟，康乐园电影童年已深深融入我们的生命之中。它说不尽、道不完，每当回忆起来，便有一份感动在心中荡漾，美好情景随之一幕幕涌现，亲切如昨，宛若美酒般醇美甘纯，历久弥新。

附录：记忆中在中大电影广场看过的电影片名一览（共计158部）

（一）国产电影

《马路天使》《一江春水向东流》《家》《大浪淘沙》《烈火中永生》《野火春风斗古城》《黎明前的黑暗》《永不消逝的电波》《小铃铛》《孙悟空三打白骨精》《大闹天宫》《哪吒闹海》《小蝌蚪找妈妈》《满意不满意》《小小得月楼》《女篮五号》《女跳水队员》《雷锋》《小二黑结婚》《李双双》《今天我休息》《青春之歌》《东方红》《冰山上的来客》《祝福》《苦菜花》《枯木逢春》《柳堡的故事》《五朵金花》《阿诗玛》《洪湖赤卫队》《雅摩傣》《上甘岭》《地道战》《地雷战》《平原游击队》《铁道游击队》《小兵张嘎》《三进山城》《奇袭》《鸡毛信》《董存瑞》《英雄儿女》《红日》《霓虹灯下的哨兵》《草原英雄小姐妹》《红旗渠》《红孩子》《刘三姐》《五朵金花》《阿诗玛》《刘胡兰》《天仙配》《羊城暗哨》《跟踪追击》《南征北战》《侦察兵》《沙家浜》《奇袭白虎团》《智取威虎山》《白毛女》《红灯记》《红色娘子军》《杜鹃山》《海港》《龙江颂》《打铜锣·补锅》《乔老爷上轿》《宝莲灯》《渡江侦察记》①《小小银球传友谊》②《半夜鸡叫》《闪闪的红星》《创业》《海霞》《沸腾的群山》《枫树湾》《金光大道》《艳阳天》《红雨》《青松岭》《向阳院

---

① 当年我们给它起的粤语花名叫做"豆泡蒸臭屁"。
② 该片系1973年德黑兰亚运会纪录片。

的故事》《难忘的战斗》《碧海洪波》《车轮滚滚》《烽火少年》《海岸风雷》《小螺号》《长空雄鹰》《无影灯下颂银针》《春苗》《反击》《决裂》《芒果之歌》《闯将》《静静的小凉河》《第二次握手》《庐山恋》《小花》《神秘的大佛》《甜蜜的事业》《瞧这一家子》《她俩和他俩》《快乐的单身汉》《秘密图纸》《黑三角》《早春二月》《人到中年》《苦恼人的笑》《天云山传奇》《海外赤子》《雷雨》《骆驼祥子》《青春》《祭红》《知音》《原野》《牧马人》《城南旧事》。

（二）国外电影

朝鲜：《卖花姑娘》《火车司机的儿子》《金姬和银姬的故事》《鲜花盛开的村庄》《摘苹果的时候》《看不见的战线》《原形毕露》《一个护士的故事》。

越南：《阿福》《回故乡之路》。

墨西哥：《叶塞尼亚》《冷酷的心》。

日本：《人证》《望乡》《追捕》。

罗马尼亚：《多瑙河之歌》《巴布什卡历险记》。

苏联：《乡村女教师》《列宁在十月》《列宁在1918》《夏伯阳》《钦差大臣》《运虎记》《喀秋莎》。

英国：《百万英镑》《尼罗河上的惨案》。

阿尔巴尼亚：《宁死不屈》《地下游击队》《战斗的早晨》《第八个是铜像》[①]。

印度：《大篷车》《流浪者之歌》《土地》。

南斯拉夫：《桥》《瓦尔特保卫萨拉热窝》。

意大利：《佐罗》。

法国：《巴黎圣母院》。

西德：《英俊少年》。

---

① 当年我们给它起的粤语花名叫做"第八个是铜煲"。

参考文献

[1] 中国青年网.《一秒钟》：电影人写给观众的一封情书[EB/OL].(2020-10-17)[2023-02-15]. https://baijiahao.baidu.com/s?id=1680759663420262718&wfr=spider&for=pc.

作者简介：

邬运行，男，1978届中山大学附属小学校友；父亲为中山大学图书馆邬和镒副研究馆员。

黎炼，男，1978届中山大学附属小学校友；母亲为原中山大学幼儿园杨渭兰园长。

绿草茵茵的康乐园

◎陈晓群

中山大学迎来百年诞辰，作为中大人我倍感欢欣。

我在20世纪50年代出生于中大护养院，从小就生长在鸟语花香的康乐园。从记事起，有两块大片绿草茵茵的地方便在我记忆中留下了最深刻的印象，那就是我们孩童心目中最美好又最开心的地方：一是露天电影广场，二是西大球场。

20世纪50年代至70年代，中大电影广场是中大人文化宣传的重要场地。每逢周六，电影广场就会放电影，国产抗战片、解放战争片、反敌特片、苏联片、国外片和纪录片等，而在电影正片开播前则是会播放新闻简报。在中大康乐园里长大的多数孩子是很少到市区电影院看电影的，因此，星期六是康乐园孩子们引颈而待的日子，能在如茵的草地上看一场电影，说不出有多开心。

那时电影广场的草坪中央竖着两根既粗又高的木柱用来挂大银幕，放电影的机房则是一座小红房，现在梁銶琚堂的南边。小红房前面是一个水泥做的小舞台，舞台两边是水泥台阶，方便师生就座观看电影，相当于电影院里的"楼座"。那时候银幕的正反面都被充分利用，所以无论观众在哪面都能看到电影，电影的画面不会受影响，只是不同面的电影字幕会相反，但也不会影响观影体验。电影银幕正面在南边，一般是教工和大学生坐该面观影，而反面在北边，则是孩子们的"领地"。我一般坐南边看，在反面少一些，小孩及家属多数自带小板凳坐在草地上看。

每逢周六下午放学时，经过电影广场，如天气晴好的话，就能看到工作人员在做电影放映前的准备工作。我们回到家后，匆匆忙忙吃完晚饭，就拿起小板凳，急急忙忙赶往电影广场占靠前面的位置。电影在晚上七点半才开始放。放映前，小孩子们喜欢在草地上打闹嬉戏，玩得得不亦乐乎！记得有一部讲非洲人民生活情景的纪录片，因平时很少能看到异国风情，感受异国文化，特别是非洲舞蹈，所以这部纪录片令我大开眼界。当时我和邻居小伙伴因少见多怪，观影过程中笑得前仰后合，乃至电影结束后，在路灯昏暗的回家路上，因为回味这电影而大笑不止差点摔倒，现在回想起那时的情景真是天真幼稚。

20世纪80年代，电影广场的位置建起了梁銶琚堂，原本承载中大人快乐和见证了历史沧桑的电影广场，从此后再也没有了。虽然电影广场被历史长河所湮没，但我们儿时所看到的内容丰富的电影情节至今仍记忆犹新，那些或雄壮或动听的电影插曲至今还能哼唱几句。不得不感慨，中大的电影广场已随着时代的变革离我们远去了……

当时的西大球场是大学生们上体育课的主要场地，遇到下雨天时，大学生们则去风雨操场上课，风雨操场也称大礼堂，现原址上已建了中山楼。西大球场中心是椭圆形的，上面铺的也是绿如茵的大草坪，草坪外围跑道是先用碎小的焦炭煤渣铺撒，然后再用滚轮推平。球场管理员是个子不高还有点驼背的康伯①。作为管理员的康伯要保证球场里的草地能正常使用和不受损，所以他很是悉心维护草坪，草长高了则用滚轮式的割草机修剪，哪块地方草秃了则要及时补种新草。

我们去中大附小上课时，要经过西大球场。天晴时，康伯是不让我们踩到草地上的，我们要从跑道上走过去，以免踩坏草地。康伯一天到晚忙个不停，不仅要维护草坪、疏通球场周边的排水沟，还要维护球场旁边供大学生

---

① 唐康（1901—？），男，广东新会人，人称康伯，1949年10月参加工作，中山大学体育教研室勤杂岗工人，初小文化。

上课用的单双杠、平衡木、吊环以及跳高和跳远的沙池等体育设施。靠近球场东南面的地方有一座小平房，里面存放着多种体育器材，有鞍马、跳栏和地毯等，也都交由康伯管理。康伯工作勤勤恳恳，认真负责，很敬业。

西大球场的草坪就如一块绿油油的大地毯，康伯偶然不在时，我们这帮孩子就走进球场草坪中翻筋斗、抓草蜢。特别是在夏天的傍晚，等康伯下班了，我们也早早就把功课完成，吃完饭后就相约去西大球场玩耍，男孩子们踢足球，女孩子们则跳绳和跳橡皮筋。天黑了，跑累了，跳累了，就往草坪上一躺，仰望星空。那时候的天空繁星灿烂，我们能看到挂在天上的北斗星，偶尔也会看到小流星划过，那玉盘似的月亮更引起了我们的无限遐想。孩子们在草地上玩耍后也不会留下垃圾，很环保。

放学时遇下大雨，心地善良的康伯怕我们衣服会被淋湿，就会破例让我们踩草坪横穿过西大球场快速回家。球场草地被大雨淋过后，会积很多雨水，积水清澈透凉，我们漫步在其中，兴奋得不想回家，乐不思蜀。我们不时会起脚踩水溅出水花，和小伙伴比赛，看哪个能把水花溅得远、溅得高，玩得真是痛快淋漓、其乐无穷！小时候的快乐很简单，没有太多物质上的加持，全仰仗着大自然慷慨的馈赠。

西大球场北边有一片荒草地，有各种各样的野草，如蒲公英、野菊花、含羞草、狗尾巴草和火炭母，等等。那时的我还小，所以认不全。偶然在野草丛中能看见有蛇蜕，蛇蜕是味中药，但现在极少见了。各种各样的昆虫也非常之多，有时候被不知名的昆虫叮咬了，被叮咬处的皮肤会红肿奇痒。后来，中大附小搬到了中大西门处，我们也不再用经过西大球场去上学了。

中大除了如茵的草地，还种植有各种奇花异树，引来各种鸟类来树杈枝头栖息筑巢，好一个鸟语花香的世界！外校很多师生来中大做学术交流，在参观康乐园时，无不交口称赞中大美好的自然环境。随着岁月的流逝，虽然中大的各种奇花异树悄然消失了，但那时候的自然环境令我们怀念至今，康乐园永远是我们心中的伊甸园。

中大绿草茵茵的草地带给我们这代中大子弟极大的欢乐与童趣。只有与

大自然融为一体,做到"天人合一"时,人才能得到真正的快乐。希望中大以后的环境绿化、美化工作能更进一步,使这百年名校更加生气勃勃和春意盎然,让生活在其中的中大人能更加快乐。

作者简介:

陈晓群,女,1969届中山大学附属小学校友;父亲为中山大学中文系陈则光教授。

西大球场缘

◎梁可如 梁可欣

说起与西大球场的缘分，自从我们父母于20世纪50年代进入中大任教以来，就与其结下了不解之缘。

我的小伙伴们都知道，我父亲梁祯祥和母亲黄宝霞都是中大体育教研室的老师，他们是多个体育项目的教练以及国家级裁判员，在广东省和广州市体操、游泳、田径、摩托车、排球及乒乓球比赛中担任裁判长、裁判员，在他们指导下的中大学生多次获得了多个体育比赛项目的冠军。

他们会头顶烈日、面向太阳给学生上体育基础课，傍晚时分，别的学科老师都已经下班回家了，他们还在西大球场忙着给学生进行体育项目的辅导和训练。

图1 梁祯祥副教授和获得广州市垒球赛冠军的中大男女子垒球队队员合影

图2 黄宝霞老师与获得高校乒乓球赛冠军的部分中大男子乒乓球队队员合影

图3 梁祯祥年轻时的照片

我们兄妹四人都是体育爱好者,梁淦会踢足球,可如会游泳,可欣会打篮球和游泳,可忠则打羽毛球,不过这都只是爱好而已,算不上擅长。同时也由于各种原因,我们兄妹几人最终都没能接上父母的班。再后来,我们与西大球场的缘分随着我们长大读书、工作、搬离中大,也就渐渐淡了下来。

西大球场是我们每个中大子弟童年的娱乐天堂,更是在中大校园成长的美好回忆。西大球场是中大的体育训练基地,我们父母工作的中大体育教研室就坐落在球场的旁边。球场的东边有一间大铁皮屋,是供大哥哥及大姐姐们训练的体操房,里面有单双杠、吊环、平衡木和鞍马等体育器材。我们放学后都会先进入体育教研室放下书包,跟郭刁平伯伯等体育老师打招呼,打一会儿乒乓球,拍一会儿篮球,玩一下其他体育器械,然后就马上跑到球场融入到早已在西大球场玩耍的小伙伴当中。

我们经常约上帼嫦、素怡和小丹等小伙伴到体操房玩,最喜欢玩的就是在平衡木玩"斗快",因为怕摔倒,我们几个齐心协力把又大又重的护垫搬到平衡木下。当小姐妹排好队,头位的双手撑上平衡木后,叫声开始,就从这一端跑向另一端,跳下来再跑回起点,第二个就马上撑上去,追着前面的小伙伴跑,我们不停地围着平衡木上下跑,直到跑不动了才罢休。

每天下午下课后,会有好多大学生在那里锻炼及训练。我们玩累了就坐在一边,看着父亲母亲带着大哥哥和大姐姐们训练田径跑步、跳高和跳远。有一次,我看哥哥梁淦同一群小男孩踢足球,因为坐得太近,还曾吃过他们"赏"的"球饼"。

到了20世纪60年代,随着体育项目的增加,体育教研室新购置了几辆

童稚童趣 朝花夕拾

图4 1957年左右，作者家人在西大球场跑道上合影

二手摩托车，而大学生的体操训练就搬到了体育教研室里面，体操房被改建为摩托车房，而父亲当时是负责摩托车训练的教练，我们也是每天必去摩托车房转上一圈，还最爱蹲在一旁看维修人员在砂轮前打磨配件时飞溅出来的火花。

每当我们看见父亲换上T恤，就知道有摩托车训练了，令我们最开心的就是看摩托车训练和表演。因为有摩托车飞断桥、兜8字、钻火圈和三轮摩托车换车轮等项目，每次我们都看得提心吊胆、热血沸腾，总觉得父亲和摩托车驾驶员是我们心中的勇士。我们一边看，一边幻想着如果能坐上摩托车在西大球场里兜两圈那就好了。

我们想坐摩托车的心愿父亲是知道的，但因为爸妈怕我们坐摩托车会出危险，所以他们都不准我们坐，并吩咐训练的学生不准载我们。因为我们想坐摩托车的想法太过于强烈，于是会趁父母不在训练场地的间隙，就去磨那些学生，让他们载载我们，最终有一次让我们磨到了，学生同意带我们，让

209

我们坐上了摩托车在西大球场上兜了两圈。我们不知道父母知不知道这事，反正那时心里是特高兴，终于能坐上了梦寐以求的摩托车。

到了秋高气爽的时节，我们和可忠就必去西大球场放纸鹞，我们自己找来竹子削竹扎架，糊上报纸，粘上两条长长的尾巴，用事先特制好的玻璃线绑好，昂首阔步地去西大球场"界鹞"，两只风筝的线交叉着，磨来磨去，直到有一只的线断了才分出胜负。

炎炎夏日晚上的西大球场，更是我们的"打卡圣地"，我们吃完晚饭后，就和九家村的周显元、周显平、陈帼新、陈帼嫦及丁乔，加上住在西大球场东北边模范村的同学十多人，不约而同地往西大球场跑，玩累了就一齐躺在草地上。西大球场的草地在康伯辛勤地保养下绿草如茵，特别是在康伯把草地修剪后，太阳把割下的草晒干后散发出的阵阵清香，每当这时候，我们都会特意躺在草地上，一边闻着绿草的清香，一边看着满天的繁星，听着各个小小天文学家指点，学着各个星座的名称和位置，还互相讲故事，说见闻，玩小游戏，享受着这些十分惬意的时光。

西大球场不但有我们童年的回忆，也有老一辈的回忆。我记得我舅舅1956年在中大化学系读书至研究生毕业，当时他就经常在西大球场踢球、跑步和锻炼身体。他毕业后分配到中山医学院肿瘤研究所工作，逢年过节休息时会回来中大看望我们，他也总会到西大球场走上几圈，兴趣高时还带着我们在球场上奔跑，和我们玩捉迷藏、踢足球。直到他退休后，他来中大探望我妈妈时，也会再到西大球场看看。他90岁时，还经常跟我们提起他在中大读书时，在西大球场参加体育锻炼和参加运动会的趣事，以及他年龄大了还坚持每天去中山医学院的球场慢跑及打太极拳。他感叹如今的西大球场变靓了，来参加体育锻炼的人也更多了，中大西大球场的变化真的是太大了。

我们那些在西大球场的童年时光已成为了记忆，但陪伴我们成长的西大球场，它一直在那里，完成它那一代又一代的使命。

作者简介：

梁可如，女，1966 届中山大学附属小学校友。

梁可欣，女，1967 届中山大学附属小学校友。

父亲为中山大学体育部梁祯祥副教授，母亲为中山大学体育部黄宝霞讲师。

康乐园旧事

◎钟晓山 钟晓曼

我的母亲梁璧于 1954 年 5 月调入中山大学工作，我们也随之安家康乐园。

图1 1986年，钟正书和梁璧于惺亭前合影

1960 年代初，母亲突然买回不少伊拉克蜜枣（听说是响应上面号召），外婆将蜜枣洗干净后分给我们吃，不过伊拉克蜜枣吃起来口感怪怪的，味道比起中国的红枣差远了，但我们姐妹还是吃了，因为那个年代确实没有什么零食可以吃。可是吃过伊拉克蜜枣之后不久，我们四姐妹不幸全部得了肝炎。

肝炎是一种富贵病，治疗该病除了服药外，还需营养跟得上，然而在那经济困难时期，哪里能找来这么多营养品呢？母亲当即决定，以后家里就餐时必须使用公筷，更是马上带着我们四姐妹到中大护养院（即校医院）看病，医生给我们开了治肝炎的药品，还附带给我们发了一些灰黑色的药片，据说那是小球藻做成的，含有丰富的营养元素。

这就是我们中大独特的优势，中大生物系的教职员工培养了小球藻，并经提炼做成了药片。当时就是因为有药物加小球藻片，我们四姐妹的肝炎很快便痊愈了。那时候在中大校园，尤其是在生物系附近，到处可见一个个装满水的大缸，上面漂浮着青绿色的藻类，据说那就是小球藻。我们永远感激培养出小球藻为我们雪中送炭的生物系师生员工们。

经济困难时期，粮食和肉类都是限量供应，买肉需凭票据，粮食也有限量。记得母亲带头把自己的粮食一减再减，从27斤减到25斤，最后减到21斤。那段时间，每顿饭后的我们似乎都没吃饱，姐妹们于是会用勺子把粘在锅里的饭粒一颗不剩地刮下来吃掉，菜盘里别说剩菜了，连菜汁我们也一扫而光，这真的是最干净、最彻底的光盘行动。

我们吃的早餐是在教工饭堂里买的小糕点，外形类似现在的小蛋糕，但听闻其里面不仅无鸡蛋，还在其中掺入了一些芭蕉芯和甘蔗渣什么的，反正吃起来很是粗糙干涩，然而我们姐妹还是爱吃的，毕竟"有胜于无"。后来，连这也吃不上了，早餐仅是一块小小的杂粮饼干，因为这样，我们家那爱动弹的老三晓平就因营养不良，饿晕倒在了学校教室门前。在省直机关工作的父亲听说后，专门到乡下向农民伯伯买了两麻袋的红薯，煮给我们充饥。

可这终究不是彻底解决问题的办法，于是我们开始了自力更生、生产自救。幸好，中大校园不乏边角地，于是我们因地制宜，开荒垦地，在上面种上了玉米和狗爪豆等粮食作物。狗爪豆是一种粗生快长的豆子，带有微毒，吃前要用水浸泡。

中大附小的老师们也带领我们小学生开垦学校附近的荒地，种上花生、玉米和红薯等。等到收成时，还会组织大家野餐。在六一儿童节时，老师们会把煮熟了的花生等分成一袋袋，发到每一位小学生的手上。尽管六一儿童节的礼物简单，但那毕竟是我们的劳动成果，所以大家还是吃得津津有味，期间欢声笑语此起彼伏。

我们家里还养了几只兔子，我们姐妹每天放学后要轮流去割草回家喂兔子。兔子只爱吃几种草，而且要鲜嫩的。有一次轮到老二晓曼去割兔草，但天快黑了还没见她回家，正当我们准备分头去找时，她提着一篮子的青草回来了。问她才知道，原来附近的嫩草已经被割光了，她只能跑去很远的地方去割兔草。

每到星期天的时候，我们姐妹会到凤凰村等附近的农村田野上采集艾草，还到木棉树下捡木棉花，因为这些都是可以吃的食材，把它们采集回来，外婆会把艾草揉入粉团做成艾糍，再用木棉花煲汤、煮粥或煮茶给我们喝。

在一个天寒地冻的冬天，老二晓曼一起床就去找自己的小棉袄和厚裤子，小棉袄一下就找到了，可厚裤子怎么找也找不到，只好"上面蒸松糕，下面卖凉粉"（即上身穿棉袄，下身穿薄裤）地去上学。那天上午的后两节课是晓曼的数学考试，由于腿太冷，寒意渐渐上蹿以致全身都冷得发抖，握笔的手也冻僵了，她勉强做完最后一题，就马上交卷回家，继续找那条厚裤，可仍然一无所获。就在这时，她突然想起昨天母亲说要捐衣支援灾区，于是她赶紧跑到捐物集中地，果然在自家捐的衣物上，就见有那条厚裤子，母亲已把它捐出去了。晓曼边往回走边想，比起自己，可能灾区人民更需要这条厚裤，心里也就渐渐释然了。

从中大附小毕业后，晓山、晓曼和晓平先后考上了不同的重点中学，这些学校都实行寄宿制，所以我们暂时离开了中大校园。

我们的父亲是在省直机关单位工作，平时工作比较忙，一般他也都住在单位，星期天才回家。他的工作经常要出差或下乡，有时候一去就要几周甚至几个月。后来有一次，父亲出差回来，深思熟虑后，我们家从广州河南的中大校园搬到了广州河北的省直机关宿舍，就这样，我们与中大康乐园就此别过。

总之，康乐园给我们留下了童年时代的串串欢声笑语，一晃七十年过去了，康乐园童年生活的情景仍历历在目。

作者简介：

钟晓山，女，1963届中山大学附属小学校友。

钟晓曼，女，1964届中山大学附属小学校友。

母亲为原中山大学党委组织部长梁璧。

有烟囱的房子

◎ 邬运河　邬运行

若用一种建筑物，去形容我们童年和少年时期的美好时光，我们会选有烟囱的房子，因为从童年开始，我们就住在有烟囱的房子里。从 20 世纪 60 年代的东北区 371 号①，到 70 年代的西南区工人村 134-5 号，再到 80 年代的西南区 81-2 号，有烟囱的房子陪伴了我们二十年间的成长，直到 1990 年我家搬到了蒲园区的楼房。从平房到楼房，我们亲身见证了康乐园面貌的更新，也感受到了国家经济发展、民生改善的巨变。

图1　中大东北区371号，原岭南大学护士学校实验室（拍摄者：邬运行）

---

① 20世纪60年代，作者家曾在此屋居住，当时这里一共住有三户人，作者家住在图1右侧（即房屋东北面）的房间。2017年，此屋作为康乐园早期建筑物得到了全面的保护修复。

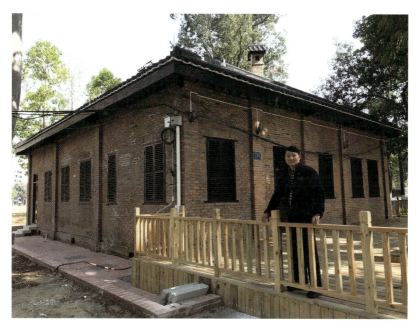

图2 2018年2月初,房屋修复工程接近尾声,作者邬运行在371号屋前留影①

难忘儿时有烟囱的房子,因为其中有我们所热爱的一切:父母慈爱勤劳,相敬如宾;兄弟姐妹友爱互助,情同手足。一家人朝夕相伴,尽管粗茶淡饭,日子却过得安稳踏实,其乐融融。红砖墙、阶砖地、木框玻璃窗、原木梁柱、黝黑瓦面,房子一年四季通风透气,冬暖夏凉。屋顶有透明的亮瓦,耀眼的阳光穿过瓦片照射到屋内,能见到尘粒在光柱中漂浮。夏天,骤雨倾盆,雨滴在屋前水泥地板砸出气泡,滋滋作响;冬天,北风从瓦背呼啸而过,如潮水般轰鸣。然而,最让我们怀念的,是每天傍晚时分从每家每户屋顶烟囱飘起的缕缕炊烟。

西南区工人村134-5号的房子坐北朝南,屋前是一片竹林,西边院子里栽种着芭蕉(大蕉和粉蕉),后院是木瓜和木薯,房前屋后一年四季绿叶青葱。房子的烟囱是从瓦面伸出的一根大约80公分长的瓦管,在房顶的西北

---

① 作者一家在20世纪60年代曾住在图2左侧 面的房间。

角并不显眼，然而对我们来说，却是很特别的存在。

烟囱让房子有立体感，看上去很美。我们喜欢站在后院看风景，抬头远望，湛蓝的天空中流云游动，房子和烟囱映衬着蓝天白云，格外好看。阳光在窗瓦上闪耀，光线流动，忽明忽暗。屋檐处停留着小鸟，叽叽喳喳欢快歌唱。瓦背上长着几丛野草，野花随风摇曳，时常能见到一两只家猫蹿上房顶，或躺着晒太阳，或来回踱步，时光静好。

那时，我们最想做的事不是攀爬树木和高山，而是能和大人一起上房顶。每年夏天，跟随父亲上房顶"拾瓦"和给烟囱内壁除灰，是令我们骄傲的男子汉的任务。我们攀长梯登上房顶，手脚并用在瓦背上匍匐爬行以分散体重，而且必须小心翼翼地踏着瓦筒瓦垄而不能踩破瓦面，用扫帚一行一行清扫瓦面的尘土和枯枝树叶，拔掉生长在瓦缝的杂草。我们将一根头上捆绑椰棕的竹竿伸进烟囱管道，上下擦拭清除烟垢，让烟道通畅。坐在房顶歇息，吹着凉风，抬头仰望，天空就在头顶，仿佛触手可及；往下俯瞰，地面上的一切显得渺小，忽然感觉自己长大成人，洋洋得意。

烟囱上接青天，下连屋内灶台。"穷人的孩子早当家"，我们家孩子很早就学会烧火煮饭，不觉辛苦反而以此为乐。装柴火树叶的竹箩、烧火钳、吹火筒是烧火"三件宝"，要懂得正确配合使用，才能事半功倍，煮出一锅香喷喷的米饭。

烧火做饭，生火最难，需要小窍门。先将一两张报纸揉成长条状，放在灶膛底部，上面薄薄地铺一层易燃而火猛的树叶和刨花，再放上一些干燥的细柴枝条。火柴点燃报纸，火苗会迅速点燃树叶和刨花，当细柴枝开始燃烧的时候，就要添加稍微粗大的木柴。这时，一只手握着火钳，插进灶膛柴火底部将燃烧着的柴火轻轻挑起，形成气流通道，另一手握吹火筒伸进柴火堆，先深深吸气，然后嘴巴贴着吹气孔由缓而急对准气流通道均匀吹气，只需两三分钟，灶火就能旺起来。当炉膛柴火燃烧稳定，噼啪作响时，就可以抽身离开片刻，去忙其他家务活了。

要获得好的烧火质量，必须学会控制火势。若添加柴火太多，要么火势过猛导致米饭烧糊，要么捂灭灶火导致米饭夹生；若不及时添加柴火，灶火又会很快熄灭，最终前功尽弃。因此，要煮出一锅香喷喷的柴火米饭，眼睛要时刻观察火势，耳朵要细听锅内米汤翻滚的声响，并根据锅台蒸汽状态及时添火或退火。

同时，还必须了解不同柴火的燃烧特性，搭配使用。比方说，桉树叶、尤加利树叶、松针、樟树叶、木板刨花等富含油脂，易燃，火猛，是引火的好材料；竹壳、竹竿、白兰树叶燃烧猛烈，冒青烟，燃烧时噼啪作响，适合煎炒；紫荆树叶、石栗树叶、千层皮树树皮的棉质厚，慢燃，冒白烟，宜保温；松木柴燃烧会散发松脂香味，火势稳定持久，宜于炖煮熬汤。此外，柴火燃烧性能会受四季气温和湿度影响发生变化，因此需要对柴火数量和种类进行配比。比方说，在潮湿季节尽量选用富含油脂的柴火或者添加木炭助燃；风高物燥季节柴火易燃，则可以混用一些"劣质"柴火。

除了烧火做饭，灶台还有其他功能。多雨春天，可以烘烤潮湿的鞋袜衣服；寒冷冬季，将花生、番薯和栗子放入余火灰烬里烤熟，是难得的美味；隆冬寒夜，睡觉前只需要往灶内堆几把锯木糠，星火整夜不灭，为家人带来温暖。

那时，工人村每天下午都会上演一幕温馨生活场景：房前屋后的空地上，女孩子们跳橡皮筋、跳绳、跳格子、踢毽子、扔沙包；男孩子们捉迷藏、玩打仗、打棋、"赌烟角"、爬树摘果。争吵声和欢笑声此起彼伏，热闹非凡。不知不觉间，暮色四合，炊烟升起，饭菜飘香，大人呼喊孩子，孩子们顷刻散去，喧嚣声尽，夕阳满天。

居住在有烟囱的房子里，生活还有更多乐趣。我们家后院有一个小柴房，腊月大寒一过，父亲就会挑出几根粗大结实的木柴单独晾晒。春节临近，到了炸年货的时候，每家每户的灶台便忙碌起来，空气中弥漫着浓郁的油香。那时，手工包油角和做蛋散是每个家庭一年中仪式感最隆重的活动，通常要花一整天时间。一大早，家人全体出动，分工合作，和面、擀皮，花生要炒香并碾成颗粒，加椰丝、芝麻、白砂糖作为馅料。一切准备就绪，大家便围在桌旁边包油角和翻蛋散,边闲谈聊天,其乐融融。油角形状要饱满,半月形花边要用指甲一粒粒掐捏成形而且不能破裂开口,这是技术活,通常由手巧的女孩包揽。薄薄的蛋散皮,要翻出波浪卷,才显立体感。忙碌之后,包好的油角、蛋散一排排摊开,摆满客厅各处等待下锅油炸。晚饭之后,灶火烧旺,噼啪作响,开始下锅油炸,这是一天的高潮部分,直到深夜。

每当这个时候,我们都会兴奋地守候在灶台旁,迟迟不肯睡觉。尽管小脸蛋被灶火烤得通红,但我们还是围着灶台,目不转睛地注视父母将油角、蛋散小心翼翼地放进热气腾腾的油锅,看着油角、蛋散在油锅里上下翻滚,逐渐变成金黄,内心充满甜蜜,仿佛拥有整个世界。这一刻,冬日的寒冷化作灶膛里红红火苗,化作父母脸颊上忙碌的汗水,化作兄妹们脸上的笑容,其乐融融。我们都知道,我们家灶火一年之中这一天烧得最强、最旺,烟囱冒出的炊烟最浓、最壮。春节的脚步越来越近,过年的气氛越来越浓,一想到马上可以穿新衣、烧炮仗(粤语,放鞭炮),我们兴奋不已,感觉小心脏快要蹦出来。

烧炮仗是男孩子们春节最开心的事情。我们兄弟俩会提前一个月买炮仗,新凤凰村和当时机引农具厂后面村里的杂货店是买炮仗的好去处。为了买到更好的炮仗,我们最远甚至去过赤岗村。春节临近,我们还会制定计划,编排烧炮仗的时间顺序,提前计划好哪一天该烧哪一包炮仗。当时,炮仗根据外观可分类为红炮、电光炮、花炮和猪仔炮。炮仗火药可分为"黑药"和"银药"两种,"黑药"炮仗威力和声响较弱,其引线细长,火苗传递慢,点燃之后可以在手中停留一秒再扔出去;"银药"炮仗威力大,震耳欲聋,其引线粗短,火苗传递极快,点燃之后必须马上扔出,否则容易炸伤手指。

有趣的是,每年春节,我们有限的炮仗储备都难以支撑到正月十五闹元宵那天。"弹尽粮绝"之后,我们会去各家各户门前逛逛,在满地的炮仗纸衣中,搜寻没有炸响的炮仗捡回去,或接驳引线重新燃放,或撕开炮仗纸衣掏出火药自制烟花，尽管费时费力、又脏又累，我们却乐在其中。

除夕夜的六点至八点、大年初一的零点至一点和清早的七点至八点，是鞭炮燃放最集中的三个时间段，家家户户门前鞭炮齐鸣，电光跳跃，一片欢腾。"爆竹声中一岁除，春风送暖入屠苏"①，鞭炮声震耳欲聋，硝烟升上云霄，寄托着人们对新年将至的盼望和对美好生活的祝愿。

"暧暧远人村，依依墟里烟。狗吠深巷中，鸡鸣桑树颠。"② 炊烟、灶台、柴火米饭、烤番薯、炸油角、炸蛋散、被炉火烤得通红的小脸颊、被烟火熏呛的满身烟火味，这些都是有烟囱房子带给我们平凡而真实的生活气息。炊烟是日常生息的重要标志，它蕴含着温饱与希望，只要有炊烟升起就意味着丰衣足食，就有团聚和欢笑。那个年代，日子尽管粗茶淡饭却简单真实，快乐满足。我们"60后"从清贫一路走来，有烟囱的房子赋予我们这一代人吃苦耐劳、淳朴友善、珍重友情、敬畏自然、知足常乐的秉性。

图3 中大康乐园内有烟囱的老房子（拍摄者：吕炳庚）

---

① 出自宋代王安石的《元日》。
② 出自魏晋陶渊明的《归园田居·其一》。

人生之美，在于无论贫富贵贱，童年和青少年只有一次，不可重复。时代发展日新月异，如今的康乐园，一幢幢高楼华舍拔地而起，昔日有烟囱的房子早已难觅踪迹。时光会老，而记忆不老，有烟囱的房子从不曾消逝，袅袅炊烟一直飘荡在我们脑海中，它超越了建筑物的范畴，代表着诗意生活，是安全港湾，是心中永远温暖的家。

　　"故园渺何处？归思方悠哉。"① 如今，怀着乡愁回望儿时那些有烟囱的房子，更觉那是一份财富、一种力量，激励着我们在人生路上要心怀感恩，坚毅前行。

作者简介：

　　邬运河，男，1974届中山大学附属小学校友；父亲为中山大学图书馆邬和镒副研究馆员。

---

① 出自唐代韦应物的《闻雁》。

康乐园的童年回忆

◎蔡少萍

我出生、成长在康乐园。1968年，21岁的我离家到海南岛上山下乡。1975年，我回到广东轻工机械厂工作。1978年，调到广州外国语学院（以下简称"广外"）工作，家安在广外白云山脚下。康乐园是我童年的乐园，给我留下了极为美好的记忆。弹指之间，已过去七十多年，现把印象深刻的点滴趣事记录下来，以飨读者。

我出生了

童年往事，就从我出生前后说起吧。1947年6月29日，我还在妈妈肚子里，父亲蔡辉甫就离世了。我出生后，给母亲及一家人带来极大的安慰。哥哥、姐姐们争着来照顾我。据母亲说，我出生不久，曾有一位美国牧师表示愿意收养我，但妈妈不愿意，她说，这是父亲给她最后的礼物，再难也得扛下去。儿时妈妈把我打扮得像花儿一样，只要我踏出家门，所有的人都夸我美。

图1 作者刚出生时与母亲的合影

图2　作者家曾住过九家村那幢长长的平房，照片中作者妈妈把她打扮得像花儿一样，身旁还有饲养过的黑色奶羊的倩影

不久新中国成立了，美国人走了，新中山大学进入康乐园。原学校签下的契约废除，原有的教职员工被甄别，我家成了清除对象。幸而在学校相关部门和进步学生的帮助下，经特批，才允许我家在校园居住。

儿时记忆，我家住在九家村一幢长长的平房里，像一幢独立别墅。房好大，有许多房间，五个哥哥姐姐、两个保姆都有自己的房间；家中有条较长的走廊，我和哥姐还会在那儿"溜冰"。

父亲去世时，大姐还不到16岁。在那段艰难的日子里，家庭没有了生活支柱，保姆被辞退，生活的担子全压在妈妈的肩上。为节省开支，妈妈给我们理发、缝制衣裳。为校园里一些教授太太们缝制旗袍；母亲还为学校教材组刻写蜡纸等，以换取微薄的报酬。那一段时间，大姐、二哥、三哥一下子长大了许多，几乎包揽所有家务，买菜、劈柴、烧水、煮饭、洗衣、照顾两个小弟和我。

胆大包天

许多人常常问我:你是遗腹女,没感受过父爱,性格往往会比较内向,难与人交往,也会胆小怕事,可从你身上却一点儿也看不出呢?我想告诉大家,我有四个哥,他们都宠着我,我从小就是他们的"跟屁虫",胆子大着呢。

待我长大一点,能跑能跳了,六哥趁母亲出门,就偷偷带着我在校园里到处溜达。他上小学后更是和他那些"狐朋狗友"搅和到一起,上树摘果子,那是他们每天都干的事。我还记得有蔡宗周、顾潘哲、詹叔夏、吴超羽、王则楚……这些孩子都是中大教授家的孩子,后来,有的考上北大、清华,成为作家、教授、社会知名人士。和这些顽皮男孩在一起,在他们的带动下,我也很快学会爬树,摘自己喜欢的果子吃。

图3 作者父亲蔡辉甫先生,作者母亲张碧兰女士

五岁时的我,居然爬上自家的屋顶玩,还在屋顶上抓了一条蛇,不知深浅地握在手上晃来晃去。这可把家人吓坏了,当大家把我从屋顶上抱下来时,我的手还死死地掐住蛇头,不肯放手,随后在大家目瞪口呆之下,把蛇放进草丛中。幸亏那不是一条毒蛇,否则后果不堪设想。善于攀爬的我,七十多岁还能爬树摘果子呢。

两次搬家

新中国成立后,我妈妈以极大的热情迎接新社会的到来。为了国家的建设,她响应号召,把她与父亲早年积攒的金条毫不保留地兑换给国家;并组

图4　16岁的大姐抱着幼年的作者

织校园里的妇女们走出家门，积极参与社会工作。她还参加了中山大学家属缝纫组的工作。她的女红了得，闻名校园。妈妈则常常裁缝衣服至深夜，设计出来的衣物式样新颖，如今，我们还保留着一些母亲当年缝制的大床单、枕套、绣满各式图案的装饰布呢。中大家委会是由校工会成立的公益事业组织，参与者有潘梅珍、危纫秋、甘少苏（梁宗岱夫人）、彭伯母、伍伯母等，她们大多都是有高学历、有能力、富爱心的女士，她们全是义务劳动，没有任何报酬。

图5　作者母亲绣的台布，上面还绣有英文"Would you like a cup of hot tea?"

1956年学校调整住房，我们居住的那间房子改建为学生宿舍。我们搬到康乐园北边偏远的一处小平房。房子紧靠校园边界的铁丝网，过了铁丝网便是新凤凰村，那儿到处可见农田。住在这一带的都是在学校基层工作的人员，如打字员、图书管理员、护士等。每栋小平房住两户人家，进门是一个二十平方，两家共用的大厅。左右各两房间，另加厨房、厕所。幸亏大姐从中山大学毕业后留在生物系任教，住在教师宿舍；二哥中山大学物理系毕业后分配到北京中国科学院近代物理研究所；三哥已上北京读书；家里只剩下十四岁的五哥、十二岁的六哥、九岁的我及母亲四人，房子虽小还勉强住下，只是大多的家具都被贱卖掉了。

图6 作者母亲曾荣获的奖状

　　1957年前后，学校吸收了许多工农干部，培养了许多优秀的教师，学校进行住房大调整，这是我们第二次搬家。我们搬往校园西区，那儿曾是岭南大学的养殖场，后称"工人村"。原来养殖场的养殖房拆了，盖上新的平房，原职工住的旧房保留，工人村住的大部分是在学校后勤工作的工人。当时入住新平房大多为新调入的普通教职员工。我们住入新的平房，开始很不习惯。房子变得更小，每户一厅一房一厨。一栋平房十来户人居住，共用几间厕所和洗澡房。过了一两年，学校才分别给各家各户加建厕所和洗澡房。由于房间面积小，放两张床和几个大衣柜后，几乎没有转身的地方了。但妈妈把客厅收拾得整整齐齐，入门处左边是接待客人小空间，右边是吃饭的"小餐厅"。餐桌旁是我和哥哥学习的书桌、书柜以及她的裁剪桌、缝纫机。一切都摆放得十分得体，加上绣花的窗帘，墙壁上的挂画、照片，各种装饰恰到好处。踏进我家的人都会感受到浓浓的书香味，都会感觉出女主人的高雅气息。入住工人村后，妈妈依然热情万分地在家属委员会工作。几年后，缝纫组解散了。而工人村一带的居民工作仍由她负责联系，她经常出入工人们的家，帮助他们代笔写信、读信，调解纷争、宣传政策等。妈妈还配合落实中大家委会的各种工作，如参军动员、各种庆祝活动、文艺演出、刊登板报等。因她真诚的服务，备受人们的尊敬与爱戴。路上相遇大家都亲切地叫她

"蔡师奶",若有解不开的事情,都喜欢找她解决。妈妈出色的工作曾得过许多奖励,她多次出席过表彰大会。

交新朋友

图7 1941年时作者的家庭照

搬到工人村后,我与哥哥的日子都不好过了。因为我和哥哥的衣着与工人子弟们相差太远了。夏天,我头戴蝴蝶结,身穿花边裙配白衣,脚穿袜子套皮鞋;冬天,毛衣、毛裤、毛衣裙,有时还戴毛帽子。哥哥梳着小分头,夏天穿着背带小西装;冬天西装外套、毛衣,结领带,脚穿皮鞋配白袜。而工人子弟们的衣着颜色不是灰的、蓝的就是黑的,甚至衣服上还打补丁。诚如20世纪60年代做好事的楷模雷锋说的:"新三年,旧三年,缝缝补补又三年。"大部分子弟一年才添置衣服一两套,而且只有到了春节才会穿新衣,哥哥、姐姐穿过的弟弟、妹妹接着穿。他们光着脚丫子,只有到了晚上,洗澡后才会穿上木屐拖鞋。因此他们都不喜欢我们,视我们为异类。路上见到我们,朝我们扔小石子,拉扯我们的衣服,还给我们起了个花名,叫哥哥"蔡鸡仔",叫我"蔡鸡婆",我很讨厌这个花名,哥哥倒是无所谓,还应答着跟他们玩,加上他有一帮"狐朋狗友",一个个调皮捣蛋身强力壮,渐渐地没人欺负我哥了。而我呢,别人叫我花名,我就捂着耳朵拼命跑,他们见我跑,就越发叫得凶。每到周末出门,我一定要拉上哥哥。为了和周围的环境相匹配,我开始拒绝穿花边裙、艳丽服装、皮鞋,不戴蝴蝶结,借口穿成那样无法参加体育活动。妈妈知道后,则尽量缝制些普通衣服,让我们融入社会和人群。

搬进工人村不久,我就和一位女孩成了朋友,她就是何少卿。她家在我

家平房前的旧房。自与
她交上朋友后，我再没
有被别人欺负了。别看
她个子矮小，但浓眉大
眼，不仅力气大，嗓门
也大，谁敢欺负我，她
就会保护我。每天早上，
她都会在房前的转弯处
等我一块上学，我一到
就脱下鞋子、袜子放进

图8　作者与朋友何少卿在家合影

书包，和她一样光着脚丫上学。放学后，我会先到她家做完功课，然后再洗脚穿上鞋袜后才回家。

上了五年级，学校的政治气氛更浓了，几乎每天下午，老师们都需要政治学习。老师怕我们贪玩，把我们分成四五个人的学习小组。我被分到教授小孩的一组，逐渐与少卿疏远了。小学毕业后我们都考上了广州市第六中学，她在丁班，我在丙班。读初二那年，她留了一级，后来因诸多原因，她没有考高中，而是考取了护士学校。1968年，她分配到番禺一家小医院当护士。自那以后我们再没联系。谁曾想到，50年后的一天，在美国加州夏季华人体育运动会开幕式上，我们居然又相遇了。50多年的岁月弹指一挥间。人已大变，两鬓花白，皱纹爬满风霜的脸颊，但是我俩当年的童谊依然在。

良好教育

在中大附小读书，让我受到良好的教育，影响了我一生。

附小的校园好大，早期学校没有围墙，每天上学，或经过一片栗子树，或经一片蒲桃树林就到学校的大操场。操场上除了正规的跑道、跳远、跳高的沙池外，还有许多供给学生游乐的设施，如浪浪板、转转圈、旋转铁环、滑滑梯、攀爬跳墙等，除此之外还有一排排的双杠、单杠、高低杠、平行

图9 多年后,作者与吴节等同学去看望附小老师时合影(前排左二为薛柏林老师、前排左三为黄瑞颜老师、前排左四为李崇敬老师、后排左二为谢良老师、后排右二为陈鸿燊校长)

图10 中大附小梁元兢老师

木、爬竿……那些设施与军校里的体育设施差不多。附小实行多样化教学,除正规课程外,设有园艺课,种花、种草、种菜,还设有手工制作课,剪纸、陶塑等。

附小的老师全是资深的老师。梁元兢,是一位音乐家,大家称他"梁公公",其实他并不老,当时40岁左右。当年他的每一节音乐课,都是一种享受。我们经常闭上眼睛欣赏世界名曲,我们对着小镜子练习发声,我们还学习指挥,学习五线谱,学作曲。

我们的舞蹈老师叫余瑞真,她教学特别严谨,调皮的学生背地里给她起个花名"×巢巢"(粤语,指脸上皱纹较多的人)。她的身材很好,舞姿很美。记得一年级时,学校排演两个节目,要上中山纪念堂演出。她让我参加《花儿朵朵》的演出,我扮演一只美丽的蝴蝶在花丛中飞舞,非常活泼,深受余老师的喜爱。我们的体育课和图画课都是由薛柏林老师担任,他永远穿着一套白色的套装,腰间扎着皮带,胸脯挺得高高。体育课上,他教我们跳鞍马、上单杠、上双杠、爬竿、跑步、跳远、跳高,都是标准式的;美术课,他除了教我们基本的画画知识,还常常带我们外出在大自然里写生,在他的教导下,我们都能画、敢画。后来我能作图、画画儿都有赖于当年他给我打下的基础。讲到我的主课老师,中年级①后是谢良老师。新中国成立前,谢老师就在岭南小学工作,由于他勤奋好学,很快升格当老师,再后来就当了我们班的班主任。我们班的调皮学生欺负他首次当老师,背后给他起了个花名,叫"谢老板"又叫"发呢"(粤语,即音乐符号"4""2")。而对面甲班班主任,是黄瑞颜老师,她可是出名的严师,她常板着脸,惩罚不听话的学生。相比之下,我们班的同学还是更愿意谢老师教我们。

上了中年级,有两件事让我难忘。学校来了一位年轻、漂亮的戚老师(原名戚梦云,后改名戚军)给我们上自然课。戚老师一口标准的北京腔调,声音特别好听,大家都喜欢她,我也一样。可后来有一次上试卷讲评课时,戚老师把我在卷上"自然测验"写成了"自己测验"的事向全班同学公开,还把原得满分(5分)改为4分。这让我尴尬不已,同学们都笑了,唯有我哭了。

另一件事是谢良老师对我的惩罚。某天上数学课,因前一天我清洗算盘后,未及时拴回书包上。上课时,谢老师发现我没带算盘,立即毫不客气地要我回家取,一点也不看我平时是很守规矩的学生。记得那天,一同被赶出课室回家取东西的,还有一位男生。而当我们取回算盘气喘吁吁、满头大汗跑回课室时,不仅第一节数学课没上成,第二节课的上课钟声也响了。

谢老师的严格要求,倒是让我从小养成良好的习惯,每天晚上都会自己认认真真收拾书包,认真看课程表准备好第二天的东西。以致后来,我从教的几十年间,从不会随便在课堂上因这些事批评学生,我会在教学用具柜里

---

① 指六年制小学中的三、四年级

整整齐齐放有语文、数学等各科课本,还有算盘、红领巾、校服,甚至回力牌白布鞋,等等,以备学生欠缺时能够及时提供帮助。

退休后,我到广州文德路小学当了六年识字教学顾问,我把类似的经验传授予他们,也力促学生自己管理自己,并帮助别人。

我的同桌

在附小读书时,发生了许多有趣的事情。以至过了几十年后仍让人觉得有趣和惊讶,像是冥冥之中的缘分,我与他竟然在五十三年后又相遇了。

在新冠肺炎流行前,中大子弟群都会在每年新年初七,召集原附小历届的同学在中山大学礼堂举行一次大聚会。可很多年来,我都未能参加。2010年春节我没去美国,我当然不能再错过这难得的机会了。

是日,参加完同学们的大聚会后,是分班聚餐。当我走进中大康乐园餐厅二楼一包间的大门正四面审视时,忽听到有人喊我名字,我定睛一看,坐在最里面的一个陌生男人正在与我招呼。"你是?"我一脸疑惑,还没让我问完,站在大门的余锡雄同学就大声对我说:"哗!蔡少萍,你有没有搞错?你连大名鼎鼎的作家吕小坪都不认识?"还没容得我回话,他又接着说:"吕小坪同学,可是个大忙人啊!他是第一次参加我们班的聚会,一眼就把你认出来,不简单啊!"望着眼前的老同学,一脸茫然的我确实认不出来,"我们小学毕业照可没有你啊!"我笑着问,"你真的是我们班的同学?""吕小坪是上四年级转学离开附小的。"余锡雄走向我解释道。"我何止是你的同学,我与你还曾经同桌!"吕小坪同学站起来,笑着向也我走来,"你怎么没有变,还是那么漂亮!"老同学一番话,说得我不好意思起来。我与他握了握手,坐下来细谈。原来,一年级他与我同桌。开学的第一天,老师点名,不知道老师怎么喊的,不知是叫"吕小坪"还是"蔡少萍",反正我们两人都听到了"平"的音,不约而同站起来。吕小坪告诉我,当时他很惊讶,望着我,我也好奇地望着他。他说,他第一眼就把我的模样印在脑海里了。"那天,你打扮得很漂亮,梳着两条辫子,头上戴着一只大蝴蝶,脖子上挂着一串蓝色的珠珠项链，身穿一条黑色有花边的绣花裙，套着一件白衬衫，一对深深的酒窝，嵌在红扑扑的脸蛋上，好像个洋娃娃。""啊，你记得那样清楚，我入学照就是这个样子。妈妈把我打扮得很漂亮，因为是入小学的第一天。"我应答道。吕小坪一边说着，一边递给我一张名片。啊！眼前这位可真是大人物：中国作家，曾任第十届全国人民代表大会代表，现任中国作家协会主席团委员，广东省作协副主席，享受国务院特殊津贴的文学创作家，现在的笔名叫吕雷。当其他同学得知我俩曾为同桌，且五十三年后第一次相逢时，都开怀地笑了起来。"明天你是否会想起，昨天你写的日记？……"。不知道是谁领唱起当时十分流行的歌曲《同桌的你》，大家也跟着大声和唱着并举杯祝福。聚会之后，吕小坪同学还欣然给我的新书题写了序言。

图11 作者一年级的入学照

2014年1月，我在美国突然收到噩耗，吕小坪同学因高血压、心脏问题早年英逝，年仅67岁。我失去了一位同桌、一位好友，不能不说是一大遗憾。

挖出钢板

在附小读书时，还有一事让我所在的五年乙班在全广州市露脸。这还得从事情发生的一年前讲起。

1957年，我上四年级，反右运动开始。老师们政治学习任务越来越重，1958年，运动更加频繁，老师们的学习就更多。学生下午全不上课，但小组学习的形式慢慢减少。这时学校少先队的工作却轰轰烈烈地开展起来，每周都会有一至三次的活动。那时，国家要求农、工业生产"大跃进"。工业要发展，钢铁就要上马，才能赶英超美。此时中大校园内出现了小高炉、大高炉。炼钢，得有原料啊，于是我们少先队员一马当先，四处找废铁，哪怕一颗螺丝钉、螺丝帽也不放过。大家还把家中的铁锅、铁铲贡献出来，放进高炉里炼。我们则以小队的形式，在校园的每个角落捡拾废铁。

五年级时，我们班来了一位香港的小姑娘，叫甘桂芝，她的姑姑是甘少苏。甘少苏是粤剧演员，后来嫁给了文学泰斗梁宗岱教授。甘桂芝来了后，我和她很快成了好朋友。甘桂芝同学很快融入集体，入了队。因她有大姐姐的样，为人和蔼可亲，主意又多，很快当上我们的小队长。

这一天又是小队活动，我们要去学校大球场南边的大竹林找废铁。那里的竹子长得又高又密，里面阴森森的，几乎不透光。那里一直是学校、居民倒废物的好地方。那天我们拿小锄头、小铁锹、小木棍，东翻翻、西挑挑。"当、当、当"，不知道是谁的锄头碰到一块铁。"快来啊！这里有一块铁！"甘桂芝同学在喊。我们大家立即一拥而上，用锄头锄，用铲子铲，用棍子挑，铁块越露越长，越露越宽。"是块大钢板！靠我们没法弄出来。"甘桂芝一边擦汗边对我们说，"我们得赶快回学校报告"。"对，对！"大家都不约而同地说。

第二天，中大派来挖掘机、吊机把大钢板吊出来。当我们知道那是纯钢的、不用去炼已是成品时，我们都高兴得又蹦又跳，恨不得把这一好消息传遍全校、传遍全国、传遍全世界，我们为赶英超美作出贡献啦。我们小队挖出了大钢板，引来新闻界关注，各报社、杂志社，派出众多记者来采访。甘桂芝及我们小队全体成员和大钢板的照片都纷纷被刊登了。

1960年，我们小学毕业，桂芝同学也要回香港去读中学。临别时分，大家都依依不舍。

一别十六年，1976年秋的一天，桂芝从香港回到广州看望姑父母，居然找到了我，我俩见面都非常高兴。当天，我们还找了吴节同学一起回中大附小去看望我们的老师。多年不见，见我们已长大成人，老师们感慨万分。

1978年改革开放后，香港与内地的交往开始活跃。我与桂芝有书信往来。1978、1979年她两次到广州外国语学院看望姑父母。此时，我已在广外安家，我们俩再次相聚在梁宗岱教授家。最后一次见我时，她告诉我，她们一家即将移民澳洲。并留下一封信，上面写着地址，希望以后保持联系，若到澳大利亚可以找她。可惜是，那个年代想打一个电话到国外都不是那么容易的事，出国就更难了。

我们前后三次见面都拍有彩色照片留念。之后她真的去了澳洲，我们之间也断了联系。希望有一天，我去澳洲还能见到她。

结束语

童年的经历真有趣，童年的回忆真美好！

作者简介：

蔡少萍，女，1960届中山大学附属小学校友；父亲为岭南大学附中教导主任蔡辉甫先生，母亲为原中大车缝组骨干成员张碧兰。

❽ 中大花木 群芳竞艳

▽ 20世纪50年代中山大学北校门双柱式华表牌坊

↖ 康乐园马岗顶西北侧附小建筑群

记忆中的中大篱笆

◎王则楚

篱笆一般是指房子周围用竹子、苇、树枝等编成的障蔽物。而中山大学石牌校址的家属住宅和康乐园内很多房屋的外围，则种植具有岭南特色的灌木植物如九里香、观音竹、夹竹桃、山指甲和竹蒌等作为篱笆。在平房与两层的单独住宅时代，篱笆成了一个非常重要的标志。

在石牌时期，丘衡家、詹叔夏家与我们家住在松花江路10号，附近还住了戴念坪他们家，我们这几家的小孩子经常在一起玩。我们住的房子旁边有个栏杆，路边围有篱笆，我们很多时候会在篱笆旁聊天、商讨功课。

1952年，随着院系调整我们搬来康乐园。在成长的过程中，感觉居住过的地方非常多。刚搬进康乐园的时候，我们家住在模范村11号，一楼住的是赵仲邑先生一家，我们家住在楼上；对面楼是丘琳（丘逢甲后人）和黄德华（现名为丘文东，也为丘逢甲后人）他们家，住在丘琳家上面的是于志忱家。模范村往东远望，可见到图书馆（当时图书馆所在地为马丁堂）；出于好奇心及对环境的新鲜感，我与戴念坪沿着当年图书馆大楼上面设立的风向标指向，到珠江边去看轮船。观看了珠江的轮船，进入学校后，我们仍按风向标指向的方向返回。本来我们是要回到模范村、西大球场，结果却到了陌生的东大球场，周边的一片荒草、竹丛，根本没有看见我们熟悉的篱笆小院、西大球场。就在我们慌神之际，碰到了于志忱教授，他把迷路的我们带回了西区模范村方向。经此一事，我们才明白风向标随风转动，我们回来时仍天真地按图书馆楼上的风向标方向行走，在宽阔的校园中，怎可能不迷路呢？后来经学校的安排，我们家又搬到了马岗顶的洋教授建筑群中居住，这里房屋的篱笆，更加规整与亮丽。

康乐园内的住宅，不管房子好坏，大部分都是有篱笆的。曾经的模范村，家家户户都有篱笆。那时，岑运华他家住在我家旁边，在模范村6号，他父亲是岑麒祥。在院系调整前，岑麒祥和王力都还在中大，院系调整之后他们被调去北京。在那之前，我们还跟着他们的小孩一起玩。周启光和朱赞琳等人也在这里住过，朱赞琳家对面住着何肇发，之前是住着李慧莲和李昌华他们家，他们的父亲是中大化学系的教授。

篱笆的主要功能，主要是划分和界定。房子周围的篱笆是各家各户明确的分界。居住模范村时，除了我家与丘琳家的房子没有界限分明的篱笆，其他的房子都是有的。居民区之外，许多的大楼，也有种植植物构成篱笆。我特别留意过，物理楼、化学楼旁边还是有篱笆的，八角亭附近也有篱笆，爪哇堂等旧建筑周围的篱笆很有特色。姜立夫先生住过的希伦高屋，周围一圈都是用观音竹作篱笆，其中还有一棵大的金丝竹；东南区1号的西面种满了杜鹃花，发挥了篱笆墙的功效；甚至连生物系品类繁多的大竹园都是用竹篱笆隔开。我记得那时候最好的篱笆是在东南区15号，就是在护养院后面的那栋房子，王思华（王越的儿子）他家曾经住过那里，他们所住的房屋有一边靠近护养院的四间石屋，他们就在边上种起了樱桃树当篱笆，这给房子添色不少。那些樱桃和现在的樱桃品种与品质都不一样，形状像小南瓜似的，甜而不酸。

康乐园内用作篱笆功能的植物种类，也是丰富多彩的。荣光堂附近以夹竹桃当篱笆，黑石屋以观音竹、竹葵为篱笆，中大水塔、喷水池周边围有夹竹桃，模范村这边就基本上是山指甲篱笆，九家村、东南区、东北区很多采用竹子篱笆，还有的篱笆用的是扶桑花（俗称大红花）、九里香等。值得一提的是，北门外的风雨亭，周边也围有规划整齐的九里香植物篱笆。

篱笆，给我们的童年也带来了很多乐趣。观音竹竹叶细小，实心的竹芯有筷子那般粗，是我们用来做"叭叭筒"推杆的材料。夹竹桃的枝干砍下来做成的弹弓的前叉是很漂亮的，扎上橡皮筋就成了打鸟的工具了。还有就是最令皮肉记忆犹新的竹葵了，这种多年生肉质亚灌木，茎直立、半木质化，晒干后非常坚硬。记得我和戴念坪两个玩伴到原马肖云副校长住的那栋房子的竹葵篱笆中，砍了几根回来，裁成与身高相仿的长度，然后截去多余的部分，号称"齐眉棍"，拿来对打防身。不幸的是，这"齐眉棍"打到人的身上，像是粘着皮肉似的，比旧社会时用藤条打人还要疼。后来，这"齐眉棍"又被我们叫做"金刚棍"，这是很多中大子弟都熟知的称号。中大的篱笆，的确给中大子弟的童年带来了无限乐趣，这是当年非常典型的校园生活气息的一例。

篱笆墙的特色，在很长的一段时间里被延续了下来，20世纪70、80年代康乐园建的新楼房，边上都种植了植物作为篱笆墙。各种各样的篱笆墙植物，经园林科园艺师们的精心护理，都整齐划一，生机勃勃。

近来，全国高校都很重视人才引进的事，创造条件留住人才，的确是学校快速发展的根本。当年，陈序经校长执掌岭南大学时，在引进人才方面创造了成功范例。教育环境、科研条件自不用说，但居住条件及环境，小学、中学的教育，也是被引进者考量的重要因素。拥有附小、附中优质教学资源的情况下，再建造优雅的独门、独户、独院的居住环境，还有实力雄厚的医院医疗团队，哪能留不住人才。

篱笆，是康乐园的特色，也是当年建筑物配套的园林景色。

近几年里，康乐园内进行了较大的整治改造，校园里的房子周边，没有了以前那种植物篱笆围栏，也就没有了原来的韵味，没有了原来那种住家住户的感觉和味道。若是有条件的房屋，周围恢复一些篱笆也是可以的，围起来不会很复杂，也能给人们不同的体验和享受。

中大的篱笆，是中大近代建筑的特色，是许多中大子弟挥之不去的童年美好记忆。

（本文根据2019年7月的口述历史采访记录整理；整理者：姚明基、吕炳庚）

中大花木(三题)

◎蔡宗周

中大的绿篱①

中山大学的康乐园与北京大学的未名湖和武汉大学的珞珈山,被誉为中国最美的三座大学校园,这也许是教育界公认的。

康乐园的美丽,除了沿怀士堂、孙中山铜像、惺亭、岭南堂这南北中轴线向东西辐射并依次展开的、充满文化氛围的整体布局,除红墙绿瓦的礼堂、古色古香的校舍、绿树掩映的校道、碧草茵茵的草坪、湖水滢滢的池塘之外,还有一个默默不言的配角——绿篱的功劳。是这无处不在的绿色篱笆,不着声色地连接了校园的大路小径与楼堂馆所;是这绿色的篱笆,巧妙地点缀了一栋栋大楼和一座座小院;是这绿色的篱笆,无言地透出了校园的绿色书香和安谧宁静。

我是20世纪50年代从广州文明路中大旧校区,搬至康乐园西南区60号的。初见爪哇堂、十友堂、陆祐堂处处绿篱环绕,就有一种庄重的感觉;初见模范村、九家村家家户户绿篱相间,就有一种安宁的感受。康乐园的绿篱多种多样,大多属灌木,一米来高。如荣光堂、黑石屋、水池、水塔处种的是山指甲,孙中山纪念馆和大竹园围的是筷子指般粗的观音竹,马岗顶一带多是葵竹,模范村则以扶桑和九里香居多,还有的房前屋后栽种的是福建

---

① 曾刊于2020年1月31日《羊城晚报》,发表时题名为《家在中大》。

茶、米仔兰、夹竹桃、三角梅、夜来香等不同品种。学校园林科的工人会定期培土、补种、修剪，使校园处处美丽如画、生机盎然。我每天清晨离家上学，见到院子观音竹的绿篱上，一叶一芽挑着亮晶晶露珠，在晨光中闪烁，常会情不自禁地用小手掌在上面扫一扫，享受凉沁沁的绿篱带来的惬意。

康乐园的前身岭南学堂，是20世纪之初由美国人创办的教会背景学校。校内建筑沿袭了美国校园的设计理念。中心区为教学区，一栋栋教学大楼以绿篱为屏；马岗顶一带是外籍教授住宅区，多是两层式的小洋楼；模范村、九家村、东南区一带则是华籍教授住宅区，多是独门独院的红砖平房或二层楼房。家家户户的小院成了各自的私密花园，就连西北区、工人村、飞机屋几处员工的住宅，也大多有各自或大或小的院落，有一片属于自己的空间。这院落久而久之，形成一种景观，一种校园中的院落文化。痴迷兰花的，搭上花架，迎送花开花落四季流转；喜爱芭蕉的，种上芭蕉，且听雨打芭蕉滴进心田；追求田园风韵的，点瓜点豆，小有收获；亲近小动物的，则养鸡养兔，情趣盎然。不经意中绿篱间透出各自的性格、性情与爱好。透过一处处绿篱，在校园内，我看到过陈寅恪先生在花园刷白的小路上散步，听到过廖翔华先生在院子鸟笼边逗鸟儿鸣唱，欣赏过梁宗岱先生院子里养的鸡又肥又大，羡慕过徐俊鸣太太院子边种的菜又绿又鲜。晨昏间，是各家小院最热闹的时光，厨房里砧板叮当，孩子们放学回家，老先生们教学或伏案忙碌一天，会纷纷到院子里活动一下。他们或捧着小茶盅在院子里边啜边看，或提着花洒浇菜淋花，或逗着小猫小狗，或隔着篱笆与邻居攀谈，或倚着藤椅翻阅书刊，读当天的《羊城晚报》，空气中仿佛散发着祥和的氛围和书斋的气息。我父亲却爱在院子内晨练、做操、打太极拳，遇上雨天就在门前长廊活动一下筋骨。

对于我们一群小朋友，这篱笆院子则是无声的课堂和喧闹的乐园。每家的绿篱小院，让我们从小就认识许多花草树木：什么狗尾草、车钱草、酢浆草，什么指甲花、扶桑花、龙吐珠，什么南洋杉、马尾松、鱼尾葵，什么蒲桃树、栗子树、橄榄树……能叫上名字的花草树木少说也有数十种，这是许多在城市里长大的孩子做不到的。我们还从小就毫无顾忌地穿梭在一家一宅的院落中，或躲迷藏、扑蝴蝶、捉蜻蜓，或用弹弓射击灌木篱笆中的小鸟。我和隔壁59号居住的小伙伴顾濬哲，还曾在三家交界处密布荫深的竹葵篱笆丛中挖过一个"藏宝洞"，上面覆盖大块的阶砖，再铺上树叶杂草伪装，里面藏了弹弓、小刀等宝贝，有时还会削一根齐眉高的竹葵当"金箍棒"，耍上几个回合。至今想一想，校园内的绿色篱笆给了我们童年不少的欢乐。女孩子们则爱在院子中玩过家家、跳方格、蹦猴筋，也自得其乐。在那三年自然灾害的饥馑岁月，篱笆墙内又是一番景象，许多人家在小院内种薯种菜、点瓜点豆，孩子们放学后参与其中，既培养了孩子们从小热爱劳动的习惯，也帮补了"瓜菜代"的日子。

中山大学里的绿色篱笆墙，给我们一代人留下了很深的记忆。这极容易被人忽视的配角不争地、不抢眼、不作声，细细挖掘它，却有那么多的温暖。前些年，社会上流传过一首歌曲《篱笆墙的影子》，很动情、很感人。而中山大学"篱笆墙的影子"，在我心中也同样迷人、让人思念。直至几十年后的今天，仍在我脑海浮动，心海摇曳，是那么清晰，那么多姿，那么仪态万千。

近日，我回到久别的模范村故地重游，看到翻修后修旧如旧的房舍很是高兴。然而兴奋之余，发现少了簇拥小楼的绿树和蜿蜒如带的绿篱，顿感少了当年的韵味。我想，若像当年那样栽上树、围上篱，这一只新生的凤凰，有了彩色的羽翎，定会更迷人、更美丽。

岭南木瓜 [①]

岭南佳果，在全国享有盛名。

岭南佳果中的四大名旦是：荔枝、香蕉、木瓜和菠萝。既因它味美，是亚热带水果，唯岭南才产；也因它在岭南分布面广，寻常百姓家常有栽种，

[①] 曾刊于2020年6月23日《羊城晚报》，获全国报刊副刊2020年上半年度"金榜奖"提名。

故被誉为"岭南四大佳果"。当然,岭南佳果还有:芒果、杨桃、番石榴、龙眼、黄皮、橄榄……

20世纪50年代初,我家从江西南迁,搬至广州文明路中大旧址。我家住的中斋6号,后院窄小土坡上就有两株木瓜,这是我最早见到的木瓜。这两株木瓜,树高干瘦,却果实累累,没有竹梯摘不到,大哥就用竹竿顶,我和二妹就张开被单在下面接。前人种树后人享受,晚上,餐桌上切开的木瓜,黄澄澄地散发清香,皮薄肉厚,入口润滑甘甜,吃上一口,还喷巴喷巴嘴儿。后来我发现,中大石牌旧址内的北斋、中斋、南轩、北轩,许多家的院子里都有栽种。再后来,我家搬至中大康乐园校区,在校内九家村、模范村、马岗顶、工人村许多人家的院子里也广泛栽种。我家院子东北角就曾种过几棵,每年都有收获,木瓜似乎成了中大果树的宠儿。

中大的木瓜园最早在马岗顶,后来芭蕉园内也有栽种,番石榴园边上也有栽种。中大的男孩子常常玩到那儿,嘴馋了,肚子饿了,就会悄悄地钻进木瓜园,瞄准一个黄的,摘下到偏僻处,嘻嘻哈哈共享,有时吃得衣襟前黄色一片,狼狈地回家,总会受到家长责罚。平时,孩子们还会摘下一柄柄长长木瓜叶,相互扔掷抽打,然而后来,我家后面邻居戴教授的儿子,因在掷木瓜叶的打斗中,被对方的木瓜柄击中,致使一只眼睛失盲,影响了一生。从此,孩子们都不敢玩这种恶作剧了。

20世纪50年代,三年自然灾害时期粮食普遍不够,为了充饥,生长较快,一年就可挂果,四季都有收成的木瓜,成了中大许多教工家庭的至爱,在那"瓜菜代"的年月,木瓜像番薯一样立了功劳。木瓜,熟可当果充饥,生可做菜果腹。孩子们还爱用醋、用糖装在瓶罐中浸渍,腌制成可口的酸甜木瓜,爽脆开胃,却越吃越饿。木瓜,称作乳瓜、万寿果,它还有着药用价值,可治胃病、痢疾、去风痹、疗烂脚。产妇产后少奶水,木瓜鱼头汤是催乳首选,我见过母亲介绍给几位年轻的妈妈。木瓜,就像大地母亲一样,负重地生长,奉献给人间很多很多。

以前,总以为岭南木瓜,因产于岭南而得名,没想到岭南木瓜的大本营在中大。中山大学在 1952 年全国高等院校调整中与岭南大学合并,校址从石牌(现华南理工大学)迁至岭南大学所在地康乐园,这康乐园就是岭南木瓜的发源地。水果冠名往往以名产地为冠,如从化荔枝、麻涌香蕉、石硖龙眼、萝岗橙子一样,以炫耀正宗名牌。当年岭南大学培育出来的优良木瓜,自然是岭南木瓜了,岭南木瓜就这样在老百姓中传开了。

20 世纪以前,两广的木瓜,个小质差产量低,歪瓜裂枣不少,又不甜,没有人将它当水果。一般农家青果时摘下,切片当菜煮,或拿去当猪饲料,个别人家也有晒成干泡酒喝。是一位农业专家,用一生的努力,改变了木瓜的命运,让不被看好的木瓜挤上了岭南佳果的名录中,还当上了名旦。

这个人叫高鲁普,是 1908 年从美国远道而来的,岭南大学的美国农业园艺专家。当时,岭南大学初建,校方想发挥高鲁普的专长,要求他用园艺审美对康乐园做绿化规划,这才有了他后来二十多年在康乐园大显身手的机会。如今康乐园内的榕、樟、阴香、荔枝、龙眼、橄榄等树木,大多是高鲁普选种的,奠定了校园"中国风格"。后来他又从澳大利亚等国,引进了适合广州生长的桉、白千层、大王椰子、棕榈、南洋杉等树种,体现了兼收并蓄的校园文化,使校园的树木品种繁多、千姿百态,真正成了花果园式学校。1933 年,在高鲁普的倡导下,在校园空闲地上开辟了大竹园,后又陆续建起了木瓜园、菠萝园、柑橘园、蔬菜园……为了筹建一流木瓜园,他特地从夏威夷引进了 400 多株上好品种的木瓜秧苗,通过与学校农学院师生一起,几番番栽培、一代代选育、改良,终于育出了橙黄、皮薄、肉厚、味甜的岭南木瓜,瓜大 1～2 公斤,最大的竟达 6～7 公斤,一株树可收近百公斤,亩产竟达 8000 公斤,比种其他水果收获多多,随即享誉岭南,名播全国,蜚声海外。这位岭南木果之父,1916 年就撰写过《岭南木瓜》一文,介绍了栽种木瓜的初始和历程,因他在岭南大学多方面的建树,又在学校连续服务 20 年,1940 年,民国政府教育部给他授予了服务一等奖。后因抗日战争爆发,高鲁普先生离开了中国,1954 年他在美国逝世,中大的师生和后辈们不应该忘记他。

岭南木瓜声名远播，渐渐从校园走向了南方广阔的田野。木瓜繁殖可枝条插种，可撒播种子，平常吃木瓜随便吐的籽，落在地上也会出芽成苗。小时候，我就曾将自家屋檐下冒出的木瓜秧苗挪种在院子里，只因树荫浓，长得不大好，然仍年年挂果。木瓜易生易长，根浅怕风畏寒，只要阳光好，施足底肥，防御台风寒霜，不出两三年就果实累累。一般果农栽种，前两年不让挂果，让它长得壮实，第三年后就结满果实，硕大可爱。木瓜丰果期有七八年，老了的木瓜要挖去重种，更新换代，绝没有百年木瓜，十年以上的就要淘汰。据说山东有百年木瓜，那不是岭南木瓜这个品种。木瓜的花洁白，分为雌雄和共性，公木瓜只开小花不结果实。小时候听人说，在不结果的木瓜树干上钉钉子就会变性挂果，我试过，并不灵验。

岭南木瓜已有百年声誉，初到广州的游人，都爱尝一尝这价廉物美的岭南佳果，如今十元钱仍可买两三个，实属平民水果。这雅俗共"尝"的岭南木瓜，既可占领路边果摊，也可登上高级宾馆和酒楼，木瓜炖雪蛤、木瓜炖桃胶就较为名贵。50年代末，陈毅元帅和贺龙元帅有一次到中山大学便装访问，没带陪同，没有警车，像普通老百姓一样走进校门，就夸岭南木瓜，还对接待的校方领导开玩笑地说："这里的木瓜，很有名的啊，怎么样，拿点来尝尝。"好在，校方有所准备，端出了学校种出的木瓜待客。

时代变了，人们的口味变了、要求高了，平凡普通的岭南木瓜在果市菜市少见了，甚至在岭南木瓜出生地康乐园也鲜见了，只有当人们远行广州的南沙、瀛洲、萝岗等郊区和四乡，还可看到它的倩影，还偶尔有成片种植，然而从品种到个头似乎都大为逊色了。也许，这与世界物资流通日益便利，各种域外水果大量涌入有关。但我想，这也许与我们对本土水果的保护力度不够、振兴不够和新品种的开发不够也有关。

康乐园内的岭南木瓜，给我们童年带来了甜蜜，也许只能在我们那一代中大子弟的记忆中长在了，在我们心中，永远散发着一缕缕温情、一缕缕童趣，一缕缕甘甜和清香……

康乐园中第一花 [1]

中山大学康乐园,被誉为鲜花盛开的校园。一年四季繁花似锦:春有迎春红杜鹃,夏有白兰送香远,秋有金桂伴书香,冬有紫荆映校园。我想,若要选校花,我一定会将自己心中的一票,投给紫荆花。我常对朋友说:紫荆,应该是康乐园中第一花。

每当人们春节前后走进中山大学,沿南门缓缓倾斜的中轴线大道往里走,两旁覆盖的紫荆树,犹如搭起了圆拱形的高高花架,一路铺展开去,让人们瞬时感受到一种绿的迎候,花的礼遇。玉树琼枝的紫荆,红的艳红,紫的深紫,白的如雪,粉的似脂,在绿叶烘托下,缤纷多姿。假若此刻,恰巧一阵风儿拂过,那一片红雨,自天而降,纷纷扬扬,飘飘洒洒,给小道铺一条红色地毯,更让人们着迷。

紫荆花,树木高大,枝桠婆娑,花色明艳;满树花朵灿若云霞,每朵五瓣向外伸展微微弯曲,基部深紫,花蕊如丝,白嫩带黄,欲舞含羞。仰望,树冠似彩蝶纷飞;近看,枝头如花瓣旋转;阳光下,树影花影摇曳一地;雨水中,滴滴嗒嗒低声诉说,可谓娇而不媚,丽而不俗。

南国的紫荆树花期很长很长,一年四季花缀枝头,初春则先开花后长叶,俨然一株株花树;初夏花叶平分,碧绿中间红隔紫;初秋叶浓花稀,绿肥红瘦;入冬,花蕾萌发迎接新春。盛花期大多在3~4月间,繁英满树。中大的紫荆花有好几个品种:南门至怀士堂两侧,大多属红花羊蹄甲,花瓣红紫,倒披叶形,盛花期在11月至次年3月。东湖南侧、东南区、文科楼等一带多属洋紫荆,也叫宫粉紫荆,花色粉红,瓣儿稍小,盛花期在3月。此外,中大各处还有一种白洋紫荆,花朵白色间杂微黄。紫荆全年开花,冬春最盛,处处可见,就像校园内的师生,平凡而自有个性,普通而青春靓丽。红花扶持绿叶,绿叶映照红花,透出一派祥和与生机。紫荆花,调出了康乐园的主色调:温柔!热烈!

---

[1] 曾刊于2020年9月2日《羊城晚报》。

8 中大花木 群芳竞艳

紫荆树,是南方的树,中国本土的树。香港在1965年,就以紫荆花作市花。香港回归后,紫荆花成了香港特别行政区的区旗、区徽、硬币上的装饰图案。一座金光闪闪高大的紫荆花雕塑,立在金紫荆广场,为香港添了新景。紫荆花,有家庭和睦、家业兴旺的含义,寓意内地和香港地区同胞相亲、繁荣昌盛。紫荆花在人们心中享有至高的荣誉。

中大的紫荆树分布较广,默默生长,谦逊低调。在中大正门,担当着迎宾的主角,可在校园其他地方,却甘愿与各种楼堂馆所相依相挨,默默地当好配角。马丁堂旁有其身影,大钟楼侧有其相伴,广寒宫周边有其点缀,紫荆园子内有其簇拥。陆祐堂、爪哇堂、文科楼、地环学院乃至模范村、九家村……处处可见紫荆树婆娑身姿。红砖绿瓦的中大校园,在紫荆树、紫荆花的装点和辉映下,不知要增色几许:调出浓荫匝地清幽之美,描绘窗前横枝斜逸诗意之丽,感受夜间清风明月静好之雅,倾听清晨鸟鸣枝头活泼之趣。我看过许多康乐园老房子的照片,参观过许多康乐园的美术摄影展览,几乎没有一帧,没有树木依偎陪伴的中大风景和老房子。绿瓦红墙小楼大树相守望,相得益彰相映成趣,是中大特有之美,这其中就有紫荆树甘当配角的功劳。

紫荆树、紫荆花,在中大已超出了植物学中"豆目豆科羊蹄甲属"的含义,渐渐形成了一种校园文化,浸润在师生们的心中。在粉碎"四人帮"、恢复高考那风雷激荡的年代,中大的学生于1983年创立了中大紫荆诗社。2006年又由中大学弟学妹们接续了中断的中大紫荆诗社,编辑紫荆诗刊,出版紫荆诗集,坚持以弘扬新诗为宗旨,几经沧桑,走出过陈小奇、李京、周伟驰、崔晓峰等诗界歌界颇有影响的后起之秀,涌现了一批在全国高校颇有影响的诗人和作家。紫荆诗社,曾一度享誉于全国高校文学社团中。那一枚由中大海棠花型为外框,几片抽象紫荆花瓣为中心的紫荆诗社的社徽,相信会永远珍藏在那一代中大学子的心间。紫荆,不娇柔,不做作,不争宠,不抢镜。在中大人心中,除了大家庭和睦兴旺的含义,还是美,是朴实,是清雅,是高贵的象征。紫荆园,是中大一间较好餐厅;紫荆园宾馆,是中大一家较好宾馆，我想，均以紫荆为名，定是取其寓意。就连中大为留学生提供创业、投资、信息服务的机构，也冠名"中大紫荆教育有限公司"，他们的网名也选择了紫荆花。前些年，中大合唱团还举办过"一带一路紫荆花开"演唱会。可见，紫荆树、紫荆花，已成了中大人心中的至尊至爱。

我对紫荆的喜爱，则是更早，是在那少不更事的年纪。20世纪五六十年代，我家住在中大西南区，院子东南有一株高大的紫荆树，像一位关怀备至的老者，知冷知热，夏日浓荫为我家遮挡炎暑，冬天叶儿稀落又为我家迎来阳光。孩子们常在树下玩耍，女孩跳猴筋、跳房格，男孩弹玻子、拍画片。孩子们不知道它的学名叫羊蹄甲，更不晓得它的别称叫紫荆树，看它叶儿两片椭圆相连，端处裂开似人的屁股，就管叫它"屁股叶树"，至今想一想，真是不敬，语言粗俗，可从中却透出那个年代少儿的天真。紫荆的嫩叶能玩，舒展开来，铺在卷起的手掌孔上，用力一拍，空气冲破嫩叶会发出啪啪响声，我们常比谁拍的声响大。我们还会摘下小小枝条，挥动一串带绿叶的"马鞭"追逐打闹。三年自然灾害困难时期，各家各户除了在门前屋后开荒种地之外，都会设法喂养一些兔子、葵鼠以改善缺油少荤的日子，喂养小动物，家中残菜碎叶饲料不够，我们就会用竹竿绑上镰刀，割下紫荆树上的嫩叶喂养兔子、葵鼠，可省下不少饲料。平时，家中生火煮饭柴火不够，我们就会扫拢紫荆树、白兰树的落叶，晒干后用来引火烧饭。一年夏天，我家那一株大紫荆树在台风中訇然倒塌，被园林科锯掉运走，让我难受了好长一段时间。

饮水不忘挖井人，乘凉应记植树者。今日行走在中大绿荫如盖的紫荆树下，观赏康乐园紫荆花的美景，我们应该记住一位当年植树的中大老科学家、老教授，中科院院士——陈焕镛。陈教授系我国近代植物分类学的开拓者和奠基者之一、原华南植物研究所所长。他当年看到康乐园南门早先植下的两排白千层，稀稀疏疏，既不够美观，又不挡阳光，认为白千层躯干高大、小叶间漏下阳光多，能满足红花羊蹄甲光合作用的需要，又很适合其喜阴的个性，可作为第二层乔木栽种，便于1943年，在南门校道两旁的白千

8 中大花木 群芳竞艳

层下分两排植下了紫荆树,这才有了今日中大南门这一派葱茏和娇艳。如今,中大校园内古老的紫荆树,多是那个年月在陈教授倡导下种植的,为康乐园添了许多美景。

唐代著名诗人韦应物写过一首《见紫荆花》的诗:"杂英纷已积,含芳独暮春。还如故园树,忽忆故园人。"相隔一千多年,似乎道出了离开中大五十后,我再见中大紫荆花的眷恋心境与款款深情:游子心头的童年往事,见花爱叶思根的情怀,就像年年岁岁飘洒的紫荆花,铺在风雨人生的道路上。

我家西窗外的那丛竹

◎陈宪猷

我还是青少年时,家住在九家村,那时候的我家西窗外有一簇并不显眼的竹丛。竹丛的竹竿均笔直修长,它们一直伸展过屋顶,密密麻麻的竹叶青翠欲滴,覆荫着我们所住的这座砖木结构房子的整个瓦面。

清晨时,一阵微风拂过,窗外传来窸窸窣窣的声音,多么地柔和、清脆和舒服,以至我从睡梦中被唤醒。赶上有晨露的时候,竹丛那些翠绿的叶子上摇晃着闪烁的露珠,虽然耀眼,却不刺目。

当朝阳慢慢升上高空,渐渐变成烈日,又缓缓向西移动,它会把最后的余光分享给我们的房子。这簇茂密的竹丛则会巧妙地把光散成圈圈点点,让它惬意地躺在屋顶,挂在外墙。

每当夕阳西下的时候,我与邻居家的几个小孩或在院子里追逐玩耍,或在屋子走廊上轻轻摇摆着手中的葵扇,透过竹丛间的间隙,欣赏被晚霞渐渐染红的天空。偏西的余光斜照挂在客厅的镜框对联"帘影竹叶起,箫声吹日色"①上,镜框的玻璃镜片反射的阳光,又落在正享受晚霞的我们的身上,似乎是想参与到我们的嬉戏中,或是感激我们对它的欣赏和发现美的眼光。这丛竹不管是在烈日下,还是在暮色里,它总能给我带来奇妙且愉悦的感受。

夜幕降下,月亮悄然升起。透过窗外的竹丛,我静观月亮在这丛竹的枝叶间穿行,它时而露出半张笑脸,时而变成一叶小舟;不时又很调皮地在窗

---

① 出自唐代李贺《相和歌辞·难忘曲》。

台洒下斑驳的霜色，在书桌撇下一抹沁人的微光。见此情此景，父亲便兴奋地说："前人赏月，也无外是'色无玄月变，声有惠风吹'①'月明午夜生虚籁，误听风声是雨声'②而已。"

这丛竹子虽看似普通，但却以不同的姿容，陪我度过了一个又一个秋冬春夏。

秋冬之交，一些长足岁月的叶子便开始变黄，风一吹过，就掉落地上。傍晚，我们便提着箩筐，到院子里收拾这些落叶，给我们的母亲用作做饭时的燃料，晾干后的竹叶在炉子里烧得可旺了。

等到朔风之时，竹叶一片一片地落下，但竹枝也很快会发嫩芽长新叶。嫩绿的新叶是那么地顽强，从不避让朔风。这丛竹子从未以光秃的姿容示人，永远以其婆娑的身姿，荫盖着我家的房子。难怪唐人赞美它"欲识凌冬性，唯有岁寒知"③，敬重它坚贞高洁之性格，它也被视作与梅花和菊花一样，是人类可信赖的朋友。

孩提时，我与竹便结下不舍之情。我们几个常在一起玩的同学曾学着艺人，把幼嫩的竹叶含在口中，吹出一首又一首清脆或婉转的小曲；又模仿工匠，把竹节取下，制成半像不像的箫管，然后用这些五音不全的"乐器"独自演奏，别有一番乐趣。

最令我们忙碌和高兴的时候当属初春时节了，这时候的雨水无声无息地滋润着万物，犹如杜甫诗中"雨洗娟娟净，风吹细细香。但令无翦伐，会见拂云长"④的景象。这竹丛经过严寒冬季的锤炼后，焕发出了惊人的生命力。竹枝的桠节上渐渐吐出嫩嫩的针状幼芽，十分惹人喜爱。母亲告诉我，把它们采摘下来，晒干后泡水喝，不仅可以清肺解热，还能畅通肠胃。而且在农村，家家户户还都懂得自制这些被称为"竹必"⑤的中药。在母亲的指导下，

---

① 出自唐诗人张九龄的《和黄门卢侍御咏竹》。
② 出自唐代唐彦谦的《咏竹》。
③ 出自唐代虞世南的《赋得临池竹应制》。
④ 出自唐代杜甫的《严郑公宅同咏竹》。
⑤ 生竹心，又被称为竹叶卷心、竹针、竹必。

我们也挑选了一些长得过于集中且难以被阳光照到的竹必，将它们摘取下来晾干、储备，来做家里常用的药料。每当看着母亲把晾干的竹必放进玻璃瓶，然后将玻璃瓶封紧的时候，我心里便暗生出一丝自豪：我也能制中药了！

夏天慢慢到来了，窗外的竹丛时而发出"噼啪、噼啪"的撕裂声，虽不吵耳，却着实令人迷惑。后来，我才知道那是竹笋从地下冒出时，那些包裹着嫩芽的外壳开始脱落而发出的声响。

人们有时候还会把竹壳晒干，不仅用来泡茶，还用作清热、解酒和治疗口腔炎等药物。在燃料不足的年代，多数人是以它来代替柴草，缓解燃料不足的问题。此外，用这些竹壳煮出来的饭，我们都觉得特别香软，所以我们有时特别起劲地绕着竹丛，在其中寻找可作燃料的脱落的竹壳。

夏天雨水特别多，雨后的地上经常是湿漉漉的，还偶见细小的蚯蚓在地上蠕动。我们也喜欢在雨后到竹丛中寻找竹壳，虽然这时候的竹壳已不多了，但在竹竿下、竹丛里却多了一些与我们小孩子拳头般大小的身上长着暗褐色花纹的、田螺模样的爬行动物。我好奇地把它捡起，然后问母亲这是什么动物。母亲接过后，端详了一会儿，高兴地说："这是东风螺呀！在国外那可是一道名菜。现在食物供应困难，这可算是上天赐予的佳品了。"

我看着这有点恶心的东风螺，问母亲："这也能吃？吃了不会坏肚子吧？"母亲没有回答我，只是取来了一个水桶，盛上大半桶水，然后把螺放进去，接着对我们说："以后每天换水一次，把捡到的螺用水冲洗干净后，再放进桶里，躲在壳内的螺便会把肚子内的脏东西全吐出来。约五六天后，它就只剩下一个躯体了，是十分干净的，所以吃了不会坏肚子的。"

当从母亲口中得知吃了不会坏肚子这回事儿，于是我们每天都会去寻找这些螺，并都有所收获。几天后，母亲便用这些螺为我们烹调了一锅东风螺汤。乳白的汤水，沁鼻的香气，雪白的肉，吃起来滑嫩鲜甜，被称为极品名菜当之无愧。饭后，妈妈又忙着把螺壳剁碎，并说："把这些剁成碎末的粉，混到鸡鸭的饲料中，鸡鸭吃了，不但会少生病，还会多下蛋呢。"这时，我对这丛竹又添加了几分好感。

最令妈妈高兴的是，小妹经常捡来被狂风吹折或被一些人暗中砍伐后留下的竹枝，她就用这些竹枝施展自己的手艺。只见她飞快地把青绿的竹皮与白嫩的竹肉分开，这些竹皮就成了她制造各种器物的原料。家中的竹篓和畚箕等用具，常有常新；乃至蚱蜢、蜻蜓等小动物也被她编织得活灵活现，摆在客厅里，也是充满生气。

至于我，则是把这竹丛当作锻炼身体的场所。为了完成体育课爬竿项目的测验，在这竹丛中我选择了一竿有手臂大小且笔直的竹竿，有空就抓住这竿竹爬练。直到可以摆脱双脚的助力，能徒手爬到三四米高的地方，又徒手沿着竹竿稳稳地回落到地面上。

这丛竹给我们小孩子带来了知识和乐趣的同时，想不到竟也是大人们心仪的对象。不过能明显感受到，长辈们对竹的理解和对竹的感情，尤其是我的父亲，与我们小孩完全不同。父亲他酷爱竹子，经常赞美竹子不畏风霜、不染尘俗的刚毅不屈的性格，写下了"月下琅玕竹，凌霜已几春。千竿同耐冷，万个不沾尘。挺节秋弥劲，抛簪岁又新。虚心长伴汝，君子若为邻"的诗句。这首深沉的诗篇，吸引我时时琢磨其中的韵味。每当父亲清晨听到从窗外竹丛里传来小鸟鸣叫的声音时，他会情不自禁地说道："每听修竹响，疑有凤鸣声。"他觉得在竹子中可以找到足以寄托的高洁品格。

在我还是小孩子的时候，每每听到父亲对着窗外的修竹吟咏，我虽好奇他这种行为，但最后又不了了之。我有时会觉得这应是父亲舒解疲劳和自我释放的一种方式，是读书人常有的习惯，正所谓"食可以无肉，居不可以无竹"[①]，应不过是内心自得的雅趣罢了！后随着年岁的增长，我又觉得这或许是他们深感孤寂无助，而竹子的气质能引起他们内心共鸣；亦或许是他们以竹子那种不畏酷暑，不惧霜雪，永远彰显旺盛生命力的精神引以为楷模，时时作为鉴戒。

[①] 出自宋代苏轼《于潜僧绿筠轩》。

有一天午后,父亲的好友,也是我的老师,他来我们家做客。他们谈天说地,免不了又题诗作对。只见父亲边指点着西窗外迎风摇曳的修竹,手中提笔蘸墨,并在纸上飞快地书写。我好奇地走过去一探究竟,"家学原知愧谢安,敢论经史饱曾餐。欲培兰桂无佳种,修竹凭公植一竿"这几行刚健的颜体字瞬间映入眼帘。这诗句好像在哪里见过?我正紧张地回忆时,父亲已把墨迹未干的纸送到徐老师手中,说:"这是前些日子与郭先生手谈的几句,也送给你。"徐老师读后连忙作揖道:"此大任未敢必成,唯尽力而已。"这时我才明白,父亲长期以来对我的期望,此时已化作对竹的仰慕,这也许是前人对竹及对家中必有竹的又一层深邃的含义吧!

这丛竹陪伴我度过了青少年的生活,不知不觉中熏陶着我的兴趣和品格。后来,我们搬离了这座房子,就再也没有在住宅周围见过竹子了,但故居院子西窗外的那丛并不显眼的竹子,却长留在我心中。

养 鸡

◎许绍锋

记得住在康乐园东南区4号的时候，我家是有养鸡的。白天父母上班，家务皆由阿嫲主持，亦常有请帮工。我曾被外人问起："那个出入你家的是何人？"我答："是我家请的工人。"即被大人严厉教训了，只可以说是来帮手的，不可以说是工人。幼年不明因由，只知道有些事不可以说，亦不可以问。总之不可以，绝对不可以。又如幼儿园刚教完一首"嗡嗡嗡打倒右倾翻案风"的歌，突然就不可以唱了。

养鸡似乎是可以的。家住楼上，鸡则养在楼下，三五只，偶有损益。日常取蛋，年节请客则或烹之。鸡有鸡窝，形如矮柜，有门有顶，略深，干草垫底。疏栏栅隔，外挂糠槽水兜。窝内正中横担一木，鸡归而栖列其上。后来学诗："鸡栖于桀，

图1　1965年，许崇清长孙许绍理在东北区8号楼前喂鸡（供图者：许绍理）

日之夕矣"①，大概如是。

天气好时，放鸡门前。我放鸡，则常效伏匿匿之戏，大声唱曰："放生鸡仔出笼门。"鸡自会在草丛树下啄果捉虫。其时，鸡皆走地，未闻有走地鸡一说。嫲嫲在旁择菜拣米，以烂菜米虫喂鸡。我在侧帮手搬运竹凳藤椅、菜篮米袋。我不在时，或有帮工。

挨晚收鸡。细竹红布，赶鸡返窦，是我甚喜欢的事。鸡尽入窦，则毋忘闩门，否则走鸡。窦门无锁，唯一搭扣耳。我家有订牛奶，夜晚置空牛奶樽于楼下大门前，次晨则樽中有奶。亦曾发生过牛奶被盗走部分的事件。问阿嫲："为何牛奶会被偷，而鸡不会。"答曰："鸡会叫。"

日常在家时，除却睇火，等鸡叫亦一要事。鸡生蛋则鸣，若不及时取出，或踏碎巢内。故而一听得叫声，即冲落楼，却常是空手而回。鸡虽鸣，但不一定有蛋生。有蛋生，亦不一定是完好的。毕竟食物重要，必然要往返多次，才偶有所得。手握暖蛋返上楼，自然志得意满。

有回，大伯之女绍青、绍波姐妹自京来穗。实见养鸡，兴奋好奇。绍波妹取得新蛋，一时激动握碎了。我惊怒欲言，姐先斥责，妹委屈垂泪。大人即闻风而至。见三小儿恼怨，皆甚淡定。收拾安慰，一笑了之。阿嫲话："人无事就好。"

天有不测之风云、人有旦夕之祸福。突然大喇叭播放出悲伤的声音，开始了接二连三悼念死人的日子。父母带着我，跟随人群聚集到风雨操场，原址在今中山

图2 1976年，许绍锋、许绍清和许绍波摄于马丁堂前草坪

---

① 出自先秦诗经·国风·王风的《君子于役》。

楼。众人黑纱白花,神情木然。孩童亦然,稍有异动即被遏止,那是压倒一切的不可以。只觉得天气阴郁,有日不明,无风自寒。由此,就禁不住会特别挂念家中牛奶鸡蛋的暖。每次如是。

人会死,鸡亦会死。某日放鸡,发现有只鸡不肯出窦,神态呆滞,步态蹒跚。阿嫲判断这只鸡不行了。当年不称禽流感,皆作鸡瘟。遂宰而烹之。我问:"瘟鸡如何能食?"答曰:"煮熟一点就可以了。"

阿嫲告诉我:"以前走难的时候,瘟鸡就是这么处置的。"广府人所谓走难,又叫作走日本仔,指抗日战争时期民众为躲避战火而逃离家园。对我家而言,特指随国立中山大学及国民政府机构内迁的事。我问道:"为何走难仍然养鸡?"答曰:"起码有蛋食,保证营养。"追问道:"那时亦有鸡瘟么?"父亲插话说:"人都有瘟疫,何况鸡。"那时霍乱流行,他走在路上,旁边的行人突然倒下就死了。死亡问题太沉重,转问其他:"既然带上鸡,其他家当亦带么?"阿嫲说道:"只能带点能带的、有用的,其他都留下了。胜利后返到广州拿回了不少。后来抄家

图3　1972年,许崇清校长夫人廖六薇与许绍锋的合影

图4　1976年,许崇清校长夫人廖六薇与许绍锋在用餐

又都没了。"我正想继续问,阿嫲话:"人无事就好。"

后来,我家搬到了康乐园的另一边:西南区五十四号。各个市场开始经常有蛋卖,亦有鸡卖,就没再养鸡了。阿嫲老了。家务渐交工人打理,就是下厨仍作主持。市场买回来的活鸡,在阿嫲手里变成焗炉鸡、海参鸡、冬菇鸡、鸡杂、鸡血,一味味鲜香无比。她过身后,家里就无人会做了。直到我娶得贤妻,那些菜色才一一复现,父母亦都很开心。

今年,大伯之长子绍理大哥自加州而来。他就是阿嫲时常提及的最聪明的那个孙子。兄弟闲聊说起养鸡,大哥说:"当然记得,还有那时我喂鸡的照片。"不久之后,收到大哥发来两张当时的照片。一张是喂鸡的,另一张是爷爷抱着大哥的。我自然未被阿爷抱过。因为阿爷逝世,阿嫲无依,父母被准许分别从各自下放地返穗,然后才有我。但我知道,阿嫲一直有养鸡。

图5　1965年,许崇清校长与长孙许绍理的合影
（供图者：许绍理）

康乐园养鸡趣

◎吴珣玮

在中山大学这所高等学府里养鸡，现在说来是一件很不可思议的事情，但在20世纪下半叶的那几十年时间里，校园里几乎家家户户都养鸡。打从我懂事开始，就知道鸡是家庭生活的一部分，所以在我字典里的"家"字，其宝盖头之下不是"豕"字，而是"鸡"字。

在我的记忆里，我家养过鸡、番鸭和兔子，甚至还养有猪，但饲养鸭、兔和猪的时间并不长，少则数月，多则几年，唯独饲养鸡是从未停过的。校园里也曾有教职工养过羊，但养起来比较麻烦，所以绝大部分的教工家庭为寻方便轻松，都会选择养鸡。聪明的鸡知早出晚归，白天自个儿四处游荡觅食；要下蛋了，它们知道往家跑，找个鸡窝下蛋；天黑了，它们会自觉地跳进鸡笼里，完全不需要人费心费力地去管，非常省事儿！

在康乐园里，每家的鸡都是散养的。偌大的校园，到处茂林修竹，绿草如茵，是鸡们"休闲娱乐"的好去处，蚂蚁、蚯蚓、蚱蜢、蜗牛和青蛙等小动物和小昆虫唾手可得，是鸡们食之不尽的美味佳肴。虽说这些散养的鸡是自由活动的，但它们的自律性极高，定位也很准确，脑袋像装了"GPS"[①]一样，不会认错自家家门，而且每日只往返于自家的四周。在我们小时候的那个年代，经济条件不好，物质匮乏，肉类食物的供应是极其有限的。因此，为自力更生，解决肉食紧张的问题，家里喂养几只鸡是一举多得的事情。不

[①] GPS是英文Global Positioning System全球定位系统的简称。

图1 在康乐园里觅食的鸡（拍摄者：吕炳庚）

仅家养的鸡下的鸡蛋可做成美味的菜肴，逢年过节时还可宰鸡庆贺，或病后喝鸡汤补身体，也成为生活中必不可缺的一环。

如今回想，养鸡的过程充满了乐趣。刚破壳而出的雏鸡，身上毛茸茸的，可爱至极。我们把已经浸泡过的米用手捻碎，放在盘子里，旁边搁上一碟清水。十来只雏鸡会围绕着妈妈，用它们稚嫩带有棱角的小喙吞下妈妈啄细了的米粒。以后的每天，雏鸡会跟着妈妈四处觅食。它们习惯了自己妈妈的声音，从不会跟错队伍。直到三四个月后，羽毛开始长出，它们便要逐渐开始独立生活了。

母鸡会下蛋，自是招人喜欢。我家里经常保持有四五只下蛋的母鸡，所以盛鸡蛋的小篮子里总有存货。下蛋后的母鸡会跳出鸡窝，"咯答咯答"地叫着。小脑袋也很有节奏地、一顿一顿地转动着，像是在等待我们的奖赏。这时候往地上撒下一小把白米，母鸡便会乐得忙不迭地啄地上的米粒，尽情享受这特殊待遇。不过，刚下蛋的母鸡有时候也会成为我们餐桌上的佳肴。小母鸡的肉香味十足、肉细嫩滑，总能得到家人的一片赞誉，回味良久。

如果自家和邻居都没有公鸡的话，母鸡下的蛋是孵不出小鸡的。记得在模范村居住的时候，祖母和邻居交换鸡蛋的时候，会选出已受精的鸡蛋来孵化。选蛋的办法其实很简单，并不用什么高大上的仪器，用的也只是民间的智慧。选受精的鸡蛋时，先是一手捏着鸡蛋的小头，再用另一只手半遮挡鸡蛋的大头，然后放在灯泡下观看，当看见鸡蛋内有一条黑影子，那说明该鸡蛋已受精，是可以孵出小鸡的。每次孵化鸡蛋时，都会同时放进去十来个鸡蛋，鸡蛋孵化成功率几乎是百分百的。

鸡，耳聪目明。那些地上细小的食物，人类不一定能看清的，它们一定是不会走漏眼。虽然他们隐蔽在眼睛后面的耳朵小小的，还被细毛遮盖着，却是异常灵敏，辨声能力超强。早上打开笼子放它们出去，傍晚只要在家门口"啾啾啾啾"地呼唤几声，还在外面闲逛的它们便会兴高采烈地从四面八方飞奔而回，因为它们知道晚餐时间到了。

那些年，人们本来就缺衣少食，能喂给鸡的食物更是有限。菜梗老叶、瓜皮瓜囊，饭锅巴加上一大勺从赤岗农贸自由市场上买来的米糠，和着淘米水熬出一锅浓稠的鸡食，早晚各喂一次。这些鸡食虽然粗糙，但胜在营养丰富，蛋白质、脂肪、纤维素和维生素一应俱全。鸡吃了这样的饲料，不仅健康长得快，羽毛亮丽丰满，个头又大，下蛋还多，鸡的肉那真是肉香皮滑。

因为教工散养的鸡在校园里自由活动，所以师生在校道上踩到鸡粪也是常事。最糟糕的是踩上那黄色黏糊的麻糖鸡粪，又臭又难弄掉，在草地上蹭半天还是没能把黏在鞋底缝里的它们弄出来。

虽然那年代的生活条件很有限，但在校园里生活倒是挺安全的，极少发生偷鸡摸狗的事。在家委会工作的母亲、祖母和外婆等人，她们从不计较个人得失，勇于挑起维持校园安全和教职工健康的责任，事无巨细，功不可没。从学校喷洒灭蚊水时，家委会会通知各家把自家鸡给关起来；到谁家的鸡不幸染上鸡瘟，也会及时告知各家，并叮嘱他们要顾好自家的鸡，以免惹上鸡瘟。

鸡瘟一两年就会出现一次，当看到哪只鸡萎靡不振，耷拉着鸡脑袋，缩着脖子，眼睛半张半闭，伴有嘴角流出的黏液，傻站在树下不动，那八九不离十是得鸡瘟了。一旦发现这种情况，保济丸和十滴水就是治疗这些病鸡的良药了。刚开始染上鸡瘟时，这些药还能奏效；但若是鸡瘟后期，那就像是兵败如山倒的时候，只能是杀无赦了，救不了了。不过也会有那么几只"鸡坚强"，能熬过危险期并平安地活下来。所以有时候会趁着那些染病的鸡还没两脚一蹬之前，赶紧宰杀烹熟享用。

当年"环保"一词大概还没有出现，但勤俭节约、物尽其用的意识，从大人到小孩，人皆有之。各家的厨余会作为鸡的食物，蛋壳和偶有的猪骨与鱼骨也都会被捣碎，然后和在鸡食中。所以每次倒垃圾时，垃圾桶里并没有厨余，有的也仅是烧剩的蜂窝煤煤渣。鸡被宰后，我们还会将鸡毛和鸡胗里的鸡内金攒起来，卖给入校的收购者。

在养鸡的十几年时间里，我印象里最深刻的是两只老母鸡。它们陪伴我们一家度过了最艰难和最挣扎的日子，也提供了最有价值的食物。一只母鸡身披黄黑花羽毛，双腿支撑着肥硕的身体，走起路来一摇一摆的；另一只母鸡是全身黑得发亮的胡须鸡，鸡冠不大，嘴下有几根特别长的毛，身材矫健敏捷。这两只母鸡都特别能下蛋，下的蛋也特别大，有时还是双黄蛋。西大球场和电影广场上的蚱蜢，院子里被水灌而从地洞爬出来的蝼蛄（俗称土狗），天蚕树上掉下来的天蚕以及厨房里那些被打死的蟑螂都是它们的高级营养品。后来，这两只为我们家贡献良多的母鸡在父母到干校、哥哥们下乡当知青的前夕被送上了餐桌，它们就此成为美食。以后的五年，户口本上只有我的名字，一个十四岁小孩，被视为户主也。家散了，炉火灭了，鸡也消失了。

今年正值鸡年，趁此机会写下童年一些鸡零狗碎的往事。感恩此生有幸，生长在康乐园这片土地上，从小就受着校园里人文氛围的滋润，感激父母的养育之恩，感谢幼儿园和小学老师的循循教导，当然也不会忘记那些鸡曾经给我带来的欢乐和奉献。

作者简介：

吴珣玮，女，1967届中山大学附属小学校友；父亲为中山大学中文系吴宏聪教授。

康乐园里的童年

◎ 梁江彬

我有幸在中山大学校园里度过了如花一样的童年，校园里的绿树、草地、红楼和小路陪伴着我长大。

现中山大学南校园为原岭南大学的校址，在1952年的全国院系大调整中，中山大学从石牌搬迁至此。其实，1904年就兴建的岭南大学校园也是仿照欧美大学的校园格局而建的。2014年，我到美国时参观过哈佛大学，只见哈佛大学的校园到处绿草如茵、绿荫覆盖，红砖砌的校道和红楼随处可见。我走过其中的一个教学区，竟发现它和中大马岗顶旁的原岭大附小的建筑，从建筑形式到建筑布局似乎都一模一样，一种似曾相识的感觉油然而生。

中大康乐园里的绿树覆盖率在全国大学里应是排前列的，而且校园里有很多北方学校缺少的热带树种。1908年，美国宾夕法尼亚州立大学的高鲁甫园艺专家到岭南大学任教，学校就开始在康乐园进行有整体规划的植树行动。校园内种下了榕树、樟树、荔枝、龙眼、橄榄等树木。由于这些本土树种生长较慢，于是又从国外引进了大批的树种，如桉树、白千层、木麻黄和南洋杉等，那时引进的桉树和白千层约有几千株。这些引进的树种很能适应广州这种气候环境，长得非常快。后来，又陆续引进了棕榈、大王椰、葵树和夏威夷木瓜等树种。当时的岭大校园，俨然就是广州的一个植物园。

我家居住在西南区17号，那里有一个大花园。花园里种有石榴树、柿树、枇杷树和桂木树等果树，还有高近几层楼的石栗树种在篱笆旁，此外还有白千层、白兰树和木棉树及一小片竹林。

我们的童年,就是在这样一个既像花园又似乐园的校园里度过。因为我们从小就生活及生长在这样的环境里,所以爱玩是我们的天性,好像大家都不怎么斯文似的。

我们特别喜欢爬桂木树,当我们和邻居的小孩一同放学回来后,就会直奔桂木树方向,一到那里就赶紧攀爬起来,看谁爬得快和爬得高,究竟是谁能坐上"王位"。就这样的爬树游戏,我们也能玩得不亦乐乎。我们攀爬的这棵桂木树就种在花园旁边,桂木树其实就是无花果树,不仅它的木质很坚硬,树叶也很茂盛。虽然这种树长得不是很高,但是横向生长的树枝和树干形成一层层的枝叉,简直像一把座椅一样,造型奇特。

盛夏的时候,我们还喜欢去摘白榄(即橄榄)来玩。中大的白榄树很多,树不高但硕果累累,一串白榄的数量比一串龙眼、荔枝都要多。但因为白榄味道苦涩,我们打下来的那些可是一颗也没吃,纯粹是用来玩的。

在中大校园里还有一种叫"勾鼻佬"的树种,不知其学名叫什么。这种树特别高大,一棵大概有四五层楼那么高,在九家村教工住宅那就有这种树。它的叶子很稀疏,结的果实像筷子那样细小,还弯曲得像一只小烟斗,所以我们大家叫它勾鼻佬,叫得久了,反而不知道其学名了。勾鼻佬的果实很好吃,等到它结果及果实快成熟时,会吸引一大帮小孩在其下聚集。因为小孩子用竹竿打也够不着,用石子扔也砸不到,只能干等它的果实熟了之后自然掉落。有一次我也站在树下等,幸运的是,我也捡到了一个勾鼻佬的果实,吃起来很甜,真的很好吃。

广州人常说的岭南木瓜,其实就是岭南大学从夏威夷引进并加以培育的木瓜新品种,肉质是橙红色的,多汁而软糯。我们附小班的一个同学家里就是学校种木瓜的专业户,我们曾在他家吃过正宗的岭南木瓜。

中大还种有很多芒果树,最初从海外引进的芒果树很高大,长得比三层楼的学生宿舍还高,站在下面根本看不清树上的果实。但一到刮风下雨的时候,树上成熟的芒果就会掉满一地。有一天放学,我经过我父亲所教学生的

8 中大花木 群芳竞艳

宿舍,他们从床底拉出两装满了从地上捡的芒果的铁桶,是那种又大又长的鹰嘴芒果,他们让我挑一些拿回家吃,虽然当时我没有拿,但那两个装着满满芒果的铁桶却深深烙在了我脑海里。

半个多世纪过去了,中大校园依然树木葱茏,我们曾居住的模范村那十三幢带花园的小洋房今仍在,而房子却早已不再住人,已用来作为学校服务机构的办公场所。我们来到桂木树下,看着那仍茁壮的枝叶,仿佛看到了我们儿时努力竞逐攀登的身影,听到了我们童年天真无邪的笑声。

图1　中大模范村原西南区17号

童年的味道

◎ 吴 节

在中山大学康乐园东北区马岗顶东边的斜坡上,有一座小洋房,称为白德理屋,为原东北区30号。这座小洋房的北面院子里,栽有四五棵番鬼樱桃树,樱桃树长有一人多高。在每年的春季,番鬼樱桃树会满树挂果,那些红黄绿紫的樱桃果如彩色的小灯笼,煞是诱人。

图1 番鬼樱桃

童年时期,康乐园犹如一个大果园,园内种有品种繁多的果树,如荔枝、龙眼、风栗、黄皮、芒果、杨桃、番木瓜、番蒲桃和番石榴等。当年那些生长在康乐园的小孩子们,也早就把校园里的这些水果尝了个遍,这些水果的味道也一直伴随着他们成长、成才。当他们回到焕然一新的康乐园,看到新种的果木,想起那些童年记忆里的水果,他们也总会津津乐道、思绪泉涌。

康乐园内遍地可见果木的身影,与旧岭南大学设有农艺系,漂洋过海来岭大任教的高鲁甫教授力推果树栽培,以及校园绿化有很大的关系。校园里的樱桃树,也应是岭大的老前辈们种下的。这种低矮灌木,虽然生长比较缓慢,但四季常绿且枝叶茂盛,而且结的果子又能吃,可观可尝,是非常不错的庭院景观树,所以很多人家的院子里都有栽培。

不过因为谁也说不清这种果子的学名,所以康乐园的孩子们喜欢管它叫番鬼樱桃。番鬼,可以有两种理解:一是指不属于本土物种的外来品种,故曰"番",如番木瓜、番荔枝、番蒲桃等,"鬼"则是多指外国人,所以加上一个"鬼"字也是为区别于本土的水果。二是由于有的水果虽然同属,但味道有些怪异,与本土水果还是存在一定的差异,所以为了区别这些外来水果,会在水果的叫法上加以区分。在巴西,当地人会采摘熟透后的樱桃,然后将之制成果酱,也有说这些番鬼樱桃自巴西引进,所以康乐园里的番鬼樱桃,也被人称之为巴西樱桃。又由于这种樱桃的果实表面呈八棱状,亦有人称之为八角樱桃。

住过东北区的小孩子们都知道马岗顶斜坡上种有樱桃树,大都曾摘过吃过。那时候人小嘴馋,经不住这些美味果子的诱惑,没几个小孩子是安分守己的,只要下课回家路过樱桃树下,大都摩拳擦掌,管不住嘴巴,欲一尝"树上熟"的味道而后快。

校园里的这些外来灌木,既是康乐园特有的景色,也是学校悠久历史的见证。其实,那时候不只是东北区才种有番鬼樱桃,在模范村和九家村等校园里的其他地方,早几年都见有大量植株,只不过因为校园环境的不断改善,现在很难在校园内寻觅到它们的踪影了!后来我在熊德龙活动中心和松涛园附近见到过几棵,但不清楚它们是从哪里移栽来的,而且果子极小,味道苦涩不甜完全不能吃,已不是童年时代校园那些优良品种。

番鬼樱桃的味道,尝过它的人,那滋味会刻骨难忘。旅居美国的附小校友江燕,由于对这童年的味道念念不忘,所以特意在美国自家的院子里种上了番鬼樱桃。一来可以触景生情,一解乡愁;二是能够睹物思情,回忆童年。今年春天,她种的番鬼樱桃大丰收,于是赶忙采摘拍照与大家分享。她

图2 校友江燕在异国他乡种植的番鬼樱桃

在微信群里上传了一张名曰童年的回忆的番鬼樱桃的照片,有人马上回复"童年的味道!"大家记忆里的童年味道也瞬间就被激发了,群里热闹不已。

原来我记忆中的童年味道,也是康乐园小孩子们集体的童年记忆!

种植游戏

◎张稻香

我们小时候没有现在的小孩那些名目繁多的玩具和游戏,现在的小孩都沉浸在电脑游戏和电子玩具之中;我们那时候常玩的游戏无非是捉迷藏、跳橡皮筋、打波子等。但是有一种游戏至今令我难忘,那就是"种植游戏"。

把"种植"当作游戏玩,还是我四五岁时在文明路旧校址中居住的时候。我学着在华农上大学的大家姐(粤语:大姐姐)的样子,把房子后面高坡上的小草拔回自家院子里种,后来它竟然可以开出浅红色的小小花朵,这让我激动不已。后来搬到中大康乐园九家村居住的时候,院子更大了,周边还有许多坑坑洼洼的荒地,为我们玩"种植游戏"提供了良好的条件,所以这个爱好便一发不可收拾。而且那个时候的物资条件比较匮乏,再加上处于经济困难时期,所以大人们都喜欢种点蔬菜、水果来改善一下生活,因此我们玩这个游戏更加顺理成章了。

暑假时,大家姐放假回来在我们家院子后面起了畦,并种上了生菜,畦头、尾种上了木瓜,那生菜种子是大家姐特意带回来种的"玻璃生菜"良种。在种子播下去后,我会天天去菜地看,看到它们慢慢地露出点点绿芽,过了一两天之后就长成了两片圆圆的小绿叶,那绿叶后来也逐渐盖满了褐色的泥土。那叶子不断越长越大、越长越高,这种飞速的变化让还是小孩子的我们惊喜不已。等到翠绿色的打着褶皱的生菜叶子长到二十厘米左右长时,就把它连根拔出,去掉根部,洗净叶子,只需要将它们焯一下水,捞出来放上熟油和盐就成了一道美食。我们几兄妹会在二分钟内把它们吃个精光。那种成就感就好像现在的孩子打电脑游戏冲到了最后一关卡。

我们家后院的菜长得实在是太慢了，满足不了我们的成就感。于是大家姐就带领我们开荒种地，我们在池塘边上开出了一小块菜地，种上生菜、白菜和猪乸菜，还会用长柄水勺舀池塘水来浇菜。此外，我们还在自成哥哥家侧面的坡地上种上了番薯和木薯。为了弄到肥料，我们把院子的树叶扫起来堆成堆，然后烧成草木灰，再把平时摘掉的菜叶、菜根及青草，甚至打捞自池塘里的水葫芦，都埋在土里沤肥，还把沙井盖打开，将里面的淤泥挖出来盖在泥土上。小学时，放学回家后最重要的不是写作业，而是拔草、浇菜！

当然，在那个年代，家家都开荒种地，高地、塘边和树下等地方，都可以被开辟，都可以种上各种蔬菜、水果。小梅姐姐的母亲真是个种植能手，她把一个高坡开辟成了一个大菜园，一畦畦的整齐划一。她不但种了白菜、生菜、苋菜和油麦菜，还点了豆角和黄瓜。豆角开出的紫色蝴蝶状的花，十分好看。各家各户也会按照自己的喜好，种植自己喜欢吃的蔬菜水果。如小胖子家在房子对面的高地上种了指天椒，绿油油的一大丛，那些小小的黄色、红色和青色的指天椒冲出绿叶的怀抱，个个指向天空，煞是好看！

我们还在千层皮树下种来发大嫂给的狗爪豆种子，狗爪豆是一种很省心的植物，埋下种子，几乎只需要浇上几次水，等它长出藤蔓，把藤绕到树上，就可以坐等收获了。藤蔓越绕越高，差不多要绕到树顶了，这时候会结出一大串像狗爪子一样的大豆子。它们在四五米高的树上吊着，随风摇摆。我们看着狗爪豆越长越大，终于等到来发大嫂说可以摘下来了。可是豆子在那么高的地方怎么摘呢？还是来发大嫂有办法，她拿着刀抬手砍断主藤蔓，然后抓住藤蔓使劲往下拉，听到"咚"的一声大响，一串串狗爪豆连着藤蔓掉到了草地上。来发大嫂用刀砍掉多余的藤蔓，接着把沉甸甸的连串狗爪豆砍了下来，我和妹妹两个人欢天喜地扛着它们回了家。

狗爪豆比四季豆要粗得多，而且有着厚厚的灰绿色绒毛外皮。来发大嫂说，狗爪豆有毒，尤其是它的皮毛。所以要放到锅里煮，煮熟了后过冷水，并趁豆子的余温未散赶紧剥去皮毛,还要把里面的豆子抠出来,小心脱去包裹豆子的豆衣,然后把豆荚和豆子放到凉水里浸泡两三天,中间还要再换几次水才能煮着吃。狗爪豆可以用来炒,也可以用来煲汤,味道非常美味,据说还有降血压和补肾的功效。

我们后院种的木瓜树长得也很茂盛,可是有一棵只是开花而不结果,于是我们只得又去请教来发大嫂了。来发大嫂说想让木瓜结果很简单,只需要在木瓜树的树干靠根部的地方打进一颗大铁钉就行。听起来好像很不可思议,但是哥哥还是照做了。令人惊讶的是,木瓜树真的结出木瓜来了,而且还是七八个木瓜吊在树干上。因为这样神奇的功效,我们不得不写信请教远在海南岛热带作物研究院工作的大家姐了。她回信告诉我们:木瓜树很特别,它有三种性属,雄性花树、雌性花树和双性花树。但是,木瓜树很容易变性,性属会因为温度和湿度等环境影响而完全改变。对于只开花不结果的是雄性花树,有种说法是,根部打的钉,虽然不致命,但木瓜树受伤之后为了自愈,根须迅速生长以吸取更多的养分疗伤,以致温度升高而变为双性花树,所以才结出木瓜来。看到了大家姐的科普,我们也长了见识。

小时候,我们在九家村把种植当作"游戏",在游戏中学习,增加了对大自然的认识和热爱。这种"游戏"培养了我们爱劳动和爱思考的性格,还为我们的人生留下了难忘的美好回忆!

图1 20世纪60年代的作者三兄妹合影(右一为作者)

那一片菜地

◎蔡宗周

望着荒坡上那一片仅有两个羽毛球场大的碧油油的菜地：白菜绿汪汪、萝卜青翠翠、花生绽放着黄色的小花、红薯藤儿逶迤蔓延，许多人了无表情的脸上有了一点点满足。这是住在附近八九户人家拾尽地里的碎砖烂瓦，一锄头一锄头地开垦出来的。一小格一小格的菜地，就像铺在地上的稿纸，一行行、一格格，等待着人们去填写，填写劳动的汗水，填写饥馑岁月的无奈。这片菜地不是在农村，而是在高等学府中山大学九家村村口；开垦这片菜地的不是农民，而是一群教授、太太和他们年少的子女们。

那是20世纪50年代末到60年代初，全国性的大饥荒也刮进了校园。学校的体育运动减少了，只剩下体操和太极拳。校园里的空地，也被各家各户东一块西一块地开垦出来了，甚至有的球场也变成田地，种上木薯、红薯、花生、蔬菜，像中大的工中球场竟开垦成一片大菜园，以维持那年月人们"粮食不够瓜菜代"的艰难生活。当年学校里曾发生过一位助教因饥饿难忍，夜里悄悄偷别人家菜地里的蔬菜被捉的事件，一时在校园内引起轩然大波。文人的观念是饿死事小、失节事大，读书人不能做斯文扫地的事，那位可怜兮兮的老师在议论的压力下几乎崩溃，可见校园里那小小菜地也是一根救命的稻草。

注：本文曾刊于《粤海散文》2012年第1、2合刊。

8 中大花木 群芳竞艳

九家村口这一片菜地，坐落在周边的绿树丛中，日照时间稍长。东隔一丛灌木便是通向西大球场的大路，西侧依着容庚先生家的花园，北面距一条一米多宽的小径与物理系教授周誉侃家、中文系教授詹安泰家、西语系教授顾绶昌家近在咫尺，南面则是地理系教授徐俊鸣家，稍远一些是梁宗岱教授家。我家距菜地也不远，只有三十来米。每当黄昏，这一片菜地都会迎来放学后荷锄挑水的一群学生仔，大多十三四岁，有徐家的小珠、小英、小薇，有周家的显光、显元，有顾家的应龙、潜哲，有张掖家的殷全、稻香，还有一些人家请来帮忙的乡村大嫂，各人忙着莳弄自家的菜地。那时的教授子女与一般教师、职员、工人家的子女没多大区别，许多家的孩子也赤着脚，穿着缝缝补补的衣服，大家一块上学、一块玩耍、一块种菜、一块挨饿，也许只是程度不同而已。开始我家几垄菜地种过红薯、花生、沙葛，只需偶尔培培土，淋淋水，施点草木灰，一年一收，不用更多打理，秋天总能收获三五十斤花生，晒干后留下种子便放在一个开有小口子防潮的铁桶里慢慢地吃。饥饿的日子，六兄妹每逢开饭时都看着母亲用秤分饭，秤杆的高高低低让我们眼馋，饥肠辘辘的、没能填饱肚子的我们，一个个都惦记着铁桶里的花生，你出门悄悄地抓一把，我离家时偷偷地摸一口袋，这一切奶奶都看在眼里，患有水肿病的奶奶只是不忍心说出来。一日，家中到真要吃时打开盖子一看只剩下小半桶了，在母亲的责骂声中，兄妹们个个面面相觑，奶奶却护着我们。有一次，年仅六岁的小弟知道家中有一瓶白糖藏在衣柜里，这是父亲因作为高级知识分子每月优待的一斤白糖，准备过年过节吃的，小弟忍不住偷吃，可不小心将整瓶白糖倒翻在衣柜里，被父亲知道后用鸡毛掸子"竹笋炒肉"狠打一顿。在那艰难的日子里，可见菜地的小小收获也可聊补"瓜菜代"日子的不足。

在这一片菜地里，菜种得最好的当属徐俊鸣教授的太太潘梅珍，这一印象大家至今不忘。她是客家人，曾较长时间生活在农村，懂得播种、选苗、施肥、除虫，浇菜常施的是人粪肥，不像我们只会淋水。她家几洼菜地里芥菜长得又高又大、青蒜长得又壮又粗、豆荚长得又青又绿，很是诱人。我是我家几畦菜地的主劳力，二妹是帮手，每一回淋水要提着水桶在几十米路中反复跑，常常汗流浃背，三妹负责养鸡只能偶尔搭把手。我们也学着徐太太的样子种菜。大哥当时在中大地理系就读，周六回家会领着我们到教师食堂的养猪栏化粪池中挑猪粪淋菜施肥。有一年，我家种的一畦萝卜也长得又大又壮，每一棵都有小半截子露在外面，真喜煞人，自家吃不完腌起来，有的还分送给左邻右舍，这让我尝到了劳动丰收带来的兴奋和快乐，也让我从小就热爱上劳动。在与泥土的亲近中，懂得了四季变化何时点瓜点豆，懂得了春耕秋收要付出汗水，更懂得了泥土的朴实、温暖，做人也要像泥土一样朴实，给他人以温暖。

这一片菜地大多由九家村的主妇们和孩子们耕作，大家相处得很融洽，互相指导，彼此帮忙，一边劳作一边嘻嘻哈哈地聊天。时隔七十年，我们还记得那贫寒艰难而不失快乐的日子。当年人与人的关系是那么纯朴和温存，心扉敞开，没有设防，没有算计，坦坦荡荡。那年月教授们都忙于教学，从不过问菜地。唯一特殊的是梁宗岱先生，他家在附近也开辟了一片小菜地，还围了一个养鸡栏，全由梁先生与甘少苏夫妇劳作，梁先生不仅菜种得又青又绿，鸡也养得又肥又大，真是一把好手，令人不得不佩服。如今一想，也许是梁先生已看透当时的形势，"书教得越多越反动"而不得已为之的吧，是一种无声的抗议，一种无奈的举措吧！

如今，这一片菜地早已消逝在中大校园崭新的建筑群中，可那一片菜园久远的青绿，却像一个永远挥不去的淡淡的绿梦，隐隐地摇曳在我的心中，还是那么清晰，那么动人，那么让人难以忘怀……

飞机屋前的童年

◎陈共民

大约十年前,我向《中大童缘》编委会投了一篇《这里曾有一片"飞机屋"》的文章,编辑组的工作人员看了文章后,希望我能附上一张与飞机屋相关的照片,遗憾的是,当时我并没有找到与之相关的照片,所以总觉得当年的文章缺少了点东西。在一个偶然的机会下,我的二弟陈共鸣竟然翻出了一张有我们三兄弟在飞机屋家门前的合照。虽然照片稍有破损,但整体还算清晰,照片中出现的飞机屋的一角,也足以勾起我们曾经的美好回忆。

这张照片大约拍摄于1960年的夏天,那时的三弟陈共卫还很小,三兄弟中也属他笑得最开心。在照片上看到的是当时我们家所住的飞机屋(西南区87号)的东侧,那是层迭相错的两个房间的外墙,两扇窗户都打开着。如果俯看这栋平房,可以看到俯视的平面就像是飞机的机身和机翼,这就是为什么称它为"飞机屋"的原因。房间前边有一丛茂盛的大红花以及一棵长得挺高的

图1 陈家三兄弟在飞机屋前合影

圣诞花，还可看到稍远处由灌木形成的围栏，那些灌木围栏围起了一个个小院子，围栏外边就是校园便道。

在照片的右下方还有几株不太引人注意的生机勃勃的农作物，因为当时还小，再加上已经过去那么长时间了，到底这几株农作物是豆角？是红豆？还是绿豆？我已经记不得了。但我接下来要讲的老照片的故事正与这些农作物相关。

在经济困难时期，粮食十分紧张，大人们都会节省下自己的部分让给自己的孩子们吃，我们的父母亲也因营养跟不上均患上了水肿病。如果患了水肿病，用手在他们的小腿上按下去会形成一个窝，好久不能恢复原样。

为了缓解粮食的紧张，也为了自力更生，人们的心思就落到了飞机屋前的小院子，想在院子里种点东西来改善一下生活。父亲陈鸿燊到番禺下乡时，掌握了不少的农活技术，回来的时候便派上了用场。父亲找来了锄头和镰刀等农具，带领我们全家人干起活来。斩草、翻土、耙地、起垄，没用多久，就把飞机屋前的小院子改造成了菜园子，然后种上了番薯、花生、玉米、芥兰和豆角等农作物。

农作物也是需要管理的，要经常给它们浇水、除草、松土、施肥和捉虫子，像豆角这类的作物还要给它们搭起小竹架，它们才能长得更好。为解决肥料问题，父亲带着我们挖开了房子后面的化粪池，然后将沤过的粪便兑上水之后，一起挑到菜园子为我们种下的农作物施肥。虽然这些肥料是挺臭的，但那可是真正的农家肥啊，可谓是"肥水不流外人田"了。

收获农作物的时候，是大家最高兴的时刻，因为终于不用再担心粮食不够吃的问题了。收获的这些粮食作物不仅新鲜无污染，还都是自己亲手劳动创造的成果，当大家围在一起吃着刚刚收获的蔬菜和薯豆的时候，感到无比的香甜。有时候家里的亲戚或父母的同事前来作客，家人都会到菜园子摘些蔬菜、薯豆回来请客人品尝，客人们对此赞不绝口，大家其乐融融的。

飞机屋前的劳作，见证了那一段艰苦的岁月，也让我们这代人留下了深刻的童年记忆。它不但让城里的孩子扛起了锄头、挑起了扁担，也能锻炼和

8 中大花木 群芳竞艳

培养他们爱劳动的品德和能吃苦的精神。1968年和1969年这两年,我和二弟陈共鸣先后成为了知青,去到海南岛的国营农场(生产建设兵团)务农。我们在农场的八九年时间里,能够经受住繁重的劳动与艰苦的生活,我想这多多少少也有童年时那段飞机屋前的劳作经验和吃苦精神打下的基础吧!

如今,中大康乐园里的飞机屋已经消失了,取而代之的是一幢幢中大教工宿舍楼。老照片上那间飞机屋的位置,大概就是现在中大蒲园西区638号的位置,现在已经旧貌换新颜。来到那片当年熟悉的飞机屋区域,除了路旁还有几棵老树能够依稀辨认出来,真的再也找不到它们一丁半点的痕迹了,但飞机屋前的那些难忘的故事,将会陪伴着当年住在那里的孩子们,直到永远。

图2 作者原所住飞机屋的大概位置,现中大蒲园西区638号附近

作者简介:

陈共民,男,1964年届中山大学附属小学校友;父亲为中山大学附属小学陈鸿燊校长。

记忆中的康乐园果味

◎姚明基

图1 模范村中的龙眼树

2020年元旦刚过,康乐园中心区一幢大楼,在修复了一年多的时间后,准备开门迎客了。许多中大人,特别是资深的中大校友们,经过此处,面对崭新的楼宇,内心却是一阵阵的酸楚:记忆中的果林,似乎又少了一块。康乐园最大片的蒲桃树林、蒲桃园没了,被"移"往他处了。

康乐园中,人们熟悉的道路名称有蒲园路,喜欢的餐厅有蒲园餐厅,喜欢的树木中有蒲桃树。当然,这一切的来源,都离不开当年号称风雨操场——大礼堂东面的蒲桃园。这里曾经有几十棵蒲桃树扎堆。

蒲桃为桃金娘科的常绿乔木,它生长快速,花形美丽,结果周期长。在康乐园内曾经丰富多彩的果木当中,可谓常食常有,只要你敢当众上树采

中大花木 群芳竞艳

图2 第三教学楼西边的蒲桃树　　图3 蒲桃果

摘。作为不知天高地厚的孩童，曾经为"医"肚子，而不顾面子，在康乐园内四处游荡，寻找着美味可口的蒲桃果腹；也有品味高雅之友，追寻着"公"蒲桃果的稀缺美味，而不屑一顾"雌"蒲桃的唾手可得。但不管怎样，蒲桃园，成为了老一辈中大人常常"打卡"的地方。

日前，在校园内办事，经过怀士堂东侧的麻金墨屋二号门前，见一外国人及两名女生，对着蒲桃树莫名兴奋，拿着手机狂拍不止，惊叹蒲桃花的美丽，我还是忍不住驻足向他们作了一番解释。看来，蒲桃树至少是外地不多的，加上常年花开、挂果，倒是很能吸引来访者注意力的。

记忆中的康乐园，在当年大学校园设计者所弘扬的农事理念影响之下，种植了多种水果，为教师、学生、家属进驻并喜爱这校园奠定了基础。也给他们留下了难以抹去的印象。

先来两味开胃的果味追忆。

酸稔，又称酸杨桃，形状与杨桃相似，但无论成熟与否，酸杨桃的酸味都很强。正是这特性，即便是在生活困难时期，康乐园内的酸稔挂果后亦无人采摘。园内最负盛名的是附小建筑群西南面、电话所东面的那几棵酸稔

图4 酸稔的果实

树,当年常常被既怕肚子饿想找零食果腹,又怕食完后更饿的孩童们惦记着。要知道,在当年生产力低下,物质供应紧张的年代,这玩意儿也不便宜啊!西门对面的"隆兴楼"糖烟酒商店里,一小片腌制了的酸稔片都要五分钱,还吸引了不少附小同学将零花钱贡献了出去。当下康乐园内这几棵酸稔树如今依然健在。

桂木,桑科波罗蜜属植物,这些主要生长于两广与海南的植物,康乐园中亦有不少棵。4~5月开花,9~10月果熟,花果形状像球形,果实的表面较粗糙,成熟的果实内呈红色,味道呈酸味。记忆中现在西大球场东北面的这棵桂木树,很多校友曾采摘品尝过,而早年的当家之人,曾经拿手烹制的"桂木蒸猪肉",肥而不腻,回味无穷,至今仍可津津乐道。而这棵给我们留下深刻记忆的桂木树,在经历了邮局临时用地的压迫而奄奄一息之后,去年居然起死回生、大放异彩、开花结果了。

图5 西大球场东北面、模范村边上的桂木树

图6 桂木果实

图7 岭南木瓜

康乐园的水果大餐，可不仅限于这两味开胃水果。

岭南木瓜，肉质金黄，甜而不腻，香气独特而令人垂涎。但要知道，木瓜并非岭南地区的特产，而是岭南大学的特产，或者说是岭南大学的木瓜因最靓丽而号称岭南木瓜，诚如沙田柚、石硖龙眼一般。黄天骥教授曾在2011年10月29日的羊城晚报撰文《岭南木瓜》一文中写道，"当年岭南大学农学院，从国外引进了木瓜良种，在康乐园里培育，长出的果实，鲜嫩甘甜无比，人们便称之为岭南佳果""20世纪50年代初，校园里有许多木瓜树。马岗顶附近土质最佳，当初岭南大学的员工就是把良种栽在那里"。而据旧照片的影像，校园的北门附近、鱼塘边上、八角亭附近、农学院的实习场地，都可见不少木瓜树的影子。除此之外,不少有前后院子的家属区,亦有不少人家种植木瓜。当年不用催熟剂,乐于追求原汁原味的广东人,面对便于食用的"树上熟"木瓜,孩童们哪有不动心的呢?这会不会是康乐园内常常有人家的木瓜,被不明人士"不问自取"拿去品尝的原因呢?如今,康乐园内也已罕见木瓜树的影踪了。

图8 康乐园中的芭蕉树

图9 房前屋后的芭蕉果实

广东音乐当中,有一首名曲叫《雨打芭蕉》,是广东音乐最具代表性的乐曲。这曲子描绘了初夏时节,雨打芭蕉叶的淅沥之声,真实反映岭南的气候特色与植物特色。芭蕉,亦成为广东最具特色的水果,岭南校园亦不例外,四处皆有。这些草本植物,在康乐园内可谓一年四季皆有收获。康乐园内的芭蕉,大部分是米蕉、粉蕉,就是少见香蕉。很多种植者纳闷,怎么这些不可能即摘即食的东西,经常亦被悄无声息地"摘"了去呢?其实很简单,将割下来的"生呦呦"的芭蕉放置在一口大缸中,每天点燃一炷香于其中,盖上不透气的盖子,三天就可品尝美味的广东芭蕉了哦。这可是当年没有催熟剂条件下,快速催熟芭蕉的"秘方"。

在康乐园内,最令人期待的,是当下被称为岭南佳果的荔枝和龙眼了。"沙蝉叫,荔枝熟,龙眼开花未有肉"的民谣,道出了荔枝成熟的时间。康乐园内荔枝树都比较集中,分布在马岗顶和北门附近的鱼塘边上。荔枝树枝坚韧具有弹性，能承受很多孩童轻盈的身躯，我们爬上树，将长于树梢上的成熟荔枝收入口中，"不熟不食"成了最好的描述。马岗顶的荔枝树大部分仍在，只是无人剪枝施肥，又缺乏阳光，每

图10 龙眼果

年结果少了。而龙眼呢，在康乐园的模范村及现在幼儿园与昆虫所之间有多棵龙眼树，只是面对高大的树干，看你有无办法采摘而已。时至去年，模范村里仍然有两棵老龙眼树在无人护理之下硕果累累，不少老校友还在享受着名副其实且美味的"岭南佳果"。

食在广州，声誉悠久。康乐园中的水果，能入菜的不少，如"沙榄煲瘦肉""榄角蒸鲮鱼"等地道的广东特色菜。沙榄，或称白榄、橄榄，有青榄与乌榄之分，康乐园中的为白榄。印象中，张弼士堂的南面，在现在西大球场地下停车场入口位，早期的体育教研室器械房前后，有好几棵高大的榄树；模范村、艺术大楼的位置，也有几棵白榄树；还有幼儿园西边的枸杞岗北面，亦有几棵白榄树。要获取沙榄，要么扛着竹竿去打，要么捡块砖头向树梢扔去，有准头的就有收获，这些沙榄入嘴嚼后可是回甘回香哦。随着时间的迁移，现今中大已不见了白榄树的影迹。

比较接地气的，而且孩童们较多能采摘到的，要数黄皮、番石榴、桑葚子了。这几种果树，大多数种在家属区的庭前后院。黄皮树到处有，生长快，两到三年即可结果，树又不高，只是有的树种结果甜，有的树种结果略酸，石榴和桑葚亦然。康乐园内的番石榴可谓繁多，有七八个品种，其中位于原"公二"饭堂旁边有棵"鸡屎果"的品种产量颇高，成熟期时，我们一天"打卡"两次去采摘，生怕错过美味。桑葚呢，可能要数当年工人村内原

西南区131—132号的那棵桑葚树了,到了夏秋之交,这棵桑葚树长条形的枝条上,桑叶绿油油的,而叶下的桑葚子青绿色、红色、紫色相间,像一串彩色的花环,密密麻麻,色香味俱全煞是诱人,让人口水直流。吃完桑葚子,满嘴淤红色似是天然唇彩,比现在的世界名牌唇膏都要亮丽。

西大球场西侧,曾经有不少的红墙灰瓦的独幢红楼。这一小区除了番石榴树,还种植有枇杷树、杨桃树,结果之时,则是孩童们惦记之时。在俗称"飞机屋"的区域,有好几户人家种植了葡萄,但规模不大,也许是酸性土质的原因,结的葡萄又小又少,味道还酸得让人直掉眼泪。在飞机屋的中部、蒋湘泽教授居屋附近,倒是有一棵较大的黑皮沙梨树,每年还能结上几个拳头大小的黑皮沙梨,使之与工人村前那几十棵小沙梨相区别。

当年工人村里头,除了有番石榴、黄皮、龙眼、桑葚、木瓜、芭蕉之外,还有人种甘蔗,那可甜了。常言道,兔子不吃窝边草。那要看"兔子"能忍得住诱惑的底线不,守不住的孩童还是有的。

还有几种水果,知道的朋友也许不多。水翁籽,酸甜适中,健脾可口,清热祛湿,医院门口两排"任摘唔嬲"(粤语,随便摘)。在当年神学院、今

图11 传说中的黄牙果

图12 模范村中的凤眼果树

天紫荆园宾馆的地方,亦即曾经是附小校舍之处,还有人参果、风栗树和牛袋果树。栗子大家都熟悉,牛袋果呢,与今天的牛油果根本不是一回事。这种果子略比拳头大一点,采摘后放在家中的米缸里"闷"上几天,剥开皮吃那黄澄澄的肉,味道不错哦。

人参果、黄牙果、凤眼果、大树菠萝,尝过的孩童就不多了,但康乐园内这几棵树仍旧存在。

万物生长的周期与轮回,使得物种丰富的康乐园水果四季皆有。细数一下,园内的水果品种多达二十余种,从1月到12月,每个月都有水果成熟,可供采摘享受。这些丰富而又美味的水果,有钱也买不到的。要知道,当年在"隆兴楼"下的水果档,常卖的水果无非也就苹果、雪梨、柑桔和西瓜这几种。相比之下,进驻过康乐园的校友们,早就过上了"不熟不食、不时不食"养生理念的生活了。

记忆中,曾经的康乐园内还有几处由校方组织种植的果园:"广寒宫"所在沙岗的番石榴园、南门内东侧的桑葚园、北门边水田埂上及马岗顶的荔枝树、十友堂北面的木瓜树、风雨操场东的蒲桃园、原西区"大灰狼"所在地的柚子园等等,可谓颇具规模。

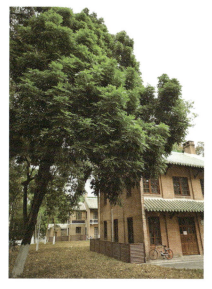

图13 模范村中的龙眼树

图14 康乐园中的枇杷树

当下的康乐园,依旧有众多的水果树散养于居民住宅中。楼前楼后,芭蕉、黄皮、杨桃、蒲桃、番石榴、枇杷都有分布,这些年还多了不少芒果树,几棵青枣树。也许,它们又会成为新一代中大人的果味、果趣的记忆。

美丽的校园,丰富的果实,飘溢的果香,快乐的学习和生活,自然令大家记忆深刻。

图15 康乐园中的芒果树

我家院子里的白兰树

◎陈宪猷

每当艳阳尚未下山的时分，我总会不由自主地走向那条略显修长又绿叶成荫的白兰干道。每逢白兰开花的季节，阵阵幽香会随风飘荡，白兰似在跟前，又像在远方。就算是散落在地上的花朵或尚带余香的花瓣，它们仍然洁白如玉，馥郁醉人。

我的大半生似乎都是在白兰的绿荫下度过的，它给我的感觉多半是兼具美丽、清醇和迷人的幽香，同时又略带几分悲凉。

在我还是青少年时，我家住在康乐园的九家村，我家院子的西侧长有一棵巨大的白兰树，就算由两个八九岁的小孩手拉手也围抱不了它那粗壮的树身。当一些经年的叶子慢慢变黄，并随着微风轻落在树干四周，铺成一张张金黄色的"地毯"时，母亲便会指导我们在这些落叶里挑选一些叶脉完整、外型无损且带有几丝清香的树叶，然后小心地把它们洗刷干净，放在一旁备用。等到煮饭的时候，母亲会把淘米水留下，我们再一起把叶子轻轻地放进淘米水中浸泡。母亲说："等过个把月，叶质就会退掉，只剩下叶脉，那时的叶子会宛如一片用丝线织成的薄纱；把它压在书本里，过些日子，它也就成为一片上好的书签了！"在我的记忆中，我们的确制成过几片这样的书签，可惜那时候的我年纪太小，不懂得如何保管这些书签，所以亲手制作的那些书签什么时候丢了我是记不得了，反正现在是找不到了。

炎炎夏日，阵阵蝉鸣从白兰树上传出的时候，我便想起母亲常唱的"沙蝉叫，荔枝熟，龙眼开花未有肉"这首粤语儿歌，也盼望着能尽早品尝到甜蜜的荔枝。然而这时候的父亲却是赶忙把窗户关上，还自言自语说道："商羽之声，商羽之声。"对父亲的这般自言自语，我们从不深究其意，母亲也只是把我们拉到一旁，给我们讲一些关于蝉的故事。

母亲说这些蝉的鸣叫声，其实是为了下一代的诞生而牺牲自己的赞歌。蝉在鸣叫的时候，幼蝉便会破壳而出，而刚才还在鸣叫的蝉则会只留下挂在树上或掉落在地上的躯壳。母亲的话，一下子打开了我认识新世界的另一个窗口。所以每逢听见蝉鸣时，我也不再管父亲到底在喃喃自语什么了，而是独自跑到白兰树下，时而仰望树上的枝叶，时而在树干周围的空地上仔细地寻找，希望能捡到几块蝉掉落的躯壳。

随着时间一天天过去，某一天，我终于在离树干不远的地面上捡到了一具暗褐色的蝉壳，随即高兴地冲着母亲喊"我捡到了！我捡到了！"母亲接过我递给她的蝉壳，看着我高兴的样子轻声对我说："这叫蝉衣，又因为它是从蝉的躯体上蜕落的，所以又叫蝉蜕。""哦！蝉蜕。"我对这称呼似乎有点耳熟，所以不自觉地叫了起来。"是的，这可是宝，如果配上其他中药，那可是散热和退烧的好药材。"母亲又说道。自此以后，我对蝉及这棵白兰树，产生了一种不知从何说起的好奇心，总觉得它们能给予我很多很多的东西。

有一年的夏天，正值暑假的时候，院子里来了四五个身体壮健的年轻人。有的提着白色布袋，有的拿着竹竿和绳索。只见他们在白兰树前稍作休息后，便敏捷地爬到树上去。据说是学校让他们来采摘白兰花，送去制香料的。

我好奇地走过去，有个没上树的叔叔看见我正往他们那走，便急忙把我拦下："别过来，这里危险！"听到这，我就更好奇了，并对他说："你不也是在那里吗？怎么就危险了呀？"那叔叔说："你这小孩，怎么这么不听话呢！我这是在工作呀！是在配合树上摘花的叔叔，防止其他人走进来被掉下来的东西砸着，发生意外。"话音刚落，就有带着绿叶的粗树枝从树上掉落，砸在地面。"你看吧，多危险，万一被它砸中了，那就出事了。"那叔叔补充道。

随着这根带着绿叶的树枝掉落下来,后来又接连掉下两三根,落叶也让地面一下子变得一片狼藉。我先是震惊了一下,但很快便恢复过来,定睛看着地上这些枝叶。突然,我有新发现,对着那叔叔叫道:"那里有一朵白兰花",接着又发现了第二朵、第三朵……

那叔叔看见我这般模样,便走了过去,把带着绿叶的花枝折下后送到了我手上,我喜出望外地捧着这几枝刚从树上掉下来的白兰。这些新鲜的白兰,有含苞欲放的,有放而未全开的,亦有已稍稍开放,但隐约可见其花蕊的……它们虽然是从六七米高的树丫上被折下来的,却是如往常一样的洁白和清香诱人。我赶忙捧着这几枝白兰走回家,把它们安放在客厅的碟子内。过了没多久,客厅就充盈一阵白兰清香。

不过中午时分,在采摘白兰的工人们带着略显鼓起的袋子,手里拿着采摘的工具离开后,看着满地的折枝和落叶,我心中莫名地惆怅。

年复一年,日复一日,白兰的枝叶长了又折,折了又长。洁白的白兰花被工人一袋又一袋地带走,清醇的花香也一次又一次被我带回家中。这时的我早已忘掉了这里曾有过凄婉的蝉鸣,忘掉了偶尔才能在地上捡到的那些既有些可爱又有点可怕的蝉蜕。

后来有一段时间没再看见那些叔叔过来采摘白兰了,院子里的白兰树又难得地舒展自己的枝干,久违的蝉声亦重新回荡在院子里。此时的我也已长大成人,因受家庭影响,我对唐诗宋词也萌生了兴趣。父亲在家里闲得无聊时,白兰树上的蝉鸣自然就成为了我们父子之间闲聊的话题。

父亲问我:"你听到的蝉声,是一种怎样的声音?"我呆了一下,这可是心与声通感的难以把握的题目,我稍作思考后便说:"声音清脆,似乎又带有点秋煞的商调。"父亲笑了笑说:"鲍照有句'流枕商声苦'①。"我听后心里暗暗高兴,我竟然蒙对了。

---

① 出自南北朝鲍照《园中秋散诗》。

父亲接着又说:"你读过曹唐'玉箫金瑟发商声,桑叶枯干海水清'的诗句吗?这可是在商调中映影着清寂气象。"

这时我想起了阮籍诗中的诗句"素质游商声,怀怆伤我心",于是问父亲:"你不会是有什么隐忍的心事吧?"父亲只是笑了笑,没有回答。

再后来,我们一家离开了学校,我也就再也看不到那棵白兰树了。然而,在漫长的日子里,熟悉的蝉声和孩童时父亲的喃喃自语:"西陆蝉声唱,南冠客思深……"①却时时在我脑海里闪现回荡。

时间一晃便已过了半个多世纪,院子里的白兰树早已被砍掉一大半,只剩下苍老的残躯,当年那萧煞的商声也成了历史,留在我脑海里的,只剩下我们一家离开校园之际,那忽然由商变羽的蝉鸣。

如今我又行走在成排成荫的白兰路上,享受着沿路馥郁的花香。我也曾努力寻找昔日的蝉声,但据居住在路旁的长者说,这里除了白兰让人享受它那馥郁花香,并未有听过那扰人的蝉鸣。时过境迁,沧海桑田,我那些美好的回忆看来也只能是珍藏于心中了。

---

① 出自南北朝鲍照《园中秋散诗》。

樟树花开

◎ 邬运思　邬运兰

康乐园里生长着数不清的樟树。

在我们幼年时,那些樟树就已经在那儿了。它们默默地看着我长大,也见证了校园里每天发生的故事。时光荏苒、光阴流逝如白驹过隙,校园如故,樟树如故,而我们已步入壮年。

我们对樟树有一种无端的喜欢,喜欢它粗糙的外表和蜿蜒的树干,喜欢它所散发的独特木香以及沉稳朴素的气质,喜欢它枝繁叶茂、终年常绿。每次从高大婆娑的樟树旁路过,一种如临长辈的敬意便会油然而生。

图1　陆祐堂附近的樟树(拍摄者:吕炳庚)

3月，春暖花开，樟树换上了嫩绿的叶子，在明媚阳光的映衬下格外好看。4月初，婆婆叶子间冷不丁地开出一簇簇细碎的樟树花，雪白色，米粒大小。花儿羞涩地藏在叶缝里，毫不引人注目。但当你从树下走过，便能闻到一股清香弥漫，沁人心脾。

樟树花的幽香蕴含着一种清净悠远的意味，令人神往。遗憾的是，我们却总是"闻香不识香，寻花不见花"，这一点在多年以来一直困扰着我，可谓"多情却被无情恼"①。每年春天，当湿润的空气里开始流淌这种熟悉的花香，我们总会问自己："这是什么花香？"因为找不到答案，我们只能含糊地推测："应该是春天里百花混合的清香吧。"直至2017年春天一次不经意的发现，让我们得以真正感受到了樟树花鲜为人知的美。

图2 樟树花（拍摄者：邬运兰）

图3 樟树花（拍摄者：邬运兰）

那个夜晚，我们俩在校园里散步，走到怀士堂前，一阵清香迎面吹来，我们不由自主停下脚步。人静立，花香便将你包裹得严严实实；人走动，花香又会随着你丝丝缕缕地流动。我们非常好奇，决心一探究竟。我们用手电四处找寻花香来源，但眼前除了开阔的大草

---

① 出自宋朝苏轼《蝶恋花·春景》。

8 中大花木 群芳竞艳

坪和身旁两棵巨大的樟树，找不到任何开花植物。困惑之际，我们举起手电照向樟树，从树干往上搜寻，当光柱停在樟树叶丛，一簇簇亮晶晶、翠莹莹的白花映入眼帘时，我们惊喜地叫喊："快看，原来是樟树花！"那一瞬间，我们仿佛被闪电击中，多年的疑惑终于解开，倍感欣慰。"众里寻他千百度，蓦然回首，那人却在，灯火阑珊处。"① 樟树花与我们仿佛前世知己，相见恨晚。相见莫如相遇，相识莫如相知，但愿每次相遇都收获惊喜。

百年康乐，人才辈出；先哲风范，遗泽余芳。"玉在山而草木润"，校园里百花常开，生机盎然。最受人们宠爱的是杜鹃、紫薇、白兰、含笑、玉兰、紫荆、桂花、栀子花、禾雀花、荷花、夹竹桃……而樟树开花，花粒细小，其貌不扬，终不为人知。它俏不争春，闲雅洁净；它稳重如山，从容淡泊；它默默绽放芳华，传播春天气息。这不正是大学人文精神之体现么？可见，樟树花称得上康乐园中的"花中君子"了。

春来了又去，樟树花开了又落，不留痕迹，似乎一切不曾发生。对于世界万物，对于一草一木，我们忽略的一定比感知到的多。身边事物之美在被

图4 怀士堂（小礼堂，1917年建成）两旁巨大的樟树 （油画作者：曹讚）

---

① 出自宋朝辛弃疾《青玉案·元夕》。

图5 陈嘉庚纪念堂（1919年建成）前的樟树林荫小径（油画作者：曹贇）

我们忽略时，往往以一种平凡甚至不起眼的姿态呈现；而当我们一旦感知到了它们的美，它们便会以我们所感知到的美的姿态，继续存在下去。

樟树花如是，万物如是，人亦如是。

作者简介：

邬运思，女，1976届中山大学附属小学校友。

邬运兰，女，1986届中山大学附属小学校友。

父亲为中山大学图书馆邬和镒副研究馆员。

康乐园的四季

◎端木立

20世纪50年代的康乐园就像是一个大植物园，我们生活在其中，每天享受着大自然带给我们的恩惠。

初春的天气，乍暖乍寒，阴雨连绵，春雨无声地滋润着大地，万物复苏。翻身广场的大草坪上草芽嫩绿，鱼塘边的迎春花遍树金黄小花，大钟楼前那白的、粉红的、紫红的杜鹃花开满山坡，西大球场边上被称为"英雄树"的木棉，高举着无数像小火炬一样的红花，直冲云天。"春天来了，大地在欢笑，蜜蜂嗡嗡叫……"大地充满生机。

康乐园的夏天，百花到处盛开，一片兴旺。那满塘的荷花吐着芳香，遍布校园的草木绿油油。清晨的小鸟，叽叽喳喳，开始了它们一天繁忙的劳动；树上的知了，不知疲倦地从早到晚叫个不停。初夏夜，尤其雨后，校园里的青蛙和蛤蟆会联合举行二重唱，呱呱喱喱，高低错落，这边唱罢，那边来和。

南方的夏季高温多雨，尤其是午后的阵雨，来得又急又猛，挤走那似火的骄阳带来的高温，给我们带来了一丝丝凉意。夏天还是雷雨台风频发的季节，而且台风来时雨骤风急，雷鸣电闪，不仅会吹折大树，还会压断电线，导致万家灯火霎时漆黑一片。每当这时，我的母亲便拿出家中常备的蜡烛和油灯点起来。在漆黑的夜晚，那闪电的光亮撕裂了天空，把摇晃的树枝影在地面上，像鬼影幢幢。那时候的我还很小，所以我会吓得躲进被窝，不敢出来。等我稍长大了一点,虽然心跳还是很厉害,但口上却自己嘟囔,告诉自己:"我才不怕鬼呢!"

秋天,我认为是一年四季中最好的一个季节,不仅天气清爽,人还会格外精神,而且晚上的月亮和星星特别明亮。那时候的冬天,比现在的冬天要冷些。冬天的植物上常伴有霜露,水面也会结有像玻璃一样的薄冰,我们小孩子也常易生冻疮。冬天的树木,虽然有些树叶会枯黄,且飘落满地,但放眼整个南方大地,仍是一片绿油油,永远孕育无穷生机。

竹林曾给我欢乐和启示,中大的植物园也给了我知识。学校西北角的植物园里面,种有各种各样被师生精心收集回来的植物。因为它被铁丝网的围墙紧紧围着,神秘莫测,让我们对它好奇不已。我们常想方设法"混"进去"探宝",进去后就感觉像是进了热带雨林一样,那些茂密的植物不见天日。看到不知名的植物也不要紧,因为每棵植物上都有一块小木牌详细标注植物的名称和科目,我们就这样一棵一棵地读取那些植物的"身份证",像在翻阅一本本大自然的百科全书,也因此学会了不少植物的知识。

与美丽的紫荆花和芳香的白玉兰仅供观赏不同,我们会捡拾木棉花、鸡

图1 惺亭附近花开满枝的紫荆花树(拍摄者:吕炳庚)

8 中大花木 群芳竞艳

蛋花、车前草和崩大碗做药材用,木棉花还可用来做枕芯。我们还会捡拾石栗子和蓖麻子交给国家榨油,支援国家建设。有时候,我们还会采桑叶和蓖麻叶用来养蚕。甚至还有一种树的果子可以用来当肥皂,所以我们也经常去捡拾。紫红色小球花的含羞草有着美丽的传说,轻轻一碰含羞草,它的叶子就会害羞地合起来,不敢见人。被风吹下来的干枯树枝,我们会拾回家留作生火用。因为我们从小就受到爱护动植物的教育,不仅要爱护国家的植物,好花好树好草也是留给大家欣赏的,所以我们从来不会破坏花草树木。

小学时,学校是被果林包围的。学校大路边是蒲桃林,我们的体育课和活动就在蒲桃林中进行。足球场下面是板栗园,板栗开花时颇臭,常引来不少苍蝇,很烦人。板栗的果子上长满了刺,像个小刺猬一样,光脚走路时不小心踩到掉到地上的板栗,就会被刺破脚,可板栗却是我最爱吃的坚果之一。乒乓球台就在橄榄树下,橄榄甘甜凉喉,清暑有益。校园里的果树实在太多了,不必说飞块石头上树,就可以轻易地打下一地的果子,有时候只要一抬头就可以摘到果子,甚至在地上就可以拾到果子吃。哪个小孩子不好吃?生活在这样的环境下,意志稍薄弱的小孩子吃点果子不足为奇,但我们却是从不为之动心。我们在果树底下玩游戏,做活动,打扫落叶,那满树满地的水果,我们都能视而不见,从不偷吃一个果子。在四五十年后,当我们的小学老师再讲起时,无不赞扬我们严守纪律的行为!

我们的游戏和玩具,也离不开校园里的动物。那些提着"灯笼"飞来飞去的萤火虫,会被我们捉了放进玻璃瓶中,想用来代替电灯照明读书;长着长触角的天牛和竹象、穿着花衣服的七星瓢虫以及尾巴有个小棰的"舂米公公"等小昆虫,我们会捉它们来拉火柴盒做的"车子";雨后,水沟里还可以捉到一种叫做"花手巾"(学名斗鱼)的小鱼,把它们养在广口瓶或坏的电灯泡中,小心翼翼地观赏;我们也会活捉几只小蝌蚪,并观察它们慢慢变成青蛙的过程;我们还会捡蜗牛壳,用壳尖顶壳尖,比比谁捡的蜗牛壳硬,这玩法叫"打蜗""顶蚝";而那些美丽的蝴蝶,则被我们捕捉来制作标本;此外,我们会用树胶粘下树上的知了,让它为我们"唱歌",又拾蝉蜕做中药。

对于害虫和杂草，我们是坚决铲除的。我们铲了杂草作肥料，并在原地种上向日葵和番薯。在爱国卫生运动中，我们每天都想方设法地去消灭苍蝇和蚊子，再用火柴盒装起来完成交缴任务。1958年，麻雀被列入"四害"之一，成为需要被消灭的"敌人"。大家在政府官员的指挥下，以饱满的政治热情，在全市布下了天罗地网，捕捉麻雀。大家会到处敲响铜锣、大鼓、脸盆和一切能发出响声的东西，无论是麻雀，还是天上的飞鸟，都被驱赶得无处躲藏、无时休息。在没有响声的地方，则是我们给小鸟布下的陷阱，那里早已埋伏了射杀它们的枪手，或是在鸟食上放了毒药，等着疲倦无力的小鸟上钩。捕捉麻雀时，我们每人被划分了"防区"，日夜轮班打锣，当小鸟疲倦得再也飞不动了从天上掉下来的时候，我们也高兴得忘了自己的疲劳。

在我小的时候，父亲给我买过一个中国地图的拼图，拼图过程中，我很快就把中国的省份名称、形状和相邻位置记得很熟了。我们家客厅墙上的和父亲书房里的中国和世界的地图（册）我都看得很熟了，我很爱地理学科，应该是从小培养起来了的。

很小时，我已酷爱天文学。母亲在我小的时候就告诉我，天上有银河，有牛郎星和织女星。在夏秋的晴朗夜晚，我一次又一次望着满天的星星，学着去寻找星座，去辨认星星。小学时，我最爱的一本书就是《宇宙奇观》，书中讲述了宇宙的起源和星星的奇观，我对科学的世界观认识，就是这样建立起来的。再长大一点，我从《三国演义》中的《草船借箭》《借东风》等故事中，知道了上通晓天文、下通晓地理，是一个军事家、政治家必备的知识。而同样酷爱军事的我、曾幻想成为一个将军的我，也决心通晓天文学，于是关于一切天文学的书，包括关于民间预测天气的谚语，我都会尽量去学习和去实践。

我自己制作了简易的天气预报仪器，用来观察天象，并且每天做天气记录和天气预报，积累天气预报的经验。这些知识，在我一生中，尤其在农村生活中以及在当导游工作时，都起了不小的作用。后来，气象卫星等观察天象气候的现代手段出来了，天气预报也比我小时候的预报准多了，但我用我的土方法得到的短期预报还常常可以媲美气象台的准确数据,同事们为此都很惊讶:你竟然会天文?

　　小学时代,我们同大自然就是这样的贴近,是现在温室里长大的儿童无法比拟的。我们是"自然之子",我们觉得自己比他们幸福得多。苏联科学家米丘林说过这样一句名言:"我们不能等待大自然的恩赐,我们的任务是向大自然索取!"这名言鼓舞我们努力学习科学知识,树立改造自然的雄心壮志。

(端木达整理)

作者简介:

　　端木立,男,1960届中山大学附属小学校友;父亲为中山大学法学院端木正教授。

后 记

1924年,伟大的民族英雄、伟大的爱国主义者、中国民主革命的伟大先驱孙中山先生抱着"为社会福,为邦家光"之信念,持"救亡图存、振兴中华"之精神,亲手创立了中山大学。作为孙中山先生亲手创办、中国共产党早期领导人共同创建的大学,中山大学是中国传播马克思主义的重要发源地之一,是具有优良革命传统、卓越品格追求和爱国奋斗精神的大学。回望百年的辉煌历程,中山大学在国家建设、民族复兴的历史进程中,为国家、为社会作出了重要的贡献。

百年华诞,是中山大学承前启后、继往开来的里程碑,是传递薪火、接续传承的新篇章,是共庆百年芳华,追溯校史学脉、赓续悠久文统、展示教育成果、擘画发展蓝图和奋进世界一流的重要契机。

在百年学府众多的校友中,中大子弟是一个特殊的群体。他们或出生或成长或居住于不同发展时期的中大,可以说是中大百年历史的亲历者、见证者,是中大百年历史缩影中独特的一环。适逢百年华诞佳期,这一群体的校友通过回忆和自述,记录和再叙中大百年征程的峥嵘岁月,缅怀与赞颂父辈踔厉奋发、筚路蓝缕的奋斗历程,以独特的形式庆祝中大百年华诞,为进一步夯实校史细节、弘扬校史文化发挥作用。

早在2014年中山大学九十周年校庆之际,以中大子弟为基础的编委会成员们就编辑出版了校庆丛书《中大童缘》一书,作为当年献礼中大校庆的读物,在师生校友中反响热烈,赞许不绝。这种以叙述性散文为体裁的文

集,更准确、更真实地还原了学校在某一时期的历史,是回顾校史、保存学校记忆、展示学校风貌的另一种重要体现。它恰恰弥补了学校校史研究中的一些细节,对校史形成辅助性佐证。

近几年来,学校档案馆在做好常规性档案征集的同时,加大了校史实体档案的征集工作力度。在实体档案的征集过程中,得到了许多中大校友的大力支持;当中,中大子弟给予了很大的支持,全方位地丰富了学校校史实物档案的品种和数量。

学校档案馆一直注重对口述历史的开发、挖掘工作。曾经多次组织一些校友到校史涉及的一些重要场所进行现场解读也曾组织校友到馆进行回忆性讲述。而这些口述的文字记录、音频视频材料,已成为学校档案馆的永久藏件。

回忆是故事,也是校史;叙事是追忆,也是档案。值学校百年华诞之际,聚一众中大子弟的爱校热情,学校档案馆与《中大童缘》编委会遂达成合作的愿望,再集出版《中大童缘2》。续集征稿启事推送后,得到国内外许多中大子弟的关注与撰文支持。

在学校有关部门及文献与文化遗产管理部的大力支持下,档案馆及时组织了经验丰富的几位编研骨干老师与学校出版社的两位资深编辑室主任,成立了专项编辑工作小组,提前介入了书稿的立项、征稿、精选、分类、编辑工作。提前的介入、专职的司责、多方的参与,全方位保障了书稿的规范策划运作,提升了书稿的格调与格局。

《中大童缘2》自2022年11月开始征集稿件,得到广大中大子弟的大力支持,至截稿时间为止,共收到200余篇稿件。编辑小组在编委会的指导下,精取其中的92篇文章,入选书中八个篇章。未入选书中的稿件,亦收入档案馆作为口述历史资料保存。

在入选文章确定之后,编辑小组工作人员开展了大量的审阅、查证、编辑工作。李敏玲老师、黄悦老师负责上册文章的修改、润色工作,姚明基老

后　记

师、吕炳庚老师负责下册文章的修改、润色工作。作为主编的档案馆前副馆长姚明基老师对全书进行了统稿、修改、协调等规范的出版编审工作，从全书角度予以调整，使其更具校史特色、更显史料价值。吕炳庚、李敏玲、黄悦三位老师还从档案中挖掘一些档案史料、照片，丰富文章内容。在这一年多的时间里面，编辑小组成员对书稿进行了六次大的修改，最后才确定稿件内容。

本书编委会资深的编委们，在本书成形的过程中，不但积极撰稿应征，还多次审读全书稿件，提出了不少积极的建议与修改意见，确保了本书的总体质量。文献与文化遗产管理部领导详细审阅了本书稿，档案馆周纯馆长审读了全书，并给予了指导意见，为本书高质量出版提供了保障。为延续前书风格，构成续集的统一性，书名的题字，我们仍用了中文系陈炜湛教授的题字。

特别令人感动的是，资深中大子弟许锡挥教授，已 90 高龄仍为本书提笔作序、撰文添彩。书中部分黑白图片源于美国耶鲁大学神学院图书馆、中山大学档案馆馆藏；各篇文章的大部分图片均由作者提供；谨此致谢。

本书在运作过程中，得到中山大学出版社的大力支持。从本书征集文稿开始，即明确提出了规范应征文稿标准的要求。高惠贞主任、王延红主任、蓝若琪编辑的介入，使得本书从策划，到文稿规范编辑都有了一个很好的保障；林绵华老师的整体设计，使本书版式美观，令人爱不释手；在技术编辑黄少伟老师、缪永文老师的督印下，本书的印刷质量有了实实在在的保证。

本书得到中山大学 2024 年文化传承创新重点发展项目的支持。

对在本书征稿、编辑、审稿、出版、印制过程中给予支持、艰辛付出之人，恕不一一列举，在此均表示诚挚的感谢。

由于时间限制，加之我们水平有限，本书难免有疏漏谬误之处，敬请原谅及批评指正。

编委会
2024 年 5 月 20 日

附图1　中大附小部分历届弟子2011年新春联谊会合影

附图2　中大附小部分历届弟子2014年新春聚会暨《中大童缘》首发式

附图3　中大附小部分历届弟子2016年新春团聚合影

附图4　中大附小部分历届弟子2017年新春团聚合影（附图供图者：梁朝宗）

▷ 石牌校址的校训石